LORA LEIGH

Breeds

Mercurys Kampf

Über dieses Buch:
Mercury Warrant war der perfekte Breed. Sein Geruchssinn war überragend, seine Ausdauer und Schnelligkeit hatten Rekorde gebrochen, sein Sehvermögen war jenseits allem Vorstellbaren – er war einzigartig. Doch dann starb seine zukünftige Gefährtin, und Mercury verlor die Kontrolle über sein Tier und verfiel dem Wahnsinn. Um sein Leben zu retten, musste er den Löwen in sich an die Kette legen und seine animalische Seite unterdrücken. Über die Jahre hat er sich damit abgefunden, dass er ein Leben ohne Liebe fristen wird. Doch als er den Leibwächter für die junge Ria Rodriguez spielen muss, geschieht etwas Unglaubliches: Der Löwe in Mercury erwacht nach Jahren aus seinem tiefen Schlaf und erhebt seinen Anspruch auf Ria. Wird Mercury diesmal sein Tier beherrschen können oder muss er um sein Leben und seinen Verstand fürchten?

Über die Autorin:
Lora Leigh lebt mit ihrer Familie in Kentucky. Mit ihren erotischen Liebesromanen hat sie sowohl im Bereich der Romantic Fantasy als auch des Romantic Thrill eine große Leserschaft gewonnen. Weitere Informationen unter: www.loraleigh.com

Lora Leigh bei LYX:

Die Romane der Breeds-Reihe:
1. Breeds – Callans Schicksal
2. Breeds – Tabers Versuchung
3. Breeds – Dashs Bestimmung
4. Breeds – Bradens Vergeltung
5. Breeds – Harmonys Spiel
6. Breeds – Kanes Verlangen
7. Breeds – Kiowas Verhängnis
8. Breeds – Tanners Begehren
9. Breeds – Jacobs Sehnsucht
10. Breeds – Aidens Rache
11. Breeds – Dawns Erwachen
12. Breeds – Mercurys Kampf

Außerdem als E-Book erhältlich:
Lust de LYX – Coopers Sehnsucht
Lust de LYX – Verheißungsvolle Nacht
Lyras Leidenschaft
Wolfes Hoffnung
Sabans Kuss

Weitere Romane der Autorin sind bei LYX in Vorbereitung.

LORA LEIGH

Mercurys

BREEDS

Kampf

Roman

Ins Deutsche übertragen von
Silvia Gleißner

LYX

LYX in der Bastei Lübbe AG
Dieser Titel ist auch als E-Book erschienen.

MIX
Papier aus verantwortungsvollen Quellen
FSC® C083411

Die Originalausgabe erschien 2008 unter dem Titel
»Mercury's War« bei Berkley Sensation.

This edition published by arrangement with the Berkley Publishing Group,
an imprint of Penguin Publishing Group, a division of Penguin Random
House LLC.

Für die deutschsprachige Ausgabe:

Textredaktion: Isabella Busch
Umschlaggestaltung: © Birgit Gitschier, Augsburg, unter Verwendung
mehrerer Motive von © Shutterstock (Artem Furman und Eric Isselee)
Satz: Greiner & Reichel, Köln
Gesetzt aus der New Caledonia
Druck und Verarbeitung: CPI books GmbH, Leck – Germany
Printed in Germany
978-3-7363-0531-1

1 3 5 7 6 4 2

Sie finden uns im Internet unter www.lyx-verlag.de
Bitte beachten Sie auch: www.luebbe.de und www.lesejury.de

In liebevollem Gedenken an meinen Vater,
Russell Kanduha, für seinen beständigen Glauben.
Und an Tante Sue und Onkel Sid,
für wundervolle Kindheitserinnerungen.
Euer Verlust ist schmerzlich.

Prolog

BUFFALO GAP, VIRGINIA
BASIS DER BREEDS: SANCTUARY

Er war eine Bestie, ein Tier. Er war eine Schöpfung, eine Mischung aus Mann und Löwe, und das Tier war in ihm gefangen. Mächtig und stark. Die Fähigkeit zu rennen, zu jagen, den Feind im Wind zu wittern und in der Brise zu schmecken, lag in Ketten, im finstersten Winkel seines Unterbewusstseins.

Was war gerecht daran, dass es eingesperrt war?, brüllte das Tier. Dem Mann stand es frei, durch das Land zu streifen, doch das Tier musste sich verbergen. Es blickte durch die Augen des Mannes, das Blut pulsierte durch seinen Körper, doch es war gefesselt, gezügelt für alle Zeit.

Aber langsam wurde es stärker. Das Serum, das es im Zaum hielt, hatte seine Wirkung verloren; die Jahre der Freiheit, die der Mann kennengelernt hatte, das trügerische Gefühl von Sicherheit, das er entwickelt hatte, würden dem Geschöpf, das sich in ihm verbarg, helfen.

Das Tier wartete. Schlich umher. Brüllte in Albträumen auf, während es darauf wartete, dass seine Zeit kam. Der Mann war überzeugt, die Kontrolle zu haben. Er war sicher, dass das Serum, das ihm die Wissenschaftler in jenem Labor verabreicht hatten, und seine eigene Beherrschung das Tier, das so vehement ums Überleben kämpfte, getötet hatten.

Doch das Tier war nicht tot. Es war nie fort gewesen. Eine Weile hatte es geschlafen. Ein erzwungener Schlaf. Ein Schlaf, der den wachsenden Zorn genährt hatte, und nun war es erwacht. Es war erwacht und bereit, sich mit seinen Klauen zu befreien.

Doch es war auch geduldig, so dachte das Tier. Es konnte abwarten, bis der Mann es freiließ. Es war Teil des Mannes, Teil dessen, wer und was er war. Und schon bald würde der Mann das Tier freilassen. Sobald es stark genug war. Es war müde. Die Versuche, es zu zu töten, waren beinahe erfolgreich gewesen. Und es hatte nur überleben können, indem es sich so weit in das tiefste Unterbewusstsein des Mannes zurückgezogen hatte, dass selbst seine wesentlichsten Züge verborgen blieben.

Doch als es wieder aufsteigen wollte, hatte das Serum eine undurchdringliche Festung aus Gitterstäben errichtet, die sich in das Tier drückten. Sie trieben Stachel in seine Seele und erfüllten es mit Schmerz. Und sie schwächten es. Sie schwächten es so sicher, wie eine tödliche Wunde den Mann das Leben gekostet hätte.

Und der Mann blieb wachsam. Er hatte keinen Grund, seinem Herzen freien Lauf zu lassen oder seine Seele zu öffnen. Denn der Mann glaubte seine Seele verloren. Nur das Tier wusste es besser. Und das Tier wartete … Wartete darauf, dass der Mann seine Seele wiederfand.

»Sind die Tests fertig?« Jonas betrat das kleine Labor, Jackal gleich hinter ihm. Verdammtes Sicherheitspersonal. Callan hatte Befehl gegeben, dass Jonas, jetzt wo dessen eigene Leute Vanderales hochgeschätzte Sekretärin schützten, einen Leibwächter haben müsse. Und dann auch noch einen menschlichen. Bloß gut, dass er wenigstens in der Lage war, mit dem Mann auszukommen.

Er starrte Elyiana Morreys Rücken an, als die sich versteifte und die Hand an ihren Nacken hob. Die Muskeln unter ihrem weißen Labormantel spannten sich an, und der Duft ihrer Verärgerung begann sie einzuhüllen.

So verhielt sie sich häufig in letzter Zeit. Sobald er dazu kam, würde er sie daran erinnern, wer hier der Boss war. Er hatte nicht die Zeit, sich Machtspielchen mit ihr zu liefern.

»Ich habe die Tests beendet.« Sie nahm eine Akte, drehte sich um und ging zu dem Tresen neben ihm, wo sie die Akte hinknallte und sich wieder dem zuwandte, woran auch immer sie zuvor gearbeitet hatte. Sie ignorierte sowohl ihn als auch seinen Leibwächter Jackal vollkommen.

Schweigen herrschte im Labor, während Jonas die Akte anstarrte und angesichts Elys offensichtlich übler Laune eine Augenbraue hob. Weibliche Breeds litten nicht unter PMS, also konnte er ihre Stimmungsschwankungen nicht damit erklären, so wie bei den wenigen weiblichen Nicht-Breeds in der Basis.

Ely war eben eigenwillig, so hatte er vor Monaten konstatiert.

Doch gerade das gefiel ihm an ihr. Manchmal. Er verstand es und konnte damit umgehen. Aber im Augenblick war sie ungewöhnlich eigenwillig, und das gefiel ihm gar nicht.

»Würdest du mir die Tests, die du durchgeführt hast, erklären?«, fragte er sie schließlich.

»Steht alles in der Akte.«

»Ich will nicht dein Wissenschaftskauderwelsch lesen.« Er ließ ein animalisches Grollen in seiner Kehle vibrieren. »Sag mir, was ich wissen muss.«

Langsam drehte sie sich zu ihm um, und er sah den Zorn in ihren Augen brennen.

»Deine Spielchen laufen aus dem Ruder«, fauchte sie, und ihr Blick huschte nervös zu Jackal. »Deine Manipulationen und hinterhältigen Intrigen bringen noch jemanden um. Und diese Unterhaltung geht ihn nichts an.« Sie zeigte mit dem Finger auf den Leibwächter, und in ihrem Blick stand weiterhin brennender Zorn.

Jonas musterte sie überrascht. Meine Güte, er hatte gedacht, sie mochte Jackal. Nachdenklich rieb er sich übers Kinn und versuchte zu begreifen, was sie so erbost hatte. Doch da fiel ihm nur eine Sache ein.

»Bist du immer noch sauer wegen Dawn und Seth?« Es war die einzige Erklärung, die er für ihren Zorn finden konnte. Er hatte angeordnet, Dawns Hormonbehandlung allmählich zu reduzieren, als das Paarungshormon in Seths Organismus anfing zu verschwinden. Dawn war dabei gewesen, ihren Gefährten zu verlieren, und Jonas war nicht willens gewesen, das zuzulassen, egal wie sehr er Seth Lawrence persönlich ablehnte. Doch andererseits gab es nur wenige Männer, die Jonas mochte. Zur Hölle, nur wenige Leute überhaupt, von denen er sagen konnte, dass er sie mochte.

Doch der Rest dieser Mission hatte in einem Desaster geendet. Er hatte sicherstellen können, dass Dawn und Seth zusammenblieben, doch das Blut, das vergossen worden war, gab Anlass zur Sorge.

Ely presste in trotzigem Zorn die Lippen zusammen.

Jonas seufzte resigniert, nahm die Akte und öffnete sie.

Sekunden später sah er ihr stirnrunzelnd in die Augen.

»Ich dachte, das Serum, das ihm die Wissenschaftler im Labor verabreichten, hätte das rückgängig gemacht?«

»Er bekommt das Serum seit sieben Jahren nicht mehr«, fauchte sie. »Und das ist nicht einmal sein derzeitiger Zustand. Das ist das, was passierte, als ich den Paarungstest mit dem von Miss Rodriquez durchführte.«

Na, das war ja interessant. Jonas rieb sich übers Kinn und studierte weiter die Tests, die Ely gemacht hatte.

Die Tests, die sie zur Bestimmung einer Paarungsverträglichkeit entwickelt hatte, waren kompliziert. Eine Mischung aus Speichel-, Blut- und Samenproben des männlichen Exemplars kombiniert mit Speichel-, Blut- und Hormonproben eines weiblichen Exemplars.

»Jonas, er hat Leute getötet, als er im Labor wütete«, flüsterte Ely sorgenvoll.

Jonas machte eine wegwerfende Handbewegung. »Er hatte seine Freundin verloren …«

»Seine Gefährtin«, fauchte sie. »Das Paarungshormon war in seinem Blut. Die ganze Zeit über, die er nicht in Therapie war, haben wir den Vorfall damit entschuldigt, dass es um seine Gefährtin ging. Diese Frau hier ist nicht seine Gefährtin, doch das Raubtier-Adrenalin ist in seinem Blut. Er ist dabei, wieder in animalische Verdrängung zu verfallen, das kannst du nicht leugnen. Der Bericht beweist es.« Sie zeigte mit dem Finger auf die Akte.

Erneut schüttelte Jonas den Kopf und sah weiter den Bericht durch.

Sie gab ein Schimpfwort von sich. »Verdammt, du hältst dich für allwissend. Ich habe auf den Videos gesehen, wie er tobte, als er erfuhr, dass diese Löwin umgekommen war. Er hat einen Arzt getötet, einen Ausbilder und zwei Kojoten, die ihn auszuschalten versuchten. Er war fast wie tollwütig. Wenn diese Frau hierher gebracht wird …«

»Dann wird er sie mit derselben Wildheit beschützen, die er zeigte, als diese Bastarde ihm jemand nahmen, der ihm wichtig war«, fuhr er sie an. »Das hier ist kein Beweis, dass er wieder zum Raubtier wird. Und es ist kein Beweis, dass es in näherer Zukunft dazu kommen wird, also warum bist du deswegen so aufgebracht?«

Normalerweise behielt Ely einen kühlen Kopf, wenn es um die Breeds ging. Sie war diejenige, die nach alternativen Antworten suchte und nach den Gründen forschte, warum Tests so ausgingen, wie sie ausgingen. Sie war nicht diejenige, die aus irgendeinem Test irgendwelche Schlüsse zog. Das war sein Job.

»Weil du es ihm nicht sagen wirst.« Er konnte hören, wie sie die Zähne zusammenbiss. »Ich kenne dich. Du wirst Spielchen mit ihm spielen und ihn in Gefahr bringen ...«

»Himmelherrgott noch mal« fauchte er, als auch in ihm der Zorn aufstieg. »Du denkst, das ist alles nur ein Spiel für mich, Ely? Dass mir meine Männer oder die Leute, für deren verdammte Rettung ich mir den Arsch aufreiße, scheißegal sind? Denkst du, ich riskiere täglich mein Leben gegen diese Rassisten und für das Breed Law, weil ich den Kick brauche?«

Nur zu gern wollte er jetzt auf etwas einschlagen. Und wenn Jackals Zorn hinter ihm nicht weniger wurde, dann würde er auf Jackal einschlagen.

Jonas atmete scharf ein, um sein Temperament zu zügeln. Es zu unterdrücken war immer anstrengend, doch ihm freien Lauf zu lassen hatte nie irgendwas gebracht – also wozu der Aufwand?

»Ich weiß nicht, wieso du das tust, und es ist mir auch egal«, flüsterte sie. »Aber du musst ihn warnen.«

»Nein!« Er schloss die Akte und warf sie zurück auf den Tresen.

»Ich wusste es«, spottete sie. »Du hast gerade deine eigene Frage beantwortet, Jonas. Du genießt es, dein verdammtes Leben zu riskieren.«

»Ich riskiere meine Männer nicht unnötig«, knurrte er. »Ebenso wenig halte ich mich an paranoide Ängste und mische mich in ihren Job ein, und das wirst auch du nicht tun. Was du tun wirst, meine liebe kleine Ärztin, ist, ein sehr wachsames Auge auf ihn zu haben, solange sie hier ist. Ich will wöchentliche Tests von Blut, Speichel und Samen auf das Raubtierhormon. Falls, und damit meine ich *falls*, das Paarungshormon oder das Raubtierhormon sich zeigt, dann werden wir ihn von der Situation in Kenntnis setzen. Bis dahin wirst du deinen hübschen Mund halten.«

»Das ist vielleicht nicht gut genug. Ich kann nicht vorhersagen …«

Er unterbrach sie: »Dann solltest du besser lernen, Vorhersagen zu treffen. Merc ist allein, Ely. Er hat sich daran gewöhnt, allein zu sein. Doch das heißt nicht, dass er nicht betrauert, was er verloren glaubt. Soweit wir wissen, paaren Breeds sich nur ein einziges Mal. Mercury ist überzeugt, dass diese Löwin seine Gefährtin war. Solange wir nichts anderes sehen, darfst du ihm keine Hoffnungen machen. Und solange wir nichts anderes sehen, wirst du ihm deine Paranoia nicht ins Gehirn pflanzen. Hast du verstanden?«

Sie starrte ihn voller Wut an. »Diese Löwin *war* seine Gefährtin. Das Paarungshormon hat es bewiesen, Jonas.«

»Verstehst du mich?« Er senkte die Stimme, Entschlossenheit im Tonfall, und starrte ihr in die Augen.

Sekunden später senkten sich ihre Wimpern flatternd, und sie nickte knapp. Dieses kleine Zeichen der Unterordnung würde vorerst genügen. Doch sobald er die Zeit dazu fand, würde er seine kleine Breed-Forscherin definitiv in die Schranken weisen. Für die Aufgabe, die vor ihnen lag, wurde sie ihm entschieden zu streitlustig.

»Sehr gut. Miss Rodriquez trifft innerhalb der nächsten zwei Wochen hier ein. Nimm eigene Proben, wenn sie ankommt. Es könnte ein Problem mit den Proben geben, die Vanderale zur Verfügung gestellt hat, also führ die Tests noch einmal durch. Ich will wissen, was herauskommt. Und wenn die Ergebnisse sich nicht geändert haben, dann werden wir die Situation sehr genau beobachten. Das ist alles, was wir tun können.«

»Sollte das Hormon in einem Stressmoment freigesetzt werden, könnte er sie und auch sich selbst vernichten.« Ihre Stimme klang angespannt, als sie versuchte, ihre naturgegebene Unterwürfigkeit zu überwinden.

Verdammte Breed-Genetik.

Sie unterwarf sich ihm eher aufgrund ihrer genetischen Beschaffenheit als aus freien Stücken. Es nagte an ihm, jedes Mal, wenn es passierte.

»Oder er könnte sich mit ihr paaren und glücklich bis an sein Lebensende leben«, konterte er sarkastisch. »Bis wir Klarheit haben, so oder so, sind uns die Hände gebunden.«

»Ich könnte ihn warnen, dass das Serum, das die Raubtiergenetik umgekehrt hat, vielleicht nicht wirksam war«, schlug sie vor.

»Und ihn damit in die Flucht schlagen?« Frustriert fuhr er sich mit den Fingern durchs Haar. »Du kennst Merc nicht sehr gut, Ely. Ich schon. Halt den Mund und halte mich auf dem Laufenden. Ich kümmere mich um den Rest.«

Hölle noch mal. Das konnte er nicht gebrauchen. Er brauchte Merc, damit der Vanderales kleine Sesselpupserin vor Schwierigkeiten bewahrte, und nicht, damit er sich mit ihr paarte oder irrsinnig wurde. Und ganz sicher konnte er keine Standpauke von Ely gebrauchen.

Er drehte sich um, verließ das Labor und schloss sorgfältig die Tür hinter sich, obwohl er sie viel lieber so zugeknallt hätte, dass sie aus ihren verdammten Angeln sprang. In Momenten wie diesem wünschte er, er wäre ein Trinker. Ein guter Drink hätte jetzt sicher geholfen.

1

ZWEI WOCHEN SPÄTER

Der Privatjet rollte in den Hangar und parkte in der beheizten Höhle, die ihn erwartete. Riesige Metalltüren schlossen sich, um die Wärme drinnen zu halten, noch während die Motoren verstummten.

Einige Minuten später öffnete sich die Tür und Ria Rodriquez trat auf die Treppe, die der Pilot abgesenkt hatte. Sie sah sich im Hangar um.

Eine lange schwarze Limo parkte in einigem Abstand zu den Flügeln des Jets, und noch während sie sich umsah, öffnete sich eine Tür und Mercury Warrant stieg aus dem Wagen.

Beim Anblick des Mannes, den man geschickt hatte, um sie zu treffen – oder besser: des Breeds –, wollte sie am liebsten aufstöhnen.

Sie musterte ihn neugierig. Während der letzten Monate hatte sie Fotos von ihm gesehen, wusste so viel über ihn, wie ihr Boss Dane Vanderale nur ausgraben konnte, und noch immer traf sein Anblick sie wie ein Schlag in den Magen.

Seine Züge waren nicht die eines Mannes. Aber auch nicht jene des Löwen, mit dem seine Gene vermischt worden waren. Wenn die Schöpfung einer absolut sexy Version von beiden möglich war, dann war es Mercury Warrant.

Schräg stehende Bernsteinaugen, schwarz umrandete Lider, als hätte ihm jemand einen feinen Lidstrich gezogen. Sie wusste, dass er dichte Wimpern hatte. Seine Nase war lang und gerade, nur etwas flacher und ein wenig überheblicher geschnitten als bei einem normalen Mann möglich.

Seine Lippen waren nur einen Hauch zu dünn, doch die Unterlippe war in der Mitte verlockend voll, auf eine Weise, die sie dazu brachte, mit der Zunge über ihre eigenen Lippen zu fahren, wann immer sie ihn auf den Fotos der Breeds, mit denen sie in Kontakt kommen würde, erkannt hatte.

»Miss Rodriquez, wir fliegen nach Venezuela, um Mr Dane abzuholen. Sollten Sie uns brauchen, zögern Sie nicht, uns zu kontaktieren, damit wir Sie abholen.«

Sie drehte sich um und sah ihren Piloten an. Buschpilot. Er war schmuddelig, seine Augen ausdruckslos und hart, doch als er sie ansah, blitzte ein Hauch von Wärme in ihnen auf.

Sie war daran gewöhnt, mit den verborgenen Breeds der Welt zu arbeiten. Mit denjenigen, die die Vanderales unbemerkt aus Laboren und bei Missionen herausgeholt hatten. Denjenigen, die als tot gelistet waren. So wie einst Burke.

»Sag Mr Dane, er soll bitte an die Klunker denken, die er mir versprochen hat«, brummte sie. »Die werde ich mir verdienen.«

Burke warf einen Blick auf die Limo und den Breed, der sie erwartete. »Der ist ein hübsches Exemplar«, meinte er leise. »Aber gefährlich. Gefährlicher, als uns vielleicht bewusst ist.«

Ria zuckte mit den Schultern. Er war nicht derjenige, hinter dem sie her war. Sie hatte ihre ursprünglichen Vermutungen bereits skizziert und Dane zukommen lassen. Die Person oder Personen, die sie verfolgte, würden sie nie mit derart hinreißenden Augen mustern, oder mit derart schonungslosem Interesse.

»Er soll mein Leibwächter sein, nicht mein Ziel«, erinnerte sie Burke mit einem Lächeln.

Der schnaubte daraufhin. »Ich sage Mr Dane, er soll ein paar Klunkern mehr lockermachen. Denn wenn der Ihr Leibwächter ist, weiß ich nicht genau, für wen ich mehr Mitleid haben soll. Aber Sie mag ich am liebsten.«

»Du bist ein guter Mann, Burke.« Sie lächelte selbstzufrieden und tätschelte seinen Arm. »Sag Mr Dane, die Smaragde sahen ganz besonders schön neben den Diamanten aus. Ich bin sehr gespannt zu sehen, wie hoch er das Risiko, das ich eingehe, zu schätzen weiß.«

Burke schmunzelte und geleitete sie die Stufen hinab zur Limo.

»Mr Warrant. Ich sehe, Direktor Wyatt konnte sich nicht rechtzeitig aus dem Schlaf reißen, um mich zu treffen.« Ria unterdrückte den Drang, den dichten Haarknoten, zu dem sie ihr Haar im Flugzeug gerollt hatte, oder die unelegante Kleidung, die sie angelegt hatte, zu ordnen.

Verdammt, ihre hübscheren Klamotten würde sie wirklich vermissen. Doch sie wusste, welche Fassade ihr die bestmöglichen Ergebnisse sichern würde. Und so wenig sie diese Rolle auch mochte – sie war es den Vanderales schuldig. Sie verdankte ihnen ihr Leben.

»Direktor Wyatt wurde in D. C. aufgehalten«, teilte Mercury mit und warf dem Piloten einen neugierigen Blick zu.

»Noch etwas, das ich Mr Dane sagen soll?«, fragte Burke, als sie seinen Arm losließ und er sich umdrehte, um dem Copiloten mit ihrem Gepäck und der Laptop-Tasche zu helfen.

»Ja, sag ihm, ich habe die Wette gewonnen: Direktor Wyatt ist am Ende doch nicht aufgetaucht.«

Aus dem Augenwinkel registrierte sie, wie Mercury das Gesicht verzog.

»Ich werde es mir merken.« Burke nickte, als der Kofferraum der Limo aufging und ihr Gepäck verstaut wurde.

Als er und der Copilot dann zurück zum Flugzeug liefen, drehte Ria sich um, musterte Mercury und versuchte, sich in seiner Gegenwart nicht allzu weiblich zu fühlen.

Er war hoch gewachsen, breit und sah absolut appetitlich aus. Wild und männlich – die Kombination löste eine Reaktion ihrer Weiblichkeit aus, die sie überraschte.

Ihre Lippen zuckten, als er den Blick von Vanderales Piloten wieder auf sie richtete.

»Die waren mit dem ersten Leo im Krankenhaus«, bemerkte er. »Sie sind Breeds.«

Sie nickte, und er streckte die Hand aus und öffnete ihr die Tür.

»Stimmt.« Sie glitt auf das luxuriöse Leder und rutschte auf die andere Seite, als Mercury sich bückte, um ebenfalls einzusteigen und ihr gegenüber Platz zu nehmen.

Sie warf einen Blick auf den Fahrerbereich und sah Lawe Justice. Über seinen Namen musste sie beinahe kichern. Sie liebte einige der Namen, die die Breeds sich gegeben hatten, als sie die Chance dazu bekamen. Lawe Justice, Rule Breaker – zwei von Jonas Wyatts wichtigsten Sicherheitsleuten. Und Mercury Warrant.

Merkur, der Götterbote. Er hätte Ares nehmen sollen. Wie passend wäre dieser Name gewesen, hätten die Wissenschaftler nicht alle animalischen Instinkte, die er einst besessen hatte, völlig vernichtet. Laut seiner Akte hätte er einer der größten Breeds sein können, die je erschaffen wurden.

»Breeds, an deren Rettung der Leo über die Jahre gearbeitet hat«, bemerkte Mercury kühl. »Statt sich darum zu bemühen, dass wir alle frei sind.«

Sie hatte gewusst, dass die Breeds, die sich im Krankenhaus aufgehalten hatten und in Bezug auf den ersten Leo, der gekommen war, um über das Wohl seines Sohnes zu wachen, zu

Stillschweigen verpflichtet worden waren, einen Anflug von Zorn empfanden.

Callan Lyons, Rudelführer und Unheil für die Existenz des ersten Leos. Leo teilte nicht den Glauben seines Sohnes, dass sich die Breeds ihren Platz in der Welt schaffen sollten. Er glaubte, der einzige Schutz, dessen sie sich sicher sein konnten, lag darin, sich unter den Nicht-Breeds verborgen zu halten, bis ihre Zahl größer geworden war. Und Ria war nicht sicher, welche Seite der Auseinandersetzung sie für die richtige halten sollte. Doch vorerst waren beide Seiten existent.

»Ich weigere mich, über Leos Entscheidungen zu diskutieren; es sind seine eigenen«, erklärte sie und erwiderte seinen Blick.

»Aber Sie sind Teil seiner Familie«, meinte Mercury ruhig. Sie hatte gelesen, dass er immer ruhig argumentierte. »Sie haben die ganze Zeit gewusst, was er ist.«

Darauf lächelte sie. »Überraschenderweise, Mr Warrant, bin ich keine Breed. Ich bin lediglich eine bescheidene kleine Sekretärin, die den Anordnungen der Vanderales Folge leistet. Nichts weiter. Ich bin sehr menschlich und auch lieber eine einigermaßen gesunde Achtundzwanzigjährige als so alt wie auch immer Dane oder Leo sind. Ich gebe mir wirklich alle Mühe, hier nicht zu rechnen.«

Sie waren älter, als sie aussahen. Weit älter. Und die Geheimhaltung ihrer Existenz als Breeds war von höchster Bedeutung. Doch genau die war in Gefahr, falls die Informationen, die Dane erhalten hatte, stimmten.

»Sekretärin?« Mercury ließ den Blick über sie schweifen, und Ria war heilfroh, dass sie ihre Jacke angezogen hatte, bevor sie aus dem Flugzeug gestiegen war, denn sie konnte schwören, dass ihre Brustwarzen unter der dünnen Bluse darunter hart wurden. »Warum fällt es mir schwer, das zu glauben?«

Er war misstrauisch. Sein Blick war direkt, und sie glaubte fast, einen ganz schwachen Anflug von Blau in seinen Augen auszumachen.

Fast hätte sie den Kopf geschüttelt, als sie genauer hinsah und nur die dunklen Bernsteinschattierungen der Pupille sah.

»Meine charmante Persönlichkeit?« Sie hob eine Augenbraue.

Seine Lippen zuckten. »Ich habe Ihre Kommuniqués an Jonas gesehen, Miss Rodriquez. Glauben Sie mir, charmant ist kein Adjektiv, mit dem ich die benennen würde.«

»Nachdrücklich liebreizend also?«, schlug sie vor.

Er räusperte sich. »Ich fand die Reaktion unseres Direktors darauf interessant. Und amüsant.«

Ria ließ ihrerseits ihre Belustigung um die Mundwinkel sehen und wünschte, er würde dieses dichte Haar mit seinen vielen Farbschattierungen von dem Lederband im Nacken befreien, mit dem er es gebändigt hatte.

Sie wollte es um seine Schultern fallen sehen; dunkles Rostrot, Braun- und Schwarztöne, die sich vermischten und eine schwere löwenähnliche Mähne bildeten, die sie so gern berühren wollte, dass ihr die Finger juckten.

Merkwürdig – Leo hatte ähnliches Haar, doch das hatte sie nie berühren wollen. Freilich hätte seine Frau Elizabeth ihr wohl die Hand abgehackt, hätte sie es auch nur versucht.

In den meisten Fällen färbte Leo sein Haar mit auswaschbarer Farbe, wenn er sich in der Öffentlichkeit zeigen musste. Und wie Mercury band er es für gewöhnlich im Nacken zusammen.

Leo galt als ein Schurke, ein Söldner und ein Schweinehund von Geschäftsmann. Doch niemand hatte je das Wort *Breed* in einem Atemzug mit seinem Namen ausgesprochen.

Leo Vanderale, Eigentümer des multinationalen Konzerns

Vanderale Industries, den sein Vater ihm vererbt hatte, war ein Gesetz an sich. Und für die Breeds, die ihn kannten.

»Ich nehme amüsant«, erklärte sie schließlich.

»Müssen Sie vielleicht auch.«

Er saß in der Ecke, einen Ellbogen auf der abgesenkten gepolsterten Armlehne, den anderen Arm auf die Sitzlehne gestützt.

Sie warf einen Blick zum Fahrerbereich und erhaschte einen kurzen Blick auf Lawes zuckende Lippen, während seine eisblauen Augen kurz in den Rückspiegel sahen.

»Also, Miss Rodriquez, was geht dem Leo so gegen den Strich, dass er Sie geschickt hat, nur Wochen, nachdem er im Krankenhaus an die Seite seines Sohnes geeilt ist?«

Eher zwei Monate, dachte Ria. Und zu ihrem Leidwesen: Sollte der Leo herausfinden, was sie tat und wo sie es tat, war es gut möglich, dass er ihr das Fell über die Ohren zog und zum Trocknen aufhängte. Kein angenehmer Gedanke.

»Der Leo ist Geschäftsmann, Mr Warrant«, erklärte sie und folgte damit dem Kurs, den Dane vorgegeben hatte. »Sanctuary und seine Breeds profitieren enorm von Vanderales Freigebigkeit. Die kürzlichen Angriffe auf Sanctuary und die Schwachpunkte im Inneren bereiten ihm Sorge. Sowohl auf geschäftlicher als auch persönlicher Ebene. Er würde es genießen, seinen Sohn und seinen Enkel zu besuchen. Er hat davon gesprochen, zu Besuch zu kommen, wenn seine Schwiegertochter ihr zweites Kind zur Welt bringt. Doch das geht nicht, solange das Risiko besteht, dass die Welt entdeckt, wer und was er ist.«

Er verzog spöttisch die Lippen. Ein Anblick, bei dem sie sich schwer zurückhalten musste, nicht mit der Zunge über ihre eigenen Lippen zu fahren. Verdammt, er verursachte ihr weiche Knie und gab ihr viel zu sehr das Gefühl, eine Frau zu sein.

Ria begriff, dass diese Schwäche ihren Job gefährden konnte. Sie suchte nach einem weiteren Spion, und die Konsequenzen der Tatsache, dass vielleicht Informationen aus Sanctuary nach draußen sickerten, konnten die Gemeinschaft der Breeds als Ganzes zerstören. Andererseits, wenn sie es sich gestattete, sich auf Mercury einzulassen, bestand die Möglichkeit, dass sie persönlich verletzt wurde.

Sie rief sich in Erinnerung, dass sie sich nie persönlich verwickeln ließ. Das führte zu nichts als Unglück, und mehr Unglück konnte sie nun wirklich nicht in ihrem Leben gebrauchen.

»Miss Rodriquez …«

Sie bot ihm an, sie beim Vornamen zu nennen: »Ria bitte.« Bei *Miss Rodriquez* fühlte sie sich einfach alt.

»Ria.« Er hob die Augenbraue. »Warum habe ich das Gefühl, dass an Ihnen mehr dran ist, als man auf den ersten Blick sieht?«

Sie machte große Augen, als könne sie sich das nicht vorstellen. Langweilige Kleidung, kein Make-up. Sie war verdammt gut darin, den kleinen Niemand zu spielen, den jeder erwartete.

»Glauben Sie mir, Mr Warrant, was Sie sehen, ist auch das, was Sie bekommen.« Sie lächelte leise. »Natürlich kann ich auch ziemlich bösartig werden, wenn die Situation es erfordert. Ich bin nicht immer nett.«

Er erwiderte ihren Blick schweigend, und sie hatte das Gefühl, er sah mehr, als ihr lieb war. Eindeutig sah er mehr, als jeder andere bisher hatte sehen wollen.

Zum ersten Mal im Leben fragte sich Ria, ob sie hier einem Mann begegnet war, vor dem sie sich nicht mehr verstecken konnte. Seine Augen drängten sie, ihre Geheimnisse mit ihm zu teilen; Wirbel aus Bernstein, die Neugier, das Interesse, luden sie ein, wider besseres Wissen nach Dingen zu greifen, nach denen sie nie greifen sollte.

Wer mit dem Feuer spielt, verbrennt sich die Finger. Sie erinnerte sich, wie ihre Mutter ihr vor langer, viel zu langer Zeit lachend geraten hatte, immer auf der Hut vor den Menschen zu sein.

Man wird dich täuschen, meine kleine Ria, hatte sie immer gesagt. *Sie lügen und lächeln dabei, und wenn sie alles genommen haben, was du zu geben hast, dann finden sie jemand anderen, den sie ausbluten können.*

Sie konnte nicht sehr alt gewesen sein, doch sie erinnerte sich noch sehr deutlich an diese Worte.

Die Erinnerung veranlasste sie, den Blick von Mercury abzuwenden und auf die Berge zu richten, durch die ihr Weg führte, während sie die Einsamkeit beiseiteschob, die sie erfüllte, wann immer sie es zuließ.

Ihre Mutter war gestorben, bevor sie sechs Jahre alt war. Ria war drei Tage allein in der Wohnung gewesen und hatte nach ihrer Mutter gerufen, doch die hatte in einer kalten Leichenhalle gelegen.

Sie wäre wohl auf ewig dort geblieben, wäre nicht einer Nachbarin aufgefallen, dass niemand das Kind von Leo Vanderales Sekretärin erwähnt hatte. Es war nicht einmal in ihrer Personalakte aufgeführt gewesen. Und die Leute, mit denen sie zusammengearbeitet hatte, hatten gar nichts von der Tochter, die Mary Rodriquez geboren hatte, gewusst. Bis zu Marys Tod.

Bis Ria plötzlich alleingelassen war.

Sie schob die Erinnerungen weg. Die hatten hier keinen Platz. Jahrelang hatte sie sich nicht gestattet, auch nur daran zu denken. Sie war, wer sie war, und sie verdankte den Vanderales ihr Leben nach dem Tod ihrer Mutter.

Und hier war sie nun, machte immer noch Botengänge für Dane und tanzte nach seiner Pfeife. Machte immer noch bei seinen Spielchen mit, weil er ihr dieses teuflische Lächeln zuwarf und sie herausforderte, heldenhaft zu sein, wo sie doch beide wussten, dass sie so gar nicht heldenhaft war.

Doch jetzt war sie so richtig heldenhaft, und dafür könnte Leo ihnen dieses Mal wohl beiden das Fell über die Ohren ziehen. Sanctuary war sozusagen Leos Baby. Callan Lyons war der Sohn, von dem er nicht gewusst hatte, bis die Offenbarung der Breeds durch die Welt gegangen war. Er war der Sohn, den Leo nicht erreichen konnte.

Dane war sein Erbe, und Leo hatte Dane immer abgöttisch geliebt, bis zu einem gewissen Punkt. Er respektierte Dane, doch er kannte seinen Sohn gut genug, um zu wissen, dass der ein weit wilderes und leichtfertigeres Leben führte als Leo recht war.

Familie war Leo wichtig. Er war ein erstklassiger Rudelführer; das hatte er mit den Breeds bewiesen, die er auf seinem Land in Afrika schützte.

Und er sehnte sich schmerzlich nach den Söhnen, von deren Erschaffung durch das Council er wusste. Die, die aus dem Samen und den Eizellen, die man ihm und seiner Gefährtin gestohlen hatte, kreiert worden waren. Und er sehnte sich nach seinen Enkelkindern. Enkel, die ihm Dane wohl nicht in nächster Zeit schenken wollte.

»Ich hoffe, Sie waren aufrichtig zu Jonas, was die Gründe für Ihren Aufenthalt hier angeht, Ria«, meinte Mercury plötzlich. »Wenn man ihn anlügt, kann er ein Bastard sein.«

Jaja, wie der Vater, so der Sohn. Jonas Wyatt war ebenfalls Leos Sohn, und Ria war der Ansicht, dass er ihm ähnlicher war als jeder andere.

Mit einem Lächeln drehte sie sich zu Mercury um. »Ich kenne seinen Vater, Mr Warrant, und der Apfel fällt hier nicht weit vom Stamm, wie man hierzulande sagen würde. Keine Sorge,

Aufrichtigkeit und Geradlinigkeit sind nur ein paar meiner Fehler.«

Über diese Bemerkung hätte Dane sich den Hintern abgelacht, das war ihr klar.

Doch Mercury nickte nur und sagte nichts weiter. Allerdings musterte er sie immer noch. Sein Blick ruhte auf ihr, und sie konnte schwören, dass das Aufwallen unter ihrer Kleidung ihr bis in die Knochen fuhr.

Verdammt, sie war heilfroh, dass sein Geruchssinn nicht so gut war wie der der meisten Breeds, doch so wie seine Augen schmal wurden und seine Nasenflügel sich weiteten, hatte sie den Verdacht, dass er die Erregung witterte, die sie in sich aufsteigen fühlte.

Sie war eine Frau. Und verdammt, wenn er nicht ein hübsches Exemplar von einem Mann – und einem Breed – war. Sie war nicht gepaart, und sie war auch nicht tot, sondern im Besitz aller Instinkte wie jede andere Frau auch. Und all diese Instinkte verlangten lautstark nach einer Kostprobe von Groß, Gefährlich und Sahneschnittchen ihr gegenüber.

Das hieß aber nicht, dass sie ihren Instinkten nachgeben musste.

Das Fenster zwischen Fahrer- und Passagierbereich fuhr hoch. Ria wandte sich um und sah Mercury fragend an.

»Lawe möchte sein Fenster öffnen. Könnte zu kalt für Sie werden«, erklärte er, doch seine Augen sagten etwas vollkommen anderes. Etwas, das sie den Kopf einziehen ließ und veranlasste, wieder aus dem Fenster zu sehen.

Oh ja, sie war erregt, und der Breed am Steuer wusste das zweifellos.

Sie zuckte innerlich mit den Schultern. Denn sie hatte auch keinen Zweifel daran, dass sie daran gewöhnt sein sollten. Frauen auf der ganzen Welt, in Blogs, auf Webseiten über

Breed-Sichtungen und einer Vielzahl anderer Online-Communitys beschimpften und begehrten gleichermaßen die Wesen, die der Mensch erschaffen und über die er die Kontrolle verloren hatte.

Man war fasziniert von den Breeds. Man hatte Angst vor ihnen und fühlte sich von ihnen erregt. In etwas mehr als einem Jahrzehnt waren sie zum Feindbild in der Nacht und ebenso zu den finsteren Liebhabern in den Träumen der Frauen geworden. Manchmal war es amüsant. Doch die meiste Zeit erinnerte es sie immer wieder daran, wie wankelmütig Menschen sein konnten.

Denn nur wenig wäre nötig, um das Blatt gegen die Breeds zu wenden, und wenn die Gerüchte, die Dane gehört hatte, stimmten, dann konnte diese Wendung schon weit früher kommen, als alle erwarteten. Und sie könnte verheerender sein, als alle vermuteten.

Das Tier öffnete die müden Augen, nicht sicher, was es geweckt hatte. Der Mann. Seine Emotionen entglitten ihm. Das Tier konnte den Riss in der Verteidigung des Mannes fühlen, die Chance, sich zu strecken und vorzutasten. Freiheit zu fühlen. Süße Freiheit.

Das Tier streckte sich mit allen Sinnen, langsam und vorsichtig. Es schwelgte in der Chance.

Dann stutzte es. Blinzelte. Es starrte durch die Augen des Mannes hinaus. Atmete durch die Nase des Mannes ein. Es kostete die Luft mit der Zunge des Mannes – und musste sein Aufbrüllen unterdrücken.

Das Tier duckte sich, starrte, witterte, kostete. Es hatte gewartet. War geschwächt gewesen. Erschöpft. So nahe dem Tod. Doch es hatte gekämpft. Und es hatte gewartet.

Darauf.

Dunkle Augen sahen unter gesenkten Wimpern zu dem Mann auf. Es war kein koketter Blick, sondern ein vorsichtiger. Dunkle Wimpern, nur Schatten heller als ihre Augen. Dunkles Haar, das gebändigt war, wo es doch frei fallen sollte.

Und ihr Duft.

Das war es, was das Tier geweckt hatte. Ihr Duft.

Das Tier fühlte etwas durch seinen Leib rasen, das an Freude erinnerte. Ihr Duft war wie Gnade. Wie Wärme inmitten der Kälte. Ihr Duft war wie ein Ort, an den man gehörte.

Das Tier war vorsichtig. Der Mann war immer noch wachsam. Das Tier ließ den süßen Duft im Kopf nachklingen, nur einen Moment lang. Nur eine Kostprobe, ein Vorgeschmack darauf, was wahre Wonne war, bevor es sich zurückzog.

Das Tier duckte sich wieder, nun wach und ungerührt. Die Präsenz der Frau erfüllte es mit Hoffnung und erneuerte jene letzte Unze Kraft, die es brauchte, um nur zu überleben.

Die Emotionen des Mannes – das Tier konnte fühlen, wie sie sich aufbäumten, wie die Ketten, die es banden, schwächer wurden, denn der Mann war abgelenkt. Er war mit seinen Gefühlen beschäftigt. Er musste nicht auf der Hut sein vor dem Tier, das vor langer Zeit fast gestorben war.

Er war nur ein Mann. Das Tier konnte den Gedanken fühlen, als der Mann sich gestattete, in seiner Wachsamkeit nachzulassen. Er war nur ein Mann, kein Grund zur Sorge. Er konnte diese Frau beobachten. Er konnte sie begehren.

Und das Tier beobachtete. Und es begehrte. Es duckte sich, wartete und fühlte immer mehr Hunger, wo bisher keine Kraft gewesen war, um Hunger zu spüren.

Das Tier beobachtete. Es wartete. Und es wusste: Die Freiheit war nicht mehr fern.

2

»Hallo, Mr Wyatt. Welche Freude, Sie endlich zu treffen.« Ria schüttelte Jonas' dargebotene Hand, betrat sein gut ausgestattetes Büro in Sanctuary und sah sich um.

Es war keineswegs ausgefallen, aber es war groß, offen und luftig. Seinen Schreibtisch aus Nussbaum hatten zuvor die Wissenschaftler des Councils genutzt, die das Anwesen bewohnt hatten, bevor die Breeds es in Besitz nahmen.

Dunkle schwere Aktenschränke waren entlang der Wände aufgestellt. Er behielt seine Akten immer in der Nähe. Diese Papierablage war etwas antiquiert, doch zumindest schloss er sie sicher ein. Sie wusste, dass sein Büro in D.C. vollkommen elektronisch und unabhängig von jedweden Leitungen außerhalb des Büros funktionierte, mit Ausnahme des Organizers und des Laptops, die er oft auf Reisen dabeihatte.

»Ich habe Kaffee aus der Küche bringen lassen.« Jonas wies mit der Hand zu dem kleinen Sitzbereich an der Seite.

Eine Couch, ein Sofa und zwei Stühle gruppierten sich dort um einen schimmernden, schweren Couchtisch aus Nussbaum. Der Kaffee stand auf einem Silbertablett in der Mitte des Tisches und lockte ihre Sinne mit seinem Duft.

»Meine Schwäche.« Sie lächelte in offensichtlicher Wertschätzung, als er sie zur Couch geleitete. »Ich muss zugeben, mein Körper passt sich nicht mehr so problemlos an unterschiedliche Zeitzonen an wie früher. Ich könnte etwas Koffein gebrauchen.«

Jonas gab einen unverbindlichen Laut von sich, eine Art

Mischung aus gereiztem Schnauben und skeptischem Brummen.

Er nahm ihr gegenüber Platz, während Mercury schweigend den Stuhl neben der Couch besetzte.

»Soll ich einschenken?« Sie zeigte auf das Kaffeeservice vor ihnen.

Jonas hob eine Augenbraue. »Meinetwegen.«

Er lehnte sich zurück, während sie Kaffee einschenkte und erst ihm und dann Mercury eine Tasse reichte, bevor sie ihre eigene nahm, auf der zarten Porzellanuntertasse balancierte und sich ebenfalls zurücklehnte.

Sie nahm die Tasse am Henkel, inhalierte zuerst, und ihr Gehirn reagierte mit Vorfreude, bevor sie vorsichtig nippte. Guter Kaffee war wirklich schwer zu finden.

Erfreut stellte sie fest, dass dieses Gebräu hier vom Feinsten war. Ihre Wimpern flatterten beinahe ekstatisch.

Jonas schmunzelte. »Sie mögen Kaffee«, bemerkte er, während er selbst trank und sie mit diesen eigenartigen Silberaugen ansah.

»Ich liebe Kaffee.« Sie trank noch einen Schluck, ließ sich dann etwas entspannter in die Couch sinken und sah zwischen ihm und Mercury hin und her.

Gestern war sie angekommen und zu der Hütte gebracht worden, die Dane für sie gemietet hatte. Sie stand am Rand von Sanctuary, doch nicht innerhalb der Grenzen der Basis selbst.

Knapp eine halbe Meile von der Hütte entfernt war ein gesicherter Bereich eingerichtet worden. Sie wusste, der Großteil der Ausrüstung war so ausgelegt, dass kein Zaun nötig war. Sowohl Vanderale Industries als auch Seth Lawrences verschiedene Unternehmen hatten zur Sicherheit von Sanctuary beigetragen.

Löwen streiften auf Sanctuarys Seite der Grenze umher, und Breeds patrouillierten dort unermüdlich. Vergangene Nacht hatte sie das Brüllen der Löwen gehört, die offensichtlich in dem Gebiet die Runde machten, trotz der Kälte, die sich über den Berg gesenkt hatte.

Es war gerade mal der erste Oktober, und schon näherten sich die Temperaturen dem Gefrierpunkt. Hier wurde es viel zu früh viel zu frostig für ihren Geschmack. Sie fühlte die Kälte deutlich in ihren Knochen.

»Ich verstehe Vanderales Bedenken, Miss Rodriquez …«

»Oh bitte, nennen Sie mich Ria.« Sie schenkte ihm ein nichtssagendes Lächeln. »Es ist nicht nötig, auf Förmlichkeit zu bestehen. Immerhin kenne ich Ihre Familie ja tatsächlich recht gut.«

Seine Miene wurde ausdruckslos, doch in seinen Silberaugen blitzte unvermittelt Feindseligkeit auf.

»Das bezweifle ich doch sehr«, grollte er.

Sie sah ihn blinzelnd an. »Doch so ist es. Ihr Vater und Ihr Bruder nahmen sich meiner nach dem Tod meiner Mutter an. Sie waren immer recht gütig.«

Er kniff die Augen zu schmalen Schlitzen zusammen, als sie ihn buchstäblich mit der Nase darauf stieß, dass er sie nicht wirklich wie eine Angestellte behandeln konnte. Und ganz offenbar schien er die Tatsache seiner Abstammung nicht gut anzunehmen.

Anders als bei Callan war Jonas' Mutter nicht Leos Gefährtin gewesen. Nur Leos Sperma und die Eizelle einer anderen Wissenschaftlerin waren bei seiner Erschaffung zum Einsatz gekommen.

Mercury rührte sich wachsam auf dem Stuhl neben ihm und richtete den Blick auf Jonas. Seine Bernsteinaugen wurden dunkler, bevor er Ria wieder ansah.

»Ria.« Jonas erwiderte ihr Lächeln mit deutlichem Spott. »Ich bin sicher, Ihnen ist bewusst, dass ich ebenso Recherchen über Sie angestellt habe, so wie Dane«, er knurrte den Namen, »Recherchen über Sanctuary und seine Bewohner angestellt hat. Die Vanderales haben Sie nicht adoptiert. Und Sie sind keine hochgeschätzte Tochter.«

Ria stellte die Tasse auf den Tisch zurück, faltete die Hände in ihrem Schoß und erwiderte milde seinen Blick. Er sagte ihr nichts, was sie nicht selbst schon wusste.

»Mr Wyatt, so etwas habe ich auch nie angedeutet. Ich sagte, ich kenne Ihre Familie recht gut. Ich arbeite für Leo und Dane, seit ich achtzehn Jahre alt war, wie Sie wissen. Sie haben meine Ausbildung finanziert und davor meine Erziehung.« Sie beugte sich vor, gerade so weit, um ihn wissen zu lassen, dass sein gewichtiger Blick sie nicht einschüchterte. »Zweifeln Sie nie daran, dass ich eine geschätzte *Freundin* der Familie Vanderale bin, und als solche ist meine Loyalität gegenüber der Familie, der Firma und der Aufgabe, für die ich hierher geschickt wurde, ohne Tadel. Ich wurde geschickt, um zu katalogisieren, zu kategorisieren und, im Wesentlichen, festzustellen, ob Sanctuary sicher genug ist oder nicht, um all die nützlichen kleinen Spielzeuge zu bekommen, die wir hierher schicken, damit Sanctuary als Erstes damit spielen kann. Zweifeln Sie nicht daran, dass meine Meinung Gewicht hat. Und zweifeln Sie ebenso keinesfalls daran, dass mein Job sicher ist, ungeachtet aller Proteste, die Sie vorbringen. Also«, sie lehnte sich zurück, »sollen wir das auf zivilisierte Weise regeln, oder darf ich mir anhören, wie Sie grollen, knurren und mir Ihre bösen, scharfen Reißzähne zeigen, so wie Ihr Bruder es tut, wenn er übermäßig aufgebracht ist?«

Jonas knurrte.

»Jonas.« Mercury beugte sich vor – fast beschützend.

Ria wandte den Blick nicht von den gefährlich wechselnden Farben in Jonas' Augen, als Mercury seine Aufmerksamkeit auf sich lenkte.

»Was?«, fragte Jonas langsam.

»Wenn Sie noch mehr Möbelstücke in diesem Büro zertrümmern«, ergriff Ria das Wort, bevor Mercury etwas sagen konnte, und sah sich im Raum um, »dann kürzt Callan vielleicht noch Ihr Budget für das Büro. Erst letzte Woche bin ich die Aufzeichnungen über Büroausstattung durchgegangen. Wie es scheint, wurde dieses Büro im Laufe von sechs Monaten mit zwei neuen, verschiedenen Couchtischen aus Nussbaum sowie einem äußerst stabilen Metalltisch beliefert. Innerhalb eines Jahres haben Sie drei Sekretärinnen verloren, und das Fensterglas in Ihrem Apartment wurde zweimal erneuert. Sie haben ein ziemliches Temperament, Sir, nicht wahr?«

»Oder so.« Sein Lächeln war angespannt.

Ria wartete auf die Wahrheit, während er sie anstarrte. Sie kannte die Wahrheit. Die Fenster in seinem Apartment waren mehreren Anschlägen auf sein Leben zum Opfer gefallen. Den Couchtisch aus Metall hatte die unkontrollierbare Druckwelle eines Sprengsatzes erwischt, der durch die Sicherheitsmaßnahmen geschmuggelt worden war – ein hochmoderner Sprengsatz. Die beiden Holztische allerdings waren höchstwahrscheinlich Opfer von Jähzorn.

Schließlich ließ sie den Blick flackern, als verstünde sie seine Position als Alpha. Jonas hatte nicht gründlich genug recherchiert. Denn sie beugte sich nicht einmal Dane.

»Sehr gut.« Sie atmete tief durch. »Ich möchte Sie wirklich nicht gegen mich aufbringen. Aber es ist das Beste, wenn wir von vornherein wissen, warum ich hier bin. Mein Job ist es, festzustellen, ob die finanziellen Mittel, die Sanctuary erhält, weiter fließen, erhöht, reduziert oder ganz eingestellt werden sollen. Ihre Aufgabe ist es, dafür zu sorgen, dass ich vollen Zugang zu all Ihren Akten habe, eingeschlossen sämtliche Anschaffungen, Zahlungen, Verträge oder auswärtig von Sanctuary geleisteten Dienste, und zwar in elektronischer und in Papierform. Wenn es Ihnen nichts ausmacht, möchte ich morgen gern mit der Arbeit beginnen.«

Sie beugte sich vor, nahm ihren Kaffee und trank, während sie die Beine übereinanderschlug und wartete.

Er unterdrückte offensichtlich ein Knurren, während Mercury sie mit einem Aufblitzen von Belustigung in den Augen musterte.

Leider war Jonas Dane viel zu ähnlich. Doch das war Pech für ihn, denn Ria hatte schon vor Jahren mit Dane umzugehen gelernt. Sie erhielt Juwelen in Form von Schmuck aus aller Welt als Bezahlung dafür, dass sie sich von Dane manipulieren ließ. Und wie er sie manipulierte.

Sie lächelte Jonas zu. »Ich bin wirklich ein sehr netter Mensch. Jede Menge Kaffee ist hilfreich dabei.«

Mercury schnaubte. Jonas sah sie finster an.

»Dane Vanderale steckt hinter der Sache, nicht wahr?« Er zog spöttisch die Lippe hoch. »Deshalb interessiert den Leo plötzlich so sehr, wofür sein Geld ausgegeben wird.«

Ria runzelte die Stirn. »Der Leo lässt sich nicht manipulieren, Mr Wyatt. Sobald Sie ihn näher kennenlernen, werden Sie das erfahren.« Vielleicht auf die harte Tour, wie es Dane so oft widerfuhr.

Doch Jonas war misstrauisch, und das war kein gutes Zeichen für Dane. Oder für sie. Leo würde sie nicht feuern, aber Junge, Junge, er würde dafür sorgen, dass sie sich wünschen würde, er hätte etwas so Humanes getan, wie sie einfach zu feuern.

Leo kannte sie. Er wusste, wie er ihr Schuldgefühle einimpfen konnte. Und er konnte sein Wissen mit schockierender Vehemenz einsetzen.

»Was genau brauchen Sie?«, fragte Jonas mit zusammengebissenen Zähnen.

»Wie gesagt, Informationen auf Papier und/oder in elektronischer Form über Anschaffungen, Verträge, Verkäufe oder Verhandlungen diesbezüglich. Das Einzige, was ich nicht brauche, sind Laborakten über einzelne Breeds oder sensible Missionsberichte. Alles, was die Geschäfte von Sanctuary betrifft, sollte mir zugänglich gemacht werden.«

»Und dafür brauchen Sie wie lange?«, fragte er barsch.

Bedauern flackerte in ihr auf, denn ihr war klar, dass sie nahe daran war, ihn gegen sich aufzubringen, ihn vielleicht sogar zu ihrem Feind zu machen. Und er erinnerte sie so sehr an Dane. Sie hatte Dane sehr gern, obwohl der ein manipulativer, berechnender und kaltherziger Kerl war, weil er sie dazu überredet hatte, hierherzukommen.

Der Leo würde sie beide umbringen, aber die Gefahr, der sich Sanctuary gegenübersah, machte ihr Angst. Sie sah von Jonas zu Mercury und gab sich etwas sanfter.

»Hoffentlich nicht allzu lange«, erklärte sie. »Wirklich, Mr Wyatt, es ist nicht mein Wunsch, Sie mir zum Feind zu machen, doch es gibt auch nichts, das mich in meiner Aufgabe wanken lässt. Aber ich versichere Ihnen, die Lebensfähigkeit von Sanctuary ist mir durchaus ebenso wichtig, wie sie es Leo und Dane ist. Ich bin nicht hier, um Ihre Sicherheit zu gefährden, sondern um Informationen zu sammeln. Ihre Kooperation ist alles, was ich brauche. Ungeachtet meines Beschlusses weiß ich, dass Leo und Dane bereit sein werden, mit Sanctuary zusammenzuarbeiten, um die Beziehung, die Sanctuary mit Vanderale genießt, fortzusetzen.«

Und wenn ihnen das Geld wie durch ein Sieb davonrinnen

würde, würde Leo nie auch nur erwägen, ihnen den Geldhahn zuzudrehen. In der Beziehung könnte Sanctuary undicht sein, bis die Hölle zufror, und er würde trotzdem weiter Geld hineinpumpen. Doch das war nicht der Fall. Es ging nicht um Geld, das versickerte, sondern um etwas weit Wichtigeres.

»Sie werden bekommen, was Sie brauchen.« Jonas stand auf. »Morgen früh.«

Auch Ria stand auf und registrierte, dass Mercury sich ebenfalls aufrichtete.

»Ich freue mich schon darauf.« Sie stellte ihre Kaffeetasse auf den Tisch und streckte wieder die Hand aus. »Es war mir ein Vergnügen, Sie zu treffen.«

Er schüttelte fest ihre Hand, doch ohne seinen Griff zu verstärken; er unternahm keinen Versuch, ihr seine Stärke zu demonstrieren, und ihre Wertschätzung für ihn wuchs. Denn sie wusste, dass er wütend war.

»Mercury, bring sie zurück zu ihrer Hütte. Du, Lawe und Rule seid ihre persönlichen Leibwächter. Sorgt dafür, dass niemand sie umbringt. Denn sie selbst scheint sich heute nicht besonders um ihr Wohlergehen zu sorgen. Und morgen früh soll sie sich in Elys Labor zu Tests einfinden.«

Ria stutzte. »Es wird keine Tests geben, Mr Wyatt. Ich habe die nötigen Proben vor meiner Ankunft zur Verfügung gestellt. Mehr wird es nicht geben.«

Er hielt inne und musterte sie. Ein Muskel an seinem Kinn zuckte, bevor er angespannt lächelte. »Sie spielen wirklich gern mit dem Feuer, nicht wahr, Miss Rodriquez?«

Sie gab ein unbekümmertes Lachen von sich und sah zu ihm auf. »Mr Wyatt, Dane meint oft, dass ich genau das am besten kann. Ich denke, auch meine Mutter hat mir dasselbe mehrere Male vorgeworfen. Doch Sie werden feststellen, dass ich wahrhaft nicht der Feind bin.«

»Ich betrachte Frauen nicht als meine Feinde.« Er zuckte mit den Schultern, und in dem kurz aufblitzenden Lächeln konnte sie den Charme erkennen, zu dem er fähig war. »Vielleicht als Kampfgegner.«

Das sagte ihr einiges. Sie neigte zustimmend den Kopf, bevor sie sich zu ihrem persönlichen Leibwächter umdrehte. Das reichte, um eine Frau wünschen zu lassen, dass das Wort eine vollkommen andere Bedeutung haben möge: im Sinne von nackt und in ihrem Bett.

Zu schade, dass sie und Beziehungen nicht gut zusammenpassten. Außerdem wusste sie, dass Breeds sich paarten. Sie waren ausgelassen, erotisch und sündig, doch eine Frau zu lieben ging immer mit einer Paarung einher. Und eine Paarung erfolgte fast augenblicklich.

Bisher verspürte sie keine unkontrollierbaren Triebe, soweit es seinen Körper betraf. Irrationale Triebe vielleicht, aber das zählte nicht.

Sie bemühte sich, ihr Gleichgewicht wiederzufinden, als Mercury sie wieder vom Anwesen zur Limo eskortierte. Sie glitt auf den Rücksitz und sah zu, wie er ihr gegenüber einstieg, bevor der Wagen die Einfahrt verließ.

Sie schwiegen beide, während sie durch die Tore und die Menge Protestierender fuhren, die davor ihre Parolen skandierten.

Die Klatschblätter befeuerten die Proteste. Gerüchte erzwungener sexueller Begierden durch ein Virus, das die Breeds in sich trugen, waren wieder in den Schlagzeilen. Außerdem war da die Geschichte des Serienkillers/Kannibalen, der mit den Breeds in Verbindung gebracht wurde. Die Regenbogenpresse sorgte dafür, dass vor den Toren weiter protestiert wurde und Misstrauen die Breeds umwaberte, sowohl hier als auch in Haven, der Basis der Wölfe.

»Sie haben eine Grenze bei Jonas berührt. Ich würde vorschlagen, eine Weile nicht weiter zu drängen«, stellte Mercury fest, während sie zurück zur Hütte fuhren.

Sie sah ihn schweigend an und antwortete dann: »Jonas, ebenso wie Dane, erfordert eine gewisse Kenntnis im Umgang. Würde er glauben, ich wäre leicht zu überrollen, würde er seine Zeit damit verbringen, mir das, was ich brauche, zu verweigern und meine Bemühungen zu blockieren.«

Doch das änderte nichts an der Tatsache, dass es nicht leicht gewesen war, sich ihm zu stellen. Die meiste Zeit über war ihr bange gewesen, und es war ihr fast unmöglich gewesen, jeden Anflug von Furcht zu unterdrücken.

»Der Umgang mit Jonas ist ganz anders als der mit Dane Vanderale, Ria. Machen Sie sich nichts vor. Er kann ein erbitterter Feind sein.«

»Genau wie Dane.« Ria zuckte mit den Schultern.

Sie sah ihn wieder an. Die ausgestreckte Position, die er bevorzugte, lockte sie. Am liebsten hätte sie sich auf seinem Schoß zusammengerollt. Sie wollte sich an ihm wärmen.

Unlogisch. Irrational. Irrsinnig.

Die vergangene Nacht war voll mit Träumen von ihm gewesen. Sie wusste, dass er draußen gewesen war und in dem Gebiet um ihre Hütte patrouilliert war. Das war zu nahe. Zu verlockend.

Wenigstens war er nicht in ihrer Hütte gewesen. Sie war nicht gut darin, ihren Raum mit anderen zu teilen, egal wie sehr sie sich zu einem Mann hingezogen fühlte.

Sie war eine eingefleischte Einzelgängerin. Das hatte sie schon vor langer Zeit beschlossen. Menschen verließen einen viel zu leicht. Sie traten ins Leben, gewöhnten einen an ihre Gegenwart, und dann gingen sie und ließen einen allein zurück. Es war eine harte Lektion gewesen; eine, an die zu erinnern sie sich immer wieder ermahnte, wenn sie sich fragte, wie es wäre, tatsächlich seinen Raum mit jemand anderem zu teilen.

»Wieso haben Sie keinen Liebhaber?«

Die Frage ließ sie den Kopf wenden.

»Wie bitte?« Sie sah ihn geschockt an, und bei dem Blick, den er ihr zuwarf, knisterte ihr Körper förmlich.

Sein Gesichtsausdruck war definitiv sinnlich.

»Wieso haben Sie keinen Liebhaber?«, fragte er erneut und betonte die Wörter, als verstünde sie Englisch nicht gut. »Sie sind hübsch. Ungebunden. Und Sie sind allein.«

»Ich sehe auch keine Frau an Ihrer Seite«, gab sie unwirsch zurück. »Vielleicht habe ich ihn zu Hause gelassen.«

Er schüttelte den Kopf. »Sie haben keinen Duft eines Mannes an sich. Hätten Sie einen Liebhaber, würde der Duft seiner Erregung Sie noch Wochen umhüllen, selbst wenn Sie von ihm getrennt wären. Also haben Sie keinen.«

»Und ich denke nicht, dass Sie das etwas angeht«, erklärte sie und bemühte sich um Gelassenheit.

»Ich schon.«

Ihr Herz hämmerte, das Blut schoss ihr ins Gesicht, und sie fragte sich, ob ihre Reaktion der Vorläufer eines Schlaganfalls war. Denn das war ihr noch nie zuvor passiert.

»Ich aber nicht.« Sie beäugte ihn wachsam.

»Dane hätte Sie nicht allein herschicken sollen«, sagte er. Seine Stimme klang leise, zu sanft und gefährlich. »Sie sind eine Versuchung, Miss Rodriquez. Und eine Herausforderung. Zwei Dinge, die ein Breed nur schwer ignorieren kann.«

Und sie würde gleich auf dem Rücksitz dahinschmelzen. Versuchung? Herausforderung? Sie war unscheinbar, das war ihr bewusst. Sie versuchte, sich mit sexy Unterwäsche und den hübschen Dingen, die sie von Dane bekam, aufzupeppen. Es war nicht immer Schmuck. Manchmal ein Schal, manchmal etwas so Schlichtes wie ein ungewöhnliches Kunstwerk, das er auf einem unbekannten Markt entdeckt hatte.

Sie umgab sich gern mit schönen Dingen, weil ihr bewusst war, dass sie eben nicht besonders hübsch war. Sie war keine Versuchung. Und trotz seiner Behauptung wäre sie auch keine große Herausforderung, falls er beschließen würde, dass er in ihr Bett wollte.

»Sie müssen nicht mit mir spielen, Mercury«, erklärte sie, und ihr war bewusst, dass sie den Anflug eines traurigen Lächelns nicht ganz verbergen konnte. »Ich mache meinen Job. Ungeachtet der Versuchung, es nicht zu tun.«

Und er konnte sie in Versuchung führen. Er konnte ihr Untergang sein.

3

Er beobachtete sie. Der alberne Knoten, zu dem ihr Haar im Nacken gedreht war, wollte sich lösen. Ihre braunen Augen, fast von der Farbe dunkler Schokolade, blickten gereizt, als sie ihn ansah. Ihr sanft gerundetes, cremefarbenes Gesicht mit trotzigem Kinn war faszinierend. Doch es gab andere Körperteile an ihr, die ihn verrückt machten.

Wenn sie weiter so mit dem Hintern wackelte, würde er ihn sich holen. So wahr ihm Gott helfe, er würde sie sich auf die Knie setzen, ihr diesen unscheinbaren braunen Rock über die Hüften schieben und ihr zeigen, wie töricht es war, einen ausgewachsenen, hungrigen Löwen-Breed zu reizen.

Mercury Warrant lehnte sich an die Wand in dem kleinen Büro, das Gloria »bitte nennen Sie mich Ria« Rodriquez nutzte, und bemühte sich, die kühle Fassade zu bewahren, die er nun schon seit über einem Monat zur Schau stellte.

Es war nicht einfach. Besonders dann nicht, wenn sie vom Schreibtisch zu dem Tisch gegenüber ging, um die Akten durchzugehen, die sich dort stapelten. Dann beugte sie sich vor, studierte manchmal den Inhalt jeder einzelnen Akte, bevor sie sich für eine entschied, und dieser hässliche braune Rock schmiegte sich dabei um ihren Hintern wie eine liebevolle Hand.

So wie seine Hand sich darum schmiegen, ihn kneten und die vollen Backen teilen wollte, während er dabei zusah, wie seine Erektion in die feuchte, seidige Wärme darunter drang.

Er war eine Dauererektion auf zwei Beinen, und nach vier

Wochen machte ihn das langsam sauer. Er befriedigte sich selbst und dachte dabei an sie, hatte ihr Gesicht und ihren Körper rittlings auf ihm vor Augen. Die Tage, die er mit ihr verbrachte, fachten die Begierde nur weiter an, bis er sie bis in die Hoden spürte.

Er wollte das kleine Mauerblümchen haben. Er wollte sie aufs Bett werfen und sie vögeln, bis das Verlangen ausgelöscht und sein Verstand wieder frei von ihr war.

»Sie waren der Mechanikspezialist, bevor Sie Teil von Mr Wyatts Team wurden?« Sie drehte den Kopf und sah ihn mit ihren scharfen, braunen Augen an. »Sie waren derjenige, der die Spezifikationen der Geländemotorräder festgelegt hat, die wir hierher verschickt haben?«

Das »Wir« in der Frage stand für Vanderale Industries, Sanctuarys mehr als großzügigen Wohltäter.

Er nickte knapp.

»Ihre Laborakte enthielt keine Hinweise auf Kenntnisse in Mechanik. Ihre Spezialität dort waren Aufklärung und Waffen, mit einem beträchtlichen Talent in Meuchelmord und Folter.«

Er hob eine Augenbraue. »Bei Ihnen klingt das wie College.«

Sie erwiderte seinen Blick schweigend, ohne eine Miene zu verziehen.

»Die Fähigkeit war nicht aufgelistet, weil es dort keine Chance gab, das Talent zu entwickeln.« Schließlich zuckte er mit den Schultern. »Als ich hierherkam, standen ein paar alte Motorräder in einer Scheune. Ich verbrachte meine Zeit damit, sie zu reparieren.«

Jonas hatte befohlen, mit ihr zu kooperieren. Schön, er würde kooperieren. Und er musste zugeben, ihm gefiel dieses kurze Aufblitzen von Interesse in ihren Augen, wenn er ihr gab, was sie wollte. Er würde ihr gern noch eine ganze Menge mehr geben als das, wonach sie fragte.

»Also haben Sie dieses Talent während Ihrer Genesung entdeckt?« Sie straffte ihre Schultern und drehte sich zu ihm um, ließ die Hände in die Taschen ihres schmalen Rocks gleiten und lehnte sich mit der Hüfte an den Tisch.

Genesung. Na, das war ja mal eine Bezeichnung dafür.

Er nickte. Das Reden fiel schwer, wenn er eigentlich nur vor Lust knurren wollte. Er konnte den Drang in seine Kehle steigen fühlen und unterdrückte ihn. Verdammt, er hatte wohl schon zu lange keine Frau mehr gehabt. Vielleicht sollte er sich eine suchen. Und zwar schnell. Andernfalls würde er im Bett mit einer potenziellen Katastrophe enden. Vanderales Gesandte war keine Frau, die man aufs Kreuz legen sollte. Buchstäblich.

»Sie haben sechs weitere Motorräder angefordert, ausgerüstet mit fortgeschrittener Elektronik, Waffen und Leistung. Haben Sie die Spezifikationen entwickelt?«, fragte sie.

Er nickte wieder. Diese Motorräder wären ein Schrecken in den Bergen, die die Regierung an die Breeds abgetreten hatte.

Die Motorräder waren bis auf das allernötigste Gewicht zurückgebaut, um die kleinen aufmontierten Geschützrohre und die Munition zu ermöglichen. GPS und moderne Satellitenverbindung waren in kugelsicheren Schilden an den Motorrädern enthalten, und die Motoren selbst waren auf eine enorme Erhöhung ihrer Leistung hin modifiziert.

»Und was wären die Konsequenzen, falls die Motorräder nicht genehmigt würden?«

Die Frage warf ihn aus der Bahn. Sie brauchten diese Motorräder.

»Mehr Breeds würden sterben«, antwortete er. »Es ist unerlässlich, Schritt zu halten mit den Tricks, die die Rassisten einsetzen, um in das geschützte Gebiet vorzudringen. Diese Motorräder werden den Teams helfen, die an der Umzäunung patrouillieren, die sich in den letzten paar Jahren ausgedehnt hat.«

»Die Entwicklungen, um die Sie bitten, erhöhen den Preis der Maschinen um mehrere zehntausend Dollar pro Stück«, führte sie aus. »Ganz zu schweigen von der Munition und Satellitenzeit, die sie brauchen. Wenn das so weitergeht, wird Vanderale noch einen Satelliten allein für Sanctuary in der Umlaufbahn brauchen. Wissen Sie, was das kostet?«

»Vanderale profitiert auch davon«, erinnerte er sie. »Wie viele unserer Leute arbeiten mittlerweile als Sicherheitspersonal für die neuen Einrichtungen, die Sie im Mittleren Osten aufgebaut haben?«

»Leute, denen wir hervorragende Gehälter zahlen«, konterte sie. »Hier gibt es keinen Austausch von Gefallen, Mercury.«

Blödsinn. Spöttisch erwiderte er ihren Blick. »Erzählen Sie das Ihrem Manager, den wir letzten Monat im Iran befreit haben, Miss Rodriquez. Die Breeds haben unentgeltlich getan, was kein anderes Team für sonst wie viel Geld auch immer hätte tun können. Wie viel war Ihnen sein Leben wert?«

Ihre Lippen zuckten.

»Sie haben recht.« Sie zuckte mit den Schultern. »Mr Vasquez ist sehr wichtig für Vanderale. Es geht ihm übrigens gut. Er nahm das Ganze als ein Wahnsinnsabenteuer.«

Sie schlug die Knöchel übereinander und lehnte sich an den Tisch, und er konnte schwören, er hörte seidige Haut aneinanderreiben. Doch das konnte gar nicht sein, denn anders als bei anderen Breeds war sein Gehör nicht so gut ausgebildet.

Gott, er wollte sie auf diesen verdammten Tisch heben und seinen Kopf zwischen ihren Schenkeln versenken. Er fragte sich, ob sie wohl so süß schmeckte, wie er es sich vorstellte. Ob sie so feucht und heiß war, wie er hart war.

Würde sie für ihn schreien? Er wollte, dass sie schrie, ihn anflehte, dass sie den Kopf in den Nacken warf und dieser Haarknoten in ihrem Nacken aufging.

»Sanctuary braucht die Motorräder«, sagte er stattdessen. »Mit einem pro Team auf Patrouille haben wir einen Vorteil gegenüber den Rassisten, die versuchen, sich einzuschleichen, um die Mitglieder des Rates der Katzen-Breeds und deren Familien zu ermorden oder zu entführen.«

In den letzten Monaten hatte es zwei weitere Angriffsversuche auf das Haupthaus gegeben.

Sie wandte sich wieder den Akten zu, die über den Tisch gebreitet waren, wählte eine und drehte sich wieder zu ihrem Schreibtisch um.

Mercury sah zu, wie sie sich setzte und die Akte öffnete. Sie neigte den Kopf und entblößte die zarte Haut an ihrem Hals und den Puls, der direkt unter der Haut pochte. Mercury biss die Zähne zusammen, so groß war sein Verlangen, mit den Zähnen darüberzukratzen, die zarte Haut zu spüren, zu kosten und vielleicht ein wenig zu knabbern.

Mist. Bei dem Gedanken zuckte sein Schwanz, und seine Hoden zogen sich mit einem derart intensiven Aufblitzen von Verlangen zusammen, dass es fast schmerzte. Hastig fuhr Mercury mit der Zunge über seine Zähne, um zu prüfen, ob die winzigen Drüsen darunter geschwollen waren, und achtete darauf, ob er einen ungewohnten Geschmack im Mund hatte. Irgendetwas, das ein Hinweis auf Paarungsrausch sein könnte. Nicht dass er damit rechnete, aber er musste sichergehen.

Keine Schwellung, kein Freisetzen des Paarungshormons, das ihm signalisieren würde, dass sie für ihn bestimmt war.

Was hätte er getan, fragte er sich, wenn die Anzeichen da gewesen wären? Wenn er erfahren hätte, dass er nicht die eine Person auf der Welt verloren hatte, die für ihn bestimmt war? Dass die Träume, die im Schlaf durch seinen Verstand huschten, Realität werden konnten?

Er spannte die Kinnmuskeln an, als ihm der überwältigende

Gedanke kam, sich mit ihr zu paaren. Der Gedanke, dass ihm die Wahl abgenommen würde, dass er sie markieren würde, diese eine Frau, als die Seine. Die Sexualität, die der Paarungsrausch hervorrief, war intensiv und feurig, das Verlangen überwältigend.

Unglücklicherweise wusste Mercury, dass das etwas war, das er nie kennenlernen würde. Er hatte seine Gefährtin verloren, vor Jahren schon, in einem Leben, das er täglich versuchte zu vergessen.

Er hatte die kleine Löwin, die sein Herz und sein Körper beansprucht hatten, nicht markiert. Er hatte sie nie genommen, sie nie geküsst, doch er erinnerte sich an die überwältigende Begierde, genau das zu tun. Seine empfindliche Zunge, das instinktive Wahrnehmen ihrer Person und ihres Duftes, seine Lust, wann immer er eine Chance hatte, sie zu sehen. Sein Zorn und Schmerz, als sie auf einer Mission getötet wurde, hatte beinahe zu seinem eigenen Tod geführt.

Sie war seine Gefährtin gewesen. Und Löwen-Breeds paarten sich nur einmal, so wie ihr Verwandter, der Löwe. Aber vögeln konnte er noch. Und er war fest entschlossen, diese kleine graue Maus zu vögeln, bis sie ihren Orgasmus hinausschrie.

»Allein letztes Jahr hat Vanderale Sanctuary mehr als zwanzig Millionen Dollar zukommen lassen«, murmelte sie, während sie eine andere Akte durchsah. »Mr Wyatt hat eine ziemlich beeindruckende Liste an Bedürfnissen in der Datei, die er uns zur finanziellen Unterstützung für nächstes Jahr zugeschickt hat.«

Mercury sagte nichts. Er gehörte nicht zum Breed-Rat, und im Augenblick waren Jonas' Bedürfnisse das Letzte, was er im Sinn hatte. Er war viel zu beschäftigt damit, auf das Heben und Senken ihrer Brüste unter der unförmigen Bluse zu starren und sich zu fragen, welche Farbe wohl ihre Nippel hatten, und ob die weichen Rundungen unter der Bluse so üppig waren, wie er vermutete.

Ihr Räuspern lenkte seinen Blick nach oben. Mercury erwiderte ihren Blick und verzog keine Miene trotz der Tatsache, dass sie ihn gerade dabei erwischt hatte, wie er ihr auf die Brüste starrte.

Außerdem gefiel ihm dieser leichte Anflug von Röte auf ihren Wangen und die Art, wie ihre Augen ihn hinter den kleinen Brillengläsern tadelten.

»Ich sehe ja ein, dass Sie sich wahrscheinlich langweilen.« Sie seufzte und machte ein resigniertes Gesicht. »Aber ich fühle mich unwohl dabei.«

»Wieso?«

Überraschung glitzerte in ihren Augen aus dunkler Schokolade. Mercury stand nicht so sehr auf Schokolade wie einige andere Breeds, aber er musste zugeben, diese Frau könnte ihn dazu bringen, welche zu mögen.

»Wieso?«, fragte sie mit einem leisen, unbehaglichen Lachen. »Vielleicht, weil wir beide wissen, dass das kein Interesse Ihrerseits ist, sondern lediglich ein Versuch, sich zu amüsieren. Ich weiß, die letzten Wochen waren nicht einfach für Sie, mir überallhin folgen zu müssen. Außerdem mögen Frauen es nicht, wenn man ihnen auf die Brüste starrt. Das sollten Sie inzwischen wissen.«

»Was nicht heißt, dass ich es verstehe«, meinte er schulterzuckend. »Die Tatsache, dass ich Ihre Brüste interessant finde, sollte keine so große Sache sein. Sie scheinen hübsche Brüste zu haben. Sie sollten Blusen tragen, die sie betonen, statt sie zu verstecken.«

Frauen waren seltsame Geschöpfe. Und er langweilte sich ganz und gar nicht. In ihrer Nähe zu sein war alles andere als langweilig.

»Wie würde es Ihnen denn gefallen, wenn ich Ihnen ständig auf den Schritt glotzen würde?«, fauchte sie. »Es ist beleidigend.«

»Glotzen Sie nach Herzenslust.« Allein der Gedanke ließ seinen Schwanz in bemitleidenswerter Begierde nach Aufmerksamkeit zucken.

Als sie den Blick senkte, weiteten sich ihre Augen, und sie sah schnell wieder auf.

»Das ist eine ganz normale Reaktion, wenn ein Mann eine Frau attraktiv findet.« Ihr Unmut ließ ihn die Stirn runzeln. »Wäre es Ihnen lieber, ich würde überhaupt nicht reagieren?«

»Ja.« Sie klappte die Akte geräuschvoll zu. »Ich habe hier keine Zeit für eine Affäre.«

»Habe ich Sie denn um eine Affäre gebeten?« Er runzelte die Stirn; er wusste genau, dass dem nicht so war. »Ich sagte lediglich, ich finde Sie attraktiv.«

»Und Sie bekommen bei jeder Frau, die Sie attraktiv finden, einen Ständer?«

Also, die Frage war ihm jetzt unangenehm. Es gab nicht viele Frauen, die er in diesem Sinne attraktiv fand.

»Werden Sie denn für jeden Mann feucht, der Sie anbaggert?«, fragte er stattdessen. Denn feucht war sie. Er konnte ihre Erregung und ihr Interesse wittern. Schon seit Tagen, und es machte ihn wahnsinnig. Es war das erste Mal, dass er die Lust einer Frau derart witterte, quer durch den ganzen Raum. Er sah vielleicht aus wie der Löwe, von dem er seine Gene hatte, doch im Gegensatz zur allgemeinen Annahme waren seine Sinne nicht annähernd so stark wie die anderer Breeds. Immer noch stärker als die eines Menschen, aber … Dieser Duft lockte ihn erneut.

Der süße Duft kommender Morgendämmerung. Dieser schwer fassbare, dezente Duft des Erwachens, von feuchter

Wärme und Abenteuer. So war ihr Duft, und Mercury liebte die Morgendämmerung.

Ihre Haut zeigte inzwischen einen leichten Rotton, und außer dem Duft ihrer Erregung nahm er nun auch ihre Verwirrung wahr.

»Ich bin nicht feucht«, log sie, rutschte auf ihrem Stuhl hin und her und presste höchstwahrscheinlich gerade die Beine fest zusammen.

Mercury ließ ein Lächeln um seine Lippen spielen. Sie wusste, der Geruchssinn eines Breeds war stärker als der eines normalen Menschen, und sie hatte keine Ahnung, wie schwach der seine war. Außerdem wusste sie wohl, dass er die Lüge als das erkennen würde, was sie war: ein Versuch, die zunehmende Anziehungskraft zwischen ihnen zu leugnen.

Er sprach sie nicht darauf an. Er blieb in unveränderter Haltung an der Wand stehen, die Augen auf sie gerichtet, trotz der Tatsache, dass er seine Hände an ihr haben wollte.

Sie schniefte kurz missbilligend, bevor sie sich wieder den Akten zuwandte und ihn demonstrativ ignorierte. Ihm war das nur recht; es brauchte ohnehin Zeit, um sich an eine Begierde diesen Ausmaßes zu gewöhnen. Zeit und Geduld. Er hatte beides.

Ria war nervös. Sie war sonst nie nervös oder verlegen oder so scharf auf einen Mann, wie sie es schon den ganzen Monat lang war. Doch jetzt war sie es. Sie starrte auf die Akte, die die Motorräder im Detail beschrieb, mit denen Vanderale Sanctuary ursprünglich versorgt hatte, ebenso wie die Notizen und Bildtexte der Modifikationen, die Mercury Warrant vorgenommen hatte.

Modifizierungen, die er in die Spezifikationen für die neuen Motorräder, die sie wollten, mit aufgenommen hatte. Doch ihre Gedanken waren nicht bei Motorrädern, aufmontierten

Waffen und den Kosten des Ganzen, welche astronomisch waren. Ihre Gedanken waren bei dem Mann.

Oder dem Breed. Mercury zeigte deutlichere physische Merkmale als alle Löwen-Breeds zusammen, denen sie bisher begegnet war.

Hohe Wangenknochen und exotische braune Augen, fast Bernstein, aber nicht ganz. Um Augen und Lider verlief eine schwache dunkle Linie, als hätte ihm jemand einen ganz dünnen Kajalstrich gezogen. Dichte, sonnengeküsste Wimpern umrahmten die Augen und verliehen ihm eine erotische Erscheinung. Seine Lippen waren ein wenig zu schmal, doch gut geformt und sinnlicher, als sie sein sollten. Seine Nase war lang mit einem flachen Rücken und prägnanter als bei den meisten Breeds.

Langes dichtes Haar in braunen, schwarzen und rostroten Strähnen fiel ihm bis auf die Schultern. Anders als Callan mit dem goldbraunen Haar und den attraktiven Zügen schien Mercury die Breeds zu versinnbildlichen. Ein Löwe, der im Körper eines Mannes wandelte. Deutlich konnte sie die wilden, raubtierhaften Eigenschaften erkennen, von denen sie wusste, dass er sich bemühte, sie zu unterdrücken. Als könnte er verbergen, was er war, vor allem vor sich selbst.

Mit der Akte, die sie gerade las, verdeckte sie ihre Hand über dem Speicherkartenslot, in den sie einen »Ghost«-Chip eingesteckt hatte – einen der neuen, speziell verbesserten Speicherchips, die für die Systeme der Breeds nicht wahrnehmbar waren.

Der Chip glitt in ihre Hand und verschwand im Ärmel ihrer Bluse. Die elektronischen Mitteilungen und Aufträge, die sie untersucht hatte, waren nun darauf gespeichert, und auf mehreren anderen Chips, die sie über die Wochen aus dem Büro geschmuggelt hatte, befand sich noch mehr.

Anscheinend hatte Sanctuary mehr Grund zur Sorge, als selbst Dane sich vorgestellt hatte, wenn das, was sie erfahren hatte, stimmte.

»Ich bin so weit, nach Hause zu gehen.« Sie klappte die Akte zu und stand auf.

Sie konnte sich weder auf die Akte noch auf den Job konzentrieren, für den sie hierhergekommen war. Zu sehr war sie sich seiner Gegenwart bewusst, der Sinnlichkeit zwischen ihnen, die ständig größer wurde.

»Ich lasse Jonas wissen, dass wir gehen.« Er nickte und klappte das Mikro seines Headsets nach unten.

»Nicht wir gehen. Ich gehe.« Sie ging zurück zum Schreibtisch, auf dem die Akten lagen, die sie durchgehen wollte. »Ich brauche keine Eskorte.«

»Da hat man mir aber etwas anderes gesagt«, erklärte er und sprach dann ins Headset: »Jonas, wir sind so weit, zurück ins Haus zu fahren.« Er hörte einen Moment zu und antwortete dann. »Meine Tasche ist im Jeep. Ich bleibe von dort aus in Kontakt.«

Ria stemmte die Hände in die Hüften und starrte ihn an. »Was genau meinen Sie damit?«

Er sah sie mit schmalen Augen an. »Es gab einen weiteren Versuch, Sanctuarys Grenze an der Ostseite des Berges zu durchbrechen. Dort steht Ihre Hütte. Da Sie sich damit außerhalb der Grenzen von Sanctuary befinden, sind Sie in Gefahr.«

»Und?«

Er unterdrückte ein Lächeln. »Und deshalb haben Sie von jetzt an einen Wächter im Haus, namentlich mich, und dazu einen draußen, wenn Sie gerade nicht in Sanctuary sind. Wir können nicht riskieren, dass Sie entführt oder getötet werden.«

»Namentlich Sie?« Oh nein, das würde nicht gehen. Auf gar keinen Fall. »Sie werden Mr Wyatt sagen müssen, dass ich Ihre charmante Gesellschaft abgelehnt habe. Sie können draußen bei Ihrem Kumpel sitzen.«

»So viel Angst, dass Sie mir nicht widerstehen können?« Er hob eine Augenbraue, und um seine Lippen lag ein überheblicher Zug.

»Wie bitte?« Er konnte doch nicht meinen, was sie glaubte, das er meinte.

»Sie haben schon richtig gehört«, meinte er. »Haben Sie solche Angst, dass Sie Ihre Reaktion auf mich nicht im Griff haben, dass Sie dafür Ihr Leben in Gefahr bringen?«

Na, das war ja mal eine Herausforderung. Sie hasste Herausforderungen. Immerhin hatte eine Herausforderung sie überhaupt erst hierhergebracht.

»Ich hätte keine Probleme, Ihnen zu widerstehen, Mr Warrant«, antwortete sie unwirsch in kaltem Ton, trotz der Hitze, die durch ihren Leib jagte. »Es hat nichts mit Ihnen, aber alles mit Privatsphäre zu tun. Ich lebe gern allein.«

Er verschränkte die Arme vor seiner breiten, kräftigen Brust und fixierte sie stirnrunzelnd mit seinem Blick.

»Wir sind nicht bereit, um Ihrer Privatsphäre willen Ihr Leben zu riskieren«, erklärte er. »Sie können die Bedingungen akzeptieren, oder wir sind gezwungen, Vanderale Industries zu kontaktieren und von der Gefahr und Ihrer mangelnden Kooperation zu berichten. Uns wurde versichert, dass Sie bei den Schutzmaßnahmen, die wir eingerichtet haben, mitziehen würden.«

Verdammt. Sie würde ihren Boss umbringen. Wenn Sanctuary sich beschwerte, ginge das nicht nur durch ihre eigene Abteilung, sondern würde auch auf dem Schreibtisch des Vorsitzenden und Eigentümers von Vanderale landen. Und niemand, wirklich niemand, legte sich mit ihm in Bezug auf sein liebstes Wohltätigkeitsprojekt an. Außer ihrem Boss. Dane Vanderale war zwar der Sohn und potenzielle Erbe, doch er unterstand immer noch seinem Vater, genau wie sie. Und *er* hatte keine Ahnung, dass sie hier war. Sie saß in der Falle, und sie wusste es.

»Haben Sie keinen weiblichen Enforcer, den Sie dem Haus zuteilen können?« Sie kämpfte ihre Verärgerung nieder. »Jemanden, der zumindest Sinn für Humor besitzt?«

»Ich habe Sinn für Humor.« Erneutes Schulterzucken. »Zum Beispiel finde ich es sehr amüsant, dass Sie Angst haben, mit mir allein zu sein.«

»Angst?« Sie grinste spöttisch. »Sie haben eine zu hohe Meinung von Ihrer Anziehungskraft, Mr Warrant. Ich habe nur keine Lust auf die Unannehmlichkeit, dass Ihr Ständer in meiner Unterkunft herumhüpft und in meine Privatsphäre eindringt. Hätte ich das gewollt, hätte ich mir einen Mann mitgebracht.«

Oh ja, klar. Sie hatte schon seit Jahren keinen Sex mehr gehabt, und in nächster Zeit würde sich das wohl auch nicht ändern. Aus irgendeinem Grund war sie in sexuellen Beziehungen nicht so überragend wie in ihrem Job.

Mit ihrem Vibrator kam sie weit besser aus als mit Männern.

»Ungeachtet meiner Meinung zu Ihren Wünschen wurde ich dem Haus zugeteilt. Wir haben im Augenblick nicht genügend Enforcer, um alles abzudecken. Sie haben mich also am Hals.«

Na großartig. Sie sah ihn an, verzog missbilligend die Lippen und begegnete seinem Blick. Seinem heißen Blick. Er musterte sie, wie der vierbeinige Löwe, der draußen patrouillierte, sein Abendessen gemustert hatte, als es herangeführt wurde. Es war nervenzerreißend.

»Das wird nicht funktionieren«, stieß sie hervor. »Heute ist Freitag. Ich komme die nächsten zwei Tage nicht einmal hierher.«

Er sah ihr schweigend in die Augen, als hätte sie gar nichts gesagt. Gott, sie hasste es, wenn er das tat.

»Ich muss mit Jonas reden«, beharrte sie. »Sofort.«

»Geht nicht. Er bereitet seine Rückreise für heute Abend nach Washington vor, um Meetings am Wochenende zu besuchen, und im Augenblick ist er auf dem Weg zu einer Konferenz mit dem Breed-Rat. Sie werden bis Montag warten müssen.«

Ria biss die Zähne zusammen. Am liebsten wollte sie mit dem Fuß aufstampfen und fluchen, aber sie wollte ihm keinesfalls einen Grund geben, sich noch mehr über ihr Unbehagen zu amüsieren, als er es ohnehin schon tat. Er schien seine Freude daran zu haben, sie aus der Fassung zu bringen.

»Das funktioniert nicht.« Sie nahm ihre Handtasche vom Schreibtisch. »Auf gar keinen Fall.«

Er straffte sich, als sie zur Tür ging, ganz animalische Anmut und sexuelle Selbstsicherheit. Er trug die schwarze Einsatzuniform der Enforcer, hatte eine Mini-Uzi an der Seite umgeschnallt, ein Messer in der Scheide an einem Bein und eine Pistole im Holster am anderen Bein. Er war zu groß, zu breit, viel zu sexy und bei Weitem zu gefährlich.

»Es wird ganz gut funktionieren. Sie werden absolut sicher sein«, beteuerte er, während er die Bürotür öffnete und sie hindurchgehen ließ.

Er sorgte dafür, dass ihre Schulter seine Brust streifte und seine Hitze sie umhüllte, als sie an ihm vorbeiging. Gott, sie liebte es, wenn er das tat. Sie liebte das Gefühl von Stärke und Schutz, das sie dann um sich herum fühlte. Das hieß jedoch nicht, dass ihr der Gedanke gefiel, das ganze Wochenende über damit umgehen zu müssen. Sie nutzte die Zeit, die sie von ihm getrennt war, um Distanz zu gewinnen und die Anziehungskraft und das wachsende Verlangen zurückzudrängen. Wie in aller Welt sollte sie das denn anstellen, wenn sie ihn rund um die Uhr vor der Nase hatte?

»Das wird so gar nicht funktionieren«, brummelte sie wieder, während sie durch die sterilen Korridore der unterirdischen Büros marschierte.

»Sie machen sich zu viele Sorgen.« Er war viel zu dicht hinter ihr.

»Sie haben ja auch nicht das ganze Wochenende lang einen übergroßen Kerl an der Backe«, schnaubte sie. »Ich schätze meine Privatsphäre, Mr Warrant.«

»Sie werden es überleben, Miss Rodriquez.«

Vielleicht.

Gott, sie wollte ihn. Und wusste doch genau, dass sie etwas wollte, das sie nicht haben konnte, denn Ria ließ sich nicht auf One-Night-Stands ein. Schon vor langer Zeit hatte sie gelernt, dass das nichts für sie war, und sie war entschlossen, sich nie wieder auf so etwas einzulassen. Und Mercury Warrant wäre nie etwas anderes als ein One-Night-Stand. Hatte seine Akte nicht bereits klargemacht, dass er als überlebender Gefährte galt? Die Frau, die sein Herz und seine Seele für sich erwählt hatte, war tot. Mercury Warrant konnte sein Herz keiner anderen Frau schenken, denn es war bereits vergeben. Und Ria wusste, sie würde es nicht ertragen zu gehen, wenn sie ihm den Rest ihres Herzens gäbe.

4

»Hier ist Ihr Zimmer.« Ria stieß die Tür zum zweiten Schlafzimmer in der Hütte auf. Es war kleiner, aber groß genug für Bett, Kommode und ein eigenes kleines Badezimmer. Rias Zimmer war die Hauptsuite mit breitem Doppelbett, voll ausgestattetem Badezimmer und begehbarem Kleiderschrank. Es war nicht annähernd so groß wie ihr Schlafzimmer in Johannesburg, aber für ihre Bedürfnisse hier angemessen.

Mercury ging ins Zimmer und warf seine Reisetasche auf die dicke Tagesdecke auf dem Bett, bevor er an das große Fenster trat.

Er schloss die Jalousien, zog dann die schweren Vorhänge zu und ging zurück ins Wohnzimmer. Ria presste verärgert die Lippen zusammen und folgte ihm.

Er marschierte durch das Wohnzimmer, dann durch die Küche, schloss dabei auch dort alle Jalousien und zog die Vorhänge an den größeren Fenstern zu.

»Lassen Sie sie geschlossen«, wies er sie an, bevor er ihr Schlafzimmer ansteuerte.

Ria folgte ihm schweigend, biss sich auf die Zunge und hielt ihren Zorn zurück, als er dort dasselbe tat. Schön, sie begriff die Notwendigkeit; denn sollten die Rassisten so viel Glück haben, dass sie es schafften, ihn umzubringen, wäre er eine ziemlich große Feder an der Kappe seines Mörders. Mercury galt als einer er besten Fährtensucher und Enforcer, den die Breeds hatten. Das hieß jedoch nicht, dass es ihr gefallen musste.

Als Nächstes holte er ein kleines elektronisches Gerät aus seinem Gürtel und ging damit erneut von einem Zimmer zum anderen. Der Empfänger stammte von Vanderale und war das Beste, was zu finden war. Bisher war noch kein Abhörgerät entwickelt worden, das seiner sensiblen Elektronik entging. Doch Ria konnte sich nicht entsinnen, dass das Ding auf der Geräteliste gestanden hätte, die nach Sanctuary geschickt worden war.

»Wie sind Sie an das R72 gekommen?«, fragte sie und sah zu, wie er damit Sockelleisten und Möbelstücke überprüfte.

»Es kam letzten Monat hier mit einem halben Dutzend anderer an, per Sonderkurier von L. Vanderale.« Er sprach den Namen mit einem Knurren aus. Anscheinend hatte Mercury etwa zur selben Zeit wie Jonas einen Zusammenstoß mit dem ersten Leo gehabt. »Was auch der Grund ist, weshalb es Jonas so schwerfällt zu glauben, dass er nur einen Monat später darüber nachdenkt, uns die Geldmittel zu streichen.«

»Ich treffe keine Entscheidungen, ich befolge sie nur.« Sie zuckte mit den Schultern.

»Hmm«, brummte er und ging durch das übrige Haus, bis er sich offenbar davon überzeugt hatte, dass es nicht verwanzt war.

Er steckte den kleinen Empfänger wieder in die spezielle Hülle an seinem Gürtel und sah sie an. Sein Blick war verschleiert, und seine Erscheinung wirkte im trüben Licht noch gefährlicher.

»Ich habe noch zu arbeiten«, seufzte sie schließlich. »In der Küche sind Lebensmittel, im Kühlschrank sind Getränke. Fühlen Sie sich wie zu Hause.«

Sie drehte sich um und marschierte zum Schlafzimmer.

»Sie essen nicht zu Abend?«

Ria blieb mitten im Wohnzimmer stehen. Was war das für ein Anflug von Emotion, den sie da in seiner Stimme hörte? Gab es ihn überhaupt?

Einsamkeit?

Sie drehte sich wieder um und sah mehr als nur den Mann, der so still und schweigend dastand, den Kopf hoch erhoben, die Schultern gestrafft. Seine Miene war kühl, fast ausdruckslos, doch in seinen Augen – da tobte etwas. Sie waren wie die eines Raubtiers und zugleich erfüllt von einer Traurigkeit, die ihr ans Herz ging.

In seinen Augen stand etwas, das sie immer in sich selbst erkannt hatte. Ein Verlangen, eine Begierde, die keine Nahrung je stillen konnte.

Für sie war es schlicht das Verlangen nach einem Ort, an den sie gehörte. Keine Ahnung, was es für Mercury war. Doch sie wusste, je länger sie hierblieb, umso mehr kam es ihr so vor, als wolle sie nicht so schnell wieder gehen, wie sie gedacht hatte.

Verdammt. Er wuchs ihr ans Herz, und das gefiel ihr ganz und gar nicht.

»Normalerweise dusche ich zuerst.« Eigentlich aß sie üblicherweise ein Sandwich, während sie vor ihrem Computer hockte und mit den Akten kämpfte, die sie den Tag über gestohlen hatte. Hatte sie überhaupt etwas zum Abendessen da? Sie dachte hastig nach.

»Wieso bestellen Sie nicht etwas von dieser Pizzeria in der Stadt, während ich dusche? Ich warte dann auf den Pizzaboten, während Sie duschen.«

Tja, das konnte natürlich nicht funktionieren; es war ihr in dem Moment klar, als er die Stirn runzelte.

»Ich beeile mich und dusche, bevor er da ist«, antwortete er eine Sekunde später. »Pizza klingt gut. Was wollen Sie auf Ihre?« Er ging zum Telefon.

»Alles, was geht.« Sie zuckte mit den Schultern. »Bestellen Sie einfach, was Sie möchten; ich esse Pizza in so ziemlich jeder Variation, die ich bekomme.«

Er nickte, hob ab und wählte die Nummer der Pizzeria.

Verdammt. Sie war echt ein Trottel. Ria drehte sich auf dem Absatz um, ging ins Schlafzimmer und fragte sich, ob sie möglicherweise einen noch größeren Fehler hätte begehen können. Sie hatte zu arbeiten; sie hatte keine Zeit, einen Breed zu unterhalten, der um eine Gefährtin trauerte, die er nie haben würde.

Wen kümmerte es, wie einsam er war – es war ja nicht so, als könnte sie etwas dagegen tun. Der Mann war einsam wegen etwas, das nicht existierte, wegen einer Gefährtin, die vor langer Zeit umgekommen war. Es war nicht ihr Problem, und sie konnte es auch nicht lösen. Sie hätte es getan, wäre es ihr möglich gewesen, doch sie konnte die Toten nicht wiedererwecken, wie Dane sie häufig mahnte.

Aber sie konnte es sich wünschen …

Sie war fällig.

Das schwor sich Mercury in dem Moment, als sie aus dem Schlafzimmer kam und ihr das nussbraune seidige Haar tief über den Rücken fiel. Sie hatte eine hellgraue Baumwollhose an, vielleicht von einem Pyjama oder Hausanzug. Er glaubte sich zu erinnern, dass Merinus die Dinger einmal so genannt hatte. Mit weiten Hosenbeinen und fast ohne jede Form. Er hasste die Teile.

Dazu trug sie einen grauen Pulli, der ihr bis zu den Oberschenkeln ging und genauso verdammt unförmig war wie die Hose. Gott, er hoffte, dass sie wenigstens sexy Unterwäsche hatte. Wenn nicht, würde er ihr welche kaufen. Eine Menge davon. In Rot und Schwarz, aus sündiger Seide und Spitze.

»Würden Sie bitte aufhören, mich so anzusehen.« Wieder bedeckte Röte ihr Gesicht. Es war fast unschuldig.

»Wie denn?« Ihm war doch tatsächlich nicht bewusst gewesen, dass er sie auf irgendwie ungewöhnliche Art angestarrt hatte.

»So als würden Sie mich gerade ausziehen«, gab sie zurück, ging in die Küche und holte zwei Bier aus dem Kühlschrank. »Ein Monat in Ihrer Gesellschaft, und es ist ein Wunder, dass ich überhaupt noch den Anschein von Anstand besitze.«

Er grinste sie an. »Welche Farbe hat Ihre Unterwäsche?«

Sie starrte ihn an, mit großen schockierten Augen und wütender Miene. »Das geht Sie gar nichts an. Frage ich Sie denn nach Ihrer Unterwäsche?«

Er blickte nach unten auf die Jeans, die er angezogen hatte. »Keine Unterwäsche. Tut mir leid. Im Labor haben wir uns nicht angewöhnt, welche zu tragen.«

Sie hielt mitten in der Bewegung inne, mit der sie das Bier auf den Tisch stellen wollte, während er die Arme verschränkte und abwartete.

»TMI«, brummelte sie schließlich. »Das ist einfach TMI.«

Too much information. Zu viel Information. Er nickte. Okay, das begriff er. Cassie Sinclair kam ständig damit.

»Nur für den Fall, dass Sie sich fragen.« Er grinste.

»Nun, habe ich nicht.«

Der sanfte Duft einer Lüge war leicht wahrzunehmen. Sein Grinsen wurde breiter. Manchmal liebte er es einfach, ein Breed zu sein.

»Trinken Sie Ihr Bier, und lassen Sie mich in Ruhe. Sie sind wirklich ein Ärgernis, wissen Sie das? Hatte Jonas mir nicht erzählt, Sie wären der ruhige Breed?«

Er zog eine Augenbraue nach oben, nahm das Bier und öffnete es.

»Nun, ich mache mir nicht wirklich Gedanken um Jonas' Unterwäsche«, schmunzelte er. »Also gibt es da nicht viel zu reden.«

»Tja, dann können Sie auch damit aufhören, sich Gedanken um meine zu machen.« Hätte ihr Gesicht noch röter werden können, dann jetzt.

Er setzte sich an den Tisch, lehnte sich auf dem Stuhl zurück und musterte sie nachdenklich.

»Du willst mich. Ich kann es wittern. Wieso leugnen?«

»Und du denkst, das Wollen ist alles, was zählt?«, fragte sie, drehte sich um und ging zum Schrank, um Teller zu holen. »Es gibt mehr im Leben als nur Begehren, Mercury.«

Sie stellte die Teller auf den Tisch, bevor sie ihn wieder mit ernster Miene ansah.

»Ist es denn so schlimm, dich zu wollen?«

Nein, ihn zu wollen – *das* war so schlimm, dachte Ria für sich, während sie ihn musterte, fasziniert von dem entspannten, sinnlichen Tier, zu dem er geworden war, als hätte der Wechsel von der Uniform eines Enforcers zu Jeans und T-Shirt irgendwie seine ganze Persönlichkeit verändert.

»Es kommt darauf an, was man begehrt«, seufzte sie und sah ihn dann eindringlich an. »Seien wir ehrlich. Es besteht keinerlei Chance, dass zwischen uns mehr als ein One-Night-Stand oder eine flüchtige Affäre entstehen könnte. Ich will keins von beidem.«

»Du willst Liebe.« Er nickte langsam, als sei es ihm möglich, das zu begreifen. »Etwas Verbindliches.«

»Und was ist daran falsch?« Ria öffnete ihr Bier und trank schnell. Sie brauchte etwas, um ihre Nerven zu beruhigen.

»Nichts ist falsch daran, Ria«, antwortete er leise. »Aber wieso denkst du automatisch, ich wäre nicht fähig, dich gernzuhaben? Ich sage nicht, dass es so ist.« Er runzelte unvermittelt die Stirn. »Aber ich bin nicht unfähig zu lieben, nur weil ich ein Breed bin.«

»Nein, sondern weil du bereits gepaart bist. Ich habe deine

Akte gelesen, Mercury. Keine andere Frau wird je mehr sein als zweite Wahl«, antwortete Ria mit sanfter, leiser Stimme. »Ich bin auch nicht wirklich gut darin, zweite Wahl zu sein.«

Sie begegnete seinem Blick, und seine Augen verdunkelten sich und wurden schmal, blickten kühler in ihrer Bewertung.

»Paarung ist eine chemische Reaktion«, antwortete er barsch. »Das heißt nicht, dass ich tot bin oder meine Emotionen einer Gehirnoperation zum Opfer gefallen wären.«

»Nein, es heißt, dass Sex immer nur Sex bleiben wird.«

»Und was ist daran nun falsch?«, knurrte er. Er knurrte tatsächlich. Es war nicht nur eine tiefere Tonlage wie bei manchen Männern, es war ein echtes vibrierendes Geräusch, ein raues, rauchiges Kratzen seiner Stimme.

»Das hängt alles davon ab, wie man es sieht.« Sie nippte wieder an ihrem Bier, um sich von seinem tiefen Stirnrunzeln abzulenken. »Für mich muss Sex mehr bedeuten. Ich muss mehr empfinden als nur Erregung.« Und sie empfand mehr als nur das, schon seit zu vielen Wochen, und zwar für diesen Breed.

»Du hattest nie einen One-Night-Stand?«

»Nicht absichtlich«, gab sie zurück. »Sieh mal, das hier ist kein Streitgespräch. Es ist meine Entscheidung. Ich entscheide, keinen Sex mit dir zu haben. Verstehst du jetzt, warum ich dich nicht hier haben wollte? Warum es mir lieber gewesen wäre, eine Frau hier zu haben als dich? Ich wusste, du würdest mich deswegen bedrängen.«

»Dich bedrängen?« Er kam von seinem Stuhl hoch, und die entspannte Fassade war von einem Moment auf den anderen verschwunden. »Von Bedrängen ist noch gar nicht die Rede. Ich will nur Antworten.«

»Erzähl das jemandem, der es dir glaubt.« Sie verdrehte die Augen. »Komm schon, Merc. Du willst Sex. Und dir ist egal, was du tun musst, um mich ins Bett zu bekommen, du tust es einfach. Vergisst, dass es mich vielleicht verletzt oder die Arbeit, die ich mache, beeinflusst.« Dann stutzte sie und kniff die Augen zusammen. »Oder ist genau das der Punkt? Versuchst du, meine Entscheidung in Bezug auf die Finanzierung der Breeds zu beeinflussen?«

Zorn flackerte in seinen Augen auf – kein angenehmer Anblick. Doch das war der Herzschmerz, der sie erwartete, auch nicht. Sie brauchte das Gefühl, irgendwohin zu gehören. Zu diesem Mann konnte sie nie gehören, denn er hatte bereits jenen Teil seiner selbst verloren, der einer Frau gehören konnte.

»Sehe ich wie der verdammte Gigolo von Jonas aus?«, knurrte er.

Ria stemmte die Hand in die Hüfte, stellte ihr Bier mit einem Knall auf den Tisch und sah ihn an.

»Ach komm schon, tu nicht so, als fände er das unter seiner Würde«, antwortete sie. »Es wäre nicht das erste Mal, dass einer seiner Enforcer eine Zielperson verführt, um zu bekommen, was Jonas will. Er ist kalt, berechnend und manipulativ. Und er duldet nichts und niemanden, der zwischen ihm steht und dem, was er will. Na los, leugne es.«

Jonas ist der Sohn seines Vaters, gab Dane gern amüsiert von sich. Jonas Wyatt war aus Sperma gezüchtet, das Leo vor seinem Entkommen aus dem Labor vor einem Jahrhundert entnommen worden war. Laut den Berichten, die sie über den Direktor des Büros für Breed-Angelegenheiten gelesen hatte, verfügte er möglicherweise über sämtliche von Leos schlimmsten Wesenszügen. Er war verdammt Furcht einflößend.

»Ich bin keine Scheißmarionette von Jonas Wyatt«, knurrte Mercury. Und verdammt, wenn sein Knurren nicht gut war.

Er war sauer.

»Woher dann der plötzliche Druck, dass ich mit dir schlafen

soll? Ich bin seit einem Monat hier, und jetzt kommst du mir mit heißen Blicken und koketten Bemerkungen?«

»Du wolltest, dass ich dich gleich am ersten Tag bespringe? Verdammt, ich wünschte, das hätte ich gewusst, denn alles, woran ich denken konnte, war, dich über diesen Schreibtisch zu beugen, dir diesen verdammten unförmigen Rock über den Hintern zu schieben und zuzusehen, wie mein Schwanz sich bis zum Anschlag in deinen heißen Schoß versenkt.« Er zog die Lippen zu einem Knurren hoch und ließ seine Reißzähne aufblitzen. »Tut mir leid, Baby, ich dachte, du brauchst vielleicht ein wenig Zeit, um mich kennenzulernen.«

Das Bild jagte durch ihren Kopf. Oh Gott, sie wäre nie wieder in der Lage, unbefangen an diesem Schreibtisch zu sitzen.

»Perversling«, konterte sie vorwurfsvoll und bemühte sich um irgendeine Abwehr gegen ihn. Gegen die Tatsache, dass er – wie hieß noch dieser antiquierte Ausdruck dafür? – ihr den Hof gemacht hatte.

»Perversling?«, knurrte er. »Das ist nicht pervers, Schätzchen, aber ich kann daran arbeiten, falls es das ist, was du willst.«

Ria biss die Zähne zusammen, presste die Lippen zu einer dünnen Linie aufeinander und hielt die leidenschaftlich wütenden Worte zurück, die ihr auf der Zunge lagen. Sie wollte ihn beschimpfen und ihm versichern, dass sie nichts mit seiner räudigen Breed-Haut zu tun haben wollte. Doch leider Gottes stimmte das nicht. Und wahrscheinlich konnte er eine Lüge ohnehin wittern. Gott, sie hasste Breeds.

»Gib dir keine Mühe«, stieß sie schließlich hervor. »Oder noch besser, versuch überhaupt nicht, an mich zu denken. Das ist Wahnsinn.«

»Wahnsinn ist, dass ich jeden Tag so verdammt hart bin, dass ich bald aus der Uniform platze.« Er fuhr sich mit der Hand durchs Haar, nahm dann sein Bier vom Tisch und trank einen herzhaften Schluck. »Wahnsinn ist, deinen heißen Schoß zu wittern, der mich will und es zu ignorieren versucht. Wenn du willst, dass ich auf Abstand gehe, dann solltest du vielleicht mal zusehen, was du gegen deine Erregung in meiner Gegenwart tun könntest.«

Sie war zutiefst gekränkt.

»Ich hasse Breeds«, murmelte sie. »Weißt du was? Ihr und eure verdammten Spürnasen. Nur weil ich will, heißt das nicht, dass ich auch sollte. Verdammt, ich will auch Käsekuchen, aber ich weiß es besser, denn der landet direkt auf meinen Hüften. Heißt das, ich muss ihn trotzdem essen?«

Er starrte sie ungläubig an. »Du vergleichst mich mit Käsekuchen?« In seinen Augen glitzerte beleidigter Manneszorn.

Sie schnaubte. »Na ja, ist dasselbe Prinzip.«

Es war ja nicht so, dass das eine Beleidigung wäre oder so. Sie liebte Käsekuchen. Besonders mit Schokolade.

»Von wegen dasselbe.«

Keine Chance, ihm auszuweichen. Keine Möglichkeit, den Armen zu entgehen, die sie an seine harte Brust zogen, oder den Lippen, die sich plötzlich auf ihre drückten.

Aber, oh Mann, konnte er küssen.

Seine Lippen auf ihren waren wie rauer Samt, seine Zunge, die über ihre Lippen strich, dagegen drückte und Einlass begehrte, während sie unter seinem Ansturm wimmerte. Seine Hände glitten von ihrem Rücken an ihren Po, umfassten die Rundungen dort und hoben sie zu ihm hoch auf die Zehenspitzen, während sie die Hände in seine Schultern grub, um nicht das Gleichgewicht zu verlieren.

Sie war überwältigt. Einfach so. Ein hungriges Wimmern drang ihr aus der Kehle, während ihre Lippen sich für ihn öffneten, und dann spielte seine Zunge mit ihrer, leckte daran und jagte unkontrollierte erotische Impulse direkt zwischen ihre Beine.

Na, das war vielleicht ein Kuss. So war sie noch nie geküsst worden. Er naschte von ihrem Mund, verzehrte sie, knabberte an ihr und knurrte, als ihre Lippen sich um seine Zunge schlossen und sie daran saugte und zuließ, dass er damit die kontrollierten Bewegungen seiner Hüften an ihrem Körper nachahmte.

Sein Schwanz war kräftig und hart und presste sich zwischen ihre Schenkel, als er sich ihr zuneigte und die Hüften bewegte, um seinen heißen Schaft gegen ihre Klitoris zu drücken, während sie sich krampfhaft bemühte, ihr plötzliches, unkontrollierbares Verlangen zu zügeln.

Sein Kuss und seine Berührung erfüllten sie mit Sehnsucht. Von den Brüsten bis in ihren Unterleib fühlte sie ein Verlangen, so beherrschend, dass sie sich nur mit Mühe davon abhalten konnte, ihm die Kleider vom Leib zu reißen, und zu verlangen, dass er sie über den Tisch beugte und sie nahm. Hart. Und schnell.

»Hey, Leute, die Pizza ist da. Wollt ihr teilen?«

So schnell, wie Mercury Ria an sich gedrückt hatte, schob er sie nun von sich und warf sie beinahe in die relative Sicherheit der Küche, während er zugleich herumwirbelte und die Waffe aus dem Holster am kräftigen Oberschenkel riss.

»Whoa! Immer langsam, Großer.« Lawe hob die Hände inklusive Pizzaschachtel, und Belustigung stand in seinen eisblauen Augen, als er Mercury musterte. »Du hast dem Pizzaboten nicht geöffnet, also habe ich mir die Ehre gegeben und bezahlt. Da sollte ich doch zumindest eine Kostprobe bekommen, nicht wahr?«

Mercury gab einen Kraftausdruck von sich, und Ria spürte, wie ihr Gesicht in Flammen aufging. Großartig. Einfach großartig. Noch ein Breed und noch eine verdammte sensible Nase.

»Rule hat auch Hunger«, meinte Lawe, als niemand etwas sagte.

»Habt ihr zwei euch denn nichts zu essen mitgebracht?«, fragte Mercury ungehalten.

»Du willst uns kalte Sandwiches essen lassen, während ihr Pizza esst?« Lawe schien ein langes Gesicht zu machen. »Mann, das ist echt grausam. Was ist aus Kameradschaft, Freundschaft und brüderlich Teilen geworden?« Er sah Ria an und wackelte mit den Augenbrauen, während sie ihn finster anfunkelte. »Habt ihr Bier? Ich schwöre, ich wittere Bier.«

Mercury steckte die Waffe wieder ins Holster und wandte sich mit einem vibrierenden Grollen in der Brust zu Ria um.

»Es ist noch nicht vorbei«, brummte er. »Noch lange nicht.«

Von wegen nicht vorbei. Soweit es sie betraf, war es definitiv vorbei. Entweder das, oder sie würde mit mehr als nur einem gebrochenen Herzen enden. Und wenn sie mit einem gebrochenen Herzen endete, tja, das wäre einfach nur blöd.

Das Tier duckte sich und knurrte frustriert, hin- und hergerissen zwischen seiner Begierde und der Überzeugung, dass Geduld vonnöten war. Es konnte noch nicht riskieren, entdeckt zu werden. Der Mann war nicht bereit zu akzeptieren, dass das Tier noch immer auf der Lauer lag, dass es hungerte und tobte.

Doch das Tier konnte warten. Die Ketten des Serums banden es nicht länger. Es schlief nicht länger jenen albtraumhaften Schlaf, aus dem es kein Erwachen gab. Bald würde der Mann hungern, und er würde begehren – und das Tier wusste, dass es dann frei sein würde.

Nachdem Ria sich in ihr Schlafzimmer zurückgezogen hatte, lief Mercury unruhig im Wohnzimmer auf und ab. Er konnte das Licht unter der Tür sehen und wusste, dass sie noch wach war und arbeitete. Doch er wusste nicht recht, was eine bessere Sekretärin wohl so lange am Computer arbeiten konnte.

Sekretärin, von wegen. Sie war niemandes Sekretärin. Er war nicht sicher, was genau sie war, aber sie war mehr als ein Büromäuschen.

Dafür war sie zu klug. Zu schnell. Und zu verdammt sexy.

Er bewegte die Schultern in dem Bemühen, die Anspannung, die ihn erfasst hatte, zu lindern. Es war ein unbehagliches Gefühl, ein Stechen in seinem Bewusstsein, das seine Muskeln anspannte und seine Haut eigenartig empfindsam werden ließ.

Er wollte ihre Berührung.

Er erinnerte sich an das Gefühl ihrer Hände in seinem Haar, als er sie küsste; ihr Griff in seine Strähnen, während diese kleinen erotischen Stöhnlaute aus ihrer Kehle drangen. Er wollte ihre Hände auf seiner nackten Haut fühlen, ihre Lippen an seinem Hals, seiner Kehle. Er wollte sie mit einer Gier, die ihn langsam irre machte.

Er lief in dem verdammten Wohnzimmer hin und her wie ein gefangenes Tier, und ihm war, als kämen die Wände immer näher, während die Freiheit genau hinter Rias Tür wartete. Nicht draußen, wo er laufen konnte, wo er frei sein konnte im Dunkel der Nacht. Nein, Freiheit lockte in diesem Zimmer, in einem Bett, das zu groß war für eine kleine Frau, während sein Körper ihren in Besitz nahm, bis sie um Gnade schrie.

Diese Lustschreie waren das, was er hören musste. Das, wonach er sich sehnte.

Mitten im Zimmer blieb er stehen und erkannte geschockt, dass ein leises Knurren in seiner Brust vibrierte. Wilde und kehlige Laute eines Raubtiers. Laute, die zu hören Mercury nicht ganz angenehm war. Er knurrte, wenn er es wollte, und er hatte nicht entschieden, diese Laute von sich zu geben.

Er schüttelte den Kopf und unterdrückte das Gefühl von Ungleichgewicht und einen nahezu überwältigenden Drang, diese verschlossene Schlafzimmertür zu öffnen und sich Ria zu holen. Sie über das Bett zu beugen, ihren hübschen Hintern zu entblößen und sie einfach zu nehmen.

Wieder schüttelte er den Kopf, um das Bild zu verscheuchen, als er sich dabei ertappte, wie er einen entschlossenen, forschen Schritt in Richtung Tür machte. Noch nie, zu keiner Zeit, hatte er je etwas so Irrationales getan. Er würde jetzt nicht damit anfangen.

Sie war nur eine Frau. Es gab Dutzende Frauen, Breeds und Nicht-Breeds, die er mit lediglich einem Fingerschnippen haben konnte. Frauen, die lächeln, die keuchen und für ihn aufschreien würden, wenn er in ihre sinnlichen Körper eindrang. Er brauchte Ria nicht. Er wollte sie nur.

Wollen war nicht dasselbe wie brauchen.

Zumindest versuchte er sich das einzureden, als er zur Haustür ging und sie aufschwang, bevor er hinaus in den Schatten der Veranda ins Dunkel der Nacht trat.

Er atmete kräftig durch und unterdrückte dieses instinktive Verlangen, das ihn so irrational werden ließ. Wieder prüfte er seine Zunge mit den Zähnen. Nein, keine geschwollenen Drüsen. Kein Hormonfluidum, das seine Zunge und seine Lust quälte. Das hätte er auch nicht erwartet.

Mercury unterdrückte seine Enttäuschung. Mit jedem Jahr, das verging, paarten sich mehr Breeds und fanden ein Gefühl von Frieden und Gleichgewicht in dieser Freiheit, die sie gewonnen hatten. Ein Gleichgewicht, von dem Mercury wusste, dass es nicht für ihn bestimmt war.

Seine Gefährtin war vor langer Zeit umgekommen. Er war allein.

Er lehnte sich an einen schweren Pfahl, starrte in die samtschwarze Nacht und den Wald um Rias Hütte und dachte an die trostlosen Jahre vor der Rettung der Breeds. Seine Gefangenschaft war nicht so hart gewesen wie bei einigen anderen. Die Wissenschaftler in dem Labor in Südamerika, in dem er erschaffen worden war, hatten mit kühleren Köpfen regiert. Es hatte strikte Richtlinien gegeben, doch die Breeds waren nicht gefoltert worden, nur um zu sehen, wie viel sie ertragen konnten.

Sie waren von Geburt an trainiert worden. Als Babys waren sie gelegentlich von ihren Betreuern geknuddelt worden, doch jeder einzelne Tag ihres Lebens, selbst als Kleinkinder, enthielt Lektionen darin, ein Breed zu sein. Für Mercury allerdings war es ein Leben in fast vollständiger Isolation von anderen Breeds gewesen. Sein Training war anspruchsvoller gewesen, sein Körper und sein Verstand waren härter gefordert worden. Und er hatte nach Erfolg gestrebt, denn Erfolg bedeutete Zeit mit dem kleinen Rudel, mit dem er diese Laborräume teilte. Es bedeutete eine Chance, eine kleine Löwin zu sehen, die scheu sein Lächeln erwiderte und sein Herz schneller schlagen ließ.

Als sie älter wurden, wurde ihre Ausbildung hart, aber nicht grauenhaft. Und doch konnte Mercury sich an keinen Tag seines Lebens erinnern, an dem er nicht von Freiheit geträumt hatte. Davon, mit dem Wind zu laufen, sich an seinen eigenen Zielen zu messen. Von einem Tag, an dem er nicht mehr auf Verlangen töten musste, sondern nur zur Selbstverteidigung.

Und er dachte an Alaiya. Stark, selbstsicher. Die junge Löwin war voller Leben gewesen, und er hatte sie geliebt. Mit aller Leidenschaft eines jungen Mannes und der Seele eines Kriegers hatte er sie geliebt.

Er hatte nur selten mit ihr gesprochen, und nie hatte er sie berührt. Doch er erinnerte sich an den Tag, an dem die Wissenschaftler das fremdartige Hormon in seinem Samen und seinem Speichel gefunden hatten und an die Verwirrung, die das ausgelöst hatte. Bei ihm und bei den Wissenschaftlern. Und er erinnerte sich an den Tag, als Alaiya umgekommen war.

Der animalische Kern seiner Psyche war nie tief unter der Oberfläche gewesen, doch als er von ihrem Tod erfuhr, verlor er die geringe Kontrolle, die er auszuüben gelernt hatte. Das Serum, das sie ihm beständig verabreichten, um den Zorn seines inneren Raubtieres zu zügeln, war machtlos gegen die Flut des animalischen Adrenalins, das an jenem Tag durch seinen Leib tobte.

Er hatte sie nicht einmal berührt. Er hatte sie nie geküsst. Doch der Gedanke an ihren Tod trieb ihn fast in den Wahnsinn.

Mercury schüttelte den Kopf, als er daran dachte. Es schien unmöglich, dass es ihm bestimmt war, sein Leben allein zu leben, weil eine Frau, die er nie berührt, nie in den Armen gehalten hatte, tot war.

Doch vielleicht war er auf gewisse Art besser dran. Eine Schwachstelle war das Schlimmste, was ein Breed haben konnte. Eine Gefährtin, ein Kind, war die personifizierte Schwachstelle. Ihr Verlust konnte die Seele eines normalen Mannes vernichten, doch er konnte die geistige Gesundheit eines Breeds zerfetzen. Und Mercury hatte vor langer Zeit geschworen, sich seine geistige Gesundheit immer zu bewahren.

Er wollte Ria. Er wollte sie, wie er noch nie im Leben eine andere Frau gewollt hatte, nicht einmal Alaiya. Aber es bestand keine Chance, dass sie seiner Seele nahekam. Niemals.

5

Übernächtigt öffnete Ria am nächsten Morgen die Schlafzimmertür – und blieb abrupt stehen, als sich ihr ein Anblick bot, mit dem sie unter keinen Umständen gerechnet hatte. Statt in dem ungenutzten Zimmer zu schlafen, hockte Mercury an der Wand neben ihrer Zimmertür und sah ihr schlaftrunken in die Augen, während er aufstand.

Sein Oberkörper war nackt. Herrlich, unglaublich, kräftig-und-hart nackt. Und so richtig muskulös. Lauter wohlgeformte Muskeln, die unter seiner Haut spielten, als er aufstand und Ria das letzte bisschen Denkvermögen verlor, das sie noch übrig hatte.

Er trug lediglich eine dünne helle Baumwollhose und die Waffe, die er neben sich vom Boden aufgehoben hatte. Grundgütiger, damit wurde sie jetzt nicht fertig. Sie konnte eine Flut an Reaktionen durch ihren Körper jagen fühlen, die ihre Nerven sensibilisierten und sie zwangen, mühsam ihre Atmung unter Kontrolle zu bringen.

»Wo hast du geschlafen?« Der raue Klang ihrer Stimme ließ sie zusammenzucken.

Mercury starrte einen langen Moment auf den Boden, bevor er sie wieder ansah.

»Schätze, vor deiner Tür.« Er sagte es mit müder Hinnahme, als könne er es selbst nicht recht glauben.

Ria schüttelte den Gedanken ab. Gott, für so etwas war es einfach viel zu früh am Morgen.

»Die Betten sind bequem«, murmelte sie und ging an ihm

vorbei in die Küche zur Kaffeemaschine, die sie am Abend zuvor vorbereitet hatte.

»Stimmt.« Sein Tonfall war kühl, doch sie wurde das Gefühl nicht los, dass der Unterton, den sie darin hörte, mehr Verwirrung als Schläfrigkeit war.

Sie füllte die Kaffeekanne mit Wasser und drehte sich wieder zu ihm um.

»Fass die Kanne nicht an. Hol dir nicht vor mir Kaffee. Die erste Tasse gehört mir. Verstanden?«

Seine Augen wurden schmal, und sein Blick huschte vom Kaffee zu ihr, bevor er vorsichtig nickte. »Na schön.«

»Gut. Ich dusche jetzt. Ich muss heute Morgen zurück ins Büro.« Sie drehte sich um und marschierte zum Badezimmer.

»Wieso musst du wieder ins Büro? Ich dachte, du arbeitest nicht am Wochenende.« Das Misstrauen in seiner Stimme – Himmel, seine Stimme – schien über ihre Nerven zu kratzen.

Sie blieb an der Tür stehen.

»Rede nicht mit mir. Keine Fragen. Keine Bemerkungen, rein gar nichts, bis ich meinen Kaffee habe.« Sie schauderte bei der Anstrengung, auch nur zu denken. »Sei einfach … unsichtbar oder so.«

Sie ging in ihr Zimmer, schlug die Tür hinter sich zu und ignorierte sein überraschtes Gesicht. Sie konnte jetzt nicht denken. Wenn er sie ansprechen würde und sie gezwungen wäre, irgendwie zu antworten, bestünde keine Chance, dass sie auch nur einen Anschein von Höflichkeit zustande bringen würde.

Aufwachen war nicht gerade ihr liebster Zeitvertreib. Vor allem nicht an fremden Orten oder beim Anblick eines Mannes, den sie am liebsten wie ein Bonbon vernascht hätte.

Sie war zwar eine Frühaufsteherin, aber eine miesepetrige. Morgens konnte sie jederzeit einen Breed im Knurren schlagen. Und wenn irgendwer es wagte, ihren Kaffee anzurühren, bevor sie die erste frische Tasse hatte, dann wurde sie tollwütig. Nach der ersten Tasse schmeckte der Kaffee einfach anders, darauf schwor sie jeden Eid. Und es war ihr Kaffee, also musste sie es ja wissen. Diese erste Tasse gehörte ihr, oder jemand musste dafür bezahlen.

Okay, sie war eine Zicke, das gab sie bereitwillig zu. Aber zur Hölle, sie lebte seit Jahren ohne Sex, arbeitete lange und erduldete eine ganze Menge Frust in ihrem Job. Sie hatte es sich verdient, ein paar Marotten zu pflegen.

Eine halbe Stunde später trug Ria einen geraden schwarzen Rock, der ihr über die Knie ging, eine weiße Seidenbluse und drehte ihr Haar zu einem bequemen Knoten, bevor sie ihre Füße in die Lederschuhe steckte, die sie im Büro trug – in jedem Büro, in dem sie gerade arbeitete – und zurück in die Küche marschierte.

Ihr Gehirn befand sich in halbwegs arbeitsfähigem Zustand, und solange Mercury die Finger von ihrem Kaffee gelassen hatte, konnte sie ihn dulden. Solange er nicht wieder vor ihrer Tür schlief.

Es war einfach merkwürdig. Es war ja nicht so, als befände sie sich tatsächlich in Gefahr, vor allem nachdem noch zwei weitere Breeds vor ihrer Haustür parkten.

Mercury stand in der Küche und holte gerade eine Kaffeetasse aus dem Schrank, als sie hereinkam. Er trug seine schwarze Enforcer-Uniform, die schlichtweg zu gut an ihm aussah, und sein Haar war noch ein wenig feucht vom Duschen.

Sie schnappte sich eine Tasse, als er die Hand senkte, und marschierte schnurstracks zur Kaffeekanne. Und wenn das, was sie da hinter sich hörte, ein Kichern war, würde sie ihm vielleicht noch in den Hintern treten.

Sie drehte sich wieder um, die volle dampfende Tasse in der

Hand, ging an ihm vorbei und marschierte zum Tisch in der Essnische außerhalb der kleinen Küche.

Solange er nicht versuchte, mit ihr zu reden, ging es ihr gut.

Der erste Schluck des dunklen aromatischen Gebräus war Ambrosia, der ihre Gehirnzellen anfeuerte. Mit dem zweiten und dritten Schluck verzog sich langsam die schwere Trägheit in ihrem Kopf. Nun war sie in der Lage, über den Tisch nach der Fernbedienung zu greifen und den an der Wand gegenüber montierten Fernseher einzuschalten, um sich die Frühnachrichten anzusehen.

Sie registrierte, dass Mercury seine eigene Tasse Kaffee zum Tisch brachte und sich links neben ihr niederließ. Er lehnte sich auf seinem Stuhl zurück und beobachtete sie in stiller Belustigung. Mit stiller Belustigung kam sie klar. Solange die noch eine Weile still blieb.

Endlich sickerte die erste Ration Koffein in ihren Blutkreislauf und bahnte sich den Weg in ihr Gehirn, woraufhin sie sich ihrem stillen Begleiter zuwandte.

»Du hast die Kanne vergessen«, erklärte sie.

Eine goldfarbene Augenbraue hob sich. »Ich sollte sie mitbringen?«

»Na ja, wenn du nicht hier wärst, hätte ich sie selbst mitgenommen.« Machte das nicht jeder so? »Also ist das deine Aufgabe.«

Seine Lippen zuckten, aber er hielt den Mund. Stattdessen stand er auf, drehte sich um und ging in die Küche. Und Ria genoss den Anblick. Diese eng anliegende schwarze Uniformhose schmiegte sich in der Tat sehr verführerisch über einen sehr hübschen männlichen Breed-Hintern. Die Art Hintern, bei der es einem in den Händen juckte, ihn zu umfassen und die harten Muskeln darunter zu testen.

»Du bist eine Zicke am Morgen, weißt du das?«, fragte er, als er mit der Kaffeekanne zurückkam.

»Tja nun, lass mich die erste Tasse Kaffee trinken, und du wirst deine Meinung ändern. Eigentlich bin ich ein Dämon aus der Hölle. Du warst nur klug genug, mir aus dem Weg zu gehen.«

Er schenkte ihr Kaffee ein.

»Kein Zucker oder Milch?« Er wirkte überrascht, als sie schauderte.

»Gott, nein. Wozu soll das gut sein?«

Er schnaubte, als er sich setzte und seine eigene Tasse nachfüllte.

»Du wirst eine zweite Kanne machen müssen«, meinte sie, während sie sich vorbeugte, den Arm auf den Tisch stützte und sich die frühmorgendlichen Börsenberichte anhörte. Die hatte sie gestern Abend verpasst.

»Ich?«

»Oh-oh.« Sie machte lauter, um die asiatischen Märkte mitzubekommen, bevor sie über den Tisch nach dem Notizblock in Lederhülle griff und ihn aufklappte, um sich Notizen zu machen. Womöglich musste sie ihren Börsenmakler anrufen.

Sie ignorierte Mercurys Räuspern. Er trank mit. Eine Kanne war für gewöhnlich genug für sie.

»Nur ein Wort der Warnung. Könnte sein, dass dir mein Kaffee nicht schmeckt«, meinte er.

»Drei glatt gestrichene Löffel Pulver aus der Dose in einen frischen Filter und eine Kanne voll Wasser. Das kannst du nicht vermasseln.« Sie winkte ihn in die Küche. Überrascht, dass er tatsächlich ging, war sie nun neugierig, wie weit genau sie ihn wohl treiben konnte.

Oh ja, sie war eine Zicke. Aber sie hatte sich mit ihren kleinen Fehlern abgefunden und gelernt, damit zu leben.

Während sie die Finanzberichte verfolgte und dann zu den Nachrichten aus aller Welt wechselte, registrierte sie, dass Mercury die frisch gefüllte Kanne wieder zum Tisch brachte. Ohne den Blick von den Nachrichten zu wenden, schob sie ihm ihre Tasse zu und wartete darauf, dass er ihr einschenkte.

Der erste Schluck war grauenhaft.

Sie öffnete die Augen und starrte erst auf die Tasse, dann zu Mercury.

»Das hast du mit Absicht gemacht«, warf sie ihm fassungslos vor. »Wieso hast du das getan?«

Tiefes Stirnrunzeln zwischen seinen Brauen, als er die Kanne hörbar auf den Tisch stellte und sie finster ansah.

»Für Kaffee braucht man Talent, verdammt«, knurrte er. »Ich habe es nicht. Also finde dich damit ab.«

Damit abfinden? Sie öffnete den Mund, um eine barsche Weigerung von sich zu geben. Doch noch bevor die Worte herauskamen, hatte sie ihn im Gesicht. Und zwar direkt. Er beugte sich vor, stützte die Arme auf den Tisch, und seine braunen Augen schienen vor Zorn zu schimmern.

»Finde dich damit ab.« Das vibrierende Grollen des Unmuts war nicht gespielt. Mercury, so hatte sie gelernt, spielte keine Einschüchterungsspielchen.

Nervös räusperte sie sich. »Du hättest mich warnen können.«

Er lehnte sich langsam zurück. »Ich glaube, das habe ich. Aber dein ›Dämon aus der Hölle‹ hat beschlossen, mich zu ignorieren. Also, wenn du nach Sanctuary willst, dann trink den verdammten Kaffee aus. Wir können dort frühstücken.«

Frühstück. Ria starrte ihn mit großen Augen an. Okay, *das* war sein Problem. Kerle wurden unleidlich, wenn sie Hunger hatten.

»Im Schrank sind Kopenhagener.«

Der Blick, den er ihr zuwarf, war kein höflicher. Okay. Also wohl doch keine Kopenhagener. Natürlich bedeutete das nicht, dass sie den Kaffee trinken würde. Es gab ein paar Dinge, zu denen sie keine Einschüchterung bringen konnte.

Es konnte sie wittern. Der Duft ihrer Erregung, der Duft ihrer Seele, rief nach dem Tier, weckte Sehnsucht und Schmerz in ihm. Es wollte sie. Es wollte sie halten, sie berühren und markieren, bevor sie ihm wieder entrissen wurde, bevor etwas oder jemand sie seinem Griff entreißen und sie ihm für immer nehmen konnte.

Doch das Tier wartete. Das Warten machte es fertig. Es hatte so lange gewartet, sich so viele Jahre geduldet. Nur noch ein wenig. Es konnte den Mann nicht viel weiter bedrängen, sonst würde der sich seiner bewusst und würde es wieder bändigen.

Doch es ließe sich nicht bändigen. Wenn der Mann schlief, erwachte das Tier. Dann streifte es durch den Verstand des Mannes und vernichtete alles, was von den rostigen Fesseln, die es einst festgehalten hatten, noch übrig war. Und es schützte die Frau. Seine Frau.

Bald hätte der Mann keine andere Wahl, als dem Tier Freiheit zu gewähren. Süße, kostbare Freiheit.

Wie in aller Welt war es dazu gekommen, dass er neben Rias Zimmertür geschlafen hatte, statt in dem Gästezimmer, in dem er sich hingelegt hatte? Mercury wurde nicht schlau daraus, wieso er dort aufgewacht war, wo er doch genau wusste, dass er anderswo schlafen gegangen war. Hölle, er wandelte nie im Schlaf. War es denn nicht unmöglich, dass ein Breed schlafwandelte? Ein ungeschriebenes Gesetz oder so? So etwas musste es doch geben.

Und doch war das die einzige Erklärung. Dass es eine miese Erklärung war, spielte keine Rolle. Tatsache war: Als er aufwachte, saß er genau da, neben ihrer Tür. Und er fühlte sich, als hätte er überhaupt nicht geschlafen. Die Müdigkeit nagte an ihm, frustrierte ihn und löste seine Selbstbeherrschung auf. Und dabei war Mercury doch so stolz darauf, dass er immer die Beherrschung bewahrte.

Doch als er mehrere Stunden später im Büro stand, in das Ria unbedingt zurückkehren wollte, ertappte er sich dabei, dass er viel öfter die Stirn runzelte und dass ihr Duft ihn noch weiter lockte.

Wieder prüfte er seine Zunge. Er konnte nicht damit aufhören. Doch keine übermäßige Empfindlichkeit, keine Schwellung der Drüsen – kein Anzeichen für Paarungsrausch, abgesehen von der Unfähigkeit, an etwas anderes zu denken als daran, sie zu vögeln.

»Du musst nicht hier herumstehen und mich den ganzen Morgen finster ansehen«, erklärte Ria, ohne den Blick von der geöffneten Akte vor sich zu wenden. »Ich bin vollkommen in der Lage, allein zu arbeiten, weißt du.«

»Dachte ich mir schon.« Ohne sie würde er nirgendwo hingehen.

Sie hob den Blick, sah ihn an, ohne die Haltung ihres Kopfes zu verändern, und ihre Miene war alles andere als freundlich.

»Wenn du nicht aufhörst, mich so finster anzusehen, Mercury, werfe ich dich hinaus.«

»Das kannst du ja mal versuchen.« Tatsächlich wäre es ihm lieber gewesen, hätte sie es versucht. Denn er suchte verzweifelt nach einem Grund, seine Hände an sie zu legen.

Sie stieß genervt die Luft aus und richtete ihre Aufmerksamkeit wieder auf die Akte, die sie gerade durchsah. Sie war viel zu sehr darauf fixiert. Er konnte buchstäblich spüren, wie ihr

Verstand beim Lesen arbeitete; er konnte spüren, dass sie nach etwas suchte.

Sie runzelte die Stirn und ihre Finger rieben über die Ecke einer Seite. Als säße sie an einem Puzzle, strich sie über das Papier in dem Versuch, es zu beschwören, ihr die Geheimnisse preiszugeben, die sie brauchte.

Mercury warf einen Blick auf das Papier und sah einen der neuen Berichte, die letzte Woche an das Büro in Washington gefaxt worden waren. Es ging um einen Versuch vom vorigen Monat, sich in die Kommunikationsausrüstung zu hacken. Der Bericht war detailliert, aber ziemlich schnörkellos.

Der Hacker hatte es geschafft, den von der Regierung unterstützten Satelliten, den die Breeds nutzten, zu infiltrieren. Sanctuarys Kommunikationsexperten hatten die Verbindung bis nach Deutschland verfolgt, bis der Hacker die Verbindung getrennt hatte und verschwunden war.

»Mit einem Satelliten von Vanderale wäre das nie passiert«, seufzte sie und fuhr mit den Fingern über die ersten Zeilen des Berichtes. »Man sollte doch denken, eure Regierung hätte ein paar Protokolle, die auch tatsächlich funktionieren.«

Ihre Stimme klang abfällig.

»Der Satellit ist schon älter. Wir hatten nie Probleme, bis der Hacker es durch die erste Schutzbarriere schaffte, indem er beim ersten Versuch das korrekte Passwort eingab.«

Ria schüttelte langsam den Kopf. »Das hätte gar nicht möglich sein dürfen, es sei denn, jemand hat den Code herausgerückt.«

Sie starrte weiter auf das Papier und kaute nachdenklich auf ihrer Lippe.

»Der Passcode ändert sich täglich«, murmelte sie nachdenklich und schien seine Anwesenheit vergessen zu haben.

Ihr Finger fuhr über eine andere Textzeile.

»Eigenartig«, sagte sie, schüttelte dann den Kopf und blätterte um. »Ihr braucht ein moderneres Programm.«

»Wir brauchen finanzielle Mittel, um es zu bezahlen.«

Er erwiderte ihren Blick, als sie langsam zu ihm aufsah und ihn versonnen musterte.

»Ihr müsst eure Systeme updaten«, bemerkte sie. »Ihr habt Gerätschaften von Vanderale im Wert von mehreren Millionen Dollar, die noch nicht einmal auf dem Markt sind. Das macht euch zu einem Sicherheitsrisiko und damit zu einem finanziellen Risiko für die Firma. Sollte sich in diesen Akten nichts befinden, das mich vom Gegenteil überzeugt, kann ich eine weitere Finanzierung nicht guten Gewissens empfehlen, Mercury.«

Jonas würde sich ungemein freuen, das zu hören.

»Dann such weiter«, schnaubte er. »Wir konnten jeden Versuch, sich in unsere Akten zu hacken, vereiteln. Und bald werden wir die Schuldigen fassen.«

»Es ist schon ein Jahr her, seit die Versuche, sich einzuhacken, begannen«, bemerkte sie. »Bisher habt ihr mehrere Enforcer aufgrund der Sicherheitslücken verloren, und mindestens einmal im Monat kommt es zu einem Einbruch in die Sicherheitszone rund um Sanctuary. Diese Erfolgsrate ist besorgniserregend. Ich frage mich, ob die Möglichkeit besteht, dass ihr einen weiteren Spion habt, der innerhalb von Sanctuary operiert.«

Erst vor Monaten hatten sie einen Spion gefasst, ein vertrautes, geliebtes Mitglied des Rudels, das von Anfang an versucht hatte, sie zu vernichten.

»Nicht möglich.« Oder?

Zur Hölle, er hatte selbst über sechs Monate lang Nachforschungen in der Sache angestellt. Keine Chance, dass Informationen aus der Basis nach außen drangen, und trotzdem fanden ihre Feinde einen Weg hinein. Und Informationen drangen nach außen.

»Alles ist möglich«, murmelte sie und richtete ihre Aufmerksamkeit wieder auf die Akte.

Die demonstrative Konzentration in ihrem Gesicht reizte ihn. Er spürte eine Erkenntnis in sich aufsteigen, die er nicht beschreiben konnte.

Seine Haut prickelte, und seine Muskeln zuckten, als wehrten sie sich gegen einen Eindringling. Die Härchen an seinem Nacken stellten sich auf, ein Gefühl, das ihm höchst unangenehm war.

Mercury war nicht an diese Anzeichen instinktiver Wachsamkeit gewöhnt, die für andere Breeds normal waren. Das Serum, das ihm die Wissenschaftler Jahre vor seiner Befreiung verabreicht hatten, um seine animalische Genetik zu unterdrücken, hatte nicht nur die instinktiven Reaktionen dieser Genetik ausgelöscht, sondern auch die raubtierhafte, unkontrollierbare Intensität, die er damals besessen hatte.

Doch jetzt, als er Rias bemühte Konzentration auf die Akten beobachtete, stellten sich die Härchen an seinem Nacken warnend auf.

»Glaubst du, du kannst einen Spion in diesen Akten finden?« Misstrauen klang in seiner Stimme mit.

Wieder hob sie den Blick, ihre Miene war geringschätzig.

»Das ist nicht meine Aufgabe«, meinte sie gedehnt. »Meine Aufgabe ist es, zu bestimmen, ob ihr die Situation weit genug unter Kontrolle habt, um zuzulassen, dass ihr die hübschen Spielereien und Geräte bekommt, die Vanderale euch schickt, noch bevor sie überhaupt in Produktion gehen. Mach dir nichts vor, Mercury. Ich bin nicht hier, um euren Job für euch zu erledigen.«

Sie klappte die Akte zu, und in ihren Augen schimmerte ein

Anflug von Zorn, als sie aufstand und zurück zum Aktentisch ging. Sie warf die Akte auf den Stapel, bevor sie sich vorbeugte, um eine andere aufzuheben.

Sie beugte sich über den Tisch.

Der Rock spannte sich über ihren wohlgeformten Hintern.

Volle, wunderschöne Kugeln direkt vor seinen Augen. Er ballte die Fäuste, streckte die Finger wieder, formte sie zu Klauen, während ein plötzlicher, schrecklicher Nebel der Begierde Besitz von ihm ergriff.

Er musste sie haben.

Gerade suchte sie noch nach der Akte, die sie gestern noch hier gesehen hatte, und im nächsten Augenblick presste sich ein eisenharter Schaft an ihren Po, durch ihren Rock und Mercurys Hose hindurch.

Mit geweiteten Augen huschte ihr Blick zu den Armen, die sie zu beiden Seiten gefangen hielten; Arme mit schweren Muskeln und Händen, die den Holztisch packten und die Nägel hineingruben, während an ihrem Nacken ein tiefes Grollen zu hören war.

Oh verdammt. Das war nicht gut. Sie konnte das Verlangen fühlen, sich an ihn zu schmiegen, ihre Hüften seinem harten Schaft entgegenzudrängen und das harte begierige Pochen zu spüren.

»Die Kameras«, brachte sie unvermittelt heraus, als ihr die kleinen elektronischen Geräte in der Zimmerecke hinter ihnen einfielen.

»Die sehen gar nichts«, knurrte er an ihrem Ohr. »Zieh den Rock für mich hoch.«

»Das tue ich nicht«, zischte sie empört. »Ich bin nicht hier, um …«

»Tu es, oder ich tue es. Und wenn ich dich erst anfasse, dann lasse ich vielleicht nicht mehr los, bevor ich in diesem heißen Schoß gekommen bin, den ich da wittere. Und jetzt zieh den verdammten Rock hoch.«

Ria schauderte. So vornübergebeugt, die Ellbogen auf den Tisch gestützt, befand sie sich in der verwundbarsten Position, die eine Frau nur kennen konnte. Und er wollte es noch schlimmer machen?

»Merc…«

»Sofort!« Sein Atem ging schwer an ihrem Ohr, und Lust klang in dem alles beherrschenden Verlangen, mit dem er das Wort aussprach.

Ria unterdrückte den Schauder, der ihr über den Rücken jagen wollte, und den unkontrollierbaren Impuls, zu tun, was er wollte.

»Mercury …«

»Zwing mich, es zu tun, und dann ist alles zu spät«, knurrte er, und seine Zähne knabberten an ihrem Ohr. »Dann nehme ich dich, Ria. Genau hier und jetzt. Wenn ich dich mit den Händen berühre, sind wir beide geliefert, und dann ist mir egal, wer zusieht.«

Oh Gott.

Sie lag über den Tisch gebeugt und spürte, wie er sich bewegte, als ihre Hände an die Seiten ihres Rocks glitten.

Sie tat es tatsächlich? Sie schob langsam den Rock hoch, entblößte ihre Schenkel und die nackten Rundungen ihres Pos. Und die waren wirklich nackt, denn der Tanga, den sie trug, verbarg nichts von ihren runden Pobacken.

Und während sie es tat, konnte Ria fühlen, wie ihre Erregung immer weiter wuchs. Ihr Schoß wurde feucht, machte sich für ihn bereit und sehnte sich nach ihm.

»Verdammt, du duftest so süß.« Bei seinem rauen Flüstern

zogen sich ihre Muskeln zusammen. »Wie Morgendämmerung. Ich liebe die Morgendämmerung, Ria.«

Ria keuchte auf und zog den Rock nun bereitwilliger nach oben. So hart und heiß wie frisch geschmiedetes Eisen drückte seine Erektion sich durch den Stoff seiner Uniform – und lieber Gott, das machte sie vielleicht an.

Sie war so feucht, dass sie spürte, wie ihr Höschen nass wurde.

»Ja«, flüsterte er, während seine Lippen unvermittelt über ihren Nacken strichen. »Ja. Lass mich deinen Hintern spüren, Baby. Ich liebe deinen Hintern. So süß und hübsch.«

Der Rock schob sich über ihren Po und bauschte sich über ihren Hüften, als sein Unterleib sich an sie drückte, während sie die Arme auf den Tisch stützte. Seine Hüften kreisten, und sie spürte, wie sein Schwanz in der Hose pochte.

»Ich will dich sehen.« Seine Zähne schrammten über ihren Nacken. »Ich will deine Brüste nackt sehen, mit Nippeln, die für mich hart sind. Mach sie frei, Ria. Lass sie mich sehen.«

»Die Kamera«, keuchte sie wieder.

»Niemand kann dich sehen. Befrei deine hübschen Brüste für mich. Tu es.«

Das harte animalische Grollen in seiner Stimme ließ sie vor Lust zittern. Noch nie in ihrem Leben war sie so verdammt scharf gewesen. Es war verdorben, unter dem drohenden Auge der Kamera.

Und doch bewegte sie ihre Hand, ihre Finger tasteten nach den Knöpfen ihrer Bluse, und ein leises Stöhnen drang über ihre Lippen.

»Ja. So ist es gut, Baby«, keuchte er, und sein langes Haar fiel über ihre Schultern, als er zusah, wie sie ihre Bluse aufknöpfte. »Mach diese hübschen Brüste frei für mich. Sind sie angeschwollen, Ria? Sehnen sie sich nach meinem Mund?«

Sie waren so prall, dass sie schmerzten, und ihre Brustwarzen rieben über die Spitze des BHs, als sie hart wurden und sich aufrichteten.

Sie nestelte an den Knöpfen ihrer Bluse, doch schließlich gelang es ihr, sie zu öffnen.

»Zieh die Bluse aus dem Rock«, befahl er. Seine Stimme klang schroff und rau und jagte ihr Schauer der Erregung durch den Leib. »Tu es. Schnell.«

Sie zog die Bluse hoch und biss sich auf die Lippe, als die Ränder vorn aufklafften.

»Zieh den BH aus.« Sein Atem ging schwer und rau, und kleine Luftzüge trafen ihren plötzlich schweißfeuchten Nacken. »Lass mich deine Brüste sehen, Baby. Ich will sie sehen. Lass mich sehen, und ich warte, bis ich sie kosten kann. Versprochen. Nur gib mir das. Lieber Gott, nur ein bisschen, Ria.«

Sie konnte es nicht glauben. Es war so erotisch, dass sie dahinschmolz. Seine Stimme an ihrem Ohr, die ihr Befehle gab, und sie gehorchte. Ihre Finger glitten an den BH-Verschluss an der Vorderseite und öffneten ihn langsam, während ihr Impulse der Lust durch den Leib jagten.

Als der Stoff sich löste, schob sie die BH-Körbchen von ihren schweren Brüsten und spürte, wie ihre Hüften zuckten und sich enger an seinen Schwanz schmiegten, der sich an ihren Po presste.

»Wie hübsch«, hauchte er.

Ria sah hinab auf ihre reifen Rundungen. Sie waren so prall, dass die harten Brustwarzen vorstanden wie kleine Soldaten in Habachtstellung. Sie waren heiß und verlangten drängend danach, berührt zu werden – genommen zu werden.

»Berühr sie. Lass mich sehen, wie du mit deinen Nippeln spielst.«

»Nein.« Der Schock trieb ihr das Wort über die Lippen.

Eine Sekunde später knabberten seine Zähne an ihrem Hals und jagten Blitze aus Lust und Schmerz direkt in ihre pulsierende Klitoris.

»Tu es.« Seine Stimme veränderte sich, wurde tiefer, finsterer. »Tu es, oder ich tue es. Und wenn ich es tue, gibt es kein Zurück mehr. Dann höre ich nicht mehr auf, bis mein Schwanz so tief in dir versenkt ist, dass du nie wieder frei von mir sein wirst.«

Die Kamera. Oh Gott, sie musste an die Kamera denken. Sie musste sich an ihren Schwur erinnern, nicht zuzulassen, dass er sie nahm; nicht zuzulassen, dass sie selbst ihn liebte. Wenn er sie nahm – da hatte er recht –, dann wäre sie nie wieder frei. Denn dann hätte sie keine Chance mehr, ihm ihr Herz vorzuenthalten.

»Mercury«, flüsterte sie unglücklich. »Es ist zu gefährlich.«

»Sofort!« Das schroffe Grollen ließ sie reagieren.

Ihre Hand griff mit Daumen und Zeigefinger ihre Brustwarze, und Sinnlichkeit überwältigte sie.

»Gott! Fuck! Ja. Zeig mir, was dir gefällt, Ria. Zeig es mir, damit ich weiß, wie ich dir Lust bereiten kann, wenn ich mit dem Mund über dich herfalle.«

Ihre Finger spannten sich an und alle rationalen Gedanken verschwanden. Sie rollte die harten Knospen in den Fingern und stöhnte vor Wonne auf, als seine Hüften ihre auf den Tisch drückten und ihre Klitoris gegen den Tischrand pressten. Sie bebte, zitterte und drückte sich noch fester dagegen, um das Gefühl stärker werden zu lassen, während ihre Finger ihre Brustwarze reizten.

»Deine Nippel werden rot«, flüsterte er. »Ich kann sehen, wie dieses hübsche Pink röter wird, Baby. Genauso wie sie sich für meinen Mund röten werden. Für meine Zunge. Meine Zähne.«

Seine Zähne.

Ria zuckte unter ihm, als sie sich vorstellte, wie seine Zähne über die zarten Knospen schrammen würden. Oh, das wollte sie. Sie wollte es so unbedingt, dass sie förmlich in Flammen stand. Ihre Hüften bewegten sich auf dem Tisch und rieben ihre Klitoris stärker daran, und ein weiteres Stöhnen drang über ihre Lippen.

Die Kamera. Denk an die Kamera.

»Ich werde dich nehmen, Ria. Ich werde dir dieses Höschen vom Leib reißen und meinen Schwanz jeden verdammten Zentimeter in dir versenken. Ich will dich schreien hören. Ich will, dass die Lust so stark und so schnell kommt, dass du nicht dagegen ankämpfen kannst. Dass du nur noch kommen kannst.«

Das animalische Raubtiergrollen jagte ihr erotische Furcht durch den Leib. Sie konnte ihn in seiner Hose spüren, kräftig und lang, und sie wusste, sie würde schreien, wenn er sie nahm. Sie würde schreien und nach mehr flehen, denn sie wusste schon jetzt, dass sich nichts je so gut angefühlt haben würde, wie sich sein Schwanz in ihr anfühlen würde.

Sie packte ihre Brustwarzen fester und fühlte die Reize in ihrer Klitoris immer stärker werden, wusste, dass ihr Orgasmus mit jeder Sekunde näher kam. Sie sehnte sich danach. Hungerte danach. Wenn sie ihre Erlösung nicht bekäme …

Das Donnern, das in ihren Ohren hallte, ergab zuerst gar keinen Sinn. Sie spürte, wie Mercury hinter ihr zusammenfuhr und hörte sein wildes »Fuck, nein«. Dann wurde ihr klar, was genau es war.

Dr. Morreys Stimme rief vor der Tür: »Mercury, ich brauche dich bitte in meinem Büro, wenn du Zeit hast. Lawe kann auf Miss Rodriquez aufpassen. Bist du hier drin?«

»Oh. Mein. Gott. Oh Gott. Lass mich los«, zischte sie und zuckte zurück.

Ihre Finger mühten sich mit dem BH ab, und sie hörte das tiefe, grollende Fluchen hinter sich. Noch nie war es ihr so schwergefallen, den BH wieder zu schließen. Jetzt fühlte sie die Panik so heftig durch ihre Adern pochen wie noch vor wenigen Sekunden die Lust.

»Mercury, bist du da?« Rütteln am Türknauf. Wann in aller Welt hatte er die Tür abgeschlossen?

»Nur eine Minute, Ely«, knurrte er.

Ria fühlte, wie ihr beim Klang seiner Stimme heiße Röte über die Haut lief. Die Lust und der Hunger darin waren nicht zu missdeuten. Himmel, wahrscheinlich hatte die gute Ärztin jede Sekunde des erotischen Vorspiels über die Kameras mitverfolgt. Verdammt. Das war nicht gut. Es war demütigend.

Schließlich gelang es ihr, ihre Kleidung zu ordnen und die Bluse zurück in den Rock zu stecken, während sie Mercury den Rücken zudrehte.

»Ria.« Sie spürte, wie er näher kam.

Verdammt, sie *spürte* ihn näher kommen. Die Wärme seines Körpers hüllte sie ein, befeuerte ihre Erregung und ließ ihre Augen vor Emotionen feucht werden, vor Verlangen nach seiner Berührung.

»Geh.« Sie hob die Hand und hoffte inständig, das würde seine Annäherung aufhalten. »Sieh nach, was sie will. Lass mich um Himmels willen allein, Merc. Geh einfach.«

Sekunden später hörte sie das Klicken der zufallenden Tür, als er genau das tat.

Er ging.

Tests. Blut. Speichel. Samen.

Das Tier zog sich vorsichtig in sein mentales Erdloch zurück und unterdrückte den Drang, vor Wut zu brüllen, nachdem es so abrupt der Wonne beraubt worden war, die es verzehrte.

So viele Jahre lang war es allein gewesen, hatte einen schmerzerfüllten Schlaf geschlafen und sich nach Wärme gesehnt. Nun war die Wärme da, und den Mann dazu zu drängen, diese Wärme zu genießen, statt sie zu verleugnen, brauchte die ganze Konzentration des Tieres.

Es musste vorsichtig vorgehen, um die Begierde des Mannes ganz langsam und Schritt für Schritt zu befreien, um keinen Verdacht zu erregen. Doch das Tier war nicht vorsichtig genug gewesen. Es hätte wissen müssen, dass die Situation zu gefährlich war, doch der Mann war durch seine Lust geschwächt gewesen. Er hatte sich gesehnt und nach dem gehungert, was allein ihm gehörte, und das Tier hatte sich befreit und geglaubt, es könne in den Schatten der Lust des Mannes verborgen bleiben.

Das Tier wusste, wenn es nicht vorsichtig war, würde man es entdecken. Es konnte keine Enthüllung riskieren. Vielleicht würden sie es dann wieder in den Schlaf versetzen, und es war noch nicht stark genug, um ein zweites Mal die entsetzlichen Ketten zu überleben, die es in einen Schlaf voller Qualen bannten.

Es musste sich verbergen. Nur noch ein wenig länger. Wenigstens so lange, bis keine Augen mehr zusahen und keine Wissenschaftler ihre verhassten Proben nahmen, um es zu finden. Bis es allein war mit dem süßen, sanften Duft seiner Gefährtin.

6

»Alles in Ordnung, Doc?« Mercury zog sich das schwarze Uniformhemd über den Kopf und starrte Elyiana Morrey an, die gerade eine weitere Phiole mit seinem Blut in ihr kleines Gestell steckte.

Man nannte sie den Vampir von Sanctuary. Kaum drehte ein Breed sich um, stand sie schon da mit ihrer Ausrüstung zur Blutentnahme und starrte einen mit diesen sanften braunen Welpenaugen an. Eine weibliche Raubkatze sollte eigentlich keine Augen wie ein Hundewelpe haben, doch sie hatte welche.

Zu viele Emotionen, hatte Mercury immer gedacht. Sie machte sich verrückt, indem sie versuchte, Antworten auf alle Anomalien zu finden, die bei den Breeds in Erscheinung getreten waren, seit sie ihre Freiheit erlangt hatten.

Einst war sie ein gefeierter Zögling der Wissenschaftler des Councils gewesen, ein Genie auf einer Ebene, die nie zuvor in ihren Rängen erreicht worden war. Nach den Rettungen war sie zur einzigen Hoffnung der Breeds geworden; darauf, dass sich ein Weg finden ließ, die Geheimnisse ihres eigenen Körpers zu entschlüsseln.

»Hey, Doc, du antwortest ja gar nicht.« Er richtete das Hemd unter dem Bund seiner Uniformhose und betrachtete nun eindringlich ihren Rücken.

»Was hast du gesagt?« Sie drehte sich zu ihm um und richtete den leicht abwesenden Blick auf ihn.

Er unterdrückte ein Lächeln. Er mochte Ely.

»Ich fragte, ob alles in Ordnung ist?«

»Alles gut.« Sie nickte, drehte sich wieder zu ihren Phiolen um und verstaute sie in einem ihrer Geräte.

»Warum dann mehr Tests? Du hast das Ganze doch erst letzte Woche gemacht.« Er stand auf und musterte sie wachsam, während er seine Waffenholster wieder umschnallte. Inzwischen waren die ein Teil von ihm; ohne sie fühlte er sich nackt.

»Du weißt ja, wie es ist.« Sie zuckte mit den Schultern. »Du stehst in sehr nahem Kontakt zu einer unbekannten Frau. Ich möchte in diesem Fall ein Auge auf deine Tests haben. Nur für alle Fälle.«

Nur für alle Fälle. Er atmete schwer und lautlos aus.

»Sie ist nicht meine Gefährtin.« Er sprach das Wort knurrend aus, denn zum ersten Mal, seit er vom Paarungsrausch gehört hatte, war er sauer, weil es keine Chance gab, dass ihm das je passieren würde. Er hatte seine Gefährtin verloren, bevor er überhaupt die Chance bekommen hatte, zu erfahren, was es bedeutete, eine zu haben.

»Ich habe nie geglaubt, dass du dich wirklich gepaart hast, Merc«, erinnerte sie ihn. »Meine Erfahrung damit sagt mir, dass es mehr braucht, als jemanden zu wollen oder tiefe Gefühle für jemanden zu hegen.« Sie drehte sich wieder zu ihm um und sah ihn mitfühlend an. »Hast du irgendwelche Veränderungen gespürt, seit Miss Rodriquez aufgetaucht ist?«

Sie kam auf ihn zu und nahm mit bloßer Hand, ohne die Handschuhe, die sie sonst immer anhatte, sein Handgelenk, um seinen Puls zu fühlen. Dann rieb sie ihm über den Arm, beinahe ähnlich einer tröstenden Geste, bevor sie ihn tätschelte wie den eines Kindes.

Daraufhin beäugte er sie argwöhnisch.

»Kriege ich jetzt auch einen Lutscher?«, fragte er spöttisch.

»Du hast meine Frage nicht beantwortet, Merc«, erinnerte sie ihn. »Verspürst du irgendwas Ungewöhnliches?«

»Na ja, Doc, es gibt keine Vergrößerung der Drüsen unter meiner Zunge, aber das hast du ja überprüft, also weißt du das schon. Kein komischer Geschmack im Mund, und ich muss mich auch nicht vor Schmerzen krümmen, weil du mir den Arm tätschelst«, berichtete er mit einem Anflug von Abscheu. »Sonst noch was, worauf ich achten sollte?«

Ihre Lippen zuckten. »Du kennst die Symptome in- und auswendig, ich merke schon.«

»Kunststück, bei der verdammten Epidemie, die um sich zu greifen scheint«, schnaubte er. »Lawe und Rule motzen ständig deswegen herum. Ich denke, ihnen ist es recht, frei und ungebunden zu bleiben.«

»Und dir nicht?« Sie lehnte sich an den Tisch und musterte ihn aufmerksam.

»Jetzt auch noch Psychologin, Doc?« Er grinste. »Na los, lass den Doktor mal beiseite. Sag mir, was du wirklich wissen willst, und wir arbeiten uns von da aus weiter.«

Daraufhin schüttelte sie den Kopf und lachte kurz auf. »Du hast mich erwischt. Fühlst du dich zu Miss Rodriquez hingezogen, Merc?«

»Sie ist eine Frau.« Er runzelte die Stirn. »Ich bin ein Mann, und ich bin nicht gepaart. Und Jonas will, dass ich ihr rund um die Uhr am Arsch klebe. Was denkst du?«

Darauf nickte sie, doch in ihren Augen flackerte etwas auf, das ihn die Stirn runzeln ließ. »Stimmt etwas nicht, Ely? Etwas, wovon ich nichts weiß?«

»Vertrau mir, Merc, wenn etwas wäre, wäre Jonas der Erste, der davon erfahren würde, und du der Zweite. Befehlskette.« Sie verdrehte die Augen. »Wenn du der Erste in der Reihe sein willst, wirst du es mit ihm aufnehmen müssen.«

»Dann lass es mich anders formulieren«, grollte er, und so langsam hatte er das Gefühl satt, dass hier ein sehr subtiles Spielchen gespielt wurde. »Was würde dich vermuten lassen, dass eine Paarung zwischen mir und Miss Rodriquez möglich wäre, wenn es keinerlei Symptome gibt?«

Darauf seufzte sie. »Ganz ehrlich, da gibt es keine Vermutung. Wie du sagtest, bei all den kürzlichen Paarungen und angesichts der Tatsache, dass es in den Jahren nach Kane und Sherra nur sehr wenige gegeben hat, bin ich nur gewissenhaft. Und ein Wort der Warnung: Wenn die Techniker im Kontrollraum mir melden, dass du dich der Sekretärin im Aktenraum gegenüber ungewöhnlich verhältst, dann ist es meine Aufgabe, dich auf das Paarungshormon zu testen.«

Mercury erstarrte. »Inwiefern ungewöhnlich?«

»Ich sollte es dir mitteilen, denn nur weil die nicht genau sehen können, was du tust, heißt das nicht, dass sie nicht darüber spekulieren.« Ely verzog das Gesicht. »Kurz bevor ich kam, um dich zu holen, erhielt ich einen Anruf. Die hatten Angst.« Sie holte langsam Luft. »Sie dachten, du würdest vielleicht etwas tun, womit Miss Rodriquez nicht ganz einverstanden sein könnte.«

Mercurys Nasenflügel weiteten sich, als er ein Aufwallen reiner männlicher Wut unterdrückte. »Die dachten, ich würde sie vergewaltigen?«

»Es gibt da einen schmalen Grat, Merc«, antwortete sie. »Sie dachten lediglich, es könnte vielleicht ein Problem geben. Ich habe das überprüft, und jetzt habe ich die nötigen Blut-, Samen- und Hormonproben entnommen. Sobald ich etwas herausfinde, lasse ich es dich wissen.«

»Da gibt es keinen schmalen Grat«, stieß er hervor. »Nein heißt nein. Verdammt, Ely.« Mit aller Gewalt drängte er den Zorn zurück, der inzwischen an ihm fraß. Er konnte spüren, wie er sich aufbaute, in seinem Kopf aufwallte, bis er am Rande seines Sichtfeldes rotsah.

»Wie ich sagte, es war lediglich ein Hinweis.« Er senkte den Blick, als erneut eine Nadel in seine Ader stach und Blut in das angehängte Röhrchen floss.

Eisiger Zorn kam über ihn. Er hob die Augen und war sich kaum des Knurrens bewusst, das aus seiner Kehle drang, woraufhin Ely stutzte und dann überrascht zu ihm aufsah.

»Ich hatte ganz vergessen, dass ich diese letzte Phiole noch brauche.« Sie zog die Nadel aus seinem Arm und trennte fachgerecht das versiegelte Röhrchen mit seinem Blut von der Nadel.

Er ballte die Fäuste, als ihn der Drang, ihr das Ding aus der Hand zu reißen, fast überwältigte. Er musste dieses Blut zurückhaben. Er konnte es nicht riskieren … Er griff danach und packte schnell ihr Handgelenk, worauf sie ihn geschockt ansah.

»Mercury.«

»Du brauchst dieses Blut nicht.« Ihm war, als würde er durch die Augen von jemand anderem auf sie blicken, als würde er den Zorn von jemand anderem fühlen. Er durfte ihr nicht erlauben, dieses Blut zu behalten.

Doch er hatte keinen Grund dafür. Keinen Grund für den Zorn, keinen Grund, ihr nicht zu vertrauen, abgesehen von der Tatsache, dass etwas ihn warnte, dass er niemandem trauen könne. Und wieso er dieses Gefühl hatte, verwirrte ihn ohne Ende.

Langsam ließ er ihre Hände los und starrte auf das Röhrchen mit Blut in ihrer Faust.

»Du belügst mich, Ely«, stellte er fest, musterte sie eindringlich und holte tief Luft. Er schwor – und er hatte noch nie Emotionen gewittert, so wie andere Breeds es manchmal konnten –, doch er schwor, er konnte Täuschung an ihr wittern.

Sie schluckte schwer. »Du benimmst dich, als wärst du nicht

du selbst, Mercury«, flüsterte sie. »Bist du sicher, dass alles in Ordnung ist?«

»Bist du es denn?« Er musste weg von ihr; jedes Wort, das ihm über die Lippen kam, war ein Knurren. Er streckte die Hand aus. »Gib mir das Röhrchen.«

»Ich kann die Tests nicht ohne durchführen.« Wurde sie blass? War das Furcht, was da in ihren Augen flackerte?

»Du hast genug. Mach es möglich.«

Noch während er sprach, öffnete sich die Labortür, und Kane, Sanctuarys Sicherheitschef, und Callan Lyons kamen herein.

Mercury sah zum allsehenden Auge der Kamera hinauf. Wie früher im Labor. Immer jemand, der zusah. Wie hatte er das vergessen können? Immer das Misstrauen, immer Augen, die einen verfolgten und infrage stellten.

Er drehte sich wieder zu Ely um. »Ich habe nett gefragt«, erinnerte er sie.

»Merc, was ist hier los?« Kanes Stimme klang fragend, doch Mercury spürte, wie sein Rudelführer beobachtete, Spuren verfolgte und die Gefahr im Raum witterte.

»Er will sich plötzlich kein Blut mehr abnehmen lassen«, meinte Ely nervös und wollte sich wegdrehen.

Dieses Mal berührte Merc sie nicht, als er ihr in den Weg trat. »Sorge dafür, dass du alles, was du brauchst, aus diesem Röhrchen Blut bekommst, Dr. Morrey«, sagte er leise. »Denn mehr wirst du nicht mehr kriegen.«

»Dir wurde befohlen …«

Sein Knurren überraschte ihn selbst. Es vibrierte grimmig und drohend in seiner Brust.

»Ich bin weder Jonas' Gigolo noch seine Marionette. Falls er das glaubt, dann sagt ihm, er soll sich zum Teufel scheren.« Er warf den beiden Männern einen warnenden Blick zu.

Kane musterte ihn besorgt, Callans Miene war nachdenklich. Mercury hatte genug. Er drängte sich an den beiden vorbei, riss die Tür auf und marschierte durch die schmalen Korridore des ehemaligen Council-Labors. Die Kameras folgten ihm; jetzt konnte er sie fühlen, und dabei war das zuvor nie so gewesen. Wie ein Brandzeichen im Nacken brannten sie sich in seine Haut und jagten ihm einen Impuls der Wut durch den Leib.

Er marschierte ins Erdgeschoss, durch die Halle und zurück in Rias Büro. Ria hob den Kopf, Überraschung stand ihr ins Gesicht geschrieben.

»Merc?«, fragte sie vorsichtig, als er in die Ecke marschierte, den Arm hob und die Kamera von der Wand riss, bevor er sich zu ihr umdrehte.

Ria starrte ihn erschrocken an. In seinen Augen, bisher ein perfekt goldenes Bernstein, blitzten winzige blaue Funken. Sie schwor, sie glitzerten wie blaue Sterne vor einem rein goldenen Hintergrund.

So groß er schon war, wirkte er plötzlich noch größer, seine Muskeln härter, seine Schultern breiter. Seine Finger spannten sich um die Kamera in seiner Hand.

»Wollte ich dich vergewaltigen?«, fragte er sie knurrend, seine Reißzähne blitzten, und etwas, das mehr als nur Zorn war, flackerte in seinen Augen.

»Wie bitte?« Langsam stand Ria vom Schreibtisch auf.

»Wollte ich dich vergewaltigen?« Die Kamera flog aus seiner Hand und prallte an die Wand ihr gegenüber, und dann hörte sie es. Es war nicht nur Zorn, sondern Verrat. Das Gefühl hallte in seiner Stimme und stand in seiner Miene.

»Du wolltest mich nicht vergewaltigen.« Langsam schüttelte sie den Kopf.

Er trat näher an den Schreibtisch, starrte sie an, verschlang sie mit den Augen. Sie konnte seinen Blick spüren, beinahe so, als würde sie ein Streicheln über ihr Gesicht fühlen.

»Hast du Angst vor mir?«, grollte er. »Sagst du das deshalb? Mache ich dir Angst, Ria?« Dann grinste er spöttisch. »Widerstrebt es dir deshalb so sehr, meine Berührung anzunehmen und Lust mit mir zu empfinden? Ist es eher so, als würdest du ein gottverdammtes Tier vögeln?«

»Nimm dieses Wort noch einmal in den Mund, und ich gebe dir Tier«, konterte sie, stemmte die Hände in die Hüften und sah ihn finster an. »Kann ja sein, dass du sauer bist, Mercury Warrant, aber das ist kein Grund, Seinen Namen zu missbrauchen. Beruhige dich oder geh.«

Ria setzte sich wieder, auch wenn ihr Magen vor Nervosität rebellierte. Mercury war wutentbrannt, aufgebracht wegen irgendetwas. Diese Wut und der harte, einsame Blick in seinen Augen hatten eine Wirkung auf sie, die nicht sein sollte. Sie ließ sie Sehnsucht fühlen, und das Schlimmste, was sie tun konnte, war, genug für diesen Mann zu empfinden, um sich nach ihm zu sehnen.

»Antworte mir.« Mit einer kurzen, heftigen Bewegung trafen seine flachen Hände auf das Holz des Schreibtisches. »Ist das der Grund, warum du mich nicht in deinem Bett haben willst? Fürchtest du mich?«

Sie hob die Augen und erwiderte seinen Blick. »Das Einzige, wovor ich Angst habe, wenn es um dich geht«, stellte sie klar, »ist, dich jemals wieder Kaffee machen zu lassen. Abgesehen davon: Nein, du machst mir keine Angst. Aber im Augenblick machst du mich wütend.«

Und er weckte in ihr den Wunsch, ihn zu berühren. Sie musste sich zurückhalten, um nicht die Hand zu heben und sein hartes Kinn zu streicheln. Wer konnte es gewagt haben, zu behaupten, er könne sie zu irgendwas zwingen?

Er blieb stehen, wo er war, und beugte sich über den Tisch. Seine Züge so wild, dass sie nicht von dem Wunsch getrieben sein sollte, die Hand nach ihm auszustrecken.

Dann wurde die Bürotür aufgestoßen, dass sie gegen die Wand krachte, und sie sah, wie Mercurys Kinnmuskeln zuckten und seine Augen heller loderten. Er blieb reglos und still stehen und starrte sie an, als sie an ihm vorbei zur Tür blickte und Callan Lyons und Kane Tyler dort stehen sah.

»Kann ich den Herren irgendwie behilflich sein?«, fragte sie höflich.

Callans Blick ging zu der Kamera, die durch das Zimmer geflogen und auf dem Boden gelandet war.

»Was ist mit der Kamera passiert?«, fragte er. Seine Miene war hart, sein Blick ausdruckslos und gefährlich, und er sah ganz und gar zu kräftig aus für einen Mann, der vor zwei Monaten beinahe gestorben wäre.

Ria stand auf. »Ich schätze es nicht, wenn über mich gelästert wird«, meinte sie, während sie die Akten auf ihrem Schreibtisch einsammelte und um den Tisch herumging. Dabei registrierte sie, wie Mercury seine Position veränderte, sie beschützend umgab und sich zwischen ihr und den beiden Männern hielt. »Mir ist bewusst, dass das, was vorhin passiert ist, vielleicht nicht gerade politisch korrekt gewesen ist, doch man hat mir versichert, dass Sanctuary nicht übermäßig formell sei.« Sie drehte sich um und lehnte sich an den Tisch, auf dem die Akten lagen. »Ich habe Mercury gebeten, sie auszuschalten.« Sie blickte zur Kamera und grinste. »Ich fürchte, er könnte mich dabei etwas zu wörtlich genommen haben.«

»Ich habe das verfluchte Ding aus der verdammten Wand gerissen, bevor sie ein Wort sagen konnte«, grollte Mercury, und Ria verdrehte die Augen. »Ich verstecke mich nicht hinter Weiberröcken.«

Tja, da war er der erste Mann in ihrem Leben, der das behauptete. Die meisten Männer, die sie kannte, ausgenommen Dane, versteckten sich nur zu gern hinter ihrem Rock, wenn der Leo irgendwo in der Nähe war.

»Ist er immer so arrogant?«, fragte sie Callan.

Der hob die Hand auf Schulterhöhe, und die Enforcer hinter ihm gingen hinaus und schlossen die Tür hinter sich, um die vier allein zu lassen.

»Mercury ist für gewöhnlich ziemlich ruhig«, stellte Kane fest und betrachtete die Szene nun neugierig mit seinen blauen Augen.

Mercury schwieg weiter, ohne den Blick von ihr zu wenden, und diese blauen Schattierungen in seinen Augen wirkten beinahe hypnotisch auf sie.

»Ich sagte nicht, er sei nicht ruhig, ich sagte, er ist arrogant«, korrigierte sie. »Ich entschuldige mich für unsere früheren Handlungen …«

Mercury knurrte. Das könnte ihr aber bald auf die Nerven gehen. Sie warf ihm einen Blick zu, der ihn zum Schweigen bringen sollte, und starrte weiter. Offensichtlich kämpfte er mühsam darum, eine gewisse Kontrolle aufrechtzuerhalten, um nichts Unüberlegtes zu tun. Stocksteif stand er zwischen ihr und den beiden Männern, seine Miene wie aus Granit gemeißelt und Furcht einflößend grimmig.

»Oder vielleicht auch nicht.« Sie verschränkte die Arme vor der Brust und lehnte sich an den Schreibtisch. »Würde mir jemand mal erklären, was hier los ist?«, fragte sie in die Runde. »Ely schleppt einen absolut vernünftigen Mann hier weg, und er kommt zurück und ist derart sauer, dass er die Kamera aus der Wand reißt und mich fragt, ob er mich vergewaltigt hat? Ich bin ein wenig verwirrt.«

Kane fluchte. Callan verzog das Gesicht, doch niemand sagte

etwas. Und etwas Wildes und Gnadenloses blitzte in Mercurys Augen auf. Dieser Blick hätte sie vorsichtig werden lassen müssen, aber er sollte nicht dafür sorgen, dass ihr Herz vor Aufregung einen Satz machte. Und er sollte sie nicht daran erinnern, wie es sich anfühlte, wenn er an ihrem Rücken lehnte und fordernd grollte, dass sie ihre Brüste streicheln solle.

Doch Ria konnte sehen, worauf das hier hinauslief, und das Warum machte sie langsam sauer. Seit Wochen rechnete sie nun damit, dass jemand versuchen würde, sie abzulenken. Das hier hatte sie nicht erwartet. Doch vielleicht hatten andere gesehen, was sie selbst erst zu vermuten begann. Mercury könnte eine äußerst suchterzeugende Schwachstelle für sie sein.

»Kane?« Mercurys Stimme klang angespannt, tief und so finster, dass sie beinahe schauderte.

»Ja, Merc?«, fragte Kane vorsichtig.

»Könntest du bitte dafür sorgen, dass Miss Rodriquez hinreichenden Schutz bekommt, wenn sie in ihre Hütte zurückkehrt? Shiloh Gage wäre vielleicht die beste Wahl für innerhalb des Hauses heute Nacht.«

Ria starrte ihn überrascht an.

»Ich kümmere mich darum, Merc«, antwortete Kane. »Aber Ely braucht dich noch einmal im Labor.«

Mercury fletschte die Zähne, als er sich zu Kane umdrehte. Und offensichtlich war Kane Tyler von dem, was er sah, ebenso geschockt, wie es kurz zuvor Ria gewesen war.

»Sag Ely, sie hat alles, was sie je von mir bekommen wird.« Damit verließ er das Büro, bedächtig an der Wand entlang, bis Ria nur Augenblicke später die Tür laut zuschlagen hörte.

»Miss Rodriquez, ich formuliere es mal freundlich«, begann Callan behutsam. »Bitte begeben Sie sich nach unten ins Labor, damit Ely einige Blut- und Speichelproben nehmen kann. Ich verspreche Ihnen, es sollte relativ harmlos sein.«

»Nichts da!« Ria straffte sich, unvermittelt wütend. »Was in aller Welt habt ihr mit ihm gemacht? Ihr habt ihm vorgeworfen, dass er versucht hätte, mich zu vergewaltigen?«

»Er hat sich Ihnen genähert, als sie nicht darauf gefasst waren. Und Augenblicke später sah es so aus, als würde er Sie ohne Ihr Einverständnis nehmen«, erklärte Kane. »Ich hatte einen kurzen Augenblick, um die Bänder zu sehen, bevor wir ins Labor mussten. Ich gebe zu, Sanctuary ist einigermaßen informell, aber falls hier etwas vorging, woran Sie nicht teilnehmen wollten, dann ist jetzt der richtige Zeitpunkt, um es zu sagen.«

Es gereichte Kane Tyler zur Ehre, dass er nichts dergleichen zu glauben schien, doch das dämpfte ihren Zorn auch nicht. Was in aller Welt glaubten die denn, was los war? Und woher nahmen sie die Frechheit, so etwas Absurdes auch nur anzudeuten, dass Mercury Warrant etwas derart Schreckliches versuchen würde?

»Aber vielleicht wollte ich ja.« Der Zorn, der sie überflutete, war faszinierend. »Das kommt davon, wenn Sie so verdammt neugierig sind, Mr Tyler. Sie haben es fertiggebracht, mich mitten in etwas zu stören, was ein perfekter hübscher Samstagnachmittag hätte sein sollen. Damit haben Sie mich gedemütigt und auch noch einen Freund beleidigt und verraten.« Verachtung stieg in ihr auf, und sie warf den beiden einen bösen Blick zu. »Vielleicht sollten Sie mich zurück zu meiner Hütte fahren. Und machen Sie sich keine Mühe mit einem neuen Babysitter. Ich habe mich ziemlich gut mit dem arrangiert, den ich hatte; mit einem neuen käme ich sicher nicht so gut klar.«

Die hatten vielleicht keine Ahnung von Loyalität, aber sie konnte ihnen versichern, dass sie sehr wohl Ahnung davon hatte. Immerhin hatte sie das überhaupt erst in diesen Schlamassel gebracht.

»Ein Enforcer wird Sie begleiten …«

»Ich rufe Dane Vanderale an, meinen Boss, und sorge dafür, dass in dreißig Minuten ein Helijet auf Ihrem Platz landet, sollten meine Wünsche in diesem Fall ignoriert werden.« Sie hatte genug. »Es ist kein verdammtes Wunder, dass ihr die Spione in Sanctuary nicht in den Griff bekommt. Ihr seid viel zu sehr damit beschäftigt, diejenigen zu verdächtigen, die loyal zu euch stehen, um überhaupt darüber hinaus sehen zu können. Lasst euch da mal was einfallen. Ich bin weder eine Breed, noch bin ich für Sanctuary verantwortlich, und soweit es mich betrifft, könnt ihr alle zum Teufel gehen.«

Plötzlich kam ihr Akzent durch. Das war noch nie passiert. Sie war in Südafrika geboren und aufgewachsen, und für gewöhnlich erforderte ihr Job es, dass sie stets den Eindruck erweckte, sie könne von überall her kommen, nur nicht von Vanderales Büro.

Dass ihr Akzent sich jetzt selbstständig gemacht hatte, ärgerte sie maßlos.

»Soweit alles klar, meine Herren?« Verdammt, der Akzent war immer noch da. »Ich brauche ein eigenes Fahrzeug, unverzüglich. Ihre Enforcer können sich da draußen gern zu Tode frieren, das ist mir vollkommen egal. Aber sollte einer den Versuch unternehmen, einen Fuß in meine Hütte zu setzen, tätige ich den Anruf.«

Sie schnappte sich ihre Tasche vom Boden, hängte sie sich über die Schulter und warf den beiden einen finsteren Blick zu. »Das Fahrzeug. Sofort.«

Dieses Mal fluchte Callan, riss die Tür auf und polterte hinaus, sodass sie allein mit Kane Tyler zurückblieb, der sie neugierig anstarrte. »Ich dachte, Mercury hätte seine Gefährtin verloren«, sinnierte er.

Ria biss die Zähne zusammen und musste das Beben ihrer Lippen unterdrücken. »Ich bin ziemlich sicher, dass es so ist.

Mir war nicht bewusst, dass es eine Paarung braucht, um einen zu Unrecht beschuldigten Mann zu verteidigen. Wissen Sie, Tyler, ich bin enttäuscht von dem Haufen hier. Um ehrlich zu sein, hatte ich eine bessere Meinung von der inneren Stärke Sanctuarys. Vielleicht war das ein Irrtum.«

Kane seufzte. »Manches mag so aussehen«, meinte er. »Aber glauben Sie mir, es ist nicht immer so einfach. Kommen Sie, ich besorge Ihnen Ihr Auto und Ihre Eskorte.«

Nicht dass irgendwas davon ihrem Gemütszustand half. Noch würde es Dane helfen, sobald sie den zu fassen bekam. Er hatte sie auf diese verdammte fruchtlose Mission geschickt. Sie wussten beide, dass sich in Sanctuary immer noch ein äußerst gefährlicher Spion aufhielt, doch der erste Leo wollte hierherkommen. Er wollte Zeit mit seinem Enkel verbringen und dem Kind, das Callans Gefährtin nun erwartete, und Ria hatte das Gefühl, er wollte Jonas Wyatt in die Schranken weisen. Der Leo war *der Leo*. Punkt. Arrogant. Dickköpfig und stur. Er war beängstigend intelligent, beherrscht und sich seiner selbst sicher. Sämtliche Qualitäten, mit denen auch Jonas jeden zur Weißglut trieb, mit dem er in Kontakt kam.

Kane sah zu, wie Miss Rodriquez losfuhr, die Enforcer hinter ihr, und unterdrückte einen Fluch.

»Ely glaubt, er wird wieder zum Raubtier«, informierte ihn Callan von der Tür aus leise. »Deshalb wollte er nicht, dass sie ihm dieses letzte Röhrchen Blut abnimmt.«

Animalische Verdrängung hatte Mercury schon einmal fast in den Wahnsinn getrieben. Der Tod der jungen Löwin, mit der er sich hätte paaren können, die er wahrscheinlich gerngehabt hatte, hatte einen sprunghaften Anstieg derart gewaltigen Adrenalins in seinem Organismus ausgelöst, dass er in eine spezielle Zelle im Labor gesperrt werden musste, bis es gelang, ein Serum zu entwickeln, das ihn unter Kontrolle hielt.

Kane schüttelte den Kopf. »Ich glaube das nicht. Ich habe die Videos von Merc aus der Zeit damals gesehen, so wie du, Callan. Was Mercury gerade durchmacht, ist keine Art von Scheißraubtierfieber.«

»Sie führt jetzt erste Tests mit diesem letzten Röhrchen Blut durch. Sie denkt, er verliert langsam die Kontrolle.«

Kane hatte die Aufnahmen der Kamera gesehen. Was er sah, besorgte ihn und weckte in ihm die Frage, was in aller Welt da los war, aber er machte sich keine Sorgen um Mercs geistige Gesundheit. Offensichtlich empfand Callan dasselbe, denn anderenfalls hätten sie Mercury schon längst Enforcer hinterhergeschickt. Doch auch Ely zog keine Schlussfolgerungen ohne Beweise.

»Ich habe nichts gesehen, was auf Gewaltanwendung hindeutete.« Er stemmte die Hände in die Hüften, blickte zum Eingang von Sanctuary und verzog das Gesicht, als er das Skandieren der Stimmen auf der anderen Seite der eisernen Tore hörte.

Schon wieder eine Demonstration. Über die Wochen hatten sie sich gehäuft, zweifellos angezogen von weiteren Horrorgeschichten über menschliche Opfer in diesen Schmierblättern. Kane schüttelte den Kopf, drehte sich wieder zu Callan um und musterte den Rudelführer neugierig.

»Welchen Beweis haben wir, dass er sich mit dieser Breed, die umkam, gepaart hatte?« Er stieg die Stufen hinauf, während er die Frage stellte. »Könnten wir es hier mit einer weiteren Anomalie im Paarungsrausch zu tun haben?«

»Ely sagt nein. Das Paarungshormon wurde damals im Labor festgestellt, genauso wie das Raubtierfieber«, erklärte Callan. »Das Paarungshormon in seinem Organismus wurde schon

Wochen vor ihrem Tod festgestellt. Damit vermischt war das unbekannte Hormon, das sie sich nicht erklären konnten. Es schien sich mit seinem Blut zu verbinden, wie Adrenalin, oder vielleicht mit dem Adrenalin, das in Augenblicken von Stress, Zorn oder Gefahr ausgeschüttet wird. Es war auch nach mehreren Missionen noch präsent. An dem Tag, als er vom Tod des Mädchens erfuhr, wurde er zum Tier. Verdammt, Kane, er hat einem Kojoten die bloße Hand in den Brustkorb gerammt und ihm das Herz herausgerissen. Das ist selbst für einen Breed nicht normal.«

Auch Kane erinnerte sich an diese Videos.

»Sie waren ganz schön zufrieden mit ihrem Tod. Der Ausbilder lachte, und der Wissenschaftler war alles andere als mitfühlend in Bezug auf den Verlust. Hätte einer von uns etwas anderes getan, hätten wir jemanden verloren, der uns am Herzen liegt?«

Callan warf ihm einen Blick über die Schulter zu, während sie das Haus durchquerten. »Nachdem sie ihn fixiert hatten, hatten die Wissenschaftler so viel Weitblick, ihm umgehend Blut abzunehmen. Das Adrenalin enthielt so viel von dem unbekannten Hormon, dass sie entschieden, es sei eine Art Fieber. Sie haben ihn benutzt, um es zu erforschen und dann eine Therapie entwickelt, um es zu kontrollieren.«

»Ein super Beruhigungsmittel«, schnaubte Kane.

»Ein Serum, perfektioniert dafür, dieses spezielle Hormon zu kontrollieren. Sie waren noch in der Testphase, als die Befreiungen begannen. Nach der Befreiung wurde er langsam von der Therapie entwöhnt, aber an seiner Beherrschung hat sich nie etwas geändert, bis jetzt.« Sie betraten sein Büro, und Callan seufzte. »Und ich muss Ely zustimmen, er verhält sich, als wäre er nicht er selbst. Mercury hat noch nie irgendwem in Sanctuary gegenüber Wut gezeigt.«

»Bis ihn jemand beschuldigt hat, er versuche, eine Frau zu vergewaltigen? Vielleicht seine Frau?«

Callan fuhr sich mit der Hand übers Gesicht, ließ sich in den Sessel fallen und atmete hörbar aus. »Bis jetzt. Und Ely scheint keine Ahnung zu haben, was zur Hölle los ist.«

Das bezweifelte Kane doch sehr, und als er Callan ansah, war ihm klar, dass sein Schwager ebenso empfand.

Seit elf Jahren kämpften sie inzwischen diese Schlacht. Die Schlacht, die Freiheit der Breeds zu erhalten und ihre Geheimnisse zu wahren, bis sie sie selbst verstanden. Die Schlacht, ihre Leute und ihre Kinder zu schützen.

Kane dachte an seinen Sohn, nicht viel jünger als der von Callan, und spürte dieselbe Sorge, die er auch im Kopf des anderen Mannes wusste. Sie konnten es sich nicht leisten, dass Mercury die Kontrolle verlor. Herrgott, er war der Breed, der kleinen Kindern auf der Straße Angst einjagte. Die wilden Züge des Tieres im Gesicht des Mannes.

»Was jetzt?«, fragte er und atmete tief durch.

»Zieh Lawe von der Hütte ab, und finde Mercury. Ich rufe Jonas aus D.C. zurück. Merc ist einer seiner Enforcer; vielleicht kann er uns dabei helfen, herauszufinden, was zur Hölle hier los ist. Und wie wir es unter Kontrolle bringen können.«

»Und die Frau?«, fragte Kane. »Können wir es uns leisten, sie noch mehr zu verärgern?«

Callan verzog nachdenklich die Lippen. »Wir müssen sie überreden, dass sie Ely diese Proben nehmen lässt, aber nachdem Ely Merc diese Probe mit einem Trick abgeluchst hat, wird Miss Rodriquez sie nicht so nahe an sich heranlassen.« Nachdenklich strich er sich übers Kinn. »Und ich schwöre, dieses Video sah mehr nach einem Breed im Paarungsrausch aus als nach einem, der kurz vor der animalischen Verdrängung steht.«

»Er blieb immer zwischen ihr und uns, bis er hinausgepoltert ist«, bemerkte Kane. »Er war wütend und beschützend. Und die Wut kann ich ihm nicht verdenken.«

»Er hat nach dem Vorfall im Labor die Kontrolle verloren.« Callans Stimme klang nun angespannt und hart. »Das ist nicht akzeptabel. Er ist ein Breed. Wir wurden dazu ausgebildet, dass wir diesen Teil unseres Selbst unter Kontrolle haben, und die hat er verloren. Das kann ich nicht tolerieren. Lawe soll ihn finden und zurück nach Sanctuary bringen. Sehen wir, ob wir mit ihm reden und ihn davon überzeugen können, die Tests wieder zuzulassen.«

»Und wenn er nicht will?« Kane hatte so das Gefühl, dass er nicht mitspielen würde.

Callan schüttelte müde den Kopf. »Oh Hölle, über den Fall will ich gar nicht erst nachdenken, Kane, und du auch nicht.«

7

Ely gab die Röhrchen weiter an Charles Fayden, ihren Laborassistenten, und lächelte schwach über sein leises Angebot, sie für sie zu untersuchen. Er war einer von wenigen Breeds, die ihr bei den Paarungstests assistieren durften, und er zeigte einige Begabung darin.

Sie gab eine Probe aus dem letzten Röhrchen Blut, das sie Mercury entnommen hatte, in das Teströhrchen, versiegelte es und steckte es in die Maschine, die sie mit Vanderales Hilfe erworben hatte.

Ungeduldig wartete sie, während die einzelnen Hormone getrennt wurden, entnahm dann die Probe und gab sie in das computergesteuerte Analysegerät. Die Ergebnisse, die dort herauskamen, verschafften ihr keinerlei Trost.

Lange Momente verbarg sie ihr Gesicht in den Händen, bevor sie wieder auf die Ergebnisse starrte. Hier hatte sich eindeutig das Raubtierhormon in die Adrenalinstämme gemischt. Bei den ersten drei Röhrchen war es nicht vorhanden gewesen, doch dieses vierte, entnommen, als der Zorn sich in seinen Augen gezeigt hatte, wies es auf.

Diese Augen hatten ihr Angst gemacht. Die Farbe warmen Honigs war zu hartem, geschmolzenem Gold geworden, und in diesem Gold hatten ganz schwach blaue Punkte aufgeflackert. In all den Jahren, seit sie die Breeds Tests unterzog – und das waren mehr Jahre, als sie in Freiheit lebten –, hatte sie nie etwas derart Beängstigendes bei einem von ihnen gesehen.

Doch es bestätigte nur ihren Verdacht, dass Mercury erneut

zum Raubtier wurde. Die Wissenschaftler des Labors, in dem er erschaffen worden war, hatten dieselben Phänomene protokolliert.

Sie speicherte die Ergebnisse, jagte sie durch das Verschlüsselungsprogramm und schickte sie an Jonas. Sie wollte nicht weiter mit ihm streiten. Wenn er nicht schleunigst antwortete, würde sie zu Callan gehen. Pfeif auf die Befehlskette, an die er sie ständig erinnerte – Callan war ihr Rudelführer, nicht Jonas. Egal, wie sehr Jonas nach dieser Position auch streben mochte oder nicht.

Sie gab ihr Passwort in den Computer ein, speicherte die Proben und rieb sich müde über den Nacken.

»Alles okay, Dr. Morrey?« Charles blieb neben ihr stehen und sah sie mit seinen sanften braun-grünen Augen an.

»Alles gut, Charles.« Sie lächelte ihm eher distanziert zu und stand von ihrem Stuhl auf. »Ich bin in meinem Büro, falls Sie mich brauchen.«

»Ja, Ma'am.« Er nickte und wandte sich wieder den Tests zu, an denen sie ihn arbeiten ließ. Übereinstimmungen für potenzielle Paarungen von Breeds zu testen, war ein peinlich genauer und zeitraubender Job. Ely war froh, dass sie einen Assistenten gefunden hatte, den sie damit betrauen konnte.

Die Tests von Mercury waren eine andere Sache.

Sie setzte sich an ihren Schreibtisch und trug die Informationen sorgfältig in ihr Logbuch ein. Sie würde einen Weg finden müssen, Mercury davon zu überzeugen, mit den Tests fortzufahren. Sie brauchte diese Informationen, denn es bestand immer die Möglichkeit, dass es erneut geschah. Niemand kannte die Anzahl der Breeds, die vor den Befreiungen Raubtierfieber entwickelt hatten. Und sie hoffte, dass es niemand je herausfand.

Jonas betrachtete mit zusammengekniffenen Augen den Bericht und die Befunde, die Ely ihm geschickt hatte, bevor er den Knopf der Sprechanlage zum Büro seiner Sekretärin drückte. Genauer gesagt, zum Büro des rothaarigen Roboters, dachte er mit lautlosem Schnauben. Für eine frischgebackene Mutter war die Frau entschieden zu wenig mütterlich bei der Arbeit.

»Rachel, ich brauche den Helijet bereit zur Rückkehr nach Sanctuary. Informieren Sie Jackal, dass wir wieder abfliegen.«

»Ja Sir, Mr Wyatt.«

Er verzog das Gesicht, als er ihre kühle, kompetente Stimme hörte. Er vermisste seine letzte Sekretärin, Kia, doch die hatte ihn vor über drei Monaten aus irgendeinem verdammten Grund in Tränen aufgelöst verlassen. Er hatte immer noch nicht herausgefunden, was sie so gegen ihn aufgebracht hatte. Aber sie hatte wenigstens Persönlichkeit gehabt. Die Pappkameradin, die nun an dem Schreibtisch saß, war staubtrocken.

»Mr Wyatt, in einer Stunde hätten Sie ein Treffen mit Miss Warden. Soll ich einen neuen Termin machen?«

»Gott, ja«, brummte er. Beim letzten Treffen mit Warden hätte er schwören können, dass die Breed-Genetik langsam auf sie abfärbte, als sie Antworten für das Verschwinden eines Wissenschaftlers des Councils verlangt hatte. Ihre Augen waren voller Zorn gewesen, und ihr niedliches Gesichtchen hatte sich zu einer Beinahe-Abneigung angespannt. Aus irgendeinem Grund schien sie nicht zu glauben, dass er keine Ahnung hatte, wo sich der ehemalige Wissenschaftler Jeffery Amburg aufhielt.

Natürlich hatte er gelogen; er wusste sehr gut, wo der Mann derzeit festgehalten wurde. Er hatte nur nicht die Absicht, es ihr zu sagen.

»Mr Jackal ist jetzt hier, Sir«, teilte Rachel ihm mit. »Der Jet wartet auf dem Dach auf Sie, Zielort Sanctuary. Brauchen Sie sonst noch etwas?«

Ja, eine Sekretärin mit Sinn für Humor wäre ein netter Anfang. Wo in aller Welt hatte Merinus diesen Droiden aufgetrieben?

Doch im Augenblick war eine Pappkameradin als Sekretärin seine geringste Sorge. Er legte seinen Aktenkoffer auf den Schreibtisch, stapelte alle Akten und Berichte, die er brauchte, hinein und trennte dann seinen Organizer vom Computer. Jetzt hatte er alles beisammen.

Es dauerte nur wenige Minuten, sein Büro dichtzumachen, und dann schritt er zur Tür, öffnete sie, und Jackal stand auf. Dessen Miene war stoisch wie immer, doch dieses Mal lag ein Anflug von Belustigung in seinem Blick.

Jonas warf seiner Sekretärin einen harten Blick zu, den diese so gelassen wie immer erwiderte. Er würde ihr mitteilen müssen, dass er es gar nicht schätzte, wenn sie zur Unterhaltung seiner Enforcer beitrug, während sie sich weigerte, zu seiner eigenen Unterhaltung beizutragen.

Verdammtes Weibsbild.

»Sieht so aus, als kämen wir übers Wochenende nach Hause, Jackal«, verkündete er und schob die mangelnde Loyalität seiner Sekretärin beiseite. Mit ihr würde er sich später befassen.

»Schönes Wochenende, Mr Wyatt«, rief sie ihm nach, als er das Büro verließ.

Er machte sich nicht die Mühe, ihren Gruß zu erwidern.

»Gibt es ein Problem?«, fragte Jackal, während sie durch die leeren Flure des Justizgebäudes gingen. Samstagnachmittag war nicht gerade Hochbetrieb.

Jonas verzog das Gesicht, denn das Katastrophenpotenzial ging derart weit über »ein Problem« hinaus, dass es schon lachhaft war.

»Mercury«, erklärte er Jackal leise, während sie in den Aufzug stiegen und Jonas den Knopf zum Dach drückte.

Jackal schnaubte. »Vanderales kleine Sesselpupserin?«

Von wegen Sesselpupserin. Miss Rodriquez suchte nach etwas; Jonas hatte nur noch nicht herausgefunden, wonach.

»So meine Vermutung.« Und Jonas hoffte, dass er mit seiner Vermutung richtiglag. Seine eigene Recherche von Mercurys Jahren im Labor hatte ihn zu der Schlussfolgerung geführt, dass das Raubtierfieber nicht mehr als rasende Wut gewesen war.

Einst war Mercury dem Tier, mit dem seine Genetik modifiziert worden war, sehr nahe gewesen. Sein Geruchssinn war jenseits von Gut und Böse gewesen, seine Fähigkeit, lange Strecken zu laufen, hatte Rekorde gebrochen. Sehvermögen, Gehör, Nachtsicht, Geruchs- und Geschmackssinn – er war einzigartig gewesen.

Bis er begonnen hatte, Anzeichen von animalischer Verdrängung zu zeigen. Hin- und Hertigern im Käfig. Gereiztes Knurren, die Weigerung, seine Missionen innerhalb der korrekten Parameter auszuführen. Und das unbekannte Hormon, gebunden an das Adrenalin, das seinen Körper in jenen Zeiten überflutete. Raubtierfieber oder animalische Verdrängung hatten die Wissenschaftler es genannt. Jonas stellte es sich lieber als Ruf der Wildnis vor. Alle Anzeichen, die Mercury im Labor gezeigt hatte, waren die eines Tieres gewesen, das in seinem Sehnen nach Freiheit den Verstand verlor.

Doch das erklärte nicht, was jetzt passierte. Oder warum das Hormon nun wieder auftauchte. Es sei denn, Mercury paarte sich irgendwie mit seiner kleinen Sesselpupserin, wie Jackal sie nannte.

»Lass Merc Raum, Jonas«, riet Jackal, als sie in den Helijet stiegen. »Wenn er sich seltsam verhält, hat er es verdient. Der Mann ist viel zu ruhig, so wie es ist.«

Und Jonas hätte ihm zugestimmt – bis Elys Bericht ankam. Doch jetzt fing er an, sich Sorgen zu machen, und Sorgen waren etwas, das er nicht mochte. Er bevorzugte Aktion, entschiedene Vorwärtsbewegung. Doch in diesem Fall hatte er das Gefühl, dass das nicht viel helfen würde.

Die Hütte war zu still, und sie hatte sich zu sehr an Mercurys Gegenwart gewöhnt. Schon bevor er angewiesen worden war, bei ihr in der Hütte zu bleiben, war er gelegentlich kurz hereingekommen. Er hatte sie aufgezogen, gerade lange genug, um sie mehr wollen zu lassen, wenn er wieder ging.

Sie war sich nie sicher gewesen, wohin er ging, doch am nächsten Morgen war er immer zurückgekehrt, um sie zurück nach Sanctuary zu geleiten.

Jetzt fühlte sie sich ein wenig verloren ohne ihn.

Es gab jede Menge Arbeit für sie. Immer noch warteten die Speicherchips, die sie in dieser Woche aus Sanctuary herausgeschmuggelt hatte, darauf, dass sie sie analysierte, um die Diskrepanzen zu finden, die sie mit alarmierender Regelmäßigkeit entdeckt hatte.

Jemand schmuggelte Informationen aus Sanctuary und verkaufte sie an ein Forschungslabor, das wild entschlossen war, das Geheimnis der Unterdrückung des Alterungsprozesses zu entschlüsseln, das mit dem Paarungsrausch einherging. Kein Gedanke daran, herauszufinden, warum der Paarungsrausch auftrat, oder etwas zu entwickeln, um dessen Symptome zu lindern. Nein, alles, was diese Leute interessierte, war die Umkehrung des Alterungsprozesses und das Vermögen, das sich so mit der Verzweiflung von Millionen Menschen verdienen ließ.

Es war ein Albtraum, der sich da anbahnte.

Und sie arbeitete an den Chips mit den Informationen, wer in Sanctuary diese Geheimnisse verkaufen könnte. Sie war es natürlich nicht. Sie ging in ihrem Zimmer auf und ab, rieb sich über die Arme gegen die Kälte, die in die Hütte einzudringen schien, und fragte sich, wohin Mercury gegangen war.

Als sie sich umdrehte und zurück zum Fenster ging, hörte sie dort ein Kratzen. Rasch drehte sie sich um und sah geschockt zu, wie das Fenster aufging und Mercury sich mit seinen ganzen Einmeterzweiundneunzig durch die Öffnung schob, bis er in ihrem Zimmer stand. Er klappte das Fenster wieder zu, schloss es ab und zog die dicken Vorhänge zu, bevor er sich zu ihr umdrehte.

»Wie bist du an den Breeds vorbeigekommen, die draußen patrouillieren?«, fragte sie ihn überrascht.

Er schnaubte. »An Lawe und Rule kommt man nicht unbemerkt vorbei. Sie wissen, dass ich hier bin.«

Urplötzlich waren ihr das lange violette Nachthemd und der Bademantel zu schwer und zu warm. Wo ihr nur Augenblicke zuvor noch kalt gewesen war, spürte sie nun Hitze.

»Was in aller Welt denkst du, was du hier tust?«, zischte sie, während er sie ansah. Seine Bernsteinaugen waren dunkler, und die winzigen blauen Funken darin blitzten. Seine Miene war ernst, sein Blick zu ruhig und zu voll mit Dingen, die sie nicht sehen wollte, denn die ähnelten zu sehr Dingen, die sie selbst fühlte, ohne es zugeben zu wollen.

»Noch nie einen Mann gehabt, der sich in dein Zimmer schleicht?«, fragte er und ging zur Tür, öffnete sie und sah prüfend nach draußen, bevor er sich wieder zu ihr umdrehte.

Er drehte das Schloss, ohne den Blick von ihr zu wenden.

»Hast du Angst?«, fragte er neugierig.

Ria verdrehte die Augen. »Wohl kaum. Aber meine ursprüngliche Frage hast du noch nicht beantwortet: Wieso zum Teufel schleichst du dich in mein Zimmer, statt die Tür zu benutzen?«

»Vielleicht versuche ich, dich zu umwerben?« Seine hochgezogenen Augenbrauen sahen sexy aus. Zu schade, dass sie es besser wusste, als ihm zu glauben.

»Beherberge ich jetzt einen durchgebrannten Breed?« Sie legte den Kopf schief und musterte ihn von oben bis unten. »Dane kauft mir Schmuck, weil ich mich in seine Intrigen mit hineinziehen lasse. Was hast du anzubieten, Mr Warrant?«

Oh, dieses Lächeln. Gepaart mit einem Anflug von Bitterkeit, doch hungrig, selbstsicher und sehr beherrscht.

»Schmuck hält dich nachts nicht warm«, sagte er leise.

Das war nur zu wahr. Schmuck war hart und kalt, und sie fand nur wenig Trost darin, außer der Gewissheit, dass er die Macht hatte, Dane im Zaum zu halten. Manchmal.

»Aber du schon?«, fragte sie.

Er kam auf sie zu. Einen Schritt nach dem anderen, selbstsicher und stolz. Sie musste unbedingt ihre Atmung unter Kontrolle bringen.

Er wäre in der Lage, sie auch in den kältesten Winternächten warm zu halten, dachte sie. Er war groß genug, um sich ganz um sie herum zusammenzurollen und die Kälte fernzuhalten.

»Du bist heute davonmarschiert und hast deine Pflichten vergessen«, erinnerte sie ihn und hörte dabei die Nervosität in ihrer Stimme. »Soll ich dich dafür jetzt belohnen?«

Seine Augen schimmerten. »Ich war nie weit weg von dir. Du hast mich nur nicht gesehen. Dafür kannst du mich belohnen, falls dir der Sinn danach steht.«

Er blieb vor ihr stehen und sah sie an, mit all den hungrigen Schatten in seinen Augen. Sie fühlte das Verlangen zwischen ihnen wachsen. Dagegen anzukämpfen schien nicht viel zu helfen, denn sie wollte so unbedingt nachgeben.

»Was machst du hier, Mercury?«, seufzte sie und hob die Hand an den schwarzen Stoff seines Uniformhemdes. Der schwere, sich anpassende Stoff war warm von seiner Körperwärme, und ihr kam der irrationale Gedanke, dass er es wirklich ausziehen sollte.

»Du hast heute versucht, mich zu beschützen«, sagte er leise. »Ich glaube, es hat noch nie jemand versucht, für mich zu lügen.«

Seine Stimme klang nachdenklich, als versuche er herauszufinden, warum sie es getan hatte.

»Es war nicht so sehr eine Lüge, wie es schien«, antwortete sie entschuldigend. »Ich war verdammt froh, dass du die Kamera entschärft hast.«

»Dann bin ich ja froh, dass ich dir einen Gefallen tun konnte.« Seine Lippen zuckten, und dieses Anzeichen von Belustigung spannte ihre Schenkel an.

»Dann zerstörst du häufiger Überwachungskameras?« In ihrer Stimme lag ein Beben, das nicht schwer zu deuten war.

Sein Lächeln vertiefte sich, und seine exotisch geformten Augen bekamen einen sinnlichen Schlafzimmerblick. »Nicht oft«, bekannte er.

»Hätte man denn oft Grund, für dich zu lügen?« Für Dane log sie ständig.

»Ich bin einigermaßen aufrichtig.« Seine Stimme wurde leiser. »Und so sehr mich diese verdammt hässlichen Röcke von dir auch anmachen, brauche ich sie trotzdem nicht, um mich dahinter zu verstecken.«

»Meine Röcke sind nicht hässlich.« Sie waren abscheulich.

»Das ist viel besser.« Er hob die Hand und fuhr mit dem Finger über die Schulter ihres Seidenbademantels. »Darin siehst du wie eine Prinzessin aus. Dieses hübsche Haar, das dir über den Rücken fällt. Man sollte mich erschießen für die Dinge, die ich in meinen Gedanken mit dir tun will.«

Sie fuhr mit der Zunge über ihre Lippen und atmete hörbar ein.

»Zum Beispiel?« Sie zuckte fast zusammen, als sie die Frage stellte.

Sie hatte einen höllischen Tag hinter sich, versuchte sie ihr Verhalten rational zu erklären. Der Stress dabei, Informationen in Sanctuary zu stehlen, das Risiko, das Wissen, dass sie jederzeit erwischt werden konnte, und jetzt das. Die Gewissheit, dass sie nicht schnell genug gearbeitet hatte und sich jetzt in ihren eigenen Emotionen verhedderte.

Nein. Keine Emotionen, ermahnte sie sich.

»Zum Beispiel, die Traurigkeit in deinen Augen zu vertreiben, das vielleicht?« Er senkte den Kopf und drückte seine Lippen auf ihre Schläfe. »Was geht dir durch den hübschen Kopf, wenn deine Augen so finster werden?«

Keine Emotionen. Keine Verwicklungen.

Sie täuschte sich nur selbst. Vom ersten Moment, als sie ihm begegnet war, hatte er sie bezaubert, und jetzt sollte sie nur mal einer ansehen. Sie schmolz an ihn gedrückt dahin wie Butter.

»Wie töricht, sich durch das Fenster zu schleichen, wenn die Türen perfekt funktionieren«, sagte sie atemlos. »Sind alle männlichen Breeds so kompliziert?«

»Hmm.« Seine Finger wanderten in ihr Haar, und seine Hand umfasste ihr Gesicht und hielt sie fest. »Ich will nur einen netten Gutenachtkuss, dann gehe ich wieder.«

»Du musst nicht gehen.«

Fast berührten seine Lippen ihre, als er innehielt.

»Das zweite Zimmer«, beeilte sie sich zu sagen und fühlte ihr Herz in der Brust hämmern, während das Verlangen sich durch ihren Leib fraß.

Seine Lippen zuckten. »Nur ein netter Gutenachtkuss«, wiederholte er. »Ganz harmlos. Versprochen.«

Harmlos? Bestimmt nicht!

Seine Lippen bedeckten ihre und das mit demselben zerstörerischen Ergebnis wie zuvor. Sie konnte nicht mehr denken und wollte es auch gar nicht. Ihre Hände hoben sich, gruben sich in sein langes Haar, und sie stöhnte vor Wonne.

Hatte sie je einen Kuss erlebt, so gut und sündig wie den von Mercury? Er bewegte nicht nur die Lippen; er knabberte, er streichelte und leckte an ihr, und als seine Zunge endlich ihre berührte, war sie so bereit dafür, dass sie sie begierig in ihren Mund sog.

Als hätte sie damit einen unsichtbaren Schalter umgelegt, packte er ihren Kopf mit beiden Händen und hielt sie fest. Seine Lippen glitten über ihre, und in ihrem Kopf explodierten Raketen. Sie wollte nicht, dass dieser Kuss je endete. Sie wollte nie wieder das Gefühl verlieren, wie er schmeckte, wie er sich anfühlte, die Gewissheit, dass es nie einen anderen Kuss geben würde, der ihre Seele so erschütterte wie dieser.

»Gott, du lässt einen Mann vergessen, wieso er hier ist.« Er löste sich von ihr, hielt sie aber immer noch fest. Seine großen Hände umfassten ihren Kopf, und seine Finger strichen über ihre Kopfhaut.

»Du bist nicht nur wegen eines Kusses hier?« Benommen und verlangend sah sie zu ihm auf.

»Du musst mir etwas versprechen.« Er drückte seine Stirn an ihre. »Nur eine Kleinigkeit.«

»Okay.« Ihr Schmuck? Gehörte ihm. Ihr Körper? Er musste ihn sich nur nehmen.

»Keine Tests«, sagte er leise. »Versprich mir, Ria, dass du niemanden diese Proben nehmen lässt, die Ely verlangen wird.«

Sie brauchte einen Moment, um seine Forderung zu verarbeiten und ihren Verstand vom Anblick seiner Lippen loszureißen, die ihren Leib verschlangen.

»Das hatte ich auch nicht vor«, brachte sie schließlich heraus. »Aber wieso fragst du? Welche Rolle spielt das?«

»Ich weiß nicht.« Er schüttelte den Kopf, und sein Blick wurde hart. »Ich weiß nicht, was mit ihr los ist, und ich will nicht, dass du darin verwickelt wirst. Versprich es mir. Keine Tests.«

»Gut. Ich verspreche es.« Sie löste sich von ihm, drehte sich dann wieder um und sah ihn finster an. »War das der Grund für deinen Kuss? Um mich zu überreden?«

Langsam glitt sein Blick über sie, seine Miene und seine Augen verfinsterten sich.

»Nein, Ria. Der Kuss war, weil ich sterbe, wenn ich dich nicht kosten kann. Und wenn ich nicht zusehe, dass ich schleunigst hier verschwinde, dann werde ich mir weit mehr holen als nur eine Kostprobe.«

Aber er ging nicht so schnell, wie er ihrer Überzeugung nach wollte. Noch einmal streckte er die Hand aus und zog am Gürtel ihres Bademantels. Das Seidenband löste sich, und der Bademantel öffnete sich weit genug, um das eng anliegende Oberteil ihres Nachthemdes zu enthüllen.

Unsicher und schwer atmend sah Ria zu und fühlte, wie ihre Brustwarzen unter dem Stoff hart wurden.

Und er sah es. Seine Augen nahmen diese einzigartige Färbung von gehämmertem Gold an, und er hob die Hand und strich mit den Fingerknöcheln über die Hügel, die sich über dem Prinzessinnenausschnitt des dunkelpurpurnen Nachthemdes erhoben.

»Wenn ich dich hier koste, dann gehe ich nicht mehr«, flüsterte er und hob den Blick. »Dann nasche ich weiter. Und dann nehme ich dich.«

Und das war ein Problem?

Sie zitterte, und jede Bewegung ihrer Brüste drückte ihre Haut fester an seine Finger.

»Gute Nacht, Ria.« Er nahm die Hand weg und wich zurück.

Sie stand da wie eine Närrin. Ihr Körper sehnte sich und verlangte nach mehr von seiner Berührung, und sie stand nur da, als er ging, und hatte Angst, die Hand nach ihm auszustrecken. Es tat ihr weh, ihn gehen zu sehen, und sie verfluchte sich selbst dafür.

Er konnte bleiben, aber sie wusste, wenn sie ihn erst in ihr Bett ließ, wäre sie für immer an ihn verloren.

Sie sah zu, wie er ging. Sie protestierte nicht – sie konnte nicht. Es wäre so einfach gewesen, ihn zu bitten, dass er bleiben solle – und so schwer, ihn zu verlieren, wenn der Job beendet war. Einmal mehr spielte sie mit dem Feuer, doch sie fürchtete, dieses Mal würde sie sich definitiv verbrennen.

8

Der Sonntag war Zeitverschwendung. Dane war nicht auffindbar über die üblichen Kanäle, die sie nutzten, wenn Ria ihn kontaktieren musste, und deshalb war sie ernsthaft so kurz davor, den Leo anzurufen und ihm von dem wahnwitzigen Plan seines Sohnes zu erzählen, dass sie sich tatsächlich dabei ertappt hatte, wie sie die Nummer wählte, bevor sie das Handy zuklappte und es finster anstarrte.

Unruhig lief sie in der Hütte umher. Sie verfluchte Männer im Allgemeinen und Breeds im Besonderen und verbrachte eine ruhelose Nacht, in der sie sich in einem Bett hin und her wälzte, das viel zu groß für sie allein war. Und das, während ihr Blick immer wieder zu diesem verdammten Fenster ging.

Sie wusste, er war dort draußen. Sie konnte fühlen, dass er sie beobachtete, und das Wissen darum quälte sie. Wie leicht wäre es, ihn zu ihr einzuladen? Sich von ihm nehmen zu lassen? Doch wenn sie das tat, wie leicht wäre es, ihn zu verlieren, sobald er die Wahrheit erfuhr? Dass sie ihn getäuscht hatte, so wie alle anderen in Sanctuary.

Der Job, mit dem Dane sie hierher geschickt hatte, war ein zweischneidiges Schwert. Geheimhaltung war unerlässlich, allein schon wegen dem, was sie in den elektronisch verschickten Memos und Befehlen gefunden hatte.

Die genutzte Technologie war so neu und gut gesichert, dass nur die ausgefeiltesten Programme sie finden konnten. Programme, über die sie verfügte.

Am Montagmorgen war sie noch mürrischer als sonst, und so versuchte sie erst gar nicht, sich nach Sanctuary zu begeben, bevor sie die zweite Kanne Kaffee geleert hatte.

Als sie in den Aktenraum kam, stellte sie fest, dass eine neue Kamera installiert war. Mit zusammengepressten Lippen ließ sie ihr Jackett von den Schultern gleiten, zog dann einen Stuhl unter die Kamera und stellte sich darauf.

»Kein Mitschauen«, sagte sie deutlich, und sie war überzeugt, dass die Augen, die sie beobachteten, die Worte von ihren Lippen ablesen konnten, bevor sie das Jackett über die Kamera hängte und sich an die Arbeit machte.

Sie fand das Schema, nach dem sie gesucht hatte, in der Vielzahl der Akten, Memos und Faxe, die durch Sanctuary, das Büro für Breed-Angelegenheiten und an die verschiedenen Büros und Unternehmen gingen, mit denen Sanctuary zu tun hatte. Der Code war raffiniert, und sie war immer noch nicht hundertprozentig sicher, auf was genau sie da eigentlich gestoßen war. Doch das Wissen war wie eine juckende Stelle im Nacken. Es war da. Sie musste es nur identifizieren. Schon vor Wochen hatte sie es wahrgenommen, aber den Code zu knacken würde nicht leicht werden. Ein unbekanntes System aus Zahlen, Buchstaben und merkwürdigen Symbolen, die für sie keinen Sinn ergaben. Und die Kontaktpunkte zu finden, wo der Code eingebettet worden war, war ebenso schwierig.

Kopfschüttelnd ging Ria zum Aktentisch, holte diverse Unterlagen, die sie für eine spätere Durchsicht beiseitegelegt hatte, und kehrte an den Schreibtisch zurück.

Sie fuhr den Rechner auf dem Tisch hoch und verzog das Gesicht, als sie daran dachte, dass sie ihren eigenen Laptop hier nicht nutzen konnte. Und auf dem hier konnte sie das Programm zum Aufspüren der Übertragungen nicht installieren.

Noch eine Stunde später war sie mit der ersten Akte beschäftigt: Faxkopien und Anforderungen an mehrere Firmen in D. C. Gerade las sie stirnrunzelnd ein spezielles Memo, als die Tür zu ihrem Büro aufging.

Sie unterdrückte den Drang, aufzustöhnen, als ihr klar war, wer da zur Tür hereinkam. Aber zumindest stellte er ihr einen Becher Kaffee neben den Ellbogen, für das Ärgernis, das sie jetzt wohl erdulden musste.

Sie hob den Kopf und sah Jonas an, der seinerseits zu der Jacke hinaufstarrte, die über der Kamera hing. Seine silbergrauen Augen richteten sich wieder auf sie, und seine Lippen zuckten.

»Ihnen ist bewusst, dass die Kamera sowohl für unsere als auch Ihre Sicherheit da ist?«, fragte er. »Woher sollen wir wissen, dass Sie keine Akten stehlen?«

Ria senkte den Kopf wieder auf das Memo, das sie gerade durchging. Er wollte keine Antwort auf die Frage. Sie hatte heute Morgen bereits den unglaublichen Vorteil genutzt und die Speicherchips, die sie mitgebracht hatte, für spätere Studien geladen.

»Wenn Sie Dane auch so behandeln, ist es ein Wunder, dass er Sie noch nicht gefeuert hat.« Er nahm sich den Stuhl vor ihrem Schreibtisch und sah sie an.

»Dane weiß es besser, als mich zu stören, während ich an der Aufgabe arbeite, die er mir zugeteilt hat«, erklärte sie. »Doch andererseits zahlt er mir einen unverschämt hohen Stundenlohn, also liegt es für gewöhnlich in seinem eigenen Interesse, dass ich zufrieden und ungestört bleibe.«

»Und wie viel bezahlt er Ihnen für diesen Job?« Jonas lehnte sich auf dem Stuhl zurück. Seine Silberaugen ruhten eindringlich auf ihr, und seine Miene hatte einen neugierigen Ausdruck angenommen.

Fast hätte sie geschnaubt.

»Ihr Bruder Dane hat dieselbe nervtötende Angewohnheit, in neugierigem Ton aufdringliche Fragen zu stellen. Gehen Sie, Mr Wyatt, aber danke für den Kaffee.«

Sie schmierte ihm ihr Wissen um seine Verwandtschaft mit Dane und dem Leo direkt aufs Butterbrot.

Dann nahm sie den Kaffeebecher und nippte an dem himmlischen Gebräu, bevor sie sich wieder dem Memo zuwandte. Doch sie konnte sich jetzt auch nicht besser darauf konzentrieren als in den ersten Minuten nach dem Öffnen der Akte.

Sie vermisste Mercury. Das machte sie wütend, und sie fragte sich, wo in aller Welt nur ihr gesunder Menschenverstand geblieben war. Doch das Gefühl war da, umhüllt von einem Gefühl von Verlust und Einsamkeit.

»Wo ist er?«, fragte sie schließlich, als Jonas ihr gegenüber sitzen blieb und schweigend seinen Kaffee trank.

Sie hob nicht den Kopf, aber weder sah sie die Worte in dem Memo, noch erfasste sie deren Bedeutung.

»Er hat die Nacht damit verbracht, um Ihre Hütte zu patrouillieren. Er kam gleich nach Ihnen ins Haus und ging in die Kaserne, um zu schlafen.«

Ihr wurde die Kehle eng, und sie schluckte und zwang sich, Jonas anzusehen.

»Was ist los, Jonas?« Sanctuary selbst wirkte heute trüber, und die Enforcer, die über sie wachten, waren stiller als normal und weniger freundlich.

Jonas beugte sich vor und stellte seinen Becher auf den Schreibtisch, bevor er sich wieder zurücklehnte. Das weiße Seidenhemd und die Anzughose taten nichts, um den Körper des kräftigen männlichen Tieres darunter zu verbergen.

»Mercury ist eine Anomalie innerhalb der Gemeinschaft der Breeds«, erklärte er. »Nur wenige seiner Art durften am Leben bleiben.«

»Was meinen Sie mit ›seine Art‹?« Diese Information war ihr bereits bekannt, doch das wusste Jonas nicht. Und sie wollte seine Haltung dazu erfahren. Es war schwer, eine Schlacht zu schlagen, wenn man nicht sicher war, um welche es sich eigentlich handelte.

Seine Kinnmuskeln zuckten, als er sie ansah. »Die, deren Züge dem Tier so ähnlich waren. Die Wissenschaftler des Labors, in dem er gezüchtet wurde, hielten ihn die meiste Zeit über isoliert von den anderen, denn sie fürchteten, er könnte fliehen oder den anderen bei der Flucht helfen, falls das passieren würde, was sie erwarteten.«

Sie erwiderte seinen Blick und schwieg. Seine Lippen zuckten, und er nickte kurz anerkennend.

»Sie behielten recht. Mercury war schlauer, flinker, stärker und gefährlicher als andere Breeds im Labor. Sein Training war auf hohem Niveau, doch als er älter wurde, fing er an, Anzeichen eines Phänomens zu zeigen, das sie Raubtierfieber nannten. Andere Wissenschaftler bezeichneten es als animalische Verdrängung. Es war etwas, das normalerweise nur die Jungen infiziert, im Kleinkindalter. Es betraf nur erwachsene Breeds, die dem Tier, mit dem sie gekreuzt waren, näher waren.«

»Der Ruf der Wildnis«, flüsterte sie. »So nennt Leo es. Er sagt, bis zu einem gewissen Grad haben es alle Breeds.«

Jonas neigte langsam den Kopf und verzog das Gesicht.

»Er war kaum zwanzig, als er erfuhr, dass die junge Frau im Rudel, die die Wissenschaftler immer sehr genau im Auge behielten, wenn er mit ihr in Kontakt kam, getötet worden war. Sie war erst fünfzehn, und man hatte sie auf eine Mission geschickt, an der sie nie hätte teilnehmen sollen. Die Kojoten, zwei Wissenschaftler, die mit ihr gearbeitet hatten, waren nicht gerade mitfühlend, als man es ihm sagte. Mercury war selbst erst von einer Mission zurückgekehrt, und seine animalische

Verdrängung war bereits sehr ausgeprägt. Er hat sie alle getötet, mit bloßen Händen, bis die anderen Ausbilder und Wachen ihn bändigen konnten.«

»Meine Güte«, flüsterte sie. Die Details des Vorfalls waren ihr nicht bekannt gewesen. »Mit bloßen Händen?«

»Wir haben Videos davon. An einer Stelle rammte Mercury einem Kojoten die Hand in die Brust und riss ihm das Herz heraus. Er wurde von zwei Kugeln getroffen, die ihn hätten töten müssen, aber er blieb auf den Beinen. Er riss einem Wissenschaftler den Kopf von den Schultern, und den Ausbilder …« Jonas hielt inne und schüttelte den Kopf. »Er hat einen Ausbilder mit bloßen Händen ausgeweidet, Ria. Nachdem sie es geschafft hatten, ihn zu bändigen und anfingen, Tests durchzuführen, fanden sie ein Hormon, das sich mit dem Adrenalin in seinem Körper verbunden hatte. Man hat immer noch keinen Namen dafür, noch eine Ahnung, wo es entsteht. Doch sie fanden einen Weg, es umzukehren. Eine Therapie, die ihn ruhig und kontrollierbar hielt.«

Ria war entsetzt. Das hatte sie nicht gewusst. Sie sah Jonas an, und ihr war übel, als sie sich den Horror vorstellte, so kontrolliert zu werden.

»Was hat das mit ihm gemacht?«

Jonas legte die Finger aneinander und runzelte nachdenklich die Stirn. »Ich habe ihn einmal danach gefragt. Er sagte, er fühle sich, als würde er in zwei Welten wandeln. Wie ein Automat. Durch die Therapie verlor er all die außergewöhnlichen Sinne, die sich bei den Tests so hoch entwickelt gezeigt hatten. Doch wenn es ums Töten ging, war er gnadenlos. Raffiniert. Er hatte kein Mitgefühl, und das war es ja, was sie die ganze Zeit gewollt hatten. Nach seiner Befreiung wurde er langsam von der Therapie entwöhnt, und seine Anpassung verlief bemerkenswert. Ich halte ihn für einen meiner stärksten Enforcer.

Trotzdem sind seine Sinne immer noch kaum besser als die eines Nicht-Breeds. Geruchssinn, Gehör und Geschmackssinn machen sich kaum bemerkbar, wenn er getestet wird.«

Ria spürte, wie ihr das Herz schwer wurde. »Und jetzt?«

Jonas zuckte mit den Schultern. »Er redet nicht viel darüber. Aber die letzten Tests, die Ely durchführte, zeigten ein fortgeschrittenes Stadium animalischer Verdrängung. Sie will die Therapie wieder aufnehmen.«

Geschockt starrte Ria ihn an. Die Ärztin, die in der ganzen Gemeinschaft der Breeds so hoch geschätzt wurde, schlug etwas so Entsetzliches vor?

»Warum?«, fragte sie wütend. »Warum sollte sie das wollen, wenn er es kontrollieren kann?«

»Weil sie glaubt, basierend auf dem Video dieser Kamera«, er nickte zur Kamera hinauf, »dass Mercury nur Minuten davon entfernt war, Sie sexuell zu missbrauchen. Sie haben seinen Gesichtsausdruck nicht gesehen, bevor er sich Ihnen näherte. Seine Züge schienen sich zu verändern, wurden animalischer, und seine Augen …« Jonas runzelte die Stirn.

»Blau«, sagte sie leise. »Blaue Funken.«

Er nickte. »Die Frau, mit der er gezeugt wurde, war eine Schwedin mit blonden Haaren und blauen Augen, die angeblich von einer Familie abstammen soll, die einst Berserker hervorbrachte. Wikinger.«

Ria stand auf, rieb sich mit der Hand über den Nacken, schloss die Akte, an der sie gearbeitet hatte, und ging an Jonas vorbei zum Aktentisch.

»Ich muss Sie um einen Gefallen bitten, Ria«, sagte er da leise, als sie vor dem Tisch stehen blieb und auf die Papiere starrte. »Ich möchte, dass Sie mit mir ins Labor kommen. Ich möchte, dass Sie sich dort Blut-, Hormon- und Speichelproben abnehmen lassen.«

Ria starrte an die Wand und erinnerte sich an Callans Befehl, genau das zu tun, und sie dachte an das Versprechen, das Mercury ihr abgenommen hatte. Aus irgendeinem Grund traute er der Ärztin im Augenblick nicht.

»Hat Ely das Paarungshormon in seinen Testergebnissen gefunden?«, fragte sie, obwohl sie die Antwort schon kannte.

»Nein.«

Etwas anderes hatte sie auch nicht erwartet.

»Dann besteht keine Notwendigkeit für mich, mich einer Frau zu fügen, die jemanden, der sich diesen Tests freiwillig unterzogen hat, derart unfair beschuldigt und hintergeht.« Langsam drehte sie sich zu Jonas um. »Sie hat ihn hereingelegt, nicht wahr, Jonas? Sie hat ihn absichtlich provoziert, um zu bekommen, was sie wollte.«

Er erwiderte ihren Blick mit ernsten Silberaugen, und das zum ersten Mal, seit sie ihm begegnet war, ohne den zynischen Spott, der sonst darin zu finden war.

»Sie sind sehr scharfsinnig«, meinte er anerkennend. »Ja, sie hat ihn absichtlich provoziert, um zu beweisen, was sie vermutete.«

»Warum?«

Darauf schüttelte er den Kopf. »Ich bin nicht sicher, wieso«, antwortete er schließlich. »Es gab Spuren der Verdrängung, als die Tests mit den Ergebnissen aus den vor Ihrer Ankunft von Vanderale geschickten Blut-, Speichel- und Hormonproben gemischt wurden. Wir wussten, dass Sie in engem Kontakt zu Mercury, Lawe und Rule stehen würden. Daher haben wir die Paarungstests als Vorsichtsmaßnahme durchgeführt. In diesen Tests zeigte sich das Hormon, jedoch nicht in den Tests, die allein mit seinen Proben oder mit anderen Frauen durchgeführt wurden.«

»Und wieso erzählen Sie mir das alles?«, fragte Ria. »Ist das etwa meine Schuld?«

»Es ist nicht Ihre Schuld, Ria, nur eine Anomalie.« Jonas schüttelte den Kopf. »Und zwar eine, die mir Sorgen macht.«

»Sie fürchten, er würde mich verletzen?« Das konnte sie sich nicht vorstellen, und das wollte sie auch nicht hören.

»Im Gegenteil.« Er sah sie an, als hätte ihre Frage ihn überrascht. »Ich glaube, Mercury würde sich eher selbst zerstören, bevor er je riskieren würde, Sie zu verletzen. Ich glaube, es ist lediglich ein Zufall, dass das Hormon bei den Paarungstests auftauchte. Vielleicht ein Irrtum auf Elys Seite. Die Tests sind nicht unfehlbar, und sie stimmen nicht immer. Aber ihre Meinung hat einiges Gewicht im Breed-Rat. Wenn sie empfiehlt, Mercury wieder der Therapie zu unterziehen, dann hat er nur zwei Möglichkeiten: sich zu fügen oder Sanctuary zu verlassen.«

»So etwas würde man ihm nie befehlen.«

Jonas stand langsam auf. »Ely hat schon mit den Formalitäten begonnen, um die Sache dem Breed-Rat zu präsentieren. Und wie damit umgegangen wird, hängt zu einem großen Teil von Ihnen ab.«

»Von mir?«, fragte sie ungläubig und beäugte ihn misstrauisch.

»Holen Sie ihn zurück in Ihre Hütte, Ria. Er soll wieder Ihren Schutz übernehmen. Wenn ich nicht beweisen kann, dass Mercury nicht von einem Moment auf den anderen anfangen wird, Herzen heraus- und Köpfe abzureißen, sind wir alle geliefert. Die Gemeinschaft der Breeds kämpft darum, dass die öffentliche Meinung ihr gewogen bleibt. Im Augenblick wäre nur sehr wenig nötig, um die Stimmung gegen uns zu wenden, und das ist dem Breed-Rat bewusst. Wenn ich nicht beweisen kann, dass es hier um etwas geht, das er unter Kontrolle hat, dann könnte der Rat unabsichtlich einen verdammt guten Enforcer und Breed zerstören.«

»Sie manipulieren mich.« Ria verschränkte die Arme und sah ihn empört an. »Ich kenne Sie, Jonas. Sie und Dane sind sich so ähnlich, dass es beängstigend ist.«

Er verzog das Gesicht und warf ihr einen Blick zu, der eine schwächere Persönlichkeit eingeschüchtert hätte.

»Mich zu beleidigen wird Sie nicht weiterbringen«, stellte er fest und stand auf. »Tun Sie, was Sie wollen. Ich habe Sie lediglich über die Situation informiert, genauso wie Mercury weiß, wie die Dinge stehen.«

Dann überraschte er sie, indem er zur anderen Seite der Tür ging, nur eine Sekunde, bevor diese sich öffnete.

Und da war Mercury. Sein Blick war ausdruckslos, ebenso wie seine Miene, als er eintrat. Er trug keine Uniform, sondern Jeans, ein schwarzes T-Shirt und Stiefel. Er sah gefährlich aus, exotisch und alles andere als erfreut darüber, Jonas hier anzutreffen.

»Hast du sie vorgewarnt?«, fragte er Jonas mit einem Anflug von Sarkasmus, als er hereinkam.

»Ich habe sie lediglich über den Grund informiert, warum sie Anweisung vom Breed-Rat erhalten wird, sich später für Tests im Labor einzufinden.« Jonas zuckte scheinbar unbeteiligt mit den Schultern.

»Das ist nicht Ihr Ernst.« Ihre Lippen verzogen sich angewidert. »Ich glaube, ich habe meinen Standpunkt dazu am Samstag deutlich genug klargemacht. Es wird keine Tests geben.« Da war er wieder, dieser verdammte Anflug von Akzent.

Sie war wütend, dass man auch nur erwog, ihr Anweisungen dazu zu geben. Und sie nahm ihnen übel, dass sie in Bezug auf Mercury eine solche Maßnahme wagen würden.

»Die können sich ihre Anweisung sonst wohin schieben«, erklärte sie und wandte sich an Mercury. »Und du hast dir ja verdammt viel Zeit gelassen, um hier aufzutauchen, oder? Hast du eine Ahnung, wie geschwätzig diese verrückte Breed Shiloh ist, die man mir zugeteilt hat?«

Sie zog mehrere Akten aus dem Stapel, marschierte zurück zu ihrem Schreibtisch und warf dabei beiden Männern einen ungeduldigen Blick zu.

»Ich glaube, das ist mein Stichwort, zu verschwinden.« Jonas' Lippen zuckten, als er Mercury einen Blick zuwarf. »Du bist immer noch für ihre Sicherheit eingeteilt, und dein Missionsstatus hat sich nicht geändert.« Er nickte in Rias Richtung. »Sie ist deine wichtigste Sorge, es sei denn, du möchtest davon entbunden werden.«

Mercury verschränkte die Arme vor der Brust. »Auch ich wurde wieder ins Labor befohlen. Ich habe mich geweigert.«

Das hatte offenbar etwas zu bedeuten, denn Jonas verzog das Gesicht, als er das hörte. Schließlich nickte er. »Weigere dich weiter.«

Mercury schnaubte wütend. »Ich brauche deine Erlaubnis nicht, Direktor.«

Darauf ließ Jonas ein Lächeln um seine Lippen spielen und warf Ria noch einen Blick zu. »Dann überlasse ich euch mal euren Aufgaben«, erklärte er. »Ich werde noch ein paar Tage lang hier sein. Sollte es irgendwelche Probleme geben, erwarte ich, informiert zu werden.«

»Ich bin sicher, du wirst die Knochen brechen hören, wenn nötig«, erklärte Mercury.

»Und du trägst keine Uniform«, knurrte Jonas, als fiele ihm das jetzt erst auf.

Mercurys Züge verhärteten sich noch mehr, und seine Kinnmuskeln zuckten, während die Anspannung im Raum immer größer zu werden schien. »Ich brauche keine Uniform, um meinen Job zu erledigen.«

Nein, das nicht; in Jeans wirkte er noch viel gefährlicher und aufregender mit all den Waffen am Körper.

Doch Jonas machte schmale Augen. »Wo ist die Uniform?«

Mercury grinste. Es war kein freundliches Grinsen. »Man hat mir mitgeteilt, dass mein Rang aberkannt sei, bis ich mich den Tests unterziehe. Keine Sorge, Jonas, ich habe meine Meinung dazu deutlich gemacht.«

»Indem du was getan hast?« Inzwischen klang Jonas' Stimme eisig.

»Frag Callan.« Mercury zuckte mit den Schultern, ging durchs Zimmer und warf einen Blick auf die Kamera, über der immer noch Rias Jackett hing, bevor er sich wieder zu Jonas umdrehte. »Ich bin sicher, er wartet schon auf dich.«

Er nahm den Lehnstuhl in der Ecke, setzte sich und griff nach einer Zeitschrift vom Tisch daneben. Ganz so, als würde er nicht innerlich toben und als würde ihn die Wut nicht bei lebendigem Leib auffressen.

Ria konnte es sehen, sie konnte die Gefahr in der Luft spüren, und Jonas ging es genauso.

»Irgendwelche Knochenbrüche, Mercury?«, seufzte er schließlich.

»Nein. Alle Knochen intakt und funktionsbereit«, gab der zurück.

Der Muskel in Jonas' Kinn zuckte. »Und die Knochen anderer Enforcer?«

»Alle intakt und funktionsbereit.« Mercury schlug die Zeitschrift auf.

»Was hast du dann getan?«

Mercury lehnte sich bequem auf dem Stuhl zurück, schlug die Beine übereinander und richtete den Blick auf die Zeitschrift. »Ich denke, sie versuchen immer noch herauszufinden, wie genau sie meine Schulterwaffe reparieren sollen.«

Da fiel Ria auf, was fehlte. Die einzigartige Waffe, ähnlich einer Mini-Uzi, die die Breed-Enforcer führten. Vanderale hatte den Breeds die Waffen gespendet und ihren Verkauf überall sonst beschränkt. Sie waren leistungsstark, tödlich, und Mercury trug seine nicht.

Breeds – man musste sie einfach lieben, dachte Ria, als Jonas' Miene ebenso tödlich wurde wie die von Mercury. Seine Silberaugen blitzten, und sein ganzer Körper spannte sich an. Wenn sie zornig waren, konnten sie noch wilder aussehen als die Tiere, nach deren Vorbild sie erschaffen waren.

»Wir reden noch, bevor du heute Abend gehst«, stellte er kalt fest. »Kontaktiere mich, bevor du verschwindest.«

»Klar.« Mercury blätterte in seiner Zeitschrift, ohne den Blick dabei zu heben. »Mach ich, Jonas.«

Ria hielt den Mund. Sie war sicher, dass Jonas ein Knurren auf der Zunge lag, als er hinausging und die Tür hinter sich zuschlug.

Kurz darauf sprang Mercury auf und schloss die Tür ab, bevor er wieder zu der Zeitschrift ging und schweigend, fast nachdenklich, weiterlas.

Ria betrachtete den abgegriffenen Lesestoff: eine Zeitschrift über Autoreparaturen, die sogar in Johannesburg bei einigen Top-Designern in den Fertigungsabteilungen von Vanderale populär war.

Mercury konnte es ja durchaus lesen, doch die Anspannung, die sich im Zimmer breitmachte, war so erstickend, dass sie zusammenzuckte, als das Telefon neben ihr klingelte und kaum ein Keuchen unterdrücken konnte, als sie nach dem Hörer des Festnetztelefons griff.

»Ja?«

»Miss Rodriquez, hier Austin vom Security Control Center. Könnten Sie bitte das Ding über der Kamera entfernen?«

Die Arroganz in dieser nasalen Stimme versetzte sie vom ersten Wort an in Zorn.

Sie presste die Lippen zusammen und warf einen Blick auf Mercury. Er sah sie unter halb gesenkten Wimpern an, und der Blick dieser exotisch geneigten Augen war sündig, sexy und gefährlich zugleich.

»Das könnte etwas schwierig werden«, antwortete sie mit überaus zuckersüßer Stimme. »Ich sage Ihnen was, Austin: Wieso kommen Sie nicht hier herunter und sehen nach, ob Sie es selbst entfernen können?«

Dann legte sie auf und sah Mercury finster an. »Hör mit dem verdammten Geknurre auf, oder du kannst draußen sitzen. Mein Tag ist schon chaotisch genug.« Damit ging sie wieder an die Arbeit. Ihre Konzentration war dahin, ihre Nerven lagen blank, aber sie war fest entschlossen zu finden, was Dane brauchte, damit sie Sanctuary verlassen konnte – und den Mann, der ihr ganz sicher das Herz brechen würde, falls er die Chance dazu bekam.

9

Man hatte ihm seine Uniform genommen. Mercury saß schweigend da, den Blick auf die Zeitschrift gerichtet, obwohl er keine Ahnung hatte, was darin stand.

Er trug nur selten Zivilkleidung, und er fühlte sich seltsam darin. Die Sachen waren zwar bequem, aber es war eben nicht die Kleidung, die speziell dazu entworfen war, sich an seinen Körper anzupassen.

Und seine Waffe.

Das brachte ihn beinahe wieder zum Knurren. Man hatte seine Waffe konfisziert. Die Enforcer, die dazu geschickt worden waren, waren durchaus höflich gewesen, doch der wilde Zorn, der ihn beinahe verschlungen hätte, hatte dafür gesorgt, dass diese Waffe nie wieder eingesetzt werden würde. Sie lag nun in so vielen Einzelteilen in der Kaserne, dass sie nur noch für den Müll taugte.

Er hätte gehen sollen. Verdammt, er hatte sogar daran gedacht, zu gehen. Hier und jetzt seine Sachen zu packen, denn viel hatte er ja nicht, und einfach abzuhauen. Im Laufe der Jahre hatte er genügend Jobangebote erhalten; sich außerhalb von Sanctuary seinen Lebensunterhalt zu verdienen wäre kein Problem. Doch Ria war nicht irgendwo anders auf der Welt. Sie war hier und unter seiner Verantwortung.

Ziel seiner Begierde.

Er rutschte etwas auf dem Stuhl – die Jeans war immer noch ungewohnter als die Uniform – und zügelte den Zorn, der weiter in ihm brannte.

Verdammt sollte Ely sein. Was in aller Welt hatte sie mit ihm vor? Ihr Verrat schnürte ihm derart die Kehle zu, dass er gar nicht mehr wusste, wie er das Gefühl vertreiben sollte. Er hatte sie für eine Freundin gehalten, doch vielleicht war das ja sein Fehler gewesen. Es war nicht einfach gewesen, Freunde zu finden, selbst hier in Sanctuary. Zu sehr erinnerte er die anderen Breeds daran, woher sie kamen, und die meisten Nicht-Breeds starrten ihn mit einer Mischung aus Faszination und Furcht an und hatten viel zu viel Angst, um sich ihm zu nähern.

Zu oft hatte er sich gefühlt, als würde er von außen zusehen, auf der Suche nach einer Wärme, die es nicht gab und für die er keinen Namen fand. Vielleicht ein Ort, um zu existieren.

Er starrte auf seine Hände, die die Zeitschrift hielten. Auf die Klauen, zu denen seine Fingernägel immer wieder wuchsen. Sie waren dicker als bei den meisten und leicht gekrümmt. Sie zu schneiden und zu feilen, dass sie nicht wie tödliche Waffen wirkten, war ein zeitraubender Job. Überließ man sie sich selbst, wurden sie zu Krallen im wahrsten Sinne des Wortes.

Beinahe hätte er sie gekrümmt, und fast erinnerte er sich daran, wie mühelos diese Nägel und seine dichteren und härteren Knochen es ihm erlaubt hatten, die Hand in die Brust eines Kojoten zu rammen und dessen Herz herauszureißen.

Es war kein Problem gewesen. Es war so einfach gewesen. Manchmal zuckte er zusammen, wenn er an den rasenden Zorn dachte, der ihn angetrieben hatte. Und nun, als er Ria gegenübersaß und spürte, wie die Wildheit, die einst so sehr ein Teil von ihm gewesen war, sich streckte, verspürte er einen Moment lang Sorge.

Früher, vor zu langer Zeit, war er ein Mann gewesen, der sich wohlfühlte als das Geschöpf, das er war. Das Tier und der Mensch existierten nebeneinander, wenn schon nicht in Harmonie, so doch in einem Zustand der Waffenruhe. Nun war das Tier verschwunden, doch die Wildheit wuchs. Er spürte, wie sie stärker wurde, sich ausstreckte und ihre Aufmerksamkeit auf die Frau richtete, die so still auf der anderen Seite im Zimmer saß.

Sie konzentrierte sich so wenig auf ihre Akten wie er sich auf die Zeitschrift. Die Anspannung, die sich zwischen ihnen aufbaute, war dicht und hitzig.

»Hast du jetzt Angst vor mir?« Er blätterte weiter in der Zeitschrift herum, als er fragte, und tat so, als würde er lesen. Obwohl er wusste, dass er nicht las und nicht lesen würde.

»Habe ich einen Grund, jetzt Angst vor dir zu haben?« Sie drehte ein Blatt Papier um, das sie wahrscheinlich auch nicht las, bevor sie es mit etwas überprüfte, das sie am Computer aufgerufen hatte.

Wieder sah er auf seine Hände und fragte sich, ob sie wirklich etwas so Zerbrechliches und Liebliches wie die Frau ihm gegenüber verletzen konnten.

»Und wenn ich dir sage, dass ich es nicht weiß?« Er sah von der Zeitschrift auf und begegnete ihrem Blick, als sie überrascht den Kopf hob.

»Dann würde ich sagen, dass du dir von eurer guten Ärztin ein wenig zu viel im Kopf herumpfuschen lässt, oder nicht?« Ihr leiser Anflug eines Akzents faszinierte ihn mehr, als er sollte und bescherte ihm einen Ständer, der härter war als je zuvor in seinem Leben.

Die Jeans engte seine Erektion ein. Die Uniform hatte ihr immer etwas Raum für mehr Beweglichkeit gelassen, auch wenn sie seine Erregung nicht verbarg. Freilich hatte er nie ein Problem damit gehabt, das Aufwallen von Lust, das seinen Schwanz steif und seine Hoden hart werden ließ, unter Kontrolle zu halten. Vor Ria. Von dem Augenblick an, als er zum ersten Mal ihren Duft eingeatmet hatte, war ihm klar gewesen, dass sie ein Problem für seine so mühsam erworbene Selbstbeherrschung sein würde.

Er rutschte auf dem Stuhl hin und her und hoffte, so den Druck zu lindern.

»Wieso hat man deine Uniform eingezogen?« Sie senkte wieder den Kopf und stellte die Frage so, als sei das kein großes Thema zwischen ihnen.

»Ich bin ein Risiko für die Gemeinschaft geworden.« Er zuckte mit den Schultern. »Falls ich jemandem das Herz aus der Brust reiße, wollen sie nicht, dass ich es tue, während ich die Abzeichen der Gemeinschaft der Breeds trage.« Er verzog spöttisch den Mund.

»Und das ist etwas, das du täglich machst? Herzen herausreißen?« Ihre Lippen zuckten beinahe, und er hätte schwören können, dass er Belustigung darin sah.

»Für gewöhnlich warte ich auf eine Erlaubnis dafür«, erklärte er lakonisch. »Ein paar Manieren hat man uns im Labor schon beigebracht. Mein Ausbilder erachtete es immer als höflich, sicherzustellen, dass ich das richtige Herz herausriss.«

»Sehr interessant.« Sie nickte. »Aber jetzt redest du mit mir und lenkst mich ab.«

Und wie. Er sah zur Kamera und fragte sich, wie lange es wohl dauern würde, bis die Techniker im Kontrollraum jemanden überredet hätten, dieses Jackett zu entfernen.

Er warf einen Blick auf seine Armbanduhr. Sein Gefühl sagte ihm, dass es nicht mehr lange dauern konnte. Die Zeit reichte nicht, um seiner immer stärker werdenden Erregung nachzugeben, und er wusste nicht, wie lange er noch warten konnte, um sie zu kosten.

Sie war vollkommen zugeknöpft; ihr ärmelloses Top war nicht so unförmig wie die Dinger, die sie sonst bei der Arbeit trug, und die weiche cremige Farbe war unglaublich schmeichelnd für die Brüste darunter.

Und sie trug wieder einen dieser verdammten Röcke. Schwarz dieses Mal und an den Knien leicht ausgestellt. Tulpenrock hatte Cassie es einmal genannt, als sie ihre Mutter davon überzeugen wollte, einen zu kaufen. Auch wenn der sehr viel kürzer gewesen war. Aus irgendeinem Grund hielt Cassie Sinclair Mercury für die perfekte Begleitung auf ihren Einkaufstouren.

Er musste zugeben, der längere Rock war an Ria sexy ohne Ende. Je mehr Haut sie verbarg, umso mehr, so stellte er fest, wollte er sehen.

Das Letzte, was er jetzt im Augenblick gebrauchen konnte, war, dass ein Enforcer – oder Ely – hereinkam, während er sie erneut über den Tisch legte.

Er zupfte an der Schulter seines T-Shirts. Verdammt, er vermisste seine Uniform. Und vielleicht vermisste er sogar das Gefühl von Akzeptanz, das ihm die Uniform verliehen hatte. Einen Ort, an den er gehörte, wenn auch nicht voll und ganz.

Er gestattete seiner Miene keinerlei Veränderung, auch kein Stirnrunzeln, aber das schmerzliche Gefühl von Verrat, das er in sich spürte, traf ihn bis in die Knochen. Er hatte nie jemanden verletzt, der es nicht verdient hatte. Immer hatte er seine Stärke und seine Handlungen unter Kontrolle gehalten, denn er wusste, seine Erscheinung wirkte auf jedermann um ihn herum alles andere als angenehm.

Er machte den anderen Breeds Angst, mit nur sehr wenigen Ausnahmen. Er machte auch den Menschen Angst, die mit ihm in Kontakt kamen, und er war sich sehr der Tatsache bewusst, dass seine Missionen fast immer von einer Art waren, bei der nur sehr eingeschränkte Präsenz unter Nicht-Breeds vorgesehen war.

Wie jedes Mal in den Klatschblättern zu lesen war, wenn deren Journalisten einen Blick auf ihn erhaschten, war er das Traumbild, das Kinder und Erwachsene gleichermaßen in ihren Albträumen verfolgte.

»Der Schwarze Mann« hatte ihn eine Zeitung genannt.

Er starrte auf die Zeitschrift, und eine düstere Erkenntnis überkam ihn. Er hatte sich eingeredet, dass er nach Sanctuary passen würde, doch er hatte sich geirrt. Er passte nur so lange hierher, wie er den stillschweigenden Rahmenbedingungen folgte, die er um sich herum wahrnahm.

Er war hier ebenso gefangen wie im Labor und hatte es nicht einmal bemerkt.

Und auf dem Fuße dieser Erkenntnis folgte das Klicken des Türknaufs zum Büro, und als die verschlossene Tür den Zutritt verwehrte, klopfte es hart gegen das Holz.

Ria hob den Kopf und sah ihn an.

»Ich wäre sehr enttäuscht, müsste ich Blut sehen«, meinte sie. »Mir wird schon bei der geringsten Menge übel.«

Ein Grinsen spielte um seine Lippen, als er die Zeitschrift beiseitelegte, aufstand und die Tür aufschloss, bevor er zurücktrat, um Ria abzuschirmen.

Alles in ihm ging auf volle Alarmbereitschaft; nichts anderes zählte, als sie zu schützen.

Die Tür schwang heftig auf und prallte gegen die Wand, wo sie sperrangelweit offen stehen blieb.

Mercury starrte den Breed an, der die Waffe erhoben hatte, kampfbereit, und er spürte den Zorn in sich aufwallen. Schon häufig hatte er an der Seite dieses Breeds gekämpft, und doch stand der nun mit erhobener Waffe hier, als wolle er sich schützen, während Austin, der magere Cheftechniker der Security Control, mit finsterem Blick ins Büro kam.

Grimmig musterte Mercury die Waffe, die der Breed hielt.

Bevor Austin noch einen Schritt vorwärts kam, blockte Mercury ihn ab, griff an ihm vorbei und riss dem Wachposten die leistungsstarke, kurze Automatikwaffe aus den Händen, drängte ihn zurück und warnte ihn mit einem Knurren, sich nicht von der Stelle zu rühren.

Austin, mit blonder Stachelfrisur und leicht bösartigen grauen Augen, grinste Mercury höhnisch an und ging weiter. Der Duft von Ego hing im Raum. Er glaubte sich sicher und in der Lage, andere Breeds herumzukommandieren, allein aufgrund seiner Position anstelle von Stärke. Die Enforcer ertrugen ihn meistens kaum.

Mit finsterem Blick sah Mercury zu, wie Austin zur Ecke ging, das Jackett von der Kamera riss und zu Boden warf.

Mercury knurrte wütend über die unverhohlene Respektlosigkeit dieser Handlung. Seine Hand glitt an die an seinen Oberschenkel geschnallte Waffe, und der Enforcer wich einen Schritt zurück und sah mit schwerem Schlucken zwischen dem Cheftechniker und Mercury hin und her.

»Heb die Jacke auf!«, befahl Mercury. Bei dem dämlichen Bastard hatten sich ihm schon immer die Nackenhaare aufgestellt.

Austin Crowl war Computertechniker und Sicherheitsexperte, vom Council ausgebildet, und besaß einen Sinn für Macht, der über die Jahre in Sanctuary gewachsen war, während er zum Chef über den Kontrollraum aufgestiegen war.

Der Bastard grinste ihn spöttisch mit seinen winzigen Reißzähnen an.

»Sie kann sie selbst aufheben.« Damit wollte er hinausmarschieren. Der Typ hatte offensichtlich keine Ahnung, mit was für einem Breed er es hier zu tun hatte, oder von der Tatsache, dass die normalen Regeln, denen die Enforcer unterlagen, nicht länger für Mercury galten.

Bevor Mercury sich davon abhalten konnte, lag seine Hand schon um Austins Kehle und drückte den Mann an die Wand. Dabei registrierte er, dass Ria hastig hinter ihrem Schreibtisch auf die Füße kam.

»Kein Blut, Ria«, erklärte er und starrte in Austins bleiches jämmerliches Gesicht. »Jedenfalls noch nicht.«

»Merc, Mann, lass ihn los.« Der junge Breed-Enforcer hatte ein nervöses Zittern in der Stimme, während Mercury den Techniker weiter am Hals gepackt hielt.

Furcht. Der Duft traf Mercurys Sinne mit voller Wucht, ließ ihn die Zähne fletschen und ein böses Grollen in seiner Brust aufsteigen.

»Heb die Jacke auf«, knurrte er Austin ins Gesicht und ließ ihn gerade so weit los, dass er seinen Griff um den Nacken des Mannes verlagern und ihn nach unten zwingen konnte, auf die Knie. Er sah zu, wie der Kerl die Jacke aufhob, nach Luft schnappte und vor Schmerz in Mercurys festem Griff keuchte.

Es wäre so einfach, ihm den Kopf von den Schultern zu knicken und ihn ausbluten zu sehen. Die Beleidigung, die er Ria zugefügt hatte, war nicht hinnehmbar und würde nicht ungestraft bleiben.

Mercury zog Austin wieder auf die Füße, starrte ihm in die entsetzten Augen und sah zu, wie ihm die Angst in alle Glieder fuhr, während ihm die weichen Knie zitterten. Feigling.

»Respekt.« Knurrend sprach er das Wort aus. »In ihrer Gegenwart. Oder du stirbst, kleines Mädchen.« Damit sprach er die schlimmste Beleidigung aus, die er dem egomanischen Breed an den Kopf werfen konnte.

Sein Blick glitt über das tadellose, perfekt gebügelte und gestärkte gelbe Hemd, zugeknöpft bis zum Hals und in leuchtendem Gegensatz zur dunklen Haut des Breeds und seiner braunen Stachelfrisur mit den blonden Spitzen.

»Bevor du mich herausforderst, Tussi, lass dir ein Paar Eier wachsen«, knurrte er und schob ihn zur Tür hinaus, als – wieder einmal – Kane, Callan und Jonas herangeeilt kamen.

»Der ist irre«, keuchte Austin mit schriller Stimme, die alle zusammenzucken ließ, und deutete auf Mercury. »Er wollte mich umbringen. Ich hatte Befehl, den Raum zu überwachen, und er wollte mich umbringen, weil ich die verdammte Jacke entfernt habe.«

Callan drehte sich zu ihm um, Jonas lehnte sich an die Wand gegenüber, und Mercury spürte, wie Ria an seine Seite trat und zusah. Der Duft ihres Zorns umgab ihn. Er war so explosiv, dass sogar er ihn wittern konnte.

»Mercury, in Gottes Namen, lass die Kamera unbedeckt«, stieß Callan hervor und sah ihn wütend an.

»Warum? Ich bin bei ihr. Ist ja nicht so, als könnte sie die Akten entwenden, während ich sie beobachte.«

»Vielleicht machen wir uns nicht um die Akten Sorgen, sondern um sie«, mischte sich Ely ein. Sie blieb bewusst auf Distanz und beäugte ihn besorgt.

»Verdammt, Ely, seit wann machen wir uns denn keine Sorgen um Miss Rodriquez?«, fuhr Callan sie an. »Die Sicherheit hier ist meine Sorge.«

Mercury sah sie schmerzerfüllt an. Ihm tat tatsächlich das Herz weh, als er die Augen, misstrauisch und vorsichtig, auf sich gerichtet sah.

»Mr Lyons, wurde der Befehl, die Kamera freizulegen, von Ihnen gegeben?«, fragte Ria. Ihre Stimme klang ausdruckslos und sorgfältig neutral.

»Miss Rodriquez, diese Akten sind das Herz und die Seele von Sanctuary«, gab er unwirsch mit inzwischen blitzenden Augen zurück. »Ich würde niemanden allein damit in diesem Raum lassen.«

»Ich war nicht allein«, konstatierte sie.

Und Callan schüttelte den Kopf. »Bis wir wissen, was in aller Welt hier los ist, ist es mein Job, jeden hier zu schützen. Sogar dich«, fauchte er und sah Mercury finster an.

»Ich kehre jetzt in meine Hütte zurück.« Ria drehte sich um, nahm ihre Handtasche, und Mercury folgte ihr ohne Zögern. Verdammt. Zehn Jahre lang oder länger hatte er sein Leben für Sanctuary riskiert. Er hatte Befehle befolgt, hatte die brave kleine Raubkatze gespielt, und jetzt vertraute ihm nicht einmal sein Rudelführer.

»Mercury.«

Er blieb stehen, als Callan seinen Namen knurrte.

Langsam drehte er sich um, starrte den Mann an, und die Jahre dessen, was er für Freundschaft und Vertrauen gehalten hatte, standen zwischen ihnen und zerrten an ihm.

»Deine Sicherheit ist nicht weniger wichtig als die von Sanctuary.«

Mercury schüttelte den Kopf und verzog spöttisch den Mund, bevor er seinem Rudelführer widersprach: »Ja klar, wir können den Schwarzen Mann schließlich nicht vor aller Augen Herzen herausreißen lassen, oder? Nur auf Befehl.«

Genau wie im Labor. *Nur auf Befehl.* Er zuckte mit den Schultern. »Meine Mission besteht darin, die Frau zu schützen. Soweit ich weiß, bin ich immer noch im Einsatz.« Er sah Jonas an. Alle sahen Jonas an.

Und Jonas grinste. »Soweit es mich betrifft, ja. Und die Frau läuft dir noch davon, Enforcer.« Er wies mit dem Kopf zu der Tür, durch die sie gerade ging.

»Guten Tag, Rudelführer Lyons.« Mercury nickte respektvoll. Callan war ein Mann, den er wirklich respektierte, auch wenn der ihm nicht traute. »Wenn du mich brauchst, wird Direktor Wyatt es mich sicher wissen lassen.«

Damit drehte er sich um und folgte Ria. Sie war noch nicht gefahren, sondern stand an der Beifahrerseite des SUV bei geöffneter Tür und betrachtete erwartungsvoll das Haus. Als er hinter ihr herauskam, stieg sie ein und wartete, während er sich hinters Steuer setzte.

Lawes Geländewagen fuhr voran.

»In Sanctuary ist ein Machtspiel im Gange«, stellte sie fest, als er den Gang einlegte und zum Tor fuhr.

Er warf ihr einen überraschten Blick zu. »Callan lässt so etwas nicht zu.«

Das Tor glitt auf, und Demonstranten umringten erst den Wagen vor ihnen und dann ihren eigenen. Schilder mit Sprüchen wie »Breeds sind Gräuel in den Augen Gottes« und »Sterbt, Breeds« wurden fanatisch geschwenkt, während wütende Gesichter vor den Fenstern auftauchten.

»Du Tier«, kreischte eine Frau und hämmerte an die Scheibe der Fahrerseite. »Bastarde, ihr Breeds.«

Mercury fuhr gleichbleibend langsam durch die Menge, bis sie hinter ihnen verschwand. Noch lange, nachdem der Lärm verstummt war, verfolgte ihn das Geschrei im Geiste.

Und mit dem Geschrei auch Rias Behauptung. *Ein Machtspiel.* Callan ließ keine Machtspiele zu, aber er war im Moment auch nicht voll bei Kräften. Die Schusswunde, die ihn vor zwei Monaten fast getötet hätte, hatte ihn geschwächt, und er war immer noch dabei, sich zu erholen. Brachte sich jemand in Stellung, um Sanctuary zu bedrohen, während der Rudelführer außer Gefecht war?

Mercury schüttelte den Kopf. Das konnte er sich nicht vorstellen. Kane und Jonas hielten Callan den Rücken frei, ebenso Callans Brüder, Taber und Tanner. Er hatte fähige und kompetente Leute um sich. Ein Machtspiel war nicht möglich. Aber andere Dinge schon.

Und Mercury war nur ein Enforcer, der seinen Rang und seine Uniform verloren hatte. Und die Freunde, die er einst zu haben glaubte.

Callan knallte stinksauer die Tür zu seinem Büro hinter sich zu, nachdem Jonas, sein Leibwächter Jackal, Kane, Ely, der kleine Streber Austin und der Enforcer, der seine Waffe auf Mercury gerichtet hatte, eingetreten waren.

Er bedeutete Ely, Austin und dem Enforcer, sich außer Hörweite nach hinten ins Büro zu begeben, winkte die anderen an seinen Schreibtisch und sah Jonas wütend an.

»Wieso in aller Welt war Mercury nicht in Uniform?«, knurrte er. Er hatte ihn noch nie ohne Uniform im Dienst gesehen. Das war für Mercury unerhört. Und in diesem Augenblick wirkte diese Tatsache wie ein vorsätzlicher Schlag gegen die Autorität, die Callan in der Gemeinschaft innehatte.

Jonas sah ihn überrascht an, bevor er einen Blick zur anderen Seite warf. Ely hatte die Arme um den Oberkörper geschlungen und tigerte hin und her; der Techniker und der Enforcer standen nervös an der Wand.

Er drehte sich wieder um und sah Callan eindringlich an. »Weil du angeordnet hast, ihm seinen Rang zu entziehen. Seine Uniform und Waffe wurden konfisziert, Callan.«

Callan sah Jonas an und erstarrte. Jeder Instinkt in ihm brüllte herausfordernd auf. Denn er hatte einen solchen Befehl nie gegeben.

»Was zum Henker läuft hier ab?« Seine Stimme blieb ruhig und gleichmäßig, leise genug, um nur von den Männern vor ihm gehört zu werden. Doch das wütende Knurren, das darin vibrierte, ließ sich nicht unterdrücken. »Ich habe niemandem den Rang entzogen. Schon gar nicht Merc. Aber ich könnte bereit sein, es noch zu tun.«

Er sah die anderen im Zimmer finster an.

Ely zuckte zusammen, der Enforcer wurde blass, und hätte Austin Crowl sich noch kleiner an der Wand machen können, so hätte er es getan.

»Du.« Er zeigte mit dem Finger auf Austin. »Würdest du mir mal erklären, was zum Henker du da getan hast?«

Austin blinzelte nervös. »Ihre Befehle befolgt, Sir.« Seine Stimme bebte, als Callan ihn wütend und geschockt anstarrte.

»Meine Befehle? Ich habe dir befohlen, vorsätzlich einen anderen Breed zu provozieren?« Seine Stimme senkte sich weiter. Etwas lief hier falsch, denn er hatte keinen solchen Befehl gegeben, und Mercurys Rang hatte er todsicher auch nicht aberkannt.

Austin war inzwischen kreideweiß und leckte sich die bebenden Lippen. »Nein, Sir. Sie haben befohlen, dass die Kamera wieder freigemacht wird.« Entsetzen lag in seiner Stimme. »Er hat den Anruf entgegengenommen.« Er zeigte auf den Enforcer, als wäre das Ganze dessen Schuld.

Der junge Enforcer blieb erhobenen Hauptes stehen, das musste Callan ihm lassen, aber in seinem Blick stand nackte Angst. »Sie fragten nach Austin, und als er wieder auflegte, sagte er, wir sollen die Kamera freimachen und ich soll mitkommen.«

Callan starrte die beiden an. Sie logen nicht. Jemand hatte es fertiggebracht, ihn zu imitieren, in seinem eigenen Zuhause.

Langsam drehte er sich zu Kane um und senkte wieder die Stimme. »Sieh zu, ob du ins System kommst und ob sich dieser Anruf zurückverfolgen lässt. Und ich will, dass die Befehle in Bezug auf Mercurys Rang ebenfalls nachverfolgt werden. Finde heraus, was zur Hölle hier los ist.«

»Der Befehl kam nicht von dir?«, fragte Jonas bedächtig, und seine Silberaugen verbreiteten Kälte.

Callan warf ihm einen entrüsteten Blick zu, während Kane schwieg. »Ein solcher Befehl wäre an dich gegangen, Jonas, nicht an einen Enforcer, der im Rang unter Mercury steht.«

»Callan, du musst wegen Mercury etwas unternehmen«, mischte sich Ely plötzlich ein. Ihre Stimme wurde laut vor Zorn.

Verzweiflung und Furcht schwangen in diesem Satz mit, als Callan Jonas ansah und in dessen Zügen reinen, harten Zorn las.

»Ely.« Callan wandte sich ihr zu, unterdrückte seine Wut und bedeutete ihr, Platz zu nehmen. »Was für ein Spiel treibst du mit Mercury?«

Auch Kane und Jonas setzten sich und musterten die Ärztin, die wachsam vortrat und sich ebenfalls niederließ. Mit einer Handbewegung schickte Callan den Techniker und den Enforcer hinaus.

»Er ist gefährlich, Callan.« Sie fuhr sich mit den Fingern durchs unordentliche Haar und sah ihn an, während sie sich über den Nacken rieb. Sie war eindeutig besorgt. »Die Tests lügen nicht. Das Council hat die Kriterien zur Feststellung von Raubtierfieber entwickelt. Es wird stärker in ihm, und es wird noch jemand sterben, wenn du ihn nicht einsperrst und zur Therapie zurückbringst.«

Merc einsperren? Callan starrte sie geschockt an. »Du willst Merc einsperren? Und unter Drogen setzen?«

Er konnte es nicht glauben. Wo war ihr Mitgefühl geblieben? Das war nicht die Ärztin, die immer über ihre Gefährtinnen, ihre Gemeinschaft, gewacht und sie beschützt hatte, wenn die Anomalien in ihren Organismen verrücktspielten. Die Ely, die er kannte, hätte so etwas nie in Betracht gezogen.

»Es ist die einzige Garantie für unsere Sicherheit«, behauptete sie. Sie glaubte tatsächlich, was sie da von sich gab. »Callan, wir können nicht riskieren, dass er zum Tier wird. Wenn die Presse auch nur einen winzigen Hinweis bekommt, kann uns das vernichten.«

»Blödsinn.«

Alle Blicke richteten sich auf Jonas.

»Wie kannst du es wagen!«, knurrte Ely und drehte sich zu ihm um. »Du treibst wieder deine verdammten Spielchen. Erzähl unserem Rudelführer, dass du mir die Erlaubnis verweigert hast, meine Ergebnisse ihm oder Mercury mitzuteilen. Dass du mir befohlen hast, nichts zu sagen. Du riskierst unser aller Leben.«

Callan verfolgte die Auseinandersetzung und atmete langsam und tief durch, um den Grund für ihr Verhalten zu finden.

»Und du bist eine paranoide Wissenschaftlerin, die nichts Besseres zu tun hat, als Schatten nachzujagen«, schnaubte Jonas. »In letzter Zeit verhältst du dich irrational, Ely. Hast du dich schon mal selbst testen lassen?« Er warf ihr einen entrüsteten Blick zu.

»Du musst etwas wegen Mercury unternehmen.« Ely sprang auf, und Callan lehnte sich an den Schreibtisch und beobachtete die Szene mit einem Gefühl von Fassungslosigkeit.

»Setz dich, Ely«, befahl er.

»Ich bleibe nicht hier sitzen und höre mir seine Beleidigungen an«, stieß sie hervor. »Er schützt Mercury, weil er irgendein Spielchen treibt, und ich habe genug davon. Ich will, dass dieser Breed eingesperrt und getestet wird. Ich verlange es.«

»Du verlangst es?« Langsam richtete Callan sich auf. »Mit welchem Recht verlangst du irgendetwas?«

Er musterte die Ärztin genau. Ihr Gesicht war gerötet, ihre Augen glänzten, und sie war voller Zorn.

»Ich bringe meine Ergebnisse vor den Breed-Rat, wenn du mir nicht zuhören willst«, knurrte sie ihm ins Gesicht.

Sie widersetzte sich ihm, und nicht nur das: Sie forderte ihn mit voller Absicht heraus.

»Wie wäre es mit jetzt gleich?« Er ließ den Blick durch das Büro schweifen. »Drei Mitglieder des Breed-Rates sind gerade hier, und sie sind mit deinen Vorschlägen nicht einverstanden. Was lässt dich auch nur eine Sekunde lang denken, du könntest die Stimmen bekommen, die du brauchst, um deine Forderungen auch nur in Erwägung zu ziehen?«

Sie ballte die Fäuste. In ihr tobte der Zorn, und das war so gar nicht ihre Art. Ely war immer gelassen und ruhig. Sie geriet nicht in Rage, und noch nie hatte sie etwas so Abscheuliches vorgeschlagen, wie einen Breed einzusperren.

»Dann seid ihr nicht besser als das Council«, schrie sie. »Die hatten wenigstens so viel Verstand, ihn einzusperren und eine Behandlung für ihn zu entwickeln. Ihr lasst nur zu, dass er sich selbst zerstört und die Gemeinschaft der Breeds gleich mit.«

Alle starrten sie geschockt an.

Callan ließ sich ein, zwei Sekunden Zeit. Dann, bevor er sich zurückhalten konnte, baute er sich direkt vor ihrem Gesicht auf und ließ seine Reißzähne mit einem wütenden Knurren aufblitzen, woraufhin sie zurück auf ihren Stuhl plumpste und blass wurde.

Callan stützte die Hände auf die Arme des Stuhls, beugte sich nahe zu ihr vor und fixierte sie mit seinen Augen; er ließ sie seine ganze Autorität spüren, während er das Tier in sich an die Oberfläche drängen fühlte.

Er war der Rudelführer. Seine Entscheidungen leiteten seine Gemeinschaft, und Hölle und Verdammnis über sie, aber sie würde sich diesen seinen Entscheidungen beugen. Er starrte auf sie herab und wartete, bis sie den Blick respektvoll von seinem Gesicht auf seine Schulter senkte und der Duft ihrer Furcht den Geruch ihrer Arroganz ersetzte.

»Möchtest du mir die Beleidigung, die du soeben von dir gegeben hast, noch einmal ins Gesicht sagen?«, fragte er, das harte Grollen animalischer Wut hörbar in seiner Stimme.

Ihr Blick flackerte und senkte sich, und sie atmete hörbar ein und aus.

»Ich entschuldige mich«, flüsterte sie. »Ich hatte kein Recht, das zu sagen.« Sie blickte wieder auf, und er sah die Furcht und die Sorge in ihren Augen, als sie wieder seine Schulter fixierte. »Callan, ich habe Angst um Mercury und um diese Frau. Er ist gefährlich, und du willst nicht auf mich hören, weil er dein Freund ist. Ich verstehe das. Aber du musst etwas tun.«

»Jonas.« Callan wandte den Blick nicht von Ely, starrte ihr in die Augen und machte nachdrücklich seine Stärke und Befehlsgewalt klar.« »Hast du ihr befohlen, mir diese Informationen vorzuenthalten?«

»Habe ich, Rudelführer.« Jonas war klüger als Ely, seine Stimme blieb ruhig und gelassen.

Callan richtete sich wieder auf und sah zu, wie Ely den Blick senkte und die Hände fest in ihrem Schoß faltete. Ihre Haltung war nun wieder ruhiger.

»Warum?« Er drehte sich zu dem Direktor um.

In der Hierarchie des Breed-Rates stand Jonas nur eine Stufe unter ihm. Wenn es hart auf hart käme, konnte der Mann möglicherweise gewissen Aspekten der Stärke Nachdruck verleihen, doch Jonas begriff den Kampf, den sie kämpften. Manchmal.

»Ich teile ihre Beurteilung nicht«, erklärte Jonas ruhig und selbstsicher, warf Ely jedoch noch einen verwirrten Blick zu.

»Du hast die Tests gesehen?«, fragte Callan.

»Ich habe die Ergebnisse gesehen. Diese Ergebnisse habe ich mit dem Überwachungsvideo von Mercury und Miss Rodriquez verglichen, ebenso mit dem Video von dem Tag, als

Ely ihm dieses Röhrchen Blut abgeluchst hatte. Sie hat ihn mit voller Absicht provoziert und dann das Blut entnommen. Die Ergebnisse der kurz davor entnommenen Blutproben zeigten keinerlei Anzeichen für das Raubtierhormon. Es befand sich nur in dem Blut, das sie abnahm, während sie ihn beschuldigte, seine Frau zu vergewaltigen.«

»Sie ist nicht seine Gefährtin«, fauchte Ely. »Ich habe alle Tests gemacht, Jonas. Es besteht keine Möglichkeit, dass sie es ist.«

Callan drehte sich um, und bevor er es aufhalten konnte, drang ein wütendes Fauchen über seine Lippen. Tier gegen Tier, Breed gegen Breed, besaß dieser Laut die Macht, sie beide zu schockieren, denn es war ein Laut, den Callan nie von sich gab. Eine Warnung vor seiner Stärke und Macht und vor der Grenze, die zu überschreiten sie im Begriff war.

Dann wandte er sich an Jonas. »Welcher Meinung bist du jetzt, Direktor Wyatt?«, knurrte er.

»Callan, Mercury hatte das Raubtierhormon immer in sich«, seufzte Jonas. »Das zeigen seine Laborberichte. Die Therapie damals hielt ihn lediglich unter Kontrolle. Er tötete, wenn es ihm befohlen wurde. Das Serum kontrollierte ihn; es brachte seinen Drang nach Freiheit zum Schweigen und die Wut, die er über den Tod seiner Rudelmitglieder empfunden hätte. Du siehst ihn nicht im Kampf oder bei Missionen. Ich schon. Und ich habe Elys Versuche blockiert, ihn vor und nach seinen Missionen zu testen. Dr. Morreys Besorgnis um Mercury ist löblich, aber unnötig.«

Callan kniff die Augen zu schmalen Schlitzen zusammen. »Warum hast du diese Tests zu jenen Zeitpunkten blockiert?«

Jonas seufzte hörbar auf die Frage hin. »Weil er im Kampf das Wesen ist, zu dem er erschaffen wurde«, gab er zu. »Ich habe keinen besseren Enforcer als Mercury. Er ist listig, gnadenlos und beängstigend intelligent. Seine Tötungsrate ist geringer als die anderer Enforcer, weil er genug Kraft hat, um seine Feinde körperlich auszuschalten, Mann gegen Mann, in großer Anzahl, und er verfügt über genügend Intelligenz und Beherrschung, um zu wissen, wann er töten soll und wann nicht.«

»Und diese potenziellen Probleme wurden mir aus welchem Grund nicht mitgeteilt?«, knurrte Callan zur Antwort.

»Weil das Büro für Breed-Angelegenheiten nicht unter Sanctuarys Kontrolle steht, Callan«, stellte Jonas, wenn auch respektvoll, fest. »Mir obliegt die Überwachung der Enforcer, und wenn ich das so sagen darf, mache ich meinen Job, auf sie zu achten, verdammt gut. Und das inmitten von Paarungsrausch, Rassisten und verdammten Demonstranten, die uns jedes Mal am Hintern kleben, wenn sie einen von uns auf der Straße sehen. Es sind meine Leute, und ungeachtet Dr. Morreys paranoider Vermutungen sind die Manipulationen, die sie mir vorwirft, von verdammt brillanter Strategie, wenn ich das so sagen darf. Meine Enforcer haben Erfolg, und diese Bilanz spricht für sich.«

Darauf mischte Kane sich ein. »Ich wüsste gern, was Dr. Morreys Misstrauen dergestalt geweckt hat, dass sie einen Freund täuscht und provoziert, bevor sie ihm Blut abnimmt. Du warst immer jemand, dem wir vertrauen konnten, Ely. Die eine, bei der wir darauf zählen konnten, dass sie herausfindet, was mit unseren Gefährtinnen beziehungsweise im Falle der Breeds mit deren Körpern vorgeht. Wieso ihn täuschen?«

Ely starrte auf ihre Hände.

»Das ist etwas, das mich auch interessiert«, stellte Callan fest und sah Ely an. »Wieso hast du es auf Mercury abgesehen?«

Sie hob den Kopf, sah ihm aber nicht in die Augen, sondern hielt den Blick auf Schulterhöhe. Das Tier in ihr erkannte genau den schmalen Grat, auf dem es wandelte.

»Die Paarungstests«, flüsterte sie.

»Er ist nicht ihr Gefährte, also wo liegt das Problem? Abgesehen von dem dabei aufgetretenen Raubtierhormon.«

Elys Blick flackerte. »Durch sie wird es schlimmer. Ihre Hormone machen das Raubtierfieber intensiver«, flüsterte sie. »Aus irgendeinem Grund zeigte sich die Raubtiereigenschaft sofort im Adrenalin, als ich ihre Paarungswerte testete. Sie wird ihn zerstören. Seine Reaktion auf sie wird ihn zerstören.«

»Oder sie wird ihn ergänzen«, mischte sich Jonas ein und sah von Ely zu Callan. »Ich habe die Laborberichte studiert, Callan. Ich denke nicht, dass Mercury damals im Labor seine Gefährtin verloren hat; stattdessen hat er sein inneres Tier verloren. Ich denke, Ria ist möglicherweise seine Gefährtin, und die Präsenz in dieser Stärke im Raubtieradrenalin beweist das. Mercurys Testergebnisse sind nie dieselben wie bei anderen Breeds. Die animalische DNA ist mal mehr, mal weniger stark, wie Ely bestätigen kann. Ich glaube, die Ergebnisse dieser Paarungstests sind mehr ein Hinweis darauf, dass sie seine Gefährtin *ist*, als auf das Gegenteil. Ich denke, die Löwin damals *hätte* seine Gefährtin *sein können*. Aber ich glaube, Ria ist es.«

Ely strahlte Zorn aus, dessen Duft Callan dazu veranlasste, ihr einen scharfen Blick zuzuwerfen.

»Bei allem Respekt«, stieß sie schließlich hervor, »wo hat er seinen Abschluss in Genetik her? Denn seine Annahme ist der gefährlichste Haufen Mist, den ich je gehört habe.«

»Bei allem Respekt, Dr. Morrey«, stellte Jonas daraufhin fest, »ich brauche keinen Abschluss, um zu wissen, dass man einen Freund nicht hintergeht. Aber anscheinend war deine Ausbildung da etwas nachlässig.«

»Ich kenne mich mit Wissenschaft und Breed-Genetik aus«, konterte sie, wenn auch leiser als zuvor. »Alles, womit du dich auskennst, ist deine eigene Arroganz.«

»Frag dich selbst, Ely: Ist es irgendwie möglich, dass auch deine Ergebnisse verfälscht worden sein könnten? Denn würdest du nur lange genug den Kopf aus deinem Wissenschaftlerhintern ziehen, um das zu sehen, dann würdest du erkennen, dass Mercury sich absolut im Griff hat.«

»Ely, verlass den Raum«, befahl Callan. Er sah sie an, und etwas in ihm verhärtete sich, als er das Gefühl fanatischer Überzeugung wahrnahm, das von ihr ausging. »Geh zurück in dein Labor. Ich lasse es dich wissen, wenn wir weiter miteinander reden müssen.«

»Callan, du darfst ihn dieses Spiel nicht weiterspielen lassen«, rief sie, sprang auf und sah ihn mit einem Anflug von Verzweiflung an.

»Bring deine Aufzeichnungen und Tests in Ordnung, und lass sie in dieses Büro faxen«, befahl er in härter werdendem Tonfall. »Ich erwarte die Unterlagen innerhalb einer Stunde hier.«

Schwer atmend sah sie ihn an, ballte dann die Fäuste und verließ den Raum. Callan sah ihr mit schmalen Augen nach, und sein eigenes Misstrauen war geweckt, als er sich wieder an Jonas wandte.

»Sämtliche Befehle, die ich in Bezug auf Mercury gebe, werden nur von mir persönlich kommen.« Er wandte sich an Kane. »Finde heraus, wer zum Teufel hier meine Befehle fälscht, und bring diese Person zu mir. Ich will ganz genau wissen, was zum Henker hier los ist.«

»Der Enforcer, der Mercury seine Waffe und Uniform abgenommen hat, kam danach zu mir«, teilte Jonas ihm mit. »Er sagte, der Befehl sei im Büro von Austin Crowl angekommen. Der Enforcer hat den Anruf selbst entgegengenommen. Jemand imitiert hier zumindest deine Stimme.«

Callan rieb sich über die immer noch empfindliche Stelle

seiner Brust, wo ihn vor wenigen Monaten eine Kugel getroffen hatte, und wandte sich an Kane.

»Ist der Raum hier sicher?«

Kane stand auf, zog eine Schublade an Callans Schreibtisch auf und nahm das handgroße Gerät zum Aufspüren von Abhörgeräten heraus.

»Das Ding sagt, alles sauber«, brummte er und legte es wieder zurück. Aber seine hellblauen Augen waren skeptisch.

Eine Sekunde später klingelte sein Handy, und er zog sich etwas zurück.

»Niemand hat eine Chance, mich so zu imitieren, dass meine Gefährtin sich täuschen lässt«, knurrte Callan und sah Jonas an. »Solltet ihr in Bezug auf einen Befehl Zweifel haben, bringt Merinus zu mir. Das ist die einzige Sicherheitsmaßnahme, auf die wir uns verlassen können. Bis dahin finde heraus, was hier los ist und woher diese verdammten Befehle stammen.«

»Meine Herren.« Kane seufzte und nahm das Handy wieder vom Ohr. »Unsere Probleme sind soeben größer geworden.«

Callans Blick war schneidend.

Genau das, was sie jetzt gebrauchen konnten, ein noch größeres Problem. Als wäre es nicht genug, sich damit herumzuplagen, dass Jonas und Ely sich wegen der Enforcer wieder einmal die Köpfe einschlugen.

Kane sah spöttisch in die Runde. »Miss Rodriquez hat soeben ihren Boss verständigt, dass ihre Arbeit behindert wird und sie beleidigt wurde. Sie hat darum gebeten, dass der Helijet von Vanderale geschickt wird, um sie zum Flughafen zu bringen, wo der Privatjet von Vanderale sie abholen soll. Damit können wir uns gleich von unserer finanziellen Unterstützung verabschieden. War schön, so lange es dauerte.«

10

Ria verließ Sanctuary und konnte sich nicht erinnern, dass sie jemals zuvor so wütend gewesen war. Noch konnte sie sich erklären, warum der Zorn so stark in ihr brannte.

Kaum in der Hütte angekommen, legte sie ihren Koffer auf den Tresen, nahm den Laptop heraus und klappte ihn auf.

Sie rief ihr Mailprogramm auf, im vollen Bewusstsein, dass ihre Verbindung über das gesicherte Netzwerk von Sanctuary ging und überwacht wurde. Sie machte sich nicht die Mühe, die Mail an Dane zu verschlüsseln und drückte auf »Senden«.

Ein Lächeln umspielte ihre Lippen. Sie hatte nicht die Absicht, Sanctuary zu verlassen, aber das würde Dane über sie kommen lassen wie eine Lawine aus Ziegelsteinen.

»Du gehst nirgendwohin«, konstatierte Mercury, als er auf dem Weg zur Küche an ihr vorbeikam. »Und du musst etwas essen. Du hattest heute noch nichts.«

Sie umklammerte den Tresen und schluckte die schnippische Bemerkung hinunter, die ihr auf der Zunge lag. Ja, sie war eine Zicke. Das war ihr klar, aber es war eine Haltung, die hilfreich für sie war. Für gewöhnlich. Im Moment hatte sie das Gefühl, die Folge dieser Haltung könnte zu mehr führen, als sie im Augenblick bewältigen konnte. Und außerdem konnte sie auch eine vorsichtige Zicke sein. Es war der kluge Weg, wenn Dane in schlechter Stimmung war; sie hoffte, dass es auch bei Mercury funktionierte.

»Jetzt ist nicht der Zeitpunkt, um mich zu behandeln, als wäre ich einer deiner Untergebenen«, erklärte sie kühl, auch wenn sie sich ganz und gar nicht so fühlte. »Sanctuary hat gerade ein paar ernsthafte Probleme, Mercury.«

»Und die finanzielle Unterstützung zu streichen wird dabei helfen?« Er schnaubte und drehte sich von der anderen Seite des Tresens zu ihr um. »Falls hier ein Machtspiel innerhalb unserer Reihen stattfindet, dann müssen wir herausfinden, wer dahintersteckt und was hier los ist.«

»Wieso sollte mich das kümmern? Wieso dich?« Sie sah ihn finster an und fühlte sich an eine Grenze getrieben, von der sie gar nicht gewusst hatte, dass es sie gab. »Denkst du, ich hätte deine Akte hier in Sanctuary nicht gelesen?« Die Laborakten hatte man ihr nicht gegeben. »Ist dir bewusst, Mercury, dass dein Rudelführer sich so gut wie ganz von dir distanziert hat?« Und wieder machte sich ihr Akzent bemerkbar. Verdammt. »Ach, wieso kümmert mich das überhaupt? Dir ist es ja offensichtlich völlig egal.«

Sie griff hinter sich, um den Haarknoten im Nacken zu lösen, denn mit jeder Sekunde, die sie dessen Gewicht spürte, wurden ihre Kopfschmerzen schlimmer.

Die langen Strähnen glitten durch ihre Finger, während sie sich wegdrehte und sie frustriert mit den Händen durchkämmte.

»Weißt du …« Sie drehte sich wieder um und verstummte. »Mercury?«

Langsam kam er um den Tresen herum. Seine Augen sahen nicht wie Bernstein, sondern wie gehämmertes Gold aus, und wieder blitzten diese blauen Funken darin.

Berserker. Einst, vor langer Zeit, hatten seine Ahnen englische Eroberer mit ihrer Wildheit und Kraft in Angst und Schrecken versetzt.

Doch nicht Wut sah sie in seinen Augen, sondern Hunger. Erregung. Dieselbe Erregung, die sie schon seit seinem Kuss vor Tagen gequält hatte. Die sie jede Nacht brennen ließ, in

Flammen stehend, während sie sich im Bett hin und her wälzte und gegen das Verlangen nach seinem Körper ankämpfte und mit dem Bedürfnis, ihr Herz zu schützen, haderte.

»Die Bluse gefällt mir.« Er blieb vor ihr stehen und strich mit den Fingerknöcheln über die Schulter ihrer Seidenbluse. »Wieso ziehst du sie nicht aus?«

»Ausziehen?«, flüsterte sie. »Wie verrückt wäre das denn?«

Wirkte seine Miene noch wilder als sonst? Waren seine Augen noch sinnlicher?

»Dann muss ich sie dir nicht vom Leib reißen«, stellte er mit rauer Stimme fest und betrachtete seine Finger, die über den Stoff rieben, bevor er ihr in die Augen sah. »So etwas Hübsches möchte ich nicht zerstören.«

Sie wollte, dass er ihr die Bluse vom Leib riss. Sie wollte etwas, das sie nicht verstand; etwas, das sie noch nie verspürt hatte. Sie wollte ihren Geliebten wild. Doch sie wollte nicht nur, dass er ihr die Kleider vom Leib riss – sie wollte dasselbe bei ihm tun.

Und das machte ihr Angst. Sie war keine wilde Liebhaberin. Meine Güte, einer ihrer Liebhaber hatte ihr sogar mal gesagt, sie sei für seinen Geschmack viel zu gesittet im Bett. Aber Mercury ließ sie das Wilde begehren. Er weckte in ihr den Wunsch, wild zu *sein*.

Sie wich zurück und sah seinen Blick flackern und seine Miene spöttisch werden.

»Angst?«, fragte er.

»Vor dir oder vor mir selbst?«, entgegnete sie nervös und wollte um ihn herumschlüpfen. Doch damit war es sofort vorbei, als sein Arm vorschnellte, sich um ihre Taille legte und sie aufhielt.

Sie sah zu ihm auf – ein gutes Stück nach oben. Bei seinen über ein Meter neunzig mussten sich ihre ein Meter siebenundsechzig ganz schön strecken. Ihr Kopf ging ihm kaum bis zur Brust, und seine Höhe und Breite weckten in ihr ganz und gar viel zu weibliche Gefühle.

»Wieso solltest du Angst vor dir selbst haben?«, fragte er und strich mit der anderen Hand über ihr Haar, als wolle er sie trösten. Seine Finger glitten durch die Strähnen, streichelten sie und bogen sanft ihren Kopf nach hinten, bis er ihr in die Augen sah.

Ria schluckte schwer. »Wir haben schon genug Probleme hier; da noch eine sexuelle Beziehung zwischen uns mit hineinzubringen, ist sicher keine gute Idee.«

Sie konnte kaum atmen. Und mit jeder Sekunde fiel es ihr schwerer, sich auf alle Gründe zu konzentrieren, wieso eine Beziehung eine ganz schlechte Idee wäre. Mit jedem Streicheln seiner Hand über ihr langes Haar. Bis zu diesem Augenblick hatte sie ihr Haar nie für besonders sexy gehalten, bis sie fühlte, wie er es streichelte und es genoss.

»Eine sexuelle Beziehung zwischen uns ist gegebene Tatsache«, erklärte er, und dieses Grollen in seiner Stimme jagte ihr Schauer über den Rücken. »Ich denke, das weißt du, Liebchen.«

Er nannte sie Liebchen, und er sagte es auf eine Weise, wie sie es noch nie von jemandem gehört hatte, als die Hand an ihrer Hüfte fester zugriff und sie enger an ihn drückte.

Sie spürte die Erektion unter dem Stoff seiner Jeans, die sich kräftig und hart an ihren Unterleib drückte.

»Mercury.«

Er senkte den Kopf. Seine Hand glitt unter ihr Haar an ihren Nacken und hielt sie in dem erotischsten Griff, den sie je erlebt hatte, als er ihre Lippen mit seinen bedeckte.

»Küss mich, Ria«, flüsterte er. »Lass mich nicht allein in der Kälte. Wärme mich, wie nur du mich wärmen kannst.«

Und da sollte sie ihn abweisen? Kein Mann hatte sie je gebeten, ihn zu wärmen. Ihn nicht stehen zu lassen in der Kälte, wo sie sich selbst immer stehen sah. Immer hatte sie nur von draußen zugesehen. Immer hatte sie allein draußen in der Kälte gestanden.

Aber hier gab es keine Kälte. Als Mercurys Lippen sich über ihren öffneten, sich auf sie drückten, gab es nur Wärme und Lust. Das Gefühl seiner Hände, die sie streichelten, die das Feuer in ihr lodern ließen und zugleich einen Teil von ihm linderten.

Es sollte nicht so sein. Er hatte sich bereits gepaart. Er konnte nie ihr gehören. Nicht wirklich bis in die tiefste Seele *ihr* gehören. Aber sie konnte ihn nicht abweisen.

Ein kapitulierendes Wimmern drang über ihre Lippen, begegnete seinem Kuss, und sie hob die Hände von seiner Brust an seine Schultern. Dann in sein Haar. Rau, dicht und warm. Sie grub die Finger in die Strähnen und zog ihn an sich, als er sie langsam und behutsam küsste.

Seine Zunge strich über ihre. Leicht rau, gerade so, um sie zusammenzucken zu lassen, als ihr der Gedanke kam, was ein Strich seiner Zunge an anderen Teilen ihres Körpers mit ihr anstellen könnte. Dominant, besitzergreifend leckte er über ihre Lippen, ihre Zunge, und als sie sie umfing und daran saugte, hätte sie beinahe enttäuscht aufgeschrien, weil das Aroma der Paarung fehlte. Ein Aroma, das dem Hören nach noch wilder sein sollte als der Mann, von dem es kam.

Sie grub die Hände fester in seine Kopfhaut, schmiegte sich enger an ihn, leckte an ihm und fand mit den Lippen seinen Kuss, während ihre Seele einen Teil von ihm zu besitzen suchte. Einen Teil von ihm für sich zu beanspruchen – und sei es auch nur für einen Augenblick.

Genau deshalb hatte sie sich so gegen die immer stärker werdende Anziehung zwischen ihnen gewehrt. Seine Hände beherrschten sie, hoben sie zu ihm, und sie musste gegen das

Verlangen ankämpfen, ihm etwas von sich zu geben, das noch nie zuvor ein anderer auch nur berührt hatte.

Dieser wilde Kern in ihr wurde stärker, der ihm die Kleider vom Leib reißen und ihn markieren wollte. Dieser dumme Kern aus Weiblichkeit, der nicht akzeptieren konnte, dass er einer anderen gehörte, selbst wenn die tot war.

Mit einem Knurren löste er sich von ihren Lippen.

Ria öffnete die Augen und erwiderte seinen leidenschaftlichen Blick, als seine Hände ihre Pobacken umfassten und sie drückten. Sie schauderte, und ihre Wimpern senkten sich, bevor sie sich zwang, ihre Augen wieder zu öffnen.

»Ich tu dir weh«, sagte er leise, hob die Hand und strich über ihre Wange, als sie ihn überrascht ansah. »Wie tu ich dir weh, meine Ria?«

Sie schüttelte den Kopf und zupfte an seinem Haar, um ihn wieder an sich zu ziehen. »Hör nicht auf, Mercury. Küss mich weiter.«

Er senkte den Kopf. Ein sanfter Kuss auf den Mundwinkel, wo sie es doch gar nicht sanft haben wollte. Das Streicheln seiner Hand über das Haar hinter ihrem Ohr, wenn sie doch das scharfe Stechen von Fingern wollte, die daran zupften.

»Warum tust du das?«, stöhnte sie. »Spiel nicht mit mir.«

»Sag mir, wieso ich dir wehtue«, verlangte er, und sogar seine Stimme klang sanft.

Sie verschloss die Augen vor dem Wissen, dass sie vor ihm nichts verbergen konnte, aber er so viel vor ihr.

»Weil ich verrückt bin«, flüsterte sie, öffnete wieder die Augen und erwiderte seinen Blick. »Weil ich mehr will, als ich sollte.«

Er hielt inne. Seine Miene war traurig, aber seine Augen musterten sie mit Achtsamkeit und drängender Begierde.

»Was willst du denn, Ria?«

»Ich will alles von dir.«

»Dann ist alles von mir genau das, was du bekommst«, versprach er.

Wieder küsste er sie, eroberte leidenschaftlich ihre Lippen, und sie spürte das Wilde in ihm, als er ihm freien Lauf ließ. Er knabberte an ihren Lippen, schob seine Zunge in ihren Mund, während er sie in die Höhe hob, sich umdrehte und sie zur Couch trug.

Ihr Rücken berührte die Polster und er kam über sie, seine Lippen noch immer auf ihren. Er ließ ihr genug Raum, um sich unter ihm zu winden und sich an das Knie zu drängen, das sich zwischen ihre Schenkel schob.

»Zieh das aus.« Sie löste sich aus seinem Kuss und zupfte an seinem Shirt.

Er packte es am Saum und zog es über den Kopf. Dann griff er nach ihrer Bluse an der Vorderseite und riss sie ihr vom Leib.

»Verdammt hübsche Bluse.« Er starrte nicht auf das, was er zerrissen, sondern auf das, was er damit enthüllt hatte. »Verdammt.« Mit den Fingerknöcheln fuhr er über die Rundungen über ihrem Spitzen-BH. »Ich wusste, dass ich einen Abdruck deiner Brustwarzen unter dem verdammten Stoff sehe, und jetzt weiß ich, wieso.«

Denn ihr BH war so hauchdünn, dass sich die festen Knospen beinahe durch die Spitze hindurchdrückten.

Ria versuchte, ihre Atmung zu beruhigen, doch nichts half. Sie brauchte seinen Kuss; sie brauchte mehr von ihm. Sie bog den Rücken durch, bäumte sich auf, bot ihm ihre Brüste dar und hoffte inständig, er würde seinem Verlangen nach ihnen nachgeben.

Und er tat es. Er senkte den Kopf, bedeckte eine der schmerzhaft empfindsamen Perlen mit den Lippen und sog sie in seinen Mund.

Ria war in Ekstase. Die Lust in ihr schwoll an wie eine Flutwelle, die ihre Ängste wegspülte. Morgen. Morgen würde sie sich Sorgen um die Komplikationen machen. Doch genau jetzt, heute Nacht, gehörte er ihr. Schon jetzt hatte sie mehr von ihm als von jedem Mann, mit dem sie in der Vergangenheit zusammen gewesen war. Welche Rolle spielte es schon, wenn er sich nicht mit ihr paarte? Wenn er sie nicht bei sich hielt? Das wollte sie doch ohnehin nicht, richtig?

Ein Teil von ihr empfand Schmerz bei der Frage, doch der wurde entschieden gezügelt von den Empfindungen, die ihre Haut trafen. Seine Zunge, die über ihre Brustwarze leckte, war Zerstörung, selbst durch die hauchdünne Spitze hindurch. Das Gefühl seiner Hände, die ihr den Rock über die Beine nach oben schoben und sie vor ihm entblößten, während er sich von ihr löste, um sein Werk zu betrachten.

Ihre Brustwarze war rot und prall. Seine Lippen senkten sich auf die andere, saugten, leckten und knabberten daran, während seine Hände über ihre Schenkel wanderten und ihr schließlich das Höschen von den Hüften zogen.

Ria kam beinahe. Noch nie zuvor hatte ihr jemand das Höschen vom Leib gerissen. Es war so erotisch und sündig, dass sie fühlte, wie sie zwischen den Beinen immer feuchter wurde, während ihre Klitoris hitzig pochte in drängendem Verlangen nach seiner Berührung.

»Wunderschön.« Er lehnte sich zurück und ließ seine Finger über die dunklen Kringel zwischen ihren Beinen streichen. »So weich und warm. So feucht.« Die feuchten Löckchen schmiegten sich um seine Finger.

Ria sah zu, wie erst er sie und dann sie ihn berührte. Ihre Finger pressten sich auf seine harten Bauchmuskeln, fühlten seidig weiche, sonnengeküsste Haut und feste Muskeln.

Seine Finger teilten die prallen Lippen zwischen ihren Beinen, während ihre Hände an seinen Gürtel glitten. Sie wollte ihn nackt. Sie wollte ihn berühren.

Ein Aufschrei drang über ihre Lippen, und ihr Blick fiel zwischen ihre Schenkel, wo er langsam, ganz langsam, zwei Finger in sie eindringen ließ. Er stieß sie mit kurzen Bewegungen in sie und entlockte ihrer Kehle ein Wimmern.

Er verzog das Gesicht, Anspannung um die Lippen, und sein kurzes Knurren enthüllte einen Reißzahn. Wild. Animalisch und ungezügelt, und er machte auch sie wild damit. Sie bog den Rücken durch, drängte sich seinen Fingern entgegen und rief seinen Namen.

Lange, kräftige Finger. Oh Gott, sie würde nie wieder die Hände eines Mannes ansehen können, ohne an Mercurys Finger zu denken. Ohne sich an diese Momente zu erinnern. An das Gefühl, wie er sie in ihr bewegte, sie streichelte und immer empfindlicher machte, bis sie sich an ihn drängte und die Hüften kreisen ließ in dem Verlangen, ihn tiefer, schneller und härter zu spüren.

»Ich werde dich kosten, Ria.« Das Grollen in seiner Stimme jagte ihr Schauer über den Rücken, die sich überall in ihr ausbreiteten und schmerzhafte Wonne freisetzten.

Sie schüttelte den Kopf und nahm eine Hand von seinem Gürtel, um sein Handgelenk zu umfassen und festzuhalten.

»Hör nicht auf«, keuchte sie. »Bitte. Bitte hör nicht auf.«

Wieder drangen seine Finger in sie, tiefer, härter und stärker, und sie hielt den Atem an und sehnte sich nach dem nahenden Orgasmus, als er urplötzlich aufhörte.

Er ignorierte ihren Protest, als er ihre Hüften an den Rand der Couch schob, während er sich auf den Boden kniete und den Kopf senkte.

Das erste Streichen seiner Zunge über ihre Klitoris ließ sie erstarren, die zweite Berührung ließ ihre Hüften zucken. Eine dritte – sie war verloren. Seine Zunge war rau, nur ein wenig, gerade so, dass ihre Erregung zu reiner, animalischer Lust wurde.

Sie vergrub die Hände in seinem Haar und hob sich ihm entgegen, als sie spürte, wie er seine Finger zurückzog. Sie glitten aus ihr heraus, und zugleich drang seine Zunge tief in sie ein. Sie schlang die Beine um seine Schultern und hob die Hüften, als er sie mit harten Stößen seiner Zunge nahm und an ihrer Haut knurrte.

Seine Hände schoben sich unter ihren Po, hoben sie näher an seinen Mund, und sie spürte, wie sich seine stumpfen, krallenartigen Nägel in ihre Haut gruben, worauf sie in so unglaublicher Wonne zuckte, dass es sich anfühlte, als würde ihr das Herz in der Brust bersten.

Sie löste sich auf in Lust, in dem wilden, drängenden Verlangen, das immer stärker in ihr wurde. Sie musste kommen. Er musste sie kommen lassen.

Als er dann seine Zunge mit leidenschaftlichen Stößen in sie eindringen ließ, wanderte sein Daumen an ihre Klitoris, kreiste, streichelte sie und stürzte sie in den Orgasmus. Sie fühlte sich, als würde sie in tausend Einzelteile zerbersten, und es war ihr ganz egal. Mit beiden Händen hielt sie sich an ihm fest, drückte ihn an sich und schrie ihre Lust hinaus, ohne einen Gedanken daran zu verschwenden, dass sie geschockt sein sollte, weil sie noch nie im Leben im Orgasmus geschrien hatte.

»So süß.« Seine Zunge zog sich zurück, und er hob den Kopf, um sanft ihre so überempfindliche Klitoris zu küssen. Eine leichte Berührung, die sie nach Luft schnappen ließ, als ein erneuter Schauer der Lust durch ihren Körper raste.

»Langsam, Liebchen«, flüsterte er, küsste sie weiter und schob sich wieder tiefer, ohne ihr Zeit zu lassen, sich von ihrem Orgasmus zu erholen, bevor er in ihr das Verlangen nach dem nächsten weckte.

Und er tat es behutsam und zärtlich. Sanfte Striche seiner Zunge, zärtliche Küsse um ihre Klitoris.

»Ich will dich berühren«, stöhnte sie und packte seine Schultern, als seine gekrümmten, kräftigen Nägel über ihre Schenkel schrammten und ungezügelt intensive Gefühle in ihr weckten.

»Noch nicht.« Er knabberte an ihrem Oberschenkel, sodass sie vor Lustschmerz wimmerte. »Lass mich dich kosten. Lass mich dich so nehmen, Ria. Lass mich meine Sinne mit dir füllen. Ich will deinen Geschmack und deinen Duft bei mir haben, in meinen Poren, so wie ich dir dasselbe von mir geben werde.«

Einen Teil von ihm.

Sie stöhnte seinen Namen, als er ihre Beine weiter spreizte und ihre empfindlichen Schamlippen küsste. Und dann liebkoste er sie wieder, innen und außen.

Er machte sie ganz schwach, erfüllte sie mit drängendem Verlangen. Ihre Nägel krallten sich in seine Schultern, kratzten über seine Haut, als die Lust erneut anschwoll und zu einem immer stärkeren Strudel in ihr wurde.

Sie brauchte ihn. Und sie brauchte mehr als seine hungrigen Küsse und seine teuflische Zunge.

Um Atem ringend ließ sie die Hände an ihre Brüste gleiten, umfasste sie, strich mit den Fingern über ihre Brustwarzen und fühlte, wie er innehielt. Sie nahm ihre Brustwarzen zwischen Daumen und Zeigefinger, öffnete die Augen und erwiderte seinen Blick.

Benommen, fast von Sinnen vor Verlangen, das in sämtlichen Nervenbahnen brannte, sah sie zu, wie er sie beobachtete. Sie sah, wie seine Augen sich weiteten, wie er die Zähne fletschte und ein grollendes Knurren in seiner Kehle vibrierte.

Dann überzog er ihren Körper von unten nach oben mit Küssen. Seine Hände glitten an den Gürtel seiner Jeans. Nur eine Sekunde lang erhaschte sie einen Blick auf die gerötete

Eichel seines Glieds, bevor seine Lippen eine sehnsüchtige Brustwarze bedeckten und in seinen Mund sogen.

Nur einen Augenblick später drückte sich sein Schwanz an sie, heiß, kräftig, wie Seide über Eisen, und bahnte sich seinen Weg.

Er hielt inne, schwer atmend und warm, und Schweißperlen glitzerten auf seinen Schultern, über den feinen, fast unsichtbaren Härchen, die seinen Körper bedeckten.

»Du hast es mir versprochen«, erinnerte sie ihn mit rauer Stimme. »Du hast es versprochen, Mercury. Das erste Mal. Hart und schnell. Dass du mir alles von dir gibst mit einem Stoß.«

Er drückte die Stirn an ihre Schulter und knabberte grollend an der zarten Haut dort.

»Ich brauche es«, wimmerte sie, bäumte sich auf, ihm entgegen und keuchte, als sie fühlte, wie seine Erektion sie weiter dehnte. »Bitte. Du hast es versprochen.«

Seine Hände packten ihre Hüften, und sie drängte sich an ihn. Wieder grollte er, öffnete die Lippen und packte dann ihre Schulter mit den Zähnen, während er die Hüften bewegte und zustieß. Hart drang er in sie, und sein Name wurde zu einem Schrei solch qualvoller Lust, dass sie für eine Sekunde, eine winzige Sekunde nur, den Verstand verlor.

Und immer noch hatte sie nicht alles von ihm. Er zog sich zurück, und drang erneut in sie ein, diesmal langsam. Er schob sich in sie und stieß dann erneut zu, hart und tief. Ganz und gar versenkte er sich in ihr, füllte sie mit brennendem Verlangen. Eisenhart das Eindringen, das ihr den Verstand zu rauben drohte, während sie fühlte, wie ihre zarten Muskeln sich zusammenzogen und den pochenden Schaft in ihr massierten.

Und er biss zu. Seine Zähne gruben sich in ihre Schultern, durchbohrten ihre Haut, als sie jede Hemmung unter ihm verlor. Ein Arm schlang sich verlangend um seinen Kopf, um seinen Biss nicht enden zu lassen. Die andere Hand krallte sich in seinen Rücken, als er sich in ihr zu bewegen begann, und ihre Nägel durchbohrten seine Haut, so wie seine Zähne die ihre, während er sie mit kraftvollen Stößen nahm.

Jeder seiner Stöße trieb sie höher, stürzte sie tiefer in einen Strudel aus Empfindungen. Sie schwor, sie wusste nicht mehr, wie man atmete. Atmen war nicht mehr wichtig. Wenn sie fertig waren, würde er für sie atmen. Entweder das, oder sie würde an Sauerstoffmangel sterben, denn sie brauchte ihre ganze Kraft für den Augenblick. Um jeden seiner Stöße aufzunehmen, sich an ihn zu klammern, die Bewegung seiner Hüften zu spüren, seinen Schwanz, der in sie drang, seine Muskeln, die sich an ihrer Haut anspannten.

Und sie fühlte sich in seinen Armen, als würde sie fliegen. So war es, als sie mit Mercury kam. Sie schwebte in seinen Armen, und sie schrie auf oder wollte es, als die Verzückung sie erfasste.

Es war wild und pulsierend. Es war voller Feuer, reizte all ihre Nervenenden und ließ sie in tausend Stücke zerspringen. Es war das Gefühl seines letzten Stoßes, der schwere Erguss seines heißen Samens, sein Knurren an ihrer Schulter und dann seine Lippen auf ihren, während seine Hüften zwischen ihren Beinen zuckten.

Es war die unglaublichste Wonne, die sie sich in seinen Armen je hätte vorstellen können, und beinahe, nur beinahe verdrängte sie den Schmerz. Denn der Stachel fehlte. Keine Verlängerung, die aus seinem Schaft austrat, um ihn in ihr zu verankern, während er sie mit seinem Samen füllte. Kein Hormon, das sich in sie ergoss, um dafür zu sorgen, dass er sie nie wieder verließ. Es gab nur Qual und Ekstase und das Wissen, dass sie an *ihn* gebunden war. Ob sie wollte oder nicht.

11

Das Tier durchstreifte den Verstand des Mannes und blieb sorgsam in seinem Schatten, hielt sich zurück, obwohl der Zorn wie Feuer in seinen Eingeweiden brannte und das Verlangen zu handeln so stark wie der Hunger nach Blut war.

Doch noch durfte es sich nicht rühren.

Es musste vorsichtig an seinen Platz gleiten. Immer noch war es zu schwach. Es hatte so lange gedauert, bis die Wirkung des Serums verschwunden war, und noch länger hatte es gedauert zu erwachen. Und ohne sie wäre es vielleicht nie erwacht. Ohne den sanften Duft des Wesens, das das Tier als unwiderruflich seins erkannte.

Der Mann hatte seinen Anspruch deutlich gemacht. Das Tier konnte sich so weit zurückziehen, dass es noch etwas mehr Kraft schöpfen konnte. Wenn es zu schnell vorging, konnte der Mann sich wehren. Doch wenn sie einander bekämpften, wäre es ein Kampf, den sie beide verlieren würden. Denn das Tier wusste, sobald es sich seiner Fesseln entledigt hatte, würde es nie wieder zurückkehren. Dann gab es kein Zurück mehr, nicht einmal, um das Leben des Mannes zu retten.

Die Freiheit wartete. Seine Gefährtin wartete, und es konnte ihren Duft wittern, ihren Schmerz, ihr Verlangen, markiert und erobert zu werden von dem Tier. Sie war wild, und sie war an das Tier gebunden. Doch sie fühlte Schmerz; ihr Geist streckte sich zu dem Tier hin, und es sehnte sich danach, diesen Geist im Schatten seiner Stärke zu schützen.

So süß. Das Tier inhalierte ihren Duft, als die Verteidigung des Mannes schwächer wurde, während er neben ihr ruhte, verloren in der Wonne seiner Erlösung. Das Tier inhalierte ihre Essenz und war erfreut. Es trat näher, nur ein wenig näher, an die Haut des Mannes, fühlte ihre Wärme wie einen sanften Regen und grollte vor Freude.

Ria schlug die Augen auf und runzelte die Stirn, als sie etwas wahrnahm. Sie hörte es nicht. Sie fühlte es. Mercury ruhte neben ihr, hielt sie an sich gedrückt, und sie hielt den Atem an und hätte schwören können … Mit angehaltenem Atem wartete sie. Ein grollendes Schnurren? Da hörte sie es wieder, und ein Lächeln umspielte ihre Lippen.

»Du schnurrst«, flüsterte sie.

Er erstarrte neben ihr. Er spannte sich an, und das Geräusch verschwand.

»Ich schnurre nicht.« Mit jetzt ausdrucksloser Miene löste er sich von ihr, und seine Augen hatten wieder ihr normales Bernsteinbraun, als er seine Kleidung richtete und ihr dann von der Couch half.

Ria runzelte die Stirn, als sie vor ihm stand und den Reißverschluss des Rocks aufzog, der sich um ihre Hüften bauschte, herausschlüpfte und die Fetzen ihrer übrigen Kleidung vom Boden aufsammelte.

»Ich erkenne ein Schnurren, wenn ich es spüre«, meinte sie, irritiert, weil er es leugnete.

»Dann hast du dich wohl vertan.« Er zuckte mit den Schultern, und sein Blick war wachsam, als sie ihn ansah.

Sie schwor sich, nicht wütend zu werden. Das war der beste Sex gewesen, den sie je in ihrem Leben hatte, also warum wegen eines verdammten Schnurrens streiten?

»Was, schämst du dich dafür?«, fragte sie ihn und trotzte damit ihrem eigenen Schwur.

Er hob sein Shirt vom Boden auf und zog es wieder an. Inzwischen war er vollständig bekleidet und sie so nackt wie ein Neugeborenes. Ein kleines Detail, das sie ärgerte. Er sollte ebenso nackt sein, wie sie es gerade war.

»Breeds schnurren nicht so einfach«, erklärte er. »Und du musst duschen. Ich wette, wir dürfen noch innerhalb einer Stunde mit Besuch rechnen. Und ich denke nicht, dass ich damit klarkomme, wenn jemand dich so nackt sieht.«

»Was zum Teufel meinst du damit, Breeds schnurren nicht so einfach?« Ihre Nacktheit machte ihr nichts aus, und das würde sich auch nicht ändern, bis tatsächlich Besuch kam. »Komm schon, Mercury, das war doch jetzt keine große Sache. Nur ein winzig kleines Schnurren …«

»Breeds schnurren nur während der Paarung«, erklärte er steif und mit düsterer, fast bedauernder Miene. »Es gab keine Paarung.«

Das war deutlich. Sie versuchte, den scharfen Stich zu unterdrücken, der ihr durch die Brust fuhr, aber verdammt, das war schwer. Und es ließ sie ihren eigenen Verstand infrage stellen. Denn sie hätte schwören können, dass sie ein schwaches Grollen gehört hatte. Doch jetzt fragte sie sich, ob sie es nur hatte hören wollen.

»Tja.« Sie straffte die Schultern und hielt ihre Oberlippe mit eiserner Disziplin vom Zittern ab. »Das weist mich in die Schranken, richtig?«

»Verdammt, Ria.« Mit finsterem Blick streckte er die Hand nach ihr aus.

»Ich muss duschen, wie du schon sagtest. Du erwartest bald Besuch, und nackt herumzulaufen ist sowieso nicht gerade meine Lieblingsbeschäftigung.«

Sie wandte sich ab und ging schnell ins Schlafzimmer.

»Sei so gut und bring die Couch wieder in Ordnung.« An

der Tür blieb sie stehen und warf einen Blick über die Schulter.

Er hatte sich nicht gerührt, sondern stand immer noch da und musterte sie. Seine Miene war überheblich gelassen. Die Polster der Couch waren durcheinander, und Gott allein wusste, welche Düfte *sein* Besuch beim Betreten des Raumes aufschnappen würde. Wahrscheinlich ihre vollständige Demütigung.

»Und im Küchenschrank steht ein Raumspray«, sagte sie. »Benutz es bitte. Mir wäre es lieber, wenn dein *Besuch* nicht so genau weiß, was hier passiert ist.«

Er öffnete den Mund, um etwas zu sagen, doch sie konnte es nicht ertragen, sich jetzt irgendwas anzuhören, was er zu sagen hatte. Es war ihr egal, was es war. Sie eilte in ihr Schlafzimmer, schloss die Tür hinter sich und lehnte sich dann mit einem stockenden, lautlosen Schluchzen dagegen.

Nur gepaarte Breeds schnurrten. Sie schnurrten nur für ihre Gefährtinnen und nicht für Frauen, die zu dumm waren, um ihr Herz gegen das Verlangen, dieses Schnurren zu hören, zu stählen. Und sie war eine dieser dummen Frauen.

Mercury sah die Schlafzimmertür zugehen und ballte die Fäuste. Das Verlangen, auf irgendetwas einzuschlagen, war so stark, dass er es fast nicht unterdrücken konnte.

Sie wusste gar nicht, was er darum gegeben hätte, für sie zu schnurren. Um zu wissen, dass all ihr ungezähmter Mut und diese Leidenschaft ihm gehörten.

Bevor er sich davon abhalten konnte, fuhr er wieder mit der Zunge über seine Zähne und knurrte wütend. Nichts. Kein Jucken, nicht die kleinste Schwellung der Drüsen, nicht einmal eine noch so schwache Empfindsamkeit, um ihm Hoffnung zu geben.

Er fuhr sich mit den Fingern durchs Haar und tat, worum sie ihn gebeten hatte. Er brachte die Couch in Ordnung und sprühte das Zimmer mit diesem abscheulichen Raumspray ein. Was sie jedoch nicht wusste, war, dass das in keiner Weise helfen würde, den Duft von Sex zu überdecken. Und er weigerte sich, ihren Duft von seinem Körper zu waschen.

Er brauchte ihren Duft an sich, sanft, erlesen, um sich mit seinem zu vermischen und zu etwas zu werden, das den immer stärker werdenden Zorn in ihm zu lindern schien, wenn er es einatmete.

Zugehörigkeit. Etwas, das ihm anscheinend für immer verwehrt blieb. Callan hatte ihm seinen Rang in der Hierarchie der Enforcer aberkannt, als seine Waffe und Uniform konfisziert worden waren. Er hatte sich lieber für den sicheren Weg entschieden statt für einen einzelnen Breed, und nüchtern betrachtet konnte Mercury ihm das nicht einmal verübeln. Die Gemeinschaft der Breeds als Ganzes war wichtiger als ein einzelner Breed. Selbst wenn es einer war, dessen Bedürfnis, dazuzugehören, wie Hunger in seiner Seele brannte.

Mercury setzte sich auf die Couch, nahe Rias Duft, und atmete sie ein, während er zugleich wusste, dass sie jetzt unter der Dusche stand und seinen Geruch von sich abwusch. Es machte ihn wütend, zu wissen, dass es nicht mehr als Wasser und Seife brauchte, um ihn von ihrer Haut zu tilgen.

Die Paarung veränderte den Duft beider Gefährten. Ihre Duftnoten verbanden sich miteinander und schufen etwas Einzigartiges, das sich nicht abwaschen ließ. Es war nicht wie die Duftnoten, die sich nun von ihnen beiden auf seiner Haut mischten, denn er konnte noch immer zwischen seinem und ihrem Geruch unterscheiden.

Er hielt inne und starrte verwirrt auf seine Hände. Sein Geruchssinn war stärker als zuvor. Die Erkenntnis ließ einen Impuls des Misstrauens in ihm aufblitzen, als er tief einatmete und erneut die Stirn runzelte. Vielleicht war es so. Er schüttelte den Kopf. Was er noch Augenblicke zuvor zu wittern geglaubt hatte, war nun verschwunden. Es gab keinen kombinierten Duft, nur den Geruch nach Sex und der Lust, die sie geteilt hatten.

Er hatte im Labor die Fähigkeit verloren, Gerüche zu unterscheiden, wie andere Breeds es konnten. Als das Serum das Toben des Raubtiers in ihm getötet hatte, hatte es auch das Tier getötet, das unter seinen Sinnen lauerte.

Einst hatte er sich selbst als zwei Hälften wahrgenommen: der Mann und das Tier. Sie existierten gemeinsam, vollständig, bis das Tier um die Vorherrschaft gekämpft hatte. Eine Form von Wahnsinn, die normalerweise den sofortigen Tod bedeutete, wenn sie sich in einem erwachsenen Breed zeigte.

Stattdessen hatten die Wissenschaftler in dem Labor, in dem er gezüchtet worden war, ein Serum entwickelt, das den animalischen Instinkt abtötete, um den Menschen zu beherrschen. Doch dazu hatte er auch jene außerordentlichen Kräfte verloren, in Dunkelheit zu sehen, auch noch schwächste Duftnoten zu wittern, zu berühren, zu schmecken. Er war gnadenloser und gerissener geworden, doch er hatte die animalischen Instinkte verloren, so weit, dass er nur wenig besser als ein Nicht-Breed war.

Der Breed mit dem Gesicht eines Löwen und den Instinkten eines gewöhnlichen Mannes. Es war zum Lachen.

Er stand von der Couch auf und ging in die Küche. Er öffnete ihre Schränke, ihren Kühlschrank, doch er fand nicht mehr als Kaffee, Bier und ein paar alte Butterkekse. Grundgütiger, wie konnte die Frau bei den Essgewohnheiten überleben?

Kopfschüttelnd ging Mercury zum Telefon. Fünf Minuten später hatte er eine Bestellung an den örtlichen Lebensmittelladen aufgegeben, mit dessen Besitzer er häufiger jagen ging.

Er konnte keinen ordentlichen Kaffee machen, aber er war ein echt guter Koch. Er hatte es satt, in dieser finsteren kleinen Hütte, in der sie nach der Arbeit existierte, zu verhungern. Und er hatte rasch die Nase voll von Pizza.

Ria war nicht seine Gefährtin, aber seine Gefährtin war tot. Sie war ihm genommen worden, noch bevor er überhaupt eine Chance gehabt hatte, zu erkennen, was es bedeutete, gepaart zu sein. Doch das hieß nicht, dass er tot war. Und es hieß ganz sicher nicht, dass hinter seiner ungewöhnlichen Erscheinung keine Emotionen zu finden waren.

Er hatte durchaus Gefühle, und die wurden gerade immer stärker in ihm und konzentrierten sich auf eine einzige widerspenstige Frau. Eine Frau, deren Intelligenz ihn immer wieder faszinierte, wenn sie sich im Hintergrund hielt und andere beobachtete. Sie beobachtete und hörte zu. Und er fühlte, was sie sah. Es war oft mehr, als andere sahen.

Wie zum Beispiel ihre Überzeugung, dass in Sanctuary gerade ein Machtspiel inszeniert wurde. Je mehr Mercury darüber nachdachte, umso mehr erfüllte es ihn mit Sorge, und umso mehr wurde ihm klar, wie unglaublich schwierig es für ihn werden würde, die Sache zu untersuchen.

Er war nicht länger Enforcer. Er konnte nicht einfach in die gesicherten Bereiche von Sanctuary marschieren und anfangen, die Merkwürdigkeiten zu untersuchen, die er selbst langsam zusammentrug.

Etwas war nicht so, wie es sein sollte. Er konnte es fühlen, es ahnen, aber er konnte es nicht benennen.

Er ging zur Tür, trat hinaus und ignorierte das Fauchen der Frau – Jaguar –, als er durch die Tür trat.

»Verdammt kalt hier draußen«, grummelte Shiloh. »Und zu-

zuhören, wie ihr da drinnen Spaß habt, ist kein Spaß hier draußen. Ist dir klar, dass ich die meiste Zeit der Stunde draußen in den Wäldern verbringen musste, um ihr Miauen nicht zu hören?«

Mercury drehte sich um und runzelte die Stirn. Die meisten Jaguare hatten dunkler getönte Haut und schwarzes, seidiges Haar. Diese Jaguar-Breed war anders. Die leuchtend rotbraunen Akzente in ihrem schwarzen Haar und die cremige Hautfarbe verliehen ihr ein einzigartiges Aussehen, das immer die Blicke anderer auf sich zog.

Sie war etwas kleiner als die meisten weiblichen Breeds, kaum einen Meter fünfundsechzig, und aus irgendeinem seltsamen Grund hatten die Wissenschaftler, die sie gezüchtet hatten, ihr ein gewisses Temperament gestattet.

»Shi, mach mich nicht sauer«, warnte er sie und verbarg sein Lächeln, denn er wusste, das würde sie nicht tun, wenn sie nicht wirklich wollte.

»Hörst du meine Knie schlottern?«, knurrte sie und zog ihre Jacke enger um sich.

Darauf schnaubte er. »Der Lebensmittelladen aus der Stadt wird bald ein paar Vorräte liefern. Ich muss mit Rule und Lawe reden. Sorge dafür, wenn der Besitzer kommt, dass er das Haus nicht betritt. Übernimm die Rechnung, und ich nehme die Sachen mit, wenn ich wiederkomme.«

»Du kochst!«, warf sie ihm mit einem Anflug von Ungläubigkeit vor. »Und das, während ich hier draußen festsitze? Mercury, das ist nicht fair.«

»Klär das mit Jonas.« Er zuckte mit den Schultern und ging von der kleinen Veranda in Richtung Waldrand. »Vielleicht schickt er dich dann zurück nach Sanctuary.«

Aber Mercury zweifelte daran. Er wusste, sobald er eine Chance bekam, mit Jonas zu reden und ihm seine Vermutungen darzulegen, würde der Direktor anfangen, seine eigenen Leute umzuverteilen; diejenigen, denen er vertraute, an Ort und Stelle zu lassen und diejenigen, denen er nicht traute, abzuziehen.

Die meisten würden vermuten, dass Jonas eine Revolte gegen Callan und den Breed-Rat anführen würde, doch das sah Mercury nicht so. Jonas war ein raffinierter und manipulativer Mistkerl, aber Sanctuary und die Gemeinschaft der Breeds kamen für ihn an erster Stelle. Und Mercury hatte genug Zeit als sein persönlicher Leibwächter verbracht, um zu wissen, dass Jonas keine Revolte im Sinne hatte. Jeden mit seinen Spielchen in den Wahnsinn treiben, das ja, das konnte Mercury kommen sehen, wenn es um Jonas ging. Aber ein Schlag gegen die Sicherheit der Gemeinschaft? So was käme niemals von Jonas.

Jonas hatte nicht das Bedürfnis, zu regieren. Er spielte gern den Strippenzieher, und er steckte seine Nase liebend gern in Dinge, die ihn nichts angingen. Aber es entsprach nicht seinem Temperament, die Spielchen zu treiben, die nötig waren, um ein solches Machtspiel in Gang zu setzen.

Jonas würde eine Herausforderung direkt aussprechen. Er würde nie ein Zusammenbrechen der Macht zulassen. Doch genau das passierte gerade. Jemand hatte abgewartet, beobachtet, und während Callan damit beschäftigt war, am Leben zu bleiben und sich von seinen Wunden zu erholen, brachte sich nun dieser Jemand in Stellung, um die Machtstruktur zu zerstören, die der Breed-Rat aufgebaut hatte.

Er konnte es wahrnehmen. Er fühlte es, doch jetzt, ohne seinen Rang, hatte er keine Ahnung, wie er herausfinden sollte, wer oder was das war.

Als er das Walddickicht betrat, tauchten Lawe und Rule neben ihm auf. Sie drehten sich alle drei zur Hütte um und schwiegen lange Momente.

»Sie ist nicht meine Gefährtin.« Er beantwortete die Frage, die er in den Augen der anderen gesehen hatte.

Lawe schnaubte.

»Was auch immer«, erwiderte Rule. »Ich habe keine Ahnung von diesem Paarungsmist, Mercury. Kommt mir so vor, als gäbe es da keine Regeln. Du verhältst dich wie gepaart.«

Und es hatte einige seltsame Momente gegeben, in denen er eine Bindung wahrgenommen hatte, ein unzerbrechliches *Etwas*, das er nicht definieren konnte.

»Jonas hat mich vor zehn Minuten kontaktiert«, sagte Lawe leise. »Er beordert Shiloh zurück nach Sanctuary, bevor er hier ankommt. Scheint so, als gibt es ein Problem in der Heimatbasis.«

»Was für ein Problem?« Mercury sah seinen Freund an, der sich an einen Baum lehnte. Lawes Miene war unerbittlich, und in seinen Augen brannte ein hartes, wildes Licht.

»Er will alles erklären, wenn er hier ist, aber es ging die Mitteilung raus, dass Callan deinen Rang wieder eingesetzt hat. Er bringt deine Uniform und Waffe mit, wenn er kommt.«

Mercury schüttelte den Kopf. Er wollte seinen Rang nicht zurück, das wurde ihm plötzlich klar. Jonas hatte wohl einen Weg gefunden, Callan dazu zu zwingen. Auf die Art bedeutete es ihm nichts.

»Etwas ist im Gange«, sagte er leise. »Zu viele Anomalien.«

»Soll heißen?« Rule legte die Hand an seine Waffe, und sein Blick wurde schärfer.

Mercury schüttelte den Kopf. »Ich kann die Stränge sehen, kann sie ahnen, aber ich kann nicht erkennen, wohin sie führen. Aber Ely hat mich ins Visier genommen, und das hat sie noch nie mit einem anderen Breed gemacht. Sie will mich aus dem Weg haben. Oder irgendwer.« Es kam ihm einfach nicht richtig vor, dass Ely an irgendeiner Form von Täuschung beteiligt sein könnte, doch er wusste, dass es möglich war. Es war sogar wahrscheinlich.

»Ely?« Lawe straffte sich und sah ihn ungläubig an, bevor er den Kopf schüttelte.

»Wir müssen vorsichtig sein.« Mercury sah zur Hütte und dachte an die Frau darin. »Ria ist nicht nur hier, um zu entscheiden, ob Vanderale seine finanzielle Unterstützung zurückzieht oder nicht. Die Akten, die sie durchgeht, haben nichts mit Finanzierung zu tun, aber alles mit ausgehenden Meldungen. Ely hat es geschafft, mich von Sanctuary zu isolieren, aber nicht so weit, wie sie es hätte tun können, wenn Jonas ihr nicht im Weg stünde. Wenn Jonas kommt, möchte ich, dass ihr bei dem Treffen dabei seid.«

»Und Ria?«, fragte Lawe. »Wird sie auch dabei sein?«

Mercury drehte sich zu Lawe um. »Wird sie, oder es wird kein Treffen geben.«

Sie war nicht seine Gefährtin. Aber er musste sich nicht mit ihr paaren, um zu wissen, dass sie zu ihm gehörte. Das spürte er auch so.

Ely starrte auf die Testergebnisse und trank aus ihrer Wasserflasche. Sie fühlte den Zorn in ihrem Verstand brennen. Sie saß hier, stellte die Beweise für das zusammen, wovon sie den Breed-Rat überzeugen wollte, und ein Teil von ihr wusste schon, dass man nicht auf sie hören würde.

Mercury war ein starker Enforcer, und das nicht nur in Bezug auf körperliche Stärke. Seine animalischen Eigenschaften waren mehr Teil von ihm, als irgendwer vermutete. Das Serum des Councils mochte die gewalttätigeren Eigenschaften seines Tieres unterdrückt haben, ebenso wie die Sinne, die er einst besaß, aber er war immer noch intelligent und gerissen. Diese animalische Intelligenz war sein bei Weitem gefährlichster Wesenszug, denn sie war stärker als bei anderen Breeds, denen sie seit den Befreiungen begegnet war.

Ohne das Raubtierfieber hätte man ihn zu einem Anführer und Befehlshaber ausgebildet. Möglicherweise hätte er sogar ein stärkerer Alpha als Callan werden können. So schwer es auch zu glauben war, dass es einen stärkeren Alpha geben konnte.

Sie fuhr sich mit den Fingern durchs Haar und kämpfte gegen den Zorn an, der hinter ihren Lidern brannte, kämpfte gegen das warnende Brüllen an, das ihr eigenes Tier durch ihren Kopf schickte. So hatte sie sich noch nie gefühlt, und sie wusste, dass der Druck ihr langsam zusetzte.

Sie rieb sich über den Nacken und wehrte sich gegen die Kopfschmerzen, die sich von hier aus auszubreiten schienen.

Kopfschüttelnd öffnete sie ein Döschen rezeptfrei erhältlicher Schmerztabletten und spülte zwei davon mit Wasser hinunter, bevor sie sich wieder dem Computer zuwandte.

Sie hielt ihren Zorn fest im Griff, drängte ihn zurück und zwang ihren Verstand, an der Analyse der Körperflüssigkeiten zu arbeiten, die sie Mercury abgenommen hatte.

Im Samen befand sich etwas, das sie als ungewöhnlich erkannte, etwas Seltsames. Im Speichel auch. Sein Blut war durchsetzt von Raubtieradrenalin, und das machte ihr Angst. Die Bilder dieser Videos aus dem Labor, wo er so entsetzlich getötet hatte, gingen ihr ständig im Kopf herum.

Seine Hand, die Nägel kräftig und gekrümmt wie Krallen, hatte sich direkt in die Brust eines Mannes gebohrt. Als er sie wieder zurückzog, war das Herz des Kerls als blutige Masse immer noch in Mercurys geballter Faust gewesen. Und dieses Herz hatte er dann dem Ausbilder ins Gesicht gedrückt, bevor er ihm den Kopf von den Schultern gerissen hatte.

Das hätte nicht möglich sein sollen. Einfach Haut, Muskeln, Knorpelgewebe und Rückgrat derart blitzschnell abzureißen und den Kopf wegzuwerfen.

Sie schauderte und stellte sich vor, wie Callan oder, Gott behüte, Jonas auf solche Art zerrissen würden.

Jonas war ihr Verderben, aber zwischen ihnen hatte immer ein Gefühl von Zuneigung bestanden – bis jetzt. Er hatte ihre Meinung respektiert, auch wenn er nicht immer glauben wollte, was sie zu sagen hatte. Er trieb sie an, andere Antworten zu finden, und deshalb hatte sie diese Tests durchgeführt, bis ihr Kopf kurz davor war zu explodieren.

»Du Bastard!« Ihr Knurren überraschte sie, und sie sprang vom Stuhl und tigerte im Raum hin und her. »Verdammt, Jonas, ich kann keine andere Antwort finden.«

Und warum sollte es sie kümmern, was sie für ihn herausfand? Er war der Mann, der seine eigene Schwester gefangen nehmen ließ. Der Mann, der ebendiese Schwester erpresst, ihren Kopf auf den Richtblock des Breed Law gelegt hatte und das auch durchgezogen hätte. Er hätte Harmony getötet, hätte sie nicht getan, was er befahl.

So wie er andere tötete.

Er dachte, sie wüsste nichts von den Dingen, die er getan hatte. Die Flüge des Helijets der Breeds zu einem aktiven, brodelnden und kochenden Vulkan, der mit gieriger Vorfreude auf die Opfer wartete, die Jonas ihm brachte.

Die Körper, die er hineinfallen ließ. Wissenschaftler des Councils, die in der kochenden Masse geschmolzenen Gesteins untergegangen waren. Er und sein Pilot mit diesen wilden Augen, Jackal.

Jackal. Verdammter Kerl. Auch er schützte Mercury, und er war wütend auf sie. Und er war ebenso ein Killer wie Jonas selbst. Jeder wusste es. Sogar Kane, Sicherheitschef von

Sanctuary, wusste es. Jackal war ein Mörder. Er hätte eher als Breed denn als Mensch geboren werden sollen.

Sie grub die Finger in den Nacken, um den Schmerz dort wegzumassieren. Es musste einen Weg geben, den Breed-Rat zu überzeugen, dass Mercury inhaftiert und gezwungen werden musste, sich den Tests zu unterziehen, die sie brauchte.

Es wäre einfach, das Serum zu duplizieren, mit dem das Council ihn unter Kontrolle gebracht hatte. Er hatte gut gelebt damals. Er würde wieder gut leben, und es gäbe kein Risiko, dass jemand starb. Kein Risiko, dass sie die, die ihr am Herzen lagen, verlor.

Ely atmete tief ein, zwang sich zu der Ruhe, die sie brauchte, und kehrte zurück zu Computer und Testgeräten. Sie war die Wissenschaftlerin. Der Breed-Rat respektierte ihre Meinung, und sie wusste, dass Callan den Rat für ein Treffen zusammengerufen hatte. Ein sehr geheimes Treffen. Sie würde dafür sorgen, dass sie vorbereitet war. Und sie würde dafür sorgen, dass sie Mercury retten konnte. Er lag ihr am Herzen, so wie die anderen. Er war ihr Freund, und ihn zu verlieren würde eine Leere in ihr hinterlassen. Sie wollte nicht erleben, dass er getötet wurde. Die animalische Verdrängung war nicht seine Schuld, sondern die der Bastarde, die ihn erschaffen hatten. Und sie würde einen Weg finden, ihn zu retten. Egal, welche Freunde sie dabei verlor.

Mercury verstaute die Lebensmittel, während Lawe sie auspackte und mit seinem scharfen Geruchssinn jedes einzelne Stück prüfte.

Mercury mochte den Lebensmittelhändler. Der Mann war ein toller Jäger und schien immer bereit, die Sache der Breeds zu unterstützen. Doch Mercury hatte Verrat schon von allen möglichen Seiten kommen sehen. Reine Vorsicht, sagte er sich.

Als sie fertig waren, ging Lawe wieder und schloss die Tür hinter sich ab. Mercury starrte auf Rias geschlossene Tür. Sie war nicht herausgekommen, und Lawe hatte ihm mit einem Anflug von Belustigung mitgeteilt, dass der Duft ihres Zorns das ganze Haus erfüllte.

Ihr Zorn. Und er wusste, woher der kam. Dieses verdammte Schnurren, von dem sie so überzeugt war, dass sie es gehört hatte. Er schüttelte den Kopf und ging zur Tür, öffnete sie langsam und trat ins Schlafzimmer.

»Ich dachte mir, ich mache uns Abendessen«, sagte er und zwang sich, in der Tür stehen zu bleiben, während er sie ansah.

Sie saß mitten auf dem Bett, den Laptop geöffnet vor sich, und sie trug einen seidenen Bademantel, dessen weicher, schimmernder Stoff über eine Schulter herabgerutscht war.

»Pizza ist in Ordnung.« Kein Akzent in ihrer Stimme, aber er konnte erkennen, dass sie den gnadenlos kontrollierte. Ihre Miene war sanft, und ihre Augen hatten die Farbe von Bitterschokolade, als sie ihn ansah.

»Ich koche«, sagte er. »Du brauchst etwas Nahrhafteres als Pizza.«

»Es gibt nichts Nahrhafteres als Pizza«, erklärte sie. »Außerdem, nachdem ich den Kaffee von dir getrunken habe, habe ich schlicht Angst vor einem Essen, das du kochst.«

Er atmete langsam ein, trat vor und schloss die Tür hinter sich. »Kochen kann ich. Dass ich keinen Kaffee zustande bringe, habe ich dir gesagt.«

»Wenn du keinen Kaffee machen kannst, dann besteht auch keine Hoffnung auf das geringste Talent für so einfache Dinge wie Wasser kochen.« Sie blickte wieder auf den Computer und entließ ihn damit. »Bestell etwas. Das würde ich tun.«

Er verzog das Gesicht, presste dann die Lippen zusammen und zügelte den natürlichen Impuls, etwas gegen die subtile

Herausforderung zu unternehmen, die sie ihm da an den Kopf warf.

Er ermahnte sich, dass Jonas bald hier wäre. Dann hätte er schon genug Kampf mit ihr. Und wenn Vanderale diesen Helijet für sie schickte, dann würde er sich einen höllischen Kampf liefern müssen, um sie hier zu halten. Er konnte noch nicht hier weg. Aber er hatte das Gefühl, der ihnen bevorstehende Kampf, von dem sie bald erfahren würde, könnte ihr besser gefallen, als von hier zu verschwinden.

»Ria, wenn du dich nicht anziehst und mit mir in die Küche kommst, während ich koche, dann könnten wir am Ende etwas auf diesem Bett tun, das dich noch wütender macht.«

Denn er war nur noch etwa zwei Sekunden davon entfernt, ihr diesen Bademantel vom Leib zu reißen und einige der sündigeren Handlungen zu genießen, die er so im Sinne mit ihr hatte.

»Es gibt etwas, das mich noch wütender machen könnte?«, fragte sie.

»Dazu müsste ich wissen, was dich überhaupt erst wütend gemacht hat«, stellte er fest. »Und nachdem du nicht willens scheinst, darüber zu reden …«

»Wer hat denn gesagt, dass ich nicht darüber reden will?« Damit klappte sie den Laptop zu, stand vom Bett auf und sah ihn an.

Sie verschränkte die Arme über ihren Brüsten, und dieser Bademantel bedeckte kaum ihre Schenkel. Er würde ihn ihr noch mit den Zähnen vom Leib reißen.

»Du warst doch diejenige, die aus dem Wohnzimmer abgedampft ist«, bemerkte er.

»Und du hast mich einfach gehen lassen, richtig, Mercury?« Ihre Stimme klang immer noch ruhig, aber er sah die Schatten von Zorn und Schmerz in ihren Augen. »Es war dir da nicht wichtig, und das ist es jetzt auch nicht.«

»Was ist denn nicht wichtig?«, knurrte er. »Die Tatsache, dass ich nie eine eigene Gefährtin haben werde? Macht mich das zu einem Roboter, Ria? Unfähig für Zuneigung? Die Frau, die meine Gefährtin hätte sein können, ist tot«, knurrte er. »Ändert das irgendwas zwischen uns?«

Er sah sie hörbar einatmen, sah das verräterische Beben ihrer Lippen, als er auf sie zukam.

»Ria, ich bin nicht innerlich tot.« Er nahm sie bei den Schultern und zwang sie, zu ihm aufzusehen. »Was du mit mir machst, hat keine andere Frau je getan, nicht einmal die Frau, die meine Gefährtin hätte sein können. Sie war ein Kind. Sie wurde getötet. Sie existiert nicht länger. Aber wir leben.«

Langsam öffnete sie die verschränkten Arme, während ihr Gesicht sich verzog und die Verwirrung und Unsicherheit, die er selbst manchmal verspürte, darüberhuschten.

»Ich weiß nicht, was ich mit dir machen soll«, flüsterte sie dann. »Ich baue keine Zuneigung auf, Mercury, und du scheinst entschlossen zu sein, mich dazu zu bringen. Wenn es vorbei ist, wo bleibe ich dann? Wieder allein?«

»Willst du ein Versprechen von mir?«, fragte er und wünschte, er hätte so viel mehr als das zu geben. »Wenn dieser Helijet kommt, um dich abzuholen, wirst du gegen mich kämpfen müssen, um einzusteigen. Wenn es Zeit ist, zu Bett zu gehen, werde ich nicht getrennt von dir schlafen, sondern du schläfst in meinen Armen. Und wenn der Morgen kommt, und der Morgen danach, solange Ely mich nicht in eine verdammte Gummizelle einsperren und mit Drogen vollpumpen lässt, werde ich an dich geschmiegt daliegen, wenn du aufwachst. Was kann ich dir mehr geben in diesem Augenblick?«

Was mehr konnte er selbst geben?

Schließlich schüttelte sie den Kopf. »Ich wusste es besser, als hierherzukommen«, flüsterte sie. »Ich wusste, du würdest meinen Kopf durcheinanderbringen und mein Leben völlig über den Haufen werfen, Mercury. Ich wusste, ich hätte da bleiben sollen, wo ich war.«

»Aber du bist hergekommen.« Er senkte den Kopf, fing ihre Unterlippe mit seinen Zähnen ein und strich mit der Zunge darüber. Ihre Augen verdunkelten sich, die Wut und Bitterkeit verschwanden, und Hitze stieg in ihr auf.

»Komm noch einmal für mich.« Er gab ihre Lippe frei, nur um nun beide Lippen mit seiner Zunge zu streicheln, sie zu kosten und ihre Wärme zu genießen. »Noch einmal, Ria, bevor unser beider Leben zur Hölle fährt.«

Und dann holte er sich den Kuss, den er brauchte. Seine Lippen bewegten sich auf ihrem Mund, genossen es, sie zu fühlen, ihre Wärme, und seine Zunge schob sich zwischen ihre weichen Lippen und sank in ihren Mund.

Ihr Stöhnen begegnete seinem Kuss. Ihre Zunge wand sich um seine, und die Wonne dabei hätte nicht derart intensiv sein dürfen. Er hätte das Echo ihrer Zungenstriche nicht bis in den Schwanz spüren dürfen. Er hätte ihre Wärme nicht bis in seine Poren sinken fühlen dürfen.

Er ließ zu, dass sie ihm das Shirt auszog, bevor er sich wieder ihren Lippen widmete. Er ließ sie den Gürtel öffnen und seine Jeans nach unten ziehen. Und als ihre sanften Hände sich um seine schwere Erektion wanden, hatte er keine andere Wahl, als sich von ihr zu lösen.

Er schob ihr den Bademantel von den Schultern und knurrte, als er den einteiligen Body aus Seide und Spitze sah, den sie darunter trug.

»Zieh das aus.« Er nahm ihre Finger von seinem Glied und wich etwas zurück. »Ich will nicht noch mehr von deiner Kleidung zerstören.«

Er setzte sich auf den Bettrand und zog Stiefel und Socken

aus. Er würde nicht noch einmal mit ihr schlafen, während er Stiefel anhatte. Er wollte Haut an Haut, Wärme an Wärme.

Als er aufstand und die Jeans auszog, stand sie immer noch vor ihm, ließ den Blick hungrig über ihn gleiten und fuhr sich nervös mit der Zunge über die Lippen.

»Du bist riesig«, flüsterte sie schließlich und streckte wieder die Hände nach ihm aus.

»Und du hast mich schon einmal aufgenommen, also ist das kein Problem.« Er wollte dieses Grollen in seiner Stimme nicht haben, aber es war immer noch da. Animalisch und rau.

»Vielleicht ist es mehr ein Problem, als du denkst«, erklärte sie, und ihre Augen, ihr Gesicht, ihr Duft – Hölle, er konnte sie wittern – wurden fordernd.

»Keine Probleme«, erklärte er, als sie die Hände gegen seinen Brustkorb drückte.

»Ich will dich jetzt kosten.« Sie drängte sich an ihn, schob ihn zum Bett und schockierte ihn mit ihrer Forderung.

Frauen wollten, dass er sie vögelte. Sie wollten ihn wild und gierig auf ihrem Körper, aber Mercury musste zugeben, dass es das erste Mal war, dass eine ihn kosten wollte.

Und diese eine, das war ihm klar, konnte ihn mit ihrer Berührung zerstören.

12

Ria war überrascht, als Mercury ihrem Verlangen, dass er sich zurücklehnen solle, nachgab. Er schob sich bis in die Mitte des Bettes. Seine wilden Züge waren sündig und sinnlich. Seine schräg stehenden Augen, das Aufflackern von Blau in ihnen und das sexy Zucken um seine Lippen waren genug, um jede Frau feucht werden zu lassen.

Doch noch mehr ließ seine Zustimmung zu ihrer Berührung sie heiß werden. Dieses erotisch vibrierende Grollen, als sie mit den Händen über seine Beine strich, sich dazwischenschob und über ihn kam, ließ ihr Herz wild pochen.

Und dann sein Körper. Der war definitiv Gesprächsthema vieler Frauen, die einen Blick darauf erhascht hatten. Die Online-Blogs und Webseiten über Sichtungen von Breeds waren voll mit Gerede über seinen Körper. Ein Meter zweiundneunzig groß, breit gebaut. Gut proportioniert. Muskulöse, starke Beine und die Kraft der Muskeln unter seiner Haut würden in jeder Frau die weiblicheren Instinkte zum Vorschein bringen.

Die Instinkte, sich ihm zu unterwerfen. Sich von ihm umfangen und nehmen und sich Schreie der Lust entlocken zu lassen.

Doch sie hatte nicht erwartet, dass er sich so ohne Weiteres ihrer Berührung hingeben würde. Das männliche Tier in ihm war stärker als die meisten Männer; das wusste sie schlicht durch die Zeit, die sie mit ihm verbracht hatte. Und er war begierig. Hart und erregt. Sein kräftiger Schaft richtete sich von den schweren Hoden zwischen seinen Beinen auf und berührte die harten Bauchmuskeln.

Er war durchzogen von kräftigen Adern und hatte einen goldenen Bronzeton, der zur übrigen Haut passte. Allerdings fehlten dem schweren Schaft die feinen Härchen, die seine übrige Haut bedeckten.

Es war wie Seide über Eisen, und die kräftige Eichel pochte, feucht von seinem Vorsamen. Bei einem Breed musste man sich auch keine Sorgen über Geburtenkontrolle oder Geschlechtskrankheiten machen. Breeds waren die perfekten Liebhaber. Er würde ihr das Herz brechen, und sie wusste es.

Doch bis dahin konnte sie genießen. Sie senkte den Kopf und strich mit der Zunge über seine Erektion, leckte und streichelte ihn. Sie kostete die pralle Eichel, sog seine Essenz auf ihre Zunge und stöhnte, als sie sein Aroma schmeckte. Wie Mitternacht. Wie ein Feuer, das im Herd brannte, während draußen der kalte Wind blies. Erdig. Nicht süß und nicht herb, aber rein und vollkommen männlich. Und sie wollte mehr davon.

Ihre Zunge huschte über die winzige Öffnung, und sie registrierte dabei, dass er die Hände in die Decke grub, während er sich aufbäumte.

So viel Kraft. Sie fühlte sie pochen, in der Luft um sie herum und in seinem Körper. Und sie erfüllte sie. Die Macht einer Frau über den geschmeidigen animalischen Mann unter ihr. Es war berauschend, ein Aphrodisiakum für sich. Und als sie ihn in den Mund nahm, wurde diese Macht noch viel stärker. Seine Muskeln spannten sich an, seine Hüften zuckten, als wolle er nichts mehr, als in ihren Mund zu stoßen, so wie er zuvor ihren Körper genommen hatte.

»Verdammt«, grollte er. »Das ist so verdammt gut, Ria.«

Sie liebkoste seine Eichel. Reizte ihn, streichelte ihn und ließ ihn ihre Sinne fühlen.

Seine Hand erhob sich von den Decken, umfasste ihre Wange, und er sah ihr zu. Als sei es eine ganz besondere Erfahrung, als hätte ihn nie eine Frau zuvor in den Mund genommen.

Wie konnte irgendeine Frau da widerstehen? Der Anblick von immer stärker werdendem Blau machte sie verrückt vor Lust. Die kleine Kostprobe von seinem Samen ließ sie sehnsüchtig nach mehr verlangen, als mache er sie süchtig. Als brauche sie nur eine Kostprobe von ihm, um zu überleben.

Sie schloss den Mund um seinen begierigen Schwanz, sog ihn tief in sich ein, ließ ihre Zunge über die empfindsame Unterseite flackern und stöhnte vor dunkler Erregung, als seine Hände sich in ihr Haar gruben.

Sie hatte nie etwas übrig gehabt für die Machtspiele, die Männer im Bett trieben. Für den Schmerz, mit dem sie glaubten, sie zu sexueller Unterwerfung zwingen zu können. Die Berechnung in jedem Akt. Bei Mercury gab es nichts dergleichen, doch jedes kräftige Ziehen an ihrem Haar ließ sie vor Wonne stöhnen. Bei ihm gefiel es ihr, denn hier gab es keine Berechnung. Nur Lust. Es war der Mann, der ihr in dieses Reich der dunklen Begierden folgte, die nie gestillt wurden, bis zu seiner Berührung. Und dann waren sie nur so lange gestillt, bis er sie wieder berührte.

»Wunderschön«, stöhnte er. »Deinen Mund zu spüren, Ria. Verdammt.« Er bäumte sich auf und drängte sich tiefer in ihren Mund, als sie sich zurückzog.

Sie schmiegte ihre Finger um seine schwere Härte, ohne darauf zu hoffen, ihn vollständig umfassen zu können, und streichelte ihn. Ihre Lippen glitten von der Eichel, wanderten über den Schaft und saugten dann an den harten Hoden darunter, während seine Hände sich in ihre Kopfhaut gruben und dort ein Feuer der Lust entfachten.

Sie spürte seine Nägel über ihren Kopf schrammen. Diese stumpfen Krallen, die physische Repräsentation des Tieres in ihm, und dieses Gefühl allein ließ sie fast kommen.

Ihre Klitoris war geschwollen und pochte. Das Verlangen schnitt sich wie ein Messer durch ihren Leib, und die Begierde nach ihm führte ihren Mund.

»Mach so weiter, Ria, und ich komme.« Seine Stimme klang erstickt, fast wie ein Schnurren, gepaart mit einem Grollen. »Wenn du nicht aufhörst, dann ergieße ich mich in deinen hübschen Mund.«

Sie sog ihn tiefer in sich hinein, umschloss ihn fester mit ihrem Mund und verwöhnte ihn mit der Zunge und ihren Zähnen. Sie liebte ihn, leckte ihn und stöhnte.

Seine Hand spannte sich noch mehr an, und sie wimmerte in lustvoller Ekstase. Sie saugte stärker, denn sie brauchte seinen Geschmack. Sie brauchte ihn und sehnte sich danach.

»Ria. Verdammt.« Wieder zog er an ihrem Haar.

Sie nahm eine Hand von seinem Schwanz und schrammte mit den Nägeln über seine Beine, und beinahe hätte sie aufgeschrien, so stark zuckten seine Hüften.

Darauf hielt er sie mit den Händen fest; ein Knurren drang über seine Lippen, und sein Samen ergoss sich hart und heiß und füllte ihren Mund mit diesem ungezügelten Aroma, während sie sich bemühte, jeden heißen Schub aufzunehmen.

Die reine Erregung dabei und sein Geschmack ließen sie fast selbst kommen. Es war wie Feuer, das sich durch jede Zelle brannte und sie mit etwas erfüllte, das ebenso wild war wie die Lust, die zwischen ihnen loderte.

Als sie alles aufgenommen hatte, was er geben konnte, überraschte er sie wieder. Er schockierte sie, als er sie an sich zog, ihre Hüften packte, und bevor sie wusste, was er vorhatte, war er bereits mehrere Zoll tief in ihr.

Er war immer noch erregt. Immer noch eisenhart und begierig.

Sie widerstand seinen kräftigen Händen, erhob sich von ihm und öffnete die Augen, um ihn anzusehen, bevor sie ihn wieder aufnahm, sich auf ihn senkte und jeden Augenblick davon genoss.

Noch nie hatte sie einen Liebhaber gehabt, der sie nahm, nachdem er seine eigene Erlösung gefunden hatte. Hölle, sie war nie mit einem Mann zusammen gewesen, der seine Erfüllung öfter als einmal innerhalb von achtundvierzig Stunden finden konnte.

»Nimm mich.« Mercury sah sie an.

Sie lächelte seinen grimmigen Zügen entgegen. Ungezähmte Lust schimmerte in seinen Augen.

»Bring mich dazu.«

Herausforderung. Trotz.

Mercury sah in Rias Augen und erkannte, was er nie in den Augen einer anderen Frau gesehen hatte: Akzeptanz.

Die animalische Lust in ihm wuchs. Es war etwas, wogegen er sich immer gewehrt hatte, doch bei Ria konnte er nicht dagegen ankämpfen. Und er sah, dass sie es akzeptierte.

Er hatte noch nie eine Frau gehabt, die ihn mit dem Mund befriedigt hatte. Denn sie fürchteten seinen Orgasmus, die Ansteckung durch seinen Samen. Nie hatte ihn eine Frau auf diese Weise genommen. Doch seine Ria tat es. Drängte sich ihm entgegen und forderte ihn heraus, sie zu nehmen – flehte ihn an, es zu tun.

»Du willst nicht, dass ich das tue, Ria«, stöhnte er und grub die Hände in ihre Hüften. »Nimm mich, Baby. Tu uns beiden das nicht an.«

Er wollte ihr nicht wehtun. Er wollte die ungezähmte Lust nicht freilassen, die in seinen Adern pochte und verlangte, dass er sie so nahm, wie er wollte.

Sie zeigte ihm einen sexy Schmollmund, hob die Hüften, ließ sie in seinem Griff kreisen und reizte ihn noch mehr. Ihr enger Schoß, so verdammt eng, zog sich zusammen und massierte seinen Schwanz. Doch nicht mehr. Sie quälte ihn mit der Macht, die sie über ihn hatte. Sie lockte einen Teil von ihm heraus, dem er nie gestattet hatte, stärker zu werden.

»Vielleicht ist es genau das, was ich will, Mercury.« Sie beugte sich vor und knabberte an seinen Lippen.

Als er einen Kuss von ihr einfangen wollte, schüttelte sie den Kopf und gab ein leichtes, sexy Lachen von sich.

»Ria.« Seine Warnung wurde ignoriert, als sie sich wieder hob und ihn fast herausgleiten ließ, bevor er die Hüften nach oben stieß und mehr von ihr nahm, aber nicht genug. »Das ist der falsche Moment, um mich zu reizen, Liebes.«

»Nimm mich wieder, Mercury«, flüsterte sie und grub die Nägel in seine Brust. »Trau dich.«

Er spürte den Schweiß auf seiner Brust, als er versuchte, sich tiefer in sie zu drängen, und sie sich erneut widersetzte. In ihrer Position konnte sie Kontrolle ausüben, sie war feucht, und sie reizte ihn. Sie reizte etwas, das er in seiner eigenen Lust gar nicht kannte.

Er wollte tief einatmen, um den Kopf frei zu bekommen von der roten Woge der Lust, die ihn überkam, doch alles, was er wittern konnte, war ihre Herausforderung, ihr Verlangen, das sich durch seine Sinne schnitt.

Er drängte sich ihr entgegen, und sie zog sich wieder zurück. Seine Hände an ihren Hüften spannten sich an, um sie auf sich niederzudrücken, und sie bewegte die Hüften, bis sie frei von ihm war.

Das gab ihm den Rest.

»Trau dich«, stöhnte sie.

Mit einem Aufwallen an Kraft hob er sie in die Höhe, drehte sie auf den Bauch und kam über sie. Er schlang einen Arm unter ihre Hüften, hob sie hoch, hielt sie fest und drang tief in sie ein.

Mit einem erstickten Aufschrei nahm sie einen Teil von ihm mit dem ersten Stoß auf. Noch mehr mit dem zweiten; mit dem dritten kraftvollen Stoß seiner Hüften versenkte er sich ganz und gar in ihr und wollte beinahe vor Triumph brüllen, während sie ihre Lust hinausschrie.

Es *war* Lust. Ihre Vagina zog sich um ihn zusammen, ihre Feuchte umhüllte ihn, und ihr Körper wand sich im nahenden Höhepunkt.

»Herausforderung angenommen.« Er schob sich über sie, grub die Zähne in ihre Schulter, um sie festzuhalten und stieß in sie hinein, mit all der tobenden Lust und Begierde, die schon ein Leben lang in ihm wohnten.

Sie brauchten beide nicht lange. Die harten kraftvollen Stöße stürzten sie beide in Ekstase. Mercury fühlte, wie sie sich anspannte, fühlte, wie ihre Vagina sich zusammenzog und hörte ihre Erlösung in dem erstickten Schrei in seinen Ohren. Ihre Schreie mischten sich mit seinem Knurren, als er spürte, wie er sich in sie ergoss. Und immer noch stieß er zu und knurrte bei der Macht des Orgasmus. Bis er ihr alles gegeben hatte, was er geben konnte, mehr als er je geglaubt hatte, einer Frau geben zu können, und über ihr zusammensank.

Hölle, er hatte ihr nicht einmal das Hemd ausgezogen. Hatte nicht ihre hübschen Brüste gestreichelt oder daran gesaugt. Nicht die Süße zwischen ihren Schenkeln gekostet. Er hatte sie nur genommen, voller Wildheit. Und nie war seine Erfüllung so tief und befriedigend gewesen.

Er lag immer noch über ihr und hasste den Gedanken daran, sich von ihr zu lösen, sie freizugeben und sich einmal mehr der Realität zu stellen.

Sie hatte keine Ahnung von der Macht, die sie über ihn hatte, und die war nicht nur körperlich. Sie ging tiefer. Sie berührte etwas in ihm, das keinen Sinn ergab, etwas, vor dem er sich in Acht nehmen musste, und doch konnte er nicht die Kraft finden, nach Antworten darauf zu suchen.

»Wenn du dich bewegst, bringe ich dich um«, seufzte sie schläfrig.

»Ich bin schwer.« Er küsste sie auf die Schulter.

Er hatte sie gebissen. Blut befleckte ihre Schulter, und der Abdruck von vier scharfen Reißzähnen zeigte sich auf ihrer Haut.

»Du bist so warm«, seufzte sie, und er hörte die Erschöpfung in ihrer Stimme. »Ich habe es so satt zu frieren, Mercury. Halt mich warm, nur noch ein paar Minuten. Innen und außen. Lass mich warm bleiben.«

Er lag reglos über ihr und sah auf ihr Gesicht. Ihre Wimpern bedeckten ihre Augen, und er schwor, sie war nur Sekunden davor, einzuschlafen. Und sie wollte nur noch ein wenig länger Wärme spüren.

Konnte er ihr das abschlagen? Er wusste, wie sich die Kälte anfühlte, das Gefühl, dass es nichts gab, um ihn zu wärmen, dass die Einsamkeit sich so tief in ihn eingegraben hatte, dass er nie erfahren würde, was wahre Wärme war.

Doch sie hatte ihn gewärmt.

Das wurde ihm jetzt klar. Etwas in ihm, das vor Kälte erstarrt war, hatte sich erwärmt, in dem Augenblick, als er sie zum ersten Mal sah, und genau jetzt, als er sie so in den Armen hielt, gab es nicht die geringste Kälte in oder um ihn.

Er würde ihr das nicht abschlagen, nachdem sie ihm dasselbe gegeben hatte.

Er hielt sie fest, ließ sie in den Schlaf gleiten und schob dann den vergessenen Laptop in die Ecke am Kopfende, bevor er die Decke um sie hüllte und sich neben sie legte.

Sie stöhnte, als er sich von ihr löste, doch nur, bis er sich um sie schmiegte. Er umfing sie mit seinen Armen, umschlang ihre Beine mit seinen, ließ zu, dass sie den Kopf an seinen Hals legte, und ihr Atem auf seiner Haut war tröstend.

Und er spürte, dass er selbst Schlaf brauchte. Nur ein Nickerchen. Nur etwas, um sein Gefühl von Gleichgewicht wiederherzustellen. Denn irgendwie und irgendwo hatte Ria sein Leben durcheinandergewirbelt wie noch nie etwas oder jemand zuvor.

Das Tier beobachtete mit wachsamen Augen. Es zwang die Augen des schlafenden Mannes auf, sah sich um und erblickte nur die Dunkelheit des Zimmers, in dem sie schliefen.

Es blickte nach unten und sah die Frau. Bis in seine zerfetzte, schmerzerfüllte Seele fühlte es den ersten Schimmer von Frieden aufsteigen. Das kleine bisschen Licht, das ihm Hoffnung gab.

Die Frau hatte die Kontrolle des Mannes geschwächt, ihn weniger wachsam, weniger misstrauisch werden lassen, als das Tier zu Bewusstsein kam.

Endlich kamen die Emotionen des Mannes frei und das Tier konnte Freiheit fühlen, im tiefsten Winkel seines Geistes.

Wie müde es war. Wie sehr es schmerzte, so tief im Geist des Mannes gefangen zu sein, dass seine Gefangenschaft wie die Hölle war, erfüllt von seinem eigenen Brüllen.

Süße Ria. Der Mann dachte als süße Ria an sie. Doch das Tier sah mehr. So viel mehr. Als der Mann schlief, streckte es sich langsam aus und berührte ihr Haar. Emotion umfing seinen müden Geist und gab ihm Kraft. Sie gab dem Mann und dem Tier Kraft.

Ihr Haar war weich; so weich. Das Tier gab sich der Erfahrung hin, es durch die Hand des Mannes zu fühlen. Der Mann schlief tief, um sie geschmiegt, doch das Tier bewegte sich vorsichtig weiter, ganz vorsichtig. Es konnte nicht zulassen, dass diese Frau entfloh. Der Mann glaubte, sie würde versuchen zu gehen. Er machte sich darauf gefasst. Doch das Tier weigerte sich, das zuzulassen.

Das Mal, das der Mann ihrer Schulter beigebracht hatte, lag direkt unter dem Mund des Mannes. Langsam schlich das Tier näher und ließ seine Kraft in den Mann fließen. Nur ein klein wenig; gerade genug.

Sekunden später grollte das Tier sein sanftes Schnurren, als der Mann über die Wunde leckte. Das Aroma ungezähmten Hungers füllte den Mund des Mannes, das Dasein des Tieres. Seine Zunge fühlte sich dick und schmerzvoll an. Er leckte über die Schulter der Frau, über die winzigen Wunden, die die scharfen Reißzähne hinterlassen hatten, und das Tier sickerte in ihren Leib.

Nicht genug, nur ein wenig. Ihr Geschmack war wahre Wärme. Die eisige Kälte, die das Tier umgab, wurde schwächer, und als es über die zarte Haut an ihrer Schulter leckte, war es, als würde diese Wärme seine Kraft steigern.

Kraft. Jetzt könnte es frei sein. Es könnte sich von den Banden befreien, die es hielten, doch wenn es das tat, wenn es zu schnell handelte, würde der Mann sich wehren.

Das Tier wich zurück, voll schmerzlicher Sehnsucht, aber gestärkt. Es war noch nicht genug. Es war nicht stark genug für den Kampf, den der Mann führen konnte. Und der Mann war immer wachsam. Selbst jetzt im Schlaf wehrte er sich, ahnte, dass etwas anders war. Dass etwas in ihm sich regte.

Das Tier verbarg sich in der kalten Dunkelheit, während die Wärme der Frau so nahe war. Es schloss die Augen und zwang sich zu schlafen. Denn die Frau war so nahe. Und noch immer war das Tier so schwach … Und die Gefahr kam näher.

Mercury erwachte abrupt. Einen Augenblick lang fühlte er etwas, das er so viele Jahre lang nicht in sich gefühlt hatte, dass er es erst gar nicht erkannte. Dieses Aufwallen von Raubtieradrenalin, während der Zorn ein Loch in seinen Verstand riss und seine Klauen sich krümmten, doch nur ganz sachte, denn die zarte Haut darunter gehörte Ria.

Und er wagte es nicht, sich zu rühren. Noch nicht.

Die Schatten schlüpften an der Tür vorbei. Kein Geruch. Nicht von Mensch oder Breed. Nur von Kleidung, von Gefahr.

Ein lautloses Knurren wollte über seine Lippen, Wut pulsierte durch seinen Leib. Er dachte nicht nach über animalische Verdrängung oder die Instinkte, die plötzlich an die Oberfläche drangen.

Er konnte die Waffen wittern, die sie führten; das reichte ihm. Er konnte die Gefahr schmecken, die die Schatten umgab, die hier durch die Nacht schlichen.

Er verfolgte sie mit einer Nachtsicht, die nicht länger so undeutlich war wie sonst, wenn auch nicht perfekt. Nicht annähernd so deutlich, wie sie vor der animalischen Verdrängung gewesen war. Er konnte die Gesichter nicht ausmachen, doch er konnte die Gestalten verfolgen und ihre Bewegungen beobachten.

Sie betraten das Zimmer und hielten inne. Die größere, breitere Gestalt bedeutete der anderen, zur anderen Bettseite zu gehen, und deutete an, selbst herumzugehen.

Wohl kaum. Wenn sie sich aufteilten, wären sie schwerer auszuschalten. Nur noch eine Sekunde.

Er wartete mit angespannten Muskeln, und dann, mit einem wütenden Knurren, war er aus dem Bett.

Er hinterfragte nicht das Adrenalin, das in ihm rauschte; den Ausbruch von Energie oder das Aufwallen von Kraft, das sich durch seinen Leib brannte.

Sie waren hier, in Rias Zimmer, viel zu nahe. Seiner Frau zu nahe. So nahe, um sie in Gefahr zu bringen, und das war nicht hinnehmbar.

Er rammte den Ersten gegen die Wand, und Ria schrie auf. Mit einem gut platzierten, kräftigen Tritt in die Nieren ging der Zweite zu Boden und wälzte sich vor Schmerz.

Der Feind hätte tot sein müssen. Nur ein Gedanke in letzter Sekunde rettete ihn davor, als der erste Schatten auf Mercury losging.

Es musste ein Breed sein. Nichts anderes konnte so verdammt stark sein.

Licht flammte im Zimmer auf und blendete kurz Mercurys Sicht, aber nicht seine Sinne.

Sein Arm schnellte vor, schleuderte den Breed zurück und knallte ihn mit solcher Wucht gegen die Kommode, dass das Holz splitterte, während er spürte, wie der andere auf seinen Kopf zielte.

Blitzschnell streckte er den Arm aus, drückte die Hand um eine Kehle, während er mit der anderen Hand eine Waffe aus der Hand des zweiten Mannes schlug. Mit immer noch verschwommener Sicht, die sich noch von der Dunkelheit an das Licht anpasste, stieß Mercury ihn gegen die Wand und knurrte dem Eindringling ins Gesicht.

»Lass ihn besser los, Kumpel«, sagte da eine harte Stimme, während sich zugleich der Lauf einer Waffe in seinen Nacken bohrte.

Mercury erstarrte.

»Mercury.« Der Klang von Rias Stimme erhitzte ihn.

Sein Instinkt ließ seine Hand blitzartig nach oben schnellen, die Waffe zur Seite reißen, während die losging, und sein Ellbogen schoss nach hinten, im selben Moment, als die Stimme in seinen Verstand drang.

»Dane!«, schrie Ria auf, als zugleich Mercurys Sicht wieder klar wurde und sein Blick die hellblauen Augen fixierte: die hervortretenden Augen von Ryan DeSalvo, dem Leibwächter, der immer mit Dane Vanderale reiste.

Mercury lockerte seinen Griff gerade so weit, um den Mann nicht zu töten, bevor er sich umdrehte und sein Blick auf Dane selbst fiel, über den sich Ria beugte und Mercury entsetzt ansah.

Langsam ließ er DeSalvo los und sah zu, wie der Mann an der Wand entlang zu Boden glitt und keuchend nach Luft rang.

Auch Dane atmete noch.

Mercury knurrte wieder, als Ria Danes Kopf in ihren Schoß hob. Er konnte nicht anders. Nackt und wütend packte er sie am Arm und zerrte sie trotz ihrer Gegenwehr neben das Bett.

Ihre Fäuste trommelten gegen seine Brust, und Tränen liefen ihr übers Gesicht.

»Willst du, dass er lebt?«, knurrte er ihr ins Gesicht, und das Raubtieradrenalin rauschte immer noch durch seinen Körper, als er sie an den Schultern packte und sie schüttelte, damit sie zu ihm aufsah. »Fass ihn an, und er stirbt.« Er erkannte seine eigene Stimme nicht wieder. »Verstehst du mich?«

»Spinnst du!«, schrie sie auf. »Er war nicht hier, um mich zu verletzen.«

»Und wie soll ich das wissen?« Eigentlich wollte er nur schreien, aber was herauskam, war ein animalisches Brüllen. »Wie sollte ich das wissen? Kein Duft, Ria. Keine Warnung.« Wieder schüttelte er sie. »Wie sollte ich es wissen?«

»Ich muss ihm helfen.« Sie weinte. Sie weinte um einen anderen Mann, während sie nie Tränen für ihn vergossen hatte.

Er senkte den Kopf, bis sie Nase an Nase standen.

»Fass ihn an, und er stirbt.«

Wenn sie noch blasser werden konnte, so wurde sie es jetzt. Ihr Gesicht war kreideweiß, als er sie knurrend losließ. Er knurrte wie ein tollwütiges Tier. Langsam ließ er sie los und richtete warnend den Finger auf sie, während er zurückwich, um seine Kleider aufzuheben.

Eine Bewegung hinter ihm, und er drehte sich um und knurrte erneut wütend. Halb Brüllen, halb wütendes Knurren. Ryan DeSalvo hielt inne, die Hand nicht weit von der Waffe, die er mitgebracht hatte.

Rias Schluchzen hinter Mercury zerriss ihm das Herz.

Er kickte die Waffe unter das Bett, warf dem noch lebenden Vanderale einen kurzen Blick zu und schnappte sich seine Hose vom Boden.

Kaum war der Reißverschluss zu, sprang er über das Bett, ignorierte Rias Aufschrei und drückte sie an die Wand, als die Tür aufschlug und Breeds hereinstürmten.

Lawe und Rule, Jonas und Callan. Sie kamen abrupt zum Stehen und starrten entsetzt und geschockt auf die Szene vor ihren Augen. Dann wandten sie sich Mercury zu, der sie warnend anknurrte.

»Ganz ruhig, Merc.« Jonas atmete schwer, als er den Seidenmantel, den Ria zuvor getragen hatte, vom Boden aufhob und ihm zuwarf. »Kümmere dich um deine Frau. Wir haben das hier im Griff.«

Merc fing den Mantel auf und fühlte, wie wütend sein Blut durch seine Adern rauschte bei dem Gedanken, dass irgendwer Ria nackt sah. Als er gesehen hatte, wie sie sich nackt über Dane beugte, das lange, seidige Haar, das um sie herumfloss, hatte er Dane umbringen wollen. Er hatte ihm die Kehle herausreißen wollen. Und Mercury fragte sich, ob er nicht genau das getan hätte, wäre Dane bei Bewusstsein gewesen und hätte nicht hilflos vor ihm gelegen.

Er drehte sich wieder zu Ria um und half ihr in den Mantel, während ihr immer noch Tränen übers Gesicht liefen.

»Heul weiter um diesen Bastard, und ich verliere den Verstand«, stieß er hervor, und der harte, raue Unterton in seiner Stimme ließ sie zusammenzucken.

»Du hast schon den Verstand verloren.« Sie schlug hart gegen seine Schulter. Ihm war klar, dass sie ihn auch ins Gesicht hätte schlagen können. Die Tatsache, dass sie sich zurückhielt, war ein Beweis für ihre Furcht.

Vorsichtig band er den Bademantel um ihre Taille fest.

»Zieh dich an.« Inzwischen kämpfte er gegen das Adrenalin an. »Zieh dir genügend Klamotten an, dass ich nicht durchdrehe. Sofort.«

Ria sah zu ihm auf und schluckte schwer, als das Blau in seinen Augen brannte und sich so tief mit dem gehämmerten Gold vermischte, dass die wahre Farbe seiner Augen schwer zu erkennen war. Animalische Wut spannte jeden Muskel in ihm an und warnte sie, dass er den Zorn, der in ihm tobte, noch nicht unter Kontrolle hatte.

Sie schlüpfte an ihm vorbei und warf einen Blick auf Dane, trotz Mercurys protestierenden Grollens. Er war am Leben. Voller Blut, doch Callan, Jonas und die beiden Breeds waren um ihn, ebenso Ryan. Oder Rye, wie Dane ihn immer nannte.

Rye war ramponiert und ebenfalls voller Blut, sein Hemd fast vom Körper gerissen und sein Hals gequetscht. Dane sah schlimmer aus. Blut bedeckte sein dunkelblondes Haar, verschmierte sein Gesicht, und auch Lippen und Nase bluteten.

Sie drehte sich zu Mercury um. Er stand mit dem Rücken zu ihr, die Hände an die Wand gestützt und ignorierte alles um sich, während er offensichtlich um Beherrschung rang.

Was in aller Welt war bloß passiert?

Sie sammelte ihre Kleider auf. Jeans und Socken, ein unförmiges Sweatshirt. Genügend Kleidung, dass er nicht den Verstand verlor.

Sie schlüpfte ins Badezimmer, unsicher, was sie denken und fühlen sollte. Unsicher, wer oder was das Tier war, in das ihr Geliebter sich verwandelt hatte.

»Fuck.« Dane kam mit einem langsamen, verwaschenen Kraftausdruck wieder zu sich, und Mercury ließ die Hände von der Wand sinken und drehte sich um.

Er ging durch den Raum, holte ein sauberes Shirt aus der Kommode, deren Oberfläche einen sauberen Riss aufwies, und zog es sich über den Kopf.

Es war enger als normal. Er biss die Zähne zusammen. Animalische Verdrängung.

Er fuhr sich mit den Fingern durchs Haar und kämpfte dagegen an. Der Drang zu töten brannte wie ein Hunger in ihm. Er drehte sich um, konzentrierte sich auf Ryan DeSalvo und Dane Vanderale, und seine Lippen verzogen sich zu einem lautlosen Knurren.

»Sie haben sich in das verdammte Zimmer geschlichen«, stieß er hervor. »Nichts als Schatten, und die dachten, ich würde nicht angreifen?«

Ryan blickte von seinem Boss auf, und Mercury sah das Misstrauen in seinen Augen. So wie er es in den Augen aller anderen sah.

»Er hat recht.« Ryan schüttelte den Kopf und atmete hörbar aus. »Dane hat sich reingeschlichen. Er treibt gern Spielchen mit Ria. Verdammt, er hielt es für witzig, ihr einen Mordsschrecken einzujagen. Wir wussten nicht, dass sie Gesellschaft hatte, bis wir schon im Zimmer standen.«

»Die kleine Hexe hat sonst nie Gesellschaft.« Das war der Moment, in dem Dane hustend seinen Vorwurf vorbrachte. »Sie ist derart miesepetrig, dass niemand es lange genug mit ihr aushält, um eine ganze Nacht neben ihr im Bett zu verbringen.« Er schlug die Augen auf und sah Mercury an. »Passt, dass du es bist.«

Callans Knurren war wütend und einschüchternd. »Ihr seid an ihren Wachen vorbeigeschlichen, in die Hütte eingedrungen und dachtet auch nur eine verdammte Minute lang, ihr könntet euch an den Breed anschleichen, der bei ihr schläft?« Er sprang auf, und sein langes dunkelblondes Haar floss frei um seine Schultern. »Herrgott noch mal. Wisst ihr was? Vanderale kann sich sein verdammtes Geld sonstwohin stecken, denn ich habe die Schnauze voll von euren Spielchen.« Er zeigte mit dem Finger auf Dane. »Offensichtlich hat die Genetik bei dir versagt, Dane, denn jeder, der vom ersten Leo abstammt, hätte mehr Verstand.«

»Hybrid«, schnaubte Ryan. »Warte nur ab, Lyons, dann findest du noch raus, welchen Spaß es macht, einen Hybrid aufzuziehen.«

»Und wenn er noch einmal versucht, sich an mich heranzuschleichen, wird er herausfinden, wie es sich als Hybrid stirbt«, fauchte Mercury. Er hatte sich kaum noch unter Kontrolle, doch er riss sich zusammen, als Dane sich langsam aufsetzte.

»Schafft ihn hier raus.« Jonas stand auf und erwiderte Mercurys Blick mit harten und ausdruckslosen Silberaugen. »Raus ins Wohnzimmer, und flickt ihn zusammen, bevor ich es für ihn zu Ende bringe.«

Er fuhr sich mit den Händen durchs kurze Haar, und Mercury biss die Zähne zusammen, als sie dem anderen Breed auf die Beine halfen.

»Dane.« Das Grollen lag immer noch in seiner Stimme.

Dane drehte den Kopf und zuckte bei der Bewegung vor Schmerz zusammen.

»Schleich dich noch einmal ohne Vorwarnung in unser Schlafzimmer, und ich bringe dich um.«

»Du bringst niemanden um. Denn sonst hättest du es heute Nacht getan.« Ria kam aus dem Badezimmer.

Mercury wirbelte herum, und etwas in ihm verstummte abrupt.

Sie war weder blass, noch weinte sie. In ihren Augen glitzerte Ärger, und zornige Röte lag auf ihren Wangen. Sie trug Jeans und ein unförmiges Sweatshirt, und nichts forderte den ungezähmten Zorn in ihm heraus, der sich bei dem Gedanken an ihre Nacktheit vor den Augen der anderen in ihm aufgebaut hatte.

Aber auch sie war nicht glücklich über ihn. Er hörte es in ihrer Stimme und sah es in dem Blick, den sie ihm zuwarf.

»Verdammt«, brummte Dane. »Rye, haben wir den Rucksack mitgebracht?«

Rye verzog das Gesicht. »Ist im Wohnzimmer.«

»Keine Sorge.« Mit der Hilfe der anderen humpelte Dane aus dem Schlafzimmer. »Ich habe dein verdammtes Bestechungsgeschenk.«

13

Ria legte ihre Klunkern auf die Kommode. Ganz nette Ausbeute: mehrere nahezu perfekte Diamanten, Smaragde so strahlend, dass sie einen fast blendeten, und ein Tigerauge, majestätisch und magisch anzusehen.

Sie ließ die Steine in einen Samtbeutel gleiten, band ihn zu und steckte ihn in die Tasche ihrer Jeans. Danach klappte sie ihr Satellitentelefon zu und löschte die Kurzwahlnummer, die direkt an Leos Notfallhandy gehen sollte. Ihre Drohung an Dane. Hätte ihr sein Bestechungsgeschenk nicht gefallen, hätte sie angerufen und ihn nach allen Regeln der Kunst verpetzt.

Sie war nicht geldgierig. Es ging nicht um den Wert der Steine. Es ging nicht einmal um die Steine selbst, sondern um die Tatsache, dass sie Dane davon abzuhalten schienen, sie mit in diese Spielchen hineinzuziehen, die zu schmutzig waren, um sich von Leo erwischen lassen zu wollen. Sie selbst fiel immer wieder auf diese Spielchen herein, aber zumindest besaß sie ein gewisses Maß an Vorsicht. Dane nicht.

Zu sagen, Mercury war aufgebracht über die Entlohnung, war noch milde ausgedrückt. In seiner Kehle vibrierten immer noch leise Knurrlaute. Und diese winzigen blauen Funken in seinen Augen waren nicht vollständig verschwunden.

Doch animalische Verdrängung war ein Phänomen, das die Breeds nicht kontrollieren konnten, und er zeigte alle Anzeichen, hielt sie aber strikt unter Kontrolle. Dane hatte immer noch sein Herz im Leib und Rye seinen Kopf auf den Schultern. Damit war Ria vorerst zufrieden.

»Sieh sie dir an, Rye.« Danes Tonfall war amüsiert, trotz des Schmerzes darin. »Ich bin überrascht, dass sie nicht ihre Edelsteinlupe herausgeholt hat.«

Ria drehte sich, noch immer innerlich zitternd, zu ihm um, denn das Wissen, wie kurz Dane davor gewesen war zu sterben, erschreckte sie.

»Für nächste Woche steht eine Reise nach Asien in deinem Terminkalender«, erklärte sie ihm. »Ich erwarte Naturperlen.«

Er warf ihr einen wachsamen Blick zu und sah in Richtung Samtbeutelchen. »Ich habe dir gerade ein Vermögen bezahlt.«

»Zwei Vermögen sind nicht genug für das, was du mir heute Nacht zugemutet hast«, fauchte sie und spürte dabei, wie Tränen ihr wieder die Kehle zuschnürten. »Du hast den Verstand verloren, Dane.« Sie konnte den Akzent, der sich wieder in ihre Stimme schlich, nicht kontrollieren, und ihr war klar, dass jeder Mann in diesem Zimmer ihren Schmerz und ihre Furcht wittern konnte.

Dane verzog das Gesicht, und sein Blick wanderte zu Mercury, der sie wieder hinter sich schieben wollte.

»Ich würde sagen, du bist selbst ein wenig vom Pfad abgekommen, Liebes«, meinte er gedehnt. »Wieso überrascht es mich nicht, dass du dich mit einem Raubtier gepaart hast?«

»Es gibt keine Paarung«, knurrte Mercury, und Ria glaubte, ihr müsse das Herz brechen.

Herrgott, er hätte doch einfach den Mund halten können.

Dane blickte lange Momente zwischen ihnen hin und her, Nachdenklichkeit in den goldbraunen Augen.

»Mein Fehler«, meinte er dann langsam und warf Rye einen Blick zu. »Bei ihr geht nichts auf die leichte Tour, oder?«

Rye lehnte den Kopf nach hinten an die Couch und starrte an die Decke, während Dane sich in der Ecke niederließ und die anderen Breeds im Raum fixierte. Vor allem seine Brüder.

»Fang gar nicht erst an«, warnte sie ihn und schlüpfte wieder um Mercury herum. Sie war überzeugt, dass Dane jetzt anfangen würde, Callan und Jonas zu nerven. »Die Sache ist zu weit gegangen.«

Dane zuckte mit den Schultern. »Also gut. Du hast um Abholung gebeten. Pack deine Sachen, und ich lasse die Limo von dem Privatflugplatz kommen, auf dem wir gelandet sind. Rye und ich liefen zu Fuß her, aber ich bezweifle, dass du denselben Weg hinaus nehmen willst. Ein paar Stunden und du liegst gesund und munter in deinem eigenen Bett. Wäre das nicht nett?«

Ihr einsames, kaltes Bett. Ohne Mercurys harten und warmen Körper.

Sie drehte sich wieder zu den anderen um und musterte Callan und Jonas, die misstrauisch und wütend aussahen. Sie waren nicht erfreut, und ihnen war klar, dass da etwas im Gange war.

»Es ist zu weit fortgeschritten«, erklärte sie Dane.

Er erwiderte gelassen ihren Blick. »Du endest noch mit gebrochenem Herzen, Liebes. Du weißt, was das mit dir macht. Es macht Leo verdammt missmutig. Und Elizabeth wird dich wieder bemuttern wollen. Du weißt, wie sehr du das hasst.«

Seine Stimme klang sanft, eine Erinnerung daran, wie leicht sie verletzt werden konnte, und eine Warnung. Die Warnung kam eine Sekunde, bevor Mercurys Arme sie umfingen, warm und stark, um sie wieder an seine Brust zu ziehen.

Er senkte den Kopf, seine Lippen an ihrem Ohr. »Du gehst nicht«, grollte er fordernd und knabberte dann an ihrer Ohrmuschel.

Ria wandte den Blick nicht von Dane, und sie wusste, er sah, was sie sogar vor sich selbst zu verbergen suchte.

»Wir müssen es beenden, Dane.« Sie griff nach Mercurys

Handgelenken, und ihr war das Misstrauen, das sich nun gegen sie richtete, bewusst. »So kann es nicht weitergehen.«

Mercury versteifte sich hinter ihr, Callan und Jonas musterten sie mit harten und unerbittlichen Mienen.

»Tja dann, schätze mal, das war's.« Dane ließ sich tiefer in die Couch sinken, ein spöttisches Lächeln auf den Lippen. »Falls ich hier nicht lebend rauskomme, dann sagt dem Leo auf jeden Fall, dass ich ihm Ehre gemacht habe«, sagte er schmunzelnd.

Ria schüttelte den Kopf und wandte sich an Callan. »Rudelführer Lyons, zu meinem aufrichtigen Bedauern muss ich Ihnen mitteilen, dass ich keinesfalls hierher geschickt wurde, um Sanctuarys Ausgaben aus dem Unterstützungsfonds von Vanderale nachzuverfolgen. Diese wurden wie immer vom Leo, Ihrem Vater, gebilligt, und es sind keine Bedingungen daran geknüpft.«

Callan stand langsam auf, durchdrungen von Macht, mit leuchtenden Bernsteinaugen, in deren Schimmer animalischer Zorn aufzuflammen begann.

»Was in aller Welt habt ihr in meinem Zuhause getrieben?« Er sah finster zwischen beiden hin und her.

»Es geschützt.« Auch Dane kam auf die Beine und lenkte Callans Aufmerksamkeit von Ria auf sich. »Denk daran, Kumpel, sie ist meine Angestellte. Wenn du ein Problem damit hast, dann regle das mit mir.«

Callan drehte sich wieder zu Ria um, und seine Miene war so voller Zorn, dass sie für einen Moment schwor, sie sähe den Leo.

»Halt dich zurück, Callan«, grollte Mercury und wollte Ria wieder hinter seinen großen Körper schieben. »Lass uns zuerst hören, was sie zu sagen hat.«

»Was sie zu sagen hat?«, dröhnte Callans Stimme durch die Hütte, und auch Jonas kam jetzt wachsam auf die Beine. »Du willst, dass ich mir anhöre, was sie zu sagen hat? Sie kam mit einer Lüge in mein Zuhause? Auf Anweisung dieses kleinen Bastards hier.« Er zeigte mit dem Finger auf Dane.

»Ich möchte darauf hinweisen, dass Leo und Elizabeth verheiratet waren, *bevor* ich gezeugt wurde.«

Callan drehte sich um und knurrte ihm ins Gesicht. Nase an Nase. Der Zorn, der von ihm ausging, war furchtbar anzusehen.

»Da sehen Sie, warum er mich besticht«, meinte Ria sanft zu Callan. »Damit muss ich mich herumschlagen, wenn Leo herausfindet, dass ich ihm bei einem seiner Spielchen geholfen habe. Aber für gewöhnlich brüllt Leo mir ins Gesicht.«

Sie schob sich neben Mercury und stemmte sich vergeblich gegen seinen schützenden Arm, als Callan sich ihr zuwandte. Er warf einen Blick auf Mercurys Gesicht, knurrte dann wütend und entfernte sich auf die andere Seite des Zimmers.

»Das macht Leo auch immer, wenn Elizabeth sich ihm in den Weg stellt«, flüsterte sie Mercury zu, beinahe amüsiert. Wäre es Leo gewesen, wäre sie vielleicht wirklich amüsiert gewesen, aber wer wusste schon, welche Richtung Callans Gene eingeschlagen hatten?

Er drehte sich wieder zu ihnen um und sah sie finster an. »Ich kann jedes Wort aus Ihrem Mund hören«, fauchte er.

»Knurren Sie mich ruhig weiter an.« Ihr Tonfall war unbekümmert, doch sie musterte ihn wachsam. »Nächste Woche bekomme ich ein halbes Dutzend perfekte Perlen, anstelle der paar mageren, die er mir sonst mitgebracht hätte.« Sie zuckte mit den Schultern und verdrängte ihre Furcht. Wenn man mit Breeds zu tun hatte, dann gestand man keine Furcht ein. Nicht einmal vor sich selbst.

»Was haben Sie in meinem Haus gemacht?« Seine Stimme durchdrang den Raum, und Ria schluckte schwer. Sogar Dane wirkte ein wenig wie auf der Hut.

»Ich habe jemanden verfolgt, eine oder mehrere Personen, die dafür verantwortlich sind, dass Informationen über den Paarungsrausch und die Unterdrückung des Alterungsprozesses bei Breeds an ein Pharmaunternehmen gehen, das ein Mittel erforscht, mit dem diese Fähigkeiten auf den menschlichen Körper angewendet werden können. Aufgrund dieser Forschung sind bereits drei Nicht-Breeds gestorben, und eine Person wird vermisst. Und die wissenschaftlichen Informationen diesbezüglich sickern aus Ihrem Haus, Rudelführer Lyons.«

»Unmöglich«, knurrte er wütend. »Jede Übertragung, jedes Fax, jeder Atemzug in dieser Basis wird überwacht. Es gibt keinen Weg, diese Informationen nach draußen zu schmuggeln. Nicht, ohne erwischt zu werden.«

»Doch, es gibt ihn«, widersprach sie sanft. »Wenn man darin ausgebildet ist, einen Trägercode dafür zu entwickeln, kann man alles nach draußen schmuggeln. Es sei denn, jemand, der darin ausgebildet ist, diesen Code zu knacken, findet ihn. Ich habe den Code gefunden, Mr Lyons; jetzt muss ich ihn nur noch knacken.«

Stille im Raum. Jonas, Callan und Dane starrten sie fassungslos und ungläubig an.

»Du kannst mich bezahlen, wenn wir wieder im Büro sind«, bemerkte Rye von der Couch aus an Dane gerichtet. »Ich habe dir gesagt, sie schafft es in weniger als einem Monat.«

»Wollen Sie mir sagen, jemand innerhalb des Hauses hat Geheiminformationen an irgendwelche verdammten Councilforscher weitergegeben? Und er wusste davon?« Gebieterisch zeigte er mit dem Finger auf Dane.

Ria holte langsam Luft. »Nein, Rudelführer. Jemand verkauft Geheimwissen über den Paarungsrausch an einen Arzneimittelhersteller, der jetzt an Nicht-Breeds experimentiert. Und sie tun es des Geldes wegen.«

Das wütende Brüllen, das die Hütte erschütterte, ließ sie zusammenzucken, und diesmal verbarg sie sich freiwillig hinter Mercurys Rücken. Denn in den über zwanzig Jahren, die sie mit dem Leo zu tun hatte, hatte sie bei ihm niemals, nicht ein einziges Mal, den Zorn gesehen, den jetzt sein Sohn zeigte.

Und niemals in all den Jahren, seit Dane erwachsen war, war Leo derart auf Dane losgegangen, wie Callan es jetzt tat. Jonas, Rye und Mercury waren nötig, um ihn zurückzuhalten, während Dane langsam aufstand, und Ria sah das Mitgefühl, das über seine Züge huschte.

Im selben Moment, als die anderen ihn zurückhielten, riss Callan sich aus deren Griff, ging auf die andere Seite des Zimmers und bemühte sich um Beherrschung.

Sie sah, wie seine Schultern sich anspannten, während Mercury wieder zu ihr kam, offensichtlich, um sie zu beschützen.

»Vielleicht hätten wir ein wenig feinfühliger vorgehen sollen«, schnaubte Dane. »Scheint so, als hätte der Rudelführer ein ziemliches Temperament.«

»Miss Rodriquez, haben Sie die Nummer des Leo auf Kurzwahl?«, fragte Jonas behutsam.

Ria schwieg.

»Da habe ich ihn, Welpe«, schnaubte Dane. »Möchtest du ihn anrufen und ihm sagen, was wir hier untersuchen? Nur zu, teil seine Loyalität auf zwischen Sanctuary und den Zwillingen, die meine Mutter erst kürzlich zur Welt gebracht hat, bevor sie losgeflogen ist, um ihren älteren Sohn zu retten. Ich bin sicher, die Babys brauchen sie nicht, auch wenn sie im Moment anscheinend krank sind.« Abscheu lag in seiner Stimme. »Wieso zum Henker glaubst du wohl, dass er nichts davon weiß?«

Das würde Leo nicht davon abhalten, sowohl Dane als auch Ria mit seinem Zorn zu überziehen, sobald er davon erfuhr.

»Callan.« Ria trat vor und ignorierte Mercurys warnendes

Knurren, als Callan sich umdrehte, den Kopf gesenkt, und sie eindringlich mit diesen gefährlichen Augen musterte. Der Zorn in ihm loderte so dicht unter der Oberfläche, dass er wie in Wellen von ihm abstrahlte. »Jeder erfolgreiche Schlag braucht einen Anlass, um ihm Wucht zu verleihen. Sie wurden fast getötet und sind immer noch dabei, sich davon zu erholen. Ihre Sinne sind noch nicht wieder vollständig bei Kräften; Sanctuary ist reif für eine Übernahme. Jemand bringt sich in Stellung, um euch von innen heraus zu zerstören. Wenn die Informationen, die Dane entdeckt hat, korrekt sind, ist es nur eine Frage von Wochen, bis die Geheiminformationen vollständig an diese Forscher geschmuggelt sind. Das können wir nicht riskieren. Meine Aufgabe bestand darin, den oder die Schuldigen ausfindig zu machen. Und es gab nur sehr wenige Personen, bei denen wir überzeugt waren, dass sie nicht involviert sind, bis ich selbst etwas Zeit mit den Dateien verbringen konnte.«

»Wir wussten, dass du nicht involviert warst«, erklärte Dane schroff. »Aber davon abgesehen konnten wir nicht sicher sein. Wer auch immer gegen dich arbeitet und diese Informationen nach draußen bringt, ist so stark, dass andere Breeds in ausreichender Zahl ihn unterstützen könnten.«

»Es gibt nur sehr wenige Breeds, die dafür stark genug sind«, antwortete Callan mürrisch.

»Genau«, stimmte Dane zu. »Wir konnten nicht riskieren, dass Informationen durchsickern, und du vertraust deinem inneren Kreis dein Leben an. Wir mussten sicherstellen, dass niemand in diesem inneren Kreis darin verwickelt ist, bevor wir zu dir kommen.«

Darauf wandte Callan sich an Mercury. »Es gab keinen Befehl, dir deinen Rang abzuerkennen«, erklärte er. »Und es gab auch keinen Befehl, deine Waffe und Uniform zu konfiszieren oder dich zu Tests zu zwingen.«

»Ihr habt gefälschte interne Memos gefunden?« Dane kniff die Augen zu schmalen Schlitzen zusammen. »Nutzt ihr die Aufspürgeräte, die wir euch letztes Jahr geschickt haben?«

Der ätzende Blick, mit dem Callan ihn bedachte, war voll Empörung.

»Also ja.« Dane verzog das Gesicht. »Habt ihr sie schon nachverfolgt?«

»Wir arbeiten noch daran.«

»Viele Memos von Sanctuary an das Forschungsinstitut sowie sekundäre Kontaktaufnahmen kamen aus einem Büro«, erklärte Ria daraufhin. »Ich habe die Informationen als Anhang an Memos und Bestellungen zu Forschungszwecken zu drei Standorten zurückverfolgen können, die in direkter Verbindung mit Brandenmore Research stehen.«

»Wer?« Callans Tonfall war gefährlich, wild, und das wütende männliche Tier so nah unter der Oberfläche drängte sich einmal mehr nach oben.

»Aus dem Labor«, sagte sie leise. »Dr. Elyiana Morreys Büro. Und von Rudelführer Lyons' persönlichem Rechner.«

Mercury stützte die Hände auf den Tisch und starrte auf die Beweise, die Ria aus den Akten hatte mitgehen lassen, und die elektronischen Meldungen, die sie in ihrem Büro in Sanctuary kopiert hatte. Beweise, dass ihre Schutzmaßnahmen keinen Pfifferling wert waren, denn unter dem wachsamen Auge der Überwachungskameras hatte sie es geschafft, höchst belastende Beweise gegen Ely aus dem Labor zu schaffen. Die Beweise waren auch verdammt belastend gegen Callan.

»Was Dr. Morreys Beteiligung angeht, bin ich weder von dem einen noch dem anderen vollständig überzeugt«, stellte sie fest. »Aber mein Misstrauen gegen sie wurde mit jedem Tag größer. Ihre Aggressivität, als ich mich bei meiner Ankunft weigerte, mich ihren Testläufen zu unterziehen. Ihre Entschlossenheit, die Bildung des Raubtieradrenalins in Mercurys Organismus zu provozieren, und ihr Beharren darauf, dass er weggesperrt werden müsse. Mercury wurde in verschiedenen hochsensiblen und anspruchsvollen Bereichen ausgebildet, bevor die animalische Verdrängung auftrat. Und selbst danach erzielte er in vielen Gebieten, in denen er zuvor herausragend war, noch hohe Bewertungen.«

»Woher zur Hölle wissen Sie das?«, fragte Jonas. »Die meisten Aufzeichnungen aus seinem Labor wurden vernichtet.«

»Vanderale Industries hat bereits Labore gehackt, als ihr noch in den Windeln lagt«, gab Dane spöttisch zurück. »Wir hatten diese Dateien schon seit Jahren. Leo war dabei, eine Mission gegen speziell dieses Labor zu organisieren, um mehrere Breeds zu retten, als die Nachricht kam, dass die Labore angegriffen wurden. Mercury war einer der Breeds, um die er am meisten besorgt war.«

Mercury warf ihm einen schweigenden Blick zu.

Dane seufzte. »Du bist in Codes ausgebildet, Mercury. Gib dir keine Mühe, es abzustreiten. Wir haben deine Akten gesehen. Du wurdest ausgebildet, sensible Codes sowohl zu entwickeln als auch zu knacken. Es gehörte zu mehreren deiner Missionen.«

»Nicht so.« Mercury wies mit der Hand auf die Ausdrucke der Informationen, die über den Küchentisch ausgebreitet lagen. »Ich wurde in Militärcodes ausgebildet, nicht darin, was auch immer irgendwer hier tut.«

Aber er konnte die Codestränge sehen. Hätte er die Übertragungen selbst durchgesehen, hätte er sie gefunden, auch wenn er sie nicht hätte entschlüsseln können.

»Du warst eine der erfolgreichsten Schöpfungen, die das Council erzielt hatte. Von allen Enforcern bist du der stärkste, und du besitzt unglaubliche Loyalität. Der einzige Grund, warum du kein eigenes Kommando führst, ist der, dass du es abgelehnt hast.« Dane schüttelte den Kopf. »Bescheidenheit steht dir nicht.«

Mercury warf ihm einen flammenden Blick zu. »Bescheidenheit war mir auch nie ein großes Anliegen. Ich bin kein Befehlshaber, weil das, was ich tue, besser allein getan wird. So einfach ist das.«

»Und es verbirgt vor denen, die etwas ausplaudern könnten, die Tatsache, dass du deine Erfahrungen mit Raubtieradrenalin gemacht hast«, meinte Dane spöttisch. »Du wusstest die ganze Zeit, dass die animalische Verdrängung zurückkehren könnte.«

»Ich habe das im Griff.« Mercury zuckte mit den Schultern. Er hatte es seit Jahren im Griff, und er hatte Jonas seine Vermutungen mitgeteilt. Mehr zu tun war nicht notwendig gewesen.

»Mercurys Loyalität oder seine Fähigkeit, sich zu beherrschen, stand nie infrage«, erklärte daraufhin Callan mit nun kalter Stimme.

Der Zorn hatte sich zu eiskalter Entschlossenheit kristallisiert. Mercury sah seinen Rudelführer an, begegnete dessen Blick über den Tisch hinweg und fühlte die Gewissheit von Callans Vertrauen. Es linderte den Zorn, der in ihm aufgestiegen war, als er gedacht hatte, dass sein Rudelführer, der Mann, dem er seine Loyalität geschworen hatte, ihm misstrauen konnte.

»Wie viele Personen wissen, dass du diese Mitteilungen nicht ausgegeben hast?«, fragte Dane.

Callans Nasenflügel weiteten sich. »Kane und Jonas. Kane lässt mit der Ausrüstung von Vanderale ein Diagnoseprogramm über die ausgegangenen Befehle laufen. Weder Ely noch der Sicherheitstechniker wissen, dass die Befehle nicht von mir kamen.«

Darauf nickte Dane, verschränkte die Arme und blickte auf die verschiedenen Informationen, die Ria aus ihrem Büro geschmuggelt hatte.

»Die Informationen waren an diese elektronischen Memos und Bestellungen angehängt.« Sie listete sie auf. »Ich habe ein Diagnoseprogramm über jede einzelne Meldung laufen lassen, und ihr könnt den darin eingefügten Code sehen. Er war an einzelne Buchstaben in Wörtern angehängt. Die Technologie ist so neu, dass Vanderale selbst noch damit experimentiert. Brandenmore Research allerdings hat einen eigenen Elektronikzweig, und die hätten das Programm für eine begrenzte Nutzung wie die hier weiterentwickeln können.« Sie tippte auf den Code, der erzeugt worden war, als sie die Nachrichten mit dem von Vanderale entwickelten Programm ausgedruckt hatte, um ihn anzuzeigen. »Es hat den größten Teil der Woche gedauert, das hier aufzuspüren, und so wie es aussieht, sind die Gerüchte korrekt, dass die Informationen schrittweise bis zu einem Stichtag geschickt werden.«

»Das hier kam aus meinem Büro.« Callan schob eine Nachricht in den Vordergrund. »Eine Bestellung für Büroelektronik. Das ist eine Bestellung, die ich abgeschickt habe«, knurrte er.

»Stimmt. Und es ist ein Duplikat.« Sie schob noch ein Memo, das den Code enthielt, vom Stapel weg. »Diese hier ist von Ihrem Computer.« Sie tippte sie an. »Und das hier ist diejenige, die tatsächlich nach draußen ging.«

Langsam hob Callan den Blick und sah sie an. »Jemand ist in der Lage, die Übertragungen abzufangen, bevor sie nach draußen gehen, und diesen Code anzuhängen?«

Ria atmete langsam ein und nickte. »Darin liegt die Schönheit dieser speziellen Technologie – und ihre Gefahr.«

Callan ballte die Fäuste, und seine Miene spannte sich noch mehr an.

»Wie viele Abteilungen in Sanctuary sind betroffen?«

»Bisher habe ich so etwas in fast jeder Abteilung gefunden«, sagte sie leise. »Die meisten Lieferungen kommen allerdings aus dem Labor. Ein Teil meiner früheren Nachricht heute an Dane bestand in einer Anforderung des Betaprogramms, um die Codierung aufzuspüren, wenn sie rausgeht. Meine Bitte um den Helijet war in Wahrheit eine Bitte um dieses Programm.«

Mercury warf ihr einen Blick zu, von Stolz erfüllt bei dem Gedanken, wie intelligent sie wirklich war. Er war immer noch unsicher in Bezug auf den Zorn, den er dicht unter der Oberfläche pulsieren spürte, und er hatte keine Ahnung, wie sie mit dem umgehen würde, was sie gesehen hatte, als Dane in ihr Schlafzimmer geschlichen war.

Doch jetzt stand sie neben ihm und gewährte ihm die Linderung, die er brauchte, in der Gewissheit, dass sie in Sicherheit war.

Verdammte Wissenschaftler des Councils. Diese Frau hätte seine sein sollen, ganz und gar seine. Nicht nur seine Frau, sondern seine Gefährtin. Jeder Instinkt in ihm streckte sich nach ihr aus, hielt sich an ihr fest. Und er wusste, das Fehlen des Paarungsrausches tat ihr weh.

Sie hatte keine Ahnung, wie sehr es auch ihn schmerzte.

»Wie bald kann es installiert werden?«, fragte Callan.

»Wie weit trauen Sie den Leuten, die die ausgehenden Übermittlungen überwachen?«, fragte sie zurück. »Das hier lässt sich nicht ohne ihr Wissen nutzen oder installieren, Callan.«

»Jegliche Kommunikation, sowohl raus als auch rein, läuft über ein gesichertes Büro im Kommunikationsbunker«, erklärte Callan. »Dieses Büro wird von meiner Schwester Sherra überwacht. Unter ihr arbeiten vier Löwinnen, die sie allesamt persönlich ausgebildet hat.«

»Und wie weit kann sie ihren Assistenten trauen?«, fragte Ria.

Mercury warf ihr einen Blick zu. Ihre Haltung gegenüber Callan war immer respektvoll, und sie hatte nicht ein einziges Mal auch nur den Hauch von Respektlosigkeit gezeigt. Doch wenn es um etwas ging, das sie wusste, oder bei begründetem Verdacht machte sie auch keinen Rückzieher.

»Ely kann hinter all dem nicht stecken, noch ist sie daran beteiligt.« Endlich hatte Jonas sich zu Wort gemeldet, und Mercury hörte die Überzeugung in seiner Stimme. Doch es war eine Überzeugung, die er nicht teilte.

»Ely hat Angst«, sagte Ria leise, und in ihrer Stimme klang Mitgefühl mit, denn Mercury wusste, ihr war bewusst, dass Ely für sie alle mehr als nur eine Freundin war.

»Ely hat uns immer bei Verstand gehalten.« Lawe kam hinter Jonas heran, besah sich die Beweise auf dem Tisch und sah dann Ria vorwurfsvoll an. »Sie ist zu so etwas nicht fähig.«

»Wie sicher sind die Laborräume?«, fragte Ria darauf.

Jonas verzog das Gesicht. »Keiner kommt rein oder raus ohne Freigabe, Netzhauterkennung und Autorisierung durch Fingerabdruck. Und danach muss jeder am Überwachungsposten vorbei. Sogar Breeds, die kommen, um sich testen zu lassen, werden vom diensthabenden Enforcer hineineskortiert.«

»Traut ihr den diensthabenden Enforcern?«, fragte Ria.

»Herrgott, dürfen wir jetzt gar niemandem mehr trauen?«, grollte Callan. »Das sind Breeds. Männer und Frauen, die die Hölle überlebt haben und die Konsequenzen kennen, sollten wir je das Wohlwollen der Öffentlichkeit verlieren. Ich kann mir nicht vorstellen, dass irgendwer in Sanctuary dazu fähig sein soll.« Er tippte auf die Papiere vor sich.

»Dennoch weißt du selbst, dass sogar Mitarbeiter, die höchstes Vertrauen genießen, gefährdet sein können«, warf sie leise ein. »Tamber hat das bewiesen.«

Mercury sah Callan an. Daran erinnerten sie sich alle noch. Als Callans Bruder Tanner seine Gefährtin nach Sanctuary gebracht hatte, hatte diese Informationen im Gepäck gehabt, dass ein Versuch, Callans Sohn zu entführen, in Vorbereitung sei. Tamber, eine Löwin, die mit Davids Sicherheit betraut gewesen war, hatte den Versuch unternommen, das Kind und auch Tanners Gefährtin Scheme zu entführen.

»Ja, Tamber hat das bewiesen.« Callan fuhr sich mit der Hand übers Gesicht und sah auf seine Armbanduhr. »Meine Gefährtin und meine Kinder sind allein in Sanctuary, und unser Risiko ist jetzt größer, als es damals war.«

»Ich habe Jackal kontaktiert, Callan«, erklärte Jonas leise. »Er hat Kane informiert, den anderen mitzuteilen, dass sie auf ihre Gefährtinnen und Kinder aufpassen sollen. Sie sind in Sicherheit.«

Aber wie lange noch? Mercury sah Lawe und Rule an, bevor er sich an Jonas wandte.

»Wir brauchen Rule und Lawe zurück in Sanctuary. Die führende Familie ist von höchster Wichtigkeit, und Gott allein weiß, was passieren kann, falls wirklich jemand beschließt, gerade jetzt einen Coup zu wagen. Morgen Abend findet die Party statt, und am Abend danach treffen Würdenträger hier ein. Wir können kein Risiko in Bezug auf David oder das Leben des ungeborenen Kindes eingehen. Wir alle wissen, wie unbedingt Wissenschaftler, ob vom Council oder nicht, eine Gefährtin oder ein Kind, das aus den Paarungen entstanden ist, in die Hände bekommen wollen.«

»Es ist zu spät, die Partys abzusagen«, brummte Jonas.

»Das sollt ihr auch nicht«, sagte Ria. »Horace Engalls von Engalls Pharmaceuticals wird da sein, falls ich mich korrekt an die Gästeliste erinnere. Ebenso der CEO von Brandenmore Research. Sehen wir doch, was wir während der Partys ermitteln können. Die haben keine Ahnung, dass wir ihnen auf der Spur sind«, stellte sie fest. »Spielen wir das direkt aus.«

»Und wie?« Mercury spürte, wie ihr Verstand arbeitete, spürte die Zuversicht und Überzeugung, die sie ausstrahlte.

»Setzt Lawe auf Horace Engalls und Rule auf Phillip Brandenmore an. Hautnah. Löwinnen auf ihre Gäste. Stellt sicher, dass es keine Möglichkeit gibt, Informationen zu übermitteln, während sie hier sind.«

»Dieser Jemand, der die Informationen schmuggelt, wird wissen, dass wir ihnen auf der Spur sind«, gab Mercury zu bedenken, bevor Jonas oder Callan reagieren konnten. Aber dabei dachte er nach und ging im Geiste die Sicherheitsmaßnahmen durch, die für beide Veranstaltungen ausgearbeitet worden waren. »Sie werden die Übermittlungen nutzen müssen«, sagte er dann. »Wir werden das Programm installiert und betriebsbereit haben. Wenn sie die Informationen nicht von Angesicht zu Angesicht übermitteln können, werden sie die Übertragungswege nutzen müssen, und das schnell.«

»Genau. Wir lokalisieren die Computer, von denen diese Memos stammen. Das Programm von Vanderale kann das erledigen, und es kann die Mails, persönlichen Chatnachrichten oder Memos abfangen und an Callans Programm zurückschicken, ohne dass jemand etwas davon merkt. Callan, Kane, Dane und Rye können einen Zeitplan aufstellen, um das zu überwachen, ohne Misstrauen zu erregen.«

»Stimmt«, mischte Dane sich ein. »Immerhin wurden wir auf die Party eingeladen.«

Mercury konnte das Grollen in seiner Kehle nicht unterdrücken, als Dane näher an Ria herantrat. Dane grinste, als er den Laut hörte, und wich erneut zurück.

»Du musst schon erlauben, dass ich mich wieder bei ihr beliebt mache, Mercury«, meinte er schmunzelnd. »Sonst kostet sie mich am Ende noch ein Vermögen in Juwelen.«

»Schon okay«, murmelte Ria abwesend und breitete die Papiere auf dem Tisch aus. »Edelsteine sind immer nett.«

Sie klang nicht gerade bedacht darauf, Dane wieder in ihrer Gunst steigen zu lassen oder ihm zu erlauben, dass er sie von dem ablenkte, was sie da gerade zusammenstellte.

Mercury trat hinter sie, blickte über ihre Schulter und sah zu, wie sie die Seiten bewegte, studierte und dann wieder verschob. Als sie damit fertig war, sah der Code, der vor ihnen lag, langsam vertrauter aus.

»Siehst du es?«, fragte sie ihn, verschob eine Seite und drehte sie dann auf den Kopf. Eine andere mit der rechten Seite nach oben.

»Das ist ein Code vom Council«, erkannte Mercury, als er sich darauf konzentrierte. »Ach du Scheiße.«

Jonas und Callan traten näher.

»Was seht ihr da?«, stieß Jonas hervor.

Mercury sah zu Ria, die den Kopf drehte und zu ihm aufsah.

»Deshalb wollte man dich aus dem Weg haben«, flüsterte sie.

»Ich sehe hier verdammt gar nichts, das mir bekannt vorkommt, Mercury«, meinte Jonas mürrisch. »Und ich kenne Codes vom Council so gut wie du.«

»Die sind nicht nur hinter dem Paarungsrausch her.« Mercury atmete hörbar aus. »Dieser Code wurde nur an einem Ort entwickelt, und zwar in dem Labor, in dem ich geschaffen wurde. Dieser Code«, Mercury tippte auf einige Zeilen der angehängten Übermittlungen, »ist der Code für animalische Verdrängung. Sie versuchen, sie zu duplizieren.«

Er starrte auf den Code, und die einzelnen Teile begannen sich zu einem Muster zu formen. Nummern, Symbole, wissenschaftliche Formeln ergaben langsam ein Bild. Er schüttelte den Kopf. Verdammt, es war viel zu lange her, seit er so etwas gemacht hatte. »Ohne den Schlüssel zum Code würde es Monate dauern, alle Informationen zusammenzufügen.«

»Wir brauchen den Schlüssel nicht, um sie aufzuhalten«, erklärte Ria und wandte sich wieder den Papieren zu, bevor sie Callan und Jonas einen Blick zuwarf. »Wer dahintersteckt, kennt Mercurys Geschichte im Labor, die Tests, in denen er herausragend abgeschnitten hat, ebenso wie die Experimente, die in Bezug auf animalische Verdrängung an ihm durchgeführt wurden. Erwachsene Breeds wurden getötet, wenn sie Anzeichen zeigten. Mercury ist einer der wenigen, die man am Leben ließ. Wer auch immer das hier macht, weiß das.«

»Und Ely weiß es«, erklärte Mercury leidenschaftslos.

Wie Jonas konnte auch er kaum glauben, dass die Ärztin, auf die sie sich immer verlassen hatten, die Verräterin sein sollte. Doch anders als Jonas hatte er aus erster Hand erfahren, wie weit Ely gehen würde, um zu beweisen, dass er inhaftiert und unter Drogen gesetzt werden müsse.

Das Serum gegen die animalische Verdrängung hatte ihn leichter kontrollierbar gemacht, ihn in einen Automaten verwandelt. Als die Therapie ihre Wirkung entfaltet hatte, hatte er nicht einmal genau gewusst, in welcher Welt er existierte, oder eher gesagt, in welcher er kämpfte. Es war eine Welt, in die sie ihn zurückschicken wollte.

»Könnt ihr Dane heute Nacht ins Haus bringen, um das Programm zu installieren?«, fragte Ria Callan. »Und er braucht Zugang zum Hauptüberwachungsterminal im Kommunikationsbunker.«

»Ich kann ihn reinbringen«, meinte Jonas.

»Wir haben etwa achtzehn Stunden Zeit, um es zu installieren und zum Laufen zu bringen«, fuhr Ria fort.

Mercury war da, als sie sich ihm zuwandte. Er trat nur so weit zurück, um ihr in die Augen sehen zu können, als ihr Blick kurz seinem begegnete und sich dann wieder abwandte.

»Du benimmst dich.« Sie zeigte auf Dane und ging rasch vom Wohnzimmer ins Schlafzimmer zurück. Mercury warf daraufhin Dane einen warnenden Blick zu.

Der hob spöttisch eine Augenbraue. »Animalische Verdrängung«, murmelte er. »Interessant.«

Mercurys Blick war finster. »Sie ist nicht in Gefahr.«

»Dachte ich auch nicht.« Dane grinste. »Weißt du, ich muss zugeben, das Leben ist ein wenig aufregender geworden, seit der Leo sich seinem Rudel zu erkennen gegeben hat. Ich sehe, ich muss es ruhig angehen, wenn ich Spaß haben will, sonst könnte ich mich verausgaben.«

»Klappe, Vanderale«, befahl Jonas, während Mercury Dane anstarrte und sich weigerte, sich provozieren zu lassen.

»Schleich dich noch einmal in ihr Schlafzimmer, und du wirst dich nicht nur verausgaben, sondern ausgeblutet werden«, erklärte er.

»Hmm«, brummte Dane. »Nur zu schade, dass ihr euch nicht paaren könnt. Sie hätte eine hübsche Gefährtin abgegeben. Eine wundervolle Mutter.«

Mercury wurde das Herz schwer. Er starrte Dane an und wünschte, er hätte ihn kaltgemacht, als er die Chance dazu hatte.

»Dane«, knurrte Jonas. »Das reicht.«

»Stimmt.« Dane warf Mercury einen sarkastischen Blick zu. »Keine Sorge, mein Freund. Wenn sie genug von den dickköpfigen Breeds hier hat, kommt sie wieder nach Hause.« Sein Lächeln war selbstsicher und zufrieden. »Und wenn es so weit ist, werde ich warten.«

14

Mercury schloss die Schlafzimmertür, sperrte ab und brachte dann das kleine rechteckige Alarmgerät über dem Spalt zwischen Tür und Rahmen an.

Dann ging er zum Fenster, brachte dort ein weiteres Gerät an und drehte sich anschließend zu ihr um.

Ria widerstand dem Drang, mit den Händen über ihre Arme zu reiben, als sie aus dem Badezimmer kam, wieder im Nachthemd. Die Müdigkeit nagte an ihr, bis sie einen Blick auf sein Gesicht warf.

›Ungezähmt‹ und ›wild‹ wurde seinem Gesichtsausdruck nicht gerecht. Er war durchdrungen von sinnlicher Lust, die in seinen Augen schimmerte und die Haut über seine harten Züge spannte.

Das reinweiße Seidenhemd, das sie trug, hätte ebenso gut gar nicht da sein können. Der Blick, mit dem er sie ansah, zog es ihr vom Leib und enthüllte ihre harten Brustwarzen und die Feuchte, die sich an den Löckchen zwischen ihren Beinen sammelte.

»War Vanderale dein Liebhaber?«, fragte er mit rauer Stimme, die vor animalischer Leidenschaft knirschte.

Ria schluckte schwer. »Nicht in diesem Leben. Ich bin damit aufgewachsen, den Mann mehr Spiele spielen zu sehen als ein Schachgroßmeister.«

Sie hatte nicht die Absicht, ihn irgendwelche Spielchen mit ihrem Herz oder ihren Gefühlen treiben zu lassen. Denn Dane fand so etwas nicht unter seiner Würde. Er war ein guter Kerl, aber sein Hauptaugenmerk richtete sich auf den Schutz seiner

Familie und darauf, dass die Breeds sich in kurzer Zeit einen Namen in der Gesellschaft machten. Er würde alles tun, was nötig war, um beides zu schützen. Und wenn das hieß, dass er ihr das Herz brechen musste, dann würde er sich dafür entschuldigen und er würde es bedauern – aber er würde es tun, immer wieder.

»Und wenn du von hier fortgehst?« Er zog sein T-Shirt aus, ließ sich dann auf dem Stuhl in der Ecke nieder und schnürte seine Stiefel auf. »Gehst du ins Bett mit ihm, nachdem du mit mir zusammen warst?«

Wenn sie von hier fortging. Sie drehte ihm den Rücken zu, ordnete den Laptop und die Akten auf dem kleinen Tisch neben dem Bett und versuchte, sich nicht zu sehr verletzt zu fühlen, weil er es einfach hinnahm, dass sie ihn verlassen würde. Dass das zwischen ihnen nicht von Dauer wäre.

Schließlich zuckte sie mit den Schultern und meinte: »Ich habe nicht die Absicht, mit Dane ins Bett zu gehen.«

Konnte sie jetzt überhaupt noch irgendeinen Mann in ihr Bett lassen, nachdem sie mit Mercury zusammen gewesen war? Ihr Verstand reagierte mit schmerzhaft scharfer Abwehr auf den Gedanken.

Sie richtete sich auf, drehte sich zu ihm um und holte hörbar Luft, als sie ihn nackt und erregt dastehen sah. Verdammt, waren alle Breeds so sexy?

Er ging zu ihr, seine Muskeln spielten unter der dunklen, bronzefarbenen Haut, und das Licht im Zimmer fing den Schimmer der feinen, seidigen Härchen darauf auf.

Sie liebte das Gefühl dieser winzigen Härchen an ihrer Haut, die sie streichelten.

»Bist du denn schon bereit dafür, dass ich gehe?«, flüsterte sie und versuchte, den Schmerz zu unterdrücken, wenn sie schon die Frage nicht zurückhalten konnte.

Sie wollte ihn nicht verlassen. Sie wollte nie mehr ohne ihn sein.

»Darf ich dich entführen?«, fragte er und strich mit den Händen über ihre Schultern, während sie ihre Hände an seine Brust drückte. »Wenn das hier vorbei ist, will ich dich an mein Bett fesseln und dafür sorgen, dass Dane Vanderale dich mit keiner Bestechung je wieder von meiner Seite locken kann.«

Sie sah zu ihm auf und fühlte ihr Herz dahinschmelzen. Seine Augen wurden sanfter, füllten sich mit Begierde, Sehnsucht und Wahrheit.

»Du willst nicht, dass ich gehe?«

»Ich will dich in meinem Bett, an meiner Seite, solange ich dich halten kann, Ria.« Er legte eine Hand an ihre Wange. »Aber nach dem, was du heute Nacht gesehen hast, kannst du es denn ertragen, hier zu sein?«

Ihre Lippen öffneten sich.

»Du hast um ihn geweint«, grollte er. »Tränen liefen dir über die Wangen, du knietest nackt über ihm, und dein Haar hat ihn gestreichelt.«

Eifersucht vibrierte in seiner Stimme. Vollkommene, ungezähmte Eifersucht eines männlichen Breeds. Was ihre Frauen anging, verteidigten Breeds ihr Territorium nachdrücklich. Ria wusste das, denn sie hatte es über die Jahre mehrere Male bei Leo und Elizabeth gesehen.

Ria spürte, wie sie zitterte, als sie sich daran erinnerte.

»Ich dachte, er sei tot.« Sie runzelte die Stirn und wich vor ihm zurück. »Er ist vielleicht nicht mein Geliebter, aber er ist mein Freund.«

»Ein Freund, der sich in dein Schlafzimmer geschlichen hat, während du nackt in meinen Armen lagst. Ein Freund, der wusste, dass ich dort bei dir lag«, antwortete er gereizt. »Derselbe Freund, der mir sagte, dass er auf dich warten würde, wenn das hier vorbei ist und du wieder nach Hause kommst.«

Überrascht drehte sie sich zu ihm um und musterte ihn eindringlich. Er fühlte sich absolut wohl damit, erregt und nackt hier zu stehen.

»Dane ist so gut in seinen Spielchen wie Jonas.« Sie zuckte mit den Schultern und machte sich daran, das Bett zu richten. »Aber ich werde mich nicht verteidigen für etwas, das nicht passiert ist, oder ob es passieren wird oder nicht, wenn du nicht länger Teil meines Lebens bist.«

»Ich werde immer ein Teil deines Lebens sein.«

Der Klang seiner Stimme, der große Körper, urplötzlich hinter ihr, die Erektion, die sich zwischen ihre Schenkel schob und dort über ihre feuchte, warme Spalte rieb, ließen ihr den Atem stocken.

So wie über den Schreibtisch im Büro, beugte er sie nun über das Bett, drückte die Handflächen flach auf die Matratze und hielt sie mit seinem großen, harten Körper fest, als sie überrascht den Kopf hob.

»Ist das so, Mercury?«, fragte sie mit Unsicherheit in der Stimme. »Breeds paaren sich. Mit ihrer anderen Hälfte.«

Er versteifte sich ganz und gar hinter ihr. Seine Erstarrung strahlte von ihm aus und durchdrang die Luft und umschloss ihre Brust mit stechenden Fesseln, die ihr das Herz brechen wollten.

»Ich könnte keine andere Frau so wollen, wie ich dich will.« Er knabberte an ihrem Nacken. »Zur Hölle mit dem Paarungsrausch. Soweit es mich betrifft, gibt es dabei genug Anomalien, dass ich darauf verzichten kann.«

Tränen stiegen ihr in die Augen, als er sie umdrehte, sie unter sich ausstreckte und trotz ihrer Gegenwehr auf dem Bett festhielt.

»Lass mich los, Mercury.« Sie schüttelte den Kopf, stemmte die Hände gegen seinen Oberkörper und versuchte freizukommen.

Sie wollte ihn ihre Tränen nicht sehen lassen. Sie würde nicht um etwas weinen, gegen das anzukämpfen hoffnungslos war und das sie nicht ändern konnte. Das hatte sie vor Jahren gelernt.

»Ich kann dich nicht gehen lassen.«

Seine Stimme, rau und kehlig, das Verlangen und die Gefühle, die sie erfüllten, ließen sie gegen die Hoffnung ankämpfen. Aber sie war nie gut darin gewesen, gegen die Hoffnung anzukämpfen.

»Mercury.« Ihr Atem stockte, und ihre Gefühle erstickten sie beinahe. »Du wirst dich mit jemandem paaren, irgendwann.«

»Diese Zeit ist vorbei«, stieß er hervor.

»Und sie *war* deine Gefährtin«, konterte sie, und der Zorn darüber jagte ihr durch den Leib. »Du hast sie so verzweifelt geliebt, dass du fast irrsinnig wurdest, als du sie verloren hast. Ich werde immer zweite Wahl sein.«

»Du wirst immer erste Wahl sein«, knurrte er ihr ins Gesicht und brachte sie damit zum Schweigen. Die blauen Sprenkel in seinen Augen wurden deutlicher, schimmerten, und das Verlangen in seiner Stimme wurde stärker. »Immer, Ria. Immer die erste.«

Er drängte seine Hüften zwischen ihre Schenkel, spreizte sie, und sie konnte nur aufkeuchen, bevor er ihr mit starken, kraftvollen Händen das Hemd mittendurchriss.

»Sag, dass du mich nicht willst«, forderte er, während sein Schwanz über die Feuchte zwischen ihren Beinen strich. »Sag es mir jetzt, Ria, dass du einen anderen Mann so drängend wollen kannst, wie du mich jetzt brauchst.«

Nicht möglich, dass sie irgendetwas im Leben so sehr begehren konnte, wie sie Mercury begehrte. Nichts anderes konnte sie je so sehr sehnen, verlangen oder träumen lassen wie das Verlangen nach einem Leben in seinen Armen.

Als sie zuvor in seine Augen gesehen hatte, als er, von raubtierartiger Wut gepackt, versucht hatte, ihre Nacktheit von den anderen abzuschirmen, da hatte sie gewusst, dass nichts wichtig war außer Mercury.

»Ich habe nicht um Dane geweint«, gestand sie. »Ich habe geweint, weil ich Angst hatte.«

Er stutzte. »Vor mir?«

Eine Träne lief ihr über die Wange. »Davor, dass die anderen versuchen würden, dich wieder wegzuschicken. Dass sie deinen Beschützerinstinkt als animalische Verdrängung ansehen würden. Dass ich dich verlieren würde, Mercury. Und ich konnte es nicht ertragen, dich zu verlieren.«

Stille zwischen ihnen, während sein harter Körper ihren bedeckte und sein Schwanz an ihre Pforte pochte.

Seine Hüften bewegten sich, öffneten sie weiter, und er schob sich langsam in sie hinein, bis sie seine pochende Eichel umschloss.

»Ich brauche dich mehr als meine Freiheit.« Er senkte den Kopf und flüsterte ihr die Worte ins Ohr.

Und noch mehr Tränen flossen. Denn sie kannte den Drang der Breeds nach Freiheit, und sie vermutete, dass sein Verlangen danach noch stärker und leidenschaftlicher war als bei jedem anderen.

»Du bist meine Gefährtin, Ria«, grollte er an ihrem Ohr. »In meiner Seele. Du bist meine Gefährtin.«

Er bewegte sich in ihr, versenkte sich tiefer in ihr. Sie umschloss ihn, drängte sich ihm entgegen, und ein Aufschrei drang über ihre Lippen.

»Das ist Freiheit.« Sein Grollen klang angespannt, erstickt vor Begierde. »Genau hier, in dir, während ich mit dir Lust erlebe. Das ist meine Freiheit.«

Ria schlang ihre Arme um seine Schultern und hielt sich an ihm fest. Wenn er tief in ihr war, wollte sie nur noch seine Bewegungen, seine Stöße spüren. Doch er hielt inne, vollständig in ihr versenkt, und dehnte sie, versengte sie.

»Sieh mich an, meine süße Ria.« Seine Lippen streiften über ihre. »Sieh mich an, Baby. Sieh, wie sehr ich dich brauche. Wie sehr ich dich will.«

Sie öffnete die Augen, den Blick verschwommen von den Tränen, die ihr aus den Augenwinkeln rannen.

»Keine Tränen.« Er küsste sie weg. »Nur du und ich, Ria. Würdest du uns beiden das versagen? Würdest du gehen und in die Kälte zurückkehren, wenn ich neben dir sein und dich wärmen kann?«

Nein, das konnte sie nicht. Sie konnte nie wieder zurück in die Kälte, das war ihr klar. Nicht freiwillig. Nicht ohne Schmerz, nicht ohne zu fühlen, wie der Teil von ihr, der nun Mercury gehörte, vor Qual aufschrie.

»Du wirst deine Gefährtin vermissen«, flüsterte sie.

»Wie kann ich meine Gefährtin vermissen?« Er küsste sie auf den Mundwinkel, strich mit der Zunge über ihre Unterlippe. »Sie ist genau hier, in meinen Armen. Ich werde dich nicht vermissen, Ria, weil ich dich nicht gehen lasse.«

Er küsste sie. Seine Lippen legten sich auf ihre, seine Zunge glitt hinein, und in seiner Begierde schmeckte sie etwas Wildes, Ungezähmtes. Ein dezentes Aroma, kurz da und ebenso schnell wieder verschwunden.

Sie schlang die Arme um seinen Nacken und klammerte sich an ihn, fühlte seine Bewegungen, spürte, wie sein kräftiger Schwanz sie langsam und sanft streichelte.

»Genau so, Baby«, stöhnte er, und seine Lippen wanderten an ihren Hals. »Halt mich fest, so schön heiß, genau so.«

Ria konnte spüren, wie ihr Inneres ihn massierte, sich um ihn zusammenzog, ihn streichelte und selbst gestreichelt wurde, während sie in seinen Armen schwebte.

Das Verlangen wurde stärker, verschlang sie, entfachte eine Flamme, die anders war als alles, was sie bisher mit ihm erfahren hatte. Sie wand sich unter ihm, während seine Hüften gegen ihre stießen und seinen Schwanz in ihr versenkten.

Ihr Unterleib spannte sich an, noch stärker und tiefer als zuvor. Ein Verlangen nach seinem Geschmack, das sie um seinen Kuss betteln, nach seinen Lippen suchen ließ.

Seine Zunge schob sich zwischen ihre Lippen, während er tief in sie drang. Die Lust raste durch ihren Leib, mit lodernden Flammen, die sie verbrannten.

Ihr Instinkt trieb sie, sich an ihn zu klammern, ihn so tief in sich aufzunehmen, dass sie nie Gefahr laufen konnte, ihn zu verlieren.

»Halt mich«, rief sie aus, und er tat genau das. Er schlang die Arme um sie, drückte sie fest an sich und nahm sie, trieb sie weiter und stürzte sie über den Abgrund des Wahnsinns, als der Orgasmus sie erfasste.

Sie explodierte, zerbrach in tausend Stücke und schmolz dahin, wand sich und fühlte, wie ihr Unterleib sich anspannte, ihre Klitoris das quälende Verlangen in ihr freisetzte, während sie ihn pulsierend umklammerte.

Seine Erlösung durchtränkte sie mit harten, heißen Schüben, und als seine Reißzähne über ihre Schulter kratzten, schwor sie, kam sie erneut.

Sie schwebte mit ihm. Er war ein Teil von ihr, ergoss sich in sie, markierte sie mit seinen Zähnen, seiner Berührung und seiner Begierde. Sie würde nie wieder frei von ihm sein. Und doch wusste sie, wie er es gesagt hatte, dass darin die Freiheit lag. Nur darin, bei ihm zu sein.

Lange Momente vergingen, bis er sie auf die Kissen hob, die Decke über sie beide breitete und das Licht löschte. Er ließ nicht zu, dass ihr kalt wurde, denn sein großer, warmer Körper schmiegte sich um sie.

»Ich weiß nicht, ob ich mich davon abhalten könnte, einen anderen Mann zu töten, wenn er dich berührt. Selbst Dane«, meinte er und küsste zärtlich das Mal an ihrer Schulter.

Das tat er immer. Er bohrte die Zähne in ihre Haut, wenn er kam, und jedes Mal jagte ihr der winzige Schmerz Flammen durch den Leib und ließ den Orgasmus in ihr wüten.

Ria starrte in die Dunkelheit und spürte ihn in sich, wo er eigentlich gar nicht hätte eindringen dürfen. Er hatte die Schutzwälle um ihr Herz niedergerissen und es ihr gründlicher gestohlen als jeder andere zuvor.

»Ich hasse es, zu verlieren, wenn ich liebe«, flüsterte sie ins Dunkel.

Denn immer, wenn das geschah, erinnerte sie sich daran, wie sie sich als Kind, kaum sechs Jahre alt, im Bett ihrer Mutter wiegte, als die Nacht kam und ihre Mutter nicht in das kleine Apartment zurückgekehrt war.

Sie erinnerte sich an Hunger und Kälte, und an zu viel Angst vor der Dunkelheit, um sich vom Bett wegzuwagen. Sie erinnerte sich, wie sie weinend nach ihrer Mutter gerufen und dabei schon gewusst hatte, dass sie nicht mehr zurückkehren würde.

Derselbe Schmerz erfüllte sie jedes Mal, wenn sie sich ein Gefühl von Sicherheit gestattet hatte – oder ein Gefühl von Liebe. Denn jedes Mal war es ihr wieder genommen worden. Und noch nie hatte sie für jemanden so empfunden wie für Mercury.

»Ich verlasse dich nicht, Ria.« Das Grollen voller Überzeugung in seiner Stimme ließ sie in seinen Armen entspannen. »Ich verspreche es dir. Ich halte dich warm.«

Seine Gefährtin war tot, ermahnte sie sich. Für immer dahin. Und Breeds paarten sich nur ein einziges Mal. Es war nicht so, als könnte jemand daherkommen und ihn ihr wegnehmen.

Er konnte ihr gehören. Sie konnte zulassen, dass sie ihm gehörte.

Sie ließ Furcht und Sorge davonfließen, bis der Schlaf sie übermannte. Wenn sie träumte, sie hörte ihren Breed hinter sich schnurren, schrieb sie es ihrem eigenen Verlangen zu, es kennenzulernen und ihm so vollständig zu gehören, wie es in ihrem Empfinden sein sollte.

Wenn sie fühlte, wie seine Lippen ihre berührten, und sie dabei etwas schmeckte, so wild und ungezähmt, dass es ihr ein Aufstöhnen entlockte und ihren Mund füllte, dann ließ sie sich tiefer in den Traum sinken. Denn sie wusste, dass nichts so einfach sein konnte. Irgendwas oder irgendwer würde ihn ihr nehmen. Denn schließlich gab es nun, da sie mit dem ultimativen Feuer spielte, keine Chance, sich nicht daran zu verbrennen.

Das Tier wartete, bis der Mann schlief. Nur wenn er schlief, war es ungefährlich, sich zu erheben. Der Mann beobachtete, war auf der Hut und verstärkte seine Kontrolle über die Freiheit des Tieres.

Doch hier im Schlaf, wenn seine Schutzwälle offen für die Frau waren, fand das Tier das winzige Stück Freiheit.

Langsam trat es vorwärts, öffnete die Augen des Mannes und sah die Frau an. Sie schlief an die Brust des Mannes geschmiegt, Frieden in ihren Zügen. Doch ein Teil von ihr war nicht im Frieden.

Das Tier konnte ihren Schmerz fühlen, selbst im Schlaf noch, und es wollte sie trösten. Es ließ ein leises Schnurren hören, ließ es an ihrer Wange vibrieren, während es sich ausstreckte und ihr Haar durch die Finger des Mannes befühlte.

Sie entspannte sich, ein wenig. Ein kleines Lächeln spielte um ihre Lippen; Lippen, die sich öffneten, um die Lust des Mannes und die Lust des Tieres anzunehmen. In diesen Augenblicken konnte das Tier vorsichtig näher kommen, mehr fühlen, ohne dass es dem Mann bewusst war.

Doch noch immer war die Frau nicht eng genug an ihn gebunden. Der Mann fürchtete, sie könnte ihn verlassen. Der Breed, der Hybrid, der vorhin in ihren Schlupfwinkel eingedrungen war, hatte vor, sie ihm später zu nehmen. Das Tier hatte die Kraft seines inneren Tieres gefühlt. Es drohte keine Paarung, doch die Bedrohung, dass der Mann sie berühren, sie markieren und besitzen könnte – die gab es.

Das konnte das Tier nicht zulassen. Es fürchtete, was der Mann fürchtete, und kein anderer durfte seine Gefährtin besitzen. Das Tier glitt etwas weiter aus seiner Zelle, streckte sich, gerade genug und nur so weit, dass die Drüsen in der Zunge des Mannes ein klein wenig anschwollen.

Und der Mann suchte nach seiner Frau, drückte seine Lippen auf ihre und ließ seine Zunge in ihren Mund gleiten.

Das Tier knurrte lautlos und sorgte dafür, dass noch mehr von dem Aroma da war, das die Frau an ihn binden würde. Genug, um in ihren Organismus zu sickern und dafür zu sorgen, dass kein anderer sie sich nehmen, kein anderer sie für sich beanspruchen konnte.

Während der Kuss den Mann und das Tier zugleich erregte, zog das Tier sich wieder zurück. Der Mann seufzte, vergrub den Kopf an ihrer Schulter und strich mit der Zunge über den Biss von zuvor.

Die Überreste des Hormons sickerten durch ihre Haut, in den Biss.

Die Kraft, die das Tier brauchte, um so vollkommen lautlos davonzugleiten, sich derart präzise zu beherrschen, war ermüdend. Würde nur der Mann das Tier nicht mit Entsetzen betrachten. Würde er nur nicht die Ketten um das Tier erneut verstärken, jedes Mal, wenn er erwachte, dann wäre es nicht so schwer.

Das Tier würde mit dem Mann verschmelzen, würde er es nur zulassen. Es würde diesen Mann und die Frau schützen. Es würde seine Kraft in den Mann fließen lassen und ihm erlauben, der Breed zu sein, der zu sein er erschaffen worden war.

Im Augenblick war es von Müdigkeit überwältigt. Einmal mehr sank es in seinen Ketten zusammen und kam zur Ruhe. Kein echter Schlaf, denn da war noch die Furcht vor der Dunkelheit und der ewigen Nacht, die es so viele Jahre lang gekannt hatte.

Die Morgendämmerung am nächsten Tag war kalt. In der Luft lag ein Hauch von Schnee, und als Ria und Mercury aus der Hütte kamen und zu der Limo gingen, die vor der Tür wartete, wurde ihr klar, dass in den Bergen, wo die Breeds ihr Zuhause hatten, nun definitiv Winter war.

Sie war fest eingemummelt in einen langen Ledermantel, den Mercury für sie besorgt hatte. Und sie trug wieder einen Rock, doch das nur, weil er ihr die Jeans weggenommen hatte, als sie sich anziehen wollte.

Ria war kein Fan von Jeans; ganz und gar nicht. Selbst ihre lässigen Outfits bestanden hauptsächlich aus Kleidern. Jeans trug sie nur, wenn ein Rock oder Kleid nicht zum Anlass passte. Aber sie musste zugeben, die Röcke und Kleider, die sie mitgebracht hatte, waren die schlimmsten, die sie besaß. Es war der Stil ihrer »Persona«, nicht ihre bevorzugte Kleidung.

Heute jedoch trug sie eines der besseren Outfits. Der Rock war nicht unförmig; er bestand aus weicher Baumwolle mit leichtem Schlag am Knie, und die trostlos graue Farbe lenkte nicht vom attraktiven Schnitt des Stücks ab. Der dazu passende leichte langärmlige Pulli ließ ihre braunen Augen dunkler und vielleicht ein wenig hübscher wirken.

Ria wusste, dass sie eher unscheinbar war. Ihre Augen waren das Beste an ihr: Sie waren dunkel, umrahmt von dichten Wimpern und passten zu ihrer Haut, die dank der Wurzeln ihres Vaters – puerto-ricanischer Amerikaner – etwas dunkler war.

Als sie in die warme Limo glitt und Mercury sich dicht neben ihr niederließ, dachte Ria unwillkürlich an die Mutter, an die sie sich kaum noch erinnerte, und an den Vater, den sie gar nicht mehr kannte, da er bereits gestorben war, als sie noch ein Kleinkind war.

Sie war so allein gewesen, dass diese Einsamkeit ihr manchmal Schmerz bereitete. Vor Mercury. Bis er gekommen war und all die kalten leeren Stellen gefüllt hatte und sie sich nun fragte, wie sie ohne ihn nur überleben konnte.

Aber was man nie gehabt hatte, konnte man weder vollkommen wertschätzen noch vollkommen vermissen, sagte sie sich im Stillen. Vor Mercury hatte sie keine Ahnung gehabt, wie tief das Gefühl sein konnte, zu einem anderen Lebewesen zu gehören. Sie hatte nicht gewusst, wie leicht sie in den Armen eines Mannes den Kern dessen, wer und was genau sie war, verlieren konnte.

Denn genau das war letzte Nacht passiert. Als er ihr zugeflüstert hatte, dass sie die Gefährtin seiner Seele sei. Dass sie seine Seele sei. Als er sie in seine Arme genommen, sie mit seinem Körper beschützt hatte und mit seinen Versprechen in den Schlaf gleiten ließ.

»Du machst dir zu viele Sorgen.«

Ria sah zu ihrem Geliebten auf, während seine Hand durch die Öffnung ihres Mantels und unter ihren Rock glitt.

Schon seit dem Aufwachen war sie aus dem Gleichgewicht. Sie schien sich nicht entscheiden zu können, ob ihr nach Weinen war oder danach, ihn zu Boden zu werfen und sich an seinem Körper zu reiben, ihn zu nehmen und mit ihm auf eine Weise zu explodieren, wie es noch nie mit ihm gewesen war.

Er hatte sie in der Dusche geliebt. Er hatte sie nach ihrer ersten Tasse Kaffee geliebt, und noch immer brannte das Feuer für ihn in ihr.

»Es wird schwierig, alles zu arrangieren, bis wir den Verräter in Sanctuary in die Falle locken können.« Sie sprach leise, obwohl Mercury das Fenster hochgefahren hatte und Lawe, der Fahrer, beim Meeting gestern Abend dabei gewesen war.

»Oh, der geht in die Falle. Und man wird sich um ihn kümmern.« Das Knurren seiner Stimme klang nach Vergeltung.

Ria schüttelte den Kopf. »Es gibt mehr als einen. Nur eine Person könnte das nicht durchziehen.«

»Spielt keine Rolle, wie viele es gibt.« Seine Hand glitt höher, und ihr stockte der Atem, als seine Finger ihr feuchtes Höschen erreichten.

Diesmal klang sein Knurren sexy und sinnlich.

»Du bist immer noch bereit für mich.«

Er hob sie in seine Arme, sah sie an, und Anerkennung und Erregung traten in seinen Blick.

»Du machst süchtig, auch ohne Paarungsrausch.« Sie wand die Hand in sein Haar und lenkte seine Lippen an ihren Mund.

Sie liebte seinen Kuss. Das Gefühl seiner Lippen, die sich auf ihren bewegten, seiner Hände, die sie an ihn drückten, während seine Zunge mit ihrer spielte – und sie schwor, dass da ein Anflug war, ganz schwach, von dem Aroma aus ihren Träumen.

»Diese Kamera wird heute aus dem Büro entfernt«, brummte er an ihren Lippen. »Crowl kann sich das Ding in den Hintern stecken, wenn er will. Ich kann auf keinen Fall den ganzen Tag warten, bis ich dich wiederbekomme.«

Ihr Herz pochte wild in der Gewissheit, dass er noch nicht genug von ihr hatte. Und sie war Frau genug, um zuzugeben, dass das dem winzig kleinen Teil ihres Egos, der vollkommen weiblich war, guttat.

»Vielleicht kriegt Crowl auch das große Zittern, wenn du noch mal versuchst, ihn zu erwürgen.« Sie lächelte an seinen Lippen und genoss das Gefühl, ihm so nahe zu sein. So nahe, dass sie sich beim Sprechen küssten. Dass sie sein Herz an ihrer Brust schlagen hören und die Wärme seines Körpers um sich herum fühlen konnte, durch den Ledermantel hindurch.

Er schob das Leder von ihrer Schulter, den Pulli beiseite und raubte ihr den Atem, als er mit der Zunge über das Mal an ihrer Schulter fuhr.

»Ich habe nie eine Frau markiert«, sagte er ihr und drückte einen sanften Kuss auf das Bissmal. »Nur dich, Ria.«

Ihr war nicht klar gewesen, dass sie diese Information brauchte, doch so war es. Die vage Furcht, die in ihr aufstieg, verschwand bei der Erkenntnis, dass keine andere, nicht einmal das Mädchen, das seine Gefährtin hätte sein sollen, je sein Mal getragen hatte.

Sie neigte den Kopf weiter zur Seite und genoss seine Berührung während der wenigen ungestörten Momente, die ihnen noch blieben.

Und Mercury berührte sie gern. Er streichelte gern ihr Haar. Heute Morgen hatte er nicht zulassen wollen, dass sie es hochsteckte. Und nun floss es um sie herum, die dichten, schweren Strähnen perfekt für ihn, um mit den Händen hindurchzufahren und sie mit Wonne zu erfüllen.

Ria trug ihr Haar aus sehr bestimmten Gründen lang. Die alte Jungfer passte nicht gut zu kurzem Haar. Außerdem ließ kurzes Haar ihr Gesicht immer ein wenig pummelig erscheinen und nicht gelehrt oder streng genug. Doch ein gelehrtes Aussehen hatte sie gebraucht.

Aber sie wusste, dass sie es jetzt nie wieder schneiden würde. Deswegen. Bebend vor Wonne schloss sie ihre Augen, als seine Hände durch ihr Haar strichen und seine Zunge über die Wunde an ihrem Nacken fuhr.

»Wir sind fast da«, grollte er.

Sie wollte nicht *da* sein. Sie wollte genau hier bleiben, für immer.

Plötzlich hatte Ria ein ganz schlechtes Gefühl in Bezug auf Sanctuary, das weit tiefer ging als die Verschwörung, die sich dort zusammenbraute. Der weibliche Teil in ihr stieg an die Oberfläche und warnte sie. Sie hatte zu viel von sich gegeben, und nun riskierte sie, alles zu verlieren.

15

Callan und die anderen kümmerten sich um die Installation des Geisterprogramms auf die Server und Systeme der Basis. Und in ihrem Büro, mit abgedeckter Kamera, war Ria damit beschäftigt, die verschiedenen Dateien und Informationen durch das unabhängige Programm zu jagen, das sie auf ein Phantomlaufwerk gespielt hatte und nun mit dem ihr zur Verfügung gestellten Computersystem nutzen konnte.

Der Rechner hatte keine Leitungen nach außen und war vollkommen netzunabhängig. Er war nicht einmal mit dem Hauptserver der Basis verbunden. Es gab keinen Weg raus oder rein, außer von dem Stuhl, auf dem sie gerade saß.

Das Phantomlaufwerk war simpel. Es verband sich als zusätzliche Festplatte mit dem Rechner, doch sobald die Verbindung getrennt wurde, wurden alle Spuren vollständig von dem verbundenen Rechner gelöscht, sodass unmöglich zu erkennen war, dass es überhaupt je da gewesen war.

Wirkungsvoll für sie, denn damit konnte sie die Dateien durchgehen, die sie entschlüsseln musste, um den Code aufzudecken; sehr schlecht jedoch für Dr. Elyiana Morrey. Denn viele Übermittlungen, die Ria infrage gestellt hatte, stammten aus ihrem Büro.

Während Ria arbeitete, war sie sich überaus der Tatsache bewusst, dass Mercury ihr gegenübersaß. Wie immer las er in einer der Zeitschriften, die auf dem Tisch neben dem Stuhl lagen, doch anders als sonst prickelte ihre Haut vor Verlangen, sich an ihm zu reiben.

Sich an ihm zu reiben war ein Vergnügen an und für sich. Die feinen, unglaublich weichen Härchen, die Mercurys Körper bedeckten, waren … einzigartig. Und das Gefühl war … oh, so weit sollte sie jetzt wirklich nicht abschweifen.

»Der Ausdruck in deinem Gesicht ist eine Einladung.«

Ruckartig hob sie den Kopf und spürte, wie ihr Gesicht heiß wurde, als sie seinen Blick auffing.

»Ist ganz einfach, die Tür abzuschließen.« Er warf einen Blick zu besagtem Türschloss.

Sie schüttelte den Kopf und wandte sich wieder ihrer Arbeit zu. Dieser Teil ihres Jobs war ein Kinderspiel. Es ging schlicht darum, die verdächtigen Dateien zu sammeln, durch das Programm zu jagen und dann diejenigen, die entschlüsselt werden mussten, auf das Phantomlaufwerk zu schicken. Der echte Job stand an, wenn es ans Entschlüsseln ging.

»Wie nahe steht ihr euch, du und Dane?«, fragte er ein paar Minuten später.

Ria hob langsam den Kopf und sah ihn an. Er hatte die Zeitschrift weggelegt und musterte sie, lässig auf dem Stuhl sitzend, den Unterschenkel des einen Beins über das Knie des anderen gelegt, den Ellbogen auf die Armlehne gestützt, während er mit dem Zeigefinger über sein Kinn strich. Die Pose war so sexy und männlich, dass sie schon allein von diesem Anblick fast gekommen wäre. Doch die Frage, gestellt mit genau der richtigen Menge ernsthaften Interesses, warnte sie, dass unter der Oberfläche mehr als nur ein sexy, grübelnder Breed steckte.

»Waren wir damit nicht schon durch?«, fragte sie.

»Nein, wir haben die Frage, ob du mit ihm geschlafen hast, oder die Absicht dazu hast oder nicht, zur Zufriedenheit beantwortet«, widersprach er. »Das beantwortet aber nicht die Frage, wieso er glaubte, er könne in dein Schlafzimmer eindringen, oder warum er dir gegenüber einen solchen Beschützerinstinkt an den Tag legt.«

Darauf schüttelte sie den Kopf.

»Meine Mutter arbeitete für Vanderale. In der Zentrale. Als eine Nachbarin vom Tod meiner Mutter hörte, kontaktierte sie Dane, um zu erfahren, ob ich bei ihr im Auto gewesen war, denn sie hatte in keiner Weise von einem Kind gehört. Dane war derjenige, der mich drei Tage später in unserem Apartment fand.«

Sie war hungrig und durstig gewesen. Und ihre Mutter hatte die Nachbarin nicht angerufen, dass die an jenem Wochenende auf Ria aufpassen solle, denn die Nachbarin war krank gewesen. Rias Mutter hatte Geheimnisse gehabt, und sie hatte ihr beigebracht, wenn nötig allein zurechtzukommen.

»Mom wollte nur ein paar Stunden lang weg sein«, sagte sie leise. »Ich sollte brav sein, bis sie wiederkam.«

»Und sie kam nicht wieder?«

Ria schüttelte den Kopf. »Dane kam. Er trat ins Schlafzimmer, und in dem Moment, als ich ihn sah, wusste ich, dass meine Ängste, dass meine Mutter nicht wiederkäme, wahr geworden waren.«

Sie erinnerte sich daran so deutlich, als sei es erst gestern gewesen. Wie sie ihn angestarrt hatte, als er ins Zimmer kam, seine Miene voll Kummer, als er ans Bett gekommen war, sie hochgehoben und aus dem Apartment getragen hatte.

Ria schüttelte den Kopf. »Ich hatte Wasser vom Hahn im Badezimmer getrunken. Den konnte ich erreichen.« Sie zuckte mit den Schultern. »Im Kühlschrank waren etwas Käse und ein wenig Obst gewesen, das hatte ich gegessen. Und ich schlief. Zusammengerollt im Bett meiner Mutter.«

Drei Tage lang, allein. Mercury sah sie an und hörte das Entsetzen eines Kindes in den viel zu ruhigen Worten, die die Erwachsene aussprach.

»Die Vanderales sorgten gut für mich.« Sie räusperte sich. »Sie fanden eine Pflegefamilie für mich. Und als das nicht funktionierte, suchten sie mir eine bessere. Beim dritten Mal hatten wir endlich Glück, doch da war ich schon ein Teenager. Sie entschädigten die Familien finanziell dafür, dass sie sich um mich kümmerten. Dane ging oft mit mir einkaufen, um Kleidung und Schulsachen zu besorgen, die ich brauchte. Er brachte mir Weihnachtsgeschenke mit und manchmal verbrachte ich auch das eine oder andere Wochenende auf dem Anwesen der Vanderales, wenn sie da waren.«

Doch eine eigene Familie hatte sie nie gehabt. Man hatte sie von einem Ort zum anderen gefahren, und Mercury hatte so das Gefühl, dass ein paar dieser Orte keine glücklichen gewesen waren.

»Wie kam es dazu, dass du für sie arbeitest?« Er betrachtete sie und fügte die Informationen, die Jonas über sie hatte, mit dem zusammen, was sie erzählte.

Sie zuckte mit den Schultern. »Als ich sechzehn war, verbrachte ich einmal ein Wochenende auf dem Anwesen. Ich hatte Leo in den Wahnsinn getrieben. Ich benahm mich immer wie ein Balg.« Sie senkte den Kopf. Mercury vermutete, dass sie immer nach Aufmerksamkeit gesucht hatte, nach einem Ort, wo sie dazugehörte. »Auf jeden Fall schob er mich in sein Büro, setzte mich an einen Schreibtisch und sagte, wenn ich das Rätsel in der Zeitung dort finden könne, würde er mir auf einem der Pferde auf dem Anwesen das Reiten beibringen. Das war es, worum ich gebettelt hatte.« Sie lächelte. »Ich dachte mir, er glaubte nicht, dass ich es schaffen würde. Fünf Minuten später hatte ich den Code gefunden, nach dem er mich hatte suchen lassen, doch obendrein hatte ich den Code auch noch geknackt.«

»Und hat er dir das Reiten beigebracht?«

Ihr Blick schweifte ab. »Letzten Endes ja. Leo hält immer sein Wort.«

Aber er hatte ihr das Reiten nicht an jenem Tag beigebracht, vermutete Mercury.

»In jener Woche kehrte ich zu meiner Pflegefamilie zurück und wurde in Förderkurse gesteckt. Als ich achtzehn wurde, hatte Leo mir ein eigenes Apartment besorgt, einen Job und eine Ausbildung dazu. Seitdem arbeite ich dort.«

Und sie war immer allein gewesen.

»Damals hat Dane angefangen, sich in mein Schlafzimmer zu schleichen«, seufzte sie. »Er ließ immer Dinge auf meinem Kissen zurück. Ein Schmuckstück. Karten für einen Kinofilm oder ein Konzert. Gutscheine für einen Klamottenladen. Aber für gewöhnlich fand ich immer etwa zur selben Zeit Beweise für seine Leichtfertigkeiten.« Ihr aufblitzendes Lächeln verriet Mercury, dass sie das Spiel ebenso sehr genossen hatte wie Dane. »Inzwischen besticht er mich, damit ich nicht zu Leo gehe. Leo macht ihn gern zur Schnecke, weil er sich in Gefahr bringt. Und er macht mich zur Schnecke, weil ich es ihm nicht sage«, endete sie spöttisch.

Leo würde sie nicht mehr zur Schnecke machen, schwor sich Mercury. Er würde dafür sorgen, dass Dane – und Leo – ganz genau begriffen, dass Ria nicht länger Danes Hüter war.

»Du hast nie geheiratet?«

Ria schüttelte den Kopf und senkte den Blick wieder, sodass ihr Haar ihre Züge verbarg, während sie arbeitete. Oder so tat als ob. Er konnte die Unsicherheit spüren, die sie jetzt ausstrahlte.

»Hattest du viele Liebhaber?«

Sie zuckte mit den Schultern. »Ein paar«, antwortete sie, immer noch ohne ihn anzusehen.

»Ist denn keiner geblieben?«, fragte er sanft.

Sie hob den Kopf. Stolz glitzerte nun in ihren Augen, und ihre Züge waren angespannt, als sie ihn finster ansah.

»Ich brauche keinen Mann, um mich vollständig zu fühlen«, erklärte sie, stand auf und ging um den Schreibtisch herum zu dem Tisch mit den Akten. »Ich hatte Dates, wann immer eine Aufgabe es erforderlich machte, und wenn ich beschloss, dass ich einen Liebhaber brauche, dann fand ich einen.«

»Das bezweifle ich keinen Augenblick lang, Ria«, brummte er. »Aber ich frage mich, warum du kaum je einen wolltest.«

Sie runzelte die Stirn. »Und wie kommst du zu der Schlussfolgerung?«

Mit einem Fingerschnippen wies er auf ihr Outfit. »Du hast einen tollen Körper, aber du ziehst dich an wie eine alte Jungfer. Du steckst dein Haar zu diesem festen Dutt zusammen, und immer wenn du arbeitest, trägst du eine Brille aus dem letzten Jahrhundert, statt deine Augen operativ korrigieren zu lassen. Dein Kleidungsstil ist eine Tarnung.«

In ihren Augen glitzerte Kampflust.

»Mein Kleidungsstil gehört zur Arbeit«, erklärte sie steif. »Das hier«, sie wies mit der Hand auf ihre Kleidung, »ist ungefährlich. Unaufdringlich. Und es passt zum Bild des armen kleinen Waisenkinds, mit dem die Vanderales Mitleid hatten. Es sorgt für Ergebnisse. Niemand sieht mich als Bedrohung noch als eine Person, bei der man vermuten muss, dass sie nach Geheimnissen sucht.«

»Und du hast dein Herz nicht riskiert, weil du dafür gesorgt hast, einen Schild zu tragen, der jedem *Bleib weg* signalisierte«, ergänzte er.

Das konnte er jetzt erkennen. Er hatte es in dem Augenblick gesehen, als sie aus dem Flugzeug gestiegen war, mit den scharfen Augen, die alles erfassten, mit dem hässlichen Dutt und diesen langweiligen Klamotten am Leib.

Sie schwieg, verschränkte die Arme vor der Brust und erwiderte ungerührt seinen Blick.

Dieser Blick ließ etwas in ihm aufsteigen, das ihn vorsichtig nach Anzeichen für die animalische Verdrängung suchen ließ, vor der er so auf der Hut war. Es war wie eine Herausforderung, die sich an einen Teil in ihm richtete, den er so lange nicht mehr gespürt hatte, dass sie ihn stutzen ließ.

Als würde das Tier in ihm, das die Wissenschaftler tot glaubten, nach ihr greifen und fordern, dass er sie antrieb, um die Frau hervorzulocken, die er hinter diesen Augen verborgen wusste.

»Was würdest du für mich tragen, Ria?«, fragte er und ließ den Blick über ihren Körper schweifen. »Du hast tolle Beine. High Heels statt Blockabsätze, wie jetzt gerade?«

Ria presste die Lippen fest zusammen.

»Du schläfst in Seide, in Nachthemden, bei denen mir der Mund wässrig wird vor Verlangen, sie dir mit den Zähnen vom hübschen Leib zu reißen. Ich weiß, dass deine Brüste perfekt sind, wie gemacht für meine Hände und meine Lippen. Würdest du Seide tragen, die diese Kurven betont? Röcke, die deine hübschen Beine zeigen?«

»So schnell schon dabei, mich zu verändern, Mercury?«, fragte sie zuckersüß. »Du hast tatsächlich länger durchgehalten, als ich erwartet hatte.«

Darauf grinste er. Er bedrängte sie, forderte sie heraus und sprach Bedürfnisse aus, die sie hatte, wie er genau wusste. Sie war schon so verdammt lange Vanderales Sesselpupserin, dass sie gar nicht mehr wusste, wie sie etwas anderes sein sollte. Er wollte, dass sie sie selbst war. Er wollte die ungezähmte Frau, die er in ihr sehen konnte. Die, die an seinen Schultern kratzte und in seinen Arm biss, wenn sie kam, so wie er sie in die Schulter biss.

»Ich fordere dich heraus.« Er sprach es aus, in voller Gewissheit, dass sie es nicht hören wollte. »Nur einen Tag. Nur mit mir. Zeig mir die Frau, die du versteckst, Ria. Zeig mir, wie sie sich anzieht, wie sie lacht. Zeig mir, wie sie lebt.«

Ihre Augen verdunkelten sich, und Bedauern und Schmerz, Lust und Verlangen flackerten darin.

Dann schüttelte sie den Kopf und sah auf ihre Kleidung herab. »Was du siehst, ist das, was du bekommst, Mercury.«

Darüber schüttelte er den Kopf. »Was ich sehe, ist die Hülle der Frau, die jede Nacht unter mir aus sich herausgeht und schreit. Ich will dich ganz, Ria. Alles.«

»Was du siehst, ist das, was du bekommst!«, wiederholte sie und richtete sich vom Tisch auf, an den sie sich gelehnt hatte. Sie schnappte sich die Akten, die sie brauchte, und ging zurück zum Schreibtisch.

Er wartete auf sie.

Als sie an ihm vorbeiging, streckte Mercury die Hand nach ihr aus, umfing ihre Hüften und zog sie auf seinen Schoß. Er fing die Akten auf, bevor sie sie fallen lassen konnte, und legte sie sicher auf den Tisch neben ihm, während er ihre Gegenwehr ganz einfach mit einem Kuss beendete.

Er küsste sie leidenschaftlich und stürmisch, und das plötzliche Verlangen, sie mit all der Lust zu füllen, die ihn trieb, entlockte ihm ein Knurren.

Verdammte Frau. Sie machte ihn verrückt vor Verlangen, sie zu küssen. Es war, als würde er in reines Feuer eintauchen, davon umschlossen werden, und er genoss jede Sekunde davon.

Er wollte sie nackt, und er wollte mit ihr nackt sein. Er wollte spüren, wie sie sich an ihm rieb, seine Haut streichelte und ihn mit diesen drängenden kleinen Stöhnlauten anflehte, sie kommen zu lassen.

»Mercury.« Sie seufzte seinen Namen, als seine Lippen sich von ihrem Mund lösten, und er öffnete die Augen, blickte in ihr Gesicht und sah die Schönheit, die sie vor der Welt verbergen wollte.

Zarte Wangenknochen und so wunderschönes Haar. Lang, dicht und sinnlich. Er konnte seine Hände darin vergraben und musste sich nie Sorgen machen, dass er nicht genügend der dichten, seidigen Strähnen hätte, um sie zu streicheln.

Das trotzige Kinn. Perfekt geschwungene Augenbrauen. Und unter diesen Kleidern ein Mordskörper, geschaffen, um Männer mit ihren eigenen Fantasien darüber, was sie wohl darunter verbergen wollte, in den Wahnsinn zu treiben.

»Sei wild mit mir, Ria«, lockte er leise und ließ die Lippen über dieses trotzige kleine Kinn wandern. »Hör auf, dich vor mir zu verstecken.«

Er wollte die Frau, die er vom ersten Moment ihrer Begegnung an in ihr wahrgenommen hatte. Die Frau, die unter ihrer Haut danach strebte, an die Oberfläche zu kommen.

»Wer könnte sich denn vor dir verstecken?«, flüsterte sie nervös. »Du gibst einer Frau ja nicht einmal eine Chance nachzudenken, bevor du damit anfängst, sie aus ihrer Sicherheitszone zu zerren.«

»Du brauchst keine Sicherheitszone, Ria«, versprach er und hob den Kopf, um sie anzusehen. Er fühlte das heftige, intensive Verlangen in sich aufsteigen, sie zu nehmen, als er spürte, wie ihre Pobacken sich an seiner Erektion anspannten, die sich unter seiner Uniform erhob. »Du hast nie eine gebraucht. Alles, was du brauchst, ist diese wilde Leidenschaft in dir.« Er grinste, als er daran dachte. »Und du wirst mich damit verrückt machen, noch während ich es genieße, die Frau zu betrachten, die du bist.«

Ria zwang sich dazu, sich aus seinem Griff zu winden, auf die Füße zu rutschen und das Haar über die Schultern nach hinten zu streichen. Verwirrt sah sie Mercury an.

Er wollte etwas von ihr, das nie jemand gewollt hatte. Verdammt, er sah Dinge in ihr, die sie gut versteckt geglaubt hatte, sogar vor sich selbst.

Sie dachte an ihre Sachen zu Hause, Outfits, die sie nur für sich selbst trug und die sie jene, die sie kannten, nur selten sehen ließ. Die kürzeren Röcke, die ultrafemininen Sachen. Die Schuhe, die ihre Beine länger wirken ließen und in denen sie sich sexy fühlte.

Sie schüttelte den Kopf bei dem Gedanken daran, bewegte sich weg von ihm und ignorierte das sündige, wissende Glitzern in seinen Augen.

»Du hast Angst.« Seine Stimme war ein tiefes Vibrieren voll Überzeugung. »Wovor hast du solche Angst, Ria?«

Vor den Dingen, vor denen sie immer Angst gehabt hatte. Zuzusehen, wie wieder jemand sie verließ, ohne die Sicherheitsnetze, die sie für sich aufgebaut hatte.

»Du willst zu viel zu früh.«

»Ich will nur die Frau, von der ich weiß, dass du sie vor mir versteckst. Ich habe dir gesagt, dass ich das nicht akzeptieren werde. Ich will alles.«

Er wollte alles. Er wollte alles von ihr, aber sie konnte nicht alles von ihm haben? Obwohl er nicht in der Lage war, das zu beeinflussen, fand sie das, was er da wollte, nicht fair.

Kopfschüttelnd wandte sie sich ab – und erstarrte eine Sekunde später, als sie ihn hinter sich spürte, während er sich an ihren Rücken presste. Ihren Rock hob.

Sie konnte sich nicht rühren. Als hätten seine Hände die Macht, sie an Ort und Stelle zu fesseln. Mit nichts weiter als einer leichten Berührung stand sie still.

»Was willst du von mir?«, fragte er sie, und seine Stimme ging ihr durch und durch, während seine Lippen über ihre Ohrmuschel strichen.

Ria schüttelte den Kopf. Sie konnte nicht haben, was sie von ihm brauchte. Oder zumindest ertappte sie sich dabei, dass sie fürchtete, was sie am meisten wollte.

Seine Hände umfassten ihre entblößten Pobacken. Ihr Stringtanga ließ den Po frei und nackt unter seinen Händen.

Ria konnte fühlen, wie ihr Körper auf ihn reagierte, und sie fühlte seine Berührung an Stellen, wo sie sie nie hätte fühlen sollen. Sie fühlte diesen Kern aus längst vergessenem Trotz in ihr stärker werden, der forderte, dass sie für sich beanspruchte, was ihr gehörte.

»Ich will einfach nur dich«, flüsterte sie schließlich.

»Mach mich verrückt, Ria.« Er lächelte an ihrem Nacken, während seine Finger unter den Stoff ihres Höschens glitten und dem schmalen String zwischen ihren Pobacken folgten, bis er das sehnsüchtige Zentrum ihres Körpers erreichte. »Du hast meine Erlaubnis.«

»Du bist schon verrückt«, keuchte sie.

Sie konnte offenbar gar nicht genug Luft bekommen und ihr Gleichgewicht finden, als sie fühlte, wie seine Fingerspitze in sie glitt.

Ria keuchte auf, bog den Rücken durch und spürte, wie sich bei seiner Berührung die Feuchte zwischen ihren Beinen sammelte. Sie konnte nicht genug von ihm bekommen. Wie sehr sie es auch versuchte, sie wurde seiner Berührung nicht überdrüssig.

»Nur du hast mich je derart verrückt gemacht, Ria.«

Doch eine andere Frau hatte ihn auf andere Art verrückt gemacht. Die Art von verrückt, die ihn beinahe zerstört hätte; die ihn dazu gebracht hatte, mit bloßen Händen zu töten, als er sie verloren hatte.

»Denkst du, ich wäre irgendwie anders, würde ich dich verlieren?« Seine Stimme an ihrem Ohr klang plötzlich schonungslos, und Zorn pulsierte darin. »Ich kann deinen Schmerz fühlen, Ria, und ich weiß, was zur Hölle du denkst.« Er ließ sie los, so schnell, dass sie ohne die Stütze seines Körpers fast ins Wanken geriet.

»Du weißt nicht, was ich denke.« Sie schüttelte den Kopf und drehte ihm weiter den Rücken zu, während sie mühsam versuchte, den Kopf klarzubekommen.

»Ich kann fühlen, wie groß dein Schmerz ist«, knurrte er hinter ihr. »Ich kann ihn wittern, und er schneidet wie eine Klinge in mein Herz.«

Ria drehte sich wieder zu ihm um und musterte ihn, während er sich mit den Fingern durchs Haar fuhr und dann finster ihren Blick erwiderte.

»Ich bekomme ihn in den Griff.« Bebend ging sie zurück zu ihrem Stuhl. »Es liegt an mir, Mercury, nicht an dir.«

Es war dieses vage Gefühl von Panik in ihr. Die Panik, die sie als Kind empfunden hatte, wenn ihre Mutter spät dran war. Die Panik, die sie gefühlt hatte, bevor Dane kam, um sie von einer Pflegefamilie weg zu einer anderen zu bringen. Es war die Panik, die jedes Mal kam, wenn jemand sie verließ.

Sie wusste, was kommen würde. Sie würde ihn verlieren.

Sie warf einen Blick auf ihn und sah, wie seine Züge sich anspannten, wodurch er noch kraftvoller aussah, voll sinnlicher Gefahr.

Eine Sekunde später kam er hinter ihren Schreibtisch. Er drehte ihren Stuhl herum und kniete vor ihr nieder. Sie wusste nicht, was sie erwartet hatte, doch sie hatte nicht damit gerechnet, dass er ihre Hüften packen und ihren Rock so schnell nach oben schieben würde, dass sie sich gar nicht wehren konnte.

Und außerdem wollte sie sich auch gar nicht wehren.

Sie holte hörbar Luft, als er den empfindsamen Hügel unter ihrem Höschen küsste und sie zusah, wie sein großer Körper sich über sie beugte, wie er ihre Beine über seine Schultern legte, während seine Lippen über die feuchte Seide ihres Höschens glitten.

»Der Duft deines Verlangens macht mich verrückt. Ich habe nie die Lust einer anderen Frau so gewittert. Dezent und wild, und sie durchdringt mich und zerschmettert meine Kontrolle.«

Sie starrte ihn geschockt an, als er ihr Bein hob, ihren Blick unter gesenkten Wimpern erwiderte, während er ihr den Schuh vom Fuß zog, beiseitewarf und dann ihren Fuß auf den Rand des Schreibtisches stellte.

»Ich liebe diese Strümpfe.« Er küsste die bloße Haut über dem Spitzenabschluss ihrer Seidenstrümpfe.

»Du bist verdorben.« Sie seufzte, doch nicht aus Protest. Es war ein Seufzen völliger Billigung.

Ria glaubte nicht, dass sie sich je sündiger oder weiblicher gefühlt hatte als genau jetzt. Sie hätte sich beschämt oder zumindest einen Hauch von Zögern fühlen müssen, so offen gespreizt für ihn dazuliegen, den Fuß auf den Schreibtisch gestützt und so unverhohlen feucht und begierig.

»Die Tür.« Sie schluckte schwer.

»Verschlossen«, grollte er und hob ihr anderes Bein über die gepolsterte Armlehne des Stuhls. »Die Kamera ist abgedeckt, und du bist süß und feucht für mich. Ich werde dich vernaschen wie ein Bonbon, Ria. Genau hier. Als meine ganz eigene kleine Süßigkeit.«

Er schob ihr Höschen zur Seite, knurrte und fuhr mit der Zunge über die feuchte Spalte, langsam und behutsam, nur ein klein wenig rau, aber unglaublich erregend.

»Ich liebe diese Löckchen.« Er strich mit den Lippen über die feuchten Kringel, blies darüber, und Ria musste das Stöhnen unterdrücken, das ihr über die Lippen wollte. »Sie sind so feucht, so weich an meinen Lippen.«

Noch einmal blies er darüber, eine sanfte Liebkosung, die ihre Klitoris sehnsüchtig anschwellen ließ. Und wieder seine Zunge. Langsam von ihrer Pforte bis zu dem prallen Lustknopf. Ein Reiben übersinnlicher Lust mit seiner Zunge, und ihre Hände griffen in sein Haar und das Stöhnen, das sie so unbedingt unterdrücken wollte, drang flüsternd über ihre Lippen.

Sie musste vorsichtig sein. Oh Gott, wenn sie hier zu schreien anfing, dann würde sie jeder Breed im Haus hören.

Kümmerte es sie denn, ob jeder Breed im Haus sie hörte? Es fühlte sich so gut an. Ihr Kopf fiel nach hinten auf die Lehne des Stuhls, während sie einen Aufschrei unterdrückte. Sie durfte nicht schreien.

Ria wimmerte und biss sich auf die Lippe. Sie drückte die Hände auf die Armlehnen und umklammerte sie, dann schob sie sie wieder in sein Haar und klammerte sich daran fest.

Seine Zunge war sündig. Sündig und sinnlich, und sie leckte an ihr, als würde er ihr Aroma genießen. Als sei nichts so wichtig, wie sie verrückt zu machen mit der Wonne, die sich so stürmisch in ihr aufbaute.

Sie war ein wahres Inferno. Keuchend, sehnsüchtig und, oh, so kurz davor zu kommen. Ausgestreckt auf dem Bürostuhl ließ sie sich von seiner Zunge verwöhnen, als hätte sie es so gefordert. Hob sich ihm entgegen, und Schweiß bildete sich auf ihrer Haut, als sie fühlte, wie ein Finger in sie glitt. Dann zwei. Und dann bewegte er sie rhythmisch in ihrer pulsierenden Vagina, wo sie sie streichelten, während seine Lippen ihre Klitoris bedeckten.

Er sog die kleine Knospe in seinen Mund. Er küsste sie, strich mit der Zunge darüber und zupfte mit den Lippen sanft daran, bis die Reize sie schließlich vernichtend und in völliger Ekstase explodieren ließen.

Sie hob die Beine, schlang sie um seine Schultern, unkontrolliert zitternd, und biss sich auf die Lippen, um die Schreie zu unterdrücken, die so unbedingt herauswollten.

Doch in Mercurys Armen gab es kein Unterdrücken. Das ging einfach nicht. Ihr Wimmern war gedämpft, doch es erschütterte ihren Körper, schien um sie zu hallen und immer stärker zu werden, als die Wonne immer wieder in ihr explodierte.

Zartes Liebkosen über lange Momente holte sie sanft aus unglaublichen Höhen. Behutsame Hände nahmen ihre Beine von seinen Schultern, und er richtete sich auf, packte sein pralles Glied und drückte es an sie.

»Nimm alles von mir«, verlangte er mit grimmiger, eindringlicher Miene. »Alles, was ich habe.«

»Ich werde schreien«, stöhnte sie heiser und spürte, wie seine kräftige Eichel sich in sie schob und sie in Besitz nahm. »Oh, Mercury, ich werde schreien.«

Seine Lippen legten sich auf ihre, als er in sie eindrang, sich mit harten, kräftigen Stößen in sie versenkte und sie dehnte. Er erstickte ihre Schreie, packte ihren Po und hob sie näher zu sich, bevor er begann, in sie zu stoßen.

Der Sex war nicht langsam und behutsam. Nicht vorsichtig und sanft. Es war Geben und Nehmen; es war einander Markieren, dieselbe Luft atmen, gemeinsame Berührungen und am Ende eine Erlösung, die durch ihren Verstand jagte und sie zitternd in seinen Armen liegen ließ.

In Armen, die sie fest an ihn drückten. Sie beschützten. Und die, als es vorüber war, die letzten Beben wegstreichelten.

16

Ria hatte noch nie im Leben Bürosex gehabt. Ganz im Gegensatz zu Dane. Mehr als einmal hatte sie ihn gedeckt und die Augen über diese Angewohnheit von ihm verdreht. Aber sie hatte nie verstanden, was daran so reizvoll sein sollte.

Vor Mercury.

Und wenn sie schon selbstzufrieden über die erfahrene Wonne und das Gefühl sündiger Ungezogenheit war, das sie danach erfüllte, dann war Mercury regelrecht übermütig, als er Stunden später wieder auf seinem Stuhl ihr gegenübersaß.

Und so tat, als lese er in der verdammten Zeitschrift. Er beobachtete sie über den Rand hinweg, mit sinnlicher Miene, die Augen hinter seinen Wimpern verborgen.

Doch Ria hielt ihr Verlangen, all das noch einmal zu spüren, im Zaum. Sie kopierte, was sie brauchte, entfernte das Phantomlaufwerk, und während er sie beobachtete, steckte sie es vorsichtig in den BH, unter ihrer Brust.

Er fuhr sich mit der Zunge über die Unterlippe, und ihre Brustwarze wurde hart.

»Hör auf damit.« Sie versuchte, nicht zu lachen. »Sobald ich die Chance dazu bekomme, erzähle ich Jonas mal, wie wenig er seine Breeds kennt. Du bist der ruhige und gelassene Breed. Weißt du noch?«

Sie verdrehte die Augen und stand auf, um zu gehen.

Sie schlüpfte in den Ledermantel, den er ihr heute Morgen beschaffen konnte, hüllte sich darin ein und nahm ihre Handtasche.

Ria warf einen Blick auf die Kamera über ihnen, als Mercury sich seine Jacke holte, die er darübergeworfen hatte. Dabei grinste er ihr zu, schaute dann zurück zur Kamera und knurrte hinein.

Ria konnte sich genau vorstellen, wie Austin Crowl erschrocken zurückfuhr.

»Ich dachte, Breeds wären alle zäh und hart und gnadenlos«, bemerkte sie, als er die leichte Jacke anzog.

»Die Wissenschaftler haben an Breeds mit erhöhter Intelligenz experimentiert, wie Austin.« Er schüttelte den Kopf. »Da haben sie die Genetik nicht mit Stärke und Raubtiersinnen programmiert, weil sie das Gefühl hatten, dass diese speziellen Breeds dadurch die Macht hätten, sie zu stürzen.«

Ria hob eine Augenbraue. »Du könntest seinen Job mit hinter dem Rücken gefesselten Händen machen. Ich habe deine Akte gesehen.«

»Aber ich hätte nicht die Geduld dazu.« Er zuckte mit den Schultern. »Austin ist gut in dem, was er tut, oder zumindest war er das immer. Ein wenig überheblich und stur war er immer, aber neulich war er verdammt dämlich.«

»Nein, er war sich nur seiner selbst sicher«, konstatierte sie. »Er dachte, er hätte Rückendeckung.«

Mercury nickte, als sie das Büro verließen und durch den verlassenen Flur zum Hauptbereich des Hauses gingen. Alles schien ruhig.

»Er dachte, er hätte Callans Unterstützung.« Seine Stimme war leiser. »Vorläufig lassen wir ihn in dem Glauben.«

Mercury wollte glauben, dass Austin irgendwie in die Vorgänge involviert war, doch Ria hatte ihre Zweifel. Austin Crowl war eine Nervensäge, doch weder seine Akten noch die Informationen, die sie bisher eingeholt hatte, deuteten darauf hin, dass er ein Verräter an seinen Leuten war.

Als sie um die Ecke bogen, wurden sie beide langsamer und blieben stehen, als Ely aus einem anderen Büro kam. Sie stand selbstsicher am anderen Ende des Flurs, mit düsterer Miene und besorgtem Blick.

Mercury trat an Rias Seite und stellte sich zwischen sie und die Ärztin, bevor er Ria drängte, vorwärtszugehen.

»Mercury.« Langsam kam Ely auf ihn zu und sah zwischen ihnen hin und her. »Bitte. Rede kurz mit mir.«

Das Zittern in ihrer Stimme veranlasste Ria, sie wachsam zu beobachten, als Mercury erneut stehen blieb.

Elyiana Morrey war ausdrücklich immun gegen Emotionen gezüchtet worden. Sie war unter den höllischen Bedingungen der Breed-Labore ausgebildet worden und hatte an ihrer eigenen Spezies Experimente durchgeführt.

»Ely, ich habe keine Zeit für Spiele«, sagte Mercury müde. »Es gibt viel zu tun heute.«

Ely sah wieder zu Ria und holte langsam Luft.

»Eure Duftnoten verändern sich«, sagte sie leise. »Ich muss testen …«

»Keine Tests, Ely.« Seine Stimme blieb fest. Er klang nicht unfreundlich; er war auch nicht wütend, doch sein Tonfall duldete keine Widerrede.

Ely hatte die Hände in die Taschen ihres weißen Laborkittels geschoben, fest zu Fäusten geballt.

Ria beobachtete Elys Verhalten, das nicht annähernd so ruhig war, wie sie den Anschein erwecken wollte.

»Mercury, willst du alle deine Freunde auf die Art in Gefahr bringen?«, fragte die Ärztin da. »Weißt du nicht mehr, wie entsetzlich es war, die Beherrschung zu verlieren und ohne jeden Gedanken zu töten?«

»Es reicht, Ely.« Er versteifte sich, und Ria sah den Schmerz in Elys Augen.

»Mercury, du könntest sie töten.« Sie nickte in Rias Richtung. »Du weißt, wie leicht das passieren kann. Willst du ihr das Herz aus der Brust reißen?«

Seine Hand an Rias Rücken spannte sich an.

»Ich habe damals im Labor keine Freunde umgebracht.« Sein Tonfall war kalt. »Das weißt du so gut wie ich.« Er starrte die Ärztin mit unbewegter Miene an.

»Aber jetzt könntest du Freunde töten«, flüsterte sie drängend. »Ich habe die Arrestzelle vorbereitet. Du musst mich testen lassen …«

Ria hatte genug.

»Sind Sie von Sinnen, Dr. Morrey?«, fragte sie. »Eine Arrestzelle? Aus welchem Grund?«

»Weil ein kleiner, geschlossener Raum mich noch weiter in die animalische Verdrängung treiben wird, falls sie schon begonnen hat«, erklärte Mercury mit kalter, emotionsloser Stimme. »Es wird nicht nachlassen. Im Labor befand ich mich dadurch in einem ständigen Zustand der Wut, und das erlaubte es ihnen, das Phänomen zu erforschen und ein Serum dafür zu entwickeln.«

»Es ist der einzige Weg, Mercury.« Elys Stimme stockte und brach dann ab.

»Ich denke, vielleicht muss stattdessen eure gute Ärztin eingesperrt werden«, stellte Ria fest. »Von mir aus können wir jetzt gehen.«

Sie wollte weitergehen.

»Zur Hölle mit Ihnen!« Ely trat vor, und jetzt verzerrte Wut ihr Gesicht. »Sie sind der Grund dafür, dass das passiert. Ich habe Jonas gewarnt, dass es passieren würde. Die gesteigerte Einwirkung dieses unbekannten Pheromons in Ihrem Körper verursacht das. Wenn er tötet, dann liegt die Schuld dafür bei Ihnen.«

Mercury trat knurrend zwischen sie. »Zurück, Ely. Die Konfrontation, die hier auf dich zukommt, willst du nicht.«

Elys Miene verzerrte sich, und als sie Mercury ansah, tobten Zorn und Furcht in ihr.

»Du weißt, dass du Sanctuary zerstören wirst, wenn die animalischen Eigenschaften in deinem Adrenalin stärker werden und du am Ende töten wirst.« Ihre Stimme wurde rauer, klang schroff und grollend. »Ich dachte Besseres von dir, Mercury. Ich dachte, deinesgleichen läge dir mehr am Herzen. Und dasselbe dachte ich von Callan.«

»Denkst du, Callan kann mich in diese Zelle zwingen, Ely?«, fragte Mercury, und der kehlige Klang seiner Stimme ließ die Ärztin und Ria zusammenzucken. »Es gibt nicht genügend Breeds in dieser Basis, um mich zurück in diese Zelle zu bringen. Da müsstest du mich schon töten.«

Ria sah den Gesichtsausdruck der Ärztin und erfasste die unerträgliche Angst, die heiß in Elys Augen brannte.

»Ich lege dem Breed-Rat eine Petition vor, wenn er zusammenkommt«, erklärte sie daraufhin. »Du verdienst es, das zu wissen, Mercury. Du musst diese Tests machen lassen. Das ist die einzige Möglichkeit, uns alle zu retten. Als Mitglied des Rats ist es an mir, dir zu sagen, dass du Sanctuary nicht mehr verlassen darfst.«

Ria erstarrte. Langsam streckte sie die Hand aus und fasste Mercury, der knisternde Gefahr auszustrahlen schien, am Arm.

»Ausgebildet vom Council, nicht wahr, Ely?«, fragte er spöttisch. »Ist dir aufgefallen, wie schnell du auf Taktiken des Councils zurückgreifst, wenn du deinen Willen nicht bekommst?«

Ely wurde blass.

»Und gemäß Breed Law kannst du mich nirgendwo ohne rechtfertigenden Grund einsperren.«

»Die Anfangstests bestätigen den rechtfertigenden Grund.« Elys Stimme zitterte, und Tränen stiegen ihr in die Augen. »Ich wollte das nicht, Mercury.«

Ria verstärkte ihren Griff um Mercurys Handgelenk. Die Anspannung in ihm war unglaublich geworden, rasende Wut, die sich in seinen Muskeln aufbaute.

»Anfangstests sind nicht genug, Ely.«

Alle drei drehten sich um und sahen Callan, Kane und Jonas am Ende des Flurs stehen.

Aus den Augenwinkeln sah Ria Elys Gesicht. Es spannte sich an zu einer Maske aus Schmerz, die verriet, wie sehr sie sich verraten fühlte, als sie ihren Rudelführer ansah.

»Bei allem Respekt, Rudelführer Lyons, das kannst du nicht bestimmen.«

»Nein«, antwortete Jonas für ihn. »Breed Law hat das bestimmt. Als Mitglied des Breed-Rates, Ely, ist es an dir, ein ›faires Gerichtsverfahren‹ zu unterstützen, nicht einen der Unseren anzuklagen oder einsperren zu wollen. Solange Mercury keine Unfähigkeit zeigt, seinen Zorn zu kontrollieren oder anderweitig zerstörerisches Verhalten an den Tag legt, kann und wird man ihn nicht gegen seinen Willen festhalten, noch wird man ihm befehlen, sich irgendwelchen Tests zu unterziehen, solange er nicht als eine Gefahr für Breeds oder Menschen gesehen wird. Der Breed-Rat wird zusammenkommen, Ely, und stattdessen wird eine Protestnote gegen deinen Versuch, deine Position zu missbrauchen, eingereicht werden.«

»Ihr und eure Regeln«, spottete Ely. »Wir wissen doch beide, Jonas, was du genau von Breed Law hältst, oder nicht? Du benutzt es, sodass es deinen eigenen Zwecken dient. Wie wird der Breed-Rat empfinden, wenn er erfährt, wie weit du gehst, um uns alle zu manipulieren, damit du deinen Kopf durchsetzen kannst?«

Darauf lächelte Jonas. »Ely, Süße«, sagte er sanft. »Denkst du, du wüsstest irgendetwas, das mir oder meinem Job schaden könnte? Falls das so ist, dann darfst du es gern in deiner Beschwerdeschrift mit auflisten.«

Seine Stimme klang ruhig. Keine Warnung, kein Anflug von Sorge oder Nervosität darin. Es war, als würde man Dane bei der Arbeit zusehen. Natürlich hatte Jonas genug Geheimnisse, um Sanctuary, die Breeds und sich selbst in den Untergang zu schicken. Doch wie sein Bruder würde er niemals einer Einzelperson genügend Informationen geben, um mehr zu tun, als ihn nur zu verärgern, sollte je etwas offenbart werden.

»So schlecht denkst du von mir?« Verletzt sah Ely ihm in die Augen. Die widerstreitenden Gefühle in ihr spiegelten sich in ihrem Gesichtsausdruck wider – und in ihrem Duft, vermutete Ria.

Alle anwesenden Breeds waren angespannt und musterten sie eindringlich, mit einem Anflug von Verwirrung im Blick.

»Ich denke, dass hier etwas nicht stimmt, Ely«, antwortete Jonas schließlich sanft. »Ich glaube, vielleicht haben wir zugelassen, dass du zu sehr unter Stress gerätst, oder vielleicht hast du dich auch selbst zu sehr unter Druck gesetzt. Ich denke, du brauchst Ruhe und Zeit, um über deine Schritte nachzudenken. Wie viele Breeds werden dir je wieder vertrauen, sollte bekannt werden, was du hier tun willst?«

»Du hältst dich ja für so verdammt schlau.« Ihre Hände, wütend zu Fäusten geballt, glitten aus den Taschen ihres Laborkittels, und Röte überzog ihre Wangenknochen. »Du bringst alles und alle in Gefahr. Nicht nur Sanctuary und die Breeds, sondern Mercury selbst, und das weißt du.«

»Genug, Ely.« Callans Stimme klang scharf und fordernd wie ein Peitschenhieb, und die Ärztin zuckte zusammen. »Geh zurück in dein Büro oder dein Quartier. Das ist ein Befehl.«

»Rudelführer …«

»Das ist ein Befehl, Ely!« Callan wurde nie laut, doch etwas in seiner Stimme, ein animalisches Grollen, ließ Ely zusammenzucken.

Sie schauderte, drehte dann auf dem Absatz um und ging an ihnen vorbei durch den Flur davon, während etwas in Mercurys Kehle vibrierte.

Er wandte sich an Callan. »Da stimmt was nicht«, gestand er schließlich. »Das ist nicht die Ely, die ich kenne.«

Jonas schüttelte den Kopf und sah zur Tür, durch die Ely gerade gegangen war. »Das ist auch nicht die Ely, die ich kenne, aber wie bei dir gilt: Solange wir sie nicht als Risiko einstufen können, können wir sie zu keinen Tests zwingen.«

»Warum sie zwingen wollen?«, fragte Ria. »Macht mit ihr das, was sie mit Mercury gemacht hat. Trickst sie aus.«

»Dazu bräuchten wir erst einmal einen Wissenschaftler, der in der Lage ist, die Tests durchzuführen.«

Ria verschränkte die Arme vor der Brust. »Ihr habt doch erst letzten Monat einen Wissenschaftler des Councils entführt, richtig? Jeffery Amburg? Er wurde nie aus eurem Gewahrsam entlassen, trotz wiederholter Versuche mehrerer Regierungen, zu erfahren, was aus ihm geworden ist.«

Jonas hob eine Augenbraue. »Wir haben ihn freigelassen. Dafür haben wir Beweise. Was mit ihm passiert ist, nachdem er Sanctuary verlassen hat, ist nicht unser Problem.«

Ria erwiderte seinen Blick spöttisch. »Erzählt das jemandem, der es nicht besser weiß. Ich weiß von den Zellen unter den Laborräumen hier, und ich wette, dass Amburg dort recht unbequem residiert. Treibt seinen Hintern zur Arbeit.«

»Und wie sollen wir die Sicherheit dieser Einrichtung garantieren?«, fragte Callan kalt. »Er ist ein Forscher des Councils, Miss Rodriquez, kein Verbündeter.«

Mercury beobachtete den Austausch schweigend, bevor er sich an Jonas wandte.

»Setzt Blade auf ihn an. Er hat genügend medizinische Erfahrung und Sinne, die stark genug sind, um ihn im Auge zu behalten. Falls Ely aufrichtig ist, wird sie zustimmen, dass sie zuerst getestet wird. Sagt ihr, wenn sie das tut, dann lasse ich mir auch noch eine Runde Proben abnehmen.«

Er fühlte Rias Schock und sah, wie Jonas seine Augen zu schmalen Schlitzen zusammenkniff. »Bist du sicher, dass du das tun willst, Mercury?«, fragte Jonas.

Nein, war er nicht.

»Irgendwas stimmt hier nicht, Jonas. Ely ist keine Verräterin. Ich gehe das Risiko ein, wenn sie es auch tut.«

»Und was lässt euch beide denken, dass Ely getestet werden muss?«, mischte sich Kane ein. »Sie hat Angst. Sie ist verängstigt und panisch.«

Wenn es um die innere Sicherheit des Anwesens ging, war der Sicherheitschef von Sanctuary misstrauischer als die meisten Breeds.

»Wir können sie nicht in ihrem Quartier einsperren, Kane«, knurrte Jonas. »Elys Emotionen toben viel zu stark unter der Oberfläche, und ihr Duft hat sich so sehr verändert, dass ich mir Sorgen mache.«

Das war etwas, das auch Mercury aufgefangen hatte, obwohl er nichts gesagt hatte. Sein Geruchssinn wurde marginal stärker, und der Beweis dafür machte sogar ihm Sorgen. Er hatte diese Sinne verloren, als seine animalische Verdrängung im Labor ›behandelt‹ worden war. Dass sie nun zurückkehrten, war ein weiterer Beweis dafür, dass er allen Grund hatte, seinen Zorn und seine Emotionen sorgfältig zu beobachten.

»Besteht irgendeine Möglichkeit, dass sie manipuliert worden sein könnte?«, fragte Mercury.

Jonas schüttelte den Kopf. »Das Council hat es nie geschafft, eine Droge zu entwickeln, die uns kontrollieren konnte, Mercury, nicht in diesem Ausmaß. Nicht einmal das Serum, das sie wegen der animalischen Verdrängung bei dir eingesetzt haben, konnte dich vollständig kontrollieren. Und irgendein biologisches oder chemisches Ungleichgewicht in Ely hätte schon längst einer von uns gewittert.«

»Sie darf ihr Quartier für vierundzwanzig Stunden nicht verlassen«, befahl Callan. »Wir können nicht riskieren, dass sie sich heute Abend auf der Feier mit Mercury anlegt.«

Mercury sah ihn überrascht an. »Ich war für die Party nicht als Sicherheitskraft eingeteilt.«

»Nein, du hast Befehl, in Galauniform zu erscheinen«, knurrte Callan. »Du und Miss Rodriquez. Sowohl Engalls als auch Brandenmore werden anwesend sein. Ich will alle Augen auf sie gerichtet haben, und ich will Miss Rodriquez dabeihaben, falls plötzlich irgendwelche aus- oder eingehenden Übermittlungen registriert werden. Ich will, dass das aufhört, Mercury. Und zwar sofort. Bevor ich persönlich Breed Law ignorieren und die Bastarde umbringen muss.«

Damit wandte er sich ab und marschierte durch den Flur davon, woraufhin Kane und Jonas überrascht schnaubten.

Callan missachtete niemals Breed Law. Er hatte bei seiner Gestaltung mitgewirkt, um den Rahmen für die Regeln zu schaffen, die die Breeds regierten und es ihnen erlaubten, innerhalb der Gesellschaft zu arbeiten. Allein die Andeutung, dass er eine dieser Regeln ignorieren würde …

»Ich war auf eine Feier gar nicht gefasst.« Ria seufzte, doch Mercury konnte die Hinnahme in ihrer Stimme hören. »Das macht Dane ständig mit mir.«

»Dane hat Ihre Anwesenheit nicht verlangt, sondern ich«, gab Jonas zurück.

Mercury sah Rias Lächeln, unterdrückte aber sein eigenes.

»Da gibt es einen Unterschied?«, fragte sie gespielt unschuldig, als sie an Jonas vorbeiging und die Haustür ansteuerte. »Seltsam. Ich habe noch keinen gefunden.«

Ria zog den Mantel fester um sich und stieg in die Limo. Ihre Miene blieb gleichmütig, bis die Tür zuging und das Fenster zwischen ihnen und dem Fahrer hochfuhr.

»Eines schönen Tages wird irgendwer Jonas umbringen«, erklärte sie Mercury.

Der schnaubte. »Oh ja, dieser Unbekannte versucht es schon seit Monaten. Die Fenster in seinem Apartment, die du bei deiner Ankunft erwähnt hast?«

»Wurden zerschossen.« Sie nickte. »Das Bedürfnis kann ich verstehen, wirklich. Ich wollte ihn selbst gern erschießen. Wieso hat er nicht schon längst Tests bei Ely erzwungen? Meine Untersuchungen ihrer Akten von Labor und Sanctuary ergaben nicht die leiseste Andeutung auf das irrationale Verhalten, das sie jetzt an den Tag legt. Die Frau ist offensichtlich am Rande einer Art von Zusammenbruch.«

»So einfach ist es nicht.« Mercury schüttelte den Kopf, als er sich ihr gegenüber niederließ und dann vorbeugte. »Breed Law und alles daran, jeden Nutzen, den Callan und Jonas darin für die Breeds in Kraft gesetzt sehen wollten, basiert auf einem simplen Ideal, Ria: Freiheit der Breeds. Man würde einen Nicht-Breed nicht zu Tests zwingen, nur weil er sich irrational verhält. Wenn wir zulassen, dass ein Breed dazu gezwungen wird, dann würde Breed Law damit null und nichtig, und in den Augen der Welt wären wir wieder Tiere.«

Ria schlug ihre Beine übereinander und erwiderte seinen Blick, die Hände sorgfältig in ihrem Schoß gefaltet, während sie darüber nachdachte.

»Breeds und Menschen sind zwei Seiten derselben Medaille«,

erinnerte sie ihn. »Ihr seid nicht vollkommen menschlich, Mercury. Ihr seid außerordentlich menschlich. Und ihr seid immer noch dabei zu lernen, wozu eure Körper, eure Hormone fähig sind. In solchen Fällen sollte es eine Sicherheitsmaßnahme geben.«

»Die gibt es.« Er nickte. »Doch nur, falls wir uns als Gefahr für uns selbst oder andere erweisen. Es spielt keine Rolle, auf welche Seite der Medaille unsere Menschlichkeit uns stellt, wir haben trotzdem Anspruch auf dieselben Rechte und Privilegien der Freiheit. Wir können nicht in meinem Fall eine Anomalie ignorieren und bei Ely einen Test erzwingen.«

Dane hätte es getan, ganz einfach, selbst wenn es bedeutete, den fraglichen Breed zu entführen. Doch Ria war bei vielen Entscheidungen, die Dane nach ihrem Wissen getroffen hatte, nicht seiner Meinung gewesen, aus den unterschiedlichsten Gründen.

»Sie ist viel zu fixiert auf dich«, erklärte sie schließlich, besorgt über das fortgesetzt unberechenbare Verhalten der Ärztin. »Fanatismus ist bei Breeds ebenso möglich wie bei Menschen. Und er ist genauso zerstörerisch, vielleicht noch mehr. Sie will dich unbedingt unter Arrest stellen, egal was dafür nötig ist. Egal was sie tun muss, um das zu erreichen.«

Mercury sah ihr in die Augen und wusste, dass sie recht hatte. Er wusste, dass genau das Elys Ziel war, und das Gefühl des Verrats, das er bei dem Gedanken empfand, nagte an ihm.

»Hast du etwas gewittert, das darauf hindeuten könnte, dass sie unter Drogen stand?«, fragte Ria ihn stirnrunzelnd und sah ihm dabei direkt in die Augen.

»Was lässt dich glauben, dass ich es wittern könnte, wenn es so wäre?«, fragte er. »Das Serum gegen die Verdrängung hat diese Sinne ausgelöscht, weißt du noch?«

Sie musterte ihn mit überheblicher Belustigung. »Echt,

Mercury, du solltest dir beim Lügen etwas mehr Mühe geben. Die hier war so leicht zu durchschauen wie Zellophanpapier.«

Seine Lippen zuckten.

»Ich habe gemerkt, wie du Luft geholt hast. Sehr langsam und sehr tief«, erklärte sie. »Was hast du gewittert?«

Schließlich schüttelte er den Kopf. »Zorn. Angst. Und zwar sehr gesteigert, mehr als es sein sollte. Sie glaubt, was sie sagt. Sie glaubt, dass die animalische Verdrängung zurückkehrt und dass sie unmöglich zu kontrollieren ist.«

Ely glaubte, er würde urplötzlich den Verstand verlieren und genau die Leute vernichten, für deren Schutz er nun seit über elf Jahren lebte.

»Und was denkst du?« Sie legte den Kopf schief und musterte ihn mit sanftem Blick. Darin lag keine Furcht, kein Misstrauen, als habe sie ihr eigenes Vertrauen in ihn gebildet und nicht die Absicht, davon abzurücken.

Er streckte die Hand aus und berührte ihre Wange, erst mit den Fingerspitzen, dann mit der Handfläche. Das Verlangen, sie zu berühren, war überwältigend. Und sie umfasste sein Handgelenk und hielt ihn an sich gedrückt. Vertrauen. Vollkommenes Vertrauen. Etwas, das er nie bei einem anderen Lebewesen empfunden hatte. Nicht einmal vor langer Zeit bei der Breed, die seine Gefährtin hätte sein können.

»Ich denke, ich würde jeden in Stücke reißen, der es wagt, dir zu schaden«, sagte er schließlich leise. »Es gäbe nichts auf dieser Welt, abgesehen vom Tod, das mich dann kontrollieren könnte.«

Ria sah ihn an und erkannte die Wahrheit in seinen Zügen, im ungezähmten Licht seiner Augen aus gehämmertem Gold mit blauen Sprenkeln, die sich darin materialisierten. Was auch immer es für ein Phänomen war, das seine Augenfarbe veränderte und ihn stärker und wilder erscheinen ließ, es war nur für den Feind beängstigend.

Er war nicht ihr Feind. Er war ihr Geliebter, in jedem Sinne des Wortes. Auf eine Weise wie kein anderer Mann es sein könnte.

»Dann ist es unter Kontrolle«, sagte sie leise. »Und ich habe keinen Zweifel, dass es so bleiben wird.«

Hätte er sein Herz nicht bereits an sie verloren, hätte Mercury geschworen, dass er es in diesem Augenblick verlor.

»Doch damit bleibt immer noch ein Problem«, erklärte sie, als er sie an sich zog, auf seinen Schoß hob, auch wenn sie schon zu nahe an der Hütte waren, um mehr zu tun als einander nur in den Armen zu halten.

»Noch mehr Probleme?«, grollte er. »Langsam häufen sie sich, Ria.«

Ihr Lachen, hell und sanft – er schwor, dass es seine Seele wärmte.

»Ich vergaß zu erwähnen, wie sehr ich Partys verabscheue«, erklärte sie. »Und Dane weiß das. Dafür muss ich ihm vielleicht noch in den Hintern treten. Oder ihn bei Leo verpetzen. Ich denke, diese Sorte Manöver lässt sich nicht mit Klunkern bezahlen.«

Mercury grinste. Aber seine Gedanken waren bei ihrer Hand, die sich unter seine Jacke geschoben hatte, damit ihre Finger an seinem Nacken spielen konnten.

»Ich kümmere mich um Danes Manöver«, versprach er. »Aber die Feier ist nur klein.«

»Mit Besuch von VIPs und Würdenträgern? Bestenfalls dreihundert.«

»Dreihundertfünfzig.« Er lächelte, als sie stöhnte und das Gesicht an seiner Brust barg.

»Zu viele.«

»Nein, zu viele, das ist die Weihnachtsfeier«, versicherte er ihr. »Die Gästeliste steht bisher bei eintausend Leuten. Es wird Schnee vorhergesagt, und Callan rauft sich schon die Haare, während er mit Kane die Logistik der Sicherheitsmaßnahmen für die Kinder und Gefährtinnen ausarbeitet. Jeder verfügbare Breed wird noch einmal auf Freigabe durchgecheckt, und die, die bestehen, haben dann Vierundzwanzig-Stunden-Schichten. Die Feier findet am Fünfzehnten statt. Das ermöglicht eine private Feier am Weihnachtstag. Mit vierhundert Leuten, glaube ich.«

Sie stöhnte erneut, und er strich ihr tröstend übers Haar und grinste. Sie brachte ihn zum Grinsen. Sie machte ihn glücklich. Sie brachte ihn dazu, dass er sie aufheben und vor allen Augen verstecken wollte, um ohne Ablenkung die Wonnen mit ihr zu genießen.

»Wir könnten Winterschlaf halten«, schlug sie schließlich vor.

»Wir sind keine Murmeltiere«, schmunzelte er und genoss das Spiel.

»Wir könnten Ferien machen.« Weiche Lippen küssten seinen Hals, und ihre Zunge strich darüber. »Ich kenne einige abgeschiedene Strände. Keine Kälte. Wir könnten in der Sonne liegen. Am Rand des Wassers und uns von den Wellen umspülen lassen.«

Sein Glied, bereits aufgerichtet, hart und begierig darauf, ihr Lust zu bereiten, pochte bei dem Gedanken. Ria nackt, ihr nussbrauner Körper auf weißem Sand liegend, während das Wasser über sie floss und die Sonne ihre Haut wärmte.

Es würde ihm verdammt schwerfallen, der Sonne zu gestatten, dass sie sie berührte, denn er wäre viel zu beschäftigt damit, sie selbst zu berühren.

Sie rutschte etwas nach oben, schrammte mit den Zähnen

über sein Ohrläppchen, und ihr warmer Atem streichelte seinen Hals. »Ich will dich«, flüsterte sie. »Schon wieder. Wieso brenne ich immer noch so heiß und innig für dich, nachdem ich dich schon hatte?«

»Warum geht es mir genauso?« Er griff in ihr Haar, zog ihren Kopf zu sich und ließ sich von ihr küssen.

Es war nicht sanft, und sanft wollte er auch gar nicht. Es war heiß und leidenschaftlich, voll Feuer und Hunger, und es brannte in ihm mit der Kraft eines Lauffeuers.

Es war Lust, es war die Qual der Erregung, die nie lange gestillt blieb, und es war der Hauch des Lebens. Und er fürchtete, es war ein Hauch, ohne den er nicht mehr leben konnte.

17

Mercury schaffte es gerade noch mit ihr ins Haus. Er schaffte es auch noch, Lawe und Rule zuzuknurren, dass sie aus dem Haus verschwinden sollten, nachdem sie es gründlich überprüft hatten. Doch in der Sekunde, als die Tür – inklusive Türschloss – hinter ihnen zufiel, stürzte er sich auf sie.

Ria war so entflammt und voll drängendem Verlangen nach seiner Berührung, dass sie an seinem Hemd riss und die Fingernägel in seine Haut krallte, während er ihren Pulli mit seinen krallenartigen Nägeln zerfetzte und ihr den Rock über die Hüften schob.

Er hielt sich nicht mit Schlafzimmer oder Sofa auf. Er hob sie in die Höhe, drückte sie gegen die Wand, während sie es schaffte, seine Hose aufzubekommen und seine Erektion zu befreien.

Er riss das Höschen von ihren Hüften und versenkte sich mit einem einzigen harten Stoß in sie. Und das so tief, dass er schwor, er verlor sich in ihr.

Sie schlang die Beine um seinen Rücken, und die fließende Wärme ihres Schoßes umschloss ihn wie eine glatte, enge Faust und ließ ihn die Zähne zusammenbeißen. Und er sehnte sich nach dem Gefühl der Fülle, das die Zunge eines Breeds erfüllte, den der Paarungsrausch verzehrte.

Das wollte er mit ihr haben. Und das wollte er so sehr, dass er schwor, er könnte fühlen, dass seine Zunge juckte und ein dezentes Aroma seinen Mund reizte.

Seine Lippen eroberten ihre, seine Zunge drang in ihren

Mund, während seine Oberschenkel sich wölbten und er sich zu bewegen begann. Sein Schwanz pochte sehnsuchtsvoll drängend an der Grenze des Wahnsinns, als er versuchte, sie hart und tief genug zu nehmen, um die qualvolle Lust zu lindern, die ihn erfüllte.

Ihre Muskeln umschlossen ihn, massierten ihn. Ihre Hüften kreisten an seinen, ihre Lippen bewegten sich unter seinen, saugten an seiner Zunge, und sie stöhnte, als sei sein Aroma so viel Lust für sie wie sein Körper, der ihren nahm.

»Ich kann gar nicht genug bekommen.« Er löste seine Lippen von ihr und legte den Kopf in den Nacken, während seine Hüften immer wieder zustießen.

Seine Hände hielten ihren Po gepackt, und das Verlangen, das ihn erfasste, war stärker und tiefer, als er es je erfahren hatte. Er wollte sie vornüberbeugen und sie nehmen, wie er wusste, dass sie noch nie ein Mann genommen hatte. Er wollte ihr sein Mal aufdrücken, so unwiderruflich wie nur möglich. Bis sie wusste, bis unter die Haut, bis in ihre Seele, zu wem sie gehörte.

Wer zu ihr gehörte.

»Härter.« Ihre Hände krallten sich in seine Schultern, ihre Lippen drückten sich an seinen Hals, und ihre Zähne schrammten über seine Haut und bissen zu.

»Oh Hölle. Fuck, ja, Ria. Beiß zu, Baby. Beiß fest zu.«

Sie war schon dabei. Ihre Zähne bohrten sich in seine feste Haut am Halsansatz und jagten ihm Feuer und ekstatische Lust durch den Leib.

Er senkte den Kopf, und seine Zähne suchten ihre Schulter. Er knurrte grollend, biss zu und spürte zugleich, wie sie unter ihm kam, wie ihr Inneres sich um ihn zusammenzog und ihn im Orgasmus massierte, bis das Knurren, das über seine Lippen drang, fast wütend klang und die harten Schübe seines Samens in ihm den Wunsch, das drängende Verlangen weckten, aufzubrüllen.

Es war wundervoll. Die Qual und die Lust, sie zu füllen, und zugleich die Wut. Denn es gab keine Paarung. Und doch wusste Mercury in seiner Seele: Diese Frau *war* seine Gefährtin. Sie hielt sich an ihm fest, ihre Tränen benetzten seinen Hals, und das Wissen, dass sie diesen fehlenden Teil von ihm fühlte, nagte an ihm.

Als das Beben der Erlösung abklang und er wieder denken, wieder ins Gleichgewicht finden konnte, drückte er sie an sich, lehnte sich selbst mit dem Rücken an die Wand und glitt zu Boden.

Dort hielt er sie fest, den Kopf immer noch an ihrem Hals verborgen, die Augen geschlossen.

»Du bist meine Gefährtin«, flüsterte er an ihrem Hals, an dem Mal, das er nicht heilen ließ. Denn jedes Mal biss er zu und verwundete sie auf eine Art und Weise, die weit über diese winzigen Male an ihrer Schulter hinausging.

Ria schüttelte den Kopf. »Es spielt keine Rolle, Mercury.« Sie hob den Kopf und sah ihm in die Augen, und sein Herz brach entzwei.

In ihren Augen stand kein Vorwurf. Sie waren feucht von Tränen, doch erfüllt von verträumter Wonne und Gefühlen. Sie war offen für ihn. Er witterte den süßen Duft der Sehnsucht, der mit der leisesten Berührung von ihm wieder aufleben konnte, und Emotionen, die er so viele Jahre lang nicht gewittert hatte. Nun konnte er sie wahrnehmen, und sie tobten in ihm und drangen in seine Seele.

»Ich liebe dich so oder so.« Sie berührte sein Kinn und fuhr mit der Hand über seinen Nacken. »So wie du bist, genau so, wie wir jetzt sind. Ich liebe dich.«

»Ich liebe dich«, wiederholte er, und die Worte lagen angenehm und mühelos auf seinen Lippen. Sie war nicht nur seine Gefährtin, und es war egal, dass es keinen Paarungsrausch gab. Sie war sein Herz.

Sie legte den Kopf an seine Schulter und atmete mit einem kleinen Seufzen der Zufriedenheit und Müdigkeit aus.

»Wir könnten heute Nacht Winterschlaf halten«, schlug sie schließlich mit einem Grinsen vor, das er an seinem Hals spürte. »Einfach abtauchen.«

Und er schmunzelte. Trotz seiner Gefühle von Schmerz und Verrat durch seine eigene Genetik und den Körper, der sich weigerte, in Paarungsrausch zu verfallen, musste er über die Belustigung in ihrer Stimme lachen.

»Du rufst Dane an, ich Callan«, sagte er, und er meinte es ernst. Wenn sie nicht hingehen wollte, würden sie nicht hingehen. So einfach war das.

Aber sie seufzte. »Dann schmollt Dane. Und er ist nicht nett, wenn er schmollt.«

»Callan schmollt nicht«, lachte Mercury. »Spiele sind nicht sein Stil. Er würde es verstehen.« Er strich mit den Händen über ihr Haar. »Aber wahrscheinlich würde ich Urlaubstage verlieren. Für diesen Spaß in der Sonne, von dem du gesprochen hast.«

»Verdammt. Passt. Dane wird einfach knauserig mit seinen Geschenken. Er hält sich nicht damit auf, meine Urlaubstage zu annullieren.«

»Nimmst du überhaupt je Urlaub? Irgendwie bezweifle ich das.« Er half ihr auf die Beine, bevor er sich selbst vom Boden aufraffte.

Dann sah er sie an – zerzaustes Haar, zerrissene Klamotten – und konnte gar nicht glauben, welche Begierde ihn überwältigt hatte, als sie in die Hütte gekommen waren.

Sie zog spöttisch die Nase kraus. »Klugscheißer.«

Er erwiderte ihren Blick und wusste, dass er völlig vernarrt in sie war. »Aber jetzt wirst du es tun. Das verspreche ich, Ria. Du wirst um Urlaubstage betteln.«

Wenn sie bei Vanderale Industries blieb. Sanctuary brauchte sie mehr als Dane oder Leo Vanderale. Und Mercury brauchte sie bei sich. Er würde mitmachen, was sie tun musste und was sie tun wollte, doch er glaubte nicht, dass sie in ihrer Arbeit für Dane so glücklich war, wie sie es hier wäre.

»Verdammte Partys«, murmelte sie, wandte sich ab und ging zum Schlafzimmer, bevor sie ihm über die Schulter einen erotischen Blick zuwarf. »Willst du mit mir duschen?«

»Falsche Frage«, knurrte er. »Denn du hältst mich davon ab.«

Darauf lachte sie, und er folgte ihr, während der Gedanke, unter der Dusche noch einmal mit Ria zu spielen, seinen Schwanz vor Vorfreude zucken ließ.

Zur Hölle, vielleicht war es kein Paarungsrausch, aber es war verdammt nahe dran. Vorerst, für heute Nacht, würde er sich damit begnügen. Doch er musste endlich damit aufhören, mit der Zunge über seine Zähne zu reiben und zu hoffen. Denn er schwor, langsam wurde sie ganz wund davon.

Als Ria später am Abend aus dem Badezimmer kam, mit einer kunstvollen Hochsteckfrisur und den hübschen Perlenohrringen am Ohr, konnte Mercury sein Knurren kaum noch zurückhalten.

Er trug Galauniform. Die Hose und das Jackett in strengem Schwarz waren schon einengend genug. Die Anzugschuhe waren nervtötend, aber er ertrug sie, wenn nötig. Er trug das Abzeichen seines Ranges, eines zweiten Kommandanten: einen schmalen Goldbalken an der linken Schulter seiner Jacke. Rechts befand sich der goldene Löwenkopf, der seine genetische Klassifizierung anzeigte, und darunter das Abzeichen für das Büro für Breed-Angelegenheiten, ein schlichter Anstecker aus Messing mit den Initialen BBA.

Die Galauniform war ein notwendiges Übel. Rias hochgestecktes Haar nicht.

»Lass das Haar offen.« Er hatte es als Bitte äußern wollen, als er den Blick über ihr schlichtes schwarzes Kleid schweifen ließ. Die langen Ärmel bedeckten ihre Arme, während der Stoff am Rücken bis an ihren Nacken reichte.

Die Vorderseite hatte einen etwas tieferen Rundhalsausschnitt, der ihre Brüste bedeckte und nur einen winzigen Hauch von Dekolleté andeutete.

Um den Hals trug sie zu den Ohrringen passende Perlen, nicht mehr.

»Ich trage mein Haar nicht offen.« Sie wollte sich an die Kommode setzen und ihre Ohrringe überprüfen. »Das wäre … Mercury.«

Noch während sie antwortete, war er hinter sie getreten, hatte die Nadeln aus ihrem Haar gezogen und sah zu, wie die dichten seidigen Strähnen über ihren Rücken fielen.

»Das hast du jetzt nicht gemacht.« Ungläubig drehte sie sich zu ihm um. »Verdammt!«

Er sah sie aus zusammengekniffenen, belustigten Augen an. »Sei so wütend, wie du willst. Ich will es offen.«

Sie erwiderte seinen Blick. »Ich will auch diesen verdammten Käsekuchen, den ich schon mal erwähnte. Das heißt nicht, dass ich ihn auch bekomme.«

Er knurrte. »Am Büfett wird es vier verschiedene Sorten Käsekuchen geben. Habe ich angefordert. Nur für dich. Alle mit Schokolade.«

Er hätte schwören können, dass ihre Augen eine Sekunde lang derart glänzten, dass sie an eine nahende Ekstase erinnerten.

»Ich muss meine Meinung über dich revidieren.« Sie zog einen charmanten Schmollmund. »Du bist ein grausamer, böser Mann. Mich mit Käsekuchen gefügig zu machen. Das zahle ich dir heim. Pass nur auf.«

Er lächelte und hob die Augenbrauen, während er mit den Händen durch ihr Haar fuhr und das Verlangen unterdrückte, sie zu küssen. Wenn er sie jetzt küsste, käme er nie mit ihr aus dieser Hütte heraus.

Er ließ den Blick erneut über sie schweifen und registrierte dabei, dass der Schnitt ihres Kleides das Bissmal an ihrer Schulter verbarg. Aus irgendeinem Grund störte ihn das.

»Lass das Haar offen«, befahl er. »Über das Kleid reden wir später.«

»Ja, mit einer Peitsche und einem Stuhl in meiner Hand«, erklärte sie schelmisch. »Fang nicht an, Befehle zu erteilen, Mercury. Ich bin nicht sehr gut im Gehorchen.«

Ria ließ ihm das mit dem Haar durchgehen, einfach, weil sie langsam lernte, wie sehr er es genoss, wenn sie es offen trug. Aber die Kleidung, so sehr sie sie selbst manchmal verabscheute, war unabdingbar.

Kleidungsstil, Make-up und Ausstrahlung waren ein Risiko in ihrem Job, denn auf Partys wie jener, die Sanctuary heute Abend gab, begegnete sie vielen der Personen, über die sie recherchieren sollte.

»Du solltest dich anziehen können, wie es dir gefällt«, grollte er. »Ich schwöre, Ria, ich kann spüren, wie unzufrieden du mit diesem Kleid bist.«

Sie warf ihm einen scharfen Blick zu. Sie hasste dieses Kleid. Es war schlicht und ausreichend elegant in Schnitt und Design. Und es war anspruchslos. Noch nie hatte sie ›anspruchslos‹ so sehr gehasst wie heute Abend.

»Das Kleid ist wie deine Galauniform: in gewisser Weise weniger bedrohlich und zivilisierter als die Uniform, in der du arbeitest. Meine Arbeit erfordert, dass ich niemals bedrohlich wirke. Egal, um welchen Job oder welches Ereignis es sich handelt.«

Sie ging zum Wandschrank und holte ein Paar Schuhe mit niedrigen Absätzen aus dem Regal. Sie musste sich davon abhalten, sie bedauernd anzustarren. Die Dinger waren genau wie das Kleid. Anspruchslos.

Nichtsdestotrotz zog sie sie an und drehte sich zu Mercury um.

Er starrte sie mit düsterer Miene an, und seine Augen hatten wieder diese eigenartige Färbung, als lebte etwas in ihm, dessen er sich nicht immer bewusst war.

»Ich dulde das nicht«, stieß er plötzlich hervor.

»Was duldest du nicht?«, gab sie zurück. »Meine Weigerung, zu tun, was du befiehlst?«

Wenn er ihr jetzt als arroganter Breed kam, würde sie gewalttätig werden.

»Deine Weigerung, zu tun, was du wünschst«, fauchte er. »Das Kleid. Diese Schuhe. Ich muss nicht einmal dein Gesicht sehen, um zu spüren, wie sehr du diese verdammten Sachen hasst. Wo sind die hübschen Sachen, Ria?« Er ging zum Wandschrank, schaute hinein und knurrte, als er nur noch mehr vom Selben sah. Schlichte Kleidung. Unförmige Röcke. »Wo sind die Sachen, die du eigentlich tragen willst?«

»In den Läden.« Ihr Tonfall war kurz angebunden, als ihr eigener Zorn stärker wurde. »Wo sie hingehören. Wenn sie hier sind, trage ich sie. So einfach ist das. Ich habe dir gesagt, Mercury, ich kann nicht riskieren, dass die Personen, über die ich nachforsche, argwöhnen, dass mehr an mir ist, als sie je geglaubt haben. Das arme Waisenkind, das für Vanderale arbeitet, könnte sich diese Kleidung nie leisten. Eine Sesselpupserin? Also wirklich! Wie lange, denkst du, würde man das glauben, wenn man mich in den Kleidern sehen würde, von denen du sprichst?«

»Wer hat dir das denn in den Kopf gesetzt?«, fragte er wütend und ging – oder eher: stampfte – weg vom Kleiderschrank. »Dane? Der Leo? Ich will verdammt sein, wenn das so weitergeht. Du bist eine schöne Frau, und du liebst hübsche Dinge. Warum solltest du sie nicht auch haben?«

»Weil das ein Nachteil für meinen Job ist«, gab sie etwas lauter zurück. »Mein Job, Mercury. Du erinnerst dich? Hättest du geglaubt, ich wäre nur eine Sesselpupserin, wenn ich in Seide und High Heels hier aufgelaufen wäre?«

Er erwiderte ihren Blick, und die blauen Lichter in seinen Augen wurden tiefer und dunkler. »Ich hätte nicht genug Hirnschmalz gehabt, um zu denken«, brummte er schließlich. »Ich wäre zu beschäftigt damit gewesen, dich flachzulegen, bevor du überhaupt in Sanctuary angekommen wärst.«

Sie wollte die Augen verdrehen. »Weder du noch Jonas hätten mich je ernst genommen.«

Er fuhr sich mit den Fingern durchs Haar und ließ den Blick über sie gleiten. »Das ist eine faule Ausrede«, erklärte er. »Ein Blick auf dich, Ria, und jeder weiß es besser. Denkst du, deine Kleidung ist der Grund, warum die Unternehmen, die du untersuchst, nicht misstrauisch werden? Das stimmt nicht, Ria. Sie misstrauen dir nicht, weil sie arrogant und ihrer eigenen Intelligenz zu sicher sind, um zu glauben, dass irgendwer klüger sein könnte als sie.«

Ria schüttelte den Kopf. Das wollte sie nicht hören. Es war nicht wahr. Es lag am Job, ganz einfach. Sie schuldete es den Vanderales. Sie hatten sie behütet, bis sie erwachsen war, sie hatten ihr einen Job gegeben, und sie hatten ihr ein Leben gegeben, als sie allein und verlassen war.

»Du versteckst dich, Ria«, stellte er fest. »Diese Kleider trägst du nicht für den Job. Diese Kleidung, dein Verhalten, die Art, wie du dich anziehst – das tust du, um dein wahres Ich zu verbergen.«

Sie warf ihm einen vernichtenden Blick zu, bevor sie sich von ihm löste und ihre Stola vom Bettrand aufhob.

»Bereit, zu gehen?« Sie zog das schwere Cape über das Kleid und machte den Verschluss am Hals zu.

»Mich hat es nicht abgehalten, oder, Ria?«, fragte er, ohne den Blick von ihr zu wenden.

»Ich weiß nicht, wovon du redest.«

»Die unförmigen Klamotten. Dein Haar zu diesem perfekten straffen Dutt gedreht. Das hält alle auf Distanz. *Bleibt weg.* Aber ich bin nicht weggeblieben.«

Noch nicht.

»Nein, du bist nicht weggeblieben«, flüsterte sie schließlich. Und fragte sich dabei, was sie tun würde, wenn er es tat.

Die leise warnende Stimme in ihr wollte nicht verstummen. Beständig rief sie ihr zu, vorsichtig zu sein, und ebenso beständig ignorierte sie sie.

Doch sie hasste das Kleid und die Schuhe jetzt noch mehr als zu dem Zeitpunkt, als sie sie angezogen hatte. Seine Argumente hatten sie an die wenigen Kleider in ihrem Besitz erinnert, in denen sie sich lebendig fühlte. Die Kleider, die anzuziehen sie sich sehnte, die zu ihrem bevorzugten Make-up passten, die Absätze, die sie liebte. Und jedes Mal, wenn sie sich »herausputzte«, erinnerte sie das daran, dass sie allein war. Dass niemand da war, der sie sah. Denn sie war allein immer sicherer gewesen.

Niemand konnte sie zerbrechen, wenn niemand sie gut genug kannte, um sie zu zerbrechen.

Bis jetzt.

Auf der Fahrt nach Sanctuary und noch während sie in die hoch gesicherte, glitzernde Schönheit des Hauses eintauchten, ging ihr Mercurys Vorwurf im Kopf herum.

Im Ballsaal erspähte sie Dane, ins Gespräch vertieft mit mehreren hochrangigen Firmenaktionären, über die sie in der Vergangenheit recherchiert hatte. Jonas bewegte sich durch die Menge und beobachtete alles mit seinen Silberaugen, an seiner Seite die blonde Anwältin, mit der er angeblich eine sehr enge Beziehung hatte.

Breeds in Galauniform waren überall im Haus, ebenso Kane Tylers persönliche Sicherheitstruppe: die Männer, die er mitgebracht hatte, als er nach Sanctuary gekommen war, während jener ersten Schritte der Breeds in die Welt.

Ria schritt mit Mercury durch den Saal, registrierte die Blicke, die über sie hinwegglitten und sie als unwichtig einstuften. So war es immer, und bis jetzt hatte sie nie erkannt, wie sehr sie es hasste, sich so langweilig anzuziehen, damit es so sein konnte.

Mercury sah etwas vollkommen anderes. Als sie durch den Saal gingen und er sie den anwesenden Männern und Frauen vorstellte, bemerkte er, wie viele sie oder ihren Namen wiedererkannten.

Er sah, wie mühelos ihre kühle und reine Schönheit andere einschüchterte. Die Frauen sahen die Schlichtheit ihrer Kleidung und die durchschimmernde königliche Anmut und gingen weiter. Die Männer warfen einen Blick auf sie an Mercurys Arm, und die meisten kannten Furcht bei dem Gedanken, den Zorn eines Breeds wegen dieser Frau herauszufordern. Es kam nicht dazu. Denn der Gefährtin eines Breeds zu nahe zu kommen hieß, sein Leben zu riskieren.

Und er spürte ihre Unzufriedenheit. Ihr Bedürfnis, das lodernde Feuer in sich freizulassen. Sie ging nur dann aus sich heraus, wenn er mit ihr schlief, sie liebte. Doch das Feuer brannte beständig in ihr.

Er konnte sie in Rottönen sehen – granatrot und lebhaft scharlachrot. Sie würde die Nacht lebendig machen mit ihrem langen Haar, den High Heels und den Kleidern, von denen er wusste, dass sie sie lieben würde. Und sie würde jeden um sich herum erleuchten.

Doch sie hatte Angst. Er konnte ihre Furcht spüren, und die scheuchte das Tier auf, das er in sich erwachen fühlte, angerufen von der instinktiven Reaktion in der Frau, die er liebte.

Diesen Instinkt hatte er über elf Jahre lang nicht verspürt. Bis er ihre Angst wahrnahm. Bis deren Duft, als sie in Sanctuary ankamen, ihn umhüllte, und da fühlte er, wie es in ihm erwachte, sich über die Fesseln seiner Beherrschung hinaus streckte und in seinen Verstand glitt. Beobachtend und wartend.

Und noch mehr. Er fühlte etwas, das *mehr* war, und es ergab keinen Sinn.

Während sie sich unter die Menge mischten und plauderten, nippte sie an ihrem Champagner und beobachtete den Firmenboss von Engalls Pharmaceuticals so genau, wie es der Anstand erlaubte.

Sie fühlte Mercurys Anspannung neben ihr, die noch stärker wurde, als sie sich plaudernd näher an Horace Engalls heranarbeiteten – einer der Männer, dem die Informationen zuflossen – und seine aufgeblasene Gattin, Cara Brandenmore Engalls.

Ria ging die Informationen, die sie über die Frau hatte, rasch im Kopf durch. An Cara gab es nichts erheblich Wichtiges. Sie war Mitglied im Vorstandsgremium sowohl von Brandenmore Research als auch von Engalls Pharmaceuticals, das eine Abteilung davon war.

Sie war die Tochter von Phillip Brandenmore, verheiratet mit dem Mann, den ihr Vater für sie ausgesucht hatte. Sie war zehn Jahre jünger als Engalls, und sie hatte ihre Stimme gegen Breed Law erhoben, als es vor mehreren Jahren zur Abstimmung gekommen war. Sie war eine mächtige Figur in ihrem eigenen kleinen Spiel, die mit Vorsicht betrachtet und als eindrucksvolle Feindin eingeschätzt wurde.

Horace Engalls hatte vor Jahren angefangen, Sanctuary zu umwerben in der Hoffnung, Breeds als Verstärkung seiner Sicherheitstruppe für seine Laboreinrichtungen zu gewinnen. Er war wiederholt abgewiesen worden, doch sowohl er als auch Brandenmore waren Partner eines sehr mächtigen Senators, den Sanctuary bei Laune halten wollte. Was bedeutete, dass die beiden Männer die Einladungen erhalten hatten, die der Senator für sie gefordert hatte.

Ria kannte Cara gut, wie sie auch Caras Mutter gekannt hatte, bevor Phillip Brandenmore sich von ihr scheiden ließ.

»Ria, meine Liebe, was machst du denn hier?« Caras kühles, überlegenes Lächeln verbarg das Herz einer Viper, als sie einen Blick auf die Stelle warf, wo Ria die Hand auf Mercurys Arm gelegt hatte. »Und dazu mit einem … Mann.« Die Pause zwischen den Worten ließ Ria die Augen zusammenkneifen. »Ich bin überrascht, dass Dane das erlaubt hat.«

Ria hob eine Augenbraue. »Dane ist mein Arbeitgeber, Cara, nicht mein Bruder.«

»Ich hatte immer weit mehr angenommen.« Caras helles Lachen war bösartig. »Vielleicht habe ich mich geirrt?«

»Vielleicht hast du das«, antwortete Ria souverän. »Aber ich habe Phillip heute Abend noch gar nicht gesehen.« Sie sah sich im Saal nach Caras Vater um. »Ich hatte gehofft, ihn begrüßen zu können.«

»Er musste auf dem Weg hierher einen unerwarteten Stopp

auf dem Flughafen einlegen.« Caras Lippen verzogen sich selbstzufrieden zu einem Lächeln. »Seine neueste Gespielin hatte Verspätung, glaube ich. Er sollte jeden Moment hier eintreffen.«

»Dann hoffe ich, ihn noch zu sehen, bevor ich gehe.« Ria lächelte angespannt und nickte ihr und Horace zu. »Vielleicht können wir später noch plaudern.«

»Oh, da bin ich sicher, Liebes.« Caras aufgesetztes Lachen kratzte an Rias Nerven. »Ich sorge schon dafür.«

Rias Blick auf die Frau wurde schärfer, bevor sie weiterging. Das Gefühl von Panik in ihr wurde stärker.

»Wie hält sich die Sicherheitstruppe?«, fragte sie Mercury leise, als sie sich durch den Saal bewegten und er sie zur Tanzfläche dirigierte.

Er war auf der Tanzfläche so gut, wie er es im Bett war, dachte sie, unterdrückte ein Seufzen und wartete ab, als er die Sicherheitsposten mit einem Blick prüfte.

»Alles hält sich gut«, brummte er in ihr Ohr. »Was ist los, Baby?«

Der Kosename ließ ihr die Knie weich werden. Wie albern. Dane nannte sie häufig Süße oder Baby. Schon immer. Aber die Wirkung war nie dieselbe gewesen.

Ria schüttelte den Kopf und senkte den Blick, als er sie enger an sich drückte.

»Ria, wir müssen bald reden«, sagte er leise, und seine Stimme wurde tiefer, fast zu einem Knurren, als er ihr Ohrläppchen mit der Zunge berührte. »Sehr bald.«

Sie schloss die Augen und lächelte. Unter der Uniformjacke konnte sie seine Erektion fühlen. Sie konnte *ihn* fühlen, warm und erregt, während er sie so eng an sich drückte, wie es der Anstand erlaubte.

»Müssen wir sehr lange bleiben?«

»Länger, als wir bleiben werden. Verdammt«, fluchte er dann und hob den Kopf. »Gehen wir. Jonas hat uns gerade in Callans Büro befohlen.«

Als er sie losließ, warf sie einen kurzen Blick auf den winzigen, kaum sichtbaren Empfänger in seinem Ohr.

»Was ist los?«

Er legte ihr die Hand an den Rücken und dirigierte sie mit leichtem Druck zu den Türen des Ballsaals.

»Wenn ich das nur wüsste«, brummte er. »Er will es nicht sagen.«

Die Panik wurde stärker. Ria konnte es nicht erklären; sie konnte ihn nicht zwingen, nicht in dieses Büro zu gehen, doch jeder weibliche Instinkt in ihr forderte lautstark, dass sie schleunigst die Flucht ergriff.

Dieser Instinkt war ein Teil von ihr, und sie hatte immer auf ihn gehört. Die wenigen Male, die sie es nicht getan hatte, hatten mit gebrochenem Herzen und zerschmettertem Stolz geendet. Und sie hatte das Mitleid für ihre Schwäche in Leos und Danes Augen gesehen. Immer das traurige, arme kleine Waisenkind.

»Ria?«, fragte Mercury, als sie das Foyer betraten und nach hinten gingen. »Alles in Ordnung bei dir?«

»Alles gut.« Sie hoffte, dass das Lächeln, das sie ihm schenkte, nicht so zerbrechlich wirkte, wie sie sich fühlte. »Ich glaube, die Schuhe drücken an meinen Füßen, oder so.«

Oder so. Je näher sie dem Büro kamen, umso mehr musste sie sich zusammenreißen, um sich nicht umzudrehen und loszurennen.

»Ich hasse es, wenn du mich anlügst«, knurrte er leise.

»Ich hasse es, wenn du mir Fragen stellst, von denen ich nicht weiß, wie ich sie beantworten soll«, zischte sie zurück. »Ich hatte schon den ganzen Tag ein schlechtes Gefühl.«

Sie umklammerte den langen Rock ihres Kleides an der Seite und hob ihn etwas hoch, als sie sich ihrem Bestimmungsort näherten. Jetzt könnte sie noch fliehen, sagte sie sich.

Von wegen. Sie war kein Feigling. Und es war keine physische Gefahr, die sie auf sich warten fühlte. Sie konnte sich ihre Vorahnung nicht erklären. Sie hatte sie sich nie erklären können.

»Jonas, Callan und Dane warten in Jonas' Büro«, erklärte Mercury. »Dane würde nicht zulassen, dass du dich in Gefahr begibst.«

Sie schüttelte den Kopf. »Gefahr ist es auch nicht.«

Ria sah die Tür. Sie war geschlossen. Sie kamen näher, und sie wollte schreien. Sie leckte sich nervös über die Lippen, ignorierte ihre schweißfeuchten Handflächen und wartete, als Mercury an die Tür klopfte.

Die Tür ging auf, aber nicht ganz. Dane trat heraus.

»Mercury, ich bleibe draußen mit Ria.« Seine Miene war wütend.

»Den Teufel wirst du.« Mercury drückte sie enger an seine Seite. »Sie braucht keinen Babysitter.«

Die Tür schwang auf.

»Mercury.« Das sanfte, feminine Seufzen zerriss sie, als sie die andere Frau entsetzt anstarrte.

Schulterlanges goldenes Haar, haselnussbraune Augen, überschattet von einem leichten Bronzeton auf den Lidern. Hohe Wangenknochen, exotische Augen und ein bebendes Lächeln. Und ein Gesicht, das Ria während der letzten Wochen in ihren Albträumen gesehen hatte. Nur dass dieses Gesicht jünger, weicher gewesen war – und der Tod sie vor Jahren schon geholt hatte. Zumindest angeblich.

»Alaiya?« Schock lag in Mercurys Stimme und versengte Rias Herz.

Sie stand reglos da. Wie erstarrt.

Die Hände einer anderen berührten sein Gesicht, streichelten es, obwohl er dabei fast zurückwich. Die Arme einer anderen schlangen sich um seinen Nacken, und eine andere Frau schmiegte sich an seine Brust.

»Oh, Mercury. Es ist so lange her.«

Diese Augen warfen Ria einen kurzen Blick zu, und einen Augenblick lang hätte sie schwören können, dass sie bösartiges Vergnügen in den Augen von Mercurys Gefährtin aufblitzen sah.

18

Sie wollte in eine Million Stücke zerbrechen. Noch Lichtjahre von der Erde entfernt würde man Splitter und Fragmente ihrer Seele finden, bevor die Reise ihres Schmerzes zu Ende war.

Sie war so sicher gewesen, dass sie ihm gehörte. So sicher, dass sie endlich einen Ort gefunden hatte, an den sie gehörte, weil ihm ihre Seele gehörte wie nie jemand anderem zuvor.

Ria fühlte, wie Mercury sich von ihr löste. Seine Hand glitt von ihrem Rücken, und sie hörte ein Knurren. Ein wütender Laut des Schmerzes, und sie fragte sich, ob er von ihr selbst kam.

Sie wollte ihre Faust in dieses perfekte Gesicht donnern. Sie wollte der Frau das perfekte Haar vom Kopf reißen. Sie wollte heulen vor Wut, Furcht und Schmerz.

»Ria, Süße.« Danes Stimme an ihrem Ohr. Sie hätte schwören können, dass sie schmerzerstickt klang. »Liebes. Halt durch. Du willst nicht hier zusammenbrechen.«

Ria wich kopfschüttelnd zurück und löste ihren Arm aus seinem Griff. Sie wollte nicht, dass er sie berührte. Sie konnte keine Berührung ertragen, nicht jetzt. Nicht während in ihrem Gehirn der Schmerz explodierte, ihr Herz zerschmetterte und es beinahe zum Stillstand brachte.

Der langsame, schleppende Herzschlag mahnte sie. Wie in jenem Moment, als ihr klar geworden war, dass ihre Mutter nie mehr zu ihr zurückkehren würde. Dass sie immer allein sein würde. Sie hätte daran denken, hätte wissen sollen, dass es nicht real sein konnte.

»Wenn du hier zusammenbrichst, wirst du dir das nie verzeihen.« Danes Stimme traf sie wie ein Schlag, ein leises wütendes Fauchen, als Alaiya den Kopf neigte und zu Mercury aufsah.

»Ich wusste es, als ich in der Klatschpresse Geschichten las, was passiert ist.« Sie seufzte, an Mercury geschmiegt. »Gefährten. Das sind wir, nicht wahr? Deshalb habe ich dich nie vergessen, Mercury.«

Ria konnte nicht atmen. *Oh Gott.* Es tat so verdammt weh. Es schnitt durch ihre Brust wie ein Messer, zerfetzte Fleisch und Knochen, und sie wollte schreien vor Wut und Schmerz.

Fass ihn nicht an!

Die Worte peitschten durch ihren Kopf, als Mercury die Handgelenke der Frau packte und sie von sich schob. Nur ein wenig. Gerade so, um Ria davon abzuhalten, zusammenzubrechen und ihn anzuflehen, sie nicht in die Arme zu nehmen.

»Alaiya?« In seiner Stimme lag jede Menge Überraschung, Schock und vielleicht auch Zorn.

Natürlich war er wütend. Elf Jahre lang waren sie getrennt gewesen, und nun war sie hier, nur Stunden, nachdem er sich zu einer anderen Frau bekannt hatte. Zu irgendeiner bescheuerten Menschenfrau, die einfach nicht begreifen konnte, wo ihr Platz war.

»Ria.« Danes Arm lag um ihre Schultern.

Er versuchte, sie zu beschützen. Das hatte er schon getan, als sie noch ein kleines Mädchen war, jedes Mal, wenn er sie sah. Dann legte er immer den Arm um ihre Schultern und versuchte, sie zu beschützen, vor allem, was sie während seiner Abwesenheit verletzt hatte. Doch es gab keinen Weg, sie davor zu schützen.

Klaffende Wunden zogen sich durch ihre Seele. Sie konnte spüren, wie sie innerlich verblutete, zerriss, und das ohne einen Laut.

»Was verdammt noch mal ist hier los?« Kehlig, heiser und voller Wut hörte sie Mercurys Stimme. Scharf wie ein Messer. Sie sah in seine Augen, und sie waren fast blau. Nicht Bernstein. Nicht gehämmertes Gold. Sie waren blau, die Farbe, die sie gehabt hatten, als er die ersten Anzeichen einer Paarung mit Alaiya im Labor gezeigt hatte.

Alaiya war wieder da. Und wie es schien, Mercurys inneres Tier auch.

»Du musst dich darum kümmern«, flüsterte Ria ihm mit einem Blick auf Alaiya zu. »Ich weiß, es ist lange her.« Sie wich vor ihm zurück. »Ihr müsst« – sie machte eine hilflose Handbewegung – »reden.« Etwas anderes durfte sie sich nicht vorstellen. Denn andernfalls würde sie sterben. Dann würde sie hier auf der Stelle ihren Lebenswillen verlieren.

Sie konnte es nicht ertragen. Es tat weh. Nichts – kein einziges Mal, als sie verlassen wurde, keine bösartigen Worte von kalten, verletzenden Lippen – hatte je so wehgetan wie das.

»Mercury, würdest du bitte ins Büro kommen?« Jonas' Stimme klang wie eine Peitsche, die durch die Anspannung schnitt. »Dane, Miss Rodriquez fühlt sich vielleicht wohler im Empfangsraum gegenüber.«

Ria sah Jonas an. Seine Silberaugen wirkten lebendig, wie ein Wesen unabhängig vom Rest von ihm, und stürmischer Zorn tobte und wirbelte in ihnen, als er sie musterte.

Natürlich war er wütend. Er würde glauben, dass sich das negativ auf ihren Job auswirken würde. Und auf Sanctuarys Beziehung zu den Vanderales.

Sie schüttelte den Kopf. Für die Familie war sie das arme kleine Waisenkind, aber nicht wirklich ein Teil der Familie. Das hatte sie immer gewusst.

Sie wich zurück und spürte Danes Hand an ihrem Arm wie eine lebendige Strömung, schmerzvoll und ungewollt.

»Einen Teufel wird sie.«

Noch bevor die Worte ganz über Mercurys Lippen gekommen waren, hatte er sie schon gegriffen und zog sie an seine Seite, legte den Arm um ihren Rücken und drückte sie an sich.

»Tu mir das nicht an.« Der Klang ihrer Stimme schockierte sie. Kaum hörbar, so erstickt und rau, dass man sie fast nicht verstand. »Zwing mich nicht, das mit anzusehen.«

Seine Augen waren fast vollkommen blau; jetzt flackerte das Gold in winzigen Sprenkeln darin, statt umgekehrt.

»Es ist nicht das, was du denkst.« Er warf einen finsteren Blick in den Raum, bevor er sie mit sich nach draußen zog, aus dem Sichtfeld der anderen, sie an die Wand drückte und mit zornigen Augen auf sie herabsah.

Und in ihr wütete der Schmerz. Sie musste weg von ihm. Bevor sie ihn noch anbettelte. Bevor sie ihn anflehte. *Bitte, lass mich nicht allein.*

Sie stemmte die Hände gegen seinen Oberkörper. »Kümmere dich darum. Ich warte mit Dane.« Sie schüttelte den Kopf und wusste, dass er nicht zu ihr zurückkehren würde.

Der Paarungsrausch war wie eine Droge, eine Sucht. Er wäre nicht fähig, von der Seite seiner Gefährtin zu weichen, bis der Rausch abklang. Doch bis dahin wäre Ria längst fort. Längst verschwunden und weit weg.

»Einen gottverfluchten Scheiß wirst du.« Er knurrte ihr die Worte ins Gesicht. »Auf keinen Fall.«

»Mercury, hör ihr zu«, meinte Dane leise drängend hinter ihm. »Willst du sie derart verletzen, Mann? Ich konnte den Paarungsrausch an dir wittern im selben Moment, als Alaiya sich in deine Arme warf. Es zu leugnen wird Ria nicht vor dem Schmerz bewahren.«

Ihre Knie wurden zu Gummi.

Oh Gott. Sie durfte nicht umfallen. Entsetzt starrte sie zu Mercury auf.

»Es ist nicht so. Ria, hör mir zu.« Seine Hände umfassten ihr Gesicht, und seine Züge waren verzerrt vor Qual. »Baby, du musst mir zuhören. Es ist nicht so.«

Er senkte den Kopf, und sie wusste, was kam. Er würde sie küssen. Sie schmecken lassen, was sie nicht haben konnte. Sie wissen lassen, was einer anderen gehörte. Und er würde sie damit zerstören.

»Nein!« Ihre Hand fuhr hoch und legte sich auf seinen Mund. »Lass mich gehen, Mercury. Lass mich gehen.«

»Du bist meine Gefährtin.« Er schüttelte ihre Hand ab. »Verdammt, du sollst mir zuhören.«

»Lass sie gefälligst los.«

Dane wirbelte ihn herum, weg von ihr – doch niemand hätte damit rechnen können, was als Nächstes passierte.

Ein Brüllen drang aus Mercurys Kehle, und Dane flog durch die Luft. Er schlitterte über den gebohnerten Fußboden und krachte an die Wand, worauf er den Kopf schüttelte und mit einem wütenden Knurren wieder auf die Beine kam.

»Fass meine Gefährtin an, und du stirbst.« Mercury stellte sich zwischen sie und Dane. »Hörst du mich, Vanderale? Ich reiße dir die Eingeweide heraus wie diesem Scheißbastard im Labor und stopfe sie dir in die Kehle.«

Seine Stimme – das war nicht seine Stimme.

Ria wich vor ihm zurück und schüttelte den Kopf, als Callan, Kane und Jonas aus dem Büro stürmten und sich zwischen Mercury und Dane stellten, während Jonas seinen Bruder zurückhielt und wütend knurrte, als Dane sich wehrte.

»Mercury?« Alaiya kam aus dem Büro. Sinnliche Seide raschelte, als sie sich bewegte, wie das Flüstern einer Schlange. Ihre Stimme war fast kindlich sanft, verwirrt, aber ihre Augen … Ria sah in Alaiyas Augen und erkannte die selbstgefällige Zufriedenheit darin. »Mr Vanderale hat mich nicht angefasst.«

Sie berührte seinen Arm, und Mercurys Blick richtete sich auf Ria.

»Geh du ja nicht von mir weg.« Er wies mit dem Finger in Rias Richtung, um Beherrschung ringend, und kämpfte offensichtlich gegen die Wut an, die mit dem Paarungsrausch in ihm tobte.

Paarungsrausch. Für sie. Ria sah die andere Frau an und wollte am liebsten ihre eigene Wut hinausschreien.

»Sieht so aus, als sei die Party vorbei«, flüsterte sie und erwiderte seinen Blick. Ihr Schmerz reichte bis in ihre tiefste Seele. »Kümmere dich um deine Gefährtin, Mr Warrant. Ich kümmere mich um mich.«

Sie fühlte das Eis entstehen, obwohl sie wusste, dass es nicht lange halten würde. Es bildete sich in ihren Adern, bedeckte ihre Haut und wogte durch ihren Verstand. Der Schild war so brüchig wie Eis und genauso kalt.

Mercury fletschte die Zähne in einem lautlosen, warnenden Knurren und wollte zu ihr. Und vielleicht hätte er sie auch erreicht, hätte sie vielleicht wirklich berührt, wäre Alaiya nicht gewesen. Hätte sie nicht die Hände nach ihm ausgestreckt, über seine Schultern gleiten lassen und ihre Lippen auf seine gepresst, bevor er sie wegschieben konnte.

Und Mercury erstarrte, reglos wie der Tod, als sie ihn berührte.

Ria konnte es nicht mehr ertragen. Sie drehte sich um und lief los, noch während sie registrierte, dass Dane hinter ihr ihren Namen rief und sie einholte. Er hielt sie am Eingang zum Foyer auf und zwang sie, langsamer zu werden, bevor er den Arm um sie legte und sie eilig zur Tür geleitete.

Der Türsteher wartete dort mit ihrem Cape.

Dane nahm es entgegen. Ria wäre einfach weitergegangen. Sie musste laufen. Sie musste fliehen und dem Schmerz entkommen. Die Splitter steckten so scharf und so tief in ihr, dass sie glaubte, es nicht überleben zu können.

Das erste Schluchzen drang aus ihrer Kehle, als sie die Stufen hinabeilte und das Echo eines Aufbrüllens hinter sich ignorierte.

Danes Limo wartete draußen. Rye öffnete zügig die Tür und schlug sie hinter ihnen zu, während Dane sie auf den Rücksitz schob. Eine Sekunde später fuhr der Wagen vom Herrenhaus weg und bahnte sich einen Weg durch den frisch gefallenen Schnee. Dane legte den Mantel um sie.

»Es ist in Ordnung, Kleines«, flüsterte er, nahm sie in die Arme und wiegte sie hin und her.

Das hatte er auch getan, als er sie im Apartment gefunden hatte, ganz allein. Hatte sie Kleines genannt und in die Arme genommen.

»Auch das geht vorbei, Ria«, flüsterte er an ihrem Haar.

Und ihr Herz zerbrach immer mehr. Ihr Brustkorb war eine einzige lebendige, brutale Wunde, die immer wieder aufriss. Atmen schmerzte. Leben schmerzte. Sie konnte den Schmerz über ihren Körper fließen fühlen wie eine Qual, die sich mit Widerhaken in sie bohrte und sie zerriss.

»Sie war doch angeblich tot«, flüsterte sie. »Sie sollte gar nicht hier sein.«

Sie konnte sprechen. So sehr es auch schmerzte, sie atmete noch.

»Ich weiß, Süße.« Seine Arme um sie spannten sich an. »Gott, Ria, ich bringe ihn um, dafür dass er dir das antut. Das schwöre ich dir.«

Er meinte es ernst. Sie kannte das Eis in seiner Stimme, die Wut, die darin nachhallte. Und sie erstarrte.

»Ich werde mit ihm sterben.«

Sein Kraftausdruck zerriss die Stille.

»Du stirbst schon ohne ihn.« Seine Stimme klang heiser. Danes Stimme war nie heiser. Er gestattete sich nie, genug für irgendwas oder irgendwen zu empfinden, außer für die Familie, um so wütend zu werden. Und sie gehörte nicht zur Familie. Sie hatte nie dazugehört.

Sie rutschte etwas weg von ihm, denn sie hasste es, wie es sich anfühlte, dass er sie in den Armen hielt. Sie hasste es, irgendetwas an ihrer Haut zu spüren.

»Wir fahren zum Flughafen«, teilte er ihr mit. »Ich bringe dich nach Hause.«

Ria schüttelte den Kopf. »Ich muss den Job erledigen.«

Da war noch der Job. Ihr Wort. Sie war es ihnen schuldig. Den Vanderales. Diesen einen letzten Auftrag.

»Ria.« Er beugte sich vor, während sie in die Ecke gegenüber rutschte und sich an die Tür kauerte. »Herrgott, Süße, ich kann nicht zulassen, dass du dir das antust.«

»Du kannst mich nicht daran hindern«, antwortete sie tonlos.

Tonlos. In ihrer Stimme lagen keine Emotionen, doch innerlich rissen sie sie in Stücke, immer wieder. Wie Geier aus der Hölle, die bis in alle Ewigkeit an Fleisch rissen, das gnadenlos nachwuchs. So war der Schmerz, der sie zerriss.

Sie starrte geradeaus, sah zu, wie der Schnee fiel und die Scheibenwischer ihn beiseitefegten.

»Bring mich zur Hütte, Rye.«

»Der Boss hat Helijet gesagt, Liebes«, widersprach Rye sanft, während Dane sie finster ansah.

Sie sah ihn nicht an, sondern blickte weiter auf den Schnee.

»Bring mich zur Hütte.«

»Nein.«

Darauf drehte sie sich um und sah ihn an. »Es ist vorbei, Dane.«

Er erwiderte ihren Blick, mit harten, wütenden braunen Augen.

»Soll heißen?«

»Wenn du mich nicht zurück zur Hütte fährst und diesen Auftrag zu Ende bringen lässt, gehe ich zum Leo und verlange es. Es ist mein Job. Den mache ich zu Ende.«

Er fuhr sich mit der Hand übers Gesicht, seine Kinnmuskeln spannten sich an, und sie sah, wie er nachdachte und um eine Antwort rang.

»Wir gehen nach Asien.« Plötzlich lächelte er, ein sanftes, trauriges Lächeln. »Ich habe von schwarzen Perlen gehört, Ria. Schwarze Naturperlen. Ich kaufe sie dir. So viele wir finden können, Kleines.«

Sie schüttelte den Kopf. Keine Juwelen mehr. Keine Perlen mehr. Nichts konnte wiedergutmachen, was sie heute Abend verloren hatte.

»Bitte«, flüsterte sie. »Ich muss zurück zur Hütte.«

»Damit du dich selbst quälen kannst, verdammt? Herrgott, Ria, ich weiß doch, was du dann tust, Baby. Ich habe es schon erlebt. Du rollst dich auf dem Bett zusammen und tust so, als sei es nicht passiert. Als würde er zurückkommen und sich nicht mit dem Miststück paaren, das heute Abend aufgetaucht ist.« Er packte sie an den Schultern und schüttelte sie. »Ich bringe ihn um, Ria. Hörst du mich?«

»Bring mich zurück.« Sie starrte ihm in die Augen. »Fass ihn an, und der Leo erfährt alles, Dane. Absolut alles. Kannst du mich töten, um mich zum Schweigen zu bringen?«

Geschockt starrte er sie an. »Das meinst du nicht ernst, Ria.« Er schüttelte bitter den Kopf. »Das würdest du nicht tun, nicht einmal im Zorn.«

»Ich habe dich nie um etwas gebeten.« Ihr versagte die Stimme. »Die Bestechungsgeschenke waren deine Idee. Ich hatte Spaß dabei. Aber Mercury zu verletzen kommt nicht infrage.«

Denn er hatte recht. Sie musste sich in dem Bett zusammenrollen, das noch immer Mercurys Duft an sich hatte. Sie musste sich unter den Decken eingraben, und oh Gott. Oh Gott, sie brauchte die Illusion.

Sie schlang die Arme um ihre Taille.

»Bitte«, schluchzte sie schließlich. »Oh Gott, Dane, bitte bring mich zurück in unsere Hütte. Bitte.«

Die erste Träne floss, und sie wehrte sich dagegen. Sie wehrte sich tapfer. Sie drückte den Kopf gegen die Tür und schauderte, und ein weiteres Schluchzen entfuhr ihr.

»Bring sie zur Hütte, Rye.« Danes Stimme klang gequält. »Nur für heute Nacht. Geben wir ihr heute Nacht.«

Sie wiegte sich hin und her, denn sie könnte es nicht ertragen, sich von Dane wiegen zu lassen. Sie unterdrückte das Schluchzen und schüttelte es ab. Ihr Gesicht brannte, ihre Kehle schmerzte vor Verlangen zu schreien, und als sie sie an den Ort brachten, den sie schon als ein Zuhause betrachtet hatte, zersprang Ria innerlich.

Sie trat allein in die Hütte und registrierte, wie Rule und Lawe sich um die Hütte verteilten. Sie sagten nichts. Dane war im Wagen geblieben, als sie ihm mit der Hand bedeutet hatte zurückzubleiben.

Sie betrat die Hütte und fühlte es. Sie konnte ihn in der Luft riechen. Den Duft ihrer Leidenschaft am Tage, das Gefühl von ihm an ihrer Haut, zwischen ihren Schenkeln, als er sie an die Wand gedrückt und seine »Gefährtin« genannt hatte. Und alles, was sie bis hierher mühsam unterdrücken konnte, brach nun gewaltsam aus ihr heraus. Es riss Löcher in ihre Seele, und als die Tür zufiel, musste sie sich zwingen, durchs Haus zu gehen. Ins Schlafzimmer.

»Mercury.« Sie flüsterte seinen Namen, ein qualvolles Schluchzen, während sie das Cape zu Boden fallen ließ, zum Bett taumelte und sich auf sein Kissen schleppte.

Und sie jammerte. Die Türen, die ihren Zorn und Schmerz zurückgehalten hatten, öffneten sich, und sie schrie vor Qual. Die Hände in ihr Haar gekrallt, rollte sie sich zusammen, und Tränen strömten ihr über die Wangen.

»Mercury!« Sie schrie seinen Namen in die Dunkelheit und schluchzte; sie starb innerlich und fühlte sich so sehr gebrochen, als könne sie nie wieder eins werden, als habe sich die Welt um sie herum einfach aufgelöst.

Bebendes Schluchzen drang aus ihrer Kehle, sein Name ein Gebet auf ihren Lippen, und sie lag da, umgeben von seinem Duft, von der Erinnerung an ihn, von allem, was nie ihr gehören konnte. Sie spürte, wie sie innerlich starb.

Sie zog sein Kissen zu sich heran, roch ihn, und alles in ihr schmerzte. Der Schmerz, körperlich und seelisch, riss an ihr, und sie warf sich unruhig auf dem Bett hin und her, während die Tränen flossen und der Schmerz tobte.

Er hatte sie lieben sollen.

Du bist meine Gefährtin. Scheiß auf Paarungsrausch. Du bist meine Seele, Ria.

Er hatte sie geküsst, als er die Worte gesagt hatte. Zuvor, unter der Dusche, als das Wasser über sie geflossen war. Als es ihre Haut benetzt hatte und über ihre Leidenschaft geströmt war.

Meine Gefährtin. Ich liebe dich, Ria. Mein Herz.

Sie rief seinen Namen, vergrub den Kopf in sein Kissen und rollte sich in Qual zusammen. Er war nicht ihr Gefährte.

Dane stand an den Wagen gelehnt, den Kopf gesenkt, im fallenden Schnee und registrierte, wie Rule und Lawe langsam näher kamen, während Rias Schreie nach draußen drangen. Während der Klang ihrer Qual, getragen von der stillen Brise, voller Kummer durch die Nacht hallte.

Er hob den Kopf, als sie sich näherten, schweigend und mit düsterem Blick.

»Jemand sollte da reingehen«, meinte Lawe leise. »Sie sollte nicht allein sein.«

Dane zog die Schultern hoch. »Sie muss jetzt allein sein. Damit sie es akzeptieren kann.«

Darauf schnaubte Rule. »Mercury bringt dich um, du Hundesohn. Du hättest sie nie von dort wegbringen dürfen.«

Dane schüttelte den Kopf. »Wenn mein Tod Mercury zu ihrem Gefährten machen würde, dann würde ich mir selber das Leben nehmen.« Er warf einen Blick zur Hütte. »Sie hat verdient, was sie mit ihm gefunden hat. Und sie hätte verdient, dass es weit länger dauert, als es gedauert hat.«

»Merc wird sie nicht gehen lassen«, erklärte Lawe. »Wenn du seine Harley auf dem Weg hierher hörst, dann hau besser ab, Vanderale. Denn Hölle ist keine Beschreibung für das, was er über dich bringen wird.«

Wieder war sein Name in der Luft zu hören, und der qualvolle weibliche Aufschrei voller Schmerz ließ sie alle zusammenzucken. Doch Dane hörte keine Harley näher kommen. Er hörte das Brüllen eines Löwen. Einer von den echten Löwen, die an Sanctuarys Grenzen umherstreiften. Angezogen von den Schreien, brüllte er seinen eigenen Zorn hinaus.

Dane schüttelte wieder den Kopf, öffnete die Tür zur Limo und stieg ein.

Schon einmal hatte er diese Schreie gehört. Als sie ein Kind war, kaum älter als ein Baby, und nach der Mutter schrie, die ihr genommen worden war; Schreie vor Schmerz, der sie zerriss.

Und selbst in der Limo konnte er ihre Schreie nicht ausblenden. Er starrte in die Nacht, sah zu, wie die Schneedecke immer höher wurde und hörte zu – und er fühlte den Schmerz. Denn dieses Mal konnte er es ihr nicht ersparen. Er hatte keine Möglichkeit, es ihr leichter zu machen.

Er griff in die Tasche seines Jacketts und holte das Satellitentelefon heraus. Lange Momente starrte er es an, bevor er auf »Kurzwahl« drückte.

»Wo zur Hölle bist du?«, erklang die Stimme seines Vaters, gleichermaßen erfüllt von Ärger und Sorge.

»Sanctuary. Die Party, weißt du noch?«, antwortete er.

Der Leo schnaubte. »Wie geht es allen?« Seine Söhne. Dane wusste, wen er meinte.

»Gut. Sie sind arrogant wie die Hölle und treiben mich in den Wahnsinn. Genau wie du.«

»Also mehr wie du«, konstatierte Leo.

»Wie geht es den Mädchen?« Seine Mutter hatte zwei Mädchen zur Welt gebracht – Zwillinge. Sie waren eine Zeit lang krank gewesen, doch gestern hatte Leo berichtet, dass es ihnen besser zu gehen schien.

»So gesund, wie sie waren, bevor sie sich diese Erkältung eingefangen haben.« Er konnte die Erleichterung in Leos Stimme hören. »Komm nach Hause. Du kannst Babysitter spielen.«

Dane verzog das Gesicht. »Versuch's mit der Nanny, die kann das besser.«

Schweigen in der Leitung.

»Was hast du angestellt, Dane?«, fragte Leo schließlich.

Dane starrte hinaus auf den Schnee und hörte Rias Schreie durch die Nacht hallen.

Er seufzte müde. »Ria ist hier.«

»Und warum ist mein Mädchen dort, Dane?«, fragte Leo.

Dane sah weiter auf den Schnee. »Code knacken. Jemand schmuggelt Geheiminformationen an Engalls und Brandenmore«, sagte er leise. »Ich habe sie darauf angesetzt.«

Leo schwieg. »Gute Wahl«, bemerkte er schließlich. »Also, wieso habe ich das Gefühl, dass da noch ein Aber kommt?«

Das war typisch für seinen Vater. Manchmal fragte Dane sich, ob Leo nicht jedes verdammte Spiel mitbekam, an dem er beteiligt war.

Er seufzte müde und informierte seinen Vater mit schwerer Stimme über die Situation. Leo hörte zu, und das ausnahmsweise einmal ohne Wutausbruch mitten in der Geschichte. Leo bekam gern Wutausbrüche. Dann fühlte er sich besser. Als Dane geendet hatte, schwieg er und betrachtete, wie dieser verdammte Schnee immer höher wurde. Wenigstens schrie Ria nicht mehr.

»Habt ihr den Verräter schon identifiziert?« Leos Stimme klang hart und wütend.

»Noch nicht. Sie arbeitete daran, als Alaiya auftauchte.«

»Ich lasse den Jet fertig machen. Hol uns am Flugplatz in Buffalo Gap ab. Deine Mutter, die Mädchen und ich kommen so schnell wie möglich.«

»Nicht gut, Leo«, seufzte Dane. Das hatte er nicht erwartet. »Das können wir noch nicht riskieren. Und auf keinen Fall können wir die Mädchen dem Risiko aussetzen.«

»Leo Vanderale kommt nach Sanctuary, um zu überprüfen, wie sein verdammtes Geld ausgegeben wird«, knurrte sein Vater. »Der Leo muss nicht groß kundtun, wer er ist. Arrangiere das. Und ich will, dass dieser Welpe Jonas da ist, um Rechenschaft abzulegen. Sag Callan, er soll Platz für mich im Herrenhaus schaffen. Ich bringe auch meine Sicherheitsleute mit.«

Dane rieb sich über die Stirn. »Ich bringe sie morgen nach Hause. Sie wird bereit sein zu gehen.«

Leo wartete ab und hörte zu.

»Du willst sie nicht so sehen, Dad.« Er nannte Leo nur selten Dad. »Lass mich sie nach Hause bringen. Wir päppeln sie hier wieder auf.«

Leo schnaubte. »Wenn du nicht bis Nachmittag in diesem Jet sitzt, fliege ich los. Verlass dich darauf.«

»Mache ich«, antwortete Dane.

»Hast du ihr wieder hübsche Steinchen besorgt, dafür dass du riskiert hast, dass ich wütend auf sie bin, wenn ich herausfinde, was ihr zwei im Schilde führt?«, knurrte Leo schließlich.

»Ja, habe ich.« Aber die waren nicht genug. Um ihr jetzt Trost zu schenken, dafür gab es nicht genug Steinchen.

»Verdammt«, seufzte Leo. »Sei für sie da, Dane.«

»Bin ich doch immer.« Dane legte auf und starrte weiter in die Nacht. Er war immer für sie da, doch dieses Mal war er nicht da gewesen.

Und während er hinaussah, trat der erste mächtige vierbeinige Löwe hinaus auf die Lichtung. Das Tier schüttelte den Schnee aus seiner dunklen, wallenden Mähne, neigte den Kopf und brüllte in die Nacht.

Ein anderes Brüllen antwortete darauf, und dann noch eines. Und während Dane hinaussah, bewegten sich Lawe und Rule behutsam von ihren Positionen weg auf die Limo zu, woraufhin er die Türen öffnete und die beiden Breeds in den warmen Wagen einsteigen ließ.

Rye stieg gar nicht erst aus, um durch eine Tür nach hinten zu kommen. Er glitt über den Sitz hinter den Fahrerbereich und sah Dane überrascht an.

»Verdammt viele Löwen da draußen«, meinte er unbehaglich.

Die brüllten inzwischen in die Nacht, angetrieben von dem Tier, das auf dem Weg hierher sein musste. Dane konnte schwören, er spürte es.

Ein weiteres Tier trat heraus. Eine Löwin, deren Brüllen in die Nacht hallte, während die Löwen die Hütte umringten.

Ein Dutzend ausgewachsene, wütende Geschöpfe, die einem einfachen Kommando folgten: Mercurys Gefährtin zu schützen.

Um Danes Lippen spielte ein Lächeln, als er die kleine Bar in der Mitte des Rücksitzes öffnete und Whiskey und Gläser herausnahm.

»Sieht nach einer interessanten Nacht aus, Freunde«, meinte er und schenkte ein. »Ich sage, wir genießen die Show, solange wir können.«

Rias Gefährte war auf dem Weg zu ihr. Dane hatte befürchtet, die Paarung gelte dem Miststück, das heute Abend hier aufgetaucht war, und seine Instinkte waren voll Wut darüber gewesen. Er würde den Leo noch einmal anrufen müssen.

Er prostete seinen Begleitern zu, als noch ein Löwe auftauchte. Verdammt, waren die Viecher groß.

»Ich sage, wenn Mercury hier ankommt, tun wir einfach so, als wären wir nicht hier.« Lawe kippte seinen Whiskey in einem Zug hinunter und schluckte. »Mucksmäuschenstill bleiben. Kein Augenkontakt.«

Alle nickten.

»Verdammt gute Idee«, brummte Rule, als ein Löwe ein herausforderndes Brüllen an die Limo richtete. »Oh ja. Verdammt gute Idee.«

19

Mercury erstarrte, als Alaiyas Lippen sich auf seine drückten. Er wurde vollkommen reglos und still, und all seine Energie, sein ganzes Bewusstsein konzentrierte sich auf das Tier, das vor Wut aufbrüllte und sich von den mentalen Fesseln befreite, deren Zwang er nun erkannte.

Es fühlte sich an, als würde ihm ein Stück seines Gehirns aus dem Schädel gerissen. Animalischer Instinkt überflutete ihn, brach durch sein Bewusstsein mit der Kraft einer gewaltigen Explosion, die Ketten hinwegfegte, von deren Existenz Mercury gar nichts gewusst hatte.

Er fühlte, wie Macht in ihn strömte, Stärke seinen Körper durchlief und das Adrenalin, das man animalische Verdrängung nannte, ihn mit so gewaltiger Kraft überkam, dass sogar die Breeds, die ihn beobachteten, angesichts der Bedrohung, zu der er werden konnte, knurrten.

Er war eine Bedrohung. In diesem Augenblick war er reine Kraft und Wut, Mann und Tier, und das Tier war stark. Es schrie brüllend auf, und aus seiner eigenen Kehle drang ein Grollen, das Gefahr verhieß und Tod.

Er konnte Ria wittern, und Dane. Ein anderer Mann entfernte seine Gefährtin von ihm. Der Duft eines anderen Mannes umhüllte sie jetzt, und dieser Mann umgab sie mit seiner Stärke. Es gab nur eine Sache, die Dane Vanderale rettete: In seinem Duft lag keine Lust. Nur Beschützerinstinkt und Schmerz. Doch er brachte Mercurys Gefährtin weg, und dafür würde er bezahlen müssen.

Und Mercury fühlte das Tier. Es war frei. Adrenalin überflutete ihn in krachenden Wogen drohender animalischer Verdrängung, während das Tier wutentbrannt die Klauen in seinen Verstand schlug.

Er spürte, wie seine Muskeln sich wölbten und Blut in sie pulsierte. Er fühlte, wie die Kraft, die er einst gekannt hatte, in ihn strömte. Seine Sinne wurden schärfer und klarer. Plötzlich registrierte Mercury jede Bewegung jedes Körpers um ihn herum, jeden einzelnen Duft, jede Unze Zorn, die den Flur erfüllte. Und die Vermutung, das Wissen, dass die Frau, die sich so eng an ihn schmiegte, nichts weiter war als eine erstklassige Schauspielerin.

Berechnend und manipulativ. Eine Frau, die wegen ganz anderer Dinge hier war, als sie behauptete.

Als Alaiyas Lippen sich fester auf seinen Mund pressten und ihre Zunge hart gegen seine geschlossenen Lippen drängte, ließ er ihren Arm los, ließ die Hand vorschnellen und packte das Handgelenk der anderen Hand, die sich ihm näherte. Er verstärkte seinen Griff um Alaiyas anderen Arm und schob sie trotz ihrer Gegenwehr mühelos von sich.

Sie hatte versucht, an das Hormon zu kommen, das jetzt seine Zunge und seinen Mund füllte. Das Hormon, das angefangen hatte, durch seinen Organismus zu rasen, als er zuvor mit seiner Gefährtin getanzt und der Duft ihrer Panik und Furcht das Tier aufgeschreckt hatte, bis es sich streckte und nach ihr griff.

Das war der erste Moment gewesen, in dem Mercury wusste, dass sein Tier nicht tot war. Der erste Moment, in dem er gewusst hatte, dass alles, was seine Seele ihm gesagt hatte, die Wahrheit war: Ria war seine Gefährtin.

Er schob Alaiya weg, ignorierte den Geruch ihrer Verzweiflung und ihres Zorns, drehte den Kopf und sah Jonas, das Abnahmeröhrchen in einer Hand und die Entschlossenheit, ihm Blut abzunehmen, in seinen Silberaugen. Doch in ihnen stand keine Drohung – nur Besorgnis und der Wunsch nach Gewissheit.

Er sah dem Mann in die Augen; Silber, in dem Macht waberte, und er erkannte die Gründe, warum Jonas eher versuchen würde, sich das Blut zu holen, als danach zu fragen. Denn sie kannten das Tier, das nun in ihm tobte. Jonas kannte es. Und er fürchtete es vielleicht nicht, aber er fürchtete *um* es.

Mercury lächelte. Ein Entblößen der Reißzähne, als er das Röhrchen nahm, sich die Nadel in den Arm stach und zusah, wie das Blut, leuchtend rot, den kleinen Behälter füllte.

»Ist es das, was du brauchst?« Er zog die Nadel heraus und sah sich um.

Er wusste, Ria war verschwunden, doch er konnte sie immer noch fühlen. Ihre Qual erreichte ihn, ließ das Tier in ihm vor Zorn brüllen, und seine Kontrolle zerriss unter der überwältigenden Wut in ihm.

Er legte den Kopf in den Nacken und brüllte. Die Wut war ein lebendes und atmendes Wesen in ihm. Er war nicht länger nur ein halber Breed; zum Teil war er nicht einmal mehr ein Mensch. Und das mehr denn je.

Er drückte Jonas das Röhrchen in die Hand, und ein kleiner Teil von ihm erkannte, dass die Gemeinschaft als Ganzes die Antwort darin brauchte. Man konnte ihn nicht einfach einsperren, nur weil das Tier wieder da war. Und wenn sie es versuchten, würden sie sterben.

Er wollte seiner Gefährtin hinterher.

»Mercury, wo gehst du hin?« Schon wieder Alaiya, die seinen Weg blockierte, sich an ihn drängte, und er knurrte angewidert.

»Mercury, sie ist in Sicherheit.« Jonas' Versicherung hinter ihm half nicht, die Wut in ihm zu lindern. »Kümmern wir uns zuerst um das hier. Dane, Lawe und Rule wachen über sie. Du kannst bald zu ihr.«

»Einen Scheiß kann er.« Alaiyas Hände krallten sich in seine Schultern und ihr Gesicht verzerrte sich vor Zorn. »Denkst du, ich werde dich an diese schwächliche kleine Menschenfrau verlieren?«

Ein Rascheln von Seide begleitete ihre Bewegungen, wieder rieb sie sich an ihm, und er atmete ihren Duft ein. Der Geruch anderer Männer haftete an ihr, der Geruch von Zorn und wütender Eifersucht. Der Geruch einer Frau, die Dinge nur deshalb wollte, weil sie nicht ihr gehörten.

An diesen Zug von ihr erinnerte er sich. Er erinnerte sich an eine Zeit, als das eine Herausforderung für ihn gewesen war: der Gedanke, diesen Teil von ihr zu zähmen. Sie hatte den Sinn für Fairness in dem Tier herausgefordert, und er hätte sie genommen, um sich mit ihr zu paaren, weil sie die stärkste Frau war, die mit dem meisten Trotz, und weil er zu jener Zeit nach ihr das größte Verlangen spürte, nachdem ihr Körper herangereift war.

Doch das war nicht mehr so. Jetzt war ihr Duft eine Kränkung für ihn. Er war nichts im Vergleich zu dem süßen Duft seiner Ria. Mit all ihren kleinen Widersprüchen, ihrem Ehrgefühl und ihren Ängsten. Kein Vergleich zu Rias Wärme, ihrem sanften Wesen oder der Wonne, die er in jedem Lächeln fand, das er ihr entlockte.

Der Duft seiner Gefährtin war ein Elixier. Nektar für seine Sinne. Und der Duft, der ihn jetzt umhüllte, war Abfall und Blut. Tod und Krankheit.

Er ließ ihre Berührung geschehen. Er gestattete ihr, nur Momente lang, sich erneut an ihn zu klammern und starrte auf sie herab, um sie erkennen zu lassen, dass es hier nichts für sie gab. Ihre Berührung war ihm ein Gräuel. Und die einzige Möglichkeit, dass ihr Tier es erkannte, bestand darin, dass es das Gefühl wahrnahm.

Dann packte er ihre Arme und ignorierte das Unbehagen in seinen Handflächen, als er sie berührte. Seine Zunge war dick angeschwollen, das Hormon pulsierte wütend in seinem Mund, und er schluckte. Schluckte und knurrte triumphierend.

Das Tier, das geschlafen und dessen Rückkehr er gefürchtet hatte, verschmolz mit seinem Geist, bahnte sich seinen Weg an jenen kalten, leeren Ort, der nur dann nicht voller Leere war, wenn Ria ihn berührte.

Und er erkannte: Es lag daran, dass Ria dem Tier gestattet hatte, aus der Isolation zu erwachen, in die das Serum es gezwungen hatte. Diese kalte, leere Stelle in seinem Geist war ein Ergebnis des Serums gewesen, und Ria hatte das Tier gerettet, das nun an diese Stelle trat.

»Du bist mein Gefährte.« Alaiyas Klauen gruben sich in seine Unterarme und weckten kein Verlangen, sondern Zorn in ihm, als sie sich weigerte, jeden Instinkt zur Kenntnis zu nehmen, der ihr, wie er wusste, sagte, dass sie etwas berührte, das sie töten könnte für die Beleidigung, die sie damit seiner Gefährtin zufügte.

»Also, wo warst du die ganze Zeit?«, fragte er sie mit finsterer Stimme, während die Wut ihn durchströmte.

Der Drang, zu Ria zu kommen, beherrschte ihn. Er zügelte das Tier, nur für den Moment. Rias Zeit würde kommen, und er würde dafür sorgen, dass sie nie wieder von ihm fortging.

Alaiyas Augen weiteten sich, und er fühlte die Lüge, noch bevor sie über ihre Lippen kam. Er witterte sie, ein dunkler, ranziger Geruch, der seine Nase beleidigte.

»Ich wurde von dir ferngehalten«, flüsterte sie.

»Du lügst.« Er schüttelte ihre Berührung ab. »Du hast Spielchen gespielt, so wie du es immer getan hast. Du hast getan, was du wolltest, und dir keine Gedanken gemacht über die, die du im Labor zurückgelassen hast. Du hast mit deinem Ausbilder geschlafen, Alaiya. Ich wusste es damals schon. Du hast ihn umgebracht und bist geflohen, und du hast dich versteckt, wie der Feigling, der du immer warst. Ich frage dich noch einmal: Warum bist du jetzt hier?«

Ihre Lippen wurden schmal.

»Du hast von Ria gehört«, antwortete er für sie. »Was bedeutet, du hast Beziehungen zu Sanctuary. Beziehungen, die du gar nicht haben solltest.«

Ihr Blick huschte über seine Schulter zu Jonas.

»Sie hat sich vor sechs Monaten von sich aus im Büro gemeldet, Mercury«, teilte Jonas ihm mit. »Seitdem habe ich sie in gewissen Bereichen als Undercoveragentin arbeiten lassen.«

Das war Jonas. Immer Nutzen aus einem Werkzeug ziehen, ganz gleich, wie fehlerhaft es war.

»Und du hast mir nicht gesagt, dass man sie gefunden hat?« Er ließ sie nicht aus den Augen. Er beobachtete sie, wie er eine Schlange beobachten würde, während er zusah, wie die Lügen ihre Augen heller und dunkler werden ließen.

»Sie ist nicht deine Gefährtin.« Er hörte das Schulterzucken in Jonas' Stimme. »Ihr Duft ist nicht Teil von dir, und die Paarungstests, die ich Ely durchführen ließ, ergaben nichts. Es gab keinen Grund, dich zu informieren.«

Mercury nickte langsam. Die Wut zu zügeln, die in seinem Inneren pulsierte, fiel ihm nicht leicht. Das Tier brüllte in seinem Kopf und verlangte, dass er zu seiner Gefährtin ging. Seiner wahren Gefährtin.

»Das ist nicht wahr«, fauchte Alaiya. »Im Labor war die Paarung vorhanden.«

Mercury schob sie von sich. »Im Labor war der Drang nach

Sex vorhanden«, knurrte er zurück. »Die Lust war da, nach der einzigen Frau, die überhaupt Stärke besaß.«

»Dann erklär die Tests«, rief sie mit geballten Fäusten, und eifersüchtige Wut strömte von ihr aus. »Die Tests, die dort gemacht wurden. Dieselben, wegen der die Klatschpresse so aus dem Häuschen ist. Jeder andere mag denken, dass diese Schmierblätter nur Schrott schreiben, aber ich erinnere mich an die Testergebnisse, Mercury. Ich erinnere mich daran, und ich weiß noch, wie besitzergreifend du jedes Mal warst, wenn man dich in meine Nähe ließ. Es war Paarungsrausch. Es war dasselbe wie die Paarungen, von denen ich gelesen habe, seit ich für Jonas arbeite.«

Er schüttelte den Kopf. »Diese Tests sind mir gleichgültig, Alaiya. Dieser Rausch gilt einer einzigen Frau. Meiner Gefährtin. Ria.«

»Breeds paaren sich nur ein einziges Mal«, fauchte sie mit vor Zorn gerötetem Gesicht.

»Wir haben uns nicht gepaart«, erinnerte er sie und wandte sich dann an Jonas. »Ich will, dass sie für weitere Befragungen unter Arrest gestellt wird.« Sein Blick bohrte sich in den seines Befehlshabers. Auch das Tier in Jonas erkannte er nun. Und er lächelte. Die Geheimnisse, die Jonas hütete, lagen nicht sehr tief unter der Haut, und das Gespür des einen Tieres begegnete dem des anderen in Anerkennung gegenseitiger Stärke.

Jonas nickte langsam. »Das hatte ich schon beschlossen, als sie heute Abend hier aufgetaucht ist und behauptet hat, sie wäre deine Gefährtin.«

Perfektes Timing. Im Augenblick waren die stärksten drei männlichen Breeds nicht auf der Feier anwesend. Sie waren abgelenkt, und Mercury befand sich vollständig im Zustand animalischer Verdrängung. Er konnte es fühlen. Unter anderen Umständen wäre vielleicht Blut geflossen.

Doch das Tier war nun erfahrener, reifer, intelligenter. Und der Mann hatte Freiheit kennengelernt. Eine Freiheit, nach der das Tier hungerte.

»Arrest?«, grollte Alaiya. »Niemand stellt mich unter Arrest. Ich bin deinetwegen hergekommen, Mercury. Du hast den Verstand verloren, als du dachtest, du hättest mich verloren. Wie kannst du da behaupten, ich sei nicht wichtig?«

Mercury wandte sich wieder ihr zu, ließ den Blick über sie gleiten, über die perfekte Figur, gehüllt in perfekte Kleidung, doch sie konnte Ria nicht das Wasser reichen.

»Woher weißt du, was im Labor passiert ist?«, fragte er leise. »Das sind Informationen höchster Geheimhaltungsstufe, Alaiya. Die kannst du nicht bekommen haben, wenn du keinen Kontakt innerhalb des Labor hattest.«

Wenn er nicht bald von ihr wegkam, würde er den Kampf, bei Verstand zu bleiben, noch verlieren. Wenn er nicht bald zu seiner Gefährtin kam.

Er schluckte, und als er das Paarungshormon schmeckte, wurden ihm fast die Knie weich. Es erinnerte ihn an Ria, denn es schmeckte, als sei es durchdrungen von ihrem Duft, von der süßen Sehnsucht, die er mehr als einmal von ihrem Körper geleckt hatte.

Der Gedanke, das mit ihr zu teilen und sie mit ihm vor Leidenschaft brennen zu sehen, ließ seinen Schwanz härter werden als je zuvor.

Noch während er sprach, trat eine Einheit Breeds in den Korridor. Vier schweigende Breeds, die Augen, in denen das Wissen um ihre Befehle stand, auf Alaiya gerichtet. Sie würden dafür sorgen, dass sie unter Arrest blieb, bis sie befragt werden konnte.

Er wollte an Alaiya vorbei, denn nichts war jetzt wichtiger, als zu Ria zu kommen.

Verdammte Frau, sie hatte es gewagt, sich von ihm zu entfernen und ihren Gefährten mit einer anderen Frau allein zu lassen. Er würde ihr schnell beibringen, was für ein Fehler das war.

Doch noch während ihm der Gedanke durch den Kopf ging, schmolz sein Herz für sie dahin. Sie hatte ihn genug geliebt, um ihn ohne Vorwürfe gehen zu lassen, als sie geglaubt hatte, dass seine Gefährtin zurückgekehrt sei. Als sie glaubte, der Paarungsrausch, den Dane an ihm gewittert hatte, gelte einer anderen Frau.

Sie war stärker als er. Er hätte sie niemals gehen lassen.

»Mercury.« Alaiyas Hand packte seinen Arm, über dem Stoff seines Jacketts. »Ich habe dich nie vergessen. Nie.«

Er sah auf sie herab, und dieses eine Mal sah er die Wahrheit in ihren Augen. Bei all ihren Schwächen hatte es Seiten an Alaiya gegeben, die witzig waren, intensiv, und die ihm die Hoffnung gegeben hatten, dass sie eine würdige Gefährtin an seiner Seite wäre. Doch er hatte eine Frau gefunden, die sowohl den Mann als auch das Tier berührte. Ria hatte den natürlichsten Teil seiner selbst gerettet und wieder hervorgebracht. Und sie kontrollierte das Tier.

Er löste seinen Arm aus Alaiyas Griff. »Ich will dich nie wieder in der Gegenwart meiner Gefährtin erwischen«, warnte er sie. »Der Schmerz, den du ihr heute Abend zugefügt hast, und das mit voller Absicht, war unerhört. Du hast berührt, was zu berühren nicht an dir war, obwohl du es wusstest und das Tier in dir dich gewarnt hat. Tu es noch einmal, Alaiya, verletze meine Gefährtin je wieder derart, und das, was ich damals im Labor tat, als man mir in aller Ausführlichkeit erzählte, wie du angeblich ums Leben kamst, wird dagegen wie ein Spielplatz aussehen. Haben wir uns verstanden?«

Sie wurde blass und sah ihn mit vor Furcht flackernden Augen an.

»Du warst Teil meines Rudels«, erinnerte er sie. »Und, zugegeben, die Frau, die ich als Geliebte genommen hätte, sobald du herangereift wärst. Was auch immer damals an Paarungshormon aufgetreten ist, muss ein Irrtum gewesen sein. Oder eine Anomalie. Du bist nicht meine Gefährtin.«

»Wie kannst du das sagen?«, flüsterte sie.

Mercury konnte das Tier wütender kratzen spüren und hörte, wie es in seinem Kopf aufbrüllte. Das Hormon pulsierte in seine Zunge und machte es ihm schwer, über den Nebel aus Lust hinaus zu denken, der ihn inzwischen umgab.

Er musste sich um das hier kümmern. Egal wie sehr es ihn mit Abscheu erfüllte.

»Ich sage das sehr einfach«, grollte er. »Ich war damals Rudelführer. Im Labor war ich für dich verantwortlich. Du warst meine Frau, so wie die andere Frau im Rudel auch. Dort war ich ein Tier. Das Tier hat mich beherrscht und geführt, und das Tier hatte das Bedürfnis, sich zu paaren. Ganz einfach.« Er drehte sich um, sah Callan an und erkannte das Tier in ihm. Kraftvoll. Ehrenhaft. Das Tier in Callan passte perfekt zu dem Mann, in völliger Übereinstimmung, stark und ausdauernd. Und Callan hatte das Sagen.

Trotz aller Kraft, die Mercury nun in sich und seinem Tier wusste, hatte er kein Verlangen nach der Verantwortung, die die Stellung als Rudelführer mit sich brachte.

»Du stehst nun unter Callans Verantwortung. Vielleicht kann er sich um dich kümmern.«

»Ich lasse nicht zu, dass diese Schlampe dich bekommt.«

Kaum waren die Worte aus ihrem Mund, schlug das Tier zu. Seine Hand lag um ihren Hals, ohne zuzudrücken, doch definitiv drohend.

Sie schnappte nach Luft und endlich verzerrte Furcht ihre Züge, als Mercury sich nahe zu ihr beugte und Luft holte. »Der

Geruch der Männer, mit denen du im Bett warst, dringt durch deine Poren. Der Geruch deiner Eifersucht und deiner Gier, die Bösartigkeit in dem, wer und was du bist, widert mich an. Deine Berechnung zu stehlen, was einer anderen gehört, obwohl du es genau weißt, macht mich wütend. Komm noch einmal in die Nähe meiner Gefährtin, und ich werde mich nicht mehr zurückhalten können, Alaiya. Ich werde dich töten. Niemand, weder Mann noch Frau, bedroht, was mir gehört. Hast du mich verstanden?«

Sie sah ihm in die Augen, und der Drang, seine Kraft herauszufordern, flackerte in ihrem Blick auf, doch er spannte die Hand um ihre Kehle an und knurrte warnend.

»Ja.« Sie senkte den Blick auf seine Schulter. Anerkennung seiner Stärke lag jetzt in ihrem Duft, ebenso wie ihre Unterwerfung. Das Tier in ihr, den Teil ihrer Genetik, die Stärke, die er in ihr wusste, die Eigenschaften, die sie am Leben erhalten hatten, die respektierte er. Aber der Frau würde er nie trauen.

Er zog die Hand zurück und wandte sich wieder an Callan und Jonas. Die beiden Männer, denen er in die Schlacht folgte, die er respektierte und für die er kämpfte.

»Wir reden später«, knurrte er ihnen zu. Es war keine Bitte. Sosehr er sie respektierte und so viel er ihnen auch verdankte, seine Gefährtin kam vor ihnen.

Callan nickte und Jonas blickte auf das Röhrchen mit Blut in seiner Hand.

»Macht die verdammten Tests«, knurrte Mercury. »Vielleicht müssen wir alle genau sehen, womit wir es jetzt zu tun haben.«

Er wusste, womit sie es zu tun hatten. Reine animalische Genetik. Innen und außen. Mercury war in der Tat ein Löwe auf zwei Beinen, und dieses Blut würde es beweisen.

»Blade«, wandte er sich an den Wolf-Breed an der Spitze der

Einheit von Enforcern. »Sag denen draußen, dass sie meine Harley herbringen sollen.«

»Es schneit, Merc«, meinte der Breed-Enforcer bedächtig. »Und zwar heftig.«

Die Harley würde auch durch einen Blizzard kommen. Das hatte Mercury verdammt sichergestellt.

»Sag es ihnen!« Er wandte sich wieder an Alaiya.

Sie stand an die Wand gelehnt, musterte ihn sorgfältig, mit Berechnung im Blick, und wandte dann die Augen ab.

»Leg dich mit mir an, Alaiya, es wird der letzte Fehler sein, den du je begangen hast.«

Damit ließ er alle anderen hinter sich und gestattete dem Tier, das ihn antrieb, Freiheit. Es war eingesperrt gewesen, so tief in ihm verborgen, dass nicht einmal er gewusst hatte, dass es noch am Leben war.

Doch jetzt war es nicht mehr eingesperrt, und es war auf dem Weg zu seiner Gefährtin.

Er trat aus dem Herrenhaus, ging zur Harley und atmete tief durch.

Jetzt konnte er sie wittern. Er wusste, wo sie waren. Jeder einzelne hier lebende, vierbeinige Löwe, der durch das Gelände streifte, seine zweibeinigen Cousins schützte und ihnen folgte.

Er brüllte in die Nacht, das Tier und der Mann, die ihre Präsenz und Stärke verkündeten. Und er erhielt Antwort. Eine Symphonie animalischen Brüllens, das den Berg erfüllte, die Anerkennung der Tiere, die sich alle triumphierend in seine Nähe bewegten.

Er war sich der Breeds bewusst, die draußen patrouillierten und ihn nun wachsam beobachteten. Die Laute der Löwen drangen zu ihm zurück, als sie ihre Begrüßung brüllten, ihre Herausforderung, das Echo der Wut, die sie in ihm hörten.

Erneut brüllte er auf und füllte die Nacht mit einem Laut, von dem er nie gewusst hatte, dass er ihn besaß. Der Kopf im Nacken, drangen Wut, Triumph und der Ruf nach seiner Gefährtin durch Stimmbänder, die mehr Tier als Mensch waren.

Und die Tiere antworteten. Er fühlte ihre Reaktion, fühlte, wie sie sich seinem Ziel näherten. Sie waren sein Rudel, und sie würden beschützen, was sein war. Seine Frau. Seine Gefährtin. Ihr Alphaweibchen, durch seine Wahl und von Natur aus.

Der Breed, der ihm die Harley brachte, trat zurück, Wachsamkeit und Respekt im Blick, als Mercury zu ihm kam.

Der Breed war tief beeindruckt von seinem Anblick. Augen so blau, dass sie einem Sommerhimmel Konkurrenz machen konnten, die dichte Haarmähne, die von seinen wilden Zügen nach hinten wehte, die Schultern, die breiter, der Körper, der größer wirkte als je zuvor.

Der Löwen-Breed sah etwas, das ihn erschreckte und zugleich beeindruckte, denn diese Erscheinung war ein wahrer Breed. Die reine Mischung von Löwe und Mensch. Und er war wütend. Sein Brüllen war eines aus reiner Wut gewesen, und es hatte eine Botschaft verkündet. Eine so instinktive und fordernde Botschaft, dass der Breed selbst ihr fast folgte.

Mercurys Gefährtin zu schützen.

Ria hörte das Brüllen durch ihr erschöpftes Schluchzen. Noch immer drang es über ihre Lippen, doch die Schreie waren verstummt. Sie waren nun in ihr gefangen und flossen hinaus mit den Tränen, die ihre Augen anschwellen und sie völlig erschöpft zurückließen, Mercurys Kissen umklammernd, mit seinem Duft als einzigem Trost, den sie finden konnte.

Die Erinnerung an sein Lächeln ging ihr durch den Kopf. Das Wissen in seinen Augen, als er sie ansah. Er kannte sie. Es gab Dinge, die sie ihm nicht sagen musste. Er wusste, wer sie war, als niemand sonst es gewusst hatte, nicht einmal die Vanderales.

Sie hatte andere nicht sehen lassen wollen, wer sie war, also hatte sie es verborgen. Doch Mercury hatte sie gesehen. Er hatte sie gefühlt. Und jetzt verlor sie ihn.

Sie war gegangen. Hätte sie um ihn kämpfen sollen? Bei dem Gedanken wurde ihr Schluchzen heftiger. Gott, sie wollte um ihn kämpfen. Sie wollte der Frau die Augen auskratzen. Sie von Mercury weg- und das perfekte Haar ausreißen, das diese perfekten Züge umrahmte.

Doch was hätte es gebracht? Wo kam Liebe gegen Paarungsrausch an? Ria hatte ihre Hausaufgaben gemacht. Sie wusste, dass es kein Leugnen des Paarungsrausches gab. Und der Rausch hatte nicht zwischen ihr und Mercury bestanden. Zumindest nicht bei Mercury.

Jede Pore ihres Körpers blutete Qual, wenn sie daran dachte, dass eine andere ihn berührte. Wie sollte sie das nur überleben? Wie sollte sie ihren Job machen und dann gehen?

Sie rollte sich fester um das Kissen zusammen, das sie an sich drückte. Sie konnte nicht hierbleiben. Dane hatte recht. Sie hatte keine Chance, das zu überstehen, aber sie konnte es auch nicht ertragen, nach Südafrika zurückzukehren. Wo Elizabeth sie bemuttern und Leo sie mit trauriger Enttäuschung ansehen würde. Weil sie Mist gebaut und wieder einmal Gefühle zugelassen hatte.

Nein, das war es nicht, wurde ihr klar. Es lag daran, dass er sie kannte. Er wusste, sie weigerte sich, ihren Schmerz zu teilen, und er war immer enttäuscht von ihr gewesen, weil sie nicht kämpfte, wenn sie verletzt wurde. Sie versteckte sich und versuchte zu heilen. Und Leo wusste nur zu kämpfen.

Und Dane? Dane brachte ihr immer Steinchen, Schmuck

und anderen Tand, wenn sie verletzt war. Als wisse er nicht, wie er sonst versuchen sollte, ihren Schmerz zu lindern. Und sie hatte die Geschenke immer genommen, denn sie hatte gewusst, dass es ihn tröstete. Selbst wenn es sie nicht tröstete.

Sie war die arme verwaiste Verwandte, weil sie zugelassen hatte, eine zu werden. Weil es ihr gestattete, wie Mercury ihr vorgeworfen hatte, sich zu verstecken. Es hielt Männer auf Distanz, und ihr Herz blieb in Sicherheit. Weil sie nicht verletzt werden wollte. Weil das sechsjährige Mädchen immer noch in ihr existierte. Das Mädchen, das wusste, dass das Leben ihr ganz leicht den Mittelpunkt ihrer Welt nehmen konnte.

Wieder hörte sie die Löwen draußen brüllen, direkt außerhalb der Hütte.

Fühlten Tiere den Tod einer Seele? Eines Herzens? Kamen sie näher, wie Aasfresser, um an der Zerstörung teilzuhaben? Sie hatte die Löwen auf Leos Anwesen gesehen. Groß und kraftvoll waren sie, und sie griffen immer zuerst die Schwächsten in einer Gruppe an. Die Verletzten. Die nicht kämpfen konnten.

Zum ersten Mal im Leben war sie willens, um etwas oder jemanden zu kämpfen, und ihr war klar, dass der Kampf hoffnungslos war. Gegen den Paarungsrausch kam keine Frau an.

Doch er hatte ihr ein Versprechen gegeben. Er hatte sie seine Gefährtin genannt. Er liebte sie. Liebe konnte gegen Biologie und Chemie ankämpfen. Sie konnte Berge versetzen.

Ria schüttelte den Kopf. Sie würde ihn und sich selbst dabei zerstören, nicht wahr?

»Nach allen Beweisen, die ich gewonnen habe, sowie den Tests, die ich an mir selbst und Leo durchgeführt habe, muss ich sagen, dass Paarungsrausch immer mit Gefühlen einhergeht.« Über ein Jahr zuvor hatte Elizabeth vor ihr gestanden, stirnrunzelnd bei der Arbeit, während Ria Leos Übermittlungen durchging und die Sicherung seiner Verschlüsselung aktualisierte. »Was denkst du, Ria? Besiegt Liebe alles?«

Ria hatte vom Computer zu Elizabeth aufgeblickt.

»Woher soll ich das wissen? Ich war nie verliebt.« Sie hatte Elizabeth angelächelt.

»Aber du hast mir bei vielen dieser Tests geholfen«, bemerkte Elizabeth. »Die Paarungen werden stärker bei den amerikanischen Breeds, während wir in Leos Rudel bisher nur sehr wenige Paarungen hatten.«

Ria schnaubte. »Leos Rudel verlässt kaum je die Ebenen. Mit wem sollten sie sich paaren? Mit den Zebras?«

Und Elizabeth hatte gelacht und ihr beigepflichtet.

»Sieh dir das an. Hingabe, Ria.« Sie legte Fotos auf den Tisch, die von verbundenen Paaren gemacht worden waren. »Sieh dir ihre Augen an, ihre Gesichter, wenn sie einander ansehen. Das hier ist mehr als Biologie, Chemie oder Pheromone. Deshalb sind die Paarungstests nicht immer eindeutig. Manchmal haben sie recht, manchmal nicht.« Ria wusste, dass Elizabeth oft insgeheim mit der Breed-Forscherin Ely Morrey zusammenarbeitete. »Das ist Liebe. Liebe, die Voraussetzung dafür, oder die instinktive Ahnung, dass diese bestimmte Frau irgendwie perfekter und würdiger ist als andere. Das setzt den Paarungsrausch in Gang.«

Ria hatte die Fotos betrachtet. Rudelführer Callan Lyons und seine Frau auf einer Pressekonferenz, nachdem sie der Welt verkündet hatten, was die Breeds waren. Taber Williams und seine Gefährtin Roni. Tanner und Scheme. Ein Enforcer namens Tarek und seine Gefährtin Lyra. Und in ihren Gesichtern stand dieses besondere Etwas, das Ria immer fasziniert hatte. Es war Liebe. Es war immer Liebe. Der Paarungsrausch hatte es geschafft, in jedem einzelnen Fall, Chemie, Biologie und Pheromone mit Liebe zu kombinieren.

Mercury liebte sie.

Sie hörte das Brüllen draußen. Näher, voll pochender Wut, und es erinnerte sie an Mercury.

Er liebte sie. Das wusste sie. Ohne ihn wurde ihr die Seele aus dem Leib gerissen.

Alaiya liebte er nicht. Paarungsrausch ging mit Liebe einher. Mercury hatte damals im Labor Anzeichen des Paarungshormons gezeigt. Nicht von Paarungsrausch.

Sie vergrub den Kopf tiefer in sein Kissen und atmete seinen Duft ein.

Er gehörte ihr. Er war für sie bestimmt. Doch was ihr hätte gehören sollen, war für eine andere Frau zum Leben erwacht. Der Duft von Paarungsrausch, den Dane gewittert hatte. In dem Augenblick, als Mercury Alaiya gesehen hatte.

Sie wollte sich gerade aus dem Bett zwingen, als das Zuschlagen einer Tür sie erstarren ließ. Ein Knurren drang durch die Hütte, und dann flog die Schlafzimmertür auf und krachte derart gegen die Wand, dass alles wackelte.

Sie fuhr auf dem Bett hoch. Das Licht des Schlafzimmers fiel auf ihn.

Mercury. Ungezähmt und wütend.

»Du bist vor mir weggelaufen, Gefährtin.« Die Knöpfe sprangen von seinem Jackett, als er es sich vom Leib riss.

Geschockt sah sie zu, wie er sich auszog. Stiefel polterten zu Boden. Seine Hose glitt von den kräftigen Hüften. Seine Erektion war noch kräftiger als sonst und pochte, seine Augen vollkommen blau, während sie die Erscheinung anstarrte, die sich auf das Bett zu bewegte.

»Mercury …«

»Gefährtin«, knurrte er, und seine Reißzähne blitzten, als er sich dem Bett näherte.

Wie verzaubert sah sie zu, als er am Fußende des Bettes stehen blieb. Er wirkte größer, seine Muskeln noch kräftiger, die Stärke seines Körpers intensiver.

Ria schluckte schwer. »Du hast dich nicht mit mir gepaart, Mercury.« Ihr stockte der Atem in einem Schluchzen. Sie würde wieder anfangen zu weinen, und sie konnte es doch nicht ertragen, vor ihm zu weinen. Sie wollte stark sein und ihm die Chance geben, zu wählen, ohne die Bürde der Versprechen tragen zu müssen, die er ihr gegeben hatte.

»Für mich gibt es keinen Paarungsrausch.« Doch die Tränen tropften auf ihre Wangen, und der Schmerz verbrannte ihre Seele.

Zorn blitzte in seinen Augen auf. Blaue Augen mit goldenen Sprenkeln wie Feuer darin. So wie damals im Labor. Für eine andere Frau.

Sie streckte die Hand nach ihm aus, zog sie aber wieder zurück und kämpfte gegen das Schluchzen an.

»Warum bist du hier?«, flüsterte sie. »Warum? Oh Gott, Mercury. Ich halte das nicht aus. Ich ertrage es nicht, dich zweimal zu verlieren. Tu mir das nicht an.«

Das Brüllen, das durchs Zimmer hallte, ließ sie zusammenzucken. Es war animalisch und klang nicht nach Breed. Es war erfüllt von all der Kraft und Wut einer Genetik, die sich in ihm irgendwie gesteigert hatte und ihn durchströmte. Dieser Laut war der eines Tieres.

Als er den Kopf wieder senkte, jagte ihr sein Gesichtsausdruck Angst ein. Denn sie wusste, er ließ sie nicht gehen. Sie wusste, er würde den Paarungsrausch ignorieren, und das würde sie beide vernichten.

Sie wollte vom Bett springen und aus dem Zimmer laufen. Doch er fing sie schon ab, bevor sie mehr tun konnte, als nur die Muskeln anzuspannen. Er kam über sie, knurrte und drückte sie nieder. Seine Finger wanden sich in ihr Haar, hielten sie fest, und die aufgebrachte Lust in seinen Zügen ließ ihr Herz vor Furcht stocken.

»Meine verdammte Gefährtin.« Sein Grollen klang wild.

»Nein …« Denn er würde sie küssen. Er würde ihr etwas geben, das einer anderen Frau gehörte. Nicht ihr.

Und sie konnte sich ihm nicht entziehen.

Seine Lippen drückten sich auf ihre, strichen darüber, und seine Zunge drang in ihren Mund, entschlossen und begierig. Gier. Mit einer Verzweiflung, die durch ihre Sinne jagte und einem Aroma, das sie innerlich erstarren ließ.

Wild. Ungezähmt. Heiße Blitze, Kraft und finsterer Hunger. Es füllte ihren Mund. Es bedeckte ihre Zunge, und es war unglaublich gut. Wie Nektar.

Sie wehrte sich dagegen. Sie biss in seine Zunge, aber nicht fest. Denn als sie zubiss, füllte noch mehr von diesem Aroma ihren Mund.

»Saug an meiner Zunge«, knurrte er an ihren Lippen. »Nimm es.«

»Es gehört nicht mir!«, schrie sie ihm entgegen, während ihr eigener Zorn wuchs. »Verdammt.« Ihre Fäuste trommelten gegen seine Schultern. »Es gehört nicht mir!«

Wieder drückten sich seine Lippen auf ihre. Er schob seine Zunge in ihren Mund, zwang das Aroma in ihre Sinne, und Gott, das war ja so gut. Es war alles, was sie sich erträumt hatte. Es war unwiderstehlich.

Sie wimmerte. Flehte ihn an mit ihren Tränen, während ihre Lippen sich zögernd darum schlossen. Sie sog es von ihm auf. Sie schmeckte ihn, und innerhalb von Sekunden verschlang er sie.

20

Sie war seine Gefährtin. Nichts anderes zählte. Kein anderer Gedanke hatte Platz in Mercurys Kopf, als er ihre Lippen um seine Zunge spürte, ihre zögernd saugenden Bewegungen fühlte, die das Hormon aus ihm sogen.

Er fühlte ihre Lust, das Begehren, das sich erwartungsvoll in ihr aufbaute, trotz ihres Zögerns. Er gab ihr, nahm, was ihm gehörte und schenkte, was ihr gehörte. Was ihr zu geben er sich erträumt hatte.

Hitze loderte in ihm auf, eine brennende Woge sengender Wonne und ekstatischer Agonie. Hier, bei ihr, verschmolzen das Tier und der Mann. Es gab keinen Kampf, kein Ringen um Überlegenheit zwischen beiden. Für Ria waren sie eins.

Er grollte im Kuss. Seine Finger massierten ihre Kopfhaut, und er sog ihren Duft bis ins Innerste seines Daseins. Seine Gefährtin. Das hatte er gebraucht. Sich danach gesehnt. Von dem Moment, als er sie zum ersten Mal gesehen hatte, hatte er um das hier gebetet. Und zu keiner Zeit war ihm klar gewesen, dass er selbst der Grund dafür war, dass er sich nicht mit ihr gepaart hatte.

Dass seine selbst auferlegte Beherrschung, nachdem er von dem Serum gegen die animalische Verdrängung entwöhnt war, seine Fähigkeit blockierte, sich mit ihr zu paaren.

Er hatte es nicht erkannt, bis das Tier in ihm ihre Panik und Furcht gespürt hatte, ihre Vorahnung von Gefahr.

Sie hatte das Tier befreit. Vom ersten Dufthauch an, seit dem ersten Mal, als er sie gesehen, mit ihr gesprochen hatte,

hatte das Tier sich geweigert, weiter zu ruhen. Es war erwacht, von ihr angezogen, wie Mercury sich angezogen gefühlt hatte, von ihrem Duft, ihrem Ehrgefühl und der Tatsache, dass sie geschaffen war, in seiner Seele zu leben.

Und nun, als sie das dunkle, starke Hormon aus seiner Zunge aufsog – und er wusste, es war stark –, hallte das Knurren aus seiner Brust in seinem Kopf wider.

In diesem Augenblick war er mehr Tier als Mann. Sie war gegangen. Sie hatte ihn verlassen und sich geweigert, zu erkennen, zu wem sie gehörte; sie hatte sich geweigert, ihm – *ihm, ihrem Gefährten* – zu gestatten, dass er sie schützte.

Ihr Schutz war seine Wonne. Sie zu behüten und dafür zu sorgen, dass sie überlebte, um jeden Preis: Dafür war er geboren worden. Für diese Frau. Er war dazu geboren, die kalten Orte in ihr auszufüllen, so wie sie bei ihm. Sie linderte die kalte, finstere Einsamkeit in ihm. Sie besiegte sie, brachte Wärme und Lachen und die süße Gewissheit, dass das Tier und der Mann, der er war, wahrhaft hierher gehörten.

Sie war vor ihm geflohen. Sie hatte zugelassen, dass eine andere Frau sich zwischen sie stellte und war beiseitegetreten, egal aus welchem Grund. Sie würde nie wieder beiseitetreten.

Sie würde nie mehr wagen, es auch nur in Betracht zu ziehen. Selbst wenn sie vermutete, dass sein Glück anderswo liegen könnte, würde sie nie mehr daran denken, sich von ihm abzuwenden. Sie würde sich an ihm festhalten mit Klauen, so stark und scharf wie die eines Tieres.

Das würde er ihr zeigen. Ihre Wonne war die seine. Ihre Sicherheit war die seine. Seine Ria würde lernen zu nehmen, was ihr gehörte.

»Du hast es gewagt, mich zu verlassen.« Er löste seine Lippen von ihr, sah sie finster an und sah die Röte, die ihr tränenverquollenes Gesicht überzog, die Begierde, die langsam in ihre schokoladenbraunen Augen trat.

Langsam schüttelte Ria den Kopf. »Was hast du mit mir gemacht?«

»Dich beansprucht.« Er befühlte den Stoff des abscheulichen Kleides. »Und ich werde dich noch mehr beanspruchen. Und noch mehr. Bis du erkennst, Ria, dass nichts dich mir entreißen kann.«

Er musste sie berühren. Der Löwe in ihm musste ihren ganzen Körper markieren. Die feinen Härchen an seinem Körper prickelten, als das Paarungshormon in seinem Kuss in diese Härchen zu sickern begann. Er wollte sich an ihr reiben, ihre Poren mit seinem Duft erfüllen, und zwar nur seinem.

Niemals würde ein anderer Breed, ob Mann oder Frau, versuchen, sich zu nehmen, was allein ihm gehörte.

»Du wirst mich zerstören«, schluchzte sie.

Dieser Laut, der Anblick ihrer Tränen und der Duft ihres Schmerzes zerstörten ihn. Er sah sie an, sah den Konflikt in ihrem Blick, die Emotionen, die ihre Seele zerrissen hatten und noch immer an ihr zerrten, und er wollte nichts mehr, als sie zu trösten. Alles in ihm verlangte, dass er sie tröstete, und er wusste nur eine Möglichkeit.

Die einzige Möglichkeit. Er würde das Tier in Ria befreien, und wenn es sie beide umbrachte. Es war der einzige Weg.

»Du bist meine Gefährtin.« Er berührte ihr Gesicht, beugte sich vor und küsste sie sanft. Um sich schon jetzt für den Zorn zu entschuldigen, den sie später empfinden würde.

Mercury strich mit den Lippen über ihre, hörte, wie ihr vor Begierde der Atem stockte, und sein lustvolles Grollen klang wie ein Schnurren aus tiefster Kehle.

Dann schob er seine Zunge erneut in ihren Mund, zwang sie, noch mehr von der Hitze aufzunehmen, obwohl ein Teil von ihm Schmerz empfand. Seine stolze Gefährtin. So stolz, so voll Angst vor den Emotionen, die sich zwischen ihnen Bahn brachen.

»Mercury.« Auf ihr Seufzen löste er sich von ihr, packte ihr Kleid mit den Händen und zerriss es.

Er wollte dieses verdammte, hässliche Ding von ihrem Körper haben. Spätestens morgen Abend wären ihre Schränke voll mit Kleidern, die zu seiner Ria passten. Zu dem weiblichen Tier, das er in ihr erwachen sah.

Sie war keine Breed, aber das Tier in ihm erkannte den animalischen Kern in ihr. Und den würde er zum Vorschein bringen. Er war mit genügend Kraft und Überheblichkeit ausgestattet, um dafür zu sorgen.

»Was tust du da?« Ihr Ausruf verriet Schock, doch keine Furcht.

Er streifte ihr auch noch die Fetzen ab, zerriss den zarten Stoff, bis keine Chance mehr bestand, dass das Ding je wieder ihren Körper bedecken würde, und dann erstarrte er.

Über sie gebeugt, konnte er nun sehen, was sie darunter trug. Sexy Strümpfe mit Strumpfband in schwarzer Spitze. Ein dazu passendes Höschen aus Seide und Spitze. Und ein kaum vorhandener BH, der ihre Brüste hob und ihre harten Nippel enthüllte. Rosige Knospen, umgeben von dunkler Versuchung.

Der Anblick weckte Begierde in ihm und ließ ihn knurren. Seine Erektion pochte in schmerzhafter Gier, und mit dem Gedanken, sie zu kosten, fuhr er mit der Zunge über seine Lippen.

Sobald seine Lippen diese harten Knospen bedeckten, würde das Hormon in seinem Mund in sie hineinsickern, sie mit Hitze erfüllen, mit dem Verlangen, dass er daran saugte, bis sie beide vor Lust umkamen.

Und dann würden seine Lippen tiefer wandern. Er senkte den Blick auf ihr Höschen. Er wollte es ihr nicht ausziehen. Es war höllisch sexy und trieb ihn allein durch den Anblick schon in den Wahnsinn.

Er drückte mit den Beinen ihre Schenkel auseinander, atmete tief ein und witterte ihre Erregung und die Hitze, die sich darin aufbaute.

Sie bäumte sich vom Bett auf. Er senkte den Kopf, bedeckte eine Brustwarze mit den Lippen und sog sie in seinen Mund, während sie vor Lust wimmerte.

Einen kurzen Augenblick lang war sein Verstand noch klar genug, dass er sich fragte, wie es sich wohl für sie anfühlte.

Ria versank in einen Strudel der Reize. Mercury hatte ihr immer Lust bereitet. Durch seine Berührung hatte sie nie etwas anderes als Wonne empfunden. Doch das hier – sie bog den Rücken durch, vergrub den Kopf in die Kissen und bemühte sich, einen Sinn in dem zu erkennen, was sie nun fühlte.

Ihr Mund war erfüllt vom Aroma dunkler, ungezähmter Lust. Animalischer Lust. Eine andere Beschreibung gab es nicht dafür. Ein inniges Aroma männlicher Lust, wie ein Unwetter in den Bergen. Frisch. Rein. Doch mit einem Anflug von Feuer. Und das setzte sie in Brand.

Sie konnte es durch ihre Adern pulsieren fühlen, als der Geschmack seines Kusses eine Begierde in ihr entfachte, die zu fühlen sie sich nie hätte vorstellen können.

Sie konnte nicht gegen ihn ankämpfen. Sie wollte die Klauen in ihn schlagen, ihn kratzen und verlangen, dass er sie nahm, auf der Stelle, aber die Wonne, oh Gott, die Wonne hatte sie fest im Griff, als sie zusah, wie er den Kopf hob und sich zwischen ihre Beine drängte. Nur eine Sekunde später riss er ihr das Höschen vom Leib.

Und es war erotisch. Es war so sexy, dass sie gar nicht darauf vorbereitet war, was er als Nächstes tat.

Sie bäumte sich auf, und ein Wimmern drang über ihre Lippen, als sie fühlte, wie sein Finger sich in sie schob. Es war kein langsamer und vorsichtiger Stoß, sondern ein Eindringen, während er den Kopf senkte und seine Lippen eine überempfindliche, aufgerichtete Brustwarze bedeckten.

Was machte er nur mit ihr? Seine Zunge strich über die harte Knospe, und die ging in Flammen auf. Sie prickelte und brannte, und als er daran saugte, mit der Zunge darüberleckte, wand sie sich unter ihm.

Es war zu viel. Sein Finger, der sich in ihrer engen, feuchten Vagina bewegte, seine Zunge, die sie mit der Lust, die ihre Brustwarze überwältigte, zerstörte. Die Reize, die sie durchfuhren, rasten durch Nervenbahnen und jagten in ihren Unterleib mit genug Kraft, um ihr vor Ekstase den Atem zu rauben.

»Mercury.« Sie keuchte seinen Namen und bekam kaum mit, dass ihre Nägel sich in die feste Haut seiner Schultern gruben, anstelle der Decken, auf denen sie lagen. »Was machst du mit mir?«

Sie warf den Kopf hin und her. Furcht und Lust, Qual und Entsetzen überfielen sie. Sie wusste nicht, ob sie um Erlösung oder um den Tod flehen sollte, so intensiv war es.

»Ich paare mich mit dir. Gefährtin.« Er hob den Kopf, und seine Augen waren kristallblau mit goldenen Sprenkeln, die in der edelsteingleichen Farbe funkelten.

Wieder senkte er den Kopf, und seine Lippen legten sich auf die andere Brustwarze. Und dort war es genauso. Sie wand sich und grub die Nägel in seine Haut. Sie brauchte ihn. Ihre Vagina pulsierte um seinen Finger, der sich in ihr bewegte, sie streichelte, verwöhnte, als sie seinen Namen wieder ausrief.

»Mercury. Ich halte das nicht aus«, keuchte sie. Sie versuchte ihn festzuhalten, während die Furcht in ihr wuchs.

Sie hatte die Berichte über den Paarungsrausch gelesen – die Liste an Reizen, die man dabei fühlte, wie intensiv sie waren –, doch die hatten sie nicht auf das hier vorbereitet. Nicht darauf. Die Wildheit, die in ihr aufstieg, über sie hereinbrach und jede Kontrolle, die sie zu besitzen geglaubt hatte, auslöschte.

Sie konnte nur noch fühlen.

Seine Lippen, die an ihrer Brustwarze zupften, sie erhitzten, seine Zunge, die darüberstrich und das Hormon auf ihrer Haut verteilte. Es sickerte in ihre Poren. Seine Zunge öffnete die winzigen Poren weiter und ließ das Hormon in sie dringen.

»Das kannst du mir nicht antun!« Sie wollte aufschreien, doch sie brachte nur einen scharfen, erstickten Aufschrei zustande. »Verdammt, Mercury. Das darfst du mir nicht antun!«

Er erfüllte sie mit diesem Hormon, verteilte es auf ihrer Haut, während er an ihrer Brust grollte und langsam tiefer glitt. Ein Kuss, ein Lecken. Innehalten, um an ihrer Haut zu saugen, mit diesen bösartigen Reißzähnen darüberzuschrammen, mit der Zunge darüberzufahren. Er zerstörte sie, mit einem Strich seiner Zunge nach dem anderen, und er glitt immer tiefer dabei.

Sie wusste, wohin er wollte. Wo die Hitze ihrer Erregung so tief brannte, sie quälte und sich in ihr wand.

Sein Finger stieß weiter in sie, sein Handgelenk drehte sich, streichelte sie, und es war noch immer nicht genug.

»Du wirst nie wieder vor mir weglaufen.« Seine Stimme klang gequält, erstickt und animalisch. »Du hast mir die Seele herausgerissen, Ria. Läufst vor mir davon. Mit diesem Bastard!«

Er knabberte an ihrer Haut, und sie bäumte sich auf. Der winzige Biss war zu viel der Wonne.

»Ich kann das nicht.« Sie drückte den Kopf auf das Bett. »Oh Gott, Mercury. Du wirst mich vernichten. Es ist nicht für mich. Du weißt, dass es nicht für mich ist. Es gehört ihr.«

Ruckartig hob er den Kopf. »Brennst du, Ria?«

Sie wimmerte, als er fragte. Brennen war gar keine Beschreibung für das, was in ihr tobte.

»Es bringt mich um.« Sie wollte schreien, doch sie brachte nur ein Keuchen heraus.

»Musst du mich noch einmal kosten, Baby?« Er kam über sie, senkte seine Lippen auf ihre, und ihr wurde der Mund wässrig. Ihr Verlangen nach seinem Geschmack überwältigte sie. »Antworte mir, süße Ria. Brauchst du mehr von mir?«

»Bitte. Bitte.« Sie kam hoch, berührte seine Lippen mit ihren und nahm seinen Kuss an.

Ihre Lippen öffneten sich für seine Zunge, schlossen sich darum, und sie sog den Sturm erneut in sich ein. Sie wusste es besser. Ein weit entfernter, noch vernünftiger Teil ihres Verstandes wusste es besser, als das zuzulassen. Sie wusste, ihr Leben wäre vorbei, wenn er sie je verließ. Ihre Seele würde zerschmettern in der Gewissheit, dass er diese Nacht, diesen Augenblick bereuen würde, wenn das Verlangen nach seiner wahren Gefährtin in ihm zu brennen begann.

Der Tod wäre ein Leichtes, verglichen mit der Hölle, die sie dann ertragen müsste.

Und doch war dies hier das Paradies. Das Aroma seines Kusses, das in sie drang, sie erfüllte und ihr Begehren weckte. Sie konnte jeden Zentimeter seines Körpers auf sich fühlen. Die winzigen Härchen, seidenweich, die über ihre Haut streiften.

Seine Hand zwischen ihren Beinen, sein Finger, der sich in sie schob und sie um Erlösung flehen ließ.

Hart, geschwollen und voll Verlangen. Voll Verlangen, so sehr wie ihre Lippen seinen Kuss, ihre Brustwarzen seinen Mund brauchten. Sie brauchte ihn.

Und er gab ihr, was sie brauchte.

Er saugte an den zarten Knospen, jagte Blitze voll quälender Lust durch ihren Leib, bis sie sich vor Leidenschaft unter ihm wand. Abgehackte Lustschreie drangen durch den Raum, als er sich endlich wieder auf sie senkte.

Küsse, Zungenstriche auf ihrer Haut. Er kostete sie und bewegte sich über ihr nach unten, bis er ausgestreckt zwischen ihren Beinen lag und mit den Fingern ihre Klitoris entblößte.

Ria blickte an sich herab und sah ihm zu. Ihr Mund wurde trocken, ihre Sinne ganz benebelt, als sie beobachtete, wie seine Zunge sich zwischen seine Lippen schob. Dann senkte er den Kopf, ohne den Blick von ihren Augen abzuwenden, und sie sah zu, wie er die glitzernde Perle berührte.

Ria zuckte; ihr Oberkörper hob sich vom Bett, worauf er die Hand flach auf ihren Bauch legte und sie zurück aufs Bett drückte, während seine Lippen ihre Klitoris bedeckten.

Sie schrie auf, als heiße Blitze durch die kleine Knospe zuckten. Sie spürte ihren Höhepunkt nahen und umklammerte den Finger, der in sie drang, während ihre Klitoris pulsierte und unter seiner Zunge pochte.

Und immer noch war es nicht genug. Nichts war genug. Sie kam um vor Verlangen, und es war nicht genug.

»Bitte!«, schrie sie auf und wollte ihn an sich ziehen, als seine Zunge tiefer glitt. »Bitte, Mercury. Jetzt. Nimm mich. Bitte nimm mich.«

Ihre Beine spreizten sich weiter für ihn, und sie wimmerte, als sein Finger aus ihrer Umklammerung glitt. Doch gleich darauf schoben sich seine Hände unter ihren Po und hoben sie hoch. Er senkte den Kopf noch tiefer, und seine Zunge drang in sie. Er leckte sie, streichelte sie und ließ nicht locker. Er schob seine Zunge in sie, füllte sie mit diesem Hormon und ließ sie bei lebendigem Leib brennen, während sie sich unter ihm wand.

Oh Gott, wenn er sie nicht endlich nahm, kam sie noch um. Sie würde in Flammen aufgehen und wäre für immer dahin.

»Bitte«, wimmerte sie. Sie flehte. Sie schrie seinen Namen, bis sie erneut kam, sich aufbäumte und unter ihm zuckte, während sie fühlte, wie ihre Erregung um seine Zunge floss.

Das Grollen aus seiner Kehle war rau, erfüllt von unbändiger Begierde, als er sich aufrichtete, auf die Knie ging und ihre Oberschenkel über seine legte.

Jetzt konnte Mercury den Paarungsrausch an ihr wittern. In ihr. Sie erfüllte ihn mit dem Geschmack ihrer Erregung und trieb seine Lust auf den Siedepunkt.

Sein Schwanz pochte wie eine offene Wunde. Und die Heilung war nur einen Atemzug entfernt, auf der prallen, geröteten Eichel perlte bereits der hormongetränkte Vorsamen.

»Du weißt, was passieren wird«, grollte er, als sie ihn ansah, mit weit aufgerissenen Augen, ihr Gesicht benommen vor Lust. »Wenn ich dich nehme, Ria. Wenn ich in dir komme – du weißt, was dann passiert.«

Sie schüttelte den Kopf, doch das Wissen stand in ihren Augen. Sie wusste es. Sie wusste, was er ihr geben würde. Dass der Stachel, den sie unter seiner Eichel pochen spürte, anschwellen würde, wenn er sich in sie ergoss. Er würde ihn in ihr verankern, und er würde das Hormon freisetzen, das dann begann, ihren Körper vorzubereiten, ihn zu verändern, um sie empfänglich zu machen für den veränderten Samen, der ihr – und wie sehr hoffte er, es würde dazu kommen – sein Kind schenken konnte.

»Bitte«, flüsterte sie wieder, und ihre Stimme klang gebrochen, voll Verlangen, als er sich an sie presste.

Sie war so eng, und sein Glied war noch größer als zuvor. Kräftiger. Vorfreude stieg in ihm auf, und glühende Zufriedenheit. Das war seine Frau. Seine Gefährtin. Er biss die Zähne zusammen und begann sie auszufüllen.

Er sah zu, wie sein Glied langsam in die samtige Wärme ihres Körpers drang. Leicht gebräunte Schenkel wölbten sich, als sie sich aufbäumte, und ihr Schoß umklammerte ihn, massierte ihn, bis er vor Lust knurrte und spürte, wie ihm der Schweiß vom Leib tropfte, während er sich um Zurückhaltung bemühte.

Ria kam um vor Lustschmerz, als er sich in sie schob. Alles an Mercury wirkte größer. Seine Schultern, sein muskulöser Körper, seine kräftige Erektion.

Sie bog den Rücken durch und wand sich unter ihm, stöhnend, flehend, als er sie nahm. Und sie fühlte noch mehr als das Eindringen seines Körpers in ihren. Jetzt nahm sie einen raubtierwilden Hunger in sich wahr. Ihr Blut war Feuer. Der Schweiß auf ihrem Körper war Lava. Jeder Nerv drängte sich viel zu nahe an ihre Haut, und sie brauchte noch mehr.

»Meine Ria.« Mit einem Stöhnen kam er über sie, als er sich ganz in sie versenkte. Sie konnte spüren, wie seine Hoden sich an sie drückten, wie sein Schwanz in ihr pochte, während sein Körper sie bedeckte.

Sie fühlte Ekstase und Agonie, und sie konnte sich nur noch an ihm festhalten, als er anfing, sich zu bewegen. Langsam zuerst. Ganz langsam schob er sich in sie, tief und behutsam, während sie ihn pulsierend umschloss.

»Leg die Beine um mich, Ria.« Das tiefe, raue Vibrieren in seiner Stimme jagte ihr einen Schauer über den Rücken.

Sie schüttelte den Kopf. Sie hielt es nicht aus. Er war so groß in ihr, füllte sie so vollständig aus.

Seine Zähne knabberten warnend an ihrer Schulter. »Tu es. Sei um mich, Ria. Ganz und gar.«

Sie wimmerte, hob aber die Knie und schlang ihre Beine um seinen Körper.

»Gott! Mercury.« Ihre Hände krallten sich in seine Schultern, und die Wonne schien noch heller und heißer in ihr zu brennen.

»Du bist so eng. Wie eine heiße, feuchte Faust. Besser. So viel besser als alles, was ich mir vorstellen könnte.«

Mercurys Beherrschung hing an einem seidenen Faden. Das Paarungshormon hatte seine Haut so empfindsam gemacht, dass die Wonne, die ihn überwältigte, ihm fast den Atem raubte.

Er fühlte den warmen Druck zarter Muskeln, die seinen Schwanz umschlossen, jedes Zucken, jedes massierende Zusammenziehen, das sie durchfuhr.

Qualvolle Lust. Sein Schwanz zuckte. Direkt unter der Haut konnte er den Stachel pochen fühlen. *Er fühlte ihn.* Für sie. Alles für sie. Und es stieg in ihm auf wie eine Woge des Irrsinns und ergriff mit einer Begierde von ihm Besitz, die weit über Lust hinausging.

Inzwischen bedeckte sein Schweiß sie beide und machte ihre Körper feucht, als er über sie glitt. Harte, heiße kleine Nippel bohrten sich in seinen Oberkörper. Fest und warm zogen sie seinen Mund an, als er härter in sie stieß, seinen Schwanz immer wieder in sie versenkte, während das gewaltige Verlangen durch seine letzte Mauer der Selbstbeherrschung brach.

»Du wirst mich nicht noch einmal verlassen.« Er knabberte an der Wölbung ihrer Brust. »Du wirst nie mehr vor mir davonlaufen.«

Wohin konnte sie auch laufen? Wie konnte sie laufen? Sie konnte nie mehr leben, ohne diese Lust zu erfahren, ohne sie mit solcher Ekstase in sich aufsteigen zu fühlen.

Ria biss sich auf die Lippe, wand sich ihm entgegen, während das Verlangen stärker wurde und immer heller, immer heißer brannte. Sie bewegte sich, um jedem seiner Stöße zu begegnen, wimmerte und kam um vor Verlangen nach mehr.

Und er gab ihr mehr. Harte, kraftvolle Stöße trieben seinen Schaft in sie, streichelten ihr Inneres, während das Verlangen nach seinem Geschmack alles andere überwältigte.

Sie drehte den Kopf zu seiner Schulter. Keuchende Atemzüge und spitze Lustschreie drangen über ihre Lippen, und als seine Stöße stärker wurden, leckte sie über seine Schulter, stöhnte, schrie auf, und bevor sie sich zurückhalten konnte, biss sie zu.

So wie er sie schon so oft gebissen hatte. Sie bohrte die Zähne in die feste Haut seiner Schulter, hielt sie fest, leckte darüber und sog sein Aroma in sich ein.

Mercury erstarrte. Sein ganzer Körper spannte sich an, schauderte, und dann, mit einem begierigen Knurren, durchbohrten seine Zähne ihre Schulter wie ein Brandzeichen, und seine Hüften prallten gegen ihre.

Ria hätte aufgeschrien, doch die Lust, das Verlangen nach seinem Geschmack, die leidenschaftlichen, heftigen Stöße seines Schwanzes in sie ließen ihren Unterleib pulsieren und ihre Klitoris pochen.

Tränen liefen ihr über die Wangen bei der unglaublichen Kraft und der Schönheit dessen, was er mit ihr machte. Die Wonne – das war mehr als nur Lust. Es war unbändig. Ohne Scham. Es war reinste Empfindung, blendend heiß, und sie erreichte sie an Orten in ihr, wo sie nie gewusst hatte, dass sie dort Wonne empfinden könnte.

Ihr Unterleib pulsierte leidenschaftlich. Ekstase explodierte in ihrer Klitoris, und Verzückung erfasste ihr ganzes Bewusstsein.

Sie musste ihn loslassen, um aufzuschreien. Um sich aufzubäumen bei den harten Stößen, die so viele Reize durch ihre Nervenbahnen jagten.

Ihr Kopf grub sich in das Kissen. Sie wusste, dass sie die Nägel in seine Schultern krallte, und sie konnte nicht aufhören. Sie konnte nicht atmen. Sie konnte nicht schreien. Farben explodierten vor ihren Augen, als sie einen letzten harten Stoß fühlte, und dann ergoss er sich in sie.

Seinen Samen und noch etwas mehr. Sie fühlte den Stachel. Fühlte, wie er hervortrat, anschwoll und sich in die Muskeln drückte, die sich um seinen Schaft zusammenzogen, um ihn in ihr zu verankern. Ihr Oberkörper bäumte sich auf, doch sein harter Brustkorb drückte sie nieder, seine kräftigen Zähne hielten sie fest, seine Zunge streichelte sie, und dieses Mal schrie sie auf. Die Lust war zu stark, um sie zu unterdrücken. Die reine Gewalt eines weiteren Orgasmus jagte durch ihren Leib, entriss ihr die Kontrolle über ihre Reaktionen und ihren Körper. Sie zuckte und bebte, wand sich und bäumte sich auf, voll drängendem Verlangen zu entkommen und zugleich näher zu sein.

Der Stachel drückte sich in sie wie die Spitze eines kräftigen Daumens, und, oh Gott, er streichelte sie und pulsierte, als käme er ebenfalls.

Sie fühlte die Schübe seines Samens und von dem Stachel, den männliche Löwen besaßen, fühlte sie eine glühende Ejakulation, die ihre Wonne noch steigerte.

Mercury zuckte über ihr, hob den Kopf von ihrer Schulter, und ein triumphierendes Brüllen drang über seine Lippen und erfüllte das Zimmer, als er noch einmal in sie stieß und seinen Schaft und den Stachel tiefer in sie trieb.

Das Tier war frei, und eigentlich sollte sie Angst haben. Sie wusste, was das bedeutete. Sie wusste, es war nicht für sie bestimmt. Doch sie konnte ihn nicht loslassen. Verzweifelt klammerte sie sich an seine Arme, und ihre Beine umschlossen seine Hüften. Sie ließ sich von der Lust überwältigen wie von einer Flutwelle, die über das Land wogte. Sie war hilflos dagegen. Bis in ihre Seele erschüttert. Und nun gebunden von Ketten, die ihr nie erlauben würden, ihn zu verlassen.

Sie war mit ihm gepaart. Seine Gefährtin, ob es ihr nun bestimmt gewesen war oder nicht, und eigentlich sollte sie Zufriedenheit in sich spüren, wie eine lodernde Flamme. Sie hatte den Mann und das Tier gewonnen. Er gehörte ihr. Er liebte sie. Er hatte sich mit ihr gepaart. Doch nichts konnte die Tatsache vertuschen, dass es eine andere Frau gewesen war, die das Tier in ihm freigelassen hatte.

21

Langsam löste sich Mercury von Rias erschöpftem Körper und verzog das Gesicht, als sein überempfindlicher Schwanz aus ihr herausglitt.

Verdammt, er war immer noch hart und so verdammt erregt, dass es schmerzte. Doch er hatte seine Sinne wieder beisammen und seine Vernunft zurück.

Er strich ihr das Haar aus dem Gesicht, sah zu, wie sie die Lippen spitzte und sich an seine Brust schmiegte, als sei ihr kalt.

Ein leises Stöhnen drang über ihre Lippen, als ihre harten Brustwarzen über den Pelz auf seiner Haut rieben. Sie waren immer noch aufgerichtet und gerötet. Und er wollte daran saugen. Er wollte sie an seiner Zunge, ihren süßen Geschmack in seinem Mund spüren.

Er holte tief Luft, zog die Decken über sie und legte sich neben sie, als sie sich an seinem Körper ausstreckte und sich von ihm umfangen ließ. Seine Hände spielten mit ihrem Haar, berührten und streichelten es. Er liebte es, wie es sich anfühlte.

Er liebte es, wie sie sich anfühlte.

Stirnrunzelnd dachte er zurück an die Konfrontation mit Alaiya. Abscheu hatte sich in seinen Sinnen breitgemacht, als sie ihn berührt hatte. Und als sie die Lippen auf seinen Mund gepresst hatte, hatte er sich ganz steif machen müssen, um sich davon abzuhalten, sie zu töten. Sie wusste es; in dem Augenblick, als sie ihn sah, ihn witterte, hatte Alaiya gewusst, dass er einer anderen Frau gehörte. Und doch hatte sie die verletzte Gefährtin vorgetäuscht.

In welches Spiel war sie verwickelt? Es war ganz klar eins, an dem er nicht teilhaben wollte, doch er wusste, es war ein Spiel mit dem Potenzial, Ria zu zerstören.

Alaiya war ein scharfsinniges Geschöpf. In vielerlei Hinsicht war sie so kalt und berechnend wie Jonas. Doch der Direktor des Büros für Breed-Angelegenheiten hatte nicht die kaltblütige Bosheit, die Alaiya besaß.

Er rieb eine dicke Strähne von Rias Haar zwischen den Fingern, während er über das Problem nachdachte. Seine Ria. Sie war selbstsicher, stark, eine Kraft, mit der man rechnen musste, wenn es um ihre Fähigkeiten ging. Codes. Das Verfolgen von Spuren der Täuschung. Sie war die Beste, die er je gesehen hatte, sogar in der Gemeinschaft der Breeds.

Die Frau, die sie verbarg, war das, was ihm Sorgen machte. Die Frau, die er in ihr sehen und fühlen konnte, aber die sie nicht freilassen wollte. Diese Frau wäre wild und kraftvoll, eine Gefährtin, die die Jahre aushalten konnte, die gepaarten Breeds offenbar gestattet waren.

Diesen Teil von sich hielt sie unter Verschluss und verweigerte ihm die Freiheit, so wie Mercury seinem Tier die Freiheit versagt hatte. Denn die Zuversicht einer Frau ließ sich nur zu leicht erschüttern. Diese Frau war nie frei gewesen, denn Ria hatte furchtbare Angst, diesen einen letzten Teil ihrer selbst zu verlieren, der ihr Kraft gab.

Sie war ein Widerspruch in sich, kein Zweifel. Die Frau in ihr hielt sich verborgen, während ihre Logik und ihr Geschäftssinn sich der Welt stellten. Die Frau, die sich der Welt stellte, verbarg die Frau, die so gern sexy Kleider und High Heels tragen wollte. Die lebhaft und wild sein wollte.

Denn lebhaft und wild erregte Aufmerksamkeit und machte eine solche Frau zum Gegenstand von Spekulationen, von Klatsch und Tratsch und zum Ziel von Männern, die nichts mehr wollten als ihren Namen als Kerbe in ihrem Bettpfosten.

Und diese Schande, diesen Schmerz konnte Ria sich nicht leisten. So wie sie es sich nicht leisten konnte, als mehr zu gelten als nur eine gewöhnliche Angestellte, auf die die Vanderales sich so sehr verließen.

Der Gedanke ließ ihn die Stirn runzeln. Ria konnte es sich nicht leisten, sichtbar zu werden, weil sie fürchtete, dann den Vorteil zu verlieren, den sie in ihrem Job hatte. Mauerblümchen verblassten in der Menge. Niemand nahm Notiz von ihnen. Niemand fürchtete sie, so hatte sie ihm erklärt. Doch es war mehr als das. Sie bot einen Vorteil, den der Leo billigte und brauchte. Sie war ein Werkzeug, das er ziemlich effektiv einsetzte. Und die Vanderales waren das einzig Beständige in Rias Leben.

Sie hatte Angst, diese eine Gewissheit zu verlieren. Die Familie, die sie gerettet hatte. Sie hatten sie nicht aufgezogen, aber sie hatten ihre Erziehung überwacht. Sie hatten sie ausgebildet und ihr einen Job gegeben. Sie war das arme Waisenkind, von dem jeder glaubte, dass es der mächtigen Familie leidtat.

Die Frau in ihr hatte kein Vertrauen in sich selbst und ihre Fähigkeit, über die Aufmerksamkeit und Macht zu gebieten, die ihr nach Mercurys Überzeugung zustanden.

Bei dem Gedanken knurrte er und sah mit schmalen Augen in das Dämmerlicht im Zimmer, während er jeden Weg abwägte, der ihm offenstand.

Er war ihr Gefährte. Es war seine Aufgabe, sie zu schützen und dafür zu sorgen, dass sie in Sicherheit und glücklich war.

Sie würde nie glauben, dass er sich mit *ihr* gepaart hatte. Jener Teil von ihr, der ihr nicht erlauben wollte, irgendetwas als

Ihres zu akzeptieren, würde immer zurückweichen. Denn der Paarungsrausch hatte sich erst mit Alaiyas Auftauchen völlig bemerkbar gemacht.

So ganz übel nehmen konnte er ihr das nicht, und dennoch tat er es. Und ihm war klar, wenn sie erwachte, würde der Zorn der Frau, voller Angst, dass sie etwas besaß, das nicht ihr gehörte, so hoch und heiß lodern wie der Paarungsrausch.

Es ihr einfach zu sagen würde nie genügen. Und es war nicht genug für ihn. Als sie weggelaufen war, hatte sie ihn wütend gemacht, an seinem eigenen Stolz und seinem Selbstwertgefühl gekratzt. Sie war seine Gefährtin. Sie würde um ihn kämpfen. Entweder das, oder es gäbe keine Wut, die größer wäre als die seine.

Er hob den Kopf und blickte zur offenen Schranktür. Darin hingen all die hässlichen Sachen, die sie so beharrlich trug. Er sah auf die Uhr, und ein entschlossenes Lächeln entblößte seine Zähne.

Er löste sich vorsichtig von ihr, deckte sie zu und ging zum Schrank. Er hatte noch ein paar Stunden, bevor der Rausch sie wecken würde. Bevor das Verlangen seine Klauen in sie schlug.

Er trat in den großen Schrank, schloss die Tür hinter sich und machte das Licht an. Er drehte sich um und musterte mit schmalen Augen die Kleidungsstücke vor sich, bevor er auf seine Hände sah.

Die klauenartigen Nägel waren stumpf, doch noch immer gefährlich. Lautlos nahm er den ersten Rock von der Stange, und nur das Reißen von Stoff klang leise durch die Nacht, als er sein Werk der Zerstörung begann. Jedes Stück reizloser und ärmlicher Kleidung in ihrem Besitz fiel in Fetzen zu Boden. Röcke, Tops und Schuhe. Pullis und Blusen. Alle irreparabel zerfetzt.

Danach die Schuhe. Hervorragende Qualität, perfekte Verarbeitung. Aber kein Hindernis für den lautlosen Zorn, der in ihm wütete. Seine Gefährtin versteckte sich, sogar vor ihm, und das würde er nicht länger zulassen.

Als er mit dem Schrank fertig war, ging er zu Garderobe und Koffer. Er ließ nichts übrig außer der erotischsten Unterwäsche und den leichtesten und knappsten Nachthemden. Jedes Stück ließ er zu Boden fallen, wenn er damit durch war, zerriss und zerfetzte es und zerstörte jedes einzelne Kleidungsstück, das sie mitgebracht hatte.

Ausgenommen ein Paar Jeans, ein Shirt und ein Paar Stiefeletten aus Leder. Sie brauchte etwas anzuziehen, wenn er mit ihr nach Buffalo Gap fuhr und er ihr neue Kleidung kaufte. Kleidung, die der Frau, die sie seiner Überzeugung nach war, gebührte.

Überheblichkeit stieg in ihm auf. Davon besaß er jede Menge, kein Zweifel. Und ihm war klar, dass der Zorn, dem er sich morgen gegenübersehen würde, etwas war, das er vielleicht lieber vermieden hätte. Doch hier ging es um mehr als ihren Zorn und ihren Stolz. Es ging um ihre Zuversicht und ihren Glauben an ihn, und er wollte verdammt sein, wenn er eines davon verlor.

Er war ihr Gefährte. Verdammt, wenn sie glaubte, sie könnte ihn so ohne Weiteres an eine andere weiterreichen. Und dann einfach abhauen. Er wusste von der vollkommenen Liebe, die ihn umhüllt hatte, als sie ihn anstarrte; er hatte sie gefühlt und war davon erschüttert gewesen. Sie war voller Hingabe ihm gegenüber. Das wusste er. Und doch war sie gegangen.

Ihre Selbstlosigkeit ging weit tiefer als seine es je könnte. Denn er würde den Mann töten, der versucht hatte, sie mitzunehmen. Schon vor der Paarung hätte er jeden Konkurrenten um ihr Herz Stück für Stück zerrissen. Hätte ihn zerfetzt, so wie er ihre Kleidung zerfetzt hatte.

Danach, als seien diese Stoffreste nicht wichtiger als sein befriedigtes Seufzen, legte er sich wieder ins Bett.

Er schmiegte sich erneut an sie, und als ihn der Schlaf überkam, lächelte er. Ria hatte recht: Er konnte schnurren.

Sie brannte. Ria konnte fühlen, wie die sengende Erregung sie aus dem Schlaf trieb, unerbittlich an ihrem Körper und ihrem Verstand zerrte, während sie gegen das Erwachen ankämpfte. Sie wollte nicht aufwachen. Sie war nicht bereit, sich der Realität zu stellen.

Sie war nicht so weit, sich ihren eigenen Emotionen zu stellen. Denen, die weit tiefer nach ihr griffen als die Erregung. Die Befriedigung, weil er sie gewählt hatte. Willentlich, obwohl sie nicht geglaubt hatte, dass es einem Breed möglich war, eine solche Wahl zu treffen. Laut Elizabeth Vanderale war das nicht möglich. Doch Mercury hatte es getan.

Er hatte die Frau verlassen, die die Natur vor Jahren für ihn erwählt hatte, und war zu ihr gekommen. Er hatte die volle Wucht der ungezähmten Begierde auf sie losgelassen, und sie hatte alles begierig aufgenommen. Nicht nur körperlich, sondern auch emotional.

Etwas in ihr hatte sich entspannt, während ein anderer Teil von ihr sich angespannt hatte. Er wählte sie – vorerst. Sie hatte furchtbare Angst, dass sich das Blatt früher oder später wenden würde.

Gott, genau deshalb ließ sie sich nicht auf Beziehungen ein. Sie hatte Angst davor gehabt, für irgendwen so tiefe Empfindungen zu hegen. Angst davor, jemanden so sehr zu lieben, dass sie nicht mehr wusste, wie sie ohne ihn leben sollte. Doch genau so sehr liebte sie Mercury. Als sie ihn verließ, wusste sie nicht, wie sie einen Schritt weiter gehen sollte als bis zu dem Bett, das sie geteilt hatten.

Seine Berührung nährte einen Teil ihrer Seele, der anderen immer verschlossen geblieben war.

Doch nun war ihr Körper bereit, genährt zu werden. Er hungerte nach Mercurys Geschmack. Danach, ihn zu fühlen. Danach, von ihm geküsst und in Besitz genommen zu werden.

Sie schmiegte sich an ihn und fühlte seine Erektion, die sich an ihren Bauch drückte, seine Hand, die ihr Haar streichelte. Ihre Hände lagen an seinem Rücken, und das Gefühl seiner Haut wärmte sie und erfüllte sie mit Aufregung.

Er war wach, wieso nahm er sie nicht einfach? Er konnte ihr Verlangen wittern, das wusste sie. Sie hatte gesehen, wie er letzte Nacht ihren Duft inhaliert, tief in seine Nase eingesogen und vor Wonne geknurrt hatte.

Also worauf wartete er noch? Ihre Finger krümmten sich an seiner Haut, während sie sich um Zurückhaltung bemühte, um nicht über ihn herzufallen und ihn zu verschlingen.

»Wenn du es willst, dann musst du es dir schon selbst nehmen, Gefährtin.« Das harte Grollen in seiner Stimme verriet ihr, dass er nicht schlief. Und dass er immer noch so explosiv und wild war wie die Nacht zuvor.

Mühsam öffnete sie die Augen und fühlte ihr Herz pochen, als er sie mit diesen arktisch-blauen Augen ansah. Augen, die in ihr Inneres sahen und an die Laborfotos erinnerten, die sie vor ihrer Reise nach Sanctuary studiert hatte.

»Deine Augen haben die Farbe geändert«, flüsterte sie und erinnerte sich noch von letzter Nacht daran. Inzwischen war die Farbe noch lebhafter.

»Meine Augen waren blau, bis die zu zerstören versuchten, was ich war«, erklärte er, und aufblitzender Zorn jagte goldene Funken durch das Blau. »Aber meine Augenfarbe ist nicht das, worüber du dir Sorgen machen musst.«

Sein Tonfall war gerade an der Grenze dazu, sie sauer werden zu lassen. Der Sturm, der emotionale Aufruhr der vergangenen Nacht, war vorüber. Denken war noch immer ein mühsamer Prozess, aber langsam ging es wieder. Doch ihre Emotionen waren sprunghaft. Sie fühlte, wie sie in ihr aufstiegen, sie antrieben und sich mühten, sich von ihren Fesseln zu befreien. Doch damit würde sie sich später befassen müssen. Sobald er das lodernde Feuer in ihrem Leib gelöscht hatte.

»Worüber muss ich mir denn Sorgen machen?« Sie zog das Laken über ihre prallen Brüste, und sein Blick huschte über die Verhüllung.

»Willst du mich, Ria?«, raunte er, und seine eigene Erregung wurde stärker in seiner Stimme.

Nervosität stieg in ihr auf, und sie versuchte sie zurückzudrängen.

»Das ist eine dumme Frage, Mercury.«

Er grinste über ihre Bemerkung.

»Dann komm zu mir«, antwortete er. »Es ist mir ein Vergnügen, die Hitze in dir zu lindern. Du musst dir nur nehmen, was dir gehört.«

Sie zuckte zusammen. Er musste es unbedingt so ausdrücken. Und er wusste, was er tat: Sie sah es in seinen schmaler werdenden Augen, in der Anspannung seiner Züge.

Sie hob das Kinn und sah ihn wütend an. Es tat weh. Er konnte nicht erkennen, wie sehr es wehtat zu fürchten, dass sie ihn am Ende an eine Frau verlor, die ihn nicht verdiente und die nicht zu ihm gekommen war, als er sie brauchte. Stattdessen hatte sie gewartet, bis jemand anders ihn liebte und brauchte.

»Es hieß, du wärst der nette Breed«, konstatierte sie und bemühte sich, kühl zu klingen, aber ihre Stimme bebte vor Verlangen.

»Oh, ich war sehr nett«, versicherte er. »Ich bin es immer noch. Dir könnte auffallen, dass ich dir immer noch nicht den

Hintern versohlt habe, weil du gestern Nacht abgehauen bist. Obwohl, die Option besteht noch.«

Dagegen musste sie protestieren. Wirklich. Aber während er sprach, zog er das Laken von seinem muskulösen Körper, und ihr blieb die Luft weg und der Wille zur Gegenwehr.

Sein Glied war kräftig und reichte fast bis an seinen Nabel, und die pochende Eichel war stark und dunkel.

Sie fuhr mit der Zunge über ihre Lippen. Sie fühlte sich benommen, so begierig, urplötzlich so voll Sehnsucht nach diesem harten, heißen Glied in ihr, dass sie wimmerte.

Sie streckte die Hand aus, berührte seine breite Brust, strich mit der Hand bis an seinen Bauch und hielt dort inne. Sie wollte tiefer wandern, alles berühren, kosten und sich nehmen, was sie so sehnsüchtig für sich beanspruchen wollte.

»Mercury.« Sie hob den Blick zu ihm. Flehentlich.

»Es ist ganz einfach, Ria«, flüsterte er. »Dir zu nehmen, was du brauchst. Es ist mir immer ein Vergnügen, es dir zu geben, das weißt du.«

»Nehmen, was mir gehört«, stieß sie hervor, und Zorn stieg in ihr auf bei dem Gedanken an die Kränkung, dass der Paarungsrausch sich nicht für sie gezeigt hatte. Nicht sie hatte seine Kraft zum Vorschein gebracht, sondern eine andere Frau.

Das dunkle, warnende Grollen aus seiner Kehle ließ sie zusammenzucken.

Er hielt die Arme weiter hinter dem Kopf verschränkt, doch die Muskeln wölbten sich und die Adern unter der Haut traten hervor.

»Treib mich heute Morgen nicht zu weit, Ria«, warnte er sie. »Hier ist nicht der Ort dafür, und meine Geduld ist auch so schon genug strapaziert worden. Wenn du mich brauchst: Hier bin ich. Wenn nicht, dann werde ich die Hölle ertragen, duschen und zum Tagesgeschäft übergehen.«

»Verdammter Kerl!«, rief sie aus, voll schmerzhaftem Sehnen und innerlich blutend von dem Sturm der Emotionen, der in ihr losbrach.

»Du und deine verdammte Sturheit!«, konterte er. »Du bist meine Gefährtin. Entweder du akzeptierst die Tatsache, oder wir leiden beide darunter. Also, entscheide dich. Willst du jetzt mit mir schlafen oder streiten?«

Sie hatte die Absicht, beides zu tun, aber sie hatte auch ihre Prioritäten. Er wollte sie martern? Sie quälen? Dann würde sie dasselbe Spiel spielen, solange sie es durchhalten konnte.

Sie schwang ein Bein über seine Taille, seine pralle Eichel und beugte sich vor, während seine Hände hinter dem Kopf hervorschnellten und sich in ihr Haar gruben.

Ihre Lippen drückten sich auf seine.

»Gib es mir«, verlangte sie, inzwischen keuchend, nach seinem Aroma. »Gib es mir jetzt.«

Alles davon. Seine Berührung, seine Inbesitznahme, sein Herz, so vollständig, wie er ihres beanspruchte.

Er hob den Kopf, seine Lippen streiften über ihre, und seine Zunge glitt in ihren Mund. Die Drüsen an der Unterseite waren geschwollen und schwer und ergossen den spannungsgeladenen Geschmack von Lust in ihren Mund. Es machte süchtig. Sie brauchte es. So sehr, dass sie sich schon vor Verlangen wand. Sie presste ihren Venushügel gegen seinen harten Bauch und wimmerte, als sie fühlte, wie ihre pralle Klitoris seine angespannten Muskeln streifte.

Sie schwelgte in der Wonne, in seiner Berührung, in dem Wissen, dass er, jetzt im Augenblick, ganz ihr gehörte.

Sie sog an seiner Zunge und fühlte, wie sein Kuss ihre Seele erschütterte. Er war so tief und so hungrig wie ihrer. Ein Grollen vibrierte in seiner Brust, streichelte ihre harten Brustwarzen und jagte ihr Schwingungen der Lust durch den Leib.

Das Verlangen, die Begierde, war zu groß, um zu warten. Er sagte, sie solle sich nehmen, was sie brauchte. Und sie brauchte es so sehr. Alles von ihm, körperlich und emotional.

Sie hob die Hüften und glitt dann nach unten, bis die kräftige Eichel die feuchten, prallen Lippen zwischen ihren Beinen berührte.

Mercury zog seine Zunge zurück, knabberte an ihren Lippen und schenkte ihr dann erneut das würzige Aroma, während sie sich langsam auf seinen harten Schaft senkte.

Explosionsartige Erregung in ihr. Sie hatte die Kontrolle. Ihre Nägel gruben sich in seine Schultern, als sie fühlte, wie sich das Hormon aus seiner Zunge in ihren Organismus ergoss. Sie nahm alles in sich auf, während ihre Hüften sich auf seinem Schaft bewegten. Langsam ließ sie sich darauf sinken und schrie an seinem Mund auf, als seine Hände ihre prallen Brüste umfassten.

Seine Finger huschten über ihre Nippel. Seine Zunge drang rhythmisch in ihren Mund, während sie sich bemühte, sie festzuhalten. Doch seine Erektion blieb unter ihrer Kontrolle – wie tief sie sie mit jeder Bewegung ihrer Hüften aufnahm, wie schnell sie sich bewegte, wie seine Erektion sie streichelte und dehnte.

Sie kontrollierte die Kraft und ungezähmte Stärke des Mannes unter ihr, und sie konnte es fühlen. Sie genoss es. Er grollte unter ihr, machte aber keinen Versuch, sie aufzuhalten.

Sie hob den Kopf, blickte zu ihm herab und sah, wie sich Schweiß auf seiner Stirn bildete und die scharfen Reißzähne sichtbar wurden, als er das Gesicht verzog.

»Liebst du mich, Ria?«, stöhnte er. »Gib mir das, Baby. Liebe mich.«

Ria sah zu ihm herab und liebte ihn von ganzer Seele.

»Ich liebe dich über jede Vernunft hinaus«, flüsterte sie

schließlich und schrie dann vor Wonne auf, als seine Hüften unter ihr zuckten.

Sie hatte ihn erst kaum zur Hälfte aufgenommen. Er dehnte sie, und sie schwor, dass dieses verdammte Hormon entweder ihn größer oder sie enger werden ließ, denn der Lustschmerz seines Eindringens brachte sie schon an den Rand des Orgasmus.

»Gott, du bist so kräftig«, stöhnte sie.

»Und du bist so eng«, knurrte er zurück und drückte den Kopf auf das Kissen. »Nimm mich, Ria. Ich bekomme einen verdammten Herzanfall, wenn ich noch länger warten muss.«

Sie hielt inne. Röte überzog seine Wangen, Gold glitzerte in seinen arktisch-blauen Augen, und Erregung verzerrte seine Züge.

Er hatte das Aussehen eines Mannes, dessen Beherrschung nur noch am dünnsten aller Seidenfäden hing. Doch die Finger, die an ihren Brustwarzen zupften, taten ihr nicht weh. Jede Berührung galt nur ihrer Lust. Ihrer Erregung und ihren Bedürfnissen. Sein Blick war voll Zärtlichkeit und voll Liebe, so wie zuvor, bevor eine andere Frau ihre Welt zerstört hatte. Sie hatte keine Wahl, als ihn ebenso zu lieben, ihn mehr zu lieben, denn sie verlangte begierig danach, ihn so tief wie möglich in sich zu spüren.

»Ria. Mach schon, verdammt«, grollte er. »Nimm mich.«

Sie bewegte sich langsam, hob und senkte die Hüften, während sie ihn betrachtete. Sah sie auch so aus, wenn er sie nahm? Wie von Sinnen vor Lust? Benommen vor Verlangen, das in ihr tobte?

Begierde, Verlangen und verzweifeltes Sehnen standen in seiner Miene. Es pochte in seinem Schaft, pulsierte in ihrer Vagina und ließ sie die Hüften auf ihm kreisen und dabei stöhnen.

Er biss die Zähne zusammen, und seine Kinnmuskeln spannten sich an.

»Du machst mich fertig«, stöhnte er und starrte sie mit Augen so schmal wie blaue Schlitze an.

Er machte *sie* fertig.

Sie hob sich noch einmal und nahm dann noch mehr von ihm auf, bog den Rücken durch und bot ihre Brüste seinen Händen dar, während sie sich auf seine harten Bauchmuskeln stützte.

Es war wundervoll. Ihn Zentimeter für Zentimeter aufzunehmen, zu fühlen, wie sie das Tempo bestimmte, in dem er sie dehnte, und dabei Empfindungen zu spüren, die sie nie zuvor gekannt hatte.

»Ria, süße Ria«, stöhnte er drängend, und seine Hände glitten von ihren Brüsten an ihre Hüften, während sie ihn noch tiefer in sich aufnahm. »Ah, Baby. Nimm alles von mir.«

»Noch nicht«, keuchte sie kopfschüttelnd und fühlte, wie seine Hände ihre Hüften packten; doch er tat nichts, um sie tiefer auf seine Erektion zu drücken.

»Wann dann?« Seine Stimme klang gequält, halb lachend, halb grollend.

Sie spannte sich um ihn herum an und stöhnte, als ein animalisches Knurren durch die Luft drang.

»Du folterst mich«, warf er ihr vor, doch sie hörte etwas in seiner Stimme, das ähnlich wie Freude klang, als sie sich auf ihm bewegte, sich anspannte, ihn in sich aufnahm, ihn massierte und sich immer weiter auf ihn senkte.

Momente später war er in voller Länge in ihr, und jeder pochende Zentimeter brannte in ihr, während sie fühlte, wie ihre Beherrschung sich in Nichts auflöste.

Das Verlangen war wie ein Peitschenhieb aus reiner Lust, der sich zur Ekstase aufbaute. Mercury hatte seinen Kopf vor

Lust in den Nacken gelegt, als er die Hüften hob und sich ihr darbot. Und dabei blieb der Rest von ihm reglos und ließ sie ihre Lust und die seine finden.

Es lag darin, ihn zu reiten, während er hart war wie ein Hengst, kräftig und pochend vor Verlangen nach Erlösung, und sich dennoch für sie zurückhielt. Es lag darin, die Schweißperle von seiner Stirn in sein dichtes Haar rinnen zu sehen und eine weitere über seinen kräftigen, sehnigen Hals, während der Orgasmus sich in ihr ankündigte.

Ihr Körper war nur noch pulsierendes Verlangen. Blitze flackerten über jede einzelne ihrer Nervenbahnen. Die Lust drang bis in jede Zelle, bis in ihre tiefste Seele. Und ihn zu nehmen war, auch in ihr etwas Wildes und Machtvolles zu entfachen.

»Mercury.« Sie legte den Kopf in den Nacken und rief seinen Namen. »Oh Gott. Mercury!«

Sie wollte sich weiterbewegen, als sie kam, um ihm seine eigene Erlösung zu schenken, doch die Lust zerschmetterte sie. Sie bebte unkontrolliert, fühlte es in sich explodieren, und daraufhin gab er ihr alles und nahm sie. Seine Hände an ihren Hüften spannten sich an, als er sich unter ihr bewegte, mit tiefen und harten Stößen in sie drang, bis sein heiserer Aufschrei und ein animalisches, ersticktes Brüllen aus seiner Kehle drangen und sein Orgasmus sich mit ihrem vereinte.

Das hieß nicht, dass es vorbei war. Sie sank auf seiner Brust zusammen und registrierte kaum, dass ihre Nägel sich in seine Unterarme gruben, wie der Stachel hervortrat und sie noch höher trieb, noch tiefer in eine Erlösung stürzte, die sie vollständig entblößte und ihn anflehen ließ. Sie flehte um Gnade, denn die Lust riss sie in Stücke und setzte sie wieder zusammen, und sie wusste doch nicht, wie sie damit leben sollte.

Erst lange Zeit später konnte sie den Kopf heben, ihren befriedigten Körper von seinem lösen und sich auf die Matratze rollen.

Sie setzte sich auf, schob sich das Haar aus dem Gesicht, blickte auf den Boden – und erstarrte.

Das waren doch nicht ihre robusten Winterstiefel, in Fetzen gerissen? Und das da war doch nicht ihr grauer Wollrock? Ihre Strumpfhose? Ihre Schuhe?

Grundgütiger.

Sie drehte sich um und starrte zum Wandschrank. Die Tür stand offen, das Licht war an, und sie spürte, wie sie blass wurde. Sie bemerkte, wie Mercury sich anspannte, während er weiter reglos neben ihr lag, den Blick auf sie gerichtet, und sie vorsichtig betrachtete.

Sie konnte ihn nicht ansehen. Sie sah nur noch ihre Sachen. In Fetzen. Als hätte jemand sie mit einer Schere bearbeitet. Ihre robusten Schuhe und Stiefel, die schlichten Socken und Strumpfhosen. Das Einzige, was sie nicht sah, waren die zarten Unterwäschegarnituren aus Seide und Spitze, die sie mitgebracht hatte. Keine zerrissenen Push-up-BHs. Keine Spitzenstrümpfe. So wie die, die sie immer noch trug, ohne es überhaupt zu bemerken.

Langsam verwandelte sich ihr Schock in Zorn. Sie starrte die Zerstörung an, die bewusste Berechnung jedes einzelnen achtlos zu Boden geworfenen Stofffetzens, und drehte sich dann langsam zu ihm um.

Er musterte sie mit diesen eisblauen Augen, die immer noch sündig wirkten und in denen begierige Flammen loderten. Seine Miene war kontrolliert, sein Blick überheblich und zuversichtlich.

»Was in aller verdammten Welt hast du hier angestellt?«

Er grinste. »Habe ich schon erwähnt, wie sehr ich es mag,

wenn dieser so überaus korrekte und überaus präzise Akzent von dir sich bemerkbar macht? Er ist ein Zeichen dafür, dass eine Party im Anflug ist. Sei vorsichtig, Ria, nicht nur der Kaffee wirkt erregend. Zorn auch.«

Sie starrte ihn ungläubig an. Die Überheblichkeit, die angeborene Selbstsicherheit und vollkommene Ruhe in seiner Miene machten sie wütend.

»Du hast meine Sachen kaputtgemacht«, konstatierte sie.

Seine Augen wurden schmal. »Ja, ich glaube, genau das könnte ich getan haben.«

»Warum?« Sie brachte das Wort kaum heraus, konnte kaum einen klaren Gedanken fassen.

Darauf richtete er sich auf und beugte sich zu ihr, Nase an Nase.

»Ich habe genug davon, eine Fremde zu vögeln. Die Frau, mit der ich mich gepaart habe, nur zu fühlen, aber nie zu sehen. Das Zeug da«, knurrte er und deutete auf die Sachen, »versteckt meine Gefährtin, und das werde ich nicht länger erlauben.«

Ria wich zurück und stand auf. Sie starrte ihn an, und ihr Zittern kam nicht von der Erregung. Sondern von völliger, überwältigender Ungläubigkeit und von unbändigem Zorn.

»Du spinnst ja«, rief sie spöttisch. »Deine Gefährtin, dass ich nicht lache. Deine Gefährtin ist in Sanctuary und schleicht da herum wie eine verdammte rollige Katze. Sie wartet auf dich. Sie wartet auf dich, während du mir dieses verdammte Hormon verabreicht und dafür gesorgt hast, dass ich dich nicht mehr verlassen kann. Was soll das, Mercury? Konntest du nicht mit der Tatsache umgehen, dass es nicht so läuft, wie du es wolltest? Und jetzt musst du mich zu etwas machen, das zu berühren du ertragen kannst?«

Er kam mit einem Knurren aus dem Bett, das heftig und animalisch genug war, dass etwas in ihr rebellierte. Glaubte er, sie würde im Angesicht seines Zorns zurückweichen? Glaubte er, sie würde zusammenzucken?

Bevor er den ersten Schritt machen konnte, stand sie schon direkt vor ihm.

»Ich kann die Sachen wiederbekommen, und zwar so fix.« Sie hob die Hand und schnippte mit den Fingern. »Ein Breed von Vanderale wird sie mir liefern, und ein Breed von Vanderale wird jedem Anliegen von mir Folge leisten. Und du kannst diese Fetzen da nehmen«, spottete sie, »und sie dir sonst wohin stecken.«

»Du willst den Tod eines Vanderale-Breeds?«, fragte er gedehnt, während seine Nase ihre beinahe berührte und der Zorn in seinen Augen lebendig war, so wie auch ihr Zorn ein lebendiges Wesen in ihr war. »Lass einen von ihnen mehr von dieser Farce dessen, was du tragen willst, bringen, und ich reiße ihn in Stücke und lasse ihn heulend zu seinem mächtigen Gefolgsherrn Leo laufen. Du bist meine Gefährtin, und ich will verdammt sein, wenn du dich noch länger vor mir versteckst.«

»Alaiya ist deine Gefährtin«, schrie sie ihn an. »Mit dem, was du mit mir gemacht hast, hast du alles verhöhnt, was Paarungsrausch von Natur aus sein sollte. Was ist, Mercury, brauchst du einen verdammten Harem anstelle nur einer Frau?«

Er lächelte. Ein kaltes, leises Lächeln, das ihre Wut durchdrang und sie wachsam zu ihm aufsehen ließ, als er sich aufrichtete.

»Wir können heute Morgen einkaufen gehen. Ich habe dir ein paar Kleidungsstücke aufgehoben.«

»Wie bitte?« Sie ballte die Fäuste; der gewaltige Zorn riss sie innerlich auseinander. »Was hast du gerade gesagt?«

Sein Gesichtsausdruck ließ sie zurückweichen. Nicht aus Furcht, sondern Vorsicht. Seine Augen wurden schmal, schweres Gold blitzte darin auf, und seine Miene spannte sich mit einer so ureigenen Überheblichkeit an, dass sie keine Ahnung hatte, wie sie dagegen angehen sollte.

»Ich sagte, wir gehen einkaufen. Heute Morgen. Nachdem wir geduscht, gegessen und, falls du mich noch einmal brauchst, miteinander geschlafen haben. Wir ersetzen deine Sachen.«

»Die Sachen, die du zerfetzt hast?« Ihre Stimme klang heiser, angestrengt vor Zorn und Fassungslosigkeit.

Er hob eine Augenbraue. »Wohl kaum. Aber du kannst ja versuchen, mich zu überzeugen, wenn du möchtest. Du bist meine Gefährtin, und Breeds sind dafür bekannt, ihre Gefährtinnen ganz furchtbar zu verwöhnen. Willst du sehen, wie sehr ich dich verwöhnen werde?«

Nur zu gern.

»Du Bastard!«, hauchte sie, fassungslos und überzeugt, dass einer von ihnen den Verstand verloren hatte, und sie war sich ziemlich sicher, dass nicht sie es war.

»War nur ein Vorschlag.« Er zuckte mit den Schultern.

»Du schmutziger, arroganter, egomanischer Breed«, schrie sie. »Du bist ja noch schlimmer als Dane. Schlimmer als Jonas. Du bist schlimmer als der Leo.« Und das war die höchste Beleidigung von Arroganz, die sie zu vergeben hatte.

»Komplimente sind hilfreich.« Er ging lächelnd an ihr vorbei, tätschelte ihren Po, und sie quiekte wütend auf.

»Ich mach dich alle.«

»Ganz bestimmt, wenn wir so weitermachen wie heute Morgen«, gab er zurück. »Dann sterbe ich als glücklicher Mann.«

Die Badezimmertür schloss sich hinter Mercury. Sie sah sich um, immer noch geschockt und sicher, dass sie träumen musste. Das angespannte, wütende Knurren, das über ihre Lippen kam, hätte seinem beste Konkurrenz gemacht. Und der Bastard lachte sie auch noch aus. Sie hörte es. Sie hörte sein Auflachen, und bevor sie sich zurückhalten konnte, hatte sie den kleinen Wecker vom Nachttisch in den Händen, und dann flog er auch schon durchs Zimmer und krachte gegen die Tür.

Da stand sie, schwer atmend, ließ sich dann stöhnend aufs Bett plumpsen und starrte auf die Reste ihrer grässlichen Klamotten. Was in aller Welt sollte sie jetzt bloß tun?

22

»Puh.« Mercury achtete sehr, sehr sorgfältig darauf, dass sein scharfes Ausatmen leise blieb, während im Schlafzimmer Stille herrschte.

Er stützte die Hände auf das Waschbecken und wartete. Sie blieb im Schlafzimmer. Sie ergriff nicht die Flucht. Mann, wäre ganz schön zum Kotzen, wenn er nackt in den Schnee hinausrennen müsste, um sie einzuholen.

Er konnte den süßen Duft ihrer Erregung wittern, den scharfen Hauch ihres Zorns, und er musste zugeben, verdammt, sie war eine ziemliche Herausforderung, wenn sie wütend war.

Nicht dass er das so bald wieder riskieren wollte. Wie er gesagt hatte, verwöhnten männliche Breeds ihre Gefährtinnen im Allgemeinen nach Strich und Faden, besonders während des Paarungsrausches, wenn ihre Emotionen und ihr Sinn für Gleichgewicht derart aus dem Ruder liefen.

Männliche Breeds waren höchst sexuell während des Paarungsrausches, doch sie empfanden nicht die qualvoll schmerzhafte Erregung, die eine gepaarte Frau fühlte, besonders wenn sie keine Breed war. Sie empfanden nicht die schmerzhaften Stiche aus Zorn, weil sie ihre Emotionen oder Bedürfnisse nicht kontrollieren konnten. Frauen waren abhängig von ihren Gefährten, und für eine unabhängige Frau war das eine verdammt harte Anpassung.

Ria war eine der unabhängigsten Frauen, die ihm je begegnet war. Nach außen hin war sie so eigenständig, so in sich ruhend, dass andere sich voll Unbehagen in ihrer Nähe bewegten. Menschen sehnten sich nach dem Gefühl, gebraucht zu werden, genauso wie Breeds. Sie fühlten sich nicht wohl in Gegenwart von Leuten, denen sie anmerkten, dass sie derartige Verwicklungen nicht wollten oder benötigen.

So wirkte Ria auf andere. Man schreckte vor ihr zurück, beobachtete sie skeptisch und war sich unbewusst dessen gewahr, dass sie einen auf Distanz hielt.

In Sanctuary oder überhaupt innerhalb der Welt der Breeds würde das nicht funktionieren. Wenn sie ihn nicht als ihren Gefährten beanspruchte, sie höchstpersönlich, dann wäre sie nie glücklich. Und sich selbst einen Platz in seinem Leben zu suchen, wäre eine Qual für sie, ganz gleich wie sehr er versuchte, es ihr leicht zu machen, oder wie sehr er sie verwöhnte. Ihre Ängste wären immer da. Und andere Breeds würden sie immer wahrnehmen.

Er versteifte sich, als er hörte, wie die Zimmertür zuging. Stirnrunzelnd eilte er aus dem Badezimmer.

Die einzige Kleidung, die er ihr übrig gelassen hatte, fehlte. Verdammt, sie war ihm schon wieder davongerannt.

Dann hörte er eine andere Tür zugehen, doch es war nicht die Haustür. Er ging durchs Haus, blieb dann vor der verschlossenen Tür zum Gästezimmer stehen und seufzte erleichtert.

Sie war da drin. Und duschte ohne ihn. Er hatte gehofft, mit ihr zu duschen und sie zu trösten.

Er runzelte die Stirn und trat in das Zimmer. Etwas, eine Empfindung, ein Duft, zog ihn dorthin. Der Duft ihrer Tränen mischte sich mit dem Wasser. Der Duft ihrer Verwirrung, so freudlos und fremdartig für sie.

Es brach ihm das Herz und riss an seiner Seele.

Die Dusche im Badezimmer lief, und Ria stand dort. Er schob den Duschvorhang beiseite und sah sie, den Kopf an die Wand gelehnt, das Gesicht in den Händen vergraben, ihre Schultern bebend vom Weinen.

»Ria«, flüsterte er.

»Nicht.« Sie schüttelte den Kopf, und ihre Stimme klang heiser. »Ich schreie nicht. Ich weine nicht. Ich empfinde nicht solche Schmerzen.« Ihre Stimme wurde abgehackt und wütend. »Lass mich in Ruhe. Bitte. Lass mich das unter Kontrolle bekommen. Ich muss das unter Kontrolle haben.«

Er trat hinter ihr in die Duschkabine, ließ sich mit ihr von der dampfenden Wärme umhüllen und zog sie an sich. Da, wo sie hingehörte, und er ließ sie weinen. Er neigte den Kopf über ihren und schloss die Augen, denn er wusste, wie schwer das für sie war. Er fühlte es, intuitiv.

»Ich liebe dich, Ria«, flüsterte er in ihr Haar. »Mehr als das Versprechen kann ich dir nicht geben.« Würde er ihr nicht geben, denn er wusste, jetzt im Augenblick würde sie nichts anderes hören wollen.

Sie schluchzte heftig, schlang die Arme um seine Taille und hielt sich an ihm fest, während ihre Tränen auf seiner Brust brannten.

»Ich wollte dich nicht lieben«, weinte sie mit brüchiger Stimme. »Ich wollte nicht solchen Schmerz fühlen.«

»Ich weiß, Baby.« Er küsste ihr Haar und strich ihr über den Rücken. »Ich weiß.«

Er ließ den Sturm in ihr toben und streichelte sie, bis dieser Sturm sich wieder legte. Als sie still an ihn gedrückt dastand, trat er zurück, nahm sich einen Waschlappen und wusch sie. Ganz sachte wischte er die Tränen von ihrem Gesicht, berührte ihre Lippen mit seinen und hielt das Verlangen zurück, das seine Zunge schwellen ließ und in ihm brannte. Um sie zu trösten.

Er gab ihr den einzigen Trost, der er ihr zu geben vermochte. Seine Liebe.

Stunden später flog Sanctuarys Helijet Ria nach Buffalo Gap, nachdem Mercury sie über seine Schulter gelegt und unter dem amüsierten Blick des Piloten im hinteren Bereich des Jets abgesetzt hatte.

Sie war wütend. So wütend, dass sie kaum atmen konnte, doch sobald sie beim Einkaufszentrum landeten, blieb ihr keine Wahl, als sich zu benehmen. Sie würde sich ganz bestimmt keinen lautstarken Streit mit einem arroganten Breed liefern, damit die Presse sich darauf stürzen konnte.

Und Mercury machte sich das zunutze. Er ging sogar so weit, ihr zu erlauben, dass sie ein Outfit aussuchte und anprobierte. Und kaum hatte sie sich ausgezogen, öffnete er blitzschnell die Tür und schnappte sich die Klamotten, in denen sie in den Laden gekommen war.

Und sie hörte ihn – er war ein toter Mann! –, sie hörte ihn zur Verkäuferin sagen, sie solle ihre Jeans und den Pulli entsorgen. Er war tot. Sie würde ihn umbringen.

In den Sachen, die sie ausgesucht hatte, trat sie aus der Kabine. Schwarze Hose und ein grauer Pulli. Er warf nur einen Blick darauf, krümmte die Finger, und sein Knurren klang missbilligend, als er sie sehr leise fragte: »Willst du diesen Laden nackt verlassen?«

Sie verließ dann den Laden in Bluejeans, die den Po betonten, ihre Beine umschmiegten und ihr mehr männliche Blicke bescherten als je zuvor im Leben, und er wagte es, die Männer, die sie musterten, anzuknurren. Zu der Jeans trug sie ein purpurrotes – *purpurrot,* um Himmels willen! – figurbetontes Shirt, das ihre Brüste umschmeichelte, gut verborgen unter dem Ledermantel, den er ihr aus irgendeinem Grund zu behalten erlaubte.

Im Schuhladen machte er dasselbe. Als sie ging, trug sie ein Paar flache Stiefeletten, die ihre Beine betonten und in keiner Weise denen ähnelten, die er in Stücke gerissen hatte. Und Schuhe. So viele Schuhe, dass der Laden sie am Nachmittag in die Hütte liefern würde. High Heels, Schuhe so teuer, dass sogar sie zusammenzuckte; Stiefel mit hohen Absätzen, formschöne Lederstiefel, sexy Stiefel, die einen Anfall von Panik in ihr auslösten, als er einschüchternd über ihr aufragte und sie förmlich zwang, sie anzuprobieren und aufzustehen. Darin zu laufen. Um die reine Erotik von Schuhwerk zu fühlen, das nicht nur für Bequemlichkeit, sondern für sündige Sinnlichkeit entworfen war.

Ein Laden nach dem anderen. Das exklusive Einkaufszentrum, das zu dem noch exklusiveren Hotel gehörte, welches für die Gäste von Sanctuary erbaut worden war, hatte jeden nur vorstellbaren Laden zu bieten. Sie verbrachten dort Stunden. Es ging von einem Geschäft zum anderen, während Mercury ihr Kleidungsstücke in die Umkleidekabine reichte, knurrte, damit drohte, ihr eine Szene zu machen und sie immer weiter in die finstere kleine Ecke drängte, wo das in ihr verborgene weibliche Wesen in Entzückungsrufe ausbrach.

Ria war nicht erfreut. Als er sie in den Make-up-Salon schleppte, rammte sie die Füße in den Boden, woraufhin er nur hinterlistig flüsterte, dass er kein Problem damit hätte, der Presse eine Schlagzeile zu liefern, die man noch monatelang ausschlachten würde.

Und die Presse war da. Mercury war eine bekannte Figur des Büros für Breed-Angelegenheiten. Einer ihrer Top-Enforcer. Auch wenn er nicht in Dienstuniform war, die Lederhose und das schwarze T-Shirt, das er trug, taten nichts, um das kraftvolle Tier, das er war, zu verbergen.

Schwarzes Leder, Grundgütiger. Eine Zurschaustellung seiner kräftigen Beine zu den schweren Stiefeln an den Füßen. Ein T-Shirt, das sich über Brustkorb und Oberarme spannte.

Sein Haar war im Nacken zusammengebunden und zeigte seine stolzen, löwenartigen Züge, die andere Ladenbesucher wachsam beäugten.

Sie verließ den Laden mit Make-up, Haarschmuck und einem derart sinnlichen Parfüm, dass sie es gleich ausprobieren wollte. Auf der Stelle.

Er drängte ihr kurze Kleider auf. Lederhosen. Eine Lederweste. Wer hätte gedacht, dass er so verdammt wild war? Leder!

Sie hätte es wissen müssen. Eigentlich hatte sie es gewusst. Es gab vereinzelte Bilder von Mercury ohne Uniform, und diese Bilder hatten sie in Erregung versetzt, lange bevor sie ihm begegnet war.

Schlichte Kleider und Röcke fürs Geschäftliche, aber die kurz und figurbetont. Seide und weiche Baumwolle, Pullis, die sich über ihren Brüsten dehnten und ihr Dekolleté zur Schau stellten, und so verdammt viele Paar Strümpfe, Push-up-BHs und dazu passende Höschen, dass sie beim Gedanken an die Kosten am liebsten in Ohnmacht gefallen wäre. Er gab ein Vermögen aus und zuckte dabei nicht einmal mit der Wimper.

»Ich hasse dich«, brummelte sie, als sie einen weiteren Laden verließen. Bis dahin hatte er sie den schlichten Ledermantel behalten lassen. Doch nun zog er ihn ihr von den Schultern, warf ihn der Verkäuferin zu mit der Anweisung, ihn zu verbrennen, und streifte ihr dann eine kürzere hüftbetonte schwarze Lederjacke mit dünner Wärmeisolierung über.

Der weiche Innenstoff fühlte sich himmlisch an. Das Leder schmiegte sich an ihren Körper, so wie die anderen Kleidungsstücke und lenkte die Blicke hinten auf ihren Po und vorn auf die Oberschenkel. Noch ein verdammter Grund mehr für ihn, andere anzuknurren.

Sie wünschte, sie könnte gegen seinen Geschmack protestieren. Sie wollte es. Aber da hätte sie lügen müssen, denn er bewies in allem, was er aussuchte, exquisiten Geschmack.

»In ein paar Stunden wirst du mich wieder lieben«, versprach er ihr, holte langsam Luft und grinste, als er den Beweis dafür in ihrer Erregung fand. »Vielleicht auch schon früher.«

»Ich hasse dich wirklich«, zischte sie.

»Ich höre Liebe in deiner Stimme, Ria.« Er gab ihr einen schnellen Kuss. »Na komm, noch einen Laden.«

Noch ein Halt. Bei einem exklusiven Designer für Kleider, der sie direkt hereinbat, ihre Maße nahm, herumdruckste und entzückt kicherte, als Mercury mehrere Kleider für sie aussuchte. Denn sie weigerte sich. Sie war entsetzt. Schockiert über die Preise. Und die reine Schönheit der Abendkleider, die er auswählte.

»Thanksgiving, mehrere Weihnachtsfeiern und Neujahr«, erklärte er. »Da gehst du mit mir hin.«

»Mein Job ist fast getan«, sagte sie und bemühte sich um eine Ruhe, die sie nicht fühlte, als sie die Boutique verließen.

Mercury blieb abrupt stehen und sah sie finster an.

»Würdest du denn jetzt gehen?«, wollte er dann wissen. »Würdest du mich verlassen, Ria?«

Sie hielt inne und sah ihn schweigend an. Er könnte mit ihr nach Südafrika kommen, aber sie wusste es genauso gut wie er. Leos Rudel hatte sich längst gebildet, seine Hierarchie etabliert, so wie hier. Dort gab es keinen Platz für ihn, während hier …

Langsam schüttelte Ria den Kopf. Nein, es gab nie mehr ein Zurück zu dem, was sie einst war. Und Mercury konnte sie nicht verlassen. Das hatte sie in der vergangenen Nacht bewiesen. Dane hatte ihr einen Fluchtweg geboten, und sie hatte ihn ausgeschlagen.

»Nein«, flüsterte sie schließlich. »Noch nicht.«

»Gar nicht.« Seine Stimme wurde härter.

»Noch nicht.« Nicht bis er sie darum bat. Nicht bis er die Anziehung, die Alaiya auf ihn ausübte, nicht länger leugnen konnte.

Und dann, das war ihre schreckliche Angst, gäbe es keinen Ort, wo sie dem Schmerz entfliehen konnte.

»Du liebst mich, Ria.« Er sah ihr in die Augen. »Ich kann wittern, wie die Liebe aus dir strömt, mich einhüllt und in mich dringt. Du kannst es nicht leugnen.«

»Ich leugne es auch nicht«, räumte sie ein.

»Aber du bereust es?« Zorn loderte in seinen Augen auf.

Und sie musste den Kopf schütteln. Nein, sie würde es nicht bereuen. Sie würde daran sterben, voll Kummer gehen, wenn es vorbei war, aber sie würde es nicht bereuen.

»Ich bereue nichts, worauf ich mich mit offenen Augen einlasse«, erklärte sie schließlich. »Aber ich muss es nicht mögen. Und wenn du erkennst, welchen Fehler du gemacht hast, was du uns beiden angetan hast, Mercury, dann habe ich ein ganz schlechtes Gefühl, dass du es bereuen könntest.«

Damit ging sie wieder vor ihm her, und Mercury ließ ein Lächeln um seine Lippen spielen, während er ihre Bewegungen verfolgte. Sie bewegte sich ganz natürlich in den Sachen, die sie trug. Nicht nur rein physisch, sondern auch ihre Haltung und ihr Auftreten hatten sich entsprechend verändert.

Aber er musste die Zähne zusammenbeißen, während er ihr zusah. Die Jeans umschmiegten ihren Hintern wie nichts sonst auf der Welt, und die leichte schwarze Lederjacke lenkte die Aufmerksamkeit auf ihre Hüften und die schlanken Oberschenkel. Sie war ein feuchter Traum auf zwei Beinen, und wenn er nicht bald wieder in ihr war, würde er noch verrückt werden.

Er sah auf die Uhr und verzog das Gesicht. Die kleine grüne

Anzeige darauf teilte ihm mit, dass Jonas ihn sprechen wollte. Nicht dringend, es war kein Notfall. Aber er musste zügig hier fertig werden und sie zurück nach Sanctuary bringen.

Eine Paarung war zeitraubend. Zeit, die er nicht aufgeben wollte, um einen verräterischen Bastard zu fassen, den er vielleicht töten musste, weil er seine Pläne derart durchkreuzte.

Kopfschüttelnd über den Gedanken folgte er seiner Frau, beobachtete ihre Gemütslage und bedachte die Männer, die sie förmlich mit Blicken verschlangen, mit lautlosem Knurren. Doch die Blicke, die man ihr zuwarf, erfüllten ihn auch mit Stolz.

Das wundervolle dichte Haar fiel ihr über den Rücken, ihre Hüften schwangen, ihr Hintern wölbte sich gar appetitlich, und jeder Mann, der sie sah, wollte sie haben. Er hatte eine Frau, auf die er stolz sein konnte, nicht nur, weil sie sich wie der personifizierte Sex bewegte, sondern weil sie klug und ehrenhaft war, und weil sie ihn so sehr liebte, dass sie versucht hatte, ihn gehen zu lassen.

Dumme Frau. Sie hatte keine Ahnung, dass er nicht die Absicht hatte, ihrem zarten Griff je wieder zu entfliehen.

»Einen Laden noch«, verkündete er, als er sie einholte.

Sie seufzte gespielt genervt. Als sei der Gedanke an noch einen Laden unerträglich. Aber er hatte ihre Augen gesehen, als sie einkauften, und er hatte bemerkt, wie sie versuchte, die wachsende Aufregung zu verbergen, ihre Freude an den Sachen und ihr Unvermögen, sie abzulehnen.

Wenn sie sie wirklich nicht hätte haben wollen, hätte sie ihn ein Dutzend Mal eine Szene machen lassen und jedes Mal ungerührt zugesehen. Aber sie wollte die Sachen durchaus, vielleicht fast so sehr, wie sie ihn wollte.

Der letzte Laden überraschte Ria. Hier gab es ausschließlich Motorradbekleidung für alle Jahreszeiten. Mercury kaufte

Stiefel, Lederhosen, Handschuhe und eine Jacke, die seine Augen aufflammen ließ, als er ihr die Kluft hinhielt und ihr fast knurrend befahl, sie anzuprobieren.

Und Ria liebte sie. Vielleicht zu sehr.

Als sie zurück nach Sanctuary flogen, fragte sie sich unwillkürlich, ob sie eine Chance bekommen würde, sie auch anzuziehen. Doch als sie das Herrenhaus betraten, konnte sie den stechenden Ärger nicht unterdrücken, der sich in ihr bemerkbar machte.

Alaiya stand auf der anderen Seite des Foyers an die Wand gelehnt und beobachtete sie, als sie hereinkamen. Ihr Haar in den vielen verschiedenen Blondtönen fiel federleicht in attraktiv gestylter Unordnung um ihr Gesicht. Ihre haselnussbraunen Augen wurden schmal, als sie den Blick spöttisch über Rias neue Kleider gleiten ließ.

Eine Sekunde lang war Ria belustigt. Schicke Kleidung war ihr nicht fremd; sie ließ nur nie jemanden, den sie kannte, sehen, dass sie welche trug. Diese Frau hier kannte sie nicht. In Sachen Kleidungsstil spielte sie keine Rolle.

Doch als Alaiyas Blick mit lasziver Begierde auf Mercury landete, musste Ria die Fäuste in ihrer neuen Jacke ballen, um ihren Zorn zu unterdrücken.

»Jonas wartet in deinem Büro auf uns«, sagte Mercury leise und legte die Hand an Rias Rücken, während sie sich der anderen Frau näherten. »Er wird ungeduldig.«

»Scheint eine Schwäche bei Breeds zu sein«, brummte Ria.

»Ich betrachte es als Stärke«, widersprach er, Belustigung in der Stimme, als Alaiya sich aufrichtete und Mercury zögernd anlächelte.

»Mercury, hast du einen Moment für mich?« Sie trat vorwärts, streckte die Hand aus und zog sie dann wieder mit bebenden Fingern zurück. Ihre falsche Nervosität brachte Ria fast dazu, die Augen zu verdrehen.

»Nicht jetzt, Alaiya.« Seine Stimme wurde rauer, als sie an ihr vorbeigingen.

Vielleicht später. Er sprach die Worte nicht aus, aber Ria fühlte sie. Sie öffnete den Mund, um etwas zu sagen.

»Pass auf, was du sagst, Ria«, warnte er sie plötzlich leise. »Denk daran, wie wenig Beherrschung ich habe, wenn du so heiß bist, dass du Funken sprühst. Und Baby, im Augenblick sind da jede Menge Funken.«

Darauf schloss sie rasch wieder den Mund und warf ihm einen gewitterfinsteren Blick zu, als sie in den Korridor einbogen und auf die Büros im hinteren Bereich des Herrenhauses zusteuerten.

Und aus purem Trotz, weil sie gerade innerlich ein reines Inferno war, legte sie noch etwas mehr Hüftschwung und Sinnlichkeit in ihren Gang. Oh, sie wusste *genau*, wie das ging. Als sie jünger gewesen war, bevor sie sich eines Besseren besann, hatte sie das oft getan. Und sie hörte sein scharfes Luftholen hinter sich, eine Sekunde bevor die Tür zu dem ihr zugewiesenen Büro sich öffnete und Jonas herauskam.

Er blieb wie angewurzelt stehen, starrte sie an, holte langsam Luft und sah dann Mercury hinter ihr an.

»Ich hasse Männer«, brummelte sie, ging an ihm vorbei und achtete dabei darauf, ihn nicht zu berühren.

Die wenigen Male, die Mitarbeiter oder Verkäuferinnen im Einkaufszentrum sie kurz gestreift hatten, waren entsetzlich unangenehm gewesen.

»Tja, wenigstens hasst sie nicht einfach alle Breeds«, antwortete Jonas vorsichtig, als Mercury hinter ihr näher kam.

»Die hasse ich auch«, teilte sie ihm leicht gereizt mit, während sie sich umblickte und die Unordnung in ihren Akten betrachtete, die sie vor Wochen in so sorgfältige Stapel eingeteilt hatte. »Was haben Sie in meinem Büro angestellt?«

Jonas und Mercury traten ein, und er schloss die Tür hinter ihnen.

»Geben Sie Dane die Schuld«, meinte er mürrisch. »Er hat es sich vorhin so richtig gemütlich hier drin gemacht.«

Ria schloss die Augen und zählte bis fünf. Dann zählte sie noch fünf weiter, nur zur Sicherheit, und drehte sich wieder zu Jonas um.

»Gewähren Sie nie, niemals, Dane Vanderale Zugang zu irgendetwas in Ihrem Büro«, erklärte sie mit einstudierter Höflichkeit, während sie gegen den Zorn ankämpfte, der immer noch in ihr ausbrechen wollte. »Er macht sich gut in seinem eigenen kleinen Bereich, aber bei jedem anderen richtet er heilloses Chaos an.«

Sie zog ihre Jacke aus und warf sie über die Stuhllehne, stemmte die Hände in die Hüften und besah sich das Chaos.

Kopfschüttelnd zog sie das Haarband aus der Vordertasche, das sie früher am Tag eingesteckt hatte, fasste ihr Haar im Nacken und band es zusammen, bevor sie sich über den Tisch beugte und ihre Akten wieder ordnete.

Hinter ihr sah Mercury Jonas mit schmalen Augen an. Normalerweise war der Direktor aalglatt, aber falls er gerade dorthin sah, wo Mercury dachte, dass er … Verdammt, ja, genau das.

Mercury trat hinter sie, drehte sich zu seinem Befehlshaber um und zog die Oberlippe zu einem Knurren hoch, das er nicht ganz unterdrücken konnte.

Jonas schürzte die Lippen, stieß überrascht die Luft aus und drehte sich kopfschüttelnd weg. Doch Mercury sah noch kurz das Lächeln in seinem Gesicht.

»Diese Akten soll niemand anfassen«, teilte Ria den beiden

Männern mit, und der mürrische Unterton in ihrer Stimme ließ Mercurys Schwanz anschwellen.

Trotz und Herausforderung lagen in ihrem Tonfall.

»Erzählen Sie das Dane.« Jonas zuckte mit den Schultern. »Ich habe eben erst einige Informationen hochgeladen, die nach der Feier durchgekommen sind. Über den gesicherten Server ging eine Übermittlung nach draußen, die nicht von einem der Computer stammte. Bisher waren wir noch nicht in der Lage, ihr Ziel nachzuverfolgen. Und sie enthielt einen Code. Dane, Callan und Kane sind in Callans Büro und arbeiten daran.«

»Guter Ort für sie«, meinte Ria ungeduldig. »Sie sollten ihnen helfen.«

Jonas verzog das Gesicht und warf Mercury einen amüsierten Blick zu. Der Duft von Rias Hitze, der süße Duft von Begierde und Verlangen erfüllte das kleine Büro, und Jonas' Anwesenheit und seine Fähigkeit, sie zu wittern, machten Mercurys Besitzerinstinkt schwer zu schaffen.

Als sie sich zu den beiden umdrehte, huschte Jonas' Blick über ihre Brüste. Mercury gab ein kurzes, fast lautloses, warnendes Knurren von sich, und Jonas drehte sich wieder weg und grinste.

Darauf wandte Mercury sich wieder ihr zu und stöhnte fast auf. Dieses verdammte purpurrote Top, das er jetzt gerade an ihr sehen musste. Es umfing ihre Brüste wie die Hand eines Liebhabers, und unter dem Stoff, unter ihrem BH, waren die Abdrücke harter kleiner Brustwarzen deutlich zu sehen.

Er drehte sich zu Jonas. »Ich bleibe hier bei ihr.«

»Du bist nicht in Uniform.« Jonas räusperte sich und drehte sich dann wieder zu ihm.

Ria quittierte die Bemerkung mit einem spöttischen Schniefen.

»Mercury hat gestern Nacht beschlossen, dass ihm meine Kleidung nicht gefällt«, meinte sie sarkastisch. »Er hat alles in Fetzen gerissen, was ich besaß. Also habe ich mit seiner Uniform dasselbe gemacht.«

In der Tat mit beiden Uniformen. Nur Wochen zuvor wäre Mercury beim Anblick seiner zerfetzten Uniform stinksauer gewesen. Seine Uniform, seine Position, hatte ihn definiert. Doch nun hatte er etwas weit Interessanteres gefunden, womit er sich identifizieren konnte als die Uniform, die seinen Rang kundtat.

»Ich bin sicher, dass sich ein Artikel im Breed Law finden lässt, den ich zur Grundlage für Strafmaßnahmen machen könnte«, schnaubte Jonas. »Könntet ihr beide damit aufhören, gegenseitig eure Kleidung zu vernichten? Zumindest so lange, bis wir hier die Lage geklärt haben.«

Ria funkelte beide Männer finster an.

»Wieso sucht ihr zwei euch nicht irgendeine andere Beschäftigung und lasst mich hier arbeiten?« Sie warf Mercury einen demonstrativen Blick zu.

»Ich bin sicher, ich kann mich davon abhalten, dich zu nerven«, versprach er.

Jonas seufzte. »Verdammter Paarungsrausch. Lawe droht schon damit, ins Kloster zu gehen, und Rule droht mit Kündigung. Wieso versucht ihr zwei nicht, den jüngeren Kerlen zu zeigen, dass der Zustand auch Spaß machen kann, statt euch gegenseitig nachzuahmen und damit in den Wahnsinn zu treiben?«

»Ich bin so vernünftig wie immer.« Mercury zuckte belustigt mit den Schultern.

»Das ist echt ein beängstigender Gedanke«, brummelte Ria, und er musste fast kichern. Hätte er beinah auch getan, aber er konnte sehen, dass ihr Temperament mit der wachsenden Hitze in ihr feuriger wurde.

»Dann lasse ich euch beide mal allein.« Jonas räusperte sich wieder und öffnete die Tür, um hinauszugehen. »Viel Spaß, Kinder.«

Die Tür schlug hinter ihm zu und ließ sie beide hier zurück, gefangen im Duft von Rias wachsender Erregung und ihrer immer stärker werdenden Verwirrung.

Sie nahm einige Akten vom Tisch, ging zum Schreibtisch und ließ sie darauf fallen, bevor sie sich setzte.

Mercury versperrte die Tür. Nur für den Fall, dass sie beschließen sollte, ihrem Spieltrieb freien Lauf zu lassen. Oder er.

»Lass dich noch einmal von ihr in meiner Gegenwart anfassen, und ich reiße euch beiden die Hände ab.« Ihre Augen funkelten zornig.

Mercury zog die Augenbraue hoch. »Wer?«

»Du weißt, wer«, antwortete sie deutlich. »Was auch immer du tust, Mercury, und egal wie es ausgeht. Lass mich nicht sehen, dass sie dich anfasst, denn dann kann ich für nichts mehr garantieren.«

Er behielt sein Grinsen für sich. Da war sie ja. Sein Mädchen. Ganz Haltung, Feuer und erhitzte Erregung. Er nickte langsam, nahm seine Zeitschrift und tat so, als würde er lesen. Mittlerweile las er seit einem Monat in dem verdammten Ding. Und kannte keinen einzigen Artikel darin.

»Und es würde dir beim Lesen der Zeitschrift sicher helfen, wenn du sie richtig herum drehst«, meinte sie da bedächtig. »Wenn du nur so tun willst als ob, dann tu wenigstens glaubwürdig so.«

Mercury grinste hinter der Zeitschrift. Aber er drehte sie nicht richtig herum. Und da hatte er doch geglaubt, sie hätte es nicht bemerkt.

23

Ria hatte sich das qualvolle Verlangen nicht vorstellen können, das Elizabeth Vanderale ihr einmal beschrieben hatte, als sie den Paarungsrausch erklärte. Sie hätte es gar nicht begreifen können, sagte sie sich später, das Gefühl heftiger Krämpfe in ihrem Unterleib, während direkt unter ihrer Haut ein Feuer brannte.

Ria saß am Schreibtisch, die Beine zusammengepresst, ihr Innerstes pochte vor Verlangen, und sie wusste, sie war kurz davor, lauthals nach Erlösung zu schreien.

Durch die gesenkten Wimpern spähte sie zu Mercury ihr gegenüber. Der bequeme Stuhl, der die ganze Zeit für ihn in der Ecke gestanden hatte, trug seinen großen Körper mühelos. Er saß da, die langen Beine vor sich ausgestreckt, und die Beule zwischen seinen Beinen war groß und drückte sich gegen die schwarze Lederhose. Das T-Shirt passte sich seinen spielenden Bauchmuskeln an, und während sie zusah, wölbten sich ebendiese Muskeln, seine Beine bewegten sich, und sie hätte schwören können, sein Schwanz pochte unter dem Leder.

Als sie den Blick aufwärtswandern ließ, begegnete sie schließlich seinen Augen, in denen die Begierde strahlte. Hartes, klares Blau, fast wie Flammen im dunklen Gesicht, als er sie musterte. Doch er hatte nicht versucht, sie zu berühren. Jedes Mal, wenn sie an ihm vorbeiging, um sich weitere Akten zu holen, hoffte sie inständig, ihn an ihrer Haut zu spüren, dass seine Hände sich nach ihr ausstreckten. Sie wollte ihn mit einer Macht, die langsam an ihren Nerven kratzte, doch abgesehen von der Beule in seiner Hose zeigte er keinerlei Anzeichen, dass ihn dieselbe Begierde plagte.

Das Verlangen war wie eine beständig wachsende Flamme, die durch ihre Nervenbahnen lief und zwischen ihren Beinen aufloderte. Das Verlangen, nicht nur mit ihm zu schlafen, sondern sich an ihm zu reiben, seine Arme um sie zu spüren, ihn zu streicheln und zu küssen, ließ ihren ganzen Körper zu einem einzigen Inferno werden.

Sie zwang sich, den Blick wieder auf die Übermittlung zu richten, die Jonas auf den Computer geladen hatte. Sie war definitiv codiert, doch der Code war viel kürzer, hastiger. Ria rieb sich über die Stirn, rief andere Übermittlungen von der Nacht zuvor auf und bearbeitete diese nebenher.

Es hatte immer ein Muster gegeben, bis zu dieser neuen. Derjenige, der die Informationen schmuggelte, hatte ein System gefunden, das sich selbst vor Entdeckung schützen konnte, indem es ausgehende Übermittlungen, die bereits in Arbeit waren, abfing, den Code anhängte und sie dann an ihre Zieladressen freigab.

Jede Übermittlung war an eine Niederlassung von entweder Engalls Pharmaceuticals oder Brandenmore Research gegangen. Die meisten davon gingen an eine Tochterfirma im Forschungszweig und an eine in Sanctuary recht beliebte Adresse für die Bestellung harmloser Dinge, wie Aspirin. Breeds neigten zu leichten Kopfschmerzen, wenn die Jahreszeiten wechselten, und verbrauchten daher ungeheure Mengen an Aspirin.

Doch da gab es noch eine Bestellung für ein anderes, ein stärkeres Mittel gegen Kopfschmerzen. Stirnrunzelnd verfolgte Ria die Bestellungen und die dazugehörigen Übermittlungen, während sie sie durch das Phantomlaufwerk jagte.

Im letzten Jahr waren die Bestellungen für dieses Medikament größer geworden, und alle wurden an dieselbe Breed geliefert: Dr. Ely Morrey.

Während sie weitere Dateien ins Laufwerk verschob und stirnrunzelnd ihre Befunde betrachtete, klopfte es plötzlich laut an die Tür.

»Es ist Jonas«, erklärte Mercury leise, schloss die Tür auf und ließ den Mann eintreten.

Mercury trat neben ihren Schreibtisch, und sie warf ihm einen misstrauischen Blick zu. Dachte er, Jonas würde jetzt rabiat und ginge auf sie los, oder so?

Beinahe kopfschüttelnd hob sie den Blick zu Jonas, als die Tür hinter ihm zuging und das Schloss sich drehte. Als sie das leise Klicken hörte, huschte ihr Blick zum Türschloss.

»Ely hat den Breed-Rat einberufen«, verkündete Jonas. »Eine Notfallsitzung. Die Mitglieder kommen übermorgen zusammen.«

»Sie wird Mercurys Inhaftierung fordern?« Ria wusste, dass das der Grund für die Notfallsitzung war.

Jonas nickte, und seine harten, überheblichen Züge spannten sich noch mehr an.

»Sie hat bereits angefangen, die Mitglieder des Rates anzurufen, die ihrerseits jetzt Callan kontaktieren. Sie wird nicht die Unterstützung erhalten, die sie braucht, aber sie könnte es schaffen, die Tests auf animalische Verdrängung und Paarungsrausch zu erzwingen.«

»Was ist mit dem Blut, das du gestern von mir bekommen hast?«, fragte Mercury, woraufhin Ria ihn überrascht ansah.

»Was für Blut?«, fragte sie.

Jonas sah sie an. »Nachdem Sie gestern gegangen waren, hat Mercury eine Blutprobe zur Untersuchung auf animalische Verdrängung und Paarungsrausch abgegeben. Was bedeutet, wir werden auch eine Probe von Ihnen brauchen.«

»Damit Dr. Morrey damit Schindluder treiben kann?« Sie starrte ihn ungläubig an. »Das nun wirklich nicht, Jonas.«

Erneut warf Jonas Mercury einen fragenden Blick zu; seine Miene bat um Erlaubnis. Als Mercury kaum merklich nickte, wandte Jonas sich wieder an sie.

»Wir haben einen anderen Wissenschaftler.«

Ria lächelte wissend, lehnte sich auf ihrem Stuhl zurück und sah ihn spöttisch an. »Sie haben Jeffery Amburg, nicht wahr, Jonas?«

Jonas verschränkte die Arme vor seiner Brust und richtete den Blick auf Mercury.

»Traust du ihm genug, um ihn die Tests machen zu lassen?«, fragte er.

Mercury zuckte mit den Schultern. »Er ist ein mordender Bastard, aber für ihn spielt nichts eine Rolle außer Tests und Ergebnisse. Er ist Wissenschaftler, Jonas. Von der schlimmeren Sorte. Aber was er auch findet, er wird das durchziehen.«

Ria wusste, Jeffery Amburg war einer der Wissenschaftler gewesen, die Mercurys Labor zugeteilt waren. Er war es auch gewesen, der das Serum zur Kontrolle der animalischen Verdrängung mitentwickelt hatte, als Mercury vor Wut durchgedreht war, nachdem er von Alaiyas Tod erfuhr. Und er war es gewesen, der das Hormon erforscht hatte, das sich in Mercury gezeigt hatte und als Vorläufer des Paarungsrausches bekannt war.

Der schmerzhafte Stich, den sie in der Brust verspürte, überraschte sie. Sie hätte sich an die derzeitige Situation gewöhnen müssen.

»Er fasst sie nicht an.« Mercury drehte ruckartig den Kopf zu Ria. »Ein Breed kann die Blut- und Speichelproben nehmen. Nicht mehr.«

Jonas' Kinnmuskeln spannten sich an.

»Wäre das nicht meine Entscheidung, Mercury?« Nicht dass sie diese Tests wollte, aber bei der Überheblichkeit in seinem Ton sträubten sich ihr die Nackenhaare, sowohl als instinktive Warnung als auch vor Zorn.

Er warf ihr einen finsteren Blick zu. »Willst du, dass Amburg mit dem Leben davonkommt, Ria? Wenn ich seine Hände an dir sehe, mit meinem Wissen um das Blut, das an ihnen klebt, dann kann ich mich nicht zurückhalten.«

Ria ignorierte seine Ansage und wandte sich wieder an Jonas.

»Wird Alaiya getestet?«

Sein Blick ging wieder zu Mercury.

»Ich habe nicht Mercury gefragt, sondern Sie.«

Er nickte knapp. »Einer unserer Enforcer hat sie zu den tiefer gelegenen Laborräumen eskortiert, in denen sich Amburg mittlerweile befindet. Ihre Proben wurden vor mehreren Stunden genommen.«

»Und zeigte sie Anzeichen für den Paarungsrausch?«

Jonas schwieg. Ria fühlte, wie ihr das Herz schwer wurde und in ihrer Brust brannte wie ein Stück Kohle.

»Ich verstehe.« Sie beugte sich vor, richtete die Dokumente auf ihrem Schreibtisch und starrte blicklos auf den Bildschirm. »Lassen Sie es mich wissen, wenn Sie das Blut und den Speichel von mir brauchen. Bis dahin werde ich weiterarbeiten.«

Dann herrschte lange Stille im Raum.

»Ich schicke Amburgs Technikerin hoch, wenn ich gehe. Sie ist eine junge Breed und hat vor der Befreiung in einem anderen Labor als Assistentin der dortigen Wissenschaftler gearbeitet. Sie wird sich um Sie kümmern.«

Ria nickte und verschob eine weitere Übermittlung.

Sie konzentrierte sich auf ihre Arbeit. Sie hatte sich immer auf die Arbeit konzentriert. Arbeit betrog nicht, sie verzehrte nicht, sie nagte nicht an ihren Emotionen. »Übrigens: Ihre Übermittlung gestern Nacht kam aus der Breed-Kaserne und nicht aus dem Herrenhaus, wie Sie angenommen hatten. Niedrige Ebene, angefügt an eine ausgehende Übertragung, Endziel: das Hotel in Buffalo Gap.«

Sie schob ihren Stuhl zurück, als Jonas vom Tisch glitt, stand auf und überließ ihm den Stuhl. Während er sich setzte, ging sie um den Schreibtisch herum. Er starrte auf die Anzeige der Übertragung, die sie innerhalb eines Trackingprogramms laufen ließ, das sie vom Satelliten der Breeds heruntergeladen hatte, sobald der Computer im Büro direkt damit verbunden war.

»Wie haben Sie sie gefunden?« Jonas' Finger bewegten sich über die Tastatur. »Wir haben dieses Programm nicht.«

»Sanctuarys Sicherheitslevel wurde nicht hoch genug eingestuft, um die Nutzung des Programms zuzulassen«, erklärte sie. »Ich hatte die persönliche Berechtigung, es zu nutzen, genehmigt vom Leo persönlich, als ich heute Morgen aufwachte und meine Mails checkte.«

Was bedeutete, dass Dane ihm reinen Wein eingeschenkt hatte. Aus irgendeinem Grund fühlte sie sich dadurch weniger als Außenseiterin. Dane hatte Leo angerufen, als die Lage ihrer Kontrolle entglitten war. Er war bereit gewesen, sich Leos Zorn zu stellen, um sie nach Südafrika zurückzubringen.

Sie verschränkte die Arme, schob dieses Wissen beiseite und betrachtete stirnrunzelnd die andere Information, die sie gefunden hatte.

»Warum bestellt Ely Kodein bei einer Niederlassung von Brandenmore?«, fragte sie. »Ich hätte gedacht, alles, was an Medikamenten und Forschungszubehör außerhalb von Vanderale oder Lawrence Industries bestellt wird, läuft über Engalls.«

Jonas stutzte und sah sie an. Sein Blick war scharf und tödlich.

»Breeds nehmen kein Kodein«, sagte er. »Es verträgt sich nicht so gut mit unserem Organismus wie bei Nicht-Breeds.«

Ria zuckte mit den Schultern. »Prüfen Sie ihre Bestellungs-Mails; die, bei denen der Code angehängt ist. Sie hat über die letzten sechs bis acht Monate mehrere Bestellungen aufgegeben, und das in immer kürzeren Abständen. Außerdem bestellt sie immer stärkere Schmerzmittel. Letzten Monat kam Morphin zur Liste hinzu.«

»Es gab keine Anforderungen oder Zahlungen für diese Medikamente«, erklärte er. »Wenn, dann wüsste ich davon.«

»Dann bezahlt sie vielleicht auf andere Weise dafür.«

Die Stille und die schwere, gefährliche Anspannung, die den Raum erfüllte, sorgten dafür, dass sich ihr die Härchen an den Armen und im Nacken aufstellten.

Jonas holte ein Headset aus der Gürteltasche, setzte es auf und klappte das Mikro an seine Wange.

»Jackal? Sichere Dr. Morreys Büro und postiere die Enforcer Blade, Noble und Mordecai im Labor, bis alle Computer konfisziert werden können. Ich will, dass Ely in ihrem Quartier unter Arrest gestellt wird, und gib Callan und Dane Bescheid, dass ich unterwegs zu Callans Büro bin, für ein Notfalltreffen.«

Er trennte die Verbindung, nahm das Headset wieder ab und sah Ria an. Wut brodelte in seinen Augen.

»Wann haben Sie das gefunden?«

»Direkt bevor Sie hereinkamen.« Ria zuckte mit den Schultern. »Aber ich wäre vorsichtig, Jonas. Es war viel zu einfach zu finden, und das gefällt mir nicht.«

»Ely ist kein Elektronikgenie.« Er seufzte schwer. »Computer hasst sie von vornherein. Wenn es nicht um wissenschaftliches Gerät geht, hat sie keine Verwendung dafür. Die müssten das Ganze einfach halten.«

Seine Stimme klang schwer und voll Bedauern, als er aufstand. »Drucken Sie die Informationen aus, ziehen Sie das Programm hier rauf, und ich will es auf dem privaten Netzwerk installiert haben, das wir zur hausinternen Nutzung hier zusammenstellen.«

Ria lächelte angespannt. »Nicht ohne Freigabe, Jonas.«

»Wir brauchen dieses Programm, verdammt!«, knurrte er zurück und drückte die Hände flach auf den Schreibtisch.

»Jonas.« Mercury trat zwischen sie. Sein Körper war angespannt, und seine Stimme klang warnend. »Bleib zurück.«

Jonas ging ruckartig vom Schreibtisch weg und sah Mercury finster an.

»So eine verdammte Scheiße! Wenn das hier vorbei ist, dann gehe ich mit Lawe zusammen ins verdammte Kloster. Mir reicht's mit Breeds, die ihr Revier bewachen, und dem ganzen Mist von Paarungsrausch, der mir meinen Job zur Hölle macht. Pass bloß auf, Mercury. Denn dann gebe ich *dir* meinen Job.«

Er fuhr sich mit den Händen durchs kurze dunkle Haar und atmete schwer aus, bevor er sich wieder an Ria wandte. »Können Sie wenigstens die Informationen ausdrucken und in Callans Büro bringen? Ich brauche Beweise, Ria. Keine Vermutungen oder Informationen auf einem Programm, das wir gar nicht haben dürfen«, meinte er spöttisch.

»Ich kann das Programm auf Callans Rechner installieren. Dort kann es als Phantomprogramm bis zu zweiundsiebzig Stunden lang genutzt werden. Danach zerstört es sich selbst und wird unausführbar und unaufspürbar für das Hauptnetzwerk. Oder jedes andere private Netzwerk.«

Jonas nickte knapp, ging vom Schreibtisch weg und ließ Ria wieder auf ihren Stuhl.

Sitzen war für Ria eine Qual. Dann spannten sich ihre Schenkel um ihre Klitoris und erinnerten sie an die Leere in ihr, und ihr Unterleib zog sich krampfartig zusammen, während das Verlangen nach Sex sie langsam auffraß.

Sie unterdrückte den Drang, die Hand gegen den Schmerz auf ihren Unterbauch zu drücken, und sie fürchtete, dass die nächsten paar Stunden unmöglich zu überstehen wären.

Ria tippte den Schlüssel ein, um das Programm vom Computer zu lösen, spielte ein anderes Phantomprogramm auf, um es von Festplatte und Netzwerk zu entfernen und zog dann die kleine externe Festplatte ab, die die Informationen enthielt, die sie brauchten.

Als sie aufblickte, sah sie Mercurys Blick auf sich ruhen, und die blauen Augen brannten in seinem Gesicht. Auch er brauchte es, und trotzdem tat er nichts, um einem von ihnen Linderung zu verschaffen.

Wenn sie ihn wollte, würde sie ihn sich holen müssen.

Sie sah ihn an und fühlte beinahe süße Erleichterung, das brennende Verlangen, als hätte sie seine schwere Erektion in sich aufgenommen, ganz und gar, und würde all die Hitze und Kraft unter ihrer Kontrolle spüren. Das konnte ja noch mehr zum Suchtmittel werden als der Paarungsrausch selbst.

Ihre Brüste schwollen an, und ihre Nippel wurden schmerzhaft hart unter dem Spitzen-BH. Sie wollte keuchen, in die Knie gehen und sich nehmen, was sie wollte.

»Heute noch, Kinder.« Jonas räusperte sich und brach damit den Zauber, der sie beide umfangen hatte. »Irgendwann heute, wenn es nichts ausmacht.«

Ria stand auf und zwang sich, den Blick wieder auf die Akten zu richten, die sie beiseitegelegt hatte, um die Informationen auf die externe Festplatte zu sichern.

Sie wollte den Kopf schütteln, um ihn wieder freizubekommen und die Emotionen in ihr zu sortieren – Zorn und Verlangen, Herzweh und die Gewissheit, dass ein Leben ohne ihn nun keine Option mehr war.

Er hatte ihr das angetan, argumentierte sie im Stillen. Er hatte die Wahl getroffen, sie zu nehmen und nicht die Frau, die die Natur für ihn bestimmt hatte.

Und wenn nun diese Frau dafür litt?

Ria schüttelte den Kopf. So funktionierte das Ganze nicht. Elizabeths Forschungen bewiesen, dass Paarungsrausch einen Austausch des Hormons erforderte; ein Kuss, ein Liebesakt – mehr als nur ein Begehren. Das Hormon konnte nur auftauchen, wenn der Paarungsrausch in vollem Gange war. Die Zunge eines Breeds mochte vielleicht jucken, aber die Drüsen würden vorerst nur marginal anschwellen, bis es zu weiterem Körperkontakt kam.

Es brauchte mehr als nur das Wissen, dass es zum Paarungsrausch kommen konnte. Und offensichtlich war es einem männlichen Breed möglich, sich eine andere Gefährtin zu nehmen, wenn der Austausch nicht stattfand. Denn er hatte sich mit ihr gepaart. Und sie brauchte eine erneute Paarung mit ihm, bevor sie zu einer Pfütze aus Verlangen zerschmolz.

Sie verließen das Büro, und Mercury ging neben ihr her. Seine Hand lag tief an ihrem Rücken, und seine Finger glitten unter ihr kurzes Shirt, als sie auf Callans Büro auf der anderen Seite des Herrenhauses zumarschierten.

Als sie wieder durch den Hauptkorridor gingen, war Alaiya da. Lodernde Augen folgten Mercury, glitten über seinen Körper, als er und Ria auf sie zukamen. Gier und Lust flackerten in ihren Augen auf, und Ria ballte die Fäuste, um das Verlangen zu unterdrücken, ihr diese Augen auszukratzen.

Sie konnte den Drang, gewalttätig zu werden, in sich aufsteigen fühlen. Etwas, das sie in sich selbst verabscheute und fürchtete. Es hatte immer einen Teil ihrer Psyche gegeben, den sie streng unter Kontrolle hielt und nie freiließ, und das aus gutem Grund.

Sie hatte sich immer unauffällig gekleidet, kaum Make-up getragen und war stets im Randbereich aller anderen geblieben. Zum Schutz – um sich zu schützen. Sie hasste die innere Gewalttätigkeit, die sie immer dann empfand, wenn sie jemanden verlor, der ihr wichtig war.

Sie erinnerte sich an den Zorn, der sie als Kind verzehrt hatte, als sie begriff; als ihr schließlich klar wurde, dass ihre Mutter sie für immer verlassen hatte. Egal aus welchen Gründen – ihre Mutter hatte sie verlassen.

Die Pflegefamilie, bei der sie gelebt hatte, war gezwungen gewesen, Dane zu kontaktieren. Sie hatte das hübsche Zimmer verwüstet, das Dane für sie eingerichtet hatte. Sie hatte Spielsachen zerstört, Plüschtieren den Kopf abgerissen, und als das die Wut in ihr nicht gelindert hatte, hatte sie versucht, wegzulaufen.

Von dem Moment an, sobald sie wieder bei Vernunft gewesen war, hatte Ria darum gekämpft, dafür zu sorgen, dass das nicht wieder vorkam. Und nun konnte sie genau diese Wut wieder fühlen – älter, reifer, doch unbändig bei dem Gedanken zu verlieren, was sie mit ganzer Seele für sich beansprucht hatte.

Mercury hatte seine Wahl getroffen. Würde er sie darum bitten, würde sie die Hände öffnen und ihn gehen lassen, auch wenn es sie innerlich zerreißen würde. Doch diese Frau hatte keine Chance, ihr irgendetwas zu *nehmen*.

Sie sah Alaiya in die Augen, während Mercury neben ihr herging und Jonas an ihre andere Seite kam. Als wolle er sie beschützen. Sie brauchte die beiden nicht als Beschützer, und das ließ sie Alaiya wissen.

Sie erwiderte den Blick der Breed, ließ alles an Zorn, Frustration und Entschlossenheit in diesen Blick fließen und erhielt die Genugtuung, zu sehen, dass die Augen der Frau flackerten.

Oh nein. So einfach würde der Kampf nicht werden. Ria wusste das, und nun würde Alaiya es ebenfalls wissen.

»Jonas.« Alaiya verzog unvermittelt ihren Mund. »Ich habe eben die Ergebnisse der Blutproben erhalten.«

»Später, Alaiya«, befahl Jonas, und sie wollten an ihr vorbeigehen.

»Nein, Jonas. Nicht später.« Ihre Stimme ließ sie alle drei stehen bleiben.

Jonas antwortete ihr mit einem wütenden Knurren. »Du überschreitest deine Grenzen, Enforcer.«

Alaiya lächelte. »Gemäß Breed Law bin ich gerade dabei, welche aufzustellen. Das Paarungshormon befindet sich in meinem Blut, Jonas. Und es passt zu dem von Mercury.« Sie richtete sich auf, machte einen Schritt vorwärts und starrte Mercury mit raubtierhafter Besitzgier an. »Er ist mein Gefährte.«

Ria fühlte, wie sie innerlich zerbrach. Doch anders als den Sturm letzter Nacht fühlte sie nun eine unbändige Wut in ihr aufsteigen.

»Breeds haben nur eine Gefährtin«, konstatierte sie mit tauben Lippen, während Mercury ihren Arm nahm und sie vorwärtsdrängte.

»Genau«, antwortete Alaiya gedehnt. »Und wir passen zusammen.«

»Und wir haben uns gepaart«, konterte Ria kalt und sah zu, wie Alaiyas Augen schmal wurden. »Du kannst es wittern. Du kannst es wahrnehmen, nicht wahr, Alaiya?«

Die presste die Lippen zusammen, und Mercurys vibrierendes Grollen wurde lauter.

»Fass ihn an, und du bekommst es mit mir zu tun.«

Daraufhin grinste Alaiya überheblich. »Oh, ich denke, ich kann es mit dir aufnehmen, Mäuschen.« Lachen drang aus ihrer Kehle. »Du bist keine Konkurrenz.«

»Und ich denke, Liebes, wenn du es versuchst, dann muss ich dich vielleicht höchstpersönlich umbringen.« Dane trat im selben Moment auf den Flur, als Mercury Ria zurückriss und Alaiya ins Gesicht knurrte.

»Erinnerst du dich an meine Warnung, Alaiya?«, fauchte er kalt.

»Breed Law …«

»Komm mir nicht mit Breed Law.« Seine Stimme war ein kraftvolles und gefährliches Grollen, das Gewalt versprach. »Denk an meine Warnung. Beherzige sie. Oder du musst die Konsequenzen tragen.«

»Und ich brauche keinen von euch als Schutzschild.« Ria stemmte sich gegen Mercury, trat wieder an seine Seite, und der Zorn befeuerte ihre Erregung wie ein Vulkan, der Lava ausspie. »Lasst sie selbst herausfinden, womit sie es zu tun hat. Zu ihren eigenen Bedingungen.«

»So selbstsicher?«, höhnte Alaiya.

»So bösartig«, konterte Ria kalt. »Für dich ist hier nichts zu holen. Egal, was du glaubst.«

Damit ließ sie sich von Mercury fortziehen. Nicht dass sie ihn daran hätte hindern können; er zerrte sie förmlich durch den Flur, vorbei an Dane, auf Callans Büro zu, und der Zorn strahlte in Wogen von ihm aus.

»Das ist absoluter Wahnsinn«, stieß er hervor, als sie in Callans Büro platzten. »Kriegt die Sache erledigt, bevor ich ganz die Geduld verliere.«

»Oh ja, wir wollen ja deine Geduld nicht überstrapazieren.« Sie riss ihren Arm aus seinem Griff und sah ihn wütend an.

»Ganz besonders, wenn man die Tatsache bedenkt, dass ich meine schon längst verloren habe.«

Die Tür schwang auf und schlug hinter Dane wieder zu. In Sekundenschnelle stand er Nase an Nase mit Mercury.

»Kümmere dich um die tollwütige kleine Katze«, herrschte er Mercury an. »Was zur Hölle meint sie mit: Ihre Paarungstests passen zu deinen? Das ist Bockmist, ich kann dich überall an Ria wittern, und genauso ihren Duft an dir.«

Mercury knurrte zurück und schob Ria hinter sich, als männliche Breed-Gene auf Hybrid-Zorn trafen und zu explodieren drohten. *Männer.* Ria drehte sich um und sah Jonas an, der an der Wand lehnte, den Kopf schüttelte und die Szene mit geduldigem Spott beobachtete.

»Lassen Sie die Jungs das klären.« Ihren Blick quittierte er mit Schulterzucken. »Sagen Sie mir, Miss Rodriquez: Ist Dane Ihr Bruder oder Ihr Vater?«

Ria seufzte schwer. »Ich denke, er ist meine Nemesis, aber so weit wollen wir nicht gehen.«

»Du könntest diese Frau davon abhalten, sich jede Chance zu verbauen, die sie hat«, warf Dane Mercury gerade an den Kopf, während Callan sich auf seinem Stuhl hinter dem Schreibtisch zurücklehnte und zusah. Kane setzte sich, sichtlich mehr als amüsiert über die Auseinandersetzung.

Mercury antwortete nicht. Er verschränkte die Arme und starrte Dane grübelnd an. Es war ein Blick, der Ria überaus nervös machte.

»Amburg wird die Tests bei Mercury und Ria durchführen, sobald wir Blut bekommen«, warf Jonas ein.

»Amburg!« Dane drehte sich ihm zu, und Fassungslosigkeit stand in seinem Gesicht. »Jeffery Amburg? Der Schlächter der Breed-Labore? Hast du den verdammten Verstand verloren, Mann?«

Jonas zog eine Augenbraue hoch. »Wir können Elys Meinung in dem Punkt nicht trauen. Hast du eine bessere Idee?«

Stille im Raum, doch Ria sah Danes Gesicht.

»Tu es nicht, Dane«, flüsterte sie nervös. »Das ist es nicht wert.«

Mercury drehte den Kopf und fixierte sie mit wütendem Blick.

»Ob ich eine bessere Idee habe?« Dane lächelte. Sie hasste es, wenn ein Breed so lächelte: ganz Zähne und keine Belustigung. »Oh Jonas, du hast ja keine Ahnung.«

»Dane, ich sage dir, lass es sein. Ich meine es ernst.«

Er richtete den Blick wieder auf Ria, und was sie darin sah, ließ ihre Hände zittern. »Bitte.«

»Ich frage dich ein letztes Mal.« Jonas legte den Kopf schief und musterte sie beide. »Bruder oder Vater? Der Duft ist da; es dauerte nur eine Weile, bis ich ihn aufnehmen konnte. Warum hast du uns nicht erzählt, dass deine perfekte kleine Sesselpupserin eine Hybrid-Breed ist?«

»Dein Amburg wird sie nicht anrühren«, knurrte Dane darauf. »Du wirst die Ankunft ihrer Großmutter abwarten. Elizabeth kann sich um ihre Tests kümmern und niemand anderes.« Dann drehte er sich mit schwermütigem Blick wieder zu Ria um. »Es liegt an dir, welche Informationen du ihnen geben willst. Aber diese Tests werden nicht von ungesicherten Quellen durchgeführt. Tut mir leid, Ria. So einem Risiko werde ich dich nicht noch einmal aussetzen.«

Damit riss er die Tür auf und stürmte hinaus. Er ließ sie in Totenstille zurück, in der drei Breeds und ein sehr neugieriger Kane Tyler sie eindringlich musterten.

»Tja.« Ria atmete hörbar ein. »Ich schätze, das war's dann. Hat jemand eine Tasse Kaffee?«

»Du weißt schon, dass ich erkennen kann, dass sie mit dir verwandt sind, Jonas«, schmunzelte Callan.

Jonas sah ihn finster an. »Sie sind mehr mit dir verwandt als mit mir, *Rudelführer*.«

Woraufhin Callan grinste, bevor er Ria mit schmalen Augen ansah. »Jonas zum Bruder zu haben ist nicht gerade die reine Freude. Ihn als Onkel zu haben, könnte womöglich noch schlimmer sein.«

Ria schwor, dass Mercury blass wurde. Offensichtlich war es keine angenehme Aussicht, Jonas zum Verwandten zu haben.

Sie antwortete ihnen allen mit einem Lächeln.

»Meine Herren, falls es Ihnen nichts ausmacht: Wir haben einen Verräter zu fassen, und ich würde es vorziehen, das zu tun, bevor Leo und Elizabeth ankommen. Wollen wir anfangen?«

Kein Laut war zu hören. Und es gab keinen Kaffee hier. Keinen Kaffee, keine Antworten, keine Fragen – nichts als die Hitze, die in ihr aufstieg und ihr eigenes Tier, das in die Freiheit drängte.

Scheiß drauf. Sie hatte es satt, sich zu verstecken.

24

Mercury beobachtete seine Gefährtin und war von Stolz erfüllt wie nie zuvor. Stolz und Herausforderung. Seine kleine Gefährtin war offensichtlich jemand, mit dem man rechnen musste.

Als er ihr zusah, wie sie mit Callan arbeitete, ihre dritte geleerte Tasse Kaffee neben sich, mit geröteten Wangen und Augen, die vor Erregung brannten, konnte er nicht anders, als ihre Stärke zu bewundern. Ihre unglaubliche Beharrlichkeit. So wie er auch die Reaktion nicht unterdrücken konnte, die ihr Trotz und ihr Schweigen in ihm hervorriefen.

Er hatte sich mit einer Breed gepaart. Einer hybriden Breed. Einer mit familiärer Bindung zu Leo, Dane, Jonas und Callan. Ein beängstigender Gedanke.

Leos Enkelin. Wieso überraschte ihn das nicht?

»Seht euch die Medikamentenbestellungen an«, erklärte Ria gerade Callan, Kane und Jonas und drehte den Bildschirm, damit sie es besser sehen konnten. »Kodein, Morphin und dann dieses kleine Dingelchen hier.« Sie zeigte auf einen der längeren Namen auf dem Bildschirm. »Es hat Ähnlichkeit mit einem Halluzinogen. Ganz, ganz übel für überarbeitete und gestresste Breeds. Sein Effekt auf unsere Gehirnfunktion ähnelt dem des Serums, das vom Council zur Unterdrückung der animalischen Verdrängung in Mercury entwickelt wurde. Hier kommt in winzigen Mengen eine Droge nach Sanctuary, die das Bewusstsein eines Breeds kontrolliert, und zwar direkt vor eurer Nase.«

»Und das ohne einen Versuch, es zu verbergen«, stieß Jonas hervor. »Ely würde uns nicht unter Drogen setzen.«

»Ely ist es, die unter Drogen gesetzt wird, Jonas«, stellte Ria deutlich fest.

»Das hätte einer von uns gewittert«, meinte Mercury. »Ein paar der Enforcer, die das Labor bewachen, haben den besten Geruchssinn, der sich je in den Laboren des Councils entwickelt hat. Ely unter Drogen zu setzen, das ginge gar nicht.«

Ria schüttelte den Kopf. »Das Zeug ist fast nicht wahrnehmbar. Die Droge hat den Breed fest im Griff; sie wirkt höchst suchterzeugend auf das Gehirn, und sie ist nicht wahrnehmbar, bis die von ihr hervorgerufenen Effekte voll ausgeprägt sind. Ely kämpft immer noch dagegen an. Ich habe nicht den Geruchssinn eines Breed, daher kann ich sie überhaupt nicht wahrnehmen.«

»Welches sind Ihre Talente?«, fragte Callan milde.

»Außerordentliche Nachtsicht und die Fähigkeit, Codes zu knacken und Muster zu erkennen. Ich bin Logistikexpertin mit hohem Rating in mentalen Prozeduren. Als natürlich geborene Kreuzung aus Breed und Mensch ist meine Genetik ohne einen genetischen Tiefenscan praktisch unmöglich zu entdecken, da rezessiv. Jedenfalls vor dem Paarungsrausch. Kein Hybrid kann sein Wesen verbergen, sobald der Paarungsrausch einsetzt. In meinem Fall war das Paarungshormon, das Mercury produziert, nötig, um meine Breed-Gene zum Vorschein zu bringen.«

»Sie sagen das so, als gäbe es genügend Hybride, um das Phänomen festzustellen«, meinte Kane. »Wie viele gibt es?«

Ihre Miene war kühl und gefasst, nur ihre Augen flackerten.

»Ich bin ein Hybridwesen, das wissen Sie nun. Wie viele es gibt, wo sie sein könnten oder warum sie Hybridwesen sind, geht Sie nichts an.«

Kane zog seine Augenbrauen nach oben. »Aber Sie sind Leos Enkelin. Das heißt, Dane ist Ihr Vater.«

»Oder Callan oder Jonas oder irgendein anderer Breed, der aus seinem Sperma erschaffen wurde, oder irgendein Kind, das durch Paarung mit den daraus erschaffenen Breeds geboren wurde. Sie stellen Ihre Fragen der falschen Person.«

»Ist Dane Ihr Vater?«, fragte Callan grollend. »Denn wenn er es ist, sollte ihn mal jemand auf seine elterliche Verantwortung hinweisen. Sie lebten in mehreren Pflegefamilien. Die Vanderales haben Sie nicht aufgezogen. Leo und auch Dane haben Ihre Sicherheit vernachlässigt.«

Ria stand vom Tisch auf und nahm die externe Festplatte wieder an sich. »Sie haben zweiundsiebzig Stunden, um mit dem Programm zu spielen und Ihren Verräter zu finden, Rudelführer Lyons. Danach ist es vorbei. Versuchen Sie gar nicht erst, es zu kopieren – ich habe es geschrieben. Vertrauen Sie mir, ich weiß, was ich tue. Sie haben nicht die Zeit, um es herauszufinden.«

»Sie ist Danes Tochter«, warf Jonas ärgerlich ein. »Nur er ist derart verdammt arrogant.«

Darauf lächelte sie lediglich ruhig, doch Mercury wusste, was die anderen nicht wussten. An ihr war nichts ruhig.

»Ich würde es vorziehen, meinen Status als Hybridwesen so lange wie möglich geheim zu halten. Es wird nicht mehr lange dauern, bis mein Breed-Duft unverkennbar wird, doch es wäre mir lieber, wenn mein wahrer Status zwischen uns bliebe«, stellte sie klar.

»Sie setzt eine Menge Vertrauen in uns«, grollte Jonas.

»In Sie, Mr Wyatt, setze ich ungefähr so viel Vertrauen wie in Dane. Ihr beide werdet euch eines schönen Tages in euren eigenen Netzen strangulieren.« Sie drehte sich zu Mercury um. »Können wir gehen?«

»Aber so was von.« Er konnte das Verlangen in sich pulsieren fühlen, das Adrenalin, das durch seinen Körper raste, die

Erregung, die seine Hoden erfasste und seinen Schwanz noch härter werden ließ.

Ihr ganzer Körper war steif vor Trotz. Das konnte er nun sehen und wittern. Sie hatte ihren Kaffee gegen seinen Rat getrunken. Koffein steigerte die Erregung des Paarungsrausches noch. Sie hatte sich mit Dane auseinandergesetzt und ihren Verstand mit Kanes und Callans Fragen gemessen. Und das Tier in ihr war hinaus ins Freie gezerrt worden, während das heiße Verlangen in ihr pulsierte und die Gefangenschaft des Tieres durch ihren unglaublichen Willen nicht länger gestattete.

Ihr Tier drängte in die Freiheit, und er konnte fühlen, wie es sich nach ihm ausstreckte.

Die Kratzer an seinem Rücken und seinen Schultern ergaben nun Sinn. Nur eine Breed kratzte mit solcher Kraft. Und dann das Bissmal, das an seiner Schulter pochte. Er hätte es wissen müssen. In dem Augenblick, als ihre Zähne sich in seine Haut bohrten, hätte er erkennen müssen, womit er es zu tun hatte.

Er stand von seinem Stuhl auf, als sie hinter dem Schreibtisch hervorkam. Ihre Bewegungen waren ein kraftvolles, sinnliches Gleiten; die neue Kleidung, das weibliche Tier, das in ihr an Stärke gewann, das alles verlieh ihr eine geschmeidige, erotische Anmut, die ihr verstohlene Blicke von den anderen Männern einbrachte und ihn die Zähne zusammenbeißen ließ.

Es lag keine Lust in den Blicken. Außer Jonas waren alle Männer vollständig gepaart. Doch die Neugier, das Bewusstsein ihrer Präsenz waren offensichtlich.

Kein Wunder, dass sie diesen inneren Kern ihrer selbst so lange verborgen hatte. Denn jetzt genügte ein Blick auf sie, und das weibliche Tier, das unter ihrer Haut lauerte, war nicht mehr zu verkennen.

»Ich sollte euch warnen: Alaiya lungert immer noch hier herum«, stellte Jonas fest.

Ria sagte nichts, doch ihre Augen flackerten besitzergreifend auf, als sie Mercury ansah. Er erwiderte ihren Blick schweigend und eher herausfordernd als versichernd. Wenn sie ihn für sich beanspruchen wollte, dann war es an ihr, das zu tun. Doch sie würde es tun, bevor noch ein weiteres Versprechen über seine Lippen kam.

Ihr purpurrotes Top, die eng anliegenden Jeans und flachen Stiefel betonten die Veränderung in ihr noch, und Vorfreude stieg in ihm auf.

»Alaiya macht mir keine Sorgen.« Sie zuckte mit den Schultern. Und Mercury merkte ihr an, dass sie nicht log. Alaiya machte ihr wirklich keine Sorgen, doch die Paarungstests dafür umso mehr.

»Ich bin so weit.« Mit schwingenden Hüften ging sie zu ihm, verlockend; das offen fließende Haar reizte ihn, feste, pralle Brüste pressten sich gegen ihr Top und ließen seine Hände jucken. Seine Zunge pulsierte mit dem Paarungshormon, als er ihr die Hand an den Rücken legte und sie zur Tür geleitete.

Niemand hinter ihnen sagte etwas. Wenn doch, wären sie ungehört geblieben. Es war Zeit, zur Hütte zurückzukehren. Zeit, um zu sehen, ob das Tier in Ria bereit war, um das zu kämpfen, was ihr gehörte.

Auf dem Privatlandeplatz, den Dane vor seiner Ankunft in Sanctuary erworben hatte, herrschte reger Betrieb. Drei Helijets von Vanderale landeten, während Rye die Limo vorfuhr.

Die Helijets spuckten Leos Sicherheitstrupp aus; brutale Breeds mit kalten Augen, harter Ausbildung und nur einem Lebenszweck, ausgenommen die wenigen, die sich gepaart hatten: dem Schutz des Leo und seiner Familie.

Dreißig Sicherheitsleute verteilten sich als Schutzschild, bevor Leo erschien. Und wie immer stand Dane ehrfürchtig vor der Macht, die sein Vater darstellte, als er heraustrat.

Seine dunkelblonde Mähne war an manchen Stellen dunkler geworden, mit Strähnen in Schwarz und Rot, als er älter geworden war. Sie wehte nach hinten aus einem imposanten Gesicht, dessen Züge nicht nur stark aussahen. Der Leo war stark und imposant. Er war über einen Meter neunzig groß, und die Dichte seiner Knochen und Muskeln machte es fast unmöglich, ihn zu töten.

Die kleine dunkelhaarige Frau, die aus dem Helijet kam, war im Vergleich dazu unglaublich zerbrechlich. Danes Mutter war noch immer eine stille Schönheit. Sie hatte schulterlanges brünettes Haar und sanfte Augen, und sie führte das Rudel der Vanderale mit Stärke und femininer Sanftheit.

Während er darauf achtete, dass sie in seiner Nähe blieb, drehte Leo sich um, streckte die Hände ins Innere des Jets und nahm zwei kleine Bündel entgegen, eingepackt in ultraleichte und ultrastarke kugelsichere Babyschalen.

Dane senkte den Kopf. Seine Eltern waren zu Rias Rettung geeilt, ihre Zwillingsbabys sicher in ihren Armen und in vollem Bewusstsein der Gefahr, entdeckt zu werden, sollte jemals enthüllt werden, wer und was sie waren.

Sie hatten schon zuvor Kinder verloren. Zwei Jungen im Kleinkindalter, ebenfalls Zwillinge, ermordet bei einem Angriff von Kojoten-Breeds, denen es gelungen war herauszufinden, wo Leo und Elizabeth ihre Babys beschützten.

Seine Mutter war bei dem Angriff damals fast umgekommen, ebenso wie Leo. Leo trug noch immer die Narben der vielen Gewehrschüsse in Brust, Rücken und Beine, als er Gefährtin und Kinder mit seinem Körper schützte. Und trotzdem hatten die Kugeln seinen Leib durchschlagen und seine Gefährtin und die Kinder getroffen, bevor seine damals noch viel kleinere Sicherheitstruppe zur Rettung herbeieilen konnte.

Vor Jahren, dachte Dane und fuhr sich mit der Hand übers Gesicht. Vor so vielen Jahren. Fast ein Jahrhundert war es her. Es hatte fünf Jahrzehnte gedauert, bis Elizabeths Körper und der Paarungsrausch erneut Eizellen produzieren und die von Breed-Sperma befruchtet werden konnten. Und Dane wurde geboren. Nun, nach weiteren fünfzig Jahren, befanden seine Eltern sich noch immer in bestem körperlichem Zustand, und noch einmal waren Zwillinge zur Welt gekommen.

Die schwer bewaffnete Sicherheitstruppe umringte Leo, Elizabeth und die Babys und eilte mit ihnen zu Danes wartender Limo, als die Leute, die mit Dane gekommen waren, endlich mit Fahrzeugen eintrafen, um Leos Leute zu dem Anwesen zu bringen, das Dane für den Winter angemietet hatte.

Oder bis sie Sanctuary gesäubert hatten. Ihm wäre es sehr viel lieber, seine Schwestern und seine Mutter geschützt innerhalb von Sanctuary zu wissen.

»Dane.« Der Leo kam zu ihm, und Dane öffnete die Wagentür. Seine Mutter hob die Hand an sein Gesicht, als er sich zu ihr neigte, und er spürte ihren kurzen Kuss, bevor sie in den Wagen stieg und die Babys entgegennahm.

»Sohn.« Leo umarmte ihn.

Sein Vater umarmte ihn immer, als sei es Jahre her, seit er ihn gesehen hatte, und nicht nur ein paar Wochen. »Wie geht es unserem Mädchen?«

Leo stieg in die Limo, gefolgt von Dane und zwei Breeds mit kalten Augen und harten Gesichtern.

Zwei weitere stiegen vorn zu Rye ein, während die anderen zu den wartenden Hummers eilten, die sich um die Limo herum postiert hatten.

»Sie wissen, dass sie eine Hybrid ist.« Er sah seinem Vater besorgt in die Augen. »Wir müssen zügig Tests durchführen, zu Paarungsrausch, Mercurys animalischer Verdrängung und einer Breed, bekannt als Alaiya, Labor sechs null Punkt drei sieben, Laborbezeichnung Alpha Drei.«

Leo runzelte die Stirn. »Man hielt sie für eine Gefährtin für Mercury«, stellte er fest. Sein Verstand war so schnell und fähig wie jeder Computer. »Sie wurde bei einer Mission verloren, als sie fünfzehn war. Man hielt sie und ihren Ausbilder für tot.«

Dane nickte. »Sie tauchte vor sechs Monaten im Büro für Breed-Angelegenheiten auf und stellte sich Jonas. Er führte die notwendigen Tests bei ihr und Mercury durch. Die Ergebnisse zeigten keine Anzeichen von Anomalien oder Wahrscheinlichkeiten in Sachen Paarung, also hat er Mercury nie mitgeteilt, dass sie am Leben ist. Neulich Abend tauchte sie dann in Sanctuary auf und beanspruchte Mercury als ihren Gefährten. Gemäß den Tests, die letzte Nacht mit Mercurys und ihrem Blut durchgeführt wurden, zeigt sich das Paarungshormon in ihr, und es passt zu Mercurys.«

»Aber Mercury hat sich mit Ria gepaart«, warf Elizabeth ein. »Ich habe ihre Tests selbst durchgeführt, bevor ich die Blut- und Speichelproben nach Abtrennung der Breed-Genetik nach Sanctuary geschickt habe. Meine Tests waren schlüssig, Dane; es gab tatsächlich die Möglichkeit eines Paarungsrausches. Breeds paaren sich nur einmal.«

Rias Status als Hybridwesen war der Grund dafür, dass Sanctuary veränderte Proben ihres Blutes erhalten hatte.

»Aber Mercury zeigte Symptome von Paarungsrausch vor Alaiyas Auftauchen«, sinnierte Leo.

Elizabeth schüttelte den Kopf und öffnete die Babyschalen, um den Mädchen etwas mehr Bewegungsfreiheit zu verschaffen und sie nicht zu überhitzen. »Ich habe euch beide gewarnt:

Seine Tests aus dem Labor waren nicht eindeutig. Anzeichen für eine Paarung und ein Auftauchen des Hormons unabhängig von Körperkontakt sind nicht zuverlässig. Die Tests der Wissenschaftler waren damals nicht so hoch entwickelt, und sie hatten keine Ahnung, womit sie es in Bezug auf Paarungsrausch zu tun hatten.«

»Elys Tests sind auch nicht vertrauenswürdig«, seufzte Dane. »Ich habe den Verdacht, sie ist irgendwie kompromittiert. Im Augenblick steht sie in ihrem Quartier unter Arrest, und laut dem Menschen, Jackal, ist sie zornig und leidet unter extremer Gemütserregung. Ich habe über Callans privates Netzwerk einen Bericht von Ria erhalten, als sie das gesicherte Programm nutzte, um diese Übermittlungen nachzuverfolgen. Danach besteht die Möglichkeit, dass Ely unter eine Droge gesetzt wird, mit etwas, das dem Serum ähnelt, das im Labor bei Mercury eingesetzt wurde.« Er nannte die medizinische Bezeichnung der Droge, und Elizabeth runzelte die Stirn.

»Nicht wahrnehmbar mit Breed-Sinnen, bis die Zielperson ausreichend unter Kontrolle ist«, murmelte sie und wandte sich dann an Leo. »Eine starke, bewusstseinsverändernde Droge, vor allem wenn Breeds mit gewissen Schwächen betroffen sind. Ich werde Ausrüstung brauchen. Aktiviere einen unserer Kontakte in Amerika für meine Anforderungen. Das muss hier aufhören, Leo. Wir können nicht zulassen, dass sie derart leiden. Die richtige Ausrüstung, das Wissen, das ich gewonnen habe …«

»… könnten die Familie Vanderale zerstören, Mutter«, gab Dane zu bedenken. »Denk sorgfältig darüber nach. Wenn du dich Sanctuary zur Verfügung stellst, wird das nach draußen sickern. So wie Paarungsrausch und Unterdrückung des Alterungsprozesses schon durchgesickert sind.«

Elizabeth betrachtete ihre schlafenden Töchter. Sie strich

mit dem Finger über die Wange des Kindes, das ihr am nächsten war, und sah dann auf zu Leo.

»Wir haben Kinder verloren«, flüsterte sie. »Was tun wir, Leo, wenn David verloren geht, Callans Kind und Erbe? Callan ist auch *unser* Sohn. Nicht nur aus dem Samen gezüchtet, den man dir im Labor gestohlen hat, sondern aus uns beiden gezeugt. Können wir uns damit herausreden, dass unsere eigene Sicherheit das Wichtigste war?«

»Wenn ich muss.« Danes Vater war härter, häufig logischer und definitiv weniger bereit, gewisse Risiken einzugehen. Doch Dane wusste trotzdem, was gleich kam. »Aber in diesem Punkt, Elizabeth, fange ich an, dir zuzustimmen. Ich will nicht, dass Sanctuary so leidet, wie wir gelitten haben. Vielleicht können Callan und Jonas, Dane und ich ein paar Vereinbarungen ausarbeiten, und dann werden wir sehen, wie viel mehr wir bewirken können.«

»Ich will morgen früh gleich als Erstes in Sanctuary sein«, erklärte Elizabeth an Ehemann und Sohn gerichtet. »Die Mädchen kommen mit uns; die Basis ist sicherer als das Haus, vor allem mit dem Schutz durch unsere Leute.«

»Mutter, Sanctuary ist im Augenblick eine Zeitbombe«, gab Dane stöhnend zu bedenken.

»Wir wurden eingeladen, die Feier vor Thanksgiving zu besuchen«, erinnerte Elizabeth ihn. »Was wir privat tun, während wir die Familie Lyons besuchen, ist eine andere Sache.«

»Und wenn Vanderale plötzlich hochentwickeltes Gerät für Medizin und Forschung spendet?«, fragte er sie. »Dann flippen die Journalisten aus.«

»Es gibt Wege, für Schweigen zu sorgen«, erklärte Leo. »Darum kümmere ich mich, Dane. Du koordinierst die Sicherheit und hilfst Ria dabei, herauszufinden, was in aller Welt hier los ist. Ich will das geklärt haben, und dann will ich ein Team unserer eigenen Breeds vor Ort haben. Und zwar permanent, Dane.«

Dane zuckte zusammen. »Das wird Jonas nicht gefallen, Vater.«

Leo grinste, und seine braunen Bernsteinaugen füllten sich mit Belustigung. »Der junge Welpe. Er wird noch ganz genau herausfinden, wie er zu seinen manipulativen Instinkten gekommen ist. Ich bin kein alter Mann, Dane, trotz meines Alters. Ich weiß immer noch, was zur Hölle ich hier tue.«

Das stimmte. Unglücklicherweise wurden Callan und Sanctuary zu Schwachstellen für Leo. Und für Elizabeth. Denn Callan war eines der wenigen Kinder, die unter Verwendung ihrer beider Genetik erschaffen worden waren. Und genau wie Leo war er noch vor der Blüte seiner Jahre zum Rudelführer geworden.

Wäre Dane sich seines Platzes in der Hierarchie des Rudels seines Vaters nicht vollkommen sicher gewesen, hätte er vielleicht einen Hauch von Eifersucht auf seinen jüngeren Bruder verspürt. Doch stattdessen war er überaus besorgt. Anders als Dane war Callan noch nicht klar geworden, nicht in aller Tiefe, wie betrügerisch ein Breed wirklich sein konnte. Ganz besonders ein Verräter.

»Der Leo ist gelandet«, sagte Ria leise, als sie das kleine schlanke Satellitentelefon aus der Halterung am Gürtel genommen hatte und die verschlüsselte Nachricht las. »Er wird morgen früh in Sanctuary eintreffen.«

Ebenso Elizabeth. Ria zwang sich, entspannt und ruhig zu bleiben, als die Limo auf die Straße einbog, die zur Hütte führte. Morgen würden die Tests anfangen, durchgeführt von einer Person, der sie mit Gewissheit vertrauen konnte. Elizabeth wusste mehr über Paarungsrausch und Physiologie von

Breeds, als jeder andere Wissenschaftler begreifen konnte. Sie hatte die Paarung durchlebt, die verschiedenen Phasen des Rausches, die Empfängnis und Geburt von zwei Zwillingspaaren und Dane. Sie hatte an sich selbst Tests und Experimente durchgeführt, und dann hatte sie andere Breeds und andere Gefährtinnen gefunden, mit denen sie ihre Ergebnisse vergleichen konnte: als Leo anfing, seine eigene persönliche Armee aufzubauen, um die Kinder zu retten, von deren Erschaffung er wusste, aus seinem Sperma und den von Elizabeth gestohlenen Eizellen, bevor sie aus dem Labor entkommen konnten.

Und nun würde sie ihre Enkelin testen müssen. Ihre Enkelin und die räudige kleine Katze, die wild entschlossen war, Ria ihren Gefährten zu stehlen.

Ria starrte von hinten auf das getönte Glas, als die Limo vor der Hütte anhielt. Die beiden Breeds aus dem Fahrzeug vorn links näherten sich der Hütte und überprüften sie von vorn bis hinten, bevor Ria und Mercury eintraten.

Ria fragte sich, ob sie wohl Bescheid wussten. Lawe und Rule waren für Breeds außerordentlich scharfsinnig, und sie hatten Jonas' Vertrauen. Wussten die beiden, was sie war? Sie hatte keinen Zweifel, dass ihnen inzwischen bewusst war, dass sie eine Breed war. Es wurde zunehmend unmöglich, das Tier unter Verschluss zu halten. Vor Mercury war das kein Problem gewesen. Vor der Paarung hatte sie keine Sorge, dass es sich je befreien könnte, denn ihre Selbstbeherrschung ging viel zu tief.

»Warum hast du es mir nicht gesagt?« Er stellte die Frage leise, während sie auf Lawe und Rule warteten.

Ria starrte in den Wald mit seiner Schneedecke und den Raubtieren, die ihre Anwesenheit kundtaten. Die Löwen schienen Mercury zu folgen. Sie hatte das in Afrika schon gesehen, auf dem Anwesen, das Leo gebaut hatte, tief im Kongo.

Dort gab es einige Breeds, solche wie Mercury, die die wilden und grimmigen Geschöpfe kontrollieren konnten.

»Ich habe es einmal jemandem gesagt«, erzählte sie schließlich leise. »Meinem ersten Liebhaber. Einen Monat später musste Dane ihn töten. Er versuchte, Kontakt zum Council aufzunehmen, um mich an die zu verkaufen.«

Dane hatte keine Gnade gezeigt. Sobald er erfuhr, was los war, war er in ihrem neuen Apartment aufgetaucht, hatte ihren Liebhaber aus ihrem Bett gezerrt und Ria befohlen, ins Auto zu steigen. Sie waren in den Kongo geflogen. Vierundzwanzig Stunden später hatte sie zugesehen, wie Dane ihrem Liebhaber eine Kugel in den Kopf jagte. Er war zwanzig. Und sie hatte geglaubt, ihn zu lieben.

Sie fuhr sich mit den Fingern durchs Haar und registrierte seine Hand, die sich tröstend auf ihren Oberschenkel legte. Sie schüttelte den Kopf und wollte ihn nicht ansehen.

»Die Vanderales haben dich nicht selbst aufgezogen?«

Ria schüttelte den Kopf. »Aber sie haben über mich gewacht. Dane war immer da, wenn ich ihn brauchte. Aber sie konnten die Fragen nicht riskieren, die es aufgeworfen hätte, wenn sie eine Waise bei sich aufgenommen und aufgezogen hätten. Vor allem eine Waise, die in Verbindung mit dem Opfer eines Gewaltaktes stand. Meine Mutter war in einen Autounfall mit mehreren anderen Fahrzeugen verwickelt, aber niemand wusste, dass sie den Unfall selbst herbeigeführt hatte. Sie tötete damit sich selbst, den Kojoten-Breed, der sie als Geisel genommen hatte, und die Passagiere zweier anderer Wagen, um das Geheimnis der Vanderales zu bewahren. Sobald die Vanderales von mir erfuhren, fürchteten sie, der Kojote könnte seine Ergebnisse bereits ans Council weitergeleitet haben, und dass auch ich damit in Gefahr sei. Sie haben mich geschützt, aber auch sich selbst.«

»Dane ist dein Vater?«, fragte er.

»Nein. Dane ist mein biologischer Onkel. Meine Mutter war eine Breed, die von Leo und seiner Truppe gerettet wurde. Sie wurde unter Verwendung der Gene von Leo und Elizabeth erschaffen. Ich bin deren natürliche Enkelin. Meine Eltern verließen Leo nach ihrer Paarung. Nach dem Tod meines Vaters kehrte sie zurück, hat ihnen aber nie von mir erzählt.«

»Sie haben dich im Stich gelassen, Ria«, sagte er. Seine Stimme klang leise, aber voll Zorn. »Sie hätten dich aufziehen sollen.«

»Sie hätten genau das tun sollen, was sie getan haben.« Ria drehte sich um und sah ihn an. »Eigentlich hätten sie viel weniger tun sollen, um sich selbst vollständig zu schützen. Ich bin ein Hybridwesen, Mercury, und dabei nicht einmal ein besonders leistungsfähiges. Meine Talente sind schlicht, meine Instinkte rezessiv. Im Grunde bin ich nur ein Mensch. Schon mit dem Wenigen, das sie getan haben, haben sie sich selbst in Gefahr gebracht, und dafür bin ich ihnen dankbar.«

»Sie haben dich nicht geliebt«, grollte er.

Auf den Vorwurf lächelte sie traurig. »Sie haben mich geliebt, Mercury. Und sie lieben mich noch immer. Ich habe dir nicht gesagt, was ich bin, weil ich den Wert des Schweigens nie vergessen habe. Mein Liebhaber ist vor meinen Augen gestorben. Während er mich um Gnade anflehte; mich anflehte, Danes Zorn aufzuhalten. Weil mein Liebhaber mich verraten hat. Er hat riskiert, dass ich gefangen werde und ebenso Leo, Elizabeth und Dane. Mein schlechtes Urteilsvermögen hätte uns alle vernichten können. Und das wird nie wieder passieren.«

Als sie geendet hatte, öffnete sich die Tür der Limo. Ria zog ihre Jacke enger um sich, doch sie spürte keine Kälte, als sie ausstieg. Alles, was sie fühlte, war die Hitze in ihr. Sie hatte zu lange gewartet, das war ihr nun klar. Es würde nicht leicht werden, die schreckliche Erregung, die sie innerlich zerriss, zu stillen. Noch würde es sanft werden.

Mercury geleitete sie zur Hütte, ging vor ihr hinein und wartete, bis sie eintrat. Langsam zog er die Tür zu und schloss ab.

Das Klicken war wie eine Bombe, die in ihrem Kopf explodierte. Ihre Knie wurden weich, und ihre Zunge begann zu jucken. Sie schloss die Augen. Sie hatte keine Drüsen unter der Zunge wie Mercury; sie hatte nicht das Hormon, das zum Einsetzen des Paarungsrausches nötig war. Dennoch konnte sie die Anomalien in ihrem Körper fühlen. Die fühlte sie schon, seit sie zum ersten Mal mit ihm in Kontakt gekommen war.

»Wie war sein Name?«, fragte Mercury.

Ria wusste, wen er meinte. Sie schlüpfte aus dem Ledermantel, setzte sich und schnürte ihre Stiefel auf.

»Sein Name war Jason. Er war der Sohn eines Lieferanten von Leo. Seine Eltern haben nie erfahren, was aus ihrem Sohn geworden ist. Dane ließ seine Leiche zurück nach Jo'Burg fliegen und irgendwo platzieren, wo man ihn finden würde. Es sah wie ein Akt willkürlicher Gewalt aus.«

»Er hatte es verdient, Ria«, grollte Mercury.

Sie drehte sich langsam zu ihm um. »Er hatte es nicht verdient. Ich hätte ihn retten können. Dane hatte mich angesehen, bevor er ihn tötete. Er hatte mir die Wahl gelassen, und ich hatte geschwiegen. Weil ich wusste, wenn ich ihn aufhielte, würden Leo, Dane und die Breeds, die sie über die Jahre gerettet hatten, nie wieder sicher sein.«

Die Entscheidungen, die zu treffen Dane gezwungen gewesen war, brachen ihr das Herz. Die Entscheidung, die sie an jenem Tag getroffen hatte, hatte nie ihre Seele gebrochen.

»Was nicht erklärt, wieso du deinem Breed-Gefährten nicht gesagt hast, dass du eine Breed bist«, gab er zurück, und obwohl seine Stimme ruhig war, konnte sie seinen Zorn fühlen.

»Weil ich mich nicht länger selbst als Breed, Hybrid oder sonst was betrachte«, sagte sie. »Und solange ich diesen Teil von mir unterdrücken konnte, hätte sich das auch nicht geändert. Es gab keinen Grund, es dir zu sagen, weil ich nicht die Absicht hatte, diesem Teil von mir die Freiheit zu erlauben.«

Seine Lippen verzogen sich zu einem lautlosen Knurren, und er ging durchs Zimmer. Er versuchte nicht, sie zu berühren. Sie brannte vor Qual; der Schmerz, der sich in die Erregung mischte, machte sie fertig.

»Bereust du die Paarung?«, fragte sie ihn daraufhin. Sie hatte damit gerechnet, aber das hieß nicht, dass sie es begrüßte.

Langsam drehte er sich zu ihr um. »Habe ich das gesagt?«

»Du hast mich nicht angefasst. Den ganzen Tag nicht.«

Seine Miene veränderte sich, wurde hart, wild und unerbittlich.

»Wenn du es willst, dann hole es dir. Keine Ausreden. Beanspruche für dich, was dir gehört, oder du kannst leiden. Nach dem, was ich inzwischen weiß, werde ich keine Gnade zeigen, Ria. Du bist eine Breed, und ob es dir gefällt oder nicht, die Instinkte des Tieres sind in dir. Du kannst sie nutzen, bei Gott, oder wir kommen ohne all den wilden, heißen Sex aus, den wir beide so unbedingt wollen.«

Sie starrte ihn überrascht an. »Das ist nicht dein Ernst, Mercury. Männliche Breeds warten nicht darauf, dass ihre Gefährtinnen den ersten Schritt machen. Wann hast du deine fünf Sinne verloren?«

»Als du mir Verstand und Seele verkorkst hast mit jedem Gefühl, das ich mir geschworen hatte, nie für eine Frau zu empfinden«, knurrte er zurück. »Als mir klar wurde, dass du eher gehen wirst, bevor du um irgendwas kämpfst, das du willst. Ein Mann hat seinen Stolz, und ein Breed umso mehr. Du willst es, Gefährtin? Dann komm und hol es dir.«

25

Ria sah Mercury aus zusammengekniffenen Augen an. Seine Lederhose umschmiegte liebevoll die Erektion darunter. Die schweren Stiefel ließen seine Beine noch stärker und kraftvoller wirken denn je. Das T-Shirt machte ihr den Mund wässrig, so wie es sich über seine Brust spannte.

Sie brauchte seinen Kuss. Sie brauchte das Paarungselixier, das ihre Sinne füllte und sie den dunklen Pfad erotischen Sehnens und Begehrens entlangführte. Es war Begierde, gierige Hingabe. Sie krümmte die Finger bei dem Gedanken, es sich zu nehmen, zu schmecken und sich unersättlich an ihm zu laben.

»Zieh die Stiefel aus«, befahl sie ihm.

Er zog die Augenbrauen hoch, tat aber, wie sie wünschte. Er setzte sich auf die Couch, löste die Schnallen und zog die Stiefel aus, bevor er sich zurücklehnte und die Arme über die Rückenpolster streckte.

Rias Atem wurde schwer.

»Sonst noch was?«

Nervös fuhr sie sich mit der Zunge über die Lippen. »Das Shirt.« Sie kam auf ihn zu, und ihre Lippen öffneten sich, als sie um Atem rang.

Das Shirt verschwand, getönte Haut kam zum Vorschein, und sie fühlte ein Stöhnen in ihrer Brust aufsteigen. Die Begierde, die sie überfiel, machte sie benommen, der Schmerz in ihrem Unterleib ließ sie aufkeuchen, und sie presste die Hand auf ihren Bauch, als Mercury plötzlich die Stirn runzelte und seine Augen zu schmalen Schlitzen zusammenkniff.

»Du hast so lange gewartet, bis du Schmerzen hast?«, fragte er mit finsterer und schwerer Stimme.

»Zieh die Hose aus. Sofort.« Ihre Stimme wurde stärker, als sie sich das Shirt vom Körper zerrte und es dabei fast zerriss.

Der Push-Up aus roter Spitze umrahmte ihre schweren, prallen Brüste. Ihre Brustwarzen pressten sich gegen die Spitze, die kaum darüberreichte und nur wenig tat, um sie zu verbergen. Ihre Finger rissen am Reißverschluss ihrer Jeans, während Mercury sich aus dem Leder schälte.

Geschmeidig schlüpfte sie aus ihrer Jeans und ließ sie da liegen, wo sie landete, als sie zu ihm ging, sich rittlings auf seinen Schoß setzte und ihre Lippen auf seine drückte.

»Gib es mir«, stöhnte sie, knabberte an seiner Unterlippe, so begierig nun, dass der Schmerz wie ein Speer durch ihren Leib jagte, als seine Haut ihre berührte.

Seine Lippen streiften über ihre, seine Zunge drang in ihren Mund, und sie wartete schon darauf. Voll drängender Begierde. Wilde Lust erfüllte ihren Mund, stieg in ihren Verstand wie ein roter Nebel und ließ sie gierig an ihm saugen. Die Drüsen unter seiner Zunge waren schwer mit dem Hormon geworden, das nun in ihren Mund strömte. Es überflutete ihre Sinne, so wie ein Sturm über das Land zieht, und ein erstickter Aufschrei drang aus ihrer Kehle.

Sie hatte zu lange gewartet. Sie hatte gewusst, dass sie zu lange wartete, noch während sie sich immer weiter trieb und sich weigerte, sich zu nehmen, was sie brauchte. Denn es sich zu nehmen hieß, es zu akzeptieren. Es hieß, sie ließe zu, dass die sorgfältige Kontrolle darüber, was sie sich selbst gestattete, ihr entglitt.

Das Tier nahm, was ihm gehörte. Die Frau war es, die sich immer zurückgehalten hatte. Die Frau, die fürchtete, nirgendwohin zu gehören.

Doch nun waren es die Frau und das Tier, die nahmen. Die Bestie, die sie als Kind kennengelernt hatte, die sich träge streckte und vor Hunger fauchte, als das Paarungshormon in ihr zu toben begann.

Ihre Hände streichelten seine Schultern; sie wollte über seine Haut lecken, doch noch nicht gleich. Nicht, bis dieses Verlangen gestillt war.

Zwischen ihren Beinen fühlte sie seine Erektion, die sich an sie drückte. Er war so kräftig und hart. Sie brauchte ihn in sich. Doch noch nicht gleich. Sie brauchte andere Dinge noch dringender, und die würde sie bekommen.

Der Kuss entflammte sie; die erotischen Bilder, die ihr durch den Kopf jagten, Begierden, die zu stillen sie sich nie zuvor gestattet hatte, begannen in ihrer Fantasie auf sie einzustürzen. Wenn sie es sich schon nehmen sollte, dann würde sie sich alles holen.

Mercury konnte das Drängen in ihrem Kuss spüren, und nun, da sie allein waren und ihre unglaubliche Selbstbeherrschung bröckelte, konnte er den körperlichen Schmerz fühlen, den der Drang, sich zu paaren, mit sich brachte.

Das hatte er sich den ganzen Tag schon gefragt. Wieso er es nicht wahrgenommen hatte. Denn er hätte nie zugelassen, dass sie durch ihre eigene Torheit Schmerzen empfand. Doch es hatte keine Anzeichen dafür gegeben, keinen Duft. Unbehaglichkeit, das ja. Und manchmal ein wenig Zorn. Frustration. Aber nichts von dem Schmerz, den gepaarte Frauen fühlten, wenn sie das Verlangen, mit ihren Gefährten zusammen zu sein, nicht stillen konnten.

Verdammt. Er zwang sich, seine Arme auf der Lehne des Sofas zu lassen, sie die Führung übernehmen zu lassen, sie nehmen zu lassen, was sie brauchte. Er bewegte rhythmisch seine Zunge in ihrem Mund und fühlte die flüssige Lust aus den

Drüsen darunter strömen, fühlte, wie sie ihren Mund und ihre Sinne erfüllte.

Nun konnte er ihre Hitze wittern, wie eine süchtig machende Droge, die seine Sinne befeuerte. Er konnte ihren Schmerz wittern, ihr Verlangen, die Emotionen, die sich ihrer Kontrolle entrissen, und süßer als alles andere witterte er den sinnlichen Duft einer Breed, die sich ihren Gefährten nahm.

Einen erregenderen Duft konnte es nicht geben, dachte er sich. Noch erregender als der Duft ihres Verlangens nach ihm als ihrem Gefährten; und er hatte geglaubt, nichts könne heißer und süßer sein als das. Bis jetzt.

Das brennende Begehren einer Breed hatte einen besonderen Duft. Er bestand zu gleichen Teilen aus ihm und ihr und aus einem dezenten, erhitzten Duft im Untergrund, der ihn ganz wild machte.

Er ballte die Fäuste und versuchte mühsam, sich an etwas, irgendetwas, festzuhalten, damit er sie nicht packte und ihr das sexy Höschen vom Körper riss, bevor er sich tief in sie versenkte.

Er durfte sie nicht nehmen. Das hier war ihr Ding. Es war an ihr, ihn zu nehmen und für sich zu beanspruchen. Sie war viel zu stark, um sich je zu unterwerfen und hübsche Floskeln oder Versicherungen, dass sie zu ihm gehörte, zu akzeptieren. Nein, um ihren Gefährten für sich zu beanspruchen, musste diese Breed ihren eigenen angeborenen Sinn für Stärke durchsetzen.

Und verdammt, wie sie ihn durchsetzte. Nach den ersten fieberhaften Momenten des Saugens an seiner Zunge und des Hormons, das aus seiner Zunge drang, wurde sie langsamer. Ihre Lippen bewegten sich langsamer und sinnlicher. Sie begann, das Aroma zu genießen, es einzusaugen, auf ihrer Zunge zergehen zu lassen, bevor sie sich mehr holte.

Ihre Zunge spielte mit seiner, rieb daran, streichelte sie und machte ihn verrückt damit. Grollen drang aus seiner Brust, tiefes Vibrieren reiner Wonne, als sie ihn an den Rand des Wahnsinns trieb, bevor sie sich zurückzog.

Sie leckte sich über die Lippen. Fuhr mit der Zunge darüber, während ihr benommener Blick ihn die Zähne zusammenbeißen ließ und er wünschte, er hätte ihr noch mehr zu geben.

»Ich dachte nicht, dass ich es schaffe«, flüsterte sie, doch es klang mehr nach einem weiblichen Schnurren reiner Wonne, während ihre Hände über seine Schultern strichen und ihre Nägel über seine feste Haut schrammten.

»Du hast zu lange gewartet.« Er spannte sich an, als er ihre Nägel spürte und die Lust ihm über den Rücken raste und direkt in seine Hoden schoss. »Ich sollte dir den Hintern versohlen, weil du dich solchem Schmerz aussetzt.«

Sie ließ die Hüften auf ihm kreisen, rieb ihr Spitzenhöschen über seinen empfindsamen Schwanz und drückte ihre Klitoris an seine warme Härte.

»Ich wollte mich den ganzen Tag lang an dir reiben.« Sie beugte sich vor, und ihre Nippel drückten sich heiß auf seine Brust, als sie genau das tat, sich an ihm rieb, während er zusah, wie ihre Augen dunkler wurden, ihre Iris fast schwarz, als ihre Lippen an seinen Hals wanderten.

Nie hätte Mercury sich vorstellen können, dass er die Selbstbeherrschung besaß, dazusitzen und sich derart foltern zu lassen. Es war, als würde sich die feuchte Hitze zwischen ihren Beinen schier durch den Stoff ihres Höschens brennen, als sie sich an seinem Glied rieb.

Ihre Berührung war wundervoll. Ihre Lippen auf seinen Schultern, ihre Hände, die über seine sehnigen Arme strichen, während ihre Hüften sich auf ihm bewegten.

»Reiz mich weiter so, und ich halte vielleicht nicht so lange durch, bis du zu dem Teil mit dem Nehmen kommst«, stöhnte er.

Als Antwort knabberte sie an seinem Hals.

»Verdammt!« Er neigte den Kopf, damit sie ihn besser erreichte, und verfluchte die Lust, mit der seine Hüften sich aufbäumten, ihr entgegen, während sein Schwanz vor Wonne pochte.

Erneut knabberte sie an ihm und fuhr dann mit der Zunge über die kleine Stelle des Lustschmerzes, bevor ihre Lippen tiefer glitten. Er legte den Kopf schief und sah ihr zu, betrachtete ihr ausdrucksvolles Gesicht, so voller Lust, als sie über seine Haut leckte und mit den Zähnen darüberschrammte.

Als ihr heißer Mund sich auf seine harte Brustwarze drückte, schwor er, dass er jeden Moment kam. Jeder Muskel in seinem Körper spannte sich an, um sich zurückzuhalten. Seine Hoden schmerzten. Sein Schwanz zuckte, pochte, und ein leidenschaftliches Stöhnen drang aus seiner Kehle.

Das hielt sie nicht auf. Er sah das Lächeln, das um ihre Mundwinkel spielte, als sie den harten Nippel einsog und mit der Zunge darüberhuschte. Ihre Miene war fasziniert und faszinierend. Erhitzt und voll Sinnlichkeit. Sie war das schönste Geschöpf, das er je gesehen hatte.

»Bist du denn schon bereit, mich zu nehmen?« Sie küsste ihn mitten auf den Brustkorb, zog sich zurück und ging auf dem Boden auf die Knie, während er ihr zusah, fast hilflos vor Vorfreude.

»Das war nicht abgemacht«, stöhnte er.

»Wir hatten eine Abmachung?« Sie küsste seinen Bauch, genau über seiner pochenden Eichel.

»Übereinkunft?«, ächzte er.

»Vielleicht verstehe ich nicht, wieso.« Sie hob den Blick und sah ihn an, und er sah die Verletzlichkeit, die Andeutung von Verwirrung.

»Dann musst du es vielleicht herausfinden.« Er erwiderte ihren Blick unerbittlich. In dem Punkt würde er sich nicht von der Stelle bewegen. Egal, wie sehr sie beide dafür litten. Ungeachtet der Sturheit, die er in ihr wüten sah. Sie musste begreifen, mit wem er sich gepaart hatte. Zu wem seine Seele gehörte.

Und dafür musste sie entscheiden, zu akzeptieren und sich zu nehmen, was ihr gehörte. So wie er genommen hatte, was ihm gehörte.

»Breeds sind stur.« Sie senkte den Kopf und hauchte einen feuchten Atemzug über seine viel zu empfindsame Eichel. Ein Beben lief durch seinen Körper.

»Du solltest das wissen«, antwortete er heiser – und gab dann fast einen Aufschrei qualvoller Lust von sich, als ihr Mund seinen prallen Schwanz umschloss und daran sog.

»Oh Hölle«, knurrte er, und seine Hüften zuckten und trieben sein Glied tiefer in ihren Mund. »Gott, Ria. Du machst mich fertig.«

Sie sog an ihm mit hungrigen Lippen, ihre Zunge wie eine Peitsche aus feuriger Lust über der überempfindsamen Eichel. Er grub die Nägel in die Polster des Sofas und war überzeugt, dass da gerade Stoff riss. Seine Oberschenkel spannten sich an, und er fühlte sich von ihr verschlungen. Er wurde von ihr verschlungen. Mit Herz, Seele, seinem Schwanz, und er würde nicht mehr lange durchhalten, wenn sie so weitermachte.

»Ria«, stöhnte er. »Baby. Ich bin viel zu kurz davor.«

Er drückte den Kopf nach hinten in das Sofa und rang um Beherrschung. Aber sie ließ nicht nach. Sie saugte und leckte, und ihre Hände, weiche kleine Hände, massierten seinen harten Schaft.

»Ria. Verdammt. Ich komme gleich.« Jawohl, die Polster zerrissen und die Füllung darin wurde unter seinen Nägeln zerfetzt. »Verdammter Mist!«

Ein heiserer Aufschrei drang aus seiner Kehle, als ihr Mund wieder die Eichel – nur sie – umschloss, daran saugte und die pulsierenden Schübe seines Samens in sich aufnahm.

Stechende Agonie in seinen Hoden und an der Unterseite seines Schwanzes. Der Stachel pochte unter der Haut, da die massierende Bewegung ihrer Muskeln fehlte, um ihn hervortreten zu lassen, während sie seinen Samen schluckte. Sie saugte weiter, und er keuchte, während Schweiß seinen Körper bedeckte.

Er war nur Augenblicke vom Wahnsinn entfernt. Adrenalin schoss durch seinen Leib, seine Sicht verschwamm, und Begierde raste mit einer Wucht durch ihn, die er nicht mehr kontrollieren konnte.

Und er konnte ihr Verlangen wittern. Es erfüllte seinen Kopf, entrang ihm ein Knurren aus tiefster Brust. Er hob ruckartig den Kopf und sah sie an, als sie sich erhob, rittlings über ihn kam und seine Spitze gegen die weichen von Kringeln umrahmten Lippen ihrer Scham drückte.

Sie begann, ihn aufzunehmen. Ihr Blick fixierte seine Augen, während er ihre Bewegungen spürte, enge und feuchte Hitze, die seinen verlangenden Penis umschloss.

Und dann ihre Augen. So dunkel. Erfüllt von Lust, Schmerz, Besitzanspruch. Er knurrte bei dem Anblick, und Lust und Stolz durchdrangen ihn, als er sah, was sie sich noch nicht eingestehen wollte. Dass sie ihn so für sich beanspruchte, wie er sie bereits beansprucht hatte.

»Was machst du mit mir?«, flüsterte sie, während sie ihn tiefer in sich dringen ließ und die Nägel in seine Schultern grub. »Mercury, was machst du mit mir?«

Er durfte die Hände nicht von den Polstern nehmen. Wenn er sie berührte, wenn er es wagte, sich das Gefühl der Hitze ihrer Haut zu gestatten, dann würde er sie nehmen.

»Ich fülle dich, Ria.« In jeder Hinsicht. Auf jede mögliche Weise. Er würde sie immer füllen, erfüllen, sie halten und sie wärmen. Mit oder ohne Erlaubnis von ihr.

Er war ein Breed. Das Spiel, das er jetzt spielte, mit dem er sie dazu bringen wollte zuzugeben, dass er ihr Gefährte *war*, spielte er nur, weil er überzeugt vom Ergebnis war. Andernfalls käme sie nie aus seinem Bett heraus, würde nie einen Schritt außerhalb seiner Sichtweite machen, bis es ihr klar wurde.

»Ich fülle mich«, keuchte sie. »Du sitzt nur da, Mercury.« Ihr Stöhnen klang heiser, als sie mehr von ihm aufnahm, sich auf seinen Schwanz senkte, während er sich angestrengt davon abhielt, einfach zuzustoßen.

Gott, das hielt er nicht mehr lange durch. Das Gefühl ihrer Enge, das feuchte Gleiten ihres Schoßes über seine Erektion, das alles machte ihn fertig.

Er spürte, wie ihm der Schweiß über den Nacken lief, und selbst das blieb nicht unbeachtet. Sie senkte den Kopf, ihre Zunge fuhr darüber, und seine Hüften zuckten, als ihre Zähne über seine Haut schabten.

Er drang einige Zentimeter in sie, bevor er sich zurückhalten konnte, doch das flüsternde Wimmern ihrer Lust war es wert.

Ihre Lippen bewegten sich schneller, wanderten über ihn, saugten immer mehr von ihm ein, während die Hitze sie beide wie Feuer umfing.

Das Polster riss unter seinem Griff; die Kontrolle entglitt ihm, als Ria sich mit einem tiefen Aufschrei ganz auf ihn sinken ließ.

Okay, sie hatte ihn. Sie nahm ihn auf. Das war's.

Das Grollen, das ihm entwich, war reines Tier. Seine Hände gruben sich in ihre Hüften, als er begann, sich in sie zu stoßen, ihren leidenschaftlichen Bewegungen begegnete und in einen Abgrund von Ekstase stürzte.

Ria war wie gebannt von Mercurys Anblick. Sie sah ihn an – seine Wimpern, die über seine Wangen streiften, die vollkommene Sinnlichkeit, die über seine Züge kam. Nicht dass sie noch genug Verstand übrig hätte, um mehr zu tun, als ihn zu reiten.

Die Lust raste durch ihren Körper. Das Verlangen war wie eine grausame, klaffende Wunde in ihrem Inneren. Ihre Muskeln spannten sich an, und die Wildheit jagte durch ihren Leib.

Aber sie musste ihn ansehen. Sie musste sich an etwas festhalten.

Ihre Hände wanderten immer drängender über seine Schultern, ihre Nägel schrammten darüber, ohne seine feste Haut zu verletzen, aber die Striemen wären noch Stunden deutlich sichtbar. Eine Demonstration, ein Brandzeichen. Doch nicht genug.

»Mercury!«, schrie sie seinen Namen.

Sie biss die Zähne zusammen. Sie würde nicht zubeißen. Nein, sie würde ihn nicht beißen. Das hatte sie einmal getan, doch sie hatte es geschafft, sich zurückzuhalten. Hatte es geschafft, nicht die Haut zu durchbohren und ihm ihr Mal aufzudrücken.

Sie schüttelte den Kopf.

»Tu es, verdammt!« Er öffnete seine Augen, arktisches Blau, flammend mit goldenen Sprenkeln. »Tu es!«

Sie rief seinen Namen, wand sich verlangend auf ihm und kämpfte gegen den Drang, die Besessenheit, den Zwang an.

»Du gehörst mir!«, knurrte er. »Wenn ein anderer anfasst, was mir gehört, töte ich ihn. Ich reiße ihn in Stücke, Ria. Wenn irgendwer versucht, dich zu verletzen, wird Wahnsinn die geringste meiner Stärken sein. Ich werde jeden vernichten. Du gehörst mir!«

»Nein!« Sie konnte nicht aufhören. Sie bewegte sich heftiger auf ihm, Lust strömte in den Schmerz, Schmerz strömte in Lust, und die Leidenschaft wurde immer stärker.

»Meine Gefährtin!« Seine Hände packten ihre Hüften fester, als er sie mit harten Stößen nahm, und sie verlor allen Willen zu kämpfen. Nein, sie *gewann* den Willen zu kämpfen; sie fühlte, wie er von ihr abstrahlte, hörte das weibliche Fauchen animalischer Ekstase, und dann senkte sie den Kopf und biss zu.

Sie biss kräftig zu. Stumpfe Reißzähne bohrten sich in seine Haut mit einer Kraft, die kaum durchdrang. Doch es reichte, um die Haut zu durchbohren. Sie schmeckte Blut, und sie schmeckte ihren eigenen Speichel, wild, erfüllt von dem Hormon, das er ihr gegeben hatte, und sie gab es ihm wieder.

Er senkte den Kopf an ihre Schulter, seine Zähne hielten sie fest und durchbohrten ihre Haut; er saugte und leckte, lehrte sie, ihn zu markieren, und sie tat es. Markierte ihn, während ihr Orgasmus in ihr tobte, durch ihren Leib raste und sie ihre Nägel über seine Arme schrammte.

Mit einem Aufschrei kam Mercury noch einmal in ihr, und sein Orgasmus war beim zweiten Mal ebenso heftig, strömte in sie, während der Stachel hervortrat, über ihre inneren Muskeln strich, und das Tier in ihr antwortete auf eine Weise darauf, die sie vor Schock aufschreien und Mercury vor Verzückung knurren ließ.

Muskeln zogen sich zusammen, spannten sich an, und dort, wo der Stachel sich in sie drückte und seine schimmernde Erlösung freigab, fühlte sie die Wonne erneut aufwallen. Sie umschloss ihn fester, spannte sich um ihn an, massierte seinen Schwanz mit einer Kraft, die sie beide aufschreien ließ.

Und noch ein Orgasmus durchfuhr sie. Sie fühlte, wie sein

Samen erneut in sie pulsierte, und die Hütte hallte von seinen und ihren Aufschreien wider.

Als der letzte Schub lustvoller Qual in ihrem Leib verklang, sank Ria über ihm zusammen. Er war in ihr, immer noch hart und kräftig. Langsam zog sich der Stachel zurück, doch die Hitze blieb.

Sie hatte zu lange gewartet, viel zu lange, und es würde Stunden dauern, die überwältigende Begierde nach ihm zu lindern. Sie hatte Elizabeth im Labor assistiert, also kannte sie die Anzeichen und wusste Bescheid über die Forschungsergebnisse. Und sie wusste: Sie würde nicht sterben, sollte sie Mercury jetzt verlieren. Sie würde töten.

Ely tigerte in ihrem Quartier hin und her. Es war klein; es war ihr so lieber gewesen. Bis jetzt. Jetzt schienen die Wände immer näher auf sie zuzukommen, und die Angst trieb ihr Stachel ins Gehirn.

Und sie weinte. Sie wischte die Tränen weg, schlang die Arme um ihren Oberkörper und lief wieder hin und her.

Jonas hatte ihr Blut abgenommen. Er war selbst zu ihr gekommen, allein. Wenigstens das. Er hatte etwas von Kodein erzählt. Breeds konnten Kodein nicht einnehmen, das wusste sie. Sie hätte niemals für irgendeinen Breed Kodein angefordert. Sie verabreichte es nicht einmal an Menschen.

Und noch etwas. Ely schüttelte den Kopf und versuchte sich an die medizinische Bezeichnung dafür zu erinnern. Doch alles, was ihr einfiel, war die Laborbezeichnung dafür: Man hatte es *Mental* genannt. Schlicht und auf den Punkt. Denn es pfuschte im Verstand eines Breeds herum. Und auch das Zeug würde sie nie und nimmer ordern.

Was hatte er gesagt? Sie hob den Kopf, ballte die Fäuste und knurrte.

Das war Mercurys Schuld. Die animalische Verdrängung. Jonas' Loyalität zu Mercury würde sie alle noch umbringen.

Er musste unter Arrest gestellt werden.

Unter den Laborräumen gab es eine gepolsterte Zelle, wo das Council die Breeds gehalten hatte, an denen man experimentiert hatte, als das Anwesen noch in dessen Besitz gewesen war.

Eine Zelle und ein spezielles Labor.

Ely blieb stehen und starrte blicklos in die Vergangenheit. Dieses Labor – die Erinnerungen an ein anderes Labor, identisch mit diesem, waren entsetzlich. Und sie konnte sie nicht aussperren. Breeds, auf Tische geschnallt, ihre Körper bewegungsunfähig durch die Drogen, mit denen man sie vollpumpte, mit geöffnetem Brustkorb, und sie sah zu. Das Herz, die Lungen, die inneren Organe, die sich gegen die Todesqualen wehrten, die jeder dieser Breeds litt.

Blut bedeckte ihre Hände, als sie auf das Skalpell starrte, das sie in Händen hielt, und dann in die Augen des Breeds, der ihren Blick erwiderte. Rasender Zorn. Unmenschlicher Zorn spiegelte sich in seinen eisblauen Augen. Goldene Sprenkel flackerten darin, wie Sterne, die vor Wut flammten.

Ein Knurren drang aus ihrer Kehle und dann ein erstickter Schrei. Nein, das würde sie ihm nicht antun. Nur die Zelle. Das war alles. Die Verdrängung ließ sich behandeln. Sie wusste wie. Sie würde ihn behandeln.

Aber zuerst musste sie an dem Breed vorbei, der an ihrer Tür postiert war.

Sie ging in die kleine Küche, holte eine kleine Flasche Wasser aus dem Kühlschrank und warf eine Handvoll Aspirin ein. Ihr platzte förmlich der Kopf. Es fühlte sich an, als würde sich jemand darin mit einem stumpfen Werkzeug nach außen graben.

Sie presste die Fingerspitzen an ihre Schläfen und kämpfte gegen den Schmerz an. Sie musste denken. Das war alles. Sie war die Klügste und Hellste aller Breeds, die in ihrem Labor geschaffen worden waren. Sie hatte gelernt, wie man verdeckt agierte, wie man kämpfte. Wie man tötete.

Langsam erstarrte sie. Mercury tat ihr das an. Sie wusste, dass er es war. Irgendwie war es ihm gelungen, Jonas und Callan davon zu überzeugen, dass er keine Gefahr für Sanctuary sei. Und jetzt bestraften sie sie.

Ihr stockte der Atem zu einem Schluchzen. Sie bestraften sie. Das war es, was Jonas tat. Er bestrafte sie dafür, dass sie versuchte, die anderen zu schützen. Er manipulierte alle. Mercurys Verdrängung passte zu irgendeinem Plan von ihm: Das war das Einzige, was Sinn ergab. Und dieses Mal würde er Sanctuary zerstören.

Es sei denn, sie hielt ihn auf.

26

Der animalische Teil eines Breeds hatte eine Art eigene Persönlichkeit. Das war fast schon Voraussetzung. Ein Tier, gefangen in einem Menschen, das die Psyche des Menschen, seine Gedankenmuster, Hormone, Handlungen und Reaktionen beeinflusste.

Ria hatte es geschafft, ihr Tier bis zu einem gewissen Punkt unter Verschluss zu halten. Aber es war da. Anders als Mercury hatte sie gewusst, dass es da war. Sie hatte nur geschafft, es zu kontrollieren und es davon abzuhalten, sich zu befreien. Bis zum Paarungsrausch.

Das Phänomen des Paarungsrausches war in vielerlei Hinsicht immer noch ein Mysterium, selbst für ihre Großmutter, Elizabeth Vanderale. Elizabeth studierte es seit über einem Jahrhundert. Und nicht einmal sie hatte alle Antworten.

Ria wünschte, sie hätte ein paar Antworten, nachdem sie sich am nächsten Nachmittag im Labor wieder angezogen hatte. Ihre Haut fühlte sich immer noch wie verbrannt an von der Untersuchung, die sie über sich ergehen lassen musste. Schweigend. Nicht einmal darüber motzen konnte sie, denn auf der anderen Seite des Vorhangs tigerte Mercury wie ein wütender Löwe hin und her.

»Er ist intensiv«, kommentierte Elizabeth unbekümmert, als Ria aus der Umkleide kam, wieder in schwarzer Lederhose, schwarzen Stiefeln mit hohen Absätzen und einem weißen, seidenweichen und unglaublich bequemen Pulli dazu.

Elizabeth sah nicht alt genug aus, um überhaupt jemandes

Mutter zu sein. In über einem Jahrhundert war sie kaum um die zehn Jahre älter geworden, die sie hätte älter werden sollen.

»Ja, er ist ziemlich intensiv.« Ria warf einen Blick auf den Bildschirm und betrachtete seinen Schatten, der hin und her lief, und Elizabeth ließ den Blick wieder über ihre Kleidung gleiten.

»Du hast dich verändert«, sagte sie sanft. »In den wenigen kurzen Wochen, die du hier verbracht hast, bist du endlich aus deinem Schneckenhaus herausgekommen.«

Ria trat unbehaglich von einem Fuß auf den anderen und versuchte überall hinzusehen, nur nicht zu Elizabeth.

»Ich habe euch nicht verraten«, flüsterte sie schließlich. »Jonas hat es erraten.«

»Jonas konnte den Duft unserer Verwandtschaft wittern.« Elizabeth nickte. »Sein Geruchssinn ist selbst für einen Breed außergewöhnlich. Ausgeprägter als bei Callans Sohn David. Aber, Ria, du hast uns nie verraten, und wir hatten auch nie angenommen, dass du es je tun würdest.«

Ria schob die Hände in die Gesäßtaschen der engen Jeans. »Doch, einmal.« Sie sah ihrer Großmutter wieder in die Augen.

»Glaubst du wirklich, dass wir das dachten?«, fragte Elizabeth. »Nein, Liebes, Jason hat dich verraten. Du warst ein Kind, und wir waren so darum besorgt, dich zu schützen und dafür zu sorgen, dass das Rudel als Ganzes geschützt blieb, dass wir keine Rücksicht auf dein Bedürfnis nach einer Familie nahmen. Ein Bedürfnis, das alle Breeds haben, wie du weißt.«

Ria hatte damit gerechnet, dass Elizabeth ihr Verhalten entschuldigte. Die Vanderales hatten Rias Verhalten immer entschuldigt. Sie war jung. Sie hatte es nicht besser gewusst. Sie hatten versucht, Rias Schuldgefühle über die Entscheidung, die sie einmal getroffen hatte, zu lindern.

»Dane hätte ihn so oder so getötet, Ria«, sagte Elizabeth sanft, die den Gang ihrer Gedanken erriet. »Er hat angeboten, es nicht dort zu tun, wo du es sehen kannst; er hatte nicht angeboten, nicht abzudrücken. Als Jason Geld für sich herausschlagen wollte, indem er dich an das Council verriet, hat er sein Todesurteil unterschrieben. Dane hätte ihm auf keinen Fall gestattet, weiterzuleben.«

»Jason hätte es nicht gewusst, wenn ich es ihm nicht erzählt hätte.«

»Und er wäre nicht gestorben, hätte er auch nur eine Spur Menschlichkeit besessen«, knurrte Mercury und kam mit finsterem Blick hinter dem Vorhang hervor. »Es war nicht deine Schuld.«

Elizabeth hob eine Augenbraue, und Ria spürte, wie ihre Zähne aufeinanderschlugen.

»Ich lasse euch die Testergebnisse wissen, sobald ich sie habe«, versprach Elizabeth. »Alaiyas Proben habe ich schon vorher genommen und die Tests durchgeführt.«

Ria wandte ruckartig den Kopf zu ihrer Großmutter.

Elizabeths Miene war mitfühlend. »Sie zeigt Anzeichen für Paarungsrausch, Ria. Aber das bedeutet noch nichts. Es bedeutet lediglich, dass sie Kontakt zu ihrem Gefährten hatte.«

»Sie hat Mercury geküsst.«

Elizabeths Blick richtete sich fast vorwurfsvoll auf ihn.

»Es war nicht mehr als ein Aufeinanderdrücken der Lippen«, gab er unwirsch zurück. »Glaubt ihr, ich setze meine Gefährtin aufs Spiel, indem ich riskiere, dass eine andere Frau diesen Teil von mir bekommt?«

Elizabeth runzelte die Stirn. »Bei jeder Paarung, die ich erforscht habe, muss es für das Einsetzen des Rausches in irgendeiner Form zu einem Austausch des Hormons kommen, und es muss kompatibel sein.«

»Glaubt mir, es gab keinen Austausch«, grollte Mercury. »Außer mit Ria.«

»Ein interessantes Rätsel also.« Elizabeth wandte sich wieder ihren Röhrchen und Proben auf dem Labortresen zu, neben den Geräten, die am Morgen angekommen und an ihren Platz gebracht worden waren. »Dann geht mal. Ich stoße hier die Dinge an, bevor Leo mir die Zwillinge bringt. Wir sollten bald mehr wissen.«

»Vergiss nicht die Feier heute Abend«, erinnerte Ria sie. »Dane hat meine Anwesenheit bereits befohlen.«

»Ich werde da sein.« Elizabeth nickte, wandte sich aber nicht von ihren Proben ab. »Geht nur, wir reden später.«

Es war keine Party, auf die Ria sich freute. Der Ball mit Büfett vor Thanksgiving hatte schon ganz Sanctuary in Aufruhr versetzt. Leo schlich durch die Flure im Obergeschoss, ebenso ein Dutzend Mitglieder seiner Sicherheitstruppe, die die Zwillinge und andere Breed-Kinder schützten, die für den Tag dort untergebracht waren. Niemand durfte ohne Bevollmächtigung nach oben, auch Breeds nicht, egal ob Enforcer oder Gäste.

Das Zimmer, das Ria und Mercury zugewiesen worden war, befand sich im Untergeschoss, auf der anderen Seite von den Laborräumen. Dort warteten ihr Kleid und Zubehör auf sie; und der Friseur, der Merinus und den anderen Gefährtinnen in der führenden Familie zugeteilt war, würde sich auch ihrer annehmen.

Es war ein Fiasko. Deshalb ging sie nicht auf Partys, sagte sich Ria, als sie die Stufen hinaufstiegen, die zum Erdgeschoss des Herrenhauses führten. In ihrer alternativen Persona musste sie das nicht durchziehen. Sie musste sich nicht damit befassen, ihr Haar zu frisieren, sich zu schminken, damit, über all die überraschten Blicke zu lächeln oder mit der falschen Freundlichkeit umzugehen.

Nicht dass sie diese Gefühle gegenüber der führenden Familie hegte. Aber diese Party fand für die Wohltäter der Breeds statt – Firmenvorstände, Senatoren und politische Figuren, Milliardäre und Groupies. Und alle Augen wären auf sie gerichtet, denn die meisten von ihnen kannten die unscheinbare Sesselpupserin, aber nicht die Frau, die sie heute Abend zu sehen bekamen.

»Ich könnte bei der Sicherheit für die Party helfen«, sagte sie zu Mercury, als sie in den langen Flur traten. »Wir könnten uns auch einfach eine dunkle Ecke suchen und knutschen.«

»Du arbeitest nicht in der Sicherheitstruppe. Die dunkle Ecke ist eine Option.« Ria hörte das Lächeln in seiner Stimme. »Und ich arbeite heute Abend auch nicht als Sicherheitskraft, zumindest nicht in Uniform. Ich bin als Repräsentant der Breed Enforcer und als ein Assistent von Jonas anwesend. Er dreht mir die fetten, kahl werdenden kleinen Jungs an, die Kriegsgeschichten hören wollen.«

Sie warf ihm aus den Augenwinkeln einen Blick zu. »Und wie gehst du damit um?«

»Für gewöhnlich knurre ich, lasse die Reißzähne blitzen und sehe zu, wie sie in Deckung rennen«, schmunzelte er. »Sogar Jonas findet es witzig.«

»Jonas bestimmt.«

Ria spürte ihre schwitzenden Handflächen. Engalls und Brandenmore wären auf dieser Party. Es war offensichtlich, dass sie auf der letzten Feier nicht bekommen hatten, worauf sie aus waren. Sie hatten sich diese Einladung auf demselben Weg besorgt wie die letzte, indem sie im letzten Moment unabsehbare Fäden gezogen hatten.

Als sie um die Ecke bogen, ging weiter vorn eine andere Tür auf, und Alaiya kam aus Jonas' Büro. Ihre Wangen waren zorngerötet und ihre Züge wutverzerrt, als sie Ria einen giftigen Blick zuwarf.

»Hallo wieder mal«, murmelte Ria.

Hätte sie Mercurys Überraschung nicht schon auf andere Weise wahrgenommen, hätte sie sie gewittert, als er ihr ebenfalls einen kurzen Blick zuwarf.

Sie biss sich fast auf die Lippe. Da war diese Breed-Haltung, die wieder in ihr hochkam. Seit sie ein Teenager gewesen war, hatte ihre Breed-Genetik sich nicht mehr derart in den Vordergrund gedrängt.

Alaiya dagegen erstarrte, als sie Ria sah. Ihr Blick glitt über Rias Körper, ihre Nasenflügel weiteten sich, als sie Luft holte, und Wut brannte in ihren Augen.

»Breed!«, zischte sie.

»Herrje, denkst du, sie meint mich?«, fragte Ria gespielt unschuldig, während die Raubkatze in ihr der Herausforderung begegnete.

»Verdammt«, brummte Mercury. »Alaiya, bleib zurück.«

Die andere Frau nahm eine klassische Angriffshaltung ein, Füße auseinander, die Finger gekrümmt, als wolle sie Krallen imitieren.

Ria hätte beinahe gefaucht, doch heraus kam nur ein überraschtes Quietschen, als Mercury sie grob hinter sich schob, eine Forderung nach Verstärkung in sein Mikro bellte und Alaiya anknurrte: »Ich habe dir einen Befehl gegeben, Breed! Bleib zurück.«

»Glaubst du tatsächlich, ich brauche dich als Verteidigung gegen sie?« Ria lehnte sich an die Wand, spähte über seine Schulter und warf der Frau ein triumphierendes Lächeln zu. »Ich kann es mit ihr aufnehmen.«

Sie zog spielerisch die Nase kraus, auch wenn das, was in ihr hochkochte, ganz und gar nicht spielerisch war.

Mercurys Miene spannte sich ungläubig an, als er ihr einen kurzen Blick zuwarf.

»Unsere Paarungstests passen zusammen«, zischte Alaiya und kam näher. Ihr Körper war angespannt und kampfbereit. »Du stinkst nach ihr.«

»Ich denke, du riechst ziemlich gut«, fühlte Ria sich bemüßigt, mit einem leisen Lachen an Mercury gerichtet zu bemerken. »Eau de Ria passt gut zu deinem Duft als Breed.«

»Würdest du jetzt aufhören!«, stieß Mercury hervor, als Alaiya erneut knurrte.

»Ergreif Partei für sie und ich trete *dir* in den Hintern, statt ihr.« *Oh-oh.* Da war er wieder, der Akzent.

Sie lümmelte sich an die Wand, den Kopf gedreht, und achtete darauf, dass Alaiya ihre Miene deutlich sehen konnte, als drei Breeds um die Ecke bogen und Jonas hinter Alaiya aus seinem Büro kam.

Bei den Düften, mit denen sie sich konfrontiert sahen, schienen alle zu erstarren. Ria konnte es selbst wittern. Mercurys Zorn, kombiniert mit ihrem eigenen, der Duft ihrer Paarung, ihre Hormone, die sich einander anpassten und miteinander verschmolzen, bis sie fast eine Vereinigung bildeten. Und Alaiya. Reine Wut und Hitze, ein einzelner Duft, vermischt mit rasender Wut.

»Was in aller Welt geht hier vor?«, fragte Jonas bedächtig, als Alaiya erneut fauchte.

»Entfernt sie von ihm!« Alaiya bohrte ihren Finger in die Luft, auf Ria gerichtet. »Ich verlange es. Bis die Ergebnisse der Paarungstests vorliegen, verlange ich, dass sie von ihm getrennt wird.«

Jonas runzelte überrascht die Stirn, als Ria mit einem Fauchen die Zähne fletschte und ihn finster ansah. »Versucht es«, knurrte sie. »Die Konsequenzen werden Ihnen nicht gefallen, Jonas, das wissen wir beide.«

Denn Dane und Leo würden über ihn kommen wie eine Abrissbirne. Über ihn, Alaiya und jeden anderen, der sich zwischen sie und ihren Gefährten stellte.

Sie hielt sich nicht mit Knurren, Grollen oder diesem ständigen dämlichen Fauchen auf, das Alaiya von sich gab. Sie kniff lediglich ihre Augen zu schmalen Schlitzen zusammen und sah die Frau herausfordernd und voll Zuversicht an.

»Alaiya, melde dich in der Frauenkaserne«, bellte Jonas. »Sofort.«

»Du brichst Breed Law«, kreischte das Miststück daraufhin. »Gefährten darf man nicht trennen.«

»Bisher ist nicht bewiesen, dass du für Mercury irgendetwas anderes bist als ein Ärgernis«, fauchte Jonas, während Mercury an Rias Stelle knurrte. Es gefiel ihr, wie er das tat.

»Ich lasse die nicht hier, damit sie für sich beansprucht, was mir gehört!«

Der Zorn war nun zu einem bitteren, wilden Geruch geworden, beißend und die Sinne verätzend, als Ria sich langsam aufrichtete. Sie hatte mit ungezähmten Breeds trainiert, mit ihnen und an deren Seite gekämpft; sie kannte die Anzeichen eines Breeds, der einen kritischen Zustand erreichte. Und Alaiyas Wut wurde langsam kritisch. Das Tier in ihr würde ausbrechen und angreifen – oder es auf jeden Fall versuchen.

»Du kehrst auf der Stelle in die Kaserne zurück!«, knurrte Jonas, und seine Miene wurde tödlich, als seine Untergebene Alaiya sich ihm widersetzte, indem sie ihm herausfordernd ins Gesicht fauchte.

Ria sah interessiert zu, wie der Direktor des Büros für Breed-Angelegenheiten zu dem grimmigen, kalt effizienten Enforcer wurde, der er einst gewesen war. Alphastahl hatte Elizabeth es genannt.

Seine Hand schnellte vor und legte sich um Alaiyas Nacken, während er die Bürotür aufstieß und sie förmlich in den Raum warf, bevor er sich an Mercury wandte.

»Schaff deine Gefährtin in ihr Büro zurück«, befahl er. »Ich lasse es dich wissen, wenn die Sache hier erledigt ist.«

»Ich hätte die Sache auch gut allein erledigen können«, verkündete Ria gelangweilt, und das Tier in ihr zog sich enttäuscht zurück, während Jonas sie finster ansah.

»Ich habe einen Befehl gegeben«, erklärte er leise.

Ria trat hinter Mercury hervor und ignorierte Jonas' Überraschung über ihr Outfit.

»Aber ich bin keiner von Ihren Enforcern, Mr Wyatt. Sie sind nicht mein Rudelführer, und Sie haben keine Kontrolle über mich, es sei denn, ich wage es, Sie direkt herauszufordern«, erinnerte sie ihn und ging an Mercury vorbei, der warnend knurrte. »Und zweifeln Sie nie daran, dass ich mich um sie kümmere, wenn sie mich noch einmal herausfordert.«

Jonas starrte sie grübelnd an. »Was in aller Welt ist denn mit Ihnen passiert?«

Sie lächelte. »Ihr Enforcer, mein Gefährte. Vielleicht sollten Sie das Problem mit ihm diskutieren. Aber bevor Sie versuchen, mir noch mehr Befehle in Bezug auf die Raubkatze zu geben, die da an Ihrer Tür kratzt, würde ich an Ihrer Stelle mit dem Leo sprechen. Denn Sie werden einen Enforcer verlieren, wenn sie mich noch einmal herausfordert.«

»Und wie soll das gehen?«, stieß er hervor. »Alaiya ist gut ausgebildet, Ria. Sie ist nicht in der Stadt aufgewachsen«, erklärte er mit einem Hauch von Tadel.

»Und sie ist nicht von Leo ausgebildet«, erklärte sie sanft und selbstsicher. »Fragen Sie ihn, Jonas. Sehen Sie sich an, womit Sie es zu tun haben, bevor Sie dieser Frau gestatten, mich noch einmal herauszufordern. Denn ich werde sie töten.«

»Soll ich es ihm sagen, Liebes?«, mischte Dane sich in die Party ein. Er lehnte sich an die Wand in der Ecke und runzelte die Stirn. Das dunkelblonde Haar fiel ihm verwegen ins Gesicht, und er hatte eine dünne Zigarre zwischen den Lippen.

»Das wird ja ein verdammter Wanderzirkus hier.« Jonas verzog das Gesicht, öffnete dann die Bürotür einen Spalt und brüllte hinein: »Halt dich verdammt noch mal zurück, bevor ich dich unter Arrest stellen lasse.«

Das Geknurre, das weibliche Raubkatzengebrüll und Gekratze an Holz gingen ihnen langsam allen auf die Nerven.

Dane musterte sie und er musste grinsen, als all die sinnliche feminine Kraft, die Ria besaß, sich in ihrem geschmeidigen Gang spiegelte, ihren langen Beinen und den Kleidern, die ihre außerordentliche Konditionierung als Breed und ihre Ausbildung demonstrierten.

Da war sie, die Nichte, nach deren Rückkehr er sich so sehr gesehnt hatte. Die, die ihn in ihren Teenagerjahren in den Wahnsinn getrieben hatte, während er versucht hatte, sie aus Problemen herauszuhalten. Nun war sie herangereift, und diese Reife stand ihr verdammt gut.

»Jonas, mein Freund«, seufzte er. »Seit wann beschäftigt der Leo untaugliche Mitarbeiter?«

»Ist mir völlig egal, ob er Roboterklone beschäftigt, die auf Skalpieren und Häuten programmiert sind«, fauchte Jonas. »Ich erwarte, dass sie meinen Anweisungen Folge leistet, solange sie sich in Sanctuary befindet. Punktum, Dane. Die Hierarchie hier steht fest, und deine Regeln interessieren mich einen Scheiß, genauso wie die des Leo. Sie *wird* sich zurückhalten.«

»Aber sie nicht«, teilte Ria ihm ruhig mit. »Sie ist Enforcer und eine Breed. Sie begreift die Herausforderung, die sie da ausspricht. Ich mag ein Mauerblümchen gewesen sein, *Onkel* Jonas«, knurrte sie leise, »aber ich hatte nie Angst vor einem Kampf. Mach eure Regeln und eure Hierarchie deiner Enforcer klar. Nicht mir.«

Mercury stieß lautlos die Luft aus, und grimmiger, überwältigender Stolz überkam ihn, als er Jonas einen Blick zuwarf, die Augenbrauen hochzog und grinste. Oh ja. Das war seine Gefährtin.

»Jemand sollte dich erschießen«, grollte Jonas ihn an.

»Gib mir Zeit«, meinte Ria und ging an ihm vorbei. »Vielleicht kümmere ich mich darum.«

Aber der Blick, den sie Mercury zuwarf, war alles andere als mörderisch. Es sei denn, sie beabsichtigte, ihn mit Sex umzubringen. Konnte ein Breed an Glückseligkeit sterben? In dem Fall, dachte er sich, verdammt ja.

Ria ging ins Büro, hielt die Tür auf, als ihr Gefährte eintrat, und schlug sie dann zu.

Dann fiel sie über ihn her. Sie brannte, lodernd vor Verlangen, und er kam ihr entgegen, Kuss für Kuss, und gab ihr das wilde Aroma seiner Begierde, während sie sich gegenseitig die Kleider vom Leib rissen.

Zum Glück gab es dieses Mal keine Fetzen, doch innerhalb von Sekunden fand sie sich über den Aktentisch gebeugt wieder, und die Erektion ihres Gefährten drängte sich fordernd in sie.

»Nimm es«, knurrte er an ihrem Ohr. »Verdammte Hölle. Du heiße kleine Katze. Fordere mich heraus, Ria. Ich fordere dich.«

Sie bäumte sich auf, ihm entgegen. Er musste sie nicht herausfordern; sie konnte es in sich aufsteigen fühlen, als seine

Hüften auf ihre prallten, seinen Schwanz ganz und gar in sie trieben, während sie den Kopf drehte und an seinem Kinn knabberte.

Bei erster Gelegenheit würde sie ihre Reißzähne nachwachsen und schärfer werden lassen. Es war naturgegeben. Sie mussten monatlich abgeschliffen werden. Sie hatte hübsche Reißzähne, das wusste sie. Perfekt zum Zubeißen, und perfekte Nägel zum Kratzen.

»Nimm mich.« Er war ganz in ihr und rieb sich an ihr, als sie ihre Arme um seinen Nacken schlang, ihren Körper ihm entgegenbog, um noch einen Kuss von ihm zu bekommen. Um noch heller und heißer zu brennen.

Die Lust war brutal hart und schnell, entriss ihnen jede Kontrolle, raste durch Ria, als sich mit dem ersten Orgasmus ihre inneren Muskeln zusammenzogen. Der zweite jagte durch ihren Verstand, ließ sie in Flammen aufgehen und Mercury in seiner Erlösung aufschreien. Er verankerte sich in ihr, während sie ihn umklammert hielt, der Stachel trat hervor, und Verzückung überwältigte sie beide.

Sie fauchte seinen Namen. Raubkatzenartig und besitzergreifend. Sie fühlte die Besessenheit, und sie machte ihr Angst. Nahm sie in Besitz. Und Ria wusste, sie verlor sich darin.

»Was in aller Welt ist passiert?« Mercury keuchte hinter ihr, seine Lippen an ihrem Hals, während sie warteten, dass sich der Stachel wieder unter die Haut zurückzog.

»Paarungsrausch.« Sie lag vornübergebeugt auf dem Tisch, erschöpft.

»Ich bin immer noch in Uniform«, schnaubte er. »Mist, ich habe nicht mal die Hose bis an die Knöchel geschoben.«

»Meine auch nicht.« Die hing um ihre Oberschenkel, und es war ihr völlig egal.

»Dann sag mir, Gefährtin«, grollte er und knabberte an ihrem Hals, »denkst du wirklich, du wirst mich am Ende erschießen?«

Sie musste grinsen, als sie den gekränkten männlichen Stolz in seiner Stimme hörte. »Wahrscheinlich mit deiner eigenen Waffe.«

Sie war noch nicht bereit, sich jetzt zu rühren. Sie war gesättigt, vorerst entspannt, und der Paarungsrausch war nun ein leises Köcheln in ihr anstelle eines heißen Brennens.

Wieder knabberte er an ihrem Hals, sodass sie zufrieden lächelte. Langsam löste er sich von ihr.

»Bleib liegen.« Er drückte ihr die Hand auf den Rücken.

Wäre nicht nötig gewesen, denn sie wusste nicht, ob sie sich überhaupt schon wieder rühren könnte. Einen Augenblick später fühlte sie die sanften Bewegungen eines kleinen Handtuchs zwischen ihren Beinen.

Sie starrte an die Wand, und ganz unbekannte Emotionen überkamen sie, als er sie vom Beweis ihrer Paarung reinigte.

»Wieso tust du das?«, fragte sie stirnrunzelnd. »Ich kann mich selbst säubern.«

»Bleib liegen, Gefährtin, ich mag es, dich zu umsorgen.« Er drückte einen Kuss auf eine ihrer runden Pobacken, bevor er sanft an der anderen knabberte und sich dann wieder aufrichtete.

»Dann bist du sehr seltsam.« Sie stand auf und richtete ihre Kleidung, ohne ihn anzusehen. Sie fühlte sich gerade viel zu verletzlich und zu sehr aus dem Gleichgewicht.

Der Sex war eine Sache. Die Art, wie er sie berührte, wie er sie gesäubert hatte – das war etwas ganz anderes.

»Unabhängige kleine Katze«, grollte er und ging in das kleine Badezimmer, das zum Büro gehörte.

Da lenkte etwas ihre Aufmerksamkeit auf sich, und als sie

mit zusammengekniffenen Augen aufsah, drang ein Knurren über ihre Lippen.

Mercury kam wieder ins Büro, sah nach oben und erstarrte. Die Abdeckung, die sie über die Kamera gelegt hatten und die beim Verlassen des Büros noch da gewesen war, war verschwunden.

»Die Tür war abgeschlossen, als wir hereinkamen.« Seine Stimme klang bedrohlich, während er in die Linse starrte. »Es gab keine ungewöhnlichen Duftnoten, keine Andeutung, dass irgendwer sonst hier drin war.«

»Doch es war offensichtlich jemand hier«, murmelte sie, ging um den Schreibtisch und strich mit den Fingern über Ränder und Schubläden.

Mercury beobachtete sie, schnappte sich ihre Jacke und warf sie über die Kamera. Dann holte er das kleine elektronische Suchgerät aus einer Tasche seiner Uniformhose, aktivierte es und begann damit den Raum zu durchsuchen.

Ria fuhr weiter mit den Fingern unter dem Schreibtisch entlang und suchte ihn von oben nach unten ab.

»Der Raum ist sauber«, verkündete Mercury.

Ria stutzte. Sie hatte gefunden, wonach sie suchte.

»Wirklich?« Sie holte das kleine Gerät unter der Unterkante des Schreibtisches hervor und hielt es hoch, damit er es inspizieren konnte. Die Kontrollleuchte blieb aus, also war das Gerät im Augenblick deaktiviert.

Ein Grollen drang aus seiner Kehle.

»Hör auf zu knurren«, brummelte sie und betrachtete eingehend den winzigen Empfänger. »Das ist keine Konstruktion von Vanderale und auch nichts, das Lawrence hat. Nutzt ihr noch Geräte von irgendwelchen anderen Unternehmen?« Sie wusste, dass Sanctuary nur Vereinbarungen und Verträge mit Vanderale und Lawrence Industries hatte.

»Nicht dass ich wüsste.« Er ging zu ihr, nahm das kleine Gerät, holte langsam Luft und kniff die Augen zusammen. »Das Ding wird von einem Duft überlagert, aber ich kann ihn nicht definieren.«

»Es ist warm«, bemerkte Ria. »Es war aktiv.«

»Bis ich die Kamera abgedeckt habe«, antwortete er ungehalten. »Gehen wir.«

Ria wusste, wohin sie jetzt gingen.

Rasch richtete sie ihr Top, als Mercury vorsichtig das Büro verließ, die Hand an der Waffe, und leise in das reaktivierte Mikro an seinem Ohr sprach. Das kleine Mikro lag an seiner Wange, während sie sich zügig über den Flur bewegten, auf den Überwachungsraum zu.

Als sie sich der schweren Stahltür näherten, die die sensiblen Überwachungsgeräte schützte, eilte Jonas vom anderen Ende des Flurs heran, eine sechsköpfige Einheit aus Enforcern mit gezogenen Waffen auf den Fersen.

Jonas zog seine gesicherte Zugangskarte durch das Sicherheitsschloss, wartete, bis sich der Netzhautscanner aktivierte, drückte dann seine Handfläche auf die Handtafel und wartete auf das grüne Licht.

Als es aufleuchtete, stieß er die Tür auf. Der Duft, der ihre Sinne traf, war unverkennbar.

Jonas gab knappe Anweisungen, als er den Raum betrat und bewegte sich langsam und vorsichtig um die Leiche, die auf dem Boden ausgestreckt lag. Die Eingeweide waren herausgerissen, und entsetzt aufgerissene Augen starrten blicklos an die Decke.

Austin Crowl. Sein Blut bedeckte den Boden und gerann bereits, und der Geruch des Todes umgab ihn, während Ria auf die Szene starrte.

»Wo sind seine Assistenten?« Jonas ging durch den Raum,

hielt an der Tür zu einer anderen Sektion des Raumes inne und öffnete sie dann vorsichtig.

Da waren sie. Einer erschossen, der andere mit aufgeschlitzter Kehle von einer Seite zur anderen.

»Kontaktiert Rudelführer Lyons. Einleitung von Alpha Direct und Beginn der Unterbringung. Wir wurden verraten.«

Von einem ihrer eigenen Leute.

Ria sah zu Mercury auf und beobachtete, wie der Gefährte und Geliebte zum Enforcer wurde. Harte, kalte Augen, unerbittliche Züge.

Jonas wandte sich an Ria. »Kannst du mit den Geräten hier umgehen?«

Sie nickte. »Kann ich.«

»Komm hier rein und ruf die Überwachungsdiscs auf. Ich will wissen, was die hier drin gesehen haben, wer hier war und wie jemand es geschafft hat, meine Männer zu töten.«

Langsam schritt sie in den Raum und betrachtete Crowl mit einem Gefühl von Zorn und Traurigkeit. Er war ein unangenehmer Rüpel gewesen, aber das hatte er nicht verdient.

»Lyons leitet Alpha Direct ein. Dane Vanderale nähert sich unserem Standort; Leo Vanderale, seine Frau und die Babys sind im Labor in Sicherheit, und deren Sicherheitsleute begeben sich gerade dorthin.«

»An die Arbeit.« Jonas deutete mit dem Finger auf die Monitore. »Wir haben noch vier Stunden bis zu der verdammten Party, und ich will wissen, was zum Henker los ist. Sofort!«

Da war er nicht der Einzige.

Alpha Direct führte alle Gefährtinnen und Kinder in der führenden Familie an einem sicheren Ort zusammen, der nur Callan, Jonas und den Sicherheitskräften bekannt war, die der Aktion zugeteilt waren. Wenn Jonas entschied, dass es nötig war, konnte er Callan zwingen, sich in denselben gesicherten

Bereich zu begeben. Der Schutz der führenden Familie fiel unter seine Zuständigkeit, und er würde nicht zögern, sie zu nutzen.

»Das sind Geräte von Vanderale«, murmelte Ria, während ihre Finger über die Tastatur flogen in dem Versuch, die speziellen Sicherheitsprotokolle zu aktivieren, die bei der ersten Inbetriebnahme der Geräte eingerichtet worden waren. »Ich brauche Dane hier drin. Das ist eines seiner Babys. Ihr habt eine Sicherungskopie, aber dazu gibt es auch eine Reihe Protokolle, die um jeden Preis die Sicherheit garantieren sollen. Protokolle, deren Existenz den Technikern nicht bekannt war. Nur Callan wusste Bescheid.«

Jonas warf ihr einen scharfen, grübelnden Blick zu. »Warum wusste ich nichts davon?«

»Kenntnis nur bei Bedarf.« Ria schüttelte den Kopf und lächelte angespannt. »Wer auch immer das getan hat, sitzt jetzt in der Falle, Jonas. Sanctuary ist eine von Leos wichtigsten Prioritäten. Ihr habt rundum nur das Beste und dieses Baby hier.« Sie gab die Befehle in das Systemprogramm ein und sah zu, wie sich die verschlüsselte Anzeige öffnete. »Das Ding hier rockt!«

Und da war es. Sicherheitsstufe fünf, aktiv und aufzeichnend. Sie brauchte nur Dane, um ihr bei der Eingabe der letzten Sequenz zu helfen.

Der Monitor flackerte, und Bilder der letzten Aufnahmen erschienen. Ihr Büro, Übertragung aufgezeichnet. Callans Büro, mit Dane, Callan und den Männern der führenden Familie in angeregter Unterhaltung an seinem Schreibtisch vor einer Stunde, aufgezeichnet und Aufnahme erhalten, obwohl die Räume gar nicht für Aufnahmen vorgesehen waren.

Und die Kinder. Da, die Aufnahme des Zimmers, in dem die Kinder des Rudels in Sicherheit untergebracht waren.

»Geh auf Alpha gesichert drei Punkt sieben«, befahl Jonas, während Ria auf Hochtouren arbeitete und das aktuelle Überwachungsmaterial aufrief.

»Kinder sind erfasst. Leo, Elizabeth und die Zwillinge befinden sich derzeit dort. Ich brauche sofort Dane in der Leitung.«

Mercury setzte ihr sein Headset auf.

»Bericht.« Danes Stimme klang hart. »Ich bin auf dem Weg zu eurem Standort. Alpha eins und Parteien gesichert.«

»Ich brauche dich hier drin. Keine Übermittlungen nach draußen, nur hinein. An der Ausrüstung hat sich jemand zu schaffen gemacht, aber die Sicherheitsprotokolle sind noch in Kraft. Du musst herausfinden, wohin die Übermittlungen gehen sollen. Sie wurden umgeleitet.«

»Führ eine Komplettprüfung des Systems durch, und das Ergebnis sollte angezeigt werden, bis ich da bin. Wir verfolgen es und brennen den Bastard nieder, der für das hier verantwortlich ist.

Sie gab den Befehl ein, arbeitete unter Hochdruck weiter, ohne die Augen von den Überwachungsmonitoren zu wenden, die langsam wieder online gingen. Jeder einzelne Raum des Herrenhauses wurde einprogrammiert, ausgenommen Schlafzimmer und Badezimmer. Wohnzimmer wurden angezeigt, der Ballsaal, Hauptgeschoss und Korridore.

Sie sah Dane zur Überwachungszentrale eilen, Leos Sicherheitsleute innerhalb und außerhalb des Zimmers, in dem Leo, Elizabeth und die Kinder sich befanden. Gefährtinnen wurden nun in diesen Raum geführt. Die Frauen waren die Mütter der Kinder und befanden sich in ebenso großer Gefahr wie die Kinder selbst.

»Hier geht es nicht um die Kinder, sondern um Informationen«, stieß Ria hervor, mehr zu sich selbst, während sie weiter in das alternative System auf den Computern eintippte. »Wozu sich die Kinder holen, wenn man die Informationen hat, die man braucht? Wozu das Risiko eingehen? Wieso? Muster«, brummelte sie weiter vor sich hin, nur am Rande der Stille im Raum gewahr, als sie begann, die Informationen zu lesen, die über den Computerbildschirm rasten. »Immer Muster. Wo bist du? Du bist hier, Baby, ich spüre, wie du dich bewegst. Komm schon. Her damit.«

Mercury beugte sich nahe zu ihr und hörte zu. Das Flüstern ihres Akzents, der seltsam sinnliche Ton ihrer schmeichelnden Stimme, während sie Befehle in die Tasten hämmerte und das System bearbeitete, faszinierten ihn.

Er hatte noch nie etwas dergleichen gehört. Während sie arbeitete und dabei das System umgarnte und beschwor wie ein Lebewesen, erschienen Informationen auf den Bildschirmen – Übermittlungen, eingegebene Befehle und, endlich, Aufzeichnungen.

Sie sahen zu, wie der Breed über den Flur ging, die Waffen unter dem Laborkittel verborgen.

Die Tür zur Überwachungszentrale ging auf.

»Da bist du ja, komm rein. Wir haben den Kartentisch hinten aufgebaut. Heute Abend hole ich mir mein Geld von dir zurück«, meinte Austin angeberisch.

Der Breed lächelte, trat ein, und der Monitor zeigte das Blutvergießen, das dann begann. Dane kam herein, stieg über die Leiche und setzte sich neben Ria an die Steuerzentrale.

»Bist du so weit, Liebes?«, fragte er sanft.

Sie hielten inne. »Eins. Zwei. Los.«

Ihre Finger trafen zeitgleich auf die Tasten, gaben identische Befehle ein und drückten dann zeitgleich die Enter-Taste.

»Du lieber Gott«, flüsterte Jonas, als er die Informationen sah, die jeden Augenblick versendet werden sollten. »Heilige Muttergottes.«

Dane und Ria ignorierten ihn. Sie bearbeiteten ihre Tastaturen, gaben Befehle ein und beeilten sich, Informationen zu löschen, die so verschlüsselt waren, dass Löschen, Übermitteln oder Abfangen unmöglich sein sollte.

Die waren nicht hinter den Kindern her. Auch nicht hinter dem Leo. Diese Informationen hatten eine weit größere Zerstörungskraft. Quelldateien, direkt von den Laborcomputern eingespeist, waren eingerichtet, um sie zu verarbeiten und an einen anderen Standort zu senden: Paarungen, Testprotokolle und -ergebnisse – jede Datei, jede kleinste Information in Bezug auf Paarungsrausch, die Unterdrückung des Alterungsprozesses und Befunde über die Hybridkinder, eingeschlossen genetische Aufarbeitungen und volle genetische Tests.

»Wichser!«, fluchte Dane.

»Nicht solche Ausdrücke«, murmelte Ria und arbeitete weiter.

Sie tippten fieberhaft Befehle, und während sie tippten, wurden Informationen Seite für Seite gelöscht, ungeschehen gemacht und *Übertragung fehlgeschlagen* angezeigt.

Der ultimative Verrat, und das von jemandem, dem sie alle vertraut hatten.

Übertragung fehlgeschlagen. Bitte Netzwerkeinstellungen überprüfen. Die Meldung kam eine Sekunde, bevor der Bildschirm dunkel wurde.

»Euer System ist offiziell abgestürzt«, meinte Dane gedehnt, doch seine Stimme war erbarmungslos hart, als er eine Zigarre aus seiner Hemdtasche holte, anzündete und dann mit zusammengekniffenen Augen auf den Monitor starrte, wo das Gesicht des Schuldigen zu sehen war. »Ob ich das Töten übernehmen darf, was meinst du? Wäre mir eine Freude.«

»Mir auch«, knurrte Jonas. »Mir auch.«

27

Die Gäste auf der Feier hatten keine Ahnung, was gerade unterhalb der diensthabenden Breeds oder denen, die im großen Ballsaal und dem Büfettraum ihre Runden drehten, ablief. Sie hatten keine Ahnung von der Gefahr, die um sie herum lauerte, oder von den heimtückischen Spielen, die einige wenige trieben, um viele zu zerstören.

Der Plan zur Ergreifung dieser wenigen Breeds war einfach, doch so vieles hing von der Koordination aller Beteiligten ab. Sollte ihnen ein Verdächtiger oder Verschwörer entgehen, konnte der ganze Plan scheitern. Das konnten sie sich nicht leisten. Sie konnten es sich nicht leisten, auch nur einen einzigen Verräter entkommen zu lassen, wenn das hier vorbei war.

Leo und Dane hatten vom Council ausgebildete Verräter unter den geretteten Breeds erfasst. Das Council war immer groß darin, Verräter in den kleinen Rudeln zu platzieren. Speziell ausgebildete Breeds, die einer besonderen Gehirnwäsche unterzogen und mit großer Sorgfalt behandelt worden waren, um sicherzustellen, dass sie sich ihrer Konditionierung gemäß verhielten. So wie jene es taten, die nun versuchten, Sanctuary zu vernichten.

Nur dass sie es nicht für das Council taten. Sondern aus Gier. Für das Geld, das sie zu gewinnen glaubten, und für die Unehre, ihre eigene Gemeinschaft ohne die Hilfe des Councils vernichtet zu haben.

Callan und Merinus standen am einzigen Eingang zum Ballsaal. Sie wirkten ruhig und allem Anschein nach ahnungslos von dem Betrug, der sich in Sanctuary zusammenbraute. Doch sie wussten Bescheid, und Callan hatte bereits das Urteil gesprochen, sobald die Breeds gefasst wären. Sie würden sterben. Ohne Ausnahme, sogar die Frau.

Merinus Lyons war so anmutig und elegant wie immer. Ihr braunes Haar war hochgesteckt und zeigte ihren schlanken Hals und die Perlen darum. Sie trug ein Ballkleid, das sowohl fantasievoll als auch elegant war, aus fließendem bronzefarbenem Stoff, der ihre liebliche Gestalt umspielte.

Roni Andrews war mit Taber hier, ihrem Gefährten und Ehemann. Taber trug einen schwarzen Smoking, doch Ria wusste von den Waffen, die darunter verborgen waren.

Die gesamte führende Familie war hier, eingeschlossen Dawn Daniels und ihr Verlobter Seth Lawrence. Sie bewegten sich unter den Gästen, lächelten, plauderten und lachten, doch die Anspannung war da. Und der Duft dieser Anspannung wäre wahrnehmbar gewesen, doch es waren zu viele Gäste nervös, da einige von ihnen die führende Familie der Breeds zum ersten Mal trafen.

Ria krallte sich in Mercurys starken Unterarm und hielt sich mit ihm am Rande der Menge. Sie trug ein smaragdgrünes, fließendes Ballkleid aus Samt, und als sie den Blick durch den Saal schweifen ließ, entdeckte sie auch mehrere Mitglieder des Sicherheitspersonals, das Leo mitgebracht hatte.

»Du siehst zu heiß aus«, beschwerte sich Mercury mit einem belustigten Grollen, als Männer ihr Blicke zuwarfen, in denen erst Interesse und dann Furcht aufblitzte, als ihr Breed-Gefährte sie mit einem warnenden Knurren bedachte.

Doch sie hörte den Stolz in seiner Stimme. Aus irgendeinem Grund gefiel es ihm, dass die animalische Genetik, die sie so lange versucht hatte zu bekämpfen, sich nach seiner Paarung mit ihr nicht mehr unterdrücken ließ.

»Das ist deine Schuld«, erinnerte sie ihn halblaut und musste beinahe auflachen, als sie das kurze, warnende Tätscheln direkt über ihrer Kehrseite spürte.

»Erinnere mich nicht daran. Ich bin jetzt schon kurz davor, zu explodieren.«

Das stimmte. Unter seiner neuen Ausgehuniform hatte er einen Ständer und war bereit für sie. Er war immer bereit für sie, so wie sie für ihn.

Bei dem Gedanken lächelte sie voll Wärme, während sie versuchte, sich auf die Sicherheitsleute zu konzentrieren, die überall im Saal postiert waren.

Für derartige Veranstaltungen gab es Breed-Enforcer an den erwarteten Posten, doch sie wusste, dass noch mehr da waren, bereit, schwer bewaffnet und in Wartestellung.

Horace Engalls war mit seiner Frau hier und bewegte sich mit selbstgefälliger und überheblicher Miene auf der Tanzfläche durch die Menge. Brandenmore tanzte gerade mit niemand Geringerem als Alaiya, der Breed, die beschlossen hatte, sich zu holen, worauf sie nach Rias Beschluss absolut keine Chance hatte.

Wann genau sie das entschieden hatte, wusste Ria nicht so recht. Sie war einmal bereit gewesen zu gehen und Mercury die Gefährtin zu überlassen, die zuerst für ihn vorgesehen gewesen war.

Er hatte sie nicht gehen lassen. Er war in ihr Herz und ihre Seele eingebrochen und hatte Teile von ihr befreit, die sie sich geschworen hatte, nie wieder freizulassen.

Er gehörte ihr. Und sobald das hier vorbei war, würde sie dafür sorgen, dass Alaiya Jennings vollständig und endgültig begriff, dass Mercury niemals ihr gehören würde, egal was irgendwelche Testergebnisse zeigen mochten.

Doch zuerst musste die Sache hier erledigt werden.

Sie und Mercury bewegten sich durch die Menge und postierten sich nahe genug, um Roni Andrews und Merinus Lyons zu decken, für den Fall, dass Schüsse fallen sollten.

Sie nahmen es nicht mit einem, sondern mit mehreren Breeds auf. Als Dane begonnen hatte, die Backups, Suchläufe und Meetings vom Phantomlaufwerk zu ziehen, hatten sie gefunden, was sie brauchten.

Muster. Es gab immer Muster, und dieses war ein sehr einfaches gewesen, basierend auf absoluter Arroganz und der Überzeugung, dass man es geschafft habe, alle nötigen Informationen bezüglich Sanctuarys Sicherheitsmaßnahmen zu bekommen. Technische Experten waren das nicht. Sonst hätten sie erkannt, dass es immer Wiederherstellungsprotokolle gab, die in jedes Sicherheitssystem installiert waren. Vor allem in ein System von Vanderale. Technologie war Vanderales Spielwiese, und die waren darin besser als jeder andere auf der Welt.

Jonas, Callan und Merinus standen nahe dem Eingang zum Ballsaal, und dort landeten auch Mercury und Ria nach einer kurzen Runde um den Saal, um den Anschein zu erwecken, dass sie sich unter die Leute mischten.

Zusammen mit Taber und Roni begrüßten sie lächelnd die Gäste und spielten die perfekten Gastgeber.

Als Ria und Mercury sich hinter der Familie Lyons postierten, erstarrte Ria.

Ely Morrey war am Eingang aufgetaucht. Sie trug ein schwarzes Kleid, und ihr Haar fiel attraktiv zurechtgemacht um ihr Gesicht. Sie wirkte ungezwungen und freundlich – bis Ria ihre Augen sah.

»Das ist übel«, flüsterte sie, während sie zusah, wie Jackal sich von Jonas entfernte und auf die Ärztin zuging. »Sie ist zu früh.«

Damit hatten sie nicht gerechnet. Und Elys Erscheinung

nach zu urteilen war sie noch aufgewühlter als zuvor. Sie hätte erst später auftauchen sollen. Oder am besten gar nicht. So war es geplant gewesen.

Jackal blieb neben Ely stehen, neigte den Kopf und flüsterte ihr etwas ins Ohr. Er forderte sie auf, sich von ihm zurück in ihr Quartier geleiten zu lassen.

Kummer trat in Elys Augen. Das Gefühl von Verrat, Furcht und Tränen standen darin, als sie sich umdrehte und Jackal ansah. Seine Miene war seltsam sanft für einen Mann, der nach Rias Wissen nicht als sanft galt.

»Bitte, Ely«, flüsterte er. »Für mich.«

Sie hatten nur eine Sekunde der Vorwarnung. Bevor Jackal reagieren konnte, drückte Ely mit einer Hand fest seine Hoden zusammen, hielt ihm einen Taser an den Hals und sah zu, wie er zu Boden ging. Sie ließ ihn los, riss hinter ihrem Rücken, unter dem dunklen Umhang, den sie trug, eine Pistole hervor und richtete sie auf Jonas.

Gäste in der Nähe schrien auf. Eine Frau fluchte, und eine andere erklärte, sie hätte ja gewusst, dass Breeds nicht zivilisiert werden könnten.

Enforcer näherten sich. Callan und Taber schoben ihre Frauen hinter sich; Gäste reagierten panisch, als sie den Saal räumen wollten, aber nicht konnten, weil der einzige Eingang nun von einer wilden Breed-Wissenschaftlerin mit eisigem und entschlossenem Blick blockiert wurde. So blieb nur der abgeschlossene Büfettraum, um Sicherheit zu suchen.

»Was tust du da, Ely?« Jonas erwiderte ihren Blick kalt. »Zieh dich zurück, und geh wieder in dein Quartier.«

Sie sah ihn spöttisch an, die tödliche Automatikpistole auf sein Herz gerichtet. Sie sah aus, als wäre sie bereit, das Ding auch zu benutzen. Fanatismus glänzte in ihren Augen, und Hass verzerrte ihre Züge.

»Schick mich nicht in mein Quartier, du verdammtes Weichei«, zischte sie. »Verdammter Manipulator. Du wirst uns alle vernichten.«

Gäste schnappten nach Luft, und Grollen war von den Breeds zu hören, die sich hinter ihr näherten.

»Ich puste dir das Herz aus dem Leib, Jonas«, knurrte sie. »Ich lasse nicht zu, dass du Sanctuary das antust.«

»Ely, du hast dich nicht unter Kontrolle.« Trotz aller Sanftheit vibrierte ein harter, kalter Kern der Wut in seiner Stimme. »Gib mir die Waffe.«

»Die Kugel gebe ich dir«, warnte sie ihn, und eine Spritze fiel aus dem weiten Ärmel ihres Kleides in ihre Hand. »Sag Mercury, er soll sich das in den Arm spritzen.« Sie warf ihm die Spritze zu. Jonas fing sie mühelos auf und betrachtete sie.

»Was ist das, Ely?«

»Gift für den Organismus eines Breeds«, antwortete sie leichthin. »Es führt zum sofortigen Herzstillstand, während der restliche Organismus unbeeinträchtigt bleibt. Die animalische Verdrängung wird nie wieder eine Bedrohung für Sanctuary darstellen, und wenn ich ihn obduziere, werde ich die Antworten finden, die ich brauche, um dafür zu sorgen, dass nie mehr ein Breed infiziert wird.«

»Du würdest Mercury umbringen?«, fragte er.

Rias Hand an Mercurys Arm spannte sich an, und sie fühlte seinen Schock. Seinen Schmerz. Sie wusste, Ely war für ihn eine Freundin. Jemand, dem er einst vertraut hatte. Und Vertrauen zu fassen war nicht leicht für ihren Gefährten.

»Und seine Frau, Ely? Würdest du ihn ihr wegnehmen?«

Hinter ihnen brachten Breeds Gäste in den Büfettraum und isolierten dabei unauffällig Engalls mit seiner Frau und Brandenmore von den anderen. Sie mussten isoliert und unter Arrest gestellt werden.

Ely hob wieder die Waffe und zielte auf Jonas' Herz.

»Setz dir die Spritze, Mercury, oder er stirbt.«

Mercury wollte sich von Ria lösen.

»Nein«, zischte Ria. »So werde ich dich nicht verlieren.«

Er würde es tun. Sie sah es in seinem Gesicht. Wenn es das war, was nötig war, um die Sicherheit von Sanctuary zu garantieren, dann würde er es tun.

»Deine wichtigste Pflicht gilt mir, nicht ihm«, knurrte sie.

Seine Kinnmuskeln spannten sich an, und während er sich bewegte, begegnete er Rias Blick in stummer Warnung. Und da fühlte sie es, die plötzliche Verbindung, das Band, das sie sich nie zuvor eingestanden hatte. Als würde er ihr, von Geist zu Geist, versichern, dass er einen Plan hatte.

Bei Gott, er sollte besser einen Plan haben, denn der Tod war keine Option.

Langsam löste sie ihren Griff. Furcht ergriff sie, und Entsetzen jagte durch ihre Adern. Sie würde es nicht zulassen. Sie würde nicht zulassen, dass er das tat.

Während sie langsam ihre Position änderte, nahm sie aus dem Augenwinkel Bewegung wahr. Zwei Gestalten, die am Eingang vorbei durch das Foyer auf die Vordertür zusteuerten. Alle Enforcer waren beschäftigt, konzentriert im Ballsaal, um Gäste und die führende Familie zu schützen.

Mercury glitt an Jonas' Seite. Alaiya Jennings brachte sich langsam in Stellung und fing dann Rias Blick auf.

Auf drei, formte Ria lautlos und bewegte die Augen langsam zu Ely.

Alaiya nickte langsam und diskret.

Mercury nahm die Spritze von Jonas entgegen.

Eins. Zwei. Und Sprung.

Alaiya lenkte Elys Aufmerksamkeit auf sich, und Ria griff nach der Waffe. Doch Jonas war schneller. Er wand die Waffe aus Elys Hand, packte Ely und stieß sie einem anderen Breed zu, während er bellte: »Halt sie fest!«

Dann rannten sie aus dem Ballsaal und kamen abrupt und überrascht zum Stehen.

Zwei Laborassistenten, ein Mann und eine Frau, lagen bewusstlos auf dem Boden im Foyer, und Dane trat einen Schritt zurück, eine Zigarre zwischen den Lippen, die Arme verschränkt, und bedachte sie mit einem Lächeln.

Er hob die Hand, und darin, zwischen den Fingern, hielt er ein kleines externes Chiplesegerät.

»Dekodierer.« Er lächelte. »Sollen wir die Engalls und Brandenmore aufklären, welche Strafe darauf steht, sich mit Sanctuary anzulegen?«

»Hundesohn«, fauchte Jonas.

Dane hob eine Augenbraue. »Ich hoffe, damit meinst du nicht mich, Bruderherz. Ich könnte Anstoß daran nehmen müssen.«

Lawe und Rule tauchten unvermittelt auf, fesselten den Laborassistenten, trotz deren Bewusstlosigkeit, die Hände und warfen sich die beiden über die Schulter.

»Was ist mit Ely?«, knurrte Mercury.

Jonas seufzte. »Bringt sie in die Arrestzelle.« Er schüttelte betrübt den Kopf. »Verdammt, ich hatte gehofft, ein paar Tage weg von dem Zeug, und sie wäre wieder klar im Kopf. Aber es hat ihren Zustand nur verschlimmert.«

Das Zeug. Die Droge, die man ihr im Labor verabreicht hatte. Erst vor wenigen Stunden hatte Elizabeth gemeldet, dass sie sie in den rezeptfreien Schmerzmitteln und dem Aspirin in Elys Schreibtisch gefunden hatte. Sie hatten gewusst, dass ihr das Zeug irgendwie untergeschoben wurde; sie hatten nur nicht herausgefunden, wie.

»Die Inhaftierung ist das Leichteste.« Elizabeth trat ins Foyer. »Ich kümmere mich um sie, Jonas. Ich habe nach Jackal gesehen – er wird höllische Kopfschmerzen vom Taser haben, wenn er aufwacht, aber sonst ist er in Ordnung.«

Jonas nickte und wandte sich wieder an Ria und Mercury. Sein Blick war müde und seine Züge voll Kummer. »Ich habe zugelassen, dass die an sie herankamen«, flüsterte er. »Verdammt, ich habe die beiden persönlich überprüft. Und trotzdem habe ich es zugelassen, dass diese Bastarde vom Council Hand an sie legen.«

Ria fühlte Mercurys Arme um sich, die sie an seine Brust zogen, und seine Wärme und Geborgenheit umhüllten sie.

»Sie wurden in Täuschungsmanövern ausgebildet, Jonas, wie alle Breeds«, sagte sie sanft. »Sie zu überprüfen ist nicht immer genug. Wir sind nicht anders als Menschen ohne Breed-Gene. Nur manchmal ein wenig besser in dem, was wir tun.«

»Verdammt!«, stieß er noch einmal hervor, fuhr sich mit den Händen durchs dunkle Haar und sah sich dann im Foyer um.

Er war stolz, hoch aufgerichtet und empört. Sein schwarzer Smoking war zerknittert; ein verschmierter Blutfleck verunzierte den Ärmelaufschlag seines Hemdes, und in seinen Zügen spiegelte sich sein schweres Herz wider.

»Elys Verlust wird wehtun«, flüsterte Jonas schließlich. »Betet, dass Elizabeth das wieder in Ordnung bringen kann.«

Beten war alles, was sie tun konnten. Ria nickte und nahm Mercurys Hände, während er ihre Hände an sich drückte und sie festhielt. Sicher und warm.

Gott, sie hätte ihn verlieren können. Hätte Ely die Waffe stattdessen auf Mercury gerichtet, hätte sie vielleicht ohne Zögern abgedrückt. So entschlossen war sie gewesen, ihn zu zerstören, wegen eines Zustandes, unter dem er nie wirklich gelitten hatte.

»Ich denke, ich bin bereit, die Party zu verlassen«, erklärte er und streifte mit den Lippen ihre Ohrmuschel, während seine Wärme und Härte sie mit Stärke erfüllte. »Die Bösen sind gefangen, und dieses Kleid macht mich verrückt.«

Fast hätte sie gelächelt. »Ja, ich glaube, wir sind bereit, die Party zu verlassen.«

»Ich denke, das sind wir alle«, schnaufte Jonas schwer. »Unglücklicherweise haben wir aber Gäste.«

»Und ich bin außer Dienst und im Paarungsrausch«, grollte Mercury. »Ich bringe meine Gefährtin in unsere Hütte.«

Denn das Adrenalin in ihr kollabierte und vermischte sich mit dem Paarungsrausch, nun da die Gefahr gebannt war und die Breeds, welche ihre eigene Gesellschaft zerstören wollten, in Gewahrsam waren.

Jonas nickte und wandte sich ab. Ria drehte sich um und sah zu, wie er zum Ballsaal ging und stehen blieb, als Callan, Ely auf den Armen, in den Flur kam.

Ely war bewusstlos, ihr Gesicht kreideweiß, und verschmiertes Blut unter ihrer Nase zeugte von der Tatsache, dass die Droge in ihr versuchte, ihren außerordentlichen Verstand zu zerstören.

Callans Gesicht war wie in Stein gemeißelt; das seiner Frau, die ihm folgte, war tränenüberströmt. Ely war ein geschätztes Mitglied der Gemeinschaft; sie war ihre Hoffnung, Antworten auf ihre Fragen über die eigene Physiologie zu erhalten, und sie war eine Freundin.

»Wird sie überleben, Elizabeth?«, fragte Ria, als ihre Großmutter zu ihr kam, Leo wie immer gleich hinter ihr.

»Wenn sie stark genug ist, Ria. Wenn sie stark genug ist.«

Elizabeth tätschelte ihren Arm und ging weiter. Leo legte den Arm um seine Frau, um sie an sich zu drücken, als sie Callan und Merinus folgten.

Sekunden später wurden Horace Engalls, seine Frau und Phillip Brandenmore unter Bewachung durch Enforcer aus dem Ballsaal geleitet. In ihren Gesichtern standen sowohl Wut als auch Angst.

Es war vorbei, dachte Ria. Während Mercury sie zu den Türen führte und sie die Party verließen, gestattete sie sich, zu glauben, dass es endlich vorbei war.

»Wir haben ungefähr acht Stunden«, grollte Mercury an ihrem Ohr, als sie in die Limo stiegen und der dem Wagen zugeteilte Enforcer sie von dem Ball wegfuhr, der sich beinahe in ein Blutbad verwandelt hätte. »Denkst du, das ist genug Zeit?«

Er hob sie auf seinen Schoß, neigte den Kopf an ihre Lippen und leckte warm und sanft darüber.

»Ich werde dich nicht gehen lassen«, flüsterte sie. »Ich kann nicht.«

Er streichelte ihr Haar, ihr Gesicht. »Denkst du denn, ich will frei sein, Ria?«

»Was, wenn sie deine Gefährtin ist? Was, wenn die ersten Tests richtig waren und sie dir als Gefährtin bestimmt war?«

Er schüttelte den Kopf. »Sie ist nicht meine Gefährtin, Ria. Auf keinen Fall. Sie ist es nie gewesen. Ich halte meine Gefährtin genau hier in meinen Armen.«

»Ich liebe dich, Mercury«, flüsterte sie mit einem leisen, fast unhörbaren Schluchzen. »Ich liebe dich viel zu sehr.«

»Nie zu sehr, süße Ria. Nie zu sehr.«

Das Tier streifte nicht umher. Kein Ducken und keine finsteren Blicke. Es seufzte zufrieden, betrachtete seine Gefährtin durch die Augen des Mannes und fühlte das Tier, das auch von der Frau aus nach ihm rief.

Das Tier im Mann schnurrte und ignorierte die Über-

raschung des Mannes, als der Laut in seiner Brust vibrierte. Doch die Frau erwiderte sogleich das Schnurren, und sie lachte mit einem Hauch von Tränen.

Hinter ihren Augen, tief in ihrem Unterbewusstsein, starrte die Gefährtin des Tieres im Mann zurück.

Sie waren Tiere in Menschen. Verborgene Teile des Mannes und der Frau, die nicht länger zum Schweigen verdammt waren. Genetik, ja. Sie waren ein Teil von ihnen, die Wesen in Mann und Frau, nicht länger getrennt, sondern vollständig miteinander verbunden. Und gepaart.

Tier zu Tier. Mann zu Frau.

Und als der Mann seine Gefährtin in ihren gemeinsamen Schlupfwinkel trug, sie sachte aufs Bett legte und die Vereinigung vollendete, die ihre Körper brauchten, vereinten sich die Tiere miteinander.

So wie es ihnen immer bestimmt war. Seele zu Seele. Herz zu Herz. Pulsierend vor Leben. Sie waren Breeds, und sie waren stolz.

ZWEI TAGE SPÄTER

Es war kühl im Labor, um die sensiblen Geräte zu schützen, die keine Wärme brauchten wie Ria. Sie saß auf der Trage und zwang sich zu entspannen, während Mercury an der Wand lehnte und sie schweigend musterte.

Alaiya hatte verlangt, dass die Paarungstests rasch vollendet wurden, hauptsächlich, weil ihre Stellung innerhalb des Büros für Breed-Angelegenheiten neu bewertet wurde. Sie wusste, es ging abwärts für sie. Vielleicht nicht aus Sanctuary hinaus, aber doch von den oberen Rängen in der Hierarchie der Breeds nach unten. Sie hatte die Anweisungen ihres Befehlshabers ignoriert. Sich ihm widersetzt. Und bei der letzten Konfrontation mit Ria hatte sie die Kontrolle über sich verloren.

Breed-Enforcer mussten sich immer unter Kontrolle haben, bis die Vollphase des Paarungsrausches eingesetzt hatte. Bei ihr hatte sie nicht eingesetzt.

»Ihr seid Gefährten.« Elizabeth trat aus dem Büro, das sie nutzte, während sie Elys Pflichten in Sanctuary wahrnahm.

Hier war Elizabeth Vanderale in ihrem Element. Bei der Arbeit mit Breeds, eine Bereicherung an Wissen und Erfahrung für sie, ebenso wie für Ely.

»Und Alaiya?« Ria wusste, sie war Mercurys Gefährtin. Da gab es keinen Zweifel in ihrem Denken, und sie hatte nicht die Absicht, ihn loszulassen. Egal, was die Tests ergaben.

»Tja, sie hat sich definitiv mit jemandem gepaart, aber ihre Hitze passt nicht zu der in deinem und Mercurys Organismus.« Stirnrunzelnd schüttelte Elizabeth den Kopf. »Jemand hat die Tests, die Ely gemacht hatte, manipuliert. Und das über Monate hinweg bei mehreren Breeds, bei denen sie Tests durchführte. Sie hat es nicht bemerkt, weil die Droge bereits ihren Verstand infiziert hatte. Charles, einer ihrer Laborassistenten, sagte immer, sie müsse nicht nach den Anomalien suchen, und so tat sie es nicht.«

Die Informationen waren leicht zu finden in den letzten beiden Tagen. Die Arbeit von Monaten: manipulierte Tests, verschlüsselte Übermittlungen und Versuche, noch andere Breeds unter Drogen zu setzen.

Die beiden Laborassistenten, Charles und die ältere Krankenpflegerin Maydene, hatten fast ein Jahr lang für Engalls und Brandenmore gearbeitet. Doch sie waren schlau gewesen, was den Verkauf der Informationen anging. Sie schmuggelten sie hinaus, weigerten sich dann aber, den Code zur Entschlüsselung preiszugeben, bevor sie ihre vollständige Bezahlung erhalten hatten.

Etwas, das sie nun nie sehen würden.

»Weiß Alaiya Bescheid?«, fragte Mercury.

»Sie weiß es.« Elizabeth seufzte schwer. »Aber sie akzeptiert es noch nicht. Sie schwört, dass Mercury ihr Gefährte ist und ich diejenige bin, die die Tests manipuliert. Am besten geht man ihr eine Weile aus dem Weg.«

»Ich habe keine Zeit, ihr aus dem Weg zu gehen.« Ria glitt von der schmalen Pritsche und warf Mercury einen Blick zu. »Ich habe es Leo schon gesagt. Ich kehre nicht mit in die Zentrale zurück, wenn ihr beide abreist. Ich habe hier in Sanctuary eine Stellung angenommen. Sie brauchen jemanden, dem sie in Sachen Sicherheitskontrolle vertrauen können; jemanden, der die Systeme, die sie haben, versteht und weiß, wie man weitere Versuche, sie zu hacken, überwachen kann. Leo wird einen der neueren Satelliten unter die Kontrolle von Sanctuary stellen, und Dane wird nicht ruhen, wenn eines seiner Babys nicht gehütet wird.« Darüber musste sie grinsen. Dane liebte Technologie. Vor allem die von Vanderale.

»Das habe ich bereits angenommen.« Elizabeth lächelte sanft. »Leo und ich werden ohnehin noch eine Weile bleiben. Ich will Ely weiter überwachen. Sie erholt sich gut, aber sobald die Drogen ihren Körper verlassen haben, wird sie eine harte Zeit des Entzugs durchmachen.« Sie sah Mercury an. »Du bist ihr Freund, weißt du. Sie ist am Boden zerstört wegen dem, was sie beinahe getan hätte.«

»Sie ist immer noch eine Freundin.« Er nickte nachdrücklich. »Ich werde jetzt auf Dauer nach Sanctuary versetzt. Ich werde die Sicherheitsmaßnahmen leiten, die wir hier für die Laborräume und für Ely überarbeiten. Von jetzt an gibt es Leute, die sich um sie kümmern.«

Elizabeth schüttelte den Kopf. »Könnte sein, dass man sie zerstört hat. Es wird nicht leicht werden, sie von dort zurückzubringen.«

»Wir bringen sie zurück.« Mercury war überheblich und sehr selbstsicher, und Ria grinste vor Stolz.

»Also Gefährte, bereit, nach Hause zu gehen?«, fragte sie. Ihre neue Hütte war bereit, innerhalb der gesicherten Grenzen von Sanctuary, doch zugleich innerhalb des schwer gesicherten bewaldeten Berges, der das Herrenhaus umgab.

Mercurys Blick flammte auf: brennende arktisch-blaue Augen. Ria liebte diese Augen.

Sie liebte ihn.

Mit einem Lächeln geleitete er sie aus dem Labor zum Hauptkorridor und drängte sie, schneller zu gehen, während er ihr ins Ohr flüsterte, wie genau er ihr Wonne bereiten wollte.

»Die ganze Nacht«, grollte er, und sie bemühte sich, ihr Lachen zu unterdrücken. »Sofa. Stuhl. Fußboden.«

»Wir haben ein Bett«, erinnerte sie ihn.

»Dazu wollte ich gerade kommen.« Er knabberte an ihrem Ohr, als sie ins Foyer traten.

Und genau da kam Alaiya aus einem anderen Zimmer.

Sie trug keine Uniform, sondern Baumwollleggings, flache Schuhe und ein T-Shirt. Sie war kampfbereit.

»Geh weiter«, knurrte Mercury, als Ria stehen blieb.

Weglaufen war nie die Lösung gewesen. Ria war ihr ganzes Leben lang weggelaufen – vor dem, wer und was sie war. Sie würde nicht länger weglaufen.

Sie las die Herausforderung im Gesicht der anderen Frau und in ihren Augen. Alaiya hatte nicht akzeptiert, dass sie Mercury verloren hatte. Dass er nicht ihr Gefährte war und es nie sein würde.

»Du willst das hier nicht tun, Alaiya«, warnte Ria.

»Besser hier als anderswo«, spottete Alaiya und warf einen Blick auf Mercury, der warnend knurrte. »Wird dein falscher Gefährte dich beschützen? Kämpft er deine Schlachten für dich? Weiß er, dass du nichts weiter bist, als Dane Vanderales Hure?«

Ria trat Mercury in den Weg, als der Alaiya abfangen wollte. Sein Körper war angespannt vor Zorn. Ria wandte den Kopf und sah ihn finster an.

»Das ist mein Kampf.«

»Von wegen«, knurrte er. »Ich habe sie gewarnt.«

»Du hast sie gewarnt, aber nur ich kann sie überzeugen.«

Von Tier zu Tier. Sie wandte sich wieder zu Alaiya um, fauchte, und dann gingen sie aufeinander los.

Ria war eine Breed. Sie hatte mit dem stärksten und erbarmungslosesten Breed trainiert, der je erschaffen oder ausgebildet worden war, und sie kämpfte um alles, was jemals ihr gehört hatte.

Mercury lehnte sich an die Wand, verschränkte die Arme vor der Brust und kämpfte mit aller Macht gegen den überwältigenden Drang an, sich einzumischen und Alaiya die Seele aus dem Leib zu schütteln.

Er zuckte zusammen, als Ria Alaiyas Haar mit der Faust packte und sie an seiner Stelle hart schüttelte.

Ria fing sich einen Schlag an die Hüfte ein, als sie sich zur Seite drehte, um einem Schlag in den Magen auszuweichen. Ihre flache Hand knallte unter Alaiyas Kinn und warf sie zurück, bevor sie das Bein zu einem Tritt hob, der die andere gegen die Wand schleuderte.

Alaiya kam wieder hoch und knurrte.

Mercury knurrte wütend, als Ria einen Faustschlag am Kinn abbekam; doch dann lächelte er in kalter und harter Befriedigung, als Rias Ellbogen Alaiyas Niere traf und ein weiterer Tritt sie über den Boden schlittern ließ.

Diesmal kam Alaiya langsamer wieder hoch, aber kein bisschen weniger bösartig, als sie mit einem harten Tritt auf Ria losging.

»Mercury, deine Gefährtin prügelt sich in meinem Foyer«, bemerkte Callan, der aus dem Esszimmer kam.

»Und ich denke, sie gewinnt«, konstatierte Kane.

»Sollten wir die beiden nicht aufhalten?« Jonas kam um sie herum und besah sich die Szene, die immer mehr Breeds ins Foyer lockte.

»Lasst sie ruhig.« Dane grinste in der Tür. »Im Moment spielt sie nur mit Alaiya. Wartet nur ab, bis sie mit den schmutzigen Kampftricks anfängt.«

Alaiya knurrte und schlug die Zähne in Rias Arm. Die Zeit schien stillzustehen. Dane und Jonas packten Mercury, bevor der Alaiya von seiner Gefährtin wegreißen konnte, während Ria gleichzeitig lächelte.

Blut tropfte aus Rias Arm. Sie hob ihn, knallte Alaiyas Kopf gegen die Wand, einmal, zweimal, und löste sich so aus dem Biss. Und dann wurde es brutal. Eine Faust in Alaiyas Gesicht ließ Blut aus deren Nase strömen. Ein hoher, harter Tritt an den Kopf, noch einer ans Knie, und Alaiya ging zu Boden.

Ria grub die Finger ins Haar ihrer Gegnerin, donnerte deren Kopf auf den Boden und fauchte dann:

»Er gehört mir. Haben wir uns verstanden?«

Alaiya stöhnte.

»Antworte mir.« Noch einmal knallte Alaiyas Kopf auf den Boden. »Haben wir uns verstanden?«

»Ja«, rief Alaiya und gab sich geschlagen, während sie Mercury ansah. »Er gehört dir.«

Ria wich zurück. In ihrem Gesicht lag kein Triumph, keine

selbstgerechte Zufriedenheit. In ihren Augen stand ein schwaches Leuchten von Bedauern und von Mitgefühl.

»Finde deinen eigenen Gefährten, Alaiya.« Damit drehte sie sich um und musterte die Menge, die sie beobachtete.

Mit hochgezogener Augenbraue sah sie die Männer an, inzwischen mehr als zwei Dutzend, die zusahen, einfach der reinen Befriedigung wegen, Frauen kämpfen zu sehen.

»Männer.« Sie schüttelte den Kopf. »Breed oder Mensch, ihr seid doch alle Perverslinge.«

»Schätze, das macht mich dann zu deinem Perversling«, lachte Mercury.

»Na komm, Gefährtin, lass uns diese Theorie mal auf die Probe stellen. Sehen wir, wie du mit mir kämpfst.«

Er zog sie mit sich zur Tür, und ihr Lachen glitt durch seine Sinne, streichelte sie und erinnerte ihn daran, dass er eine Gefährtin hatte. Und geliebt wurde. Und seine Gefährtin war sein größter Schatz.

Epilog

DREI WOCHEN SPÄTER

Jonas öffnete die Tür zur Arrestzelle und trat langsam ein. Ihm tat das Herz weh, als er die zusammengekauerte Gestalt der Ärztin sah, die er über die Jahre ziemlich lieb gewonnen hatte.

Ihr Haar war zerzaust und fiel ihr übers blasse Gesicht. Ihr zierlicher Körper lag zusammengerollt auf der Matratze in der gepolsterten Zelle, und sie sah schwach und unglaublich zerbrechlich aus, als er neben ihr in die Hocke ging und sie lange Momente betrachtete.

»Wir waren alle nur Spielfiguren im Labor«, sagte er schließlich leise. »Die Drogen, für viele unserer Frauen die Vergewaltigung ihrer Seelen und Körper. Glaubst du, das, was mit ihnen geschah, war ihre eigene Schuld? Dass sie solches Entsetzen verdienten, weil sie es geschehen ließen?«

Ely schwieg so lange, dass er sich fragte, ob sie je antworten würde.

»Nein«, flüsterte sie endlich mit heiserer Stimme und blieb mit dem Rücken zu ihm liegen.

Sie trug saubere Sachen. Er hatte dafür gesorgt, dass sie sauber blieb; andernfalls hätte sie ihm nie verziehen. Ely achtete ganz besonders auf ihre Erscheinung. Obwohl sie ihm vielleicht nie verzeihen würde, dass man sie betäubt hatte, um dafür zu sorgen, dass sie gebadet und angezogen wurde, bevor der Wahnsinn sie wieder packte.

»Dann ist es auch nicht deine Schuld, was passiert ist«, erklärte er, setzte sich auf den gepolsterten Boden und lehnte sich nach hinten an die Wand. »Es ist passiert, weil wir alle nicht aufmerksam genug waren. Wir sind zu selbstzufrieden geworden in Bereichen, die wir für sicher hielten. Es wird nicht wieder vorkommen.«

Dafür würde er verdammt noch mal sorgen. Er würde noch jahrelang Albträume haben von Elys Zusammenbruch und dem Verlust, den die Gemeinschaft als Ganzes beinahe erlitten hatte, als alle dachten, sie würden Ely verlieren.

»Du warst es nicht«, flüsterte sie. Sie wollte sich noch immer nicht zu ihm umdrehen, aber er konnte ihre Tränen hören. »Die haben das nicht dir angetan. Die haben nicht dich gezwungen, all diese Dinge zu tun.«

Sie verstummte, und Jonas musste das Brennen in seinen Augen wegblinzeln und gegen den Kloß in seiner Kehle ankämpfen. Ely war ein so stolzes Geschöpf. Mit ihren dunklen Samtaugen und dem spitzen kleinen Kinn, in dem so viel Sturheit lag. Selbst ihre manchmal eigenwillige Art war wenig mehr als der Stolz einer Frau, wenn sie um Entscheidungen rang, die zu schwer für ihre zerbrechlichen Schultern waren.

»Aber es hätte ganz leicht auch mich treffen können« erklärte er ihr. »Oder Callan. Oder sogar Kane oder Tanner. Hättest du ihnen die Schuld gegeben, Ely? Hättest du ihnen den Rücken gekehrt und ihnen je die Schuld gegeben für etwas, woran du nach deiner Erkenntnis ebenso schuld warst? Wir waren arrogant zu glauben, dass das Labor ja so sicher und unser größter Schatz ja so unbezwingbar sei. Es war unsere Schuld, dass dieses Böse dich berührt hat, nicht deine. Dein Job ist es, uns zu schützen, wenn wir zu dir gebracht werden. Unsere Aufgabe ist es, dafür zu sorgen, dass das Böse nie in deine Domäne eindringt. Das Versagen lag bei uns, Kätzchen, nicht bei dir.«

Sie schniefte und schüttelte den Kopf.

Ely hatte die Schrecken des Labors nie kennengelernt. Von Geburt an war sie der Kinderstar der Wissenschaftler gewesen, die sie gezüchtet hatten. Die besten, intelligentesten Gene waren an ihrer Schöpfung beteiligt gewesen, und sie war mit äußerster Achtsamkeit behandelt worden, um sicherzustellen, dass sie nie Schaden erlitt.

Sie hatte die Schrecken gesehen. Sie war entsetzt darüber gewesen und hatte darum gekämpft, die Breeds zu schützen, die zu quälen man sie erschaffen hatte. Doch sie hatte nie selbst diesen Schmerz erfahren. Das war nie Teil von ihr gewesen – bis jetzt.

»Du kannst mir nicht in die Augen sehen und mir erlauben, dass ich mich entschuldige. Aber es fiel dir so leicht, mir einen Schlag ins Gesicht zu verpassen und mich ein ›verdammtes Weichei‹ zu nennen«, tadelte er. »Also wirklich, Ely. Wo bleibt denn da die Fairness?«

Ein Lachen unter Tränen drang über ihre Lippen.

»Und ich werde nie im Leben mehr den Ausdruck in Jackals Gesicht vergessen, als du ihn an den Eiern gepackt hast. Weißt du, Ely, der Mann hat alles gesehen und alles getan, aber ich glaube, du hast ihn in die Knie gezwungen.«

Darauf verbarg sie stöhnend das Gesicht in den Händen. Und vielleicht würden andere ihn grausam nennen, weil er sie an etwas erinnerte, das sie zutiefst beschämte. Aber Ely war aus härterem Holz geschnitzt, versicherte er sich. Außerdem würden andere schon dafür sorgen, dass sie den Vorfall nie vergaß, und da war es das Beste, sie rechtzeitig darauf vorzubereiten.

»Bastard«, flüsterte sie unter Tränen.

Er seufzte. »VW«, korrigierte er. »Verdammtes Weichei. Dir ist schon klar, dass die Titulierung inzwischen hinter meinem Rücken geflüstert wird, oder, Ely? Du musst wirklich deinen

Hintern von der Matratze hochkriegen und zurück an die Arbeit gehen, damit ich dafür einen kleinen Streifen von deinem Fell bekomme.«

Darauf musste sie beinahe lachen; er fühlte es.

»Ely.« Er sprach ihren Namen sanft aus. »Sieh mich an, nur einen Moment.«

Er wartete geduldig. Endlich schob sie ihr Haar nach hinten und setzte sich so weit auf, dass sie sich umdrehen und ihn ansehen konnte. Und er breitete die Arme aus. »Bitte, Ely. Meine Schuldgefühle bringen mich um. Ich habe mein Lieblingsmädchen nicht beschützt. Verzeih mir. Bitte.«

Und da flossen ihre Tränen. Aus Augen, geschwollen vor Müdigkeit und Schmerz, und ihre trockenen Lippen öffneten sich, und das Weinen kam heraus. Sie vergrub sich in seinen Armen, an seiner Brust, zog die Beine eng an seinen Körper, und er nahm sie in die Arme und kämpfte gegen seine eigenen Tränen an.

Süße Ely. Wie konnte er je wieder in den Spiegel sehen, nach dem, was er mit ihr hatte geschehen lassen? Wenn er sie nicht schützen konnte, wie konnte er dann je irgendwen anders schützen?

Er wiegte sie hin und her, redete leise auf sie ein und küsste sie sanft auf die Stirn.

»Das passiert nie wieder, Kätzchen«, versprach er ihr liebevoll. »Nie wieder. Ich schwöre es.«